MERIT NIEMEITZ

**No Longer Lost**

Mulberry Mansion

MERIT NIEMEITZ

# NO LONGER LOST

## MULBERRY **MANSION**

Roman

LYX

LYX in der Bastei Lübbe AG
Dieser Titel ist auch als E-Book und als Hörbuch erschienen.




Dieses Buch wurde vermittelt von der
Literaturagentur erzähl:perspektive, München
(www.erzaehlperspektive.de).

Textredaktion: Stephanie Röder
Umschlaggestaltung: © Zero Werbeagentur GmbH, München,
unter Verwendung eines Motivs von © Igor Ivander/Shutterstock.com
Satz: Greiner & Reichel, Köln
Gesetzt aus der Adobe Caslon
Druck und Verarbeitung: GGP Media GmbH, Pößneck

Printed in Germany
ISBN 978-3-7363-1811-3

1 3 5 7 6 4 2

Sie finden uns im Internet unter lyx-verlag.de
Bitte beachten Sie auch: luebbe.de und lesejury.de

Liebe Leser:innen,

dieses Buch enthält potenziell triggernde Inhalte.
Deshalb findet ihr auf S. 527 eine Triggerwarnung.

Achtung: Diese enthält Spoiler für das gesamte Buch!

Wir wünschen uns für euch alle
das bestmögliche Leseerlebnis.

Eure Merit und euer LYX-Verlag

*Für Kevin und die Möwen in Berlin.*
*Absurd und schön, absurd schön.*

# Playlist

*About Today* – The National
*Under Water* – AVEC
*Stay Alive* – José González
*Blue Hours* – Bear's Den
*Why Worry?* – Dire Straits
*champagne problems* – Taylor Swift
*come out and play* – Billie Eilish
*False Alarms* – Noah Reid
*Little Bother* – King Princess, Fousheé
*I Am a Rock* – Simon & Garfunkel
*Movement* – Hozier
*A Troubled Mind* – Noah Kahan
*Block me out* – Gracie Abrams
*Make It Right* – Benjamin Amaru
*Delicate* – Damien Rice
*I Should Go – Solo Version* – James Vincent McMorrow
*Downtown* – Lilla Vargen
*Fine Line* – Harry Styles
*I Should Live in Salt* – The National
*Strangers* – J-pag
*Wait for You* – Ocie Elliott
*Iris* – Go-Jo
*Wings* – Luca Firth
*You Might Find Yours* – Tom Rosenthal

# Kann man jeden Menschen lieben?

*Ein Experiment zur Psychologie der Zuneigung*

**Hintergrund:**

In der Sozialpsychologie wird Liebe als Einstellung definiert, die sich durch affektive (gefühlsbetonte), kognitive (gedankenbetonte) und verhaltenstechnische Elemente auszeichnet. Forschende gehen davon aus, dass innerlich veranlagte Aspekte wie Sympathie sowie äußerlich veranlagte wie Attraktivität zwar Effekte sind, die eine anfängliche Anziehung fördern, allerdings keine Voraussetzung für die Bildung von Zuneigung darstellen. Zentraler für diese ist die Bereitschaft, ehrlich miteinander zu interagieren, um dem Gegenüber die Möglichkeit zu geben, Verständnis und darauf aufbauend ein Gefühl der Verbundenheit zu entwickeln. Die dadurch entstehende psychische Intimität begünstigt wiederum (sofern beide grundlegend sexuelle Anziehung gegenüber anderen Menschen empfinden) physisches Verlangen und führt letztlich zu einem geistigen und körperlichen Zustand, der allgemeinhin als **Verliebtheit** bezeichnet wird.

**Hypothese:**

*Unter gewissen Grundvoraussetzungen (räumliche Nähe, ähnliche Lebensumstände und Altersspanne etc.) ist es möglich, für jeden Menschen, der sich einem komplett und ohne Vorbehalte öffnet, tiefgehende Gefühle zu entwickeln.*

**Aufbau und Durchführung*:**
Die Proband:innen treffen sich regelmäßig über einen Zeitraum von drei Monaten hinweg. Es werden hundert beispielhafte Fragen vorgegeben, die um weitere ergänzt werden, die durch Gespräche und Erlebnisse entstehen. Über die gegenseitige Beantwortung dieser hinaus beziehen die Proband:innen einander in die wichtigsten Bereiche ihres Lebens ein: **F**reunde, **A**lltag, **F**amilie, **A**lleinsein (**FAFA**). Dies geschieht durch Erzählungen und durch aktive Teilnahme. Abgeschlossen wird das Experiment mit einem vierminütigen Blickkontakt, durch den die gebildeten Gefühle füreinander gefestigt und erkannt werden. Oberste Prämisse des Experiments stellt allumfassende Ehrlichkeit dar, sowohl beim Reden als auch beim Zuhören. Dies bedeutet: Es werden keine vorführenden Nachfragen gestellt, es findet kein Bewerten, vor allem kein Herabwerten, und kein (Vor-)Verurteilen statt. Alle Gedanken, Gefühle und Bedürfnisse des Gegenübers werden vorbehalt- und diskussionslos akzeptiert.

**Bist du bereit, dich zu verlieben?**
Prof. Allison Dixon
Lehrstuhl für Sozialpsychologie

**Institut für Psychologie**
Windsbury University

* Der Fragenkatalog sowie weitere Anforderungen zur Durchführung und Dokumentation können den Anlagen entnommen werden.

# 1. Kapitel

## MAY

Ich war nie gut im Vergessen.

Schon als Kind konnte ich mir Dinge merken, die andere als unwichtig einstuften. Die Art, wie das Gemüse im Supermarkt angeordnet war, die Reihenfolge der eingestaubten Gewürzdosen im Regal meiner Großmutter, die Farben jedes Fensterrahmens in unserer Straße.

*»Dein Gedächtnis ist ein Segen«*, hatte meine erste Klassenlehrerin zu mir gesagt, weil ich jedes Gedicht innerhalb weniger Stunden auswendig lernen konnte. Ich hatte lang gedacht, dass sie recht hatte. Dass es mich zu einem besseren Menschen machen würde, mich an Dinge zu erinnern.

Je älter ich wurde, desto mehr konzentrierte sich meine Erinnerungsfähigkeit auf einen bestimmten Menschen: Angus' Stundenplan und seine Freizeitaktivitäten, die Daten seiner Klassenarbeiten, auf wen ich zuerst tippen musste, wenn er sich mit einem Freund gestritten hatte, seine bevorzugte Art, Müsli zu essen (immer die Milch zuerst, eine Prise Zimt, die Rosinen vorher raussuchen). Mein Kopf wurde zu einem Glas für die Details in Angus' Leben. Und selbst jetzt, obwohl ich seit zweieinhalb Jahren keine neuen Erinnerungen hineinwarf, waren sie alle noch da.

In letzter Zeit war ich mir gerade deshalb nicht mehr sicher, ob mein gutes Gedächtnis wirklich ein Segen war. Ich wünschte oft, ich wäre besser im Vergessen. Ich wünschte, ich könnte Erinnerungen selektieren und die aus meinem Gedankengewebe zupfen, die wehtaten. Und ich wünschte vor allem, ich könnte das für die Menschen tun, die ich liebte.

Mein Blick wanderte von der Eichenholzplatte vor mir, auf der unsere pastellfarbenen Becher standen, über die umliegenden Stühle und Tische hinweg bis zu dem Tresen, an dem Elsie gerade einen Teller entgegennahm.

Sie hatte ihr Haar zu einem Dutt gebunden, trug einen Hoodie über lockeren Boyfriend-Jeans und alles an diesem Bild tat mir weh. Wenn ich an Elsie dachte, kamen mir zuerst Tüll und Spitze in den Sinn, dazu hohe Schuhe und dunkler Lippenstift. Sie liebte es, ein Mittelpunktmensch zu sein, ohne dabei je egozentrisch zu wirken. Ich hatte das auf Anhieb an ihr bewundert. Mittelpunkte beunruhigten mich, weil man von dort aus nicht in alle Richtungen gleichzeitig blicken konnte. Elsie hingegen hatte, seit ich sie kannte, nie Angst vor dem Unvorhersehbaren gehabt, vor Überraschungen, vor freiem Fall. »*Nur weil etwas Schlimmes passieren könnte, heißt das nicht, dass es passieren wird*«, hatte sie immer wieder gesagt, wenn ich mich darum bemüht hatte, ihr eine unbedachte Aktion auszureden. Und sie hatte recht behalten. All die Szenarien, die mein Sorgenkopf sich für sie ausgemalt hatte, waren nicht eingetreten.

Bis zu diesem einen Mal. Dieses Mal hatte Elsies freier Fall mit einem Aufprall geendet und sie war noch nicht wieder aufgestanden. Seit etwas über einer Woche sah ich ihr dabei zu, wie sie versuchte, sich selbst aus dem Mittelpunkt heraus in Ecken zu drängen – und wie sie daran scheiterte. Auch jetzt.

Die Typen am Tisch neben dem Tresen hatten Elsie bemerkt, einer von ihnen deutete auf sie und raunte seinem Freund etwas zu. Dieser lachte und rief ein paar Worte in Elsies Richtung, die im Mahlen der Kaffeemaschine und der

Jazzmusik untergingen. Ich wusste, dass sie sie trotzdem gehört hatte, weil sich ihre Schultern verspannten. Sie drehte sich jedoch nicht zu ihnen um, sondern reichte dem Barista das Geld und kam dann auf unseren Tisch zu.

Ich rang mir ein Lächeln ab, als sie sich gegenüber von mir auf ihren Stuhl direkt an einer Säule sinken ließ. Die Wände waren mit unverputztem Backstein ausgelegt, was dem Café etwas Ursprüngliches verlieh. Über uns hingen passend dazu Industrie-Glühbirnen an einem Stahlträger und warfen gelbe Kreise auf das Holz. Das *delicate* lag am Rand von Windsburys Stadtkern. Elsie hatte es ausgesucht, vermutlich hatte sie gehofft, hier keinem Kommilitonen über den Weg zu laufen.

Ehe ich entscheiden konnte, ob ich den Vorfall mit den beiden Typen ansprechen sollte, schob Elsie den Apfelkuchen in die Mitte des Tischs und reichte mir eine der Gabeln. »Also, wie läuft es in eurem Palast? Gibt's schon was Neues wegen der Förderung?«, fragte sie betont gleichmütig.

Sofort wurde meine Sorge um sie von einer anderen überspült. Ich dachte an den Umschlag, den ich heute Morgen aus dem rostroten Briefkasten der Mulberry Mansion gefischt hatte. Ich hatte nur einen Blick auf das Wappen der Universität werfen und den dünnen Briefbauch befühlen müssen, um zu wissen, dass wir erneut gescheitert waren.

Pünktlich zum Semesterbeginn hatten wir den ersten dieser Briefe erhalten – um einiges dicker und doch mit einer recht simplen Aussage: Das neue Semester an der Windsbury University begann nicht nur mit einem Wechsel des Vizekanzleramts, sondern auch mit einer Umstrukturierung der finanziellen Mittel. Darunter die Fördergelder für studienbegleitende Projekte, zu denen auch das Wohnprojekt rund um die Mulberry Mansion zählte.

Ich hatte den Brief fünfmal lesen müssen, ehe ich sicher gewesen war, mich nicht zu irren: Unsere Förderung wurde um dreißig Prozent gekürzt. Dreißig Prozent von einer Summe, die sowieso schon nur knapp ausreichte, um die laufenden Kosten unseres eigensinnigen Zuhauses zu decken. Die größten Renovierungen hatten wir zwar im letzten Semester abgeschlossen, als wir gemeinsam mit den Bewohnenden anderer Villen, die der Visionary Housing Foundation unterstanden und an Studierende nahe gelegener Universitäten vermietet worden waren, an einem Wettbewerb teilgenommen hatten. Innerhalb von ein paar Monaten hatten wir versucht, die Mulberry Mansion bestmöglich instand zu setzen. Doch obwohl wir mit dem Ergebnis mehr als zufrieden gewesen waren, hatte die Jury unsere Villa nicht zur Siegerin gekürt – und uns damit auch nicht das Preisgeld gegeben, das wir gut hätten gebrauchen können. Denn noch immer war das Haus weit davon entfernt, intakt zu sein. Es war alt und ein wenig angeknackst und brauchte Pflege und Liebe, um nicht auseinanderzubrechen. Und Geld. Sosehr es mir missfiel, das zuzugeben: *Wir* brauchten Geld. Also hatten meine Mitbewohnenden und ich mehrere Versuche unternommen, uns mit der neuen Universitätsleitung rund um Livia West in Verbindung zu setzen. Bislang ohne Erfolg.

»Nein«, erwiderte ich verzögert auf Elsies Frage. »Auf unser letztes Anschreiben kam nur wieder ein Verweis auf die wohldurchdachte Umstrukturierung der Gelder zurück. Unterzeichnet vom Sekretariat, wir haben es also nicht einmal bis ganz nach oben geschafft.«

Elsie schob die Teigkrümel auf dem Teller hin und her. Ich wusste, dass sie den Kuchen sowieso nicht anrühren würde. Seit Tagen aß sie nur das Nötigste, dabei war sie diejenige gewesen, die mir in der Woche unseres Kennenlernens erklärt hatte, dass Nachmittagskuchen eine ebenso wichtige Mahlzeit wie Frühstück wäre.

»Und was bedeutet das?«, fragte sie.

Ich hob die Schultern. Dieser Satz klang als unhörbares Echo in der Villa, seit der erste Brief eingetroffen war. Wir sprachen ihn nie laut aus, weil sich Antwortlosigkeit besser verleugnen ließ, wenn man die Frage gar nicht erst in den Mund nahm. »Dass wir es weiter probieren werden. Eine Weile kommen wir schon über die Runden, aber wenn sie unsere Förderung nicht wieder erhöhen, können wir auf Dauer unmöglich alle Kosten decken. Und das würde bedeuten …«

Ich brach ab, als ich die Typen bemerkte, die gerade noch am Tisch gesessen hatten und jetzt draußen am Fenster vorbeiliefen. Einer von ihnen klopfte gegen die Scheibe dicht an Elsies Kopf. Sie zuckte zusammen und fixierte die letzte Insel Milchschaum in ihrer Tasse. Ich sah ebenfalls nicht hinaus. Das musste ich auch nicht, um die Gesten der beiden zu verstehen.

Wenn Willow oder Avery hier gewesen wären, wäre mindestens eine von ihnen schon auf dem Weg nach draußen gewesen, um den Typen – in Willows Fall – eine Ansage mit sechzig Prozent Fluchanteil zu machen oder – in Averys Fall – eine strafrechtliche Erklärung des Begriffs *Belästigung* vorzutragen. Ich hingegen streckte meine Hand nach Elsies aus, die sich um den himmelblauen Becher verkrampft hatte.

Sie kniff die Lippen zusammen und atmete hörbar durch die Nase aus. Ihr blasses Gesicht war mit feinen Sommersprossen besprenkelt, die dieselbe Farbe wie ihr Lidschatten hatten. Ich wusste, dass er teuer gewesen war und dass sie ihn aufgetragen hatte, um sich selbst daran zu hindern, zu weinen. Ich wusste auch, dass sie trotzdem kurz davor war, es zu tun. Ich wusste es und ich verstand es und es tat mir so weh, dass ich am liebsten auch geweint hätte.

»Wollen wir doch lieber zu dir gehen?«, fragte ich leise, als die Typen endlich weitergegangen waren und Elsie in sich zusammensackte.

Sie schüttelte den Kopf und entzog mir ihre Hand. »Dann kann ich auch gleich die Uni wechseln. Das ist jetzt mein Leben, ich muss damit klarkommen.«

»Es wird nicht ewig so sein«, flüsterte ich, obwohl die Tische um uns herum alle frei waren. »Die Leute werden das bald vergessen haben.«

Elsie lächelte bitter, ohne aufzusehen. »Das hier ist Windsbury, May. Ein Sexvideo, das mitten in der Uni aufgenommen wurde, ist so ziemlich das Aufregendste, das hier seit fünfzig Jahren passiert ist.«

Manchmal wäre ich gern eine bessere Lügnerin. Ich hätte ihr am liebsten gesagt, dass das nicht stimmte, dass unsere Kommilitonen in ein paar Tagen aufhören würden, darüber zu sprechen. Dass ich nicht auch nach einer Woche noch täglich Gesprächsfetzen auf den Fluren auffing, in denen es um dieses Video ging. Dass ich nicht sehen würde, wie Leute auf dem Campus Elsie anstarrten – mit Hohn, Verachtung oder einer unterschwelligen Gier in den Augen, teilweise auch mit einer Mischung aus allem. Ich hätte sie gern vor der Wahrheit beschützt, aber Elsie war zu sensibel, um nicht zu bemerken, dass sie von ihr umzingelt war.

»Du könntest immer noch Anzeige erstatten«, schlug ich stattdessen vor.

Sie schnaubte, ein kläglicher Ton. Mit beiden Händen zerrte sie die Ärmel ihres Hoodies hinunter, sodass ihre Finger unter dem Stoff verschwanden. »Wozu? Damit die Uni-Leitung das Video zu sehen bekommt und noch dazu mein Geständnis hat, dass tatsächlich ich darauf abgebildet bin? Du weißt genau, für wen das letztlich Konsequenzen hätte. Die würden *ihn* nicht rauswerfen. Nicht, wenn seine Familie jährlich Unsummen an Spendengeldern in die Uni steckt.«

Wieder hätte ich gern gelogen und ihr widersprochen. »Das ist alles nicht fair.«

»Nein. Trotzdem ist es wahr.« Elsie presste die Augen zusammen, als würde sie spüren, wie sich die Tränen darin aufbauten.

Ihre Lider schimmerten ebenso wie der Asphalt vor dem Caféfenster. Es war Anfang März und der Frühling begann, sich mit trägen Bewegungen in Windsbury auszubreiten. Ich liebte diese Jahreszeit, doch jetzt gerade fühlte sich alles so sehr nach Winter an, dass ich meine Hände um den tröstlich warmen Teebecher schloss.

»Wieso sagst du es nicht endlich?«, fragte Elsie nach einer Weile tonlos.

Ich runzelte die Stirn. »Was denn?«

»Na: *Ich hab es dir gleich gesagt.*« Sie lachte und schniefte zeitgleich, wischte sich mit dem Ärmel über die Nase. »Denn das hast du. Du hast mir gesagt, dass ich mich nicht auf einen von denen einlassen soll, du hast mir gesagt, dass ich nicht zu dieser Party gehen soll. Und ich war so bescheuert und hab es dennoch gemacht.«

»Das ist trotzdem nicht deine Schuld«, widersprach ich ernst. »Nichts davon. *Er* hat das Video verbreitet. Er und seine Freunde, die sich ständig egoistisch und gemein und verantwortungslos benehmen. Es ist allein ihre Schuld, dass du das jetzt durchmachen musst.«

Meine Worte fühlten sich unangenehm erhitzt an. Wut war kein Gefühl, das ich oft verspürte, und wenn ich es tat, konnte ich schlecht damit umgehen. Aber in letzter Zeit war ich oft wütend. Wütend auf den Typen, der Elsie in diese Situation gebracht hatte, einfach weil Menschen wie ihm sämtliche

Konsequenzen egal waren. Weil ihnen *alles* egal war. Weil sie es gewöhnt waren, dass die Folgen ihrer Handlungen von ihren Eltern unter handgestickte Teppiche oder Marmorsockel gekehrt wurden.

Elsie schüttelte den Kopf. »So einfach ist das nicht. Er hat mich zu nichts gezwungen, ich wollte es. Nennen wir es beim Namen: Ich hatte freiwillig Sex mit Lucas Fox auf einer beschissenen, illegalen Party im Foyer des Wirtschaftswissenschaftsgebäudes, direkt unter einer Überwachungskamera. Ich bin selbst schuld.«

»Das ist nicht wahr.« Meine Stimme klang belegt. Schon als Elsie mir am Morgen danach von der Party erzählt hatte, hatte ich diese unangenehme Mischung aus Vorahnung und Sorge gespürt. Lang bevor sie erfahren hatte, dass Lucas und sie von einer Kamera aufgezeichnet worden waren, indem sie auf dem Campus auf widerliche Weise von einer Gruppe Kerle angesprochen wurde, die genau dieses Überwachungsvideo auf ihren Handys hatten und es ihr breit grinsend zeigten.

Elsie hatte sich nicht bemüht herauszufinden, wie die Aufnahme ihren Weg von der Universitätskamera auf die Handys der Hälfte der Studierenden der WU gefunden hatte. Sie hatte nicht einmal versucht, mit Lucas darüber zu sprechen. Im Grunde war das auch nicht nötig. Ein Blick auf ihn und seine Freunde und man wusste, dass er kein Problem damit hatte, dass es einen Videobeweis von Elsies und seiner gemeinsamen Nacht gab. Oder dass dieser immer weiterschwingende Kreise über den Campus zog, als hätte man einen Stein über die Oberfläche eines Sees hüpfen lassen. Und das konnte für mich nur eines bedeuten: Er hatte ihn selbst geworfen.

Ich war so wütend auf ihn. Und auf mich, weil ich Elsie nicht davor bewahrt hatte. Schon in dem Moment, in dem Elsie, Avery und ich vor ein paar Monaten erstmals vor dem

*Cinematic*, einem Club in der Innenstadt, mit Lucas Fox gesprochen hatten, hatte ich geahnt, dass diese Begegnung Schatten hinter sich werfen würde. Ich hatte nur nicht gedacht, dass sich diese so fest an Elsies Fersen heften würden.

Die Freundesgruppe, der Luke angehörte, war Teil der Campuselite, aber es stimmte, was man sagte. Es war *nicht* alles Gold, was glänzte. Manchmal war es nur Dunkelheit, die vorteilhaft lackiert worden war.

»Hör auf, so nett zu sein, May. Sei doch wenigstens ein bisschen wütend oder enttäuscht oder … genervt von mir. Ich hab Scheiße gebaut, okay? Ich weiß genau, dass du das auch denkst.«

»Das würde ich nie tun. Du bist meine beste Freundin.«

Sie lächelte freudlos. »Vielleicht solltest du dir das noch mal überlegen. Sonst denken die Leute bald, dass du genauso ein Flittchen bist wie ich.«

»Hey.« Streng suchte ich ihren Blick. »Sag so was nicht über dich. Es ist nichts verkehrt daran, Sex zu haben, wenn du das willst. Und du kannst nichts dafür, dass er das, was nur euch etwas angeht, mit der halben Uni geteilt hat. Du bist so viel besser als Lucas Fox. Oder seine Freunde. Oder jeder Mensch auf diesem Campus, der es wagt, dich deswegen zu verurteilen.«

»Das scheinen die aber anders zu sehen. Die begaffen mich, als wäre ich eine Prostituierte in einem Amsterdamer Rotlichtviertel-Schaufenster, während sie ihn jetzt nur noch mehr feiern, als wäre er ein verdammter Popstar.« Ihre Unterlippe bebte, die ersten Tränen bauten sich in ihren Augen auf. »Die Leute zeigen nie auf ihn, immer nur auf mich. Selbst die aus meinen Kursen reden über mich, wenn sie denken, ich bekomme es nicht mit. Das ist demütigend und ich … fühl mich so allein damit.«

Ich neigte mich über den Tisch, bis die Schleife meines Kleiderträgers fast in den Kuchen hineinhing. »Bist du aber nicht. Du hast mich. Und du wirst sehen, diese ganze Sache ist bald vergessen.«

»Versprochen?«, wisperte sie.

In diesem Moment sah sie nicht aus wie eine zweiundzwanzigjährige Medienkommunikationsstudentin, sondern wie ein kleines Mädchen, das Angst vor Monstern unter ihrem Bett hatte. Wieder musste ich an Angus denken. An all die Abende, an denen ich ihn ins Bett gebracht und auf seiner Matratzenkante gesessen hatte, bis er eingeschlafen war. *»Bleibst du hier, bis Mum zurück ist?«*, hatte er jeden Abend gefragt, und ich hatte jedes Mal erwidert: *»Versprochen.«* Ich konnte nicht zählen, wie viele Nächte ich auf seinem Zimmerboden verbracht hatte, um mein Versprechen nicht zu brechen.

»Versprochen«, sagte ich mit aller Entschiedenheit, die ich aufbringen konnte. Das war keine Lüge, durfte es einfach nicht sein. »Alles wird gut, El. Wir halten uns einfach in Zukunft fern von diesen Menschen, okay? Auch versprochen?«

Sie lachte erneut, immerhin bauten sich die Tränenberge in ihren Augen wieder ab. Eine einzelne bronzeschimmernde Spur rann über ihr Kinn. »Versprochen. Aber als bräuchtest du diese Erinnerung. Du machst immer alles richtig. Dir würde so was nie passieren.«

*Ich mache nicht immer alles richtig*, dachte ich und schluckte es mühsam mit Kräutertee herunter. An manchen Worten klebten Erinnerungen und an diesen welche, die ich wirklich, wirklich gern vergessen hätte.

Die Sonne blich bereits aus, als ich mich auf den Weg zur Villa machte. Ich stieg am Stadtrand aus dem Bus und lief den Rest. Die Felder, die die schmale Landstraße säumten, begannen allmählich, sich aus ihrem Wintergrau zu schälen. Auf den ersten fing der Raps an, seine grünen Triebe auszubilden. Je näher ich der Mulberry Mansion kam, desto ruhiger wurde die Welt. Die Straße verzweigte sich in dünne Kieswege und die paar Reifenspuren, die ich entdeckte, stammten mit Sicherheit von unseren Autos.

Der Wind strich um meine nackten Waden und unter die Wolljacke. Es war eigentlich noch zu früh für meine Sommerkleider, ich ertrug es allerdings keinen Tag länger als nötig, warme Sachen zu tragen. Ich war kein Wintermensch, ich war ein Sommermädchen. Ich liebte frische Luft an Haut, das Grün, das um sich griff, den sanften Silberfilm der Sonne, der sich über dem Boden ergoss.

Aber es war erst Anfang März, der Wald, an dem ich vorbeilief, warf seine Schatten auf mich und in meinem Kopf krochen die von dem Gespräch mit Elsie. Ich wusste, dass ich mir ihren Schmerz nicht aneignen durfte, doch ich konnte nichts dagegen tun, dass ich ihn spürte.

Manchmal kam es mir so vor, als wäre mein Herz ein Sorgenmagnet. Wenn es jemandem nahekam, zog es automatisch all den Schmerz dieses Menschen an und wob es zwischen seine eigenen Fasern. Ich hätte das ohne zu zögern akzeptiert, wenn das im Umkehrschluss bedeutet hätte, dass es aus dem Herzen des anderen verschwand. Doch viel zu oft war geteiltes Leid nicht halbes Leid, sondern einfach nur doppeltes.

Elsie litt und ich litt, aber ich konnte ihr ja doch nicht helfen. Ich konnte nicht rückgängig machen, dass sie auf diese Party gegangen war und mit Lucas geschlafen hatte. Ich konnte nicht rückgängig machen, dass er – wie oder wieso auch immer – dafür gesorgt hatte, dass das Video sich verbreitete. Ich konnte nichts tun, außer für sie da zu sein, und obwohl ich wusste, dass das kein Nichts war, fühlte es sich momentan nicht nach einem Genug an. Und das machte mich so hilflos und traurig, dass ich am liebsten schon wieder geweint hätte.

Ich drängte den Druck beiseite und nahm mein Handy aus der Korbtasche, die bei den Sachen gewesen war, die Avery und Eden letzten Herbst vom Dachboden der Villa geholt hatten. Ich hatte einen der eingerissenen Henkel durch übrig gebliebenen Vorhangstoff in Wolkengrau ersetzt. Angus' Lieblingsfarbe, eine permanente Erinnerung an etwas, das ich sowieso nie vergessen würde.

Ich atmete tief durch, rief seinen Namen auf dem Handy auf und presste es an mein Ohr. Ich wusste genau, was jetzt kommen würde. Zweiundzwanzig Sekunden Tuten, eine Sekunde Stille, die kurze, ruppige Ansage seiner Stimme, die nicht mehr beinhaltete als seinen Namen.

*Angus Little.*

Noch ein Piepston, ein winziger Stich in mein Herz und dann meine Stimme, die sich bemühte zu verbergen, wie weh es tat, in eine Maschine zu sprechen, wenn ich meinen kleinen Bruder vermisste.

»Hey, Gus. Ich weiß, es ist früher als sonst, aber ich laufe gerade nach Hause und dachte, dann kann ich auch gleich anrufen. Ich hab mich nach der Uni noch mit Elsie getroffen, ihr geht es momentan nicht so gut.«

Ich blieb stehen, betrachtete das Dach des Waldes. Die Baumwipfel streckten sich nach den Wolken aus, als wollten sie diese mit ihren Astfingern zerrupfen. Ich hätte das auch gern gemacht. Ich hätte mir gern Wolkenwatte in eins meiner Kleider als Schutzschicht genäht, damit diese Welt mich nicht mehr so verletzen konnte, einfach indem sie war, wie sie war.

»Weißt du noch, als du meintest, ich wäre ein Elefant? Ich weiß, dass du das gesagt hast, weil ich dir früher so … groß vorkam, aber ich glaub, ich hätte wirklich gern eine Elefantenhaut. Die Menschen sind oft so gemein zueinander und ich hab das Gefühl, dass das schlimmer wird, je älter man wird. Als würde man Empathie verlernen. Ich hoffe, dass du nur Menschen um dich hast, die das nie verlernen. Und ich hoffe, dass *du* das nie verlernst. Und ich hoffe …« Meine Stimme knickte weg. *Und ich hoffe, dass es ein Universum gibt, in dem du dir meine Nachrichten anhörst.*

Ich atmete tief durch und legte den Kopf in den Nacken, blinzelte hinauf. Das Frühlingsblau war von weißen fasrigen Schlieren durchzogen. Zirruswolken, Angus' Lieblingswolken. »An meinem Himmel hängen heute übrigens Federwolken, aber ich glaub nicht, dass es bald regnet. Dafür ist es viel zu schön. Wie … fluffige Federwolken, wattebedecktes Windsbury, maihafter März.« Ich stockte und lächelte matt. »Schon gut, ich weiß, dass du es albern findest, wenn ich das mache. Ich hör jetzt auch auf, ich bin fast bei der Villa. Hab dich lieb, Gus. Pass auf dich auf. Bis morgen.«

Ich legte auf und ging weiter. Zweiundzwanzig Sekunden nach dem Wählen bis zur Mailboxansage, zweiundzwanzig Sekunden nach dem Auflegen, bis ich den Nachhall dieses Schmerzes beiseiteschieben konnte. Zurück in die Herzkuhle, die er sich vor zweieinhalb Jahren gegraben hatte.

Ich hatte es vor den anderen nie ausgesprochen, aber einer der Gründe, warum ich mich bei dem Wohnprojekt beworben hatte, war der Name der Villa gewesen. Mulberry Mansion. Zwei Wörter, die sich im Mund anfühlten, als würde man einen Bonbon herumrollen, und vor allem eine Alliteration. Mittlerweile eine meiner liebsten.

Immer wenn ich das Tor öffnete und auf den Kiesweg zwischen die Maulbeerbäume trat, blieb ich kurz stehen. Obwohl ich seit Monaten hier lebte, überkam mich jedes Mal ein Anflug von Ehrfurcht, Dankbarkeit und Zuneigung, sobald ich die Villa aus der Ferne betrachtete.

Die dunkle Backsteinfassade, die mit Efeu überwuchert war und in ein paar Wochen zusätzlich wieder unter blühendem Blauregen verschwinden würde, die Art, wie die Sonne in etlichen Fenstern reflektiert wurde, als würde das Haus einem zuzwinkern, die Kaminfinger, aus denen in den letzten Monaten ständig Rauch gestiegen war. Je größer die Villa vor mir wurde, desto mehr löste sich die Schwere meiner Gedanken. Ein Zuhause war im besten Fall immer auch eine Zuflucht, manchmal am allermeisten vor sich selbst.

»Hallo«, flüsterte ich, als ich bei der Mulberry Mansion angekommen war. Ich strich über die splittrige blassblaue Haustür und warf einen Blick auf unser gleichfarbiges Wappen, das darüberhing. Acht winzige Initialen um das große Doppel-M herum geritzt, eine permanente Erinnerung daran, dass wir zusammengehörten. Das Haus und wir, seine Bewohner und Bewohnerinnen, weil es ohne das Haus nie ein Wir gegeben hätte und es deswegen immer ein Teil von uns sein würde.

Drinnen wurde ich sofort von diesem einzigartigen Duft der Villa begrüßt. Er hatte sich verändert, seit wir hier waren. Das Staubige, leicht Kühle war verblasst, darüber hatten sich die Gerüche unserer Jacken, Parfums und Waschmittel gelegt. Ein Jasmin, den Maxton zum Überwintern reingeholt hatte, verbreitete herben Duft im Flur, Versailles' Heu- und Federgeruch aus dem Salon legte sich fein darunter. Und aus der Küche kam … der von Tomatensoße.

Ich runzelte die Stirn und warf einen Blick auf meine Uhr. Eigentlich war ich heute mit Kochen dran, es war aber auch erst kurz nach fünf. Dennoch stand Avery am Herd und sah vom Topf auf, als ich kurz darauf die Küche betrat.

»Hi.« Sie lächelte mir zu und klopfte den Holzlöffel am Rand ab, ehe sie ihn darüberlegte.

»Hey.« Mein Blick wanderte von der köchelnden Nudelsoße hin zu dem Stapel Teller, der schon zum Decken bereitstand. »Wollten wir heute früher essen?«

»Nein.« Sie stützte sich mit den Händen an der Holzkante der Arbeitsplatte ab. »Ich hatte nur keine Lust mehr zu lernen und dachte, so kann ich mein schlechtes Gewissen kompensieren.«

Sie grinste schief, was jedoch nicht den leichten Schatten verbergen konnte, der sich in ihrem Blick abzeichnete, ehe sie meinem auswich. Besorgt musterte ich sie. Avery hatte sich das braune Haar zu einem Knoten gebunden, einige lose Strähnen umrahmten ihr schmales Gesicht. Sie hatte klassische Züge und sehr ernste Augen, das war das Erste, was ich damals gedacht hatte, als ich an der Haustür in sie hineingestolpert war. Seit ein paar Wochen hatte sich der Ausdruck in ihnen erhellt. Fast so, als würden die Bernsteinsprenkel stärker leuchten, seit Avery und Eden wieder Avery und Eden waren.

Jetzt wirkte sie seltsam angespannt. Ihre Finger klopften ungleichmäßig auf das Holz, das sie umklammert hielt, ein eindeutiges Zeichen dafür, dass sie irgendetwas beschäftigte. Ehe ich nachfragen konnte, kam sie mir zuvor. »Wie geht's Elsie?«

Ich hatte meinen Mitbewohnenden nicht von Elsie und Lucas erzählt, aber obwohl sie sich in ganz anderen Kreisen als die beiden bewegten, hatten sie von dem Video gehört. Ich war nicht sicher, ob einer von ihnen es auch gesehen hatte, doch ich wusste, dass alle darüber entsetzt gewesen waren.

In unserer Villenblase war die Campuswelt manchmal so weit weg, dass man beinahe vergaß, wie grausam sie sein konnte. Hier war alles noch heil. Mir war bewusst, wie absurd das auf Außenstehende wirken musste. Acht Studierende, die mit einem Huhn in einer großen alten Villa mitten im grün gewebten Nirgendwo lebten. Unser Zuhause bestand aus gemusterten Tapeten, Ornamenten an den Decken, dunklen Dielen, mottenlöchrigen Teppichen und Samtmöbeln. Aus gemeinsamen Essenszeiten, regelmäßigen Spiele- und Leseabenden, unendlich vielen Stunden, die wir jeder für sich und doch alle zusammen in unserem Wohnzimmer verbrachten, aus Barfußspaziergängen durch den Garten und stillen Lerntagen im Wald. *»Das muss doch furchtbar langweilig sein«*, hatte eine Kommilitonin mal zu mir gesagt, als ich von unserem Alltag erzählt hatte. Aber es war nicht langweilig. Es war gemütlich, natürlich und … friedlich. Es verband alles, was ich liebte.

Das, was Elsie gerade passierte, wäre wie vieles andere vom Campus an unserer Blase abgeprallt, wenn sie nicht meine beste Freundin gewesen wäre. Ich hatte ihren Schmerz hierhergebracht – ein dünner Riss im Villenglas. Er würde erst wieder heilen, wenn Elsie anfing zu heilen. Die Frage war nur, wann das sein würde.

»Elsie geht es … unverändert, denke ich.« Ich stellte meine Korbtasche auf einem der Hocker des Küchentresens ab, den Eden und Helen gezimmert hatten.

Avery strich sich die Ponyfransen aus der Stirn und verschränkte die Arme vor der Brust. »Und sie ist sich sicher, dass sie diesen Kerl nicht anzeigen will? Was er getan hat, ist nicht nur abscheulich, sondern auch illegal. Ich könnte mich ein bisschen schlaumachen, welche Ansätze eine Anklage verfolgen könnte. Vielleicht würde ihr das Mut machen.«

Ich lächelte schwach und begann, die benutzten Kaffeetassen vom schnellen Vor-der-Uni-Frühstück zu stapeln und zur Spüle zu tragen. »Lieb von dir, aber ich glaube, das würde nichts bringen. Sie hat Angst, dass sie von der Uni fliegt, wenn herauskommt, dass sie dort war. Außerdem reden wir hier von Lucas Fox. Es gibt nicht viel, was sich Typen wie er nicht erlauben können.«

Avery kaute auf ihrer Unterlippe herum, als suchte sie nach einem rechtlichen Schlupfloch. Nicht zum ersten Mal, allerdings wie immer mit demselben Ergebnis: Es gab keins. Sie stieß ein frustriertes Seufzen aus. »Das macht mich so wütend.«

»Ich weiß. Aber es ist Elsies Entscheidung, wie sie damit umgehen will.« Ich knuffte sie in die Seite, ehe ich nach dem Kochlöffel griff und die Soße umrührte. Sie roch auffallend stark nach Thymian, unser Mitbewohner Beckett würde mit Sicherheit einen halben Nervenzusammenbruch bekommen.

»Richtig. Sag ihr trotzdem, dass ich ihr jederzeit helfen würde, wenn sie es sich anders überlegt, okay?«

»Mach ich.« Ich legte den Löffel wieder beiseite. »Wo steckt Eden?«

Sofort lichtete sich der dunkle Ausdruck auf Averys Gesicht, ihre Kanten wurden weicher. Willow spottete oft, dass sie das Bedürfnis hatte, Avery eine Papiertüte über den Kopf zu ziehen, wenn diese auch nur an Eden *dachte*, aber ich fand das schön. Es gab nicht vieles, was attraktiver war, als wenn man jemandem Liebe ansehen konnte.

Bis heute war ich nicht sicher, was in den letzten Monaten genau zwischen den beiden passiert war. Die ersten Wochen nach Averys Einzug waren sie sich aus dem Weg gegangen, nur um sich heimlich gegenseitig zu beobachten. Irgendwann hatte sich die Atmosphäre zwischen ihnen entspannt und kurz darauf beinahe elektrisch aufgeladen. Knapp vor Weihnachten hatten sie sich kurzzeitig getrennt, aber seit Silvester waren sie nicht mehr auseinanderzudenken. Ich hoffte, dass das von

Dauer war. Ich hatte es selten erlebt, dass zwei Menschen so unübersehbar gut füreinander waren – einfach, indem sie füreinander *da waren.*

»Er ist arbeiten. Celine ist krank und David brauchte jemanden für die Hörbuchaufsicht.«

»Und du bist nicht hingefahren, um ihm zuzuhören?«

Avery verzog den Mund, als wäre es ihr unangenehm, dass sie und Eden so oft zusammensteckten. Ehe sie antworten konnte, schob sich Willow durch den Türrahmen zum Esszimmer in die Küche. Ihrem Lachen nach hatte sie meine Frage gehört. Es wunderte mich nicht, Willow konnte leicht verplant und durch den Wind sein, aber sie hatte ein ausgesprochen bemerkenswertes Gespür für die Dinge, die nicht für sie bestimmt waren.

»Wozu sollte sie hinfahren?«, meinte sie jetzt mit einem anzüglichen Grinsen. »Sie bekommt immerhin allabendlich eine Gratiskostprobe. Wobei ich darauf wetten würde, dass Vorlesen nicht das Bevorzugte ist, was er mit seinem Mund anstellt, wenn die Türen sich schließen.«

Ich biss mir in die Wange, während Wärme hineinkroch. Willow hatte durchaus recht – wenn jemand das beurteilen konnte, dann ich. Da mein Zimmer genau zwischen Averys und Edens lag, spielte es keine Rolle, in welchem davon sie ihre Zeit verbrachten: Ich war immer irgendwie zu nah dran.

Avery verzog *ihren* Mund noch weiter. »Vielen Dank, Willow.«

»Gern geschehen. Braucht ihr hier noch lang? Beckett und Sienna diskutieren über etwas, was ich nicht kapiere, Maxton besprüht sein Grünzeug und mir wird langsam bedrohlich langweilig. Wenn das so weitergeht, fange ich noch an, Edens staubtrockene Unilektüre zu lesen, und wisst ihr noch, wie böse er letztens auf mich war, als ich das Lesezeichen verschoben hab?« Sie verdrehte die Augen. »Also bitte, erlöst mich und kommt jetzt rüber.«

»Rüber?« Verständnislos sah ich von Willow zu Avery, die wieder schuldbewusst wirkte. »Wollt ihr jetzt schon essen?«

Avery schüttelte den Kopf. »Wir haben auf dich gewartet, weil wir was besprechen wollen.«

Sofort spannte sich mein Körper an. Normalerweise war ich diejenige, die die Gruppentreffen einberief. Meistens, wenn irgendetwas im Haus kaputtgegangen war – was leider immer noch regelmäßiger passierte, als wir uns bald würden leisten können. »Oh, nein. Was ist passiert?«

»Nichts.« Avery drehte den Herd runter und legte den Deckel auf den Topf. »Wir wollen nur was bereden. Eigentlich alle zusammen, aber da Eden arbeiten ist und Helen noch in der Uni feststeckt ... wird es auch so gehen.«

»Muss ich mir Sorgen machen?«, fragte ich, als würde das eine Rolle spielen. Als würde ich mir nicht immer Sorgen machen.

»Nein, gar nicht.« Averys Lächeln war so verkrampft, dass ich nur noch unruhiger wurde.

Zögerlich folgte ich den beiden ins Wohnzimmer. Beckett und Sienna saßen auf einem der Sofas und unterhielten sich, Maxton stand auf einem Hocker neben der verglasten Terrassentür und wischte mit einem Lappen über die Blätter einer der Pflanzen, die in Tonkübeln von der Decke hingen. Der Garten hinter der Scheibe färbte sich in der ansetzenden Dämmerung bläulich, unser Wohnzimmer durch die alten Lampen orangestichig. Ich bezweifelte, dass es einen schöneren Komplementärkontrast geben könnte.

»Da sind wir«, verkündete Avery und setzte sich neben Sienna aufs Sofa. Maxton und Willow nahmen auf dem anderen Platz, ich ließ mich auf einen der Sessel sinken.

»Okay, was ist los? Hab ich was falsch gemacht?«

Sienna lachte. »Bitte, May. Wann würdest du je etwas Falsches tun?«

Zweimal an einem Tag das gleiche Kompliment, das sich wie ein Vorwurf anfühlte. Ich verschränkte meine Hände im Schoß. »Was ist dann?«

»Es ist nur wegen der Fördergelder.« Maxton wischte sich die erdigen Finger am Lappen ab. »Wir haben eine Idee, wie wir es schaffen können, dass uns die Universität doch noch zuhört.«

Ich runzelte die Stirn, entspannte mich aber ein bisschen. Das war immerhin kein neues Problem. »Wir werden einfach noch einen Brief schreiben. Solang wir freundlich bleiben und ihnen unsere Lage erklären …«

»Du weißt, wir lieben dich«, unterbrach Beckett mich mit sanftem Spott in der Stimme, »aber mit Freundlichkeit kommt man in manchen Bereichen des Lebens nicht weit.«

Jetzt war ich nur noch verwirrt. »Also wollt ihr unfreundlich werden?«

Willow zog die Beine aufs Sofa und legte das Kinn auf den Knien ab. »Ich hätte absolut nichts dagegen, faule Eier gegen Livia Wests Auto zu werfen.«

Ich lächelte schwach. »Ich befürchte, das würde sie nicht einmal sonderlich interessieren. Sie hat wahrscheinlich einige zur Auswahl.«

»Genau.« Siennas Lächeln wurde verschlagener. »Und das ist der Punkt. Wir brauchen etwas, das Livia West interessiert, wenn wir wollen, dass sie uns zuhört.«

Ich spannte mich an. Wegen der Worte, in denen dieser vielsagende Unterton mitschwang, und wegen der Blicke der anderen, die ich jetzt endlich deuten konnte.

Sie sprachen nicht von etwas.

Sie sprachen von *jemandem*.

»Nein.« Entschieden schüttelte ich den Kopf. »Das geht nicht. Auf keinen Fall!«

»Ich hab euch gesagt, dass sie begeistert sein wird.« Avery trommelte mit den Fingerspitzen auf der Lehne des Sofas. Jetzt wusste ich immerhin, warum sie so schuldbewusst gewirkt hatte: Sie wusste ganz genau, dass *das* für mich keine Möglichkeit war.

Beckett seufzte gedehnt. »Das könnte aber leider unsere einzige Chance sein. Spätestens in ein paar Monaten haben wir sonst echt ein Problem.«

Ich grub die Finger in den Sessel. Allein bei dem Gedanken an diesen Menschen krampfte sich jeder Muskel in mir zusammen. »Glaubt mir. Wenn das unsere einzige Chance ist, dann haben wir bereits verloren.«

Maxton sah mich interessiert an. »Wieso? Er könnte ein gutes Wort für uns bei ihr einlegen. Er könnte …«

»Es ist egal, was er könnte«, fiel ich ihm leise ins Wort. »Er wird es nicht tun. Er würde uns nie helfen.«

»Woher willst du das wissen, bevor du ihn gefragt hast?« Es klang weder herausfordernd noch genervt. Eine einfache Frage, auf die ich eine einfache Antwort hatte.

»Manche Dinge weiß man einfach.«

Elsie behauptete oft, ich sah in jedem etwas Gutes, auch wenn es gar nicht da war. *»Du projizierst deine eigene Seele auf alle anderen. Du willst in jedem eine Sonne sehen, dabei sind manche Menschen einfach kleine Monde, die dein Licht reflektieren«*, hatte sie bei einem unserer ersten Treffen gesagt, mit dieser seltsamen Mischung aus Zuneigung und Besorgnis, mit der sie mich noch heute ab und zu ansah. Als wüsste sie, dass ich früher oder später verletzt werden würde. Aus dem einfachen Grund, dass ich jedem Menschen bereitwillig ein Messer in die

Hand drücken würde, weil ich darauf vertraute, dass er nicht zustechen würde. Ich wusste, dass ich gutgläubig war, und ich war es gern, aber auch ich hatte meine Grenzen. Und *er* war jenseits von ihnen, so weit weg, dass kein Sonnenlicht ihn erhellen könnte.

Wesley Hastings war keine Sonne, nicht einmal ein Mond – er war ein Schwarzes Loch.

Lang bevor ich ihn aus der Nähe gesehen hatte, hatte ich gewusst, wer er war. Ein Sohn aus gutem Hause, einem der besten Englands, um genau zu sein. Ein Mensch, dessen Familie so viel altes Geld hatte, dass sich die Nachkommen seit Generationen nur darum Gedanken machen mussten, wie sie es am besten anlegen und ausgeben konnten. Jemand, der damit aufgewachsen war, dass ihm alle Türen offenstanden, einfach weil er war, wer er war.

All das war noch kein Grund, ihn nicht zu mögen. Man suchte sich nicht aus, in welche Familie man hineingeboren wurde, und der Name sagte nichts über die Persönlichkeit aus. Aber das eigene Verhalten schon. Und Wesley gab mir seit zweieinhalb Jahren beinahe jeden Tag einen Grund, ihn nicht zu mögen. Genauso oft sah ich ihn nämlich in unseren gemeinsamen Psychologiekursen. Und selbst wenn ich nicht ständig miterlebt hätte, wie er die Seminare durch seine Unaufmerksamkeit oder offen zur Schau gestelltes Desinteresse störte, hätte ich ihn nicht mögen können.

Nicht, wenn er ein Freund des Menschen war, der dafür verantwortlich war, dass Elsie in diesem Moment vermutlich in ihrem Wohnheimbett lag und Lidschattentränen auf ihr Kopfkissen weinte. Denn Lucas Fox bewegte sich, seit ich auf der WU war, in demselben Kreis. Und dieser hatte einen klaren Mittelpunkt: Wesley Hastings.

»Vielleicht irrst du dich in ihm«, setzte Sienna an. »Vielleicht ist er unter dieser Schickimicki-Fassade ja so ein richtig guter Kerl, der heimlich Kaviar an Obdachlose verteilt und nichts lieber tut, als ein paar arme Studierende davor zu bewahren, in einem alten Haus zu erfrieren.«

»Ich irre mich nicht in ihm. Es war *sein* bester Freund, der ein Sexvideo von sich und *meiner* besten Freundin dem ganzen Campus geschickt hat, wisst ihr nicht mehr? Jemand, der so etwas gutheißt, dabei mitmacht oder es auch nur toleriert, ist niemand, der anderen aus reiner Herzensgüte hilft.«

Die anderen schwiegen und tauschten betretene Blicke aus. Willow durchriss die Stille zuerst. »Sie hat recht. Ich würde auch lieber das Erfrieren akzeptieren, als diesen Mistkerl um Hilfe zu bitten.«

»Außerdem hätte er sicher kein Interesse daran, irgendwas für mich zu tun. Er kennt nicht einmal meinen Namen. Wir sitzen zwar in denselben Kursen, aber ich habe noch nie wirklich mit ihm gesprochen.«

»Stimmt nicht ganz«, warf Avery ein. »Vorm *Cinematic.* Als Luke und Elsie sich zum ersten Mal …« Sie brach ab und räusperte sich. »Wesley war auch da, weißt du nicht mehr? Er hat dich erkannt.«

»Doch, das weiß ich noch. Genau wie die Tatsache, dass er quasi sämtliche Monate des Jahres aufgezählt hat, weil er sich nicht an meinen Namen erinnern konnte.« Meine Stimme machte einen leichten Knicks vor Wut.

Averys Lächeln wurde sanfter. »Er wusste genau, wie du heißt, May.«

»Dann hat er sich bewusst dazu entschieden, stattdessen gemein zu sein. Was es nur schlimmer macht. Ich meine, wie stellt ihr euch das vor? Ich frage ihn, ob er bei seiner Mutter ein gutes Wort für uns einlegt, und biete ihm im Gegenzug an, sein nächstes Essay zu schreiben?«

Beckett verzog den Mund zu einem verschmitzten Grinsen. »Oder du bietest ihm was anderes an.«

Willow funkelte ihn quer über den Couchtisch an. »Schlägst du ihr gerade vor, sich für die Villa zu prostituieren?«

Beschwichtigend zwinkerte er ihr zu. »Ich dachte eher an ein Jahresabo ihrer Schokoladenmuffins. Die sind nämlich echt göttlich.«

Ich rang die Hände, die immer noch bebten. »Ihr wisst, wie wichtig mir dieses Haus ist. Und ihr. Aber … das ist zu viel. Bitte, verlangt das nicht von mir.«

Maxton schüttelte den Kopf und stand auf, ging zurück zu den Pflanzen. »Wir verlangen gar nichts von dir. Es war nur eine Idee, aber wenn das unangenehm für dich ist, finden wir einen anderen Weg.« In seiner Stimme lag nach wie vor kein Funken Vorwurf oder Genervtheit, ebenso wenig in den Blicken der anderen.

Ich fühlte mich trotzdem schuldig. »Tut mir leid.«

Avery winkte ab. »Es muss dir nicht leidtun. Ehrlich, wir hätten nicht damit anfangen sollen.«

Sienna grinste breit und stieß mit ihrem Fuß gegen Willows Bein. »Vielleicht schicken wir einfach unser Kätzchen zu ihm. Wahrscheinlich wäre er nach zehn Minuten so genervt von ihr, dass er alles tut, um sie loszuwerden.«

Willow angelte nach der Fernbedienung, die auf dem Couchtisch lag. »Ich fasse diesen Möchtegern-Halbgott nicht mal mit der Kneifzange an. Von solchen Männern hält man sich am besten fern, glaubt mir.«

Maxton warf ihr einen kurzen Blick zu, ehe er auf den Hocker stieg und nach einem Pflanzenblatt griff. »Wir bekommen das schon hin. Mach dir keine Gedanken«, sagte er in meine Richtung.

Ich lächelte schwach, während sich die anderen nach und

nach in ihre Beschäftigungen vertieften. Ich wusste, dass das Thema sich damit für sie erledigt hatte. Weil wir eben so waren: Wir waren einander ein Zuhause, und ein Zuhause akzeptierte dich so, wie du warst. So waren wir, aber … ich war immer noch ich.

Ich war May Little. Bereits als Baby hatte ich beinahe permanent Sorgenfältchen auf der Stirn gehabt und daran hatte sich auch mit zweiundzwanzig nichts geändert. Ich machte mir *immer* Gedanken. Es war unmöglich, sie abzustellen, sie waren mehr als bloße Worte, sie gingen so viel tiefer. Die seltsame Wahrheit war: Ich dachte in Gefühlen und ich dachte zu viel. Und vieles davon, an manchen Tagen das meiste, tat weh.

## 2. Kapitel

### MAY

Normalerweise fiel es mir leicht, mich auf die Uni zu konzentrieren. Sobald ich in meinen Kursen oder Vorlesungen saß, schaffte ich es, meine Gedanken so leise zu drehen, dass ich mich auf den Lehrinhalt fokussieren konnte.

Ich hatte mir das jahrelang antrainiert, weil von meinen Leistungen zu viel abhing. Zwar hatte ich mit der Annahme an der WU auch ein Teilstipendium für mehrere Jahre erhalten, aber dieses musste jedes Semester aufs Neue formell beantragt und genehmigt werden. Sollten meine Noten nicht mehr gut genug sein, würde die finanzielle Unterstützung wegfallen – etwas, das ich mir nicht leisten könnte. Also verdrängte ich jeden Tag für ein paar Stunden die Sorgen über die zwei Orte, die ich mein Zuhause nannte, und versank in Fachbegriffen, Statistiken und Modellen.

Eigentlich klappte das immer. Nur heute schweiften meine Gedanken permanent ab. Fort von den Grundsätzen der Sozialpsychologie, von meiner Dozentin, von meinen Kommilitonen – hin zu dem einzigen von ihnen, mit dem ich in noch keinem Seminar ein Wort gewechselt hatte.

Wesley Hastings saß schräg hinter mir mit dem Rücken zu einem der gewölbten Fenster. Direkt in der Sonne, direkt im Fokus, ohne irgendetwas tun zu müssen. Und er tat wirklich nichts, zumindest nichts von dem, was er hätte tun sollen. Er war zehn Minuten zu spät gekommen und hatte nicht einmal seinen Block aufgeschlagen. Stattdessen lag sein Handy auf seinem Oberschenkel und er scrollte über den Bildschirm.

Ich war sicher, dass es unserer Professorin aufgefallen war, aber sie kommentierte sein Benehmen mit keinem Wort. Als hätte sie ihn bereits aufgegeben, weil sie wusste, dass er das ebenfalls getan hatte.

Ich spürte einen Stich der Frustration, während ich mich immer wieder umdrehte und ihn betrachtete. Seit wir zusammen studierten, hatte Wesley keinen Hehl daraus gemacht, dass ihm seine Noten egal waren. Er besuchte zwar die Kurse, hielt sich an die Abgaben und kam überall durch, aber immer nur mit dem allernötigsten Aufwand. Dabei war ich mir sicher, dass er deutlich besser hätte sein können. So wenig ich auch von seinem Verhalten hielt: Wesley war klug. Andernfalls hätte er nie alle Klausuren bestehen können, während er in den Seminaren nicht aufpasste. Niemand kam ohne große Mühe durch Statistik, wenn er nicht über eine bemerkenswerte Auffassungsgabe verfügte. Und das machte im Grunde alles nur noch unerträglicher. Es war nicht schlimm, wenn einem das Lernen nicht lag – doch es war so enttäuschend zu wissen, dass er es nicht einmal *versuchte*.

Als die Stunde beendet wurde, zuckte ich ertappt zusammen. Die aufgeschlagene Seite meines Blocks wies nur das Datum und eine Handvoll unzusammenhängender Notizen auf. Ich drehte mich zu meiner Sitznachbarin, um sie zu fragen, ob ich ihre abfotografieren durfte, aber sie war schon an der Tür. Frustriert schob ich meine Sachen in die Korbtasche.

In dem Moment, in dem ich aufstand, hatte sich der Raum schon geleert. Die Professorin nickte mir zu, ehe sie ging, und dann war ich allein. Allein mit dem jungen Mann, der noch immer auf seinem Platz saß und auf sein Handy blickte.

Je näher ich der Tür kam, desto zaghafter wurden meine Schritte. Ich wusste, ich könnte einfach gehen. Die anderen hatten gestern verstanden, warum ich nicht mit Wesley sprechen wollte, und sie hatten es akzeptiert. Und selbst wenn ich es tun würde, würde es nichts bringen. Er würde mir nie helfen, er würde nie etwas Nettes tun.

Der Gedanke schmeckte unangenehm bitter und löste ein leichtes Schuldgefühl in mir aus. Ich mochte es nicht, so absolut zu denken – schon gar nicht über Menschen. Vielleicht irrte ich mich. Vielleicht hatte selbst Wesley Hastings irgendwo tief in sich einen Kern von Gutherzigkeit, der ihn dazu bringen würde, Mitgefühl für unsere Situation zu empfinden. Vielleicht war es auch einfach keine große Sache für ihn, mit seiner Mutter zu sprechen. Vielleicht würde Wesley mich überraschen. Vielleicht, vielleicht, vielleicht.

Es gab nur einen Weg, das herauszufinden, und mein Zuhause war es wert, ihn zu gehen, auch wenn er mir mehr als steinig und unbequem vorkam.

Ich riss alle Vielleichts und mich selbst zusammen, dann ging ich auf Wesleys Platz zu. Er sah immer noch nicht von seinem Handy auf, vermutlich hatte er nicht mal bemerkt, dass die Stunde längst vorbei und der Raum leer war.

Die Sonne färbte seine Haare golden, selbst seine Wimpernfächer schimmerten. Der grüne Pullover, den er trug, hatte einen weiten Kragen, der eine fast gerade Linie Leberflecken an seinem Hals offenlegte. Unter dem Stoff waren die Muskeln seiner Schultern und Oberarme zu erkennen. Seine Haut war makellos, seine Lippen gleichmäßige Wellen, seine Nase gerade und schmal, seine Wangenknochen wirkten gemeißelt wie die der Skulpturen in den Arkadenhöfen des Instituts.

Wesley war auf eine Weise attraktiv, die sich kaum in Worte fassen ließ. Mein Vater hatte früher immer gesagt: *»Schön ist* *kein Adjektiv für Menschen, sondern eines für Gebäude.«* Erst als ich Wesley das erste Mal gesehen hatte, hatte ich das Gefühl gehabt, das richtig zu verstehen. Er war, rein äußerlich, schön – anders ließ es sich nicht ausdrücken. Aber eine schöne Fassade sagte nichts über die Inneneinrichtung eines Gebäudes aus und ein schönes Gesicht nichts über die Seele eines Menschen. Und genau deswegen bedeutete Fassadenschönheit für mich nichts.

Ich blieb einen Schritt vor dem Tisch stehen und holte tief Luft. »Wesley Hastings?«

Er blinzelte und legte sein Handy auf den Tisch, ehe er zu mir aufsah. Für einen Moment schien er verwirrt, als wüsste er nicht, wer ich war. Dann hob er die Augenbrauen. »Wenn du das so sagst, verspüre ich den Drang, es zu verneinen und durchs Fenster abzuhauen.«

Ich umfasste den Henkel meiner Tasche fester und bemühte mich, gelassen zu klingen. »Musst du nicht. Ich wollte dich nur fragen … hast du kurz Zeit?«

»Klar.« Er lehnte sich im Stuhl zurück und verschränkte die Arme vor der Brust. Dabei lächelte er auf diese spezielle oberflächlich freundliche und gleichzeitig gelangweilte Art, die nur sehr selbstüberzeugte Menschen beherrschten. Alles daran zog den Knoten in meinem Bauch fester zu, noch bevor er weitersprach. »Was gibt's, June?«

Ich hatte es versucht. Ich hatte es wirklich, wirklich versucht. Aber Wesley war kein Vielleicht. Er war ein Niemals und ich würde mich nicht lächerlicher machen, als ich mich in diesem Moment sowieso schon fühlte.

Ich sah ihn ein paar Sekunden lang an, dann schüttelte ich den Kopf und drehte mich wortlos um. Mein Brustkorb vibrierte unangenehm, als ich den Seminarraum und kurz darauf das Gebäude verließ. Die Arkaden schimmerten bronzefarben, meine Schritte hallten laut auf dem Boden wider. Die Sonne sammelte sich im freien Hof und ließ das Gras und das Wasser des Springbrunnens golden leuchten. Normalerweise wäre ich kurz stehen geblieben und hätte den Anblick genossen. Unser Institut war ein Mini-Kosmos innerhalb der Uni und ich liebte alles daran. In diesem Moment wollte ich trotzdem nichts lieber, als ihn hinter mir zu lassen.

Ich befand mich in der Mitte des überdachten Gangs, als ich die Schritte hinter mir wahrnahm. Aus irgendeinem absurden Impuls heraus wusste ich, dass sie zu Wesley gehörten. Wahrscheinlich, weil sie so gelassen und gleichzeitig entschieden klangen – als hätte er ein Ziel, aber fühlte sich zu erhaben, es anzuvisieren.

»Warte«, erklang seine Stimme im nächsten Moment.

Ich reckte nur das Kinn und ging entschlossen auf die Tür zu, die sich am Ende des Gangs befand.

»May, jetzt warte.« Wesley hatte mich eingeholt und blieb zwei Schritte vor mir stehen. Seine Umhängetasche war offen, seine Jacke hatte er sich unter den Arm geklemmt. Er atmete nicht einmal schwer, nur sein Haar war vom Rennen zerzauster als zuvor.

Ich funkelte zu ihm auf. »Du kennst meinen Namen also doch? Ruf den Notarzt, ich kollabiere gleich vor Glück.«

Er runzelte die Stirn. »Dafür, dass du etwas von mir willst, bist du ganz schön zynisch.«

»Ich bin nicht zynisch. Und ich will nichts von dir.«

»Das klang vor zwei Minuten aber noch anders.«

Ein Teil von mir wollte einfach an ihm vorbeigehen. Wenn Wesley es mit einem Satz schaffte, mich so … wütend werden zu lassen, dann wollte ich nicht wissen, was ein richtiges Gespräch auslösen würde. Außerdem bemerkte ich bereits die Blicke der Vorbeilaufenden durch die offenen Bogen hindurch.

Wesley musste nicht im Licht stehen, um zu leuchten. Menschen wie er waren Reklametafeln, immerzu herausstechend, immerzu sichtbar. Und ich wollte nicht, dass uns jemand zusammen sah, auch wenn das hier nur ein kurzes Gespräch werden sollte. Ich wollte nicht mit Wesley Hastings in Verbindung gebracht werden, nicht einmal in einem einzigen Gedanken eines fremden Menschen. Aber mir war auch klar, dass sich eine bessere Gelegenheit nicht ergeben würde.

Ich gab mir einen Ruck und bemühte mich um einen ruhigeren Tonfall. »Ich will nichts, ich brauche es.«

»Noch besser.« Wesley grinste und lehnte sich mit dem Rücken gegen den Bogen, sodass die eine Hälfte seines Gesichts in die Sonne, die andere in den Schatten fiel. Sonnenfinsternis, Mondfinsternis, einfach Finsternis. »Also, was ist jetzt? Ich wollte mir eh einen Kaffee holen, wir könnten kurz ins *Halo* gehen.«

Ich stolperte jedes Mal über den Namen des Cafés, das sich im Psychologie-Institut befand. Es war nach dem sozialpsychologisch geprägten Halo-Effekt benannt, der einen systematischen Fehler in der Personenbeurteilung aufgrund einzelner Merkmale beschrieb. Beliebtestes Beispiel des Effekts war die Tatsache, dass physische Attraktivität oftmals dazu führte, dass den betroffenen Personen weitere positiv besetzte Eigenschaften angedacht wurden, solche wie Intelligenz, Tiefsinnigkeit oder Güte. In diesem Moment fand ich es absurd, dass ausgerechnet Wesley Hastings diesen Ort vorschlug. Er war reich und schön, aber der Halo-Effekt wirkte dennoch nicht auf mich. Nicht nach allem, was ich über ihn und seine Freunde wusste.

»Nein, ich möchte nicht mit dir gesehen werden.«

»Okay … Autsch?«

Ich wusste selbst, wie unhöflich das klang, und sofort kroch eine Entschuldigung auf meine Zunge. Ich schluckte mehrmals, bis sich nur ein winziger Rest davon in meiner Stimme verfing. »Das ist auch gar nicht nötig. Es geht schnell. Hast du schon mal von der Mulberry Mansion gehört?«

»Die alte Villa am Waldrand, klar. Cleverer Schachzug von der Uni, das Ding an ein paar verzweifelte Studierende zu vermieten, um Renovierungskosten zu sparen.«

Er schnaubte spöttisch und ich spürte, wie sich mein Magen zusammenzog. Andere bekamen Bauchweh, wenn sie Angst oder Stress hatten, ich vor allem dann, wenn jemand gemein wurde.

»Danke für deine Besorgnis, aber wir sind nicht verzweifelt. Wir lieben es dort.«

Er verzog den Mund, entsetzt und mitleidig, aber nicht im Geringsten schuldbewusst. »Du wohnst in dem Ding?«

Ich nickte knapp. »Und ich will auch noch in Zukunft dort wohnen, allerdings wurde uns gerade gesagt, dass unsere Fördergelder gekürzt werden.« Ich konnte förmlich dabei zusehen, wie er begriff. Seine Miene verschloss sich, als würde er Vorhänge zuziehen, meine Stimme wurde schneller, um durch den letzten Spalt hindurchzuhuschen. »Wenn wir aber nicht den üblichen Zuschuss bekommen, dann können wir die anfallenden Reparaturen schon bald nicht mehr bezahlen, und das würde bedeuten, dass … wir auf Dauer nicht sicher dort leben können.«

Als das letzte Wort heraus war, schwieg er kurz. Dann hob er mechanisch die Mundwinkel. »Und jetzt bittest du mich um ein Darlehen?«

»Du weißt, worauf ich hinauswill.« Ein paar Studierende kamen an uns vorbei, ihre Blicke kribbelten unangenehm auf meiner Haut. Ich zupfte einige Strähnen aus dem Zopf, der vorn über meiner Schulter hing. Sobald der Frühling kam, wurden mir meine Haarbänder schnell zu warm, jetzt hätte ich gern eins aufgehabt, um es tief in meine Stirn zu ziehen. Als die anderen an uns vorbeigegangen waren und Wesley nach wie vor schwieg, fügte ich hinzu: »Wir wissen immerhin beide, wer über die Verteilung der Fördergelder mitbestimmt, oder?«

»Hm«, machte er nur.

Ich konnte nicht sagen, was in ihm vorging. Sein Blick lag auf meinem Gesicht, als würde er über etwas ganz anderes nachdenken. Es hätte mich nicht gewundert, wenn er längst nicht mehr zuhörte. Jetzt musste ich es trotzdem durchziehen. »Meine Freunde dachten, dass du mit deiner Mutter sprechen und ihr unsere Situation erklären könntest. Unsere eigenen Kontaktversuche verlaufen leider bislang im Nichts.«

Er lächelte spöttisch. »Das kann ich mir vorstellen. Livia ist viel beschäftigt.«

*Livia*, nicht Mum. Mein Bauch krampfte sich erneut leicht zusammen. Ich bekam nämlich auch Bauchweh, wenn jemand litt. Und irgendetwas an der Art, wie er ihren Namen sagte, klang verletzt, bitter und ... traurig. Ich stemmte mich mit aller Kraft gegen das aufkommende Brennen. »Sie wird trotzdem ab und zu Zeit mit ihrem Sohn verbringen, oder?«

»Weniger, als du vermutlich denkst. Aber ... ja.« Sein Blick strich über mein Gesicht, wanderte über meinen mit Blüten verzierten Kragen und endete an meinem geflochtenen Zopf. Ich hatte ihn mit einem Stück himmelblauen Satingeschenkband in der Farbe meines Kleides zugebunden, und irgendetwas daran ließ Wesley die Stirn runzeln.

Ich musste dem Drang widerstehen, den Zopf auf meinen Rücken zu werfen. Entschieden räusperte ich mich, bis Wesley wieder in meine Augen sah. »Also, wärst du bereit, das zu tun? Ich würde dir auch Notizen geben, die du ihr vorlesen kannst, damit du dir nicht zu viele Umstände machen musst.«

Ich hörte selbst, wie genervt ich klang, deswegen wunderte es mich nicht, als Wesley erneut die Augenbrauen hob. »Du gibst dir echt gar keine Mühe hiermit. Wie konnten deine Freunde denken, es wäre eine gute Idee, dich zu schicken?«

Gute Frage. Ich wich seinem irritierten Blick aus und senkte meinen auf unsere Füße. Wesleys gepflegte Lederschuhe, meine Lackschuhe, die ihren Glanz durch den Wald und den Staub der Villa verloren hatten. »Ich will mir keine Mühe machen, wenn ich weiß, dass es keinen Sinn hat. Und ich hab ihnen schon gesagt, dass du niemals jemandem helfen würdest, wenn nichts für dich dabei herausspringt.«

Wesley lachte heiser. »Und noch mal autsch. Du bist ja richtig auf Krawall aus. Was habe ich dir getan, dass du so wütend bist?«

Ich hätte es ihm zu gern gesagt. Ich hätte ihm gern an den Kopf geworfen, wie ekelhaft es war, was sein bester Freund getan hatte, und wie charakterlos ich es fand, dass er so etwas hinnahm und unterstützte. Aber Elsies Gefühle waren hierbei wichtiger als meine und ich wusste, dass sie nicht gewollt hätte, dass ich Lucas oder einen seiner Freunde damit konfrontierte. Also sah ich bemüht ausdruckslos in sein Gesicht. »Irre ich mich denn?«

Er zögerte, dann neigte er den Kopf. »Vielleicht kann ja etwas für mich dabei herausspringen.«

Unwillkürlich wich ich einen halben Schritt zurück. »Überlege dir jetzt gut, was du sagst.«

Wesley stutzte und im nächsten Moment lachte er auf. So laut, dass der Ton im Bogen widerhallte und eine Gänsehaut in meinem Nacken auslöste. »Oh, bitte. Ich muss wirklich keine Frauen erpressen, damit sie mit mir schlafen.«

Womit er vermutlich recht hatte. Selbst ich bekam das Gerede auf dem Campus mit, und ich hatte Wesley auch schon öfter mit irgendeinem Mädchen in der Uni gesehen. Er machte nichts, was andere nicht auch tun würden, und doch fiel es so viel mehr auf. Manchmal tat mir das leid. Es musste anstrengend sein zu wissen, dass alles, was man tat, das Potenzial dazu hatte, Gesprächsthema zu werden.

»Wofür dann?«, hakte ich mit warmen Wangen nach.

»Wenn mich nicht alles täuscht, ist Dixon ein ziemlicher Fan von dir. Wie hast du die letzten Semester bei ihr abgeschnitten?«

»Fünfundsiebzig Prozent.«

»Hm.« Er nickte, als hätte er das längst gewusst. »Sie lässt mich vielleicht durchfallen.«

»Möglicherweise hält sie es für störend, dass du ständig zu spät kommst oder dein Handy interessanter findest als ihren Lehrstoff.«

Er lächelte spöttisch. »Du scheinst aber auch nicht immer nur Augen für sie zu haben, wenn dir das alles aufgefallen ist.«

»Du bist kein sonderlich unauffälliger Mensch.«

Sein Lächeln wurde selbstgefälliger, aber es wirkte einstudiert und … stumpf. »Freut mich, dass du das so siehst.«

Ich schüttelte den Kopf. Ich wollte dieses Spiel nicht spielen. So zu tun, als wäre mir entgangen, wie gut er aussah, wäre einfach albern. »Du bist attraktiv, Wesley. Das ist keine Leistung oder nennenswerte Eigenschaft. Mach daraus also keine größere Sache, als es ist.«

»Ich bin nicht sicher, ob mir das schmeichelt oder mich kränkt«, erwiderte er gedehnt.

»Das war nur eine Tatsache, also muss es nichts davon tun.« Unruhig verlagerte ich das Gewicht von einem auf das andere Bein. »Sag mir bitte einfach, was du von mir willst.«

Sein Grinsen wurde echter. »Absolut *gar nichts*. Und genau deswegen wärst du die Richtige für dieses Projekt.«

»Welches Projekt?«

»Wir mussten letzten Winter in Dixons Sozialpsychologie-Einführungskurs diese Forschungsfrage aufstellen und ein Experiment durchführen, erinnerst du dich?«

»Ja.« *Ich vergesse nie etwas. Leider, leider, leider.*

»Dixon hat mir zu Beginn des Semesters verkündet, dass sie beschlossen hat, meine Leistung nicht anzuerkennen, weil sie davon überzeugt ist, dass ich mich nicht an der eingereichten Gruppenarbeit beteiligt habe.«

»Hat sie damit unrecht?«

Er zuckte mit den Schultern. »Sie hat mir die Möglichkeit gegeben, bis Ende des Semesters eine Projektarbeit nachzureichen, sonst lässt sie mich erneut durchfallen und damit wäre das Studium für mich vorbei. Und um es mir so richtig schwer zu machen, hat sie mir diesmal eine Forschungsfrage vorgegeben. Für die brauche ich allerdings noch eine Partnerin.« Während der ganzen Erklärung haftete sein Blick an dem Rüschensaum meiner weißen Halbsocken, beim letzten Wort kehrte er zurück zu meinem Gesicht.

Ich schluckte mehrmals. »Wieso unbedingt eine weibliche?«

»So ist es leichter, die Grundbedingungen zu erfüllen. Bisher habe ich nämlich noch kein Interesse an Männern entwickelt.«

Okay … *was*? »Worum geht es in diesem Projekt?«, hakte ich argwöhnisch nach.

Wesley zögerte, dann machte er einen halben Schritt auf mich zu. Er war mir so nah, dass ich ihn riechen konnte. Und … ich hasste es, das auch nur zu denken, aber er roch gut. Ein bisschen holzig und rauchig wie Vetiver, gleichzeitig zimtig und herb. Meine Wangen erhitzten sich wieder und ich war sicher, dass Wesley es sah, weil sich seine Mundwinkel nach oben bogen.

»Um Intimität«, sagte er leise, rauer als zuvor.

Ein paar Sekunden schwieg ich, dann schlug ich die Lider hinunter und atmete tief aus. »Auf Wiedersehen, Wesley.«

Ich versuchte, an ihm vorbeizugehen, aber er machte einen Schritt zur Seite und hob belustigt die Hände. »Jetzt warte. Ich meinte das auf einer rein psychischen Ebene. Schließlich studieren wir Psychologie, nicht Physiologie.«

»Immerhin weißt du das«, erwiderte ich trocken.

»Es ist einfach eine Art Experiment. Es geht um die Basis und die Entstehung von Zuneigung. Darum, welche Faktoren dazu führen, dass wir uns zu jemandem hingezogen fühlen. Im Grunde ist es ganz spannend.«

»Spannend«, wiederholte ich skeptisch. Seine Worte überschlugen sich in meinem Kopf, meine Schläfen pochten unangenehm. *Intimität, Zuneigung, sich hingezogen fühlen* – nichts davon könnte ich je mit Wesley verbinden. Das war lächerlich, absolut unmöglich.

Wesley schmunzelte. »Ja, spannend. Du interessierst dich doch für unser Studium, oder nicht?«

»Natürlich. Ich dachte nur nicht, dass du das tust.« Ich zog die Strickjacke vor meiner Brust zusammen. Wieso musste Wesley das Wort *Intimität* nur sagen, und schon fühlte ich mich nackt?

»Du wärst überrascht, was du alles nicht über mich weißt. Das ist die perfekte Gelegenheit, um das zu ändern.«

»Und wenn ich das nicht ändern will?« Es gab nichts, rein gar nichts, was ich über Wesley Hastings wissen wollte – es sei denn, es half mir dabei, ihm aus dem Weg zu gehen.

»Dann solltest du jetzt zurück zu deinen Freunden gehen und einen neuen Brief an Livia schreiben, den sie nie lesen wird.« Er kramte gelassen in seiner Tasche. Meine unverhohlene Abneigung gegenüber diesem Projekt – und ihm – schien ihn nicht weiter zu kümmern.

»Du wirst mir also nicht einfach so helfen?«

»Wieso sollte ich?«

»Um … nett zu sein?«

Er hielt inne und sah zu mir auf. »Würdest *du mir* denn einfach so helfen, wenn ich dich darum bitten würde?«

Ich kniff die Lippen fest aufeinander. Wem wollte ich etwas vormachen? Wäre die Mulberry Mansion nicht in Schwierigkeiten, hätte dieses Gespräch niemals stattgefunden.

Wesley nickte und zerrte einen dünnen Stapel zerknickter Zettel aus der Tasche, die oben zusammengeheftet waren. »Dann sind wir wohl beide nicht ganz so *nett*, was?«

Unschlüssig griff ich nach den Papieren, die er mir hinhielt, und überflog die Überschrift auf dem obersten: *Kann man jeden Menschen lieben? Ein Experiment zur Psychologie der Zuneigung.* Ich hätte am liebsten gelacht, aber der Ton blieb als Kratzen in meinem Hals hängen.

Wesley wich rückwärts von mir weg. »Überleg dir, was dieses kaputte Haus dir wert ist. Wir sehen uns ja morgen in der Marktforschungsvorlesung, oder?« Als er meinen irritierten Blick bemerkte, lächelte er noch einmal. »Ich weiß, du gibst dir wirklich Mühe so zu tun, aber du bist auch kein sonderlich unauffälliger Mensch.«

»Was soll das bedeuten?«, fragte ich, aber da hatte er sich schon umgedreht und schritt den Gang hinunter.

Ich starrte ihm nach. Sein Körper wurde in Sonnenlicht getunkt, wann immer er an einem offenen Arkadenbogen vorbeikam, nur um gleich darauf wieder im Schatten des Steins zu verschwinden.

Sonnenfinsternis. Mondfinsternis. Und vor allem Herzfinsternis, als mir Elsie durch den Kopf schwirrte und mit ihr all die Gründe, warum die Möglichkeit, die Wesley mir gerade geboten hatte, keine sein durfte.

Nach der Uni fuhr ich direkt nach Hause und setzte mich in meinem Zimmer aufs Bett. Ich zündete die Duftkerze auf dem Nachttisch an, aber nicht einmal der wärmende Geruch nach Sandelholz konnte meinen Puls beruhigen. Mit zittrigen Fingern glättete ich Wesleys Projektzettel auf meiner Decke.

*Kann man jeden Menschen lieben?*

Der Satz tanzte vor meinen Augen, bis ich sie mehrmals zusammenkniff und mich zwang, weiterzulesen. Das Experiment verfolgte die These, dass man unter bestimmten Grundvoraussetzungen für jeden Menschen, der sich einem ganz öffnete, Gefühle entwickeln konnte. Durch »allumfassende Ehrlichkeit« sollte es möglich sein, Verständnis und Verbundenheit zu entwickeln. Diese psychische Nähe sollte wiederum dazu führen, dass physisches Verlangen entstand, und letztlich dazu, dass man sich ineinander verliebte.

Der Zeitraum des Experiments war auf drei Monate festgesetzt. Vorgesehen waren mindestens zwei Treffen pro Woche, die durch schriftliche und visuelle Dokumentation festgehalten werden sollten. *Allumfassende Ehrlichkeit.* Ich kostete die beiden Wörter mehrmals und versuchte, sie mit Wesley und mir übereinzubringen. Vergeblich. Ich ertrug es kaum, ihm in die Augen zu sehen. Wie sollte ich es da schaffen, mich ihm zu öffnen? Und das nicht nur in Gesprächen, sondern auch, indem ich ihn in alle Facetten meines Lebens einbezog? Freunde, Alltag, Familie, Alleinsein: Das waren vier Bereiche, in die ich Wesley nicht hineindenken konnte. Ich konnte einfach nicht.

Mit schwirrenden Gedanken knickte ich die Zettel, ohne auch nur einen Blick auf die hinten angefügten Fragen zu werfen, die einander während des Projekts gestellt werden sollten. Ich legte sie unter mein Kopfkissen, ehe ich nach unten ging, um da zu sein, wenn die anderen nach und nach eintrudelten.

Ich liebte diese kleinen Momente, die das Nachhausekommen meiner Mitbewohnenden mit sich brachte. Einander begrüßen, anlächeln, Kaffee oder Saft einschenken, beiläufige Berührungen im Vorbeigehen, sanftes Nachfragen, wie es dem anderen ging. »Wie war dein Tag?«, »Wie lief die Abfrage?«, »Hat sie dir noch mal geschrieben?«, »Was hast du heute noch vor?« – es brauchte nicht viel, um Interesse zu zeigen, aber es gab nichts Wertvolleres für mich.

Später aßen wir zusammen und verbrachten den Abend danach im Wohnzimmer. Helen saß neben Versailles' Hundekorb am Kamin und bastelte an einem Radio, das sie für die Uni bauen musste. Maxton topfte auf der Terrasse seine Zimmerpflanzen um, Eden las und streichelte mit einer Hand abwesend über Averys Kopf, den sie in seinen Schoß gelegt hatte, während sie einen Uni-Text durchging. Sienna machte sich Notizen zu einem Stummfilm, der über den Fernseher flackerte, Beckett und Willow spielten Uno und übertrafen sich gegenseitig mit ihrem Gefluche. Und ich saß da, sah meine Mitbewohnenden an und mein Herz wurde so schwer, dass ich es ganz tief in meinen Magen sacken spürte. Ich verließ das Zimmer, ehe die anderen bemerken konnten, dass ich kurz davor war zu weinen.

Bei unserer kleinen Flurgalerie blieb ich stehen. Wir hatten in einem der Zimmer im Erdgeschoss alte Rahmen gefunden und mit Bildern versehen, die auf dem Dachboden in Kisten gelagert worden waren. Fotos aus dem Leben der Mulberry Mansion, das sie ohne uns geführt hatte. Etliche in Schwarz-Weiß, einige in Sepia, manche zusammen mit ihren vorherigen Bewohnenden, andere nur von ihr.

Und mittendrin, in einem Rahmen mit blattförmigen Ornamenten an den Ecken, das Gruppenbild, das wir mit Averys Analogkamera Ende Januar auf den Stufen vor der Villa gemacht hatten. Unser erstes gemeinsames Foto. Acht lachende Gesichter, beiläufige Berührungen, eine frische und doch intensive Verbundenheit, die sich unsichtbar in die Pixel genistet hatte. Dieser Tag hatte sich nach einem Anfang angefühlt. Nicht weil wir Neujahr nachgefeiert hatten. Einfach weil wir begriffen hatten, wie sehr wir bereits zusammengehörten. Wir und die Villa.

Und jetzt … jetzt könnte es sein, dass wir sie schon bald verlassen mussten – und einander auch. Wenn wir es nicht schafften, die Universität davon zu überzeugen, die Gelder wieder zu erhöhen, würde das früher oder später das Aus unseres Zusammenlebens bedeuten. Spätestens im nächsten Winter würde uns das defekte Heizsystem aus dem Haus vertreiben. Natürlich könnten wir außerhalb der Villa Kontakt halten, aber es wäre nicht dasselbe. Es wäre nicht wie hier. Weil das hier besonders, einzigartig und so perfekt war – auf seine ganz eigene Weise.

Ich schloss die Augen und horchte auf die Geräusche der anderen, auf dieses Stimmgewirr, das mir mittlerweile so vertraut war. Ich hätte nur einen Ton hören müssen und ich wüsste, wer von ihnen sprach, so wie ich ihren Gang auf dem Dielenboden zuordnen konnte, selbst wenn ein Stockwerk zwischen uns lag. Helens bedachte Schritte, fast lautlos, Averys etwas zu festes Auftreten, das sanfter wurde, wenn sie neben Eden lief, Willows schwunghafter Gang, der etwas Tänzelndes hatte. Ich erkannte die Nuancen darin, so wie die der Gerüche, die in einem Zimmer hingen, das ich betrat. Maxtons Note aus Erde und Gräsern, der Papierduft, der unter Edens Türschwelle hindurchtrat, Becketts herbes Aftershave, das permanent wie ein dünner Schleier in unserem Bad schwebte.

Wir lebten noch kein Jahr hier, aber sie alle waren mir so vertraut, als würden wir uns ein Leben lang kennen. Vielleicht, weil das Wohnen in der Villa so intensiv war, dass es sich manchmal, in sehr friedlichen Momenten, so anfühlte, als hätte mit unserem Einzug tatsächlich ein neues Leben begonnen. Hätte ich je etwas von meinem Davor vergessen können, dann hier. Mit ihnen.

Diese Villa mit diesen Menschen, das war mein Heimathafen in einer Stadt, in der ich mich nach meiner Ankunft zwei Jahre lang gestrandet gefühlt hatte. Ich konnte das nicht verlieren. Ich wollte keinen Deal mit Wesley Hastings eingehen. Ich wollte nicht einmal ein weiteres Wort mit ihm wechseln. Aber es ging nicht darum, was ich wollte, weil ich nicht zulassen *konnte*, dass wir unser Zuhause verloren.

Und zwischen nicht Wollen und nicht Können lag irgendwo dieser Fetzen Müssen, an dem ich mich jetzt festkrallte.

# 3. Kapitel

## MAY

Über dem Campus hing goldstichiger Morgendunst, als ich mein Rad vor dem Sportlerinstitut anschloss. Es war noch früh und winterlich kalt. Meine Fingerspitzen waren von der Fahrt klamm geworden, weil ich aus Versehen Averys abgeschnittene Foto-Handschuhe aus dem Korb in der Garderobe gegriffen hatte. Ich vergrub die Hände im Stoff meiner Wolljacke, während ich auf das Backsteingebäude zuging.

Es lag am Rand des Campus und war niedriger als die Häuser ringsherum. Ein paar Autos standen auf dem Parkplatz daneben, ansonsten hing friedliche Stille über den Dächern. Die ersten Seminare begannen erst in anderthalb Stunden, die wenigen Menschen, die bereits auf den dünnen Pfaden zwischen den Instituten umherliefen, waren vermutlich auf dem Weg in die Bibliothek oder die Cafeteria. Ich wäre gern eine von ihnen gewesen, stattdessen ging ich mit gestrafften Schultern auf die Schwimmhalle zu.

Erinnerungen waren unterschiedlich präsent. Manche schwebten als Nebel permanent im Kopf, andere musste man länger suchen, als hätten sie sich in einer klemmenden Schublade im hintersten Regal des Kopfes versteckt. Und von ganz anderen wiederum wusste man nicht einmal, dass man sie hatte. Als ich heute lang vor dem Wecker aufgewacht war, war mein erster Gedanke gewesen, dass ich mit Wesley reden musste. Mein zweiter, dass ich das unter keinen Umständen in der Vorlesung vor den anderen tun wollte. Und mit dem dritten Gedanken waren sie da gewesen. Erinnerungen an eine Reihe von Tagen, an denen ich zu früh an der Universität eingetroffen war und ihn aus der Schwimmhalle hatte kommen sehen. Die Haare feucht, das Gesicht ungewohnt entspannt – kein aufgesetztes, überhebliches Grinsen, keine maskenartige Verschlossenheit im Blick, nur aufrichtige Gelassenheit.

Kaum dass ich die Holztür aufgestoßen hatte, drang mir der Chlorgeruch in die Nase. Mit ihm krochen weitere Erinnerungen aus den Schubladen in meinem Kopf. Die an das Freibad in meiner Heimatstadt, an klebrige Eisfinger und den Geruch nach Pommes und Sonnencreme. Das Gefühl des Grases unter dem Handtuch, mein Blick, der zwischen der Gänseblümchenkrone in meinen Händen und der Rutsche im Freischwimmerbecken hin- und herwanderte. Sonne, Friedlichkeit, Glück und leichte Besorgtheit, wann immer Angus ein paar Sekunden länger als gewöhnlich unter Wasser blieb. Erinnerungen an Sommer, die für immer vergangen waren, weil das Gefühl, das an ihnen hing, nicht mehr war als genau das: eine Erinnerung.

Ich drängte die Bilder beiseite und durchquerte den Flur. Die Wände waren hoch und dunkel, das Licht der Deckenlampen gelbstichig. Ich wusste nicht, ob das Schwimmteam so früh trainierte oder ob man auch einfach so hierherkommen durfte, um die Halle zu nutzen. Ich wusste nicht einmal, ob Wesley im Schwimmteam war, geschweige denn, ob er heute wirklich hier war. Als ich die Durchgangstür erreichte, die zum Becken führte, wippte ich auf die Zehenspitzen, um durch die oben eingelassene Fensterscheibe zu sehen. Das Licht in der Halle war besser, weil sie an einer Seite bodentief verglast war. Der Blick führte hinaus auf eine Wiese, das Blau des Wassers hob sich umso stärker davor ab.

Es waren drei Leute im Wasser, zwei weitere saßen auf einer der Bänke am Hallenrand, kein Trainer in Sicht. Ich brauchte nur kurz, um ihn zu entdecken. Es lag an den zügigen, fließenden Bewegungen, mit denen er sich durch das Becken zog. Sie wirkten entschieden, als müsste er keine Rücksicht darauf nehmen, nicht die Bahn eines anderen zu kreuzen. So, als wäre er allein im Wasser oder auch einfach auf der Welt. Wesley schwamm, wie er lief, wie er sich benahm, wie er war.

Obwohl mein Instinkt mich dazu bringen wollte, das Gebäude zu verlassen und möglichst viel Distanz zwischen uns zu schaffen, lief ich in Richtung der Umkleideräume und setzte mich auf eine Holzbank davor. Es dauerte zwanzig Minuten, bis ich die ersten Geräusche aus dem Flur, der Schwimmhalle und Umkleiden miteinander verband, hörte. Weitere fünfzehn, bis die Tür das erste Mal aufschwang und zwei Typen an mir vorbeiliefen. Und noch einmal fünf, bis sie sich erneut öffnete und Wesley hinaustrat.

Er hatte sich die Sporttasche über eine Schulter geworfen und blickte auf sein Handy, während er sich mit der anderen Hand die feuchten Haare nach hinten strich. Es war seltsam: Selbst wenn er sich unbeobachtet fühlte, hätte er das Model in einem Werbefilm sein können.

Er war schon drei Schritte an mir vorbeigegangen, als ich mir einen Ruck gab und aufstand. »Wesley Hastings.«

Er zuckte zusammen und fuhr zu mir herum. »*Jävlar*«, murmelte er und fasste sich an die Brust. Ehe ich nachfragen konnte, was das bedeuten sollte, sah er mich genervt an und fügte hinzu: »Könntest du damit aufhören, mich so anzusprechen? Ich bekomme jedes Mal einen halben Herzinfarkt.«

Ich ballte die Hände zu Fäusten. »Okay.«

»Danke.« Er schüttelte den Kopf und verstaute das Handy in der Tasche seines Mantels.

»Nein, ich meine … okay.«

»Okay?«

»Okay.« Ich nickte, um das Gefühl in mir zu verscheuchen, das diesem Wort widersprach.

Wesley runzelte die Stirn. »Werde ein kleines bisschen spezifischer, ja?«

Ich setzte zu einer Antwort an, als hinter dem Umkleideeingang Schritte aufkamen. Reflexartig packte ich Wesley am Unterarm und zog ihn auf die nächste Tür zu, die einen Spalt offen stand. Erst als wir beide drinnen waren, begriff ich, dass es eine Abstellkammer war.

Er hob die Augenbrauen, ließ sich aber widerstandslos gegen eine Reihe Besen und Wischgeräte schieben, damit ich die Tür anlehnen konnte. Die Glühbirne über uns war nackt und verstaubt, ihr Licht diesig. Ich konnte Wesley dennoch ansehen, dass er irritiert war. Und belustigt.

»Ich bin einverstanden«, erklärte ich leise, nachdem die Schritte auf dem Flur verklungen waren. »Ich helfe dir bei deinem Projekt und dafür redest du mit deiner Mutter über die Mulberry Mansion und versuchst, sie dazu zu bringen, die Fördergelder wieder anzuheben.«

Er lehnte sich gegen die Stiele in seinem Rücken, trotzdem war seine Nähe in dem kleinen Raum viel zu intensiv. Der Geruch nach Putzmittel und Chlor wurde überlagert von dem seines Deos und seiner Haut. Ich atmete durch die Nase ein, wich ein wenig zur Seite und schmiss dabei einen leeren Eimer um.

Wesley beobachtete mich nachdenklich. »Deswegen bist du so früh hergekommen? Woher wusstest du überhaupt, dass ich hier bin?«

Meine Wangen wurden warm. »Ist doch egal. Ich wollte das nicht später in der Vorlesung klären.«

»Du meinst, dort, wo uns andere sehen könnten?«

»Genau. Und damit wären wir auch schon beim Wesentlichen. Ich nehme diesen Deal an, aber ich … habe Bedingungen.«

»Du hast vor allem zu viele Mafia-Filme geguckt, kann das sein?« Er lachte und hörte auch nicht damit auf, als draußen weitere Schritte aufkamen.

»Ich meine es ernst«, beharrte ich. »Wir müssen uns unterhalten.«

Wesley sah mich skeptisch an, schließlich seufzte er. »Okay, Boss. Dann komm mit.« Er machte einen Schritt auf mich und die Tür zu, aber ich bewegte mich nicht.

»Wohin?«

»Willst du das etwa hier besprechen?« Er deutete um sich und stieß dabei mit der Hand gegen meinen Arm. Die Kammer war wirklich nicht groß, wir einander zu nah, trotzdem war mir das hier lieber als jeder andere Ort der Universität.

»Was ist falsch hieran?«

Wesley sah mich an, als würde er an meiner Zurechnungsfähigkeit zweifeln. »Wir befinden uns in einer Abstellkammer.«

Ich zwang mich zu einem gleichgültigen Gesichtsausdruck. »Völlig unterschätzte Räume.«

»Nenn mich spießig, aber ich führe meine Unterhaltungen gern an Orten, an denen es nicht nach Staub und Chemikalien riecht. Außerdem brauche ich erst mal einen Kaffee und irgendwas Süßes, sonst bin ich zu so was echt nicht in der Lage.« Wesley schob mich mit leichtem Druck zur Seite, sodass er die Tür aufziehen konnte. Als er auf dem Flur stand, warf er mir einen Blick über die Schulter zu. »Wenn du diesen Deal wirklich willst, solltest du anfangen, Kompromisse einzugehen. Andernfalls kannst du auch gleich in dieser Kammer bleiben und sie dir als neues Zimmer einrichten. Die Luftverhältnisse dürften ja kein allzu großer Unterschied sein.«

Wäre ich eine andere gewesen, hätte ich etwas Schlagfertiges erwidert und ihn stehen gelassen. Ich wollte es tun, ich wollte so gern eine andere sein. Aber ich war ich und das hier war meine einzige Möglichkeit, mein Zuhause zu retten.

Wortlos stellte ich den umgeschmissenen Eimer wieder auf und folgte ihm. Hinaus aus dem Gebäude, quer über den Campus, der sich langsam füllte. Zwei Armlängen Abstand zwischen uns und trotzdem dieses unangenehme Flackern auf meiner Haut, als befände ich mich zu nah an einem offenen Feuer. Und ein Teil von mir war sich sicher: Ganz gleich, wie vorsichtig ich war, ich würde mich hieran, an ihm, verbrennen.

Das *Halo* war recht leer, nur ein paar der Tische im Inneren waren besetzt. Ich war nicht oft hier, weil mich etwas an diesem Raum nervös machte. Vielleicht, weil die Wände über und über mit Bildern behängt waren, auf denen Tintenkleckse zu sehen waren. Eine Collage im Stil des bekannten Rorschachtests, der im 20. Jahrhundert dazu entwickelt worden war, anhand von den durch den Patienten darin gesehenen Motiven Aussagen über seine Psyche zu treffen.

Ich erkannte in jedem Klecks eine Wolke und natürlich dachte ich immerzu an Angus. Kein Kuchen der Welt schmeckte noch, wenn Schuld, Traurigkeit und Sorge einen bitteren Gedankenbelag bildeten.

Während Wesley sich in die Schlange an der Theke stellte, verließ ich das Café durch die Schiebetür und trat in den schmalen, backsteinummauerten Innenhof. Wilder Wein rankte an den Wänden, zwischen denen eine Handvoll Tische standen. Ein paar Girlanden waren darübergespannt, über den Stuhllehnen lagen Wolldecken. Alle Plätze waren leer. Obwohl der Himmel mittlerweile klarblau war, war es noch immer ziemlich frisch.

Ich setzte mich an den hintersten Tisch, der vom Eingang aus halbwegs von einem Mauervorsprung verborgen wurde. Behutsam nahm ich die geglätteten Projektpapiere aus meiner Tasche und legte sie vor mich, ehe ich mich in eine der Decken wickelte.

Es dauerte nicht lang, bis Wesley in den Hof trat und sich suchend umsah. »War im Lagerraum kein Platz mehr?«, fragte er, als er vor mir innehielt.

»Kompromisse, du erinnerst dich?«

Er schnaubte, aber ließ sich auf den Stuhl mir gegenüber sinken und schob mir einen von zwei Bechern zu.

»Ich trinke keinen Kaffee«, sagte ich in dem Moment, in dem ich das Etikett des Teebeutels entdeckte. Fenchel. Die Sorte, die ich oft in der Uni trank. Was Wesley nicht wissen konnte, es sei denn, er hatte in einem unserer Seminare den Zettel an meiner Thermoskanne gesehen. Allein die Vorstellung, er könnte auf so etwas achten, war absurd.

Ich schnupperte am Tee. Da lag eine Spur Honig unter dem herben Kräutergeruch. »Danke«, murmelte ich widerwillig.

Wesley hob wortlos die Augenbrauen und biss in das Croissant auf seinem Teller. Er machte keine Anstalten, mit mir zu sprechen, bis er die Hälfte gegessen hatte. Mit jedem Bissen entspannte sich sein Gesichtsausdruck ein bisschen mehr. Ganz offensichtlich war er jemand, bei dem die Schwelle zwischen hungrig und genervt hauchdünn war.

»Okay. Ich bin bereit«, verkündete er, als er einen weiteren Bissen mit schwarzem Kaffee heruntergeschluckt hatte. »Leg los, Corleone.«

Ich überging die *Der Pate*-Anspielung und suchte kurz nach dem richtigen Anfang. »Wieso willst du dieses Projekt unbedingt mit mir machen?«

Wesley zuckte mit den Schultern und legte den kleinen Finger in den Krümelsee auf seinem Teller. »Weil ich nicht durchfallen will. Und du bist gut in der Uni.«

»Nicht besser als alle anderen, nur besser als du.«

»Du brauchst meine Hilfe. Es bietet sich an.«

»Ich könnte einige Leute aufzählen, die dir helfen würden, ohne etwas im Gegenzug zu erwarten.«

Wir starrten einander fest an, bis er schließlich seufzte und sich im Stuhl zurücklehnte. Sein Haar war noch feucht, seine Wangen von der Kälte gerötet, in seinen Mundwinkeln klebten Krümel. Er hob sie für die nächsten Worte an, als fände er etwas daran amüsant. »Du interessierst dich offensichtlich nicht im Geringsten auf *diese Art* für mich. Und ich mich ebenso wenig für dich. Deshalb.«

Ich runzelte die Stirn. »Und das ist für dich eine gute Voraussetzung für … das hier?« Ich wedelte mit dem Papierheft, weil ich es einfach nicht über mich brachte, das Wort *Zuneigung* ihm gegenüber in den Mund zu nehmen.

»Für mich schon. Ich kann es nämlich kaum erwarten, Dixon zu sagen, dass ihr Experiment zum Scheitern verurteilt war.« Er deutete auf die Überschrift. »*Kann man jeden Menschen lieben?* Ich könnte jetzt schon ein Nein darunterschreiben, aber wenn ich das mit dir durchziehe und wir es am Ende gemeinsam bezeugen, wird sie das wohl eher anerkennen.«

»Also verfolgst du hierbei die These, dass man nicht für jeden Menschen Zuneigung entwickeln kann?«

»Tust du das denn nicht?«

Sekundenlang sah ich ihn nur an. Das fein geschnittene Gesicht, die Augen aus Karamell, die makellose Haut. Wesley war so schön, und alles, was ich fühlte, war Abneigung. Ich zweifelte nicht daran, dass er gute Eigenschaften hatte. Jeder Mensch hatte die. Aber sie würden nie seine schlechten aufwiegen können. Nicht für mich.

»Ich helfe dir gern bei deinem Nein. Das ist das Einzige, das mir an diesem Projekt gefällt.«

»Gut.« Er nickte zufrieden. »Also haben wir einen Deal?«

»Nicht so schnell. Es gibt noch ein paar Dinge zu klären.«

»Okay, schieß los. Hast du dir dazu Notizen gemacht oder brauchen wir einen Beamer für deine PowerPoint-Präsentation?«

Ich überging die erneute Spitze und umfasste meinen Becher mit beiden Händen. »Zuallererst … wenn du mich ein Mal anfasst, ist das Durchfallen in diesem Kurs dein geringstes Problem, Wesley Hastings.«

Er neigte sich vor und senkte die Stimme auf eine feierliche Tonart. »Selbst wenn ich dich dadurch vor dem Tod bewahren könnte – ich werde dich erst anfassen, wenn du mich darum bittest, May Little. Versprochen.«

»Das wird niemals passieren.«

»Umso besser.« Wesley ließ sich wieder gegen die Lehne zurücksinken. »Und lass das mit dem Nachnamen. Bitte.« Er rieb sich über die Schläfe, als hätte er Kopfschmerzen.

Ich schnaubte leise. Sein Nachname war ein Türöffner, ein Vorteilsmagnet, das Aushängeschild seines Halo-Effekts. Sicher nichts, was ihm jemals Schaden zugefügt hätte.

Wesleys Blick bohrte sich so tief in meine Augen, dass meine Wangen erhitzten, ich sah dennoch nicht fort. Schließlich seufzte er wieder, ein wenig frustriert. »So funktioniert das nicht.«

»Was meinst du?«, fragte ich angespannt.

»Du musst mir sagen, was dein Problem mit mir ist. Wieso bist du so wütend auf mich? Ist es wegen dieser Monatsnamen-Sache? Das war doch nur ein Witz.«

Ich öffnete den Mund, als zwei Mädchen den Innenhof betraten. Sie setzten sich an einen der Tische nahe der Tür und zündeten sich Zigaretten an. Ich rutschte näher an die Wand und senkte die Stimme. »Es ist nicht witzig, aber ich bin deswegen auch nicht wütend.«

»Was ist dann los? Bist du einer dieser Menschen, die andere aus Prinzip hassen, sobald sie aus wohlhabenden Verhältnissen stammen?«

Der einzige Grund, der ihm einfiel, nicht gemocht zu werden, war Neid oder Gesellschaftskritik? Es musste sehr angenehm sein, in so einer Welt zu leben. »Über diese Aussage könnten wir länger diskutieren, aber … nein. Es ist mir egal, wer deine Familie ist.«

»Aber irgendetwas an mir passt dir nicht. Was ist es?«

»Vielleicht gibt es keinen Auslöser. Vielleicht mag ich dich einfach nur nicht.«

»Okay, aber so wird das hier nicht funktionieren.« Er griff nach den Zetteln, als wollte er sie zurückziehen.

Aus einem Reflex heraus legte ich meine Hand neben seine. Unsere kleinen Finger berührten sich fast, ich versuchte, nicht zurückzuzucken. »Ich dachte, es geht dir genau darum, dass ich dich nicht mag.«

»Ich hab aber auch keine Lust, mit jemandem rumzuhängen, der mir das Gefühl gibt, ein schlechter Mensch zu sein.«

»Das sage ich doch gar nicht.« Ich konnte den Hauch Schuldbewusstsein in meiner Stimme nicht verbergen.

Wesley rümpfte die Nase. Da war ein winziges Grübchen, das sich dabei neben dem rechten Flügel bildete. »Musst du auch gar nicht. Deine Augen tun das für dich.«

»Du kannst gern woanders hinsehen.«

»Schwierig, dein Gesicht besteht irgendwie zu neunzig Prozent aus ihnen. Nicht, dass mich das stören würde, sie sind tatsächlich ziemlich schön.« Er lächelte auf eine weiche, charmante Weise. Es sah so ehrlich aus und war so wenig ernst gemeint – ich hasste alles daran. Erneut flammte Wut in mir auf, ich kniff die Lippen zusammen. Wesley registrierte es und hob die Hände, als würde er kapitulieren. »Okay. Wie wäre es mit einem Reset?«

»Einem was?«

»Einem Neustart. Alles auf Anfang. Ich vergesse, dass du mich während unserer ersten Gespräche quasi permanent beleidigt hast, und du vergisst ... was auch immer dafür sorgt, dass ich Angst bekomme, wenn du in meiner Gegenwart auch nur in der Nähe eines Buttermessers bist.« Er hob vielsagend das von seinem Teller an, ehe er sich den letzten Bissen Croissant in den Mund schob.

Ich wusste, dass das, was er vorschlug, nicht so einfach war. Ich konnte nicht *vergessen*, was er und seine Freunde getan hatten. Niemals. Aber ich wusste auch, dass dieses Projekt umso quälender werden würde, wenn ich nicht wenigstens versuchte, diese Gefühle unter einer Schicht aus Neutralität und Taubheit zu begraben. Ich konnte nichts Gutes für ihn empfinden. Vielleicht reichte es, wenn ich mich wirklich bemühte, zumindest für ein Nichts.

»Gut, von mir aus«, gab ich deswegen nach. »Aber dann sind hier meine Bedingungen.«

»Ich höre.«

Ich war versucht, meinen Block aus der Tasche zu holen, aber dann hätte Wesley gewusst, dass ich mir tatsächlich Notizen für dieses Gespräch gemacht hatte. Und wenn er mich noch einmal auf diese spöttische Art anlächelte, würde ich vermutlich keine Selbstbeherrschung mehr aufbringen können, um weiterhin sitzen zu bleiben. Also konzentrierte ich mich auf das Wichtigste. »Was wir einander während dieses ... Experiments erzählen, bleibt unter uns. Du nutzt es nur für den Projektbericht und danach vergisst du es.«

»Kein Problem. Vergessen ist eine meiner leichtesten Übungen.«

Etwas pikste sacht in meine Brust, ich blinzelte und dachte: *Klar, was sonst?*

»Noch was?«, hakte er nach.

»Du erzählst niemandem hiervon.«

Er grinste. »Von *uns*?«

»Es gibt kein Uns. Es gibt eine Zweckgemeinschaft, eine vorübergehende Allianz. Etwas, das in dem Moment endet, in dem wir diesen Bericht einreichen. Und deswegen muss niemand davon erfahren.«

Wesley schwieg kurz, dann schüttelte er den Kopf. »Das wird schwierig. Hast du dir den Aufbau durchgelesen? Wir sollen das Leben des anderen kennenlernen. Dazu gehört auch der Alltag. Freunde. Familie.«

Er hatte recht, natürlich. Ich hatte nur gehofft, er würde das Ganze nicht so ernst nehmen. Wesley war mir in den letzten vier Semestern nicht wie jemand vorgekommen, der sich sonderlich um die Anforderungen unserer Dozierenden sorgte. Er war schon ein Jahr länger als ich an der Uni, aber er saß meistens in denselben Kursen. Das konnte nur bedeuten, dass er in seinen ersten Semestern mehr das Studierendenleben genossen hatte, als richtig zu studieren. Es überraschte mich daher, wie wichtig es ihm zu sein schien, nicht exmatrikuliert zu werden.

»Okay«, gab ich widerwillig nach, »aber dann verkauf es, wie es ist: ein Uni-Projekt. Und in der Öffentlichkeit hältst du dich von mir fern.«

»In der Öffentlichkeit?«, wiederholte er belustigt.

»Keine Plaudereien auf dem Campus. Kein gemeinsames Mittagessen. Kein Grüßen im Supermarkt.«

»Wann haben wir uns denn mal im Supermarkt getroffen?«

»Richtig, das Einkaufen erledigt vermutlich dein Hofstaat für dich«, murmelte ich in meinen Tee, ehe ich einen Schluck nahm.

Wesley lachte. »Für wen hältst du mich eigentlich? Ich bin der Sohn der Vizekanzlerin der Uni, nicht der der Queen.«

Ich sah aus dem Augenwinkel, wie sich eines der Mädchen zu uns umdrehte, und presste mich enger an die Wand. »Du bist auch der Sohn deines Vaters. Du hast drei Autos und könntest dir mit Sicherheit sogar ein Flugzeug leisten. Garantiert einen Einkaufsservice.«

Er stutzte. »Ernsthaft, beobachtest du mich?«

»Bestimmt nicht. Du bist einfach irgendwie ständig … da.«

Wesley musterte mich intensiv. Vermutlich wägte er ab, ob er sich in mir geirrt hatte und ich insgeheim seit über zwei Jahren auf eine Gelegenheit wartete, ihm näherzukommen.

Ich hätte ihm erzählen können, dass das nichts bedeutete. Dass ich auch wusste, dass Professorin Dixon seit letztem Semester in Trennung lebte, weil sie ihren Ehering nicht mehr trug. Dass ich wusste, dass eine der Mitarbeiterinnen in der Cafeteria in ihre Kollegin verliebt war, weil sich ihre Wangen immer zartrosa färbten, wenn diese sie an der Hüfte beiseiteschob. Oder dass ich wusste, dass sein bester Freund am liebsten französischen Rap hörte, weil ich ein paarmal an Lucas vorbeigelaufen war, wenn er mit seinen Kopfhörern Musik hörte und flüssig mitrappte. Ich hätte sagen können, dass ich kaum einschlafen konnte, wenn ich mittags im Bus jemanden gesehen hatte, der offensichtlich geweint hatte. Dass ich anhand der Schritte meiner Mitbewohnenden erkennen konnte, wenn sie einen schlechten Tag gehabt hatten. Dass ich nur ein Wort aus dem Mund meiner Mutter hören musste, um zu wissen, wie viele Sorgen ich mir zu machen brauchte. Dass ich mir sowieso immer Sorgen machte, dass ich deswegen viel zu oft

Bauchweh hatte, dass ich manchmal kaum noch Luft bekam, weil da eben immer ein Grund war zu ersticken, wenn man aufmerksam durch die Welt ging. Und dass ich das nicht abstellen konnte. Dass ich es, wenn ich es gekonnt hätte, als Erstes für Menschen wie Wesley abgestellt hätte.

Ich sagte ihm nichts davon. Ich war es leid, mich zu erklären, und trotz des Fencheltees zog sich das Sorgenknäuel in meinem Bauch fester zusammen, je länger wir hier saßen. Die Mädchen waren wieder im Inneren verschwunden, aber es könnte jederzeit jemand herauskommen und uns zusammen sehen.

»Okay, wie du willst«, sagte Wesley endlich. »Ich verspreche dir, dass ich dich in der Uni weiterhin so ignorieren werde wie die letzten Jahre. Dafür gibst du dir ein bisschen Mühe, freundlicher zu sein, wenn wir unter uns sind. Einverstanden?«

Er reichte mir seine Hand über den Tisch. Ich zögerte, dann ergriff ich sie. Seine Finger waren gepflegt, schlank und kaffeewarm. An der Beuge zwischen Daumen und Zeigefinger war eine helle feine Narbe zu sehen, fast fünf Zentimeter lang. Sie ließ ihn echter wirken als der Rest seines Aussehens. Hätte ich ihm einen Halo-Effekt-Auslöser zugestanden, wären es seine Hände gewesen.

»Einverstanden«, brachte ich hervor.

Gleichzeitig ließen wir einander los.

»Klasse. Dann steht unserer Zusammenarbeit ja nichts im Wege. Bedeutet wohl, wir sehen uns ab heute öfter. Wie passt es dir Freitag nach der Uni?«

»Ich werde es einrichten.« Ich wischte die Finger beiläufig an der Wolldecke ab, aber irgendwie wurde ich die Wärme seiner Haut auf meiner nicht los.

»Nett von dir.« Wesley knickte die Projektzettel unsauber zusammen und steckte sie ein. Danach zog er sein Handy aus dem Mantel und hielt es mir hin. »Gibst du mir deine Nummer?« Ich verzog den Mund, nahm es aber. »Schon lustig«, sagte er grinsend, während ich meine Nummer einspeicherte, »so angewidert hat noch keine Frau geguckt, wenn ich sie das gefragt habe.«

Ich gab ihm das Handy zurück und schwieg dazu. Ich wollte das »Ich-bin-anders-als-die-anderen-Spiel« nicht spielen, weil darin sowieso nie jemand gewinnen konnte. Ich war nicht besser oder besonderer als die Frauen, die Wesley interessant fanden oder mit ihm ausgehen wollten. Ich wusste einfach Dinge, die sie nicht wussten.

Mit einem großen Schluck trank ich den lauwarmen Tee aus, dann stand ich auf. »Ich muss los.«

»Okay, na dann. Ich freu mich.« Als ich nicht antwortete, fügte er hinzu: »Dein resettetes Ich könnte das erwidern.«

»Vielleicht bin ich wirklich einfach kein netter Mensch.«

»Das ist nicht wahr.«

»Woher willst du das wissen?«

Wesley zuckte nur mit den Schultern.

Ich senkte die Lider. »Gut, dann gehe ich jetzt. Wir sehen uns übermorgen, Wesley Ha…, Wesley.«

Er grinste, ungewohnt schwach. »Nenn mich einfach Wes, okay?«

»Okay.« Dabei war es nicht okay. Es war ein Verrat in Buchstabenform. Aber vermutlich fiel dieser nach allem, was ich gerade akzeptiert hatte, nicht mehr ins Gewicht.

»Wenn du dir jetzt noch ein Lächeln abringen könntest, wäre ich wunschlos glücklich.«

Ich tat es nicht, weil ich mir fast sicher war, dass ich mit dem Heben meiner Mundwinkel angefangen hätte zu weinen. Also nickte ich nur und ging an ihm vorbei. »Danke für den Tee. Ich gebe dir das Geld beim nächsten Mal wieder.«

Ich hörte ihn noch etwas sagen, aber da war ich schon bei der Tür und schob sie auf. Meine Sicht verschleierte, als ich das *Halo* verließ. All die Tintenkleckswolken zogen sich vor meinen Augen zusammen, bis ich das Gefühl hatte, durch Watte zu waten.

Ich hatte es getan. Ich hatte es getan, und ich war erleichtert und gleichzeitig verzweifelt. Wenn ich das hier durchzog, könnte ich mit etwas Glück die Mulberry Mansion retten. Aber genauso gut könnte ich dabei meine beste Freundin verlieren. Elsie würde mir das nie verzeihen, wenn sie davon erfuhr. Und genau deswegen würde ich alles dafür tun, dass es nicht herauskam.

Ich hasste es, ihr etwas zu verschweigen, aber letztlich war es zu ihrem Besten. Ich musste sie nicht mit etwas belasten, das keine Rolle spielte. Weder für sie noch für mich.

In der Projektdefinition stand etwas von dem Aufbau von *Intimität*, aber niemand konnte mir vorwerfen, wenn sich diese nicht einstellte. Wesley hatte es selbst gesagt, er wollte mich für dieses Projekt, weil wir in keiner Weise aneinander interessiert waren. Wenn er unserer Professorin beweisen wollte, dass dieses Experiment zum Scheitern verurteilt war, dann würde ich ihm dabei helfen.

Es waren nur knapp drei Monate. Drei Monate, in denen ich mir noch ein bisschen mehr Sorgen machen, mich noch ein bisschen mehr schuldig fühlen und die, die ich liebte, noch ein bisschen mehr verraten würde. Ich würde mich jeden Tag dafür verachten, aber ich würde das hinbekommen. Ich war schon lang daran gewöhnt, etwas zu bereuen.

# 4. Kapitel

## MAY

In der Psychologie wird Verdrängung als wichtigster Abwehrmechanismus definiert, durch den unangenehme oder Angst auslösende Gedanken und Gefühle ins Unbewusste geschoben werden, sodass man sich nicht mehr mit ihnen beschäftigen muss.

Ebenso schlecht wie im Vergessen war ich mein Leben lang im Verdrängen gewesen, aber als ich an diesem Freitag – zwei Tage nach meinem Gespräch mit Wes – im letzten Seminar saß, hatte ich das Gefühl, es das erste Mal getan zu haben. In den vergangenen vierundfünfzig Stunden hatte ich jede freie Minute mit Lernen oder Hausarbeit verbracht, um nicht daran denken zu müssen, was ich heute tun würde. Ich hatte nicht einmal meinen Mitbewohnenden von meinem Gespräch mit Wes erzählt, aus Angst, dass es dadurch zu real werden würde. Wahrscheinlich hatte ich bis zuletzt gehofft, dass irgendetwas passieren würde, das mich vor dem Einhalten dieses Deals bewahren würde. Doch nun war ich hier, Professorin Dixon beendete die letzte Kursstunde des Tages und ich packte meine Sachen ein, in dem Wissen, dass ich mich in fünf Minuten mit Wesley Hastings treffen würde. Allein und für mindestens zwei Stunden, wenn wir uns an die Vorgaben des Projektaufbaus hielten.

Ich erhob mich gerade, als ich den Blick bemerkte, der mich von vorn traf. Wes war neben der Tür stehen geblieben und sah mich so auffordernd an, dass ich das Gefühl hatte, jeder im Raum könnte seine Aufmerksamkeit *hören*.

Stumm machte ich eine knappe Kopfbewegung in Richtung Ausgang um ihm zu verdeutlichen, dass er vorgehen sollte. Was er gewusst hätte, wenn er mir bei unserem Gespräch im *Halo* zugehört und zudem die Nachricht, die ich ihm heute Morgen geschickt hatte, gründlich gelesen hätte. Ich hatte ihm klargemacht, dass wir uns erst in einem der Studierzimmer treffen würden, die im hintersten Winkel des Instituts lagen und meist leer blieben. Immerhin schien er sich jetzt daran zu erinnern. Er verdrehte die Augen, verließ jedoch kommentarlos den Seminarraum.

Ich atmete tief durch und ließ mir Zeit damit, die Ordner in meiner Korbtasche neu zu sortieren. Je mehr Abstand zwischen uns lag, desto geringer war die Wahrscheinlichkeit, dass jemand denken könnte, ich würde ihm folgen. Mir war bewusst, dass ich mir zu viele Gedanken machte: Niemand aus diesem Institut würde so schnell auf die Idee kommen, Wesley Hastings und mich … in Verbindung zu bringen. Nicht einmal ich hätte das vor wenigen Tagen gekonnt.

Der Raum war bis auf Professorin Dixon leer, als ich ihn verlassen wollte. Noch bevor ich bei der Tür ankam, ließ mich ihre Stimme innehalten. »Miss Little?«

Ich wandte mich fragend um. »Ja?«

Sie legte einen Stapel Aufgabenblätter beiseite, setzte sich auf die Schreibtischkante und musterte mich. »Wesley Hastings hat mich darüber informiert, dass Sie ihm bei der Wiederholung seines Forschungsprojekts helfen. Ist das korrekt?«

Mir war schon oft aufgefallen, dass es Studierenden schwerfiel, dem Blick aus ihren azurblauen Augen standzuhalten. Das war das erste Mal, dass ich es verstand. Ich sah kurz über meine Schulter, um sicherzugehen, dass sich niemand im Flur befand und uns zuhörte, dann machte ich einen Schritt auf sie zu. »Ja.«

»Sie haben Ihre Punkte für das entsprechende Seminar bereits.«

»Das weiß ich. Es geht mir nicht um meine Noten, es ist … kompliziert.« Ich umklammerte den Henkel meiner Korbtasche fester, weil ich spüren konnte, wie meine Finger anfingen zu zittern. Meine Zusage für dieses Projekt von einer anderen Person erwähnt zu hören, zerrte den ganzen Deal mit Wes endgültig aus meinem Unbewussten. Ich konnte nicht länger leugnen, was ich im Begriff war zu tun.

»Interessant.« Dixon trommelte mit den Fingerspitzen auf der Tischkante. »Ich habe Sie beide nie auch nur ein Wort miteinander wechseln sehen, ich hätte nicht gedacht, dass Sie sich für seinen Abschluss oder einfach für … *ihn* interessieren.«

Augenblicklich stieg Hitze in mein Gesicht, und ich beeilte mich, den Kopf zu schütteln. »Oh, ich meinte nicht … nein, nicht auf *die Art* kompliziert. Wirklich, dahingehend sind meine Gefühle absolut eindeutig. Es ist ein Abkommen. Wir helfen einander bei verschiedenen Dingen. Sehr *platonischen* Dingen.«

Meine Professorin schmunzelte, stieß sich vom Tisch ab und ging zu der Tasche auf ihrem Stuhl. »Verstehe. Nun, ich wäre bereit, Ihre Note vom vergangenen Semester rückwirkend noch zu verbessern, wenn mich Ihr Projektbericht überzeugt. Das erscheint mir nur fair angesichts der Tatsache, was für einen Arbeitsaufwand Sie auf sich nehmen, indem Sie Mr Hastings unterstützen.«

Die letzten Worte klangen so unverhohlen kritisierend, dass ich den Drang unterdrücken musste, ihn zu verteidigen. Dabei hatte ich gar keinen Anlass dafür. Sie hatte recht: Von all meinen Kommilitonen in diesem Kurs war Wes derjenige, mit dem ich nicht freiwillig zusammengearbeitet hätte. Immerhin gab er sich nicht einmal Mühe, so zu tun, als wäre ihm irgendetwas an unserem Studium wichtig. Das Erste, was mir Anlass gab zu denken, dass dem doch so war, war die Tatsache, dass er alles tat, um nicht exmatrikuliert zu werden. Selbst wenn das bedeutete, mehrere Monate mit einer Person zusammenzuarbeiten, mit der er nicht im Geringsten etwas gemeinsam hatte.

»Das müssen Sie nicht machen«, sagte ich, obwohl mich die Aussicht, aus dem Projekt ebenfalls einen Nutzen für mein Studium zu ziehen, durchaus erleichterte.

Sie zuckte mit den Schultern und schob den Stapel Aufgabenblätter in ihre Tasche. »Ich weiß. Aber ich kann.«

»In Ordnung, also … vielen Dank. Wir geben unser Bestes.«

Ein belustigter Ausdruck huschte über ihr herzförmiges Gesicht. »Da bin ich sicher. Dann viel Erfolg. Und viel Spaß. Es gibt durchaus unangenehmere Projektaufgaben als diese.«

Ich hätte ihr zu gern widersprochen. Lieber hätte ich die Datensätze von mehreren Kliniken ausgewertet, als gemeinsam mit Wesley Hastings an der Frage zu forschen, wie sich *Zuneigung* bildete. »Belassen wir es lieber beim Erfolg«, murmelte ich.

Dixon lachte auf – um einiges wärmer, als ich es je zuvor von ihr gehört hatte. »Warten Sie es ab. Sie wären verblüfft, wie sehr uns Menschen überraschen können, wenn wir sie lassen. Etwas Großes finden wir am ehesten dort, wo wir es nicht suchen, wissen Sie? Erwartungen und Hoffnungen, das sind künstliche Kleber für Beziehungen. Aber wenn wir weder das eine noch das andere investieren, dann ist das, was durch das Zusammensein entsteht, durch und durch echt.«

Wes saß im hintersten Studierzimmer, das mit einigen Tischen und Bücherregalen voll mit Psychologielehrbüchern ausgestattet war. Offiziell durften diese nur im Institut benutzt werden, im Laufe der Jahre hatten sich die Reihen trotzdem nach und nach gelichtet. Wes blätterte durch eine Zeitschrift, als ich eintrat und die Tür hinter mir schloss.

Sofort hob er den Blick und warf das Heft zugeklappt auf den Tisch. »Was denkst du eigentlich, was passiert, wenn man uns zusammen sieht? Dass die *Times* hier auftaucht und uns auf der Titelseite abbildet?«

»Nein«, erwiderte ich nüchtern und griff nach einem Stuhl, um mich ihm gegenüber an den Tisch zu setzen. Ich hätte zwar lieber hundert Wände als ein Holzbrett zwischen uns gehabt, trotzdem war das hier besser als nichts. »Lass uns direkt mit ein paar Fragen anfangen.«

Wes seufzte, aber er öffnete seine Tasche auf dem Stuhl neben sich und zog die Projektzettel hervor.

Er hatte mir nach unserem Gespräch im *Halo* über meine Uni-Mail-Adresse die Datei zukommen lassen, doch ich hatte es noch nicht über mich gebracht, mir den Fragenkatalog näher anzusehen. Dementsprechend angespannt wartete ich darauf, dass er die erste vorlas – und hätte fast aufgelacht, als er es tat. *»Bevor ihr euch unterhaltet: Nennt euch jeweils drei positive Gedanken, die ihr bereits ohne einander näher zu kennen über euren Charakter hattet.«*

Noch während er das letzte Wort aussprach, schüttelte ich den Kopf. »Lass uns das überspringen.«

Er stutzte und ließ die Zettel auf die Tischplatte sinken. »Ernsthaft? Dir fallen keine drei Sachen ein?«

»Dir etwa?«, erwiderte ich ungläubig.

Wes zuckte mit den Schultern und musterte mich aus diesen goldbraunen dicht bewimperten Augen. Es war fast noch schwerer, seinem Blick standzuhalten, als dem von Dixon. »Du wohnst in einem heruntergekommenen Haus, was dafürspricht, dass du keine sonderlich hohen Ansprüche hast. Du hast außerdem einen sehr … individuellen Kleidungsstil, der darauf hindeutet, dass du dich nicht um Trends oder so was scherst. Und du kommst immer pünktlich, was ausgesprochen … anständig ist.« Seine Mundwinkel zuckten verräterisch, und das reichte, damit ich mich fühlte, als hätte er mich ausgelacht.

Ich grub die Finger in den mintgrünen Stoff meines Kleides, direkt vor meinen Bauch, in dem es unangenehm zog. Mir war bewusst, dass er mir mit diesen drei Sachen durch die Blume gesagt hatte, dass er mich für eine mittellose Langweilerin mit fragwürdigem Kleidungsgeschmack hielt, aber ich würde nicht darauf eingehen. Es spielte keine Rolle, was er über mich dachte. Ich brauchte keine zweite Meinung, um eine über mich selbst zu haben. Also reckte ich nur das Kinn. »Und wie willst du das wissen, wenn du nie pünktlich kommst?«

Sein Lächeln verbreiterte sich, er lehnte sich im Stuhl zurück und verschränkte die Hände im Nacken. »Na komm, jetzt du. Sag was Positives über meinen Charakter.«

Meine Lippen öffneten sich, kurz darauf presste ich sie fest aufeinander. Ich hätte über jeden Menschen in unserem Studiengang etwas Gutes sagen können, aber bei Wes fiel mir nichts ein. Vielleicht, weil er ein so großes Schwarzes Loch war, dass seine Nähe meine ganze Freundlichkeit schluckte. Der Gedanke war derart belastend, dass ich mich am liebsten entschuldigt hätte – bei ihm und bei mir selbst, weil ich es zuließ, dass er das aus mir machte: eine Person, der nichts Nettes mehr in den Sinn kam.

Wes beobachtete mich eine Weile abwartend, dann kräuselte sich seine Nasenspitze. »Komm schon, nicht mal *eine* Sache?«

Ich musterte ihn und versuchte verzweifelt, etwas Freundlichkeit in mir zusammenzukratzen. Als er mit den Fingern durch seine Haare strich, blieb mein Blick an ihnen hängen. »Du hast gepflegte Hände«, setzte ich zögerlich an, »was mich denken lässt, dass du … gut auf dich achtest.« *Was allerdings auch nur daran liegen könnte, dass du nie viel anpacken musstest*, schob ich gedanklich hinterher und mochte mich dafür selbst nicht.

»Das war deine Art einer Umschreibung dafür, dass du mich für egozentrisch hältst, richtig?«, stellte er trocken fest.

Schuld zwickte mir in die Lider und ließ mich blinzeln. »Ich hab dir gesagt, wir sollten das überspringen.«

»Wenn du willst, könnte ich dir ein paar meiner positiven Eigenschaften aufzählen. Andere Menschen haben mir dahingehend durchaus schmeichelhafteres Feedback gegeben. Ich habe mir sagen lassen, dass ich wirklich sehr charmant sein kann.« Die Art, wie er dabei lächelte, machte deutlich, dass er auf die Menschen anspielte, mit denen er ein bisschen mehr als Small Talk ausgetauscht hatte. Insbesondere *Körperflüssigkeiten*, wie Willow es ausdrücken würde.

Wärme stieg in meine Wangen, aber etwas in seinem Gesicht hinderte meinen Körper daran, echte Verlegenheit zu empfinden. Alles an Wes wirkte gelassen und überheblich wie sonst auch, trotzdem glaubte ich, ein Wanken in seiner Fassade zu erkennen. Vielleicht war es der angespannte Ausdruck in seinen Iriden, der das Braun dunkler erscheinen ließ als üblich, vielleicht lag es auch daran, dass die zarten Fältchen um seine Augenwinkel sich nicht vertieften. Das hier war kein Duchenne-Lächeln, kein echtes Lächeln, kein Zeichen ehrlicher Emotion. Es war gespielt.

Ich runzelte die Stirn, da beugte er sich bereits über das Blatt und notierte unsere Antworten am Rand, ehe er die Seite umblätterte. »Bevor ich mich noch mehr langweile, springen wir mal ein bisschen nach hinten.« Er überflog die Fragen und tippte dann auf eine. »*Wann hast du das letzte Mal geweint, warum und vor wem?*«

»Gestern früh, weil ich mir Sorgen um meine Familie gemacht habe.« Ich war noch so abgelenkt, dass ich meine Worte nicht abwog. Sie fielen einfach heraus – viel schwerer, als ich beabsichtigt hatte.

Erst als Wes überrascht aufsah, realisierte ich, wie ehrlich diese Antwort gewesen war. Genauso ehrlich, wie es dieses Projekt im Grunde verlangte, aber viel zu ehrlich, wenn man bedachte, mit wem ich es durchführte.

Ich biss mir in die Wange und wappnete mich für die Nachfrage, dieses eine *Warum*, dem ich derart dringend aus dem Weg gehen wollte, dass ich nur hinter geschlossener Tür in meinem Zimmer weinte. Mit Kissen vor dem Gesicht und wundpochendem Herzen in der Brust.

Doch es war immer noch Wesley Hastings, mit dem ich sprach. Er öffnete zwar kurz den Mund, schloss ihn dann jedoch wieder und zeichnete sichelförmige Muster auf den Projektbogen. »Und vor wem hast du geweint?«, fragte er nach einem Zögern ausdruckslos.

»Ich weine nie vor anderen.«

Diesmal kaschierte er seine Verwirrung nicht. »Warum?«

Das Wort wummerte in meinem Kopf, selbst dann noch, als ich ihn schüttelte. Auch wenn ich gewollt hätte, hätte ich nicht mal gewusst, wo ich anfangen sollte. Vielleicht, weil dieses *Warum* sich wie der Kern meiner Persönlichkeit anfühlte und ich manchmal nicht sicher war, ob ich ihn selbst schon gefunden hatte. Manchmal hatte ich diesen seltsam intensiven Gedanken, dass mein Inneres ein Labyrinth und ich selbst hoffnungslos verloren darin war.

»Das ist kein Teil der Frage. Jetzt du.«

Ein paar Sekunden lang betrachtete er mich noch nachdenklich, dann sank er wieder gegen die Lehne seines Stuhls. »Vor ein paar Wochen. Ich habe mir den kleinen Zeh geprellt, als ich einen Stein beiseite schießen wollte. Mein bester Freund war dabei und fand das Ganze ein bisschen lustiger als ich.«

Ich hätte mir gern die Ohren zugehalten, weil Lucas' Name mit diesem letzten Satz derart deutlich zwischen uns schwebte. »Du solltest dir überlegen, ob er dann wirklich dein bester Freund ist.«

»Nein. Bei allem, womit ich mir unsicher bin, das habe ich echt noch nie infrage gestellt.« Wes lächelte wieder, es wirkte erneut unecht.

Trotzdem zweifelte ich nicht daran, dass das, was er sagte, stimmte. Luke und Wes waren auf dem Campus so oft zusammen, dass ich auch jetzt das Gefühl hatte, er wäre hier mit uns im Raum. Ich nahm Wes die Zettel ab und notierte unsere Antworten, um Lukes unsichtbare Anwesenheit auszublenden. »Wie auch immer. Du weißt, dass diese Art von Tränen nicht damit gemeint ist.«

»Dann hätte Dixon die Frage direkter formulieren sollen.«

»Okay, von mir aus. Es geht um deinen Abschluss.« Bessere Note hin oder her, ich würde mir keine Mühe machen, Wes anzuflehen, das hier ernster zu nehmen. Stattdessen blätterte ich wieder eine Seite vor. *»Drei Dinge, die du liebst.«* Ich überlegte kurz, welche Antwort unverfänglich genug wäre, um die unbeabsichtigte Ehrlichkeit von eben auszugleichen. »Frische Wäsche, Holunderblütensaft und Frühling.«

»Frühling, wirklich?«

Es klang so aufrichtig verwundert, dass ich die Stirn runzelte. »Was ist daran seltsam?«

»Nichts, ich hätte bei dir nur an eine andere Jahreszeit gedacht.«

Ich fragte nicht nach, obwohl ein Teil von mir es gern getan hätte. Es spielte keine Rolle, was er glaubte, über mich zu wissen, weil es eh nicht stimmen konnte. Er sollte nicht denken, mich zu kennen, nur weil wir dazu gezwungen waren, einander kennenzulernen.

Ich nickte ihm zu. »Und deine drei Dinge?«

Er strich sich über die Wange. Trotz des gelbstichigen Deckenlichts schimmerte sein Bartansatz golden. »Kaffee, Lakritz und Schwimmen.«

»Lakritz.« Ich rümpfte die Nase. Allein bei dem Gedanken an die schwarzen Süßigkeiten wurde mir flau.

Wes neigte den Kopf leicht zur Seite. »Höre ich da einen wertenden Unterton?«

»Nein. Interessanterweise überrascht es mich nur überhaupt nicht, dass du das magst.«

»Weil du es nicht magst?«

Ich ignorierte die Nachfrage und schrieb seine Antwort auf den Rand neben meine. »Das waren drei Fragen, das reicht fürs Erste, oder?« Immerhin hatten wir noch mindestens fünfundzwanzig solcher Treffen vor uns. Wenn wir sie nicht einmal mehr mit den Fragen füllen könnten, würden sie sicher noch zäher vergehen.

Wes nickte und nahm mir die Zettel ab. Er verstaute sie wieder in seiner Tasche und warf einen Blick auf sein Handy. »Und wir sind seit gerade mal zehn Minuten hier. Erschreckend, wie schnell die Zeit verfliegt, wenn man sich amüsiert, nicht?«

Seine Stimme klang überdeutlich zynisch, ich verkrampfte mich. Dabei hatte er recht. Das hier war schlimmer, als ich erwartet hatte. Jede Sekunde allein mit ihm war unangenehm und … falsch. Alles in mir kribbelte vor unterdrücktem Fluchtreflex.

Nervös nestelte ich an der Schleife an meinem Hinterkopf herum. »Dann lass uns einfach noch ein bisschen hierbleiben und … Zeit verbringen. Das fällt doch in den Aspekt des Alltags, oder?«

»Von mir aus. Aber komm vorher kurz her, bevor wir es vergessen.«

Ich zuckte zurück, als er aufstand und seinen Arm über den Tisch ausstreckte. So, als wollte er mich umarmen. »Was?«, fragte ich panisch.

Er biss sich auf die Unterlippe, vielleicht, um ein Lachen zu unterdrücken. »Das Foto«, erinnerte er mich vielsagend und hob sein Smartphone.

Sofort schoss wieder Wärme in meine Wangen. Natürlich, mindestens zwei Treffen pro Woche, mindestens zwei Fotos pro Woche. Ich starrte unschlüssig auf Wes' Handy. Das Handy, auf dem sich mit Sicherheit auch eine Kopie des Videos von Elsie und Lucas befand. Alles sperrte sich in mir.

Mühsam beherrscht stand ich auf. »Wir machen es mit meinem Handy. Ich sammle die Fotos und schicke sie dir am … Ende von allem.«

»Bist du immer so pathetisch?«, fragte er, ließ allerdings Arm und Smartphone sinken.

Meine Finger zitterten, als ich das Foto machte. Der Winkel war schief, Wes' Stirn abgeschnitten, unsere Gesichter verwischten zu hellen Schemen vor den bunten Bücherrücken. Ich sah es mir nur flüchtig an: ernste Augen, gerade Lippenlinien, ein bisschen Panik in meinem Blick, unerträgliche Gelassenheit in seinem. Ich hatte mich noch nie so hässlich gefunden wie auf diesem Bild. Mit einem Kloß im Hals sperrte ich das Display und steckte das Handy weg.

Wes ließ sich wieder auf seinen Stuhl fallen. »Na dann. Was würdest du denn machen, wenn du jetzt allein wärst? YouTube-

Tutorials angucken, um ein paar neue Flechtfrisuren zu lernen?«

Ich setzte mich ebenfalls und griff wortlos zu meiner Tasche. Kurz darauf knallte ich ein Buch zwischen uns auf den Tisch, das ich mir für unseren Statistik-Kurs ausgeliehen hatte.

Wes verzog den Mund. »Ernsthaft? Wir haben gerade erst Schluss und du willst mit Lernen weitermachen?«

»Ja.« Ich holte meinen Block und mein Federmäppchen aus der Tasche. Während ich meine Unterlagen zum Kurs aufschlug, nahm Wes sein Handy in die Hand. Ich bemühte mich wirklich, es zu lassen, aber mein Mund öffnete sich wie von allein. »Es würde dir guttun, dasselbe zu versuchen, meinst du nicht?«

Er schnaubte, ohne vom Display aufzusehen. »Es würde dir guttun, mal was anderes zu versuchen. Irgendwas, bei dem du Spaß hast, wenn dir der Begriff etwas sagt.«

»Vielleicht macht mir das hier Spaß«, erwiderte ich trotzig.

Er lächelte und für drei, vier Sekunden lächelten seine Augen mit. Ich erwischte mich bei dem Gedanken, dass die feinen Krähenfüße sein Gesicht noch vollkommener werden ließen, da verblassten sie auch schon wieder. An ihrer Stelle breitete sich ein Ausdruck von Spott auf seinen Zügen aus. »Dann wärst du der erste Mensch, von dem ich je gehört habe, der sich für Statistik begeistern kann.«

»Sagen wir es mal so: Statistik ist nicht das in diesem Raum, das mich gerade am meisten anstrengt.« Ich wusste, ich hatte versprochen, freundlicher zu ihm zu sein, aber er machte es mir *so* schwer.

»Wie du meinst.« Er hob die Hände. »Verhalten wir uns einfach beide so, als wären wir tatsächlich *allein* hier, okay? Dem Projekt zuliebe.«

Ich versuchte es, wirklich. Leider war es unmöglich, mich zu konzentrieren, während er mir gegenübersaß und durch sein Handy scrollte. Ab und zu erklang der Ton eines Videos, eine neue Nachricht kam an, oder Wes gab ein unterdrücktes Lachen oder ein genervtes Schnauben von sich. Das Schlimmste daran war, dass ich sicher war, dass er sich völlig bewusst darüber war, wie er sich gerade benahm. Er machte das mit Absicht. Er wollte genau so sein – respektlos, rücksichtslos und … gemein. Und das war einfach unerträglich.

»Musst du so sein?«, rutschte es mir nach einer knappen halben Stunde heraus, bevor ich mir selbst sagen konnte, dass das nichts brachte.

Wes ließ sein Handy sinken. »Wie denn?«

»Als würdest du es darauf anlegen, unausstehlich zu sein.«

»Spielt doch keine Rolle, oder? Du findest ja sowieso nichts Positives an mir.« Hätte ich nicht gewusst, wer die Worte aussprach, hätte ich gedacht, dass an ihnen eine dünne Schicht Kränkung klebte.

Ich legte den Stift beiseite und verschränkte die Arme vor der Brust. »Du kannst mich gern überraschen. Zum Beispiel, indem du mir erzählst, dass du heute noch vorhast, mit deiner Mum zu reden.«

Bei dem Wort *Mum* huschte ein angespannter Zug über sein Gesicht. Ein paar Sekunden nur, dann glättete es sich wieder. »Ich fürchte, das wird nichts. Ich nehme an, du willst, dass ich mir dabei Mühe gebe und es persönlich mache, aber Livia ist gerade nicht in Windsbury.«

Hellhörig richtete ich mich auf. »Ich dachte, sie hat ihr Büro hier an der Uni.«

»Hat sie, aber sie ist nicht dazu verpflichtet, von dort aus zu arbeiten. Sie hat dieses Semester noch ein paar offene Termine als Gastprofessorin in Cambridge. Die Arbeitsverträge haben sich überschnitten, aber die WU war offenbar verzweifelt genug, dass sie sich darauf eingelassen hat. Sie pendelt und fährt ab und zu noch quer durchs Land, um an irgendwelchen Kongressen und was weiß ich teilzunehmen. Sie war nie gut darin, lang an einem Ort zu bleiben.«

Das erklärte, warum Livia West mir bisher nur auf den Flyern begegnet war, die seit Semesterbeginn überall in der Universität hingen. Vielleicht erklärte es sogar, wieso unsere Briefe es nie über das Sekretariat hinausgeschafft hatten. Wenn die Vizekanzlerin selten an der Universität war, verringerten sich unsere Chancen weiter, sie auf schriftlichem oder persönlichem Weg zu erwischen. Ich konnte nur hoffen, dass das nicht ebenso für ihren Sohn galt. »Das heißt, ihr seht euch gar nicht oft?«

Wes zupfte einen losen Faden vom Kragen seines weinroten Pullovers. »Keine Sorge, ich werde sie schon irgendwann dazu bringen, Zeit für ein Gespräch mit mir zu finden. Ich hätte sie sogar dazu bringen können, ihren Vertrag mit Cambridge aufzulösen. Sie hat es mir angeboten, um schon ab diesem Semester öfter hier zu sein. Aber ich habe dankend abgelehnt.«

»Wieso?«

»Ich war nie wild darauf, dass sie hier anfängt. Es ist angenehmer, über den Campus zu laufen, ohne damit rechnen zu müssen, in meine Mutter hineinzustolpern.«

Es war seltsam, aber mit diesen paar Sätzen veränderte sich nicht nur seine Körperhaltung, sondern auch seine Mimik und seine Stimme. Alles wurde ein bisschen schwerer und ruhiger. *Echter*, dachte ich und wehrte mich sofort gegen das Wort, als ich daran denken musste, dass Dixon es vorhin auch benutzt hatte, als sie mir *viel Spaß* gewünscht hatte.

»Fehlt sie dir denn gar nicht?«, hakte ich trotzdem vorsichtig nach.

Ein trüber Ausdruck huschte über sein Gesicht, ehe er sich zu mir vorlehnte und breit grinste. Wie hatte mir bisher nie auffallen können, wie künstlich all seine Lächeln aussahen?

»Vorsicht, May. Wenn du nicht aufpasst, fange ich an zu denken, dass du dich für mich interessierst.«

Mir entwich ein ungewollt heftiges Prusten. »Ich interessiere mich nur dafür, wann du mit ihr über die Villa sprichst. Wir haben einen Deal.«

»Den ich nicht vergessen habe«, meinte er gelassen und stützte sein Kinn auf einer Hand ab. »Aber es kann dir egal sein, ob ich jetzt oder in zwei Monaten mit ihr spreche. Die Fördergelder werden sowieso immer für ein ganzes Semester festgesetzt. Vor dem Ende der Vorlesungszeit wird Livia nichts daran drehen können, selbst wenn sie wollte.«

Mein Herz setzte zwei Schläge aus, als ich realisierte, was das bedeutete. Das waren noch Monate. Monate, in denen meine Mitbewohnenden und ich jeden Penny umdrehen mussten, um unsere Ausgaben zu decken, und permanent Sorge haben würden, dass etwas in der Villa kaputtging, das wir nicht mit improvisierten Ausbesserungen und liebevollem Galgenhumor hinnehmen könnten. Ich schluckte schwer. »Das hast du nicht erwähnt.«

»Ändert doch nichts, oder? Vor dem Sommer werden wir einander sowieso nicht los. Oder fällt euer Häuschen bis dahin auseinander?«

»Das ist …« Meine Stimme verebbte, als sein Handy anfing zu klingeln. Bevor ich einen Blick aufs Display erhaschen konnte, griff Wes schon danach und ging ran.

»Austin, das ist gerade …«, setzte er an und brach direkt wieder ab. Innerhalb von Sekunden versteinerte sich seine Miene. Er kniff sich in die Nasenwurzel und fluchte irgendetwas, das ich nicht verstand. »Es ist mitten am Tag, ist das sein beschissener Ernst? Wo seid ihr jetzt?« Kurz war es still, dann stieß Wes ein Knurren aus. »Ich bringe ihn um. Sag ihm das.

Und zwing ihn verdammt noch mal dazu, Wasser zu trinken. Ich bin in zwanzig Minuten da.«

Ohne eine Antwort abzuwarten, legte er auf und pfefferte sein Handy so grob auf den Tisch, dass ich zusammenzuckte.

»Was ist los?« Ich konnte nichts dagegen tun, dass sich Sorge in meine Stimme schlich. Was auch immer Wes gerade erfahren hatte, es war offensichtlich, dass es ihn belastete. Ich hatte ihn noch nie so … aufgebracht erlebt.

Er sah mich nicht mal an, während er aufstand und nach seiner Tasche griff. »Nichts, was dich zu interessieren hat.«

Ich blinzelte mehrmals und schaffte es mühsam, meine Sorge mit Wut zu erdrücken. »Okay, wie du willst. Aber denk nicht, dass ich Zeit habe, die letzte Stunde irgendwann nachzuholen. Ich habe auch noch anderes zu tun.«

Wes stieß ein hartes Lachen aus. »Klar, dann viel Spaß beim Lernen oder Staubwischen oder was auch immer. Bis dann.«

Bevor ich auch nur die Chance hatte, eine Antwort zu formen, war er bei der Tür, riss sie auf und warf sie Sekunden später hinter sich ins Schloss. So heftig, dass die Regale an der Wand bebten – genau wie mein Inneres.

Hätte ich es nicht vorher schon gewusst, wäre es mit diesem Abgang sicher gewesen: Das hier war zwar erst der Anfang des Experiments, aber alles, was es je zwischen uns geben würde, war ein dreimonatiges Ende.

# 5. Kapitel

## WESLEY

Zwei Minuten, dreißig Sekunden.

Mein Blick wanderte von der goldumrahmten Uhr über dem Eingang des Instituts hin zu der gegenüberliegenden Tür der Waschräume. Ich verlagerte das Gewicht und lehnte mich an die Wand in meinem Rücken, auch wenn ich spürte, wie ich dadurch ein paar Flyer zerdrückte.

Hoffentlich war es einer von jenen, von denen mir seit Wochen Livias Gesicht entgegenblickte. Pünktlich mit ihrem Amtseintritt zum Semesterbeginn hatten sie die halbe Universität mit ihrem Willkommensschreiben zugekleistert. Jedes Mal, wenn ich auf dem Flur ihrem heuchlerischen Lächeln gegenüberstand, hätte ich es am liebsten von der Wand und in tausend Teile gerissen. Wenn wir uns tatsächlich trafen, funktionierte das erstaunlich gut. Ich brauchte meine Hände dafür nicht, meistens reichten ein paar Sätze und ihr Lächeln verwandelte sich in ein trauriges Mundwinkelkringeln. Danach überkam mich immer wieder diese seltsame Mischung aus Schuld und Genugtuung. Ich hasste es und war süchtig danach. Es wäre das gefundene Fressen für jeden Psychologen, aber im Grunde galt das für mein ganzes Leben. Für diese Erkenntnis hätte ich mein Studium nicht einmal gebraucht.

Ein Räuspern holte mich zurück in den Moment. Zwei

Schritte vor mir stand ein Typ und sah vielsagend von mir zu der Wand, an der ich lehnte.

Ich hob die Augenbrauen, ohne mich zu bewegen. Es war mir egal, dass ich direkt vor dem Schwarzen Brett stand und die Sicht darauf versperrte. Wenn es ihn störte, sollte er mich ansprechen und auffordern, zur Seite zu gehen. Doch das tat er nicht. Das taten sie nie.

Der Typ erwiderte meinen Blick, kurz und flattrig, dann wandte er sich mit gestrafften Schultern ab und verschwand in Richtung Ausgang.

*Kolibri-Blicke* nannte ich diese Art von Augenkontakt insgeheim. Damit sahen mich die meisten Menschen an der Universität an. Oft, wenn sie glaubten, ich bemerkte es nicht, nur um dann rot anzulaufen, wenn ich mich ihnen demonstrativ zuwandte. Herausfordernd und provokant, nie mit Erfolg. Keiner von ihnen machte den Mund auf, keiner von ihnen traute sich, mir das an den Kopf zu werfen, was sie insgeheim über mich dachten. Dabei sehnte ich mich danach, dass sie es täten, einfach, damit *irgendetwas* passierte. Ich wünschte mir, sie würden mich anschreien oder beleidigen oder verfluchen, was auch immer. Ich wünschte mir schlicht, sie hätten nicht so einen lächerlichen Respekt vor mir. Oder besser gesagt: vor meinem Namen.

Dieses alberne Buchstabenkonstrukt war eine Glasglocke, die sich über mich gestülpt hatte. Ich lebte seit dreiundzwanzig Jahren darunter und wusste mittlerweile zu gut, dass ich sie nicht loswerden würde. Ich war ein Hastings und ich würde immer einer sein. Und neuerdings war ich noch dazu der Hastings, dessen Mutter Vizekanzlerin der Universität war. Ich hätte mich auch nicht mit mir angelegt.

Erneut sah ich auf das altmodische Ziffernblatt der Uhr. Vier Minuten, fünfzehn Sekunden. Wenn er in fünfundvierzig

Sekunden nicht draußen war, würde ich reingehen. Egal, wie peinlich das womöglich für uns beide enden würde.

Beiläufig hob ich den Becher an, den Luke mir in die Hand gedrückt hatte, ehe er im Waschraum verschwunden war. Ich zögerte, dann schloss ich die Augen und roch daran. Starker Kaffeeduft drang in meine Nase, aber immerhin kein anderer beißender Geruch. Ich wusste nicht, ob ich erleichtert war oder wütend. Wütend auf Luke, dass ich damit rechnen musste, dass er anfing, seinen Mittagskaffee mit Alkohol zu versetzen, wütend auf mich, dass ich überhaupt den Impuls hatte, ihn derart zu kontrollieren.

In letzter Zeit erinnerte ich mich selbst an eins meiner früheren Kindermädchen und ich hasste es. Ich wollte nicht das Bedürfnis haben, jeden seiner Schritte oder Schlucke zu überwachen. Aber ich konnte nichts dagegen tun, dass ich permanent Angst hatte, mein bester Freund könnte sich bei der nächstbesten Gelegenheit zudröhnen – sogar dann, wenn er nur auf der Unitoilette verschwand.

Seit Luke dermaßen am Rad drehte, konnte ich mich nicht mehr entspannen. Bei jedem Klingeln meines Handys rechnete ich damit, dass er in irgendwelchen Schwierigkeiten steckte, aus denen er nicht ohne Hilfe herauskam. Selbst wenn es nur unsere gemeinsamen Freunde waren, die mich anriefen, weil sie nicht wussten, wie sie ihn davon abhalten sollten, völlig besoffen im Fluss hinter der Uni schwimmen zu gehen – so wie vor ein paar Wochen, als ich mein erstes Projekttreffen mit May gehabt hatte. Der Anruf vom Polizeirevier vorgestern Nacht, nachdem er betrunken versucht hatte auszuparken und dabei ein Polizeiauto gerammt hatte, war die Krönung einer ganzen Reihe von Dummheiten gewesen. Doch obwohl ich jedes Mal mit dem Gedanken spielte, ihn sich selbst und den Konsequenzen seines Handelns zu überlassen, brachte ich es doch nicht über mich. Weil wir Familie waren. Mehr Familie als unsere biologischen Familien. Luke bewies mir jeden Tag, dass man jemanden gleichzeitig gottverdammt lieben und in ein Kellerverlies einsperren wollen konnte.

Ich kniff die Augen zusammen und sah dabei zu, wie der Sekundenzeiger sich auf die Zwölf zubewegte.

Fünf Minuten. Das war's.

Als ich mich gerade von der Wand abstieß, ging die Toilettentür auf. Luke scrollte abwesend über sein Handydisplay, bis er vor mir ankam und sich auf mich konzentrierte.

Sekundenschnell musterte ich ihn. Seine Augen wirkten ein bisschen gerötet, aber das konnte am Schlafmangel liegen. Seine Pupillen waren normal groß, schwarze Kreise in stechend blauen Iriden.

»Das hat gedauert«, stellte ich missbilligend fest und drückte ihm seinen Kaffeebecher in die Hand.

Luke verdrehte die Augen und fuhr sich mit der freien Hand über die Mütze, die sein kurz rasiertes Haar bedeckte. Seine Ohren schauten darunter hervor, am linken Ohrläppchen hing ein winziger silberner Ring.

Ich war dabei gewesen, als ihm das Loch mit sechzehn von unserem Zimmermitbewohner auf dem Internat gestochen worden war. Das war das erste Mal gewesen, dass ich Luke hatte weinen sehen. Und weil ich so überfordert gewesen war, hatte ich auch damit angefangen. Wir hatten uns versprochen, nie wieder darüber zu reden.

»Meine Güte, bestehst du auf einen Urintest?«, meinte er jetzt genervt und nippte an seinem abgekühlten Kaffee.

»Wäre das so abwegig?« Ein bisschen zu kraftvoll stieß ich die Flügeltür des Ausgangs auf. Das Holz prallte leicht gegen den Rücken einer Frau, die einen wankenden Schritt nach vorn machte. Ich spielte mit dem Gedanken, mich zu entschuldigen, verwarf ihn jedoch, als ich ihrem Blick begegnete. Er war nicht im Geringsten wütend – eher ehrfurchtsvoll. Gott, das war so ätzend.

Ich wandte mich ab und vergrub die Hände in den Taschen meines Mantels, damit niemand sah, dass ich sie zu Fäusten ballte.

Es war wärmer geworden in den letzten Wochen, aber an Tagen wie diesen nervte mich sogar die Frühlingssonne, die sich zwischen den verwinkelten Gebäudeecken der Universität hindurchpresste.

Luke sah mich skeptisch an. »Entspann dich mal. Was ist in letzter Zeit mit dir los? Bist du untervögelt?«

Ich verzog den Mund. »Lass das.«

Luke seufzte gedehnt und schlug den Weg nach rechts ein, hin zur Mensa. »Richtig, du magst diese Wortwahl ja nicht. Mein kleines Sensibelchen.« Er hob die Hand, um mir in die Wange zu zwicken, ich wich ihm aus. »Lass es mich anders ausdrücken: Hast du zu lang darauf verzichten müssen, Liebe zu machen?«

»Lucas.« Meine Stimme war beinahe ein Knurren, doch das beeindruckte ihn nicht. Das war das gleichermaßen Gute und Schlechte an meinen Freunden: Sie ließen sich nicht so leicht einschüchtern wie die Menschen auf dem Campus, die mich nicht kannten. Weder von meinem Namen noch von meinem Verhalten.

»Ich mein ja nur. Du warst die letzten Wochen doch ständig raus. Wir dachten ehrlich gesagt, du hättest wieder jemanden für diesen besonderen Zeitvertreib.«

Beinahe hätte ich gelacht. Es stimmte: Ich hatte in den letzten Wochen wenig Zeit mit meinen Freunden verbracht, dafür mehr mit einer anderen Person. Aber das, was May und ich miteinander machten, war wirklich alles, nur nicht … *das*. Es war vor allem eins: unangenehm. Wir trafen uns seit drei Wochen und es war noch immer krampfig.

Zwar hatten wir uns auf einen Neustart geeinigt, aber ich spürte genau, dass da noch irgendeine unangenehme Erinnerung zwischen uns klebte. Eine, die nur sie sehen konnte. Ich hatte es wirklich versucht, doch ich kam einfach nicht darauf, was zwischen uns vorgefallen sein könnte, dass sie mich derart verabscheute.

Mittlerweile machte ich mir keine Mühe mehr, sie danach zu fragen. Ich war daran gewöhnt, dass Menschen sich eine Meinung über mich bildeten, ohne auch nur ein Wort mit mir gewechselt zu haben. Im Laufe der Zeit hatte ich gelernt, dass es leichter war, die Linien des Bildes, das sie von mir hatten, nachzuziehen, als zu versuchen, sie zu verändern. Außerdem konnte es mir egal sein, was May über mich dachte. Solang sie sich an die Abmachung hielt, spielte es keine Rolle, ob sie dabei aussah, als würde sie am liebsten aus dem Raum rennen. Trotzdem konnte ich nicht leugnen, dass dieses Projekt momentan noch anstrengender verlief, als ich befürchtet hatte. Eventuell wäre eine Exmatrikulation doch das kleinere Übel.

Ich schüttelte abwesend den Kopf. Vor uns fächerte sich der Campus auf, eine Mischung aus Bronze-, Rot- und Grüntönen, die von der Sonne mit einem warmen Filter überlegt wurden. Ich hätte alles dafür getan, einen Schwarz-Weiß-Ton darüber zu zeichnen. Erst als ich bemerkte, dass Luke mich abwartend ansah, bemühte ich mich um eine Antwort. »Da läuft nichts bei mir, aber darum geht es auch nicht. Mein Problem liegt nicht bei mir. *Du* bist mein Problem.«

Luke lachte kratzig. »Guten Tag, Mr Hastings senior.«

Meine Muskeln verkrampften sich, ich grub die Fingernägel in meine Handinnenflächen. Weil er recht hatte und weil ich genau wusste, wie es war, auf der anderen Seite dieser Aussage zu stehen. »Entschuldige«, sagte ich knapp, während wir die zwei Stufen zur Terrasse der Mensa hinaufstiegen. »Du weißt, wie ich das meine.«

Luke seufzte und klopfte mir versöhnlich auf den Rücken. »Ja, Mummy. Und ich hab dir gesagt, ich nehme das Zeug nicht wieder. Das war nur einmal.«

»Dreimal«, korrigierte ich tonlos. Von denen ich wusste. Und das auch nur, weil Austin es mir erzählt hatte. Luke selbst hätte mir gegenüber sicher nie zugegeben, dass er dieses Zeug genommen hatte. Er wusste genau, wie ich zu Drogen stand. Und er wusste auch, dass ich meine Meinung vor ihm nicht zurückhielt – auch wenn er mein bester Freund war.

»Ich lasse die Finger davon. Kein synthetisches Zeug mehr, versprochen. Nur noch ehrlicher Alkohol und gute alte Zigaretten.« Mit diesen Worten holte er ein Päckchen davon aus der ausgebeulten Brusttasche seines Jeanshemdes.

Grimmig sah ich dabei zu, wie er sich eine Zigarette zwischen die Lippen steckte und die Hosentaschen nach einem Feuerzeug abtastete. »Nichts an diesen Dingern ist gut. Am liebsten würde ich dich in eine Entzugsklinik stecken, um dir diesen ganzen Scheiß abzugewöhnen.«

Luke stöhnte so heftig, dass ihm fast die Zigarette aus dem Mund fiel. »Falls es dich beruhigt: Deine Gesellschaft hat derzeit ungefähr denselben Spaßfaktor.«

Ich schwieg, bis wir an dem Tisch ankamen, an dem die anderen warteten. Austin begrüßte uns, Harvey brummte nur. Er lag halb auf der Tischplatte und sonnte sich. Der übergroßen Sonnenbrille zufolge, die er trug, war er verkatert.

In nur wenigen Wochen nach unserem Umzug nach Windsbury vor rund dreieinhalb Jahren hatten Luke und ich inner- und außerhalb der Uni die Menschen gefunden, mit denen uns etwas Unübersehbares verband. Wir studierten verschiedene

Dinge, hatten unterschiedliche Zukunftspläne, unsere Familie bewegten sich in diversen Geschäftsbereichen, aber eins hatten wir alle gemein: Geld. Es war so banal und oberflächlich, klar, aber es machte auch vieles einfacher. Es war leichter, mit Leuten rumzuhängen, denen du dein Leben nicht erklären musstest.

Luke setzte sich, mit dem Rücken an den Tisch gelehnt, neben Austin und ließ sich von ihm ein Feuerzeug geben. Wir starrten einander an, während er die Zigarette anzündete und einen demonstrativ tiefen Zug nahm. Schwer zu sagen, wen von uns beiden ich in diesem Moment mehr dafür hasste, dass wir gerade so eine kranke Show abzogen.

Ich presste den Kiefer aufeinander und setzte mich auf die freie Bank. Zur Mittagszeit war die Mensa immer gut besucht und seitdem die Temperaturen angestiegen waren, waren die Tische auf der Terrasse meist voll. Ich ließ den Blick über das Meer aus nichtssagenden Gesichtern wandern und blieb schließlich an einem hängen.

Sie hatte gerade die Mensa verlassen. In der Hand hielt sie einen Teller mit einem Stück Kuchen, ihr Kleid war zitronengelb und flatterte bis zu ihren Waden, ihre Taille wurde durch eine Schleife betont. Aus ihren Lackschuhen lugten Füßlinge mit Spitzensaum hervor und ihre Wolljacke hatte silberne Bienen als Knöpfe.

May sah immer ein bisschen so aus, als käme sie aus irgendeinem todlangweiligen Kunstfilm, dessen einzige Handlung es war, dass die Protagonisten gedankenverloren aus dem Fenster starrten. Aus irgendeinem Grund hatte ich in ihrem Fall trotzdem nie das Bedürfnis wegzuschalten.

Ich beobachtete sie dabei, wie sie vor einer Pfütze innehielt und in die Hocke ging. Der Saum ihres Kleides ragte ins Wasser und zwei Mädchen stolperten beinahe über ihre komische

Korbtasche, aber May schien es nicht zu bemerken. Hoch konzentriert griff sie in die Pfütze und fischte etwas aus dem Regenwasser. Ich kniff die Augen zusammen, als sie es anhob und das Sonnenlicht von Metall reflektiert wurde. Aus der Entfernung konnte ich nicht sehen, was es war, aber der Anblick brachte May zum Lächeln. Sie strich es an ihrer Wolljacke trocken und erhob sich dann, um weiter auf die Tische zuzugehen. Ihr feuchter Saumstoff hinterließ eine Tropfenspur auf den Steinen.

Ich biss mir auf die Unterlippe, um nicht zu lachen, dabei blickte sie nicht mal in meine Richtung. Das tat sie selten, ich dafür oft. Ich sah sie gern an. Auf eine sehr schlichte und absichtslose Weise. Es war nicht so, als wäre sie nicht hübsch. Das war sie, sehr sogar, auf eine unaufdringliche Art, weil sie eher wenig daraus machte. May schminkte sich kaum, sie trug nie hohe Schuhe oder enge Kleidung. Man merkte ihr an, dass sie sich gab, wie sie selbst sein wollte – nicht, wie sie dachte, dass andere sie sehen wollten. Der Grund, weswegen ich sie gern ansah, war trotzdem ein anderer. Auf dem Campus hatte ich permanent das Gefühl, unter Strom zu stehen, aber wenn ich May beobachtete, dann wurde dieses unerträgliche Kribbeln in meinen Muskeln und Gedanken schwächer. Alles an ihr wirkte so natürlich und echt. Und definitiv auch ein bisschen seltsam.

Man hatte nicht das Gefühl, sie wäre abgeschnitten von allem anderen, dafür war sie zu aufmerksam und darauf bedacht, ihren Mitmenschen nicht im Weg zu stehen oder ins Wort zu fallen. Das, was ich May am öftesten zu anderen sagen hörte, war: »*Tut mir leid*«, »*Entschuldige bitte*« oder »*Nicht schlimm, das war meine Schuld*«. Selbst wenn es das definitiv nicht gewesen war. May lebte nicht in ihrer eigenen Welt. Es wirkte nur so, als hätte sie aus dieser etwas Eigenes gemacht.

Als ich sie zum ersten Mal wahrgenommen hatte, hatte sie mit zurückgelegtem Kopf im Innenhof des Psychologie-Instituts gestanden und den Himmel angestarrt. Es war Herbst gewesen, der Tag kühl und sonnenlos, und dieses Mädchen hatte in einem altbackenen Samtkleid Oktoberwolken beobachtet. Das war knapp zweieinhalb Jahre her. Und seitdem konnte ich irgendwie nicht aufhören, sie zu bemerken.

Was ich ihr gesagt hatte, stimmte: Ich war nicht auf *diese Art* an ihr interessiert, aber interessant fand ich sie trotzdem. Sie reizte mich nicht, sie beruhigte mich. Vielleicht hatte ein Teil von mir deswegen gehofft, mit ihr zusammenzuarbeiten könnte ganz nett werden. Ich hatte gedacht, sie wäre das kleinste Übel von den Kommilitoninnen, die mir zur Auswahl standen. Mittlerweile war ich mir nicht mehr so sicher.

»Sieh mal, wer da ist, Fox.« Harvey blickte über seine Sonnenbrille hinweg und deutete an den Rand der Terrasse. »Deine *besondere* Freundin.«

Ich folgte dem Wink und stutzte, als ich sah, wie May sich an ebendiesen Tisch sinken ließ. »Ihr kennt sie?«

Luke drehte sich zu mir um. »Ist das dein Ernst? Du weißt doch ziemlich genau, *wie gut* ich sie kenne.«

»Gibt ja kaum jemanden, der das nicht mit eigenen Augen gesehen hätte.« Austin verzog den Mund zu einem leicht mitleidigen Lächeln.

Ich runzelte die Stirn. Eine Welt, in der May und meine Freunde irgendetwas miteinander zu tun hatten, konnte ich mir kaum vorstellen. Schon gar nicht dieses Etwas, das sie gerade implizierten. Es hatte einen Grund, weswegen ich bisher noch nichts von dem Projekt mit ihr erzählt hatte. Ich hatte keine Lust, mir Witze darüber anzuhören, dass May so anders war als die Mädchen, mit denen ich mich sonst in meiner Freizeit traf. Ich hätte nicht einmal sagen können, was dieses *An-*

*ders* genau war, und ich wollte auch nicht schlecht über May oder die Frauen reden, mit denen ich ansonsten Zeit verbrachte. Es ging nicht um *besser* oder *schlechter*, es ging nur um *passt* oder *passt nicht*. Und das mit May und mir, meinem Leben, meinen Freunden – das passte nicht.

Irritiert folgte ich erneut ihren Blicken zum Tisch, an dem May gerade Platz genommen hatte. Und dann wurde mir klar, dass sie gar nicht sie beobachteten. Sondern das Mädchen, das ihr gegenübersaß.

Ihre weißblonden Haare hingen wie ein Vorhang zwischen ihrem Gesicht und uns, trotzdem hätte ich schwören können, sie spürte unsere Aufmerksamkeit. Ihre Schultern waren verkrampft, beide Hände fest um einen Kaffeebecher geschlossen. Ich erkannte sie nicht sofort. Vielleicht, weil ich nicht wahrhaben wollte, was das bedeutete.

»Wie heißt sie noch mal? Ella?« Harvey hatte seine Sonnenbrille jetzt ganz ins Haar geschoben und blinzelte aus blutunterlaufenen Augen angestrengt zu den beiden hinüber.

»Elsie«, korrigierte Luke und zog an seiner Zigarette. Der Rauch ließ seine Stimme kratziger klingen, die Belustigung war dennoch deutlich. »Die niedlichere Schwester der Eiskönigin, sozusagen. Dafür ist sie ziemlich heiß.«

Ich wollte ihm sagen, dass er den Mund halten sollte, aber in diesem Moment spürte ich ihn. Diesen Fokus, der sich auf mich gelegt hatte. Brennend und stachelig, eine Decke aus purer Verachtung.

May hatte den Kopf leicht gedreht, ihr schwarzes Haar glänzte silbrig. Und ihr Blick auch. Ihr Blick, der so anders war als die, denen ich heute sonst begegnet war.

Kolibris waren die Vögel, die am häufigsten mit den Flügeln schlugen. Geier waren die, die es am seltensten tun mussten. Doch die Art, wie May mich ansah, erinnerte mich eher an einen Adler. Sie nahmen aufgrund ihrer Netzhaut Dinge viel schärfer wahr, als andere Lebewesen es taten, und May … May erkannte etwas anderes als die anderen, wenn sie mich ansah. Das hatte ich immer geahnt. In diesem Augenblick begriff ich, woher das kam. Was sie sah, wenn sie mich sah. *Wen.*

»Sie ist wirklich nett anzusehen. Aber oben ohne hat sie mir besser gefallen.« Harvey schob sich grinsend die Sonnenbrille zurück auf die Nase.

Austin hingegen wirkte noch immer ein wenig mitleidig. »Wollen wir das nicht langsam mal ruhen lassen? Ich möchte dir nicht zu nahetreten, mein Lieber, aber dafür, dass das dem Video nach nur zehn Minuten ging, reden wir schon ziemlich lang darüber.«

»Ach, komm. Sei kein Spielverderber. Das ist schon Wes' neue Rolle.« Luke lachte laut, ich hätte ihm gern den Mund zugehalten.

Das blonde Mädchen zuckte zusammen, und auch wenn sie recht weit weg saß, wusste ich, dass das am Klang seines Lachens lag.

Aus einem absurden Impuls heraus stand ich auf. Ich wusste selbst nicht, was ich tun wollte, ich hatte nur das Gefühl, etwas tun zu *müssen*. Irgendetwas, damit May aufhörte, mich auf diese Art anzusehen.

Es war eine Sache, für etwas gehasst zu werden, was man nicht war. Was all die Menschen, die noch nie mit mir gesprochen hatten, über mich dachten, war mir gleichgültig. Sie konnten mich gern für das verachten, was sie glaubten, in mir zu sehen. Aber eine ganz andere Sache war es, für etwas gehasst zu werden, was man tatsächlich war. Denn ganz gleich, wie sehr ich manchmal an allem zweifelte, bei einem war ich mir sicher: Ich war Lukes bester Freund.

Und May war eine Freundin des Mädchens, mit dem er etwas abgezogen hatte, das man nicht wiedergutmachen konnte.

Ich ging einen halben Schritt auf sie zu, doch das war der Moment, in dem May sich abwandte und aufstand.

Die Blicke der Studierenden folgten ihnen, als die beiden die Terrasse verließen. Ich konnte sehen, wie der Körper ihrer Freundin sich mit jedem Schritt mehr verkrampfte. Die Luft um uns herum zog sich zu einem Netz aus Gelächter und Geflüster zusammen – eng dazwischen gewebt etliche Emotionen: Neugierde, Hohn, Abscheu, Belustigung, vereinzelte Fäden Mitgefühl. Es gab an der ganzen WU kaum noch jemanden, der dieses verdammte Video nicht gesehen oder zumindest davon gehört hatte. Und Luke hatte nie ein Geheimnis daraus gemacht, wer darauf aufgenommen war. Weder im Hinblick auf sich selbst noch auf Elsie.

Mein bester Freund lachte noch immer und mit jedem Ton, der seine Lippen verließ, wuchs mein Bedürfnis, ihm eine reinzuhauen. Meine Brust zog sich unangenehm zusammen, ich ballte die Hände zu Fäusten.

Die Mädchen verschwanden hinter dem nächsten Gebäude und der Fokus der anderen Studierenden verschob sich. Etliche Kolibri-Blicke flatterten zwischen meinen Freunden hin und her, ich spürte jeden einzelnen juckend auf meiner Haut. In diesem Augenblick wollte ich nichts lieber tun, als ihnen allen die dünnen Flügel auszureißen.

»Willst du was sagen?«, fragte ich einen Typen am Nachbartisch, der unverfroren zu uns hinüberstarrte. Meine Stimme war kalt und schneidend, er konzentrierte sich hastig wieder auf seine Freunde.

Ohne ein weiteres Wort drehte ich mich um und verließ die Terrasse. Luke seufzte, Austin rief mir etwas nach, Harvey lachte – ich ignorierte sie alle.

Ich konnte May nicht folgen, ohne unsere Abmachung zu brechen, aber ich konnte auch nicht länger bei diesen Leuten sitzen, die ich liebte und momentan trotzdem nicht ausstehen konnte.

Ich hatte das Gefühl, ich erstickte an dieser flammenden Wut in mir. Ich brauchte Wasser über meinen Augen, meinen Ohren, meinen Gedanken. Ich wollte so laut schreien, wie ich konnte, ohne Gefahr zu laufen, dabei gehört zu werden.

Und das ging an dieser Universität nur an einem Ort.

# 6. Kapitel

## MAY

Die Sonne wurde in der Haarspange reflektiert, die vor mir auf dem Tisch lag. Behutsam strich ich über den Sichelmond, zu dem das Metall geformt war. Ich hatte noch keinen Zettel bei der Mensa hinterlassen, vor der ich sie aus der Pfütze gefischt hatte, weil das, was danach dort passiert war, alles andere in den Hintergrund gedrängt hatte.

Ich saß seit Stunden in einem Studierraum und sah dabei zu, wie sich die Plätze um mich herum füllten und wieder leerten. Mittlerweile war ich mit einem Mädchen allein hier. Als sie ihre Sachen zusammenpackte, begann es draußen bereits zu dämmern. Mein Tisch befand sich direkt an einem der gewölbten Fenster, von denen aus man auf die Arkadenbogen blicken konnte. Die Steine wirkten zu dieser Tageszeit grau, nicht bronzefarben, und ich fühlte mich ganz genauso.

Ich schob meine Bücher beiseite und griff nach meinem Handy, um Angus auf die Mailbox zu sprechen. Als ich auflegte, fiel mein Blick auf die Uhrzeit und ich zögerte.

Eigentlich war ich in einer halben Stunde mit Wes verabredet. Uneigentlich wusste ich nicht, wie ich das durchziehen sollte. Nicht, nachdem er mich vor wenigen Stunden mit Elsie gesehen hatte.

Ich hatte die Anwesenheit von Wes und seinen Freunden gespürt, noch bevor Elsie sie entdeckt hatte. Wann immer sie auftauchten, lag dieses leichte Flimmern in der Luft, als befände sich ein Feuer in der Nähe. Ein Knistern und Knacken in Form von gesenkten Stimmen, verstohlenen Blicken und nervösem Lachen.

Zwischen uns hatten etliche Meter gelegen, trotzdem hatte ich Wes angesehen, dass er es in diesem Moment begriffen hatte. Alles. Helle Augen, dunkler Ausdruck. Ein Suchen, aber vor allem ein Finden. Dieser Moment hatte nicht nur mich daran erinnert, warum jedes Treffen mit ihm ein Verrat an meiner besten Freundin war, es hatte auch Wes klargemacht, wer ich war.

Ich wollte nicht mit ihm darüber reden. Darüber, was Lucas getan hatte, darüber, dass Wes vergessen hatte, dass ich mit Elsie befreundet war, darüber, dass ich seine Freunde für immer verachten musste und ihn letztlich auch.

*Muss für heute absagen. Hab vergessen, dass ich was vorhabe. Entschuldige bitte.*

Die Lüge schmeckte selbst in Schriftform schal. Ich schickte sie trotzdem ab und verließ den Chat, als ich sah, dass Wes online war. Es dauerte keine fünf Sekunden, dann leuchteten mir seine Initialen vom Display als einkommender Anruf entgegen. Ich drehte das Handy um und starrte weiter aus dem Fenster, bis die letzten Sonnenstrahlen sich im Grau des Nachmittags verloren hatten.

Draußen begann es zu regnen, als ich das Gebäude verließ und in den Arkadenbogen trat. Ich zerrte die Wolljacke fester vor meiner Brust zusammen und schloss die Knöpfe. Meine Finger waren klamm, deswegen brauchte ich eine Weile und sah erst wieder auf, als er sich schon im selben Gang befand wie ich.

Wie angewurzelt blieb ich stehen und starrte in die Richtung, aus der mir Wes entgegenkam. Er hatte sich die Kapuze seines Hoodies über den Kopf gezogen, aber ich konnte trotzdem sehen, dass er mich fixierte.

Bevor er bei mir war, bog ich scharf nach links ab und verließ den Bogen durch einen Durchgang. Der Rasen des Hofs war feucht, so wie innerhalb von Sekunden mein ganzer Körper.

Ich hörte sein Seufzen, zehn Sekunden danach seine Stimme. Viel zu dicht hinter mir. »May, jetzt warte.«

»Ich hab keine Zeit.« Ich hatte den Brunnen fast erreicht, als er mich einholte und sich vor mich stellte.

»Vor mir wegzulaufen ist albern, meinst du nicht?«

»Und wie nennst du es, mir hinterherzulaufen?«

»Notwendig, wenn du meine Anrufe ignorierst«, erwiderte er nüchtern und warf sich seine Sporttasche über die Schulter. Sein Haar war unter der Kapuze nass, vermutlich kam er aus der Schwimmhalle. »Hab mir gedacht, dass ich dich hier irgendwo finde. Dein Rad steht noch vorm Institut.«

»Du erkennst mein Rad?«

Trotz der Dämmerung bemerkte ich sein Lächeln. »Es hat einen geflochtenen Korb, an dem eine Schleife befestigt ist.«

Ich schwieg und hielt seinem Blick stand, ohne eine Miene zu verziehen. Der Regen war ein grauer Schleier zwischen uns, aber es war nicht genug. Ich brauchte mehr davon. Mehr Stoff, mehr Abstand, mehr Distanz. »Was willst du?«

Sein Lächeln verflüchtigte sich. Er schob sich die Kapuze vom Kopf und fuhr sich durch die Haare. »Mit dir reden. Wir werden das jetzt direkt klären.«

»Was meinst du?«, fragte ich tonlos.

Er sah mich resigniert an. »Du weißt, was ich meine.«

»Und du weißt, dass ich nicht in der Öffentlichkeit mit dir sprechen möchte.«

»Es ist kein Mensch in der Nähe.«

Er hatte recht, natürlich. Mein Blick tastete die dunklen Arkaden ab, obwohl ich wusste, dass wir allein waren. Es war später Freitagnachmittag, der letzte Kurs war vor anderthalb Stunden vorbei gewesen. Und obwohl das eigentlich gut war, wünschte ich mir jetzt trotzdem andere Menschen herbei. »Ist mir egal. Du kennst die Regeln.«

Wes' Kiefer bewegte sich. Ich hörte ihn kontrolliert ausatmen, ehe er hinter sich deutete. »Dann komm kurz mit. Lass uns in irgendeine Abstellkammer gehen, wenn du dich damit besser fühlst.« Der Spott in seiner Stimme klang ein bisschen zu scharf. Er war genervt, vielleicht sogar wütend. Und das führte dazu, dass ich es auch wurde.

»Ich hab jetzt wirklich keine Zeit.« Meine Finger krallten sich um den Griff meiner Tasche, ich versuchte, einen Schritt an ihm vorbeizumachen.

Er spiegelte ihn. »Die Kurse sind längst vorbei. Du hast jetzt Schluss.«

»Ich hab dir geschrieben, dass ich was vorhabe.«

Wes schnaubte. »Selbst wenn ich dir das glauben würde, könnte das bestimmt fünf Minuten warten.«

Ich richtete mich auf. »Und wieso sollte es das? Nur weil *du* das so willst? Weil ich mich glücklich schätzen muss, dass du deine kostbare Zeit mit mir verschwendest?«

Er runzelte die Stirn. »Das habe ich nie gesagt.«

»Aber gedacht«, zischte ich. Er wollte reden? Gut, aber dann musste er mich auch anhören. »Das ist es doch, was ihr alle denkt. Ihr lauft über diesen Campus, als gehöre er euch! Ihr glaubt, ihr könnt tun und lassen, was ihr wollt, weil in euren Leben nie irgendetwas Konsequenzen hat. Weil ihr mit Menschen spielt wie mit euren blöden Polobällen, weil ihr es gewohnt seid, dass man euch alles verzeiht, sobald ihr eure Kreditkarten zückt oder unschuldig lächelt oder eine Runde Scotch ausgebt. Ihr verletzt Menschen, weil ihr nie an die Gefühle anderer denkt.« In meinen Augen baute sich Druck auf und ich wusste, dass die drohenden Tränen auch in meine Stimme krochen. Es kümmerte mich nicht, denn es war alles wahr. Ich hasste es, so etwas zu sagen, aber es stimmte. »Euch ist alles egal, wie kann euch alles so egal sein? Ich hab das dermaßen satt. Und ich hasse es, aber ich bin *so* wütend.« Ich brach ab und atmete schwer. Alles in mir bebte.

Wes schwieg, bis sich meine Atmung halbwegs beruhigt hatte. »Das ist nicht fair, May«, sagte er dann heiser. »Du hast keinen Grund, wütend auf *mich* zu sein.«

Ich sah ihn ungläubig an. »Hab ich nicht?«

»Nein.«

»Du bist sein bester Freund, richtig?« Herausfordernd machte ich einen Schritt auf ihn zu. »Du bist Lucas Fox' bester Freund und du weißt ganz genau, was er Elsie angetan hat. Oder nicht?«

Seine Kiefermuskulatur zuckte erneut. »Er hat sie zu nichts gezwungen. Ich war da an diesem Abend. Sie war weder betrunken noch sonst unzurechnungsfähig. Sie wusste, was sie tat, als sie mit ihm gegangen ist. Und sie hat ihm gesagt, dass sie es will, bevor sie miteinander geschlafen haben.«

»Hast du ihn das gefragt?«

»Natürlich.« Er lächelte bitter. »Ich kenne gern die Fakten, bevor ich wahllos Menschen beleidige oder für Dinge verurteile, die sie nie getan haben.«

Ich wusste, was er damit sagen wollte. Und er hatte recht, aber dann auch wieder nicht. »Darum geht es sowieso nicht. Es geht nur darum, dass er kein Recht dazu hatte, dieses Video herumzuzeigen.«

»Wer sagt, dass er das war?« Sein Blick war völlig ausdruckslos, seine Stimme auch. Er war gut darin zu lügen. Und das war die abstoßendste Eigenschaft, die ich bisher an ihm entdeckt hatte.

Ich wich einen Schritt zurück, meine Schuhe versanken in einer Pfütze. »Tu das nicht«, brachte ich hervor.

»Was?«

»Versuch nicht, mich zu verunsichern. Versuch nicht, mich an meiner Menschenkenntnis zweifeln zu lassen. Und versuch vor allem nicht, mich anzulügen. Denn wenn du das tust, dann bin ich auf der Stelle weg. Dann kannst du dein Projekt und dieses ganze Studium vergessen. Hast du das verstanden?« Meine Stimme wurde mit jedem Wort klarer, ich ballte die Hände zu Fäusten.

Wes holte tief Luft. »Okay. Schon gut.«

Ich hatte damit gerechnet, dass er es nicht abstreiten würde, ein bisschen weh tat seine Antwort trotzdem. So war das, wenn man an das Gute glauben wollte – man hörte damit nicht auf, selbst wenn man das Schlechte längst erkannt hatte. »Also gibst du es zu? Er hat es verbreitet?«

Wes sah knapp an mir vorbei. »Luke hat nicht beabsichtigt, dass es so außer Kontrolle gerät. Er hat es nur an ein paar unserer Freunde geschickt und dann …« Er brach ab und zuckte mit den Schultern. Die Geste und sein Gesicht wirkten unglaublich erschöpft. Als wäre er das Thema leid, obwohl wir gerade erst damit angefangen hatten.

Ich lächelte bitter. »Na dann. Du musst stolz auf ihn sein, dass er sich so beherrschen konnte.«

Wes bohrte seinen Blick in meinen. Dunkler jetzt, aufgewühlter, fassadenloser. »Was willst du denn hören, May? Dass ich es scheiße finde, dass er das getan hat? Finde ich. Dass ich deswegen wütend auf ihn war? War ich. Dass ich trotzdem noch mit ihm befreundet bin? Ja, verdammt, bin ich! Weil er mein bester Freund ist, seit ich ihm mit fünfzehn auf diesem beschissenen Internat begegnet bin, als meine Eltern mich ins irische Exil geschickt haben. Weil er immer für mich da war, auch als es sonst niemand war. So was hört nicht auf, nur weil einer von beiden Scheiße baut! Also, was willst du jetzt von mir hören?« Er schrie fast, doch ich zuckte nicht vor ihm zurück. Seine Stimme klang auf aufrichtige Weise aufgebracht und Ehrlichkeit machte mir keine Angst.

Also, was wollte ich hören? Gar nichts. Was *musste* ich hören? Nur diese eine Sache. »Hattest du irgendetwas damit zu tun?«

Wes machte einen Schritt auf mich zu und sah mir fest in die Augen. »Ich habe das Video nie angesehen. Okay?«

Ich schüttelte den Kopf und presste eine Hand auf meine regenfeuchte Stirn, hinter der viel zu viele Gedanken pochten. »Ich weiß nicht, wie ich dir das glauben soll. Wie ich Zeit mit dir verbringen und dieses Projekt durchziehen soll, wenn ich dir einfach nicht vertrauen kann.«

»Das stimmt nicht. Du kannst mir vertrauen.«

Ich heftete den Blick auf seine Brust, die sich etwas zu schwer hob und senkte. »So einfach ist das nicht. Ich brauche mehr als nur ein paar Worte.«

Er nickte und verlagerte das Gewicht, seine Hand streifte meine. »Dann sag mir, was du brauchst, und ich gebe es dir.« Die Worte hatten nichts Anzügliches, eigentlich klangen sie nur bittend.

»Ein Versprechen«, sagte ich nach einem Zögern. »Eines ohne Ausweichen, ohne Schlupfloch, ohne Hinterausgang.«

Ohne zu zögern, hob er eine Hand und streckte mir den kleinen Finger entgegen. »Gut. Dann los.«

Ich funkelte frustriert zu ihm auf. »Mach dich nicht über mich lustig.«

»Tue ich nicht. Livia und ich haben das früher immer gemacht, wenn … es wirklich wichtig war. Ein Fingerschwur ist verpflichtend. Dem Brauch nach muss man sich ihn abtrennen, wenn man das Versprechen bricht. Und ich weiß nicht, ob es dir aufgefallen ist, aber ich habe schöne Finger. Klavier-Finger. Ich würde sie gern behalten, also mache ich hiermit keine Späße.«

Ich zögerte, aber als Wes auffordernd die Augenbrauen hob, gab ich mir einen Ruck und verhakte meinen kleinen Finger mit seinem.

Er nickte und machte noch eine Bewegung auf mich zu, bis unsere Körper sich an mehreren Stellen berührten. So nah, dass ich seine Worte auf meiner Haut spüren konnte, als er zu reden begann. »Ich verspreche dir, dass ich mir dieses Video nie angesehen habe. Ich verspreche dir, dass ich es nicht von Lucas bekommen habe und auch nicht an einen unserer Freunde geschickt habe. Ich verspreche dir, dass ich Luke später gesagt habe, dass er ein Vollidiot ist, und drei Tage nicht mit ihm gesprochen habe.« Er machte eine Pause. Nasse Haare in seiner Stirn, stille Ernsthaftigkeit in seinen Augen. »Glaubst du mir das?«

»Ja«, wisperte ich, weil es stimmte. Es war egal, was meine Zweifel mir zuraunten: dass er lügen könnte, dass er das hier alles witzig finden könnte, dass ein Versprechen ihm ebenso wenig bedeutete wie alles andere.

Ich glaubte ihm trotzdem. Weil er mich so eindringlich ansah und weil ich ihm glauben *wollte*. Weil ich trotz allem immer noch an das Gute glauben wollte und weil ich nicht wusste, wie ich mit Wes und diesem Projekt weitermachen sollte, wenn ich jetzt damit aufhörte.

»Gut. Kannst du dann bitte damit anfangen, mir zu vertrauen? Ich verspreche dir nämlich, dass ich alles, was wir vereinbart haben, so meinte. Ich verspreche dir, dass ich nichts tun werde, was du nicht willst. Ich verspreche dir, dass ich ehrlich sein werde, und ich verspreche dir, dass alles, was du mir erzählst, sicher bei mir ist. Okay?«

»Okay. Dann verspreche ich dir dasselbe.«

Wes nickte wieder, ganz sacht, ohne mich loszulassen. Wir bewegten uns beide nicht. Verhakte Finger, verhakte Blicke. Mein Herz pochte sehr laut und sehr spürbar, und obwohl es beständig auf uns hinabregnete, wurde mir warm. Auf eine Weise, die mir fremd war und Angst machte. Gleichzeitig auf eine Weise, die es unmöglich machte, sich von ihr zu trennen. Wes sagte nichts, lächelte nicht, blinzelte nicht. Vielleicht atmete er nicht einmal, vielleicht tat er gar nichts, außer mich anzusehen.

Ich öffnete den Mund, aber als sein Blick der Bewegung folgte und auf meinen Lippen verharrte, waren die Worte weg. Der Regen spülte sie fort, so wie er irgendwie alles fortspülte. Alles, bis auf das hier, alles, bis auf uns.

Sechs, sieben Sekunden nur, dann gingen die Laternen an, die in den Bogen der Arkaden hingen. Das Licht flutete unsere Körper und ich fühlte mich ertappt und seltsam schuldig, obwohl gar nichts passiert war.

Sofort löste ich mich von Wes. Blick zuerst, dann der Finger, dann drei Schritte zurück. Mein Hals kratzte, ich räusperte mich. »Okay, gut, dass wir das geklärt haben.«

Wes blinzelte und fuhr sich durch das nasse Haar. Es dauerte nur kurz, bis sein gelassenes Lächeln zurück war. »Und jetzt? Willst du weiter so tun, als hättest du was vor, oder sorgen wir dafür, dass wir eins der Treffen für diese Woche abhaken können?«

»Mir ist nicht nach Ausgehen.«

»Dann komm mit zu mir. Wir können uns was zu essen bestellen. Es wird eh Zeit, dass du mal meine Wohnung siehst, damit wir dem Thema Alltag gerecht werden. Das wird dich jetzt nämlich schockieren, aber die Seminarräume decken zumindest bei mir nicht alles davon ab.«

Er sprach schnell und gelassen, meine Gedanken blieben dennoch beim ersten Satz hängen. Ich fragte mich, wie oft er das zu Frauen sagte. *Komm mit zu mir.* Eine Aussage, die nicht nach einem Fragezeichen klang und trotzdem eine Lücke für eine Entscheidung ließ. Wärme kroch in meine ausgekühlten Wangen, ich schluckte. »Ich weiß nicht.«

»Hast du Angst, mit zu mir nach Hause zu kommen?« Es klang nicht belustigt, eher besorgt.

Ich schüttelte hastig den Kopf. »Ich bin nur … die eigene Wohnung, das ist so …«

»Intim?« Er grinste schief und schlenderte an mir vorbei. »Darum geht's doch, *Lille.*«

»Little«, erinnerte ich ihn und hob die Augenbrauen, während ich ihm folgte. »Wenn du schon so cool sein musst, um mich bei meinem Nachnamen zu nennen, meine ich.«

»Das ist dasselbe, nur in Schöner. Womit wir schon beim nächsten wichtigen Fakt sind, den du über mich wissen musst: Ich spreche relativ fließend Schwedisch, was daran liegt, dass ich zu einem Viertel Schwede bin.«

»Und ich bin zur Gänze unbeeindruckt«, erwiderte ich und wünschte mir, das wäre wahrer. Ich hatte etwas in diese Richtung schon vermutet, nachdem ich letztens versucht hatte, den Fluch, den er immer wieder ausstieß, im Internet zu finden. *Jävlar* – ein etwas schöner klingendes Synonym für »Scheiße«.

»Klar bist du das.« Wes lachte, der Ton huschte voraus und hallte in den leeren Arkaden, bevor wir dort ankamen.

Nur weil er vor mir lief und es nicht sehen konnte, genehmigte ich mir ein stilles Lächeln.

Es war absolut seltsam, an einem Freitagabend mit Wesley Hastings wegzugehen. Noch dazu zu ihm nach Hause. Einem Zuhause, das sich an einem Ort befand, mit dem ich nie gerechnet hätte.

Ein Teil von mir hatte vermutlich geglaubt, dass er jeden Tag nach der Uni von einem Chauffeur abgeholt und in das Haus seiner Familie gefahren wurde, das, soweit ich wusste, rund eine Stunde entfernt von Windsbury stand. In meinen Gedankenbildern hatte ich Wes immer in marmornen Hallen mit Kronleuchtern gesehen, nicht in einem windschiefen Haus mit Efeufassade.

Als wir mitten in der Innenstadt genau vor so einem innehielten und Wes einen Schlüssel aus der Jackentasche hervorzog, konnte ich nur mit Mühe den Drang unterdrücken, ihn zu fragen, ob er sich sicher war, dass wir hier richtig waren. Im zweiten Stock schloss Wes eine Wohnungstür auf. Er ging voran, kurz darauf flackerte das Licht auf. Ich folgte ihm ein paar Schritte hinein – und blieb abrupt stehen.

Selbst wenn ich mir Gedanken über Wes' Wohnung gemacht hätte – hierauf wäre ich nie gekommen. Der Flur war eigentlich nur ein kleines Rechteck, von dem zwei Türen abgingen. Eine war geschlossen und führte vermutlich in ein Bad, die andere in ein Zimmer. Ein Zimmer, das offensichtlich die ganze Wohnung war.

Ich stand auf der Schwelle und sah mich ungläubig um. Der Raum war nicht sonderlich groß, maximal fünfundzwanzig Quadratmeter. An der linken Wand war eine Küchenzeile angebracht, in etwas Abstand davor befand sich ein schmaler Couchtisch mit kleiner Sitzlandschaft. Das Sofa diente gleichzeitig als Raumtrenner, denn ein paar Schritte hinter der Lehne stand – direkt an der anderen Wand und unter einem der zwei Fenster – ein schlichtes Holzbett. In der Zimmerecke folgte noch ein Schrank und über dem Schlafbereich ein paar Regale, mehr war nicht zu sehen.

Ich wusste nicht, was ich dazu sagen sollte. Wesley Hastings, der Sohn einer der reichsten Familien des Landes, lebte in … einer Einzimmerwohnung?

Wes legte seine Tasche neben dem Sessel ab und drehte sich dann zu mir um. Als er meinen Blick bemerkte, verzog er den Mund. »Guck nicht so entsetzt. Ich hab gestern erst geputzt.«

»Ich bin nicht entsetzt. Ich hab nur mit was anderem gerechnet.« Ich ging weiter hinein. Es roch nach frischer Wäsche, vermutlich, weil ein Bettlaken zum Trocknen über der Tür hing. Unter dem Geruch lag der feine Duft von gemahlenen Kaffeebohnen und etwas Herbes, Holziges, das ich schon an Wes selbst wahrgenommen hatte.

»Mit was?« Er hängte seinen feuchten Hoodie über den Fensterknauf.

»Mehr Quadratmeter, mehr Räume, mehr Möbel, einfach … mehr?«

Er lächelte spöttisch. »Tut mir leid, dich enttäuschen zu müssen. Wenn du willst, lass ich die Wohnungstür auf, damit du dir einreden kannst, dass es dahinter weitergeht.«

»Ist nicht nötig, es gefällt mir. Es ist gemütlich.« Ich tastete nach der nassen Strickjacke vor meiner Brust und knöpfte sie auf. Der Regen war auch in das Kleid darunter gekrochen, es klebte an mir wie eine zweite, kalte Haut.

Ich spürte Wes' Blick, aber als ich zu ihm aufsah, hatte er sich schon wieder abgewandt.

»Du zitterst«, stellte er fest.

»Mir ist ein bisschen kalt.«

»Kein Wunder, wenn du im englischen Frühling in diesen … Kleidern rumrennst.« Er räusperte sich und ging zur Heizung, um sie aufzudrehen.

Skeptisch sah ich an mir hinab. Der blassgelbe Stoff ging im trockenen Zustand an der Hüfte in einen leicht schwingenden Rock über, die Taille wurde von einem breiten Band betont. Ich zupfte an der traurig hinabhängenden Schleife herum. »Was hast du eigentlich gegen meine Kleider?«

»Gar nichts. Ich halte sie nur nicht für sonderlich praktisch.« Er mied es immer noch, mich anzusehen. »Willst du duschen?«

Mein erster Impuls war es, sofort wieder zu gehen. Allein der Gedanke, mich in Wesley Hastings' Wohnung auszuziehen, löste einen Schwall Panik in mir aus. In meinem Kopf schrillten Alarmglocken und jede einzelne hörte sich an wie Elsies Weinen an dem Tag, an dem sie das Video erstmals gesehen hatte. Ich schluckte schwer und verschränkte die Arme vor der Brust.

Als ich nicht antwortete, sah Wes doch wieder in mein Gesicht. Sofort legte sich seine Stirn in Falten. »Hey«, sagte er leise. »Wir versuchen es jetzt mit Vertrauen, richtig?«

Er hatte recht. Das hier konnte nur funktionieren, wenn ich Wes einen Vertrauensvorschuss gewährte. Ich musste mich darauf verlassen, dass er das, was er vorhin gesagt hatte, so gemeint hatte. Ich musste glauben, ihm glauben, an das Gute glauben, auch wenn mir das in diesem Fall so schwerfiel. *Er hat es versprochen.*

»Okay«, brachte ich heiser hervor. »Duschen wäre sicher gut. Und ... hast du ein paar Sachen, die du mir leihen würdest? Ich würde sie danach natürlich waschen und dir beim nächsten Mal zurückgeben.«

Ein Lächeln huschte über sein Gesicht. »Da bin ich mir sicher. Ich suche dir was raus, Moment.«

Unschlüssig sah ich ihm dabei zu, wie er in Richtung Schrank lief. »Aber ... bitte nicht was von einer deiner Freundinnen, ja? Das käme mir falsch vor.«

Er seufzte, als er den Schrank öffnete. »Ich habe keine Freundin, May. Und ganz sicher nicht mehrere.«

»Du weißt, was ich meine.« Ich wollte nichts anziehen, was eine von Wes' Frauenbekanntschaften hier vergessen hatte. Nicht weil ich mich davor geekelt hätte, eher, weil es mich noch stärker daran erinnern würde, wie das hier von außen betrachtet wirkte. Ich konnte es einfach nicht abstellen: diese leise Angst, dass uns jemand beobachtete – ganz ohne Überwachungskamera – und dass das hier deshalb früher oder später herauskommen würde. Die meisten Lügen und Geheimnisse waren Maulwürfe, irgendwann krochen sie immer an die Oberfläche. Und ich war mir in vollem Maß darüber bewusst, dass ich etwas Verbotenes tat.

Ich musste Wes' Gesicht nicht sehen, um zu wissen, dass er die Augen verdrehte. »Geh einfach schon ins Bad, ich bring dir gleich die Sachen und ein Handtuch.«

Das Badezimmer war ebenfalls recht klein. Es gab keine Wanne, dafür eine gläserne Duschkabine in einer Ecke. Der Anblick machte mich ein wenig wehmütig, weil ich an die Badezimmer in der Mulberry Mansion denken musste. An die verzierten Fliesen, die wir an den Wänden angebracht hatten, an die gesprungenen Wannen, an den Garten, der von außen an den Fenstern und dem Balkon kratzte. An die Trockenblumen, die ich in kleinen Vasen überall verteilt hatte, an Siennas Räucherstäbchen und die vielen Teelichter, die auf den Kommoden standen. Bei uns zu Hause waren die Bäder nicht nur Bäder, sie waren Tanzsäle und Krisengesprächsorte, sie waren gemütlich und verbindend.

Wes' Bad hingegen hatte nicht einmal eine Topfpflanze. Es gab nur eine Metallhandtuchstange und einen rahmenlosen Spiegel über dem Waschbecken. Es sah einsam aus.

Ich zog mir das Band aus dem zerzausten Zopf und legte

es auf der Waschmaschine ab. Mit beiden Händen entwirrte ich meine Haare, ehe ich die Schleife des Kleides löste und es mir über den Kopf zerrte. Meine Haut darunter war von einem dünnen Regenfilm überzogen, selbst die dunkle Unterwäsche klebte an meinem Körper. Fröstelnd hängte ich das Kleid über die Handtuchstange und drehte mich zur Tür, in dem Moment, in dem sie aufschwang.

Wes stand mit einem Stapel Kleidung im Rahmen und sah mich derart erschrocken an, dass ich ebenfalls erstarrte. Ich brauchte kurz, bis ich realisierte, was ihn so schockierte. Vermutlich hätte ich mit dem Ausziehen warten sollen, bis er mir die Sachen gebracht hatte. Andererseits hatte ich nicht damit gerechnet, dass er einfach hereinkommen würde. Und auch nicht damit, dass ihn der Anblick einer Frau in Unterwäsche in seinem Bad sichtlich überfordern würde.

Ich hob das Kinn und widerstand dem Drang, die Arme vor der Brust zu verschränken. Ich hatte keine Probleme mit meinem Körper, er war eines der Dinge an mir, derer ich mir sehr bewusst war. Mir war klar, dass ich zu viel Hüfte und Brust hatte, um ein klassisches Schönheitsideal zu erfüllen, aber ich mochte mittlerweile selbst das. Mein Körper definierte nicht meinen Wert. Und wenn ich in einem Bikini schwimmen ging, konnte ich auch in Unterwäsche vor Wes stehen.

In der Theorie zumindest. In der Praxis wurde der Moment seltsamer, je länger wir schweigend voreinander verharrten. Ich spürte seinen Blick auf mir und seine Nähe wie ein flackerndes Wärmelicht, das die Kälte verdrängte. Hitze stieg in mein Gesicht. Ganz gleich, welche rationalen Gedanken ich versuchte aufrechtzuerhalten: Fakt war, ich stand halb nackt in Wesley Hastings' Badezimmer und er hörte nicht auf, mich anzusehen.

Es hatte nichts Anzügliches, überhaupt nicht, stattdessen wirkte es wie ein stummes, überraschtes »Oh«. Als würde ihm jetzt erst bewusst werden, dass ich eine Frau war, und als wüsste er nicht, wie er damit umgehen sollte. Und so schräg das auch war, irgendwie fühlte ich mich ähnlich irritiert.

Ich räusperte mich und deutete auf die Klamotten. »Kannst du … die Sachen?«

Wes riss den Kopf hoch und fixierte mein Gesicht. Da war ein Schleier Röte, der sich über seine prägnanten Wangenknochen legte. Wenn ich nicht selbst befangen gewesen wäre, hätte ich darüber gelächelt. Er schlug den Blick nieder und lehnte sich an mir vorbei, um die Sachen auf der Waschmaschine abzulegen. Seine Hand streifte meinen Arm, wir zuckten beide zurück.

»Tut mir leid, ich wusste nicht, dass du … ich wollte nicht … entschuldige bitte.« Er starrte auf den gefliesten Boden, während er zur Tür wich.

»Schon gut, ich hätte abschließen können.« Ich bemühte mich um ein gelassenes Lächeln. »Wir müssen das jetzt nicht peinlich werden lassen. Es ist nur ein Körper.«

Unschlüssig erwiderte er meinen Blick. »Okay?«

»Okay.« Ich nickte, aber als er keine Anstalten machte zu gehen, fügte ich hinzu: »Ich würde trotzdem lieber allein …«

Wes drehte sich sofort um. »Scheiße. Ja, entschuldige.« Offensichtlich hatte er die Augen nicht richtig auf: Er lief gegen den Türrahmen und fluchte direkt noch einmal, diesmal auf Schwedisch, ehe er im Flur verschwand. Mir war unangenehm heiß, während ich die Tür hinter ihm abschloss.

Wes stand an der Küchenzeile, als ich zurückkam. Ich hatte mir das Haar notdürftig trocken gerieben und hochgebunden, dennoch tropften die Spitzen beständig auf den Pullover, den ich trug. Er roch so sehr nach Wes, dass ich mich bei jedem Atemzug schuldig fühlte. Ich zerrte an der Schlaufe der

Jogginghose, die mir immer wieder über die Hüften rutschen wollte, während ich auf ihn zulief.

Er lächelte verkrampft. »Entschuldige noch mal wegen eben. Kommt nicht wieder vor.«

»Schon okay«, erwiderte ich und rieb mir über die Wange, die sofort pochte.

»Ich hab gerade schon beim Vietnamesen angerufen und einfach ein bisschen was von allem bestellt. Ist das okay?«

»Klingt gut.«

Wes nickte und machte den Kühlschrank auf, schloss ihn wieder und lehnte sich dann mit dem Rücken an die Küchenzeile. Er hatte sich auch umgezogen. Seine Jogginghose war schwarz, der Pullover tannengrün und enger, als mir lieb war. Es war komisch: Ich war nicht diejenige, die ihn halb nackt gesehen hatte, trotzdem ertrug ich es kaum, ihn anzuschauen.

»Magst du ein Glas Wein oder einen Tee, während wir warten?«, fragte er nach einem Moment der Stille.

»Hast du auch Kakao da?«

Wes stutzte, dann breitete sich ein schwaches Grinsen auf seinem Gesicht aus. »Ja.«

»Dann gern das. Danke.«

Wir schwiegen, während er zwei Becher befüllte und in die Mikrowelle stellte. Das gemächliche Surren der Maschine war das Einzige, was ich hören konnte. Dieser Moment zwischen uns fühlte sich kratzig an, als hätte man uns in einen engen Wollpullover gezwängt. Mein ganzer Körper kribbelte unangenehm, am liebsten hätte ich mich im Bett verkrochen. Wenn es nicht das von Wes gewesen wäre.

Als die Mikrowelle piepste, gab ich mir einen Ruck. »Vielleicht trinken wir ihn mit Schuss?«

Wes hatte mir den Rücken zugewandt, ich hörte ihn erleichtert seufzen. »Unbedingt.«

Der Kakao schmeckte letztlich mehr nach Rum als nach Schokolade, aber ich beschwerte mich nicht. Mit jedem Schluck sickerte Befangenheit aus mir heraus und Wärme in mich hinein. Noch bevor wir ausgetrunken hatten, kam das Essen. Wes stellte ein halbes Dutzend Schalen auf dem Couchtisch auf und ließ mich einen Film auf seinem Laptop aussuchen. »Mein Lieblingsessen, dein Lieblingsfilm«, meinte er mit Wink auf die Projektzettel, die zwischen dem Essen auf dem Tisch lagen. Rund zwei Minuten später verzog er das erste Mal das Gesicht, als der Vorspann von *Little Women* über seinen Laptop flackerte. Trotzdem sagte er nichts dazu. Die nächsten beiden Stunden verbrachten wir schweigend.

Irgendwann räumte Wes die Essensreste in die Küche, brachte mir auf dem Rückweg eine Wolldecke aus dem Schrank mit, und es war seltsam, doch diese kleine Geste war der Moment, in dem ich mich fast ruckartig entspannte.

Ich rollte mich in einer Ecke des Sofas zusammen und beobachtete, wie Wes mit gerunzelter Stirn auf den Bildschirm sah. »Was passt dir nicht?«

»Jo und der Brief für Laurie. Das ergibt keinen Sinn.«

»Was ergibt keinen Sinn?«

»Dass sie den Brief in diesen komischen Briefkasten legt. Ich meine, klar, er hat ihn damals für ihren Austausch angebracht und deswegen ist das ein Ort, der sie verbindet, aber … wieso gibt sie ihm den Brief nicht einfach? So kann sie nicht wissen, ob er wirklich reinguckt und ihn findet.«

»Vielleicht geht es irgendwie auch darum. Wenn er reinguckt, wäre es das erste Zeichen dafür, dass er auch noch an ihr Früher denkt. Und wenn nicht … dann hätte sie die Geste trotzdem gemacht. So ist das doch mit der Liebe. Sie besteht immer ohne Gegenleistung.«

Wes sah mich nachdenklich an, aber ehe er etwas dazu sagen

konnte, klingelte mein Handy. Ich fuhr zusammen und tastete nach der Tasche, die neben dem Sofa stand. Als mein Blick auf Averys Namen fiel, verebbte die Entspannung schlagartig. »Könntest du kurz Pause machen?« Sobald der Film verstummt war, nahm ich den Anruf an. »Alles in Ordnung?«

»Du bist der einzige Mensch, der das als Begrüßungsfloskel nutzt«, erklang Averys belustigte Antwort. »Und ja, alles gut. Ich wollte nur fragen, ob ich dir was zu essen auf dem Tresen stehen lassen soll. Helen hat es hinbekommen, dass der Ofen wieder läuft, und Beckett hat zur Feier des Tages Lasagne gemacht. Er schwört, sie verliert an Aroma, wenn ich sie in den Kühlschrank stelle.«

»Das ist lieb, aber ich hab schon gegessen. Es wird ein bisschen später bei mir. Ich«, ich stockte und rieb mir über die Schläfe, um Wes ausblenden zu können, »bin noch bei einer Kommilitonin. Uni-Kram und so.«

»Alles klar. Dann viel Erfolg und mach nicht zu lang. Willow hat uns vorhin einen fünfzehnminütigen Vortrag darüber gehalten, warum man an Freitagen nicht lernen darf. Am Ende hat sie irgendwas von Shakespeare zitiert, nicht mal Eden hat den Zusammenhang verstanden.«

Ich musste lachen, weil das so sehr nach zu Hause klang. »Dann verrat mich nicht an sie. Und sag Beck, seine Lasagne schmeckt immer gut.«

»Als ob er das nicht wüsste.« Sie grinste hörbar und wünschte mir einen schönen Abend, ehe sie auflegte.

Wes und ich schwiegen, nachdem ich das Handy in der Tasche verstaut hatte. Er machte keine Anstalten, den Film weiterlaufen zu lassen, stattdessen sah er mich an.

Ich zupfte an den Fransen der Decke auf meinem Schoß. »Ich hab den anderen nichts hiervon erzählt.«

»Wieso nicht? Ich dachte, du machst das für euch.«

Ich nickte langsam. Trotzdem hatte ich es nicht über mich gebracht, ihnen von meinem Deal mit Wes zu erzählen. Ich hatte ihnen lediglich gesagt, dass ich ihn gefragt und er sich dazu bereit erklärt hatte, im Laufe des Semesters mit seiner Mutter über die Villa zu sprechen. »Tu ich ja auch, aber … sie würden sich Sorgen machen, wenn sie wüssten, was ich dafür tun muss.«

Wes atmete pfeifend aus. »Du schaffst es wirklich, dass ich mich furchtbar fühle.«

»Entschuldige. Es ist nur … Elsie und … überhaupt. Du bist du. Und ich bin ich. Und das hier ist … jenseits von allem, was normal ist.« Er öffnete den Mund, aber ich ließ ihn nicht zu Wort kommen. »Tu nicht so, als wäre dir das nicht bewusst. Deswegen wolltest du doch mich für dieses Projekt. Weil das hier unter gewöhnlichen Umständen nie zustande gekommen wäre.«

Wes fuhr sich mit dem Handballen über die Schläfe, als wüsste er nicht, wie er das Folgende ausdrücken sollte. »Ich wollte dich damit nicht kränken, nur …«

Ich schnitt ihm das Wort ab. »Hast du nicht. Ehrlichkeit macht mir nichts aus. Und du hast nicht gesagt, dass du mich abstoßend findest. Du hast es sehr höflich ausgedrückt.«

Wes rutschte an den Rand des Sofas und bettete die Ellbogen auf seine Knie. »Es ist nicht, dass ich dich nicht … Es hat nichts damit zu tun, dass du nicht …«

Ich musste lachen, weil er plötzlich so verunsichert klang. Ähnlich, wie er mich vorhin im Bad angesehen hatte. Dieser Wes wirkte weicher als der, den ich bisher kennengelernt hatte. Weicher und verletzlicher und … echter. »Ist schon gut. Du bist auch nicht mein Typ.«

»Was ist denn dein Typ?«

Sofort verspannte ich mich und zerrte die Decke höher. Mit

Worten zog man sich manchmal mehr aus als mit Kleidung, und ich wusste nicht, ob ich dafür wirklich bereit war. »Ist das ein Thema für uns?«

Wes schmunzelte. »Muss ich dir noch mal den Projektaufbau vorlesen?«

Ich schloss kurz die Augen und drängte die Wärme aus meinem Gesicht zurück. »Nein, du hast recht. Also gut.«

»Das war ein Witz, May«, sagte er sanfter. »Du musst mir gar nichts erzählen.«

»Doch. Weil ich das hier ab jetzt richtig machen möchte.« Ich hatte ihm versprochen, dieses Projekt ernst zu nehmen. Und wenn ich ihm glauben wollte, dass er sich an sein Versprechen hielt, dann musste ich mich auch an meins halten. »Es gibt nur nicht viel zu erzählen. Ich hatte noch nie eine richtige Beziehung.«

»Definiere *richtig*.«

Ich hob die Augenbrauen. »Ich hatte schon Sex, wenn es das ist, was du wissen willst.«

Wes lachte. Heiser und so kratzig, dass ich den Ton auf meiner gesamten Haut spürte. Die Härchen an meinen Armen stellten sich auf, ich zerrte die Decke noch höher. »Wenn ich das wissen will, frage ich direkt. Glaub mir, damit habe ich kein Problem.«

»Das glaube ich dir tatsächlich«, murmelte ich. »Mit *richtig* meine ich, dass ich nie fest mit jemandem zusammen war. Kein Händchenhalten in der Öffentlichkeit, keine regelmäßigen Treffen, keine Liebesgeständnisse. Zumindest keine erwiderten.«

»Also warst du schon mal verliebt?«

Ich nickte und griff nach meiner Tasse, nippte am kalt gewordenen Kakao. Der Rum schmeckte jetzt bitterer, vielleicht lag das aber auch an den Worten auf meiner Zunge. »Sein

Name war Henry. Also, das ist er immer noch. Wir haben nur keinen richtigen Kontakt mehr. Er war mein bester Freund zu Schulzeiten.«

»Wieso ist nichts daraus geworden?«

Ich hätte gern eine interessante Geschichte erzählt. Eine, die den Gefühlen, die ich mit ihr – mit ihm – verband, gerecht wurde. Doch Fakt war, Henry hatte nie mit mir gespielt, mir nie falsche Hoffnungen gemacht oder mich hingehalten. »Er war einfach nicht verliebt in mich. Er hat mich als beste Freundin gemocht, mehr eben nicht.«

Wes sah mich einen Moment lang an, dann blickte er auf seine Hände, die den Becher umschlossen. »Scheiße.«

Ich lächelte. »Nein, das war schon okay. Ich bin nicht der Typ Frau, in den man sich leicht verliebt. Versteh das nicht falsch, ich weiß, dass ich eine gute Freundin bin. Zumindest gebe ich mir Mühe. Ich sage nicht, dass man mich nicht gernhaben kann. Es ist nur … ich glaube, es gibt Menschen, die immer eher lieben, als dass sie geliebt werden. Die immer eher verstehen, als verstanden zu werden. Das ist nichts Schlimmes. Es ist einfach, wie es ist.«

»Ich habe selten vergleichbaren Unsinn gehört, May.« Wes' Antwort kam so trocken, dass ich ein bisschen rot wurde.

Mir war klar, dass er versuchte, nett zu sein, aber das war nicht nötig. Ich wusste, dass es viele traurig machte, in eine Freundschaft gedrängt zu werden, wenn sie sich selbst mehr erhofften, doch mich hatte das im Grunde nie gestört. Es gab unsagbar viele Menschen auf der Welt, allein die Tatsache, dass jemand ausgerechnet mit mir befreundet sein wollte, bedeutete mir zu viel, als dass ich deswegen hätte wütend oder enttäuscht sein können. Liebe hatte unglaublich viele Facetten. Es war in Ordnung, wenn man nicht in allen gleichermaßen reflektiert werden konnte.

»Kein Herabwerten, schon vergessen?«, hakte ich belustigt nach und winkte ab, ehe er darauf eingehen konnte. »Was ist mit dir? Wie viele Ex-Freundinnen denken in diesem Moment an dich?«

Wes seufzte. »Ich glaube nicht, dass sie das noch tut.«

»Sie? Singular?« Ich konnte den überraschten Unterton nicht verbergen.

Er grinste halbherzig. »Ja. Ich war nur mit Fiora richtig zusammen. Wir waren auf dem Internat zwei Jahre lang ein Paar.«

»Wie hat es geendet?«

»Nach dem Abschluss wollte sie zum Studieren in Irland bleiben, ich zurück nach England. Und wir waren uns einig, dass eine Fernbeziehung irgendwie … zu schwierig wäre.«

»Schwieriger, als sich zu trennen?«

»Ja, schon. Ich meine, ich hab sie geliebt. Wirklich. Aber wir waren ziemlich jung und es war für uns beide die erste richtige Beziehung. Wie hoch wäre die Wahrscheinlichkeit gewesen, dass es lang hält?«

»Also hast du es lieber gar nicht erst versucht?«

Wes hob die Schultern. »Beziehungen sind … na ja, sie sind gewissermaßen austauschbar, oder? Ich denke jedenfalls nicht, dass es *die eine große Liebe* gibt. Wenn du dich auf der Welt und in den Beziehungen anderer umsiehst, wird dir schnell klar werden: Man kann sich immer wieder verlieben. Ich glaube, wenn man das begriffen hat, dann tut es nicht mehr so weh, wenn eine Beziehung endet. Psychologisch betrachtet unterteilt man Liebeskummer in vier Stadien: Verdrängung, Trauer, Wut und Neuanfang. Aber wenn du die Trennung einfach akzeptierst und direkt mit dem Neuanfang loslegst, dann geht er viel schneller vorbei. Ein oder zwei Monate und du bist darüber hinweg.«

Fasziniert starrte ich ihn an. Ich hatte noch nie jemanden in unserem Alter so abgeklärt über Beziehungen oder deren Ende sprechen hören. »Glaubst du das wirklich?«

Wes machte eine Bewegung, die Nicken und erneutes Schulterheben vereinte. »Trotzdem habe ich es seit Fio bei kurzfristigen Zusammenkünften belassen. Das ist leichter.«

»Du meinst schmerzfreier.«

»Ja«, erwiderte er schlicht.

Etwas an dieser Reaktion traf mich unerwartet. Vielleicht, weil er sich nicht bemühte, sie vor mir zu verbergen. Ich hatte oft erlebt, dass Menschen ihre Gefühle verleugneten, bis sie selbst nicht mehr erkannten, dass ihre Handlungen letztlich durch sie geleitet wurden. Wes hingegen war sich bewusst, was er tat und warum er es tat. Und er hatte keine Angst, es mir zu erzählen.

Das hier, dieser Moment, auf seinem Sofa in seiner kleinen Wohnung, *Little Women* auf dem Bildschirm und ein warmes Gefühl in meinem Bauch, das war so *ehrlich*. Viel ehrlicher als alles, was wir in den letzten Wochen geteilt hatten. Viel ehrlicher als alles, was ich Wesley Hastings zugetraut hätte. Ich begriff nicht, wie es nur ein Versprechen, Regen und Kakao-Rum gebraucht haben konnte, um hierher zu gelangen. Ich begriff es nicht, aber ich fing an, ein erstes Detail von *ihm* zu begreifen. Und das machte mir Angst und fühlte sich gleichzeitig … gut an.

»Ich hoffe, du überdenkst das irgendwann«, sagte ich leise. »Wenn es wehtut, ist es wenigstens echt. Und ich glaube, ein echtes Leben ist doch schöner als ein leichtes.«

»Und wieso hast du dann nie eine Beziehung gehabt? Nach der Sache mit Henry, meine ich?«

Es war nicht das erste Mal, dass ich das gefragt wurde. Von meinen Freundinnen aus der Uni, von meiner Mutter, manchmal, in sehr einsamen Momenten, von mir selbst. Es war so gewöhnlich, in meinem Alter Beziehungen zu haben, dass es für viele seltsam zu sein schien, wenn man keine hatte. Ich wusste, dass die Menschen es nicht böse meinten, wenn sie danach fragten – aber ein bisschen traf es mich dennoch. Es löste in mir das Gefühl aus, etwas falsch zu machen. Ich gab mir die Schuld für etwas, für das ich nichts konnte. Vielleicht stimmte es und man suchte sich nicht aus, in wen man sich verliebte. Ich war mir zumindest sicher, dass man sich nicht aussuchte, *ob* man sich verliebte.

»Ich weiß nicht genau«, antwortete ich verzögert. »Ich verliebe mich nicht so schnell. Und in den letzten Jahren hatte ich sowieso keinen freien Kopf dafür.«

»Für dein Liebesleben?«

»Für mein ganzes Leben, irgendwie.« Die Ehrlichkeit des Moments war in meine Stimme gekrochen: Die Worte waren heraus, ehe ich darüber nachdenken konnte.

»Wieso nicht?«, hakte Wes irritiert nach.

Ich öffnete den Mund, unschlüssig, wie viel ich darüber preisgeben wollte, da ertönte ein Klingeln. Erleichtert atmete ich aus, doch Wes machte keine Anstalten, aufzustehen. Als es erneut an der Tür läutete und noch dazu geklopft wurde, räusperte ich mich. »Es klingelt.«

Er nippte an seinem Becher. »Ich erwarte niemanden.«

»Du musst trotzdem aufmachen. Es könnte wichtig sein.« Ich hörte selbst, wie vorwurfsvoll es klang. Mit jeder Sekunde, die verstrich, fühlte ich mich unruhiger. Wer auch immer vor der Tür stand – mit Sicherheit konnte er das Licht unter dem Rahmen hindurchscheinen sehen. Das hier war mehr als unhöflich.

Wes neigte interessiert den Kopf. »Inwiefern?«

»Womöglich muss das Wasser im Haus abgestellt werden, jemand hat sich ausgesperrt oder braucht Milch oder Eier oder …« Ich stockte, als ich sein schlecht unterdrücktes Grinsen bemerkte. Streng sah ich ihn an. »Jetzt mach auf, Wes.«

Er seufzte und erhob sich. »Schon gut, Boss. Ich könnte mir nie verzeihen, wenn jemand wegen mir am Freitagabend keine Pancakes essen kann.«

Er lachte, bis er im kurzen Flur ankam. Erst mit dem Türquietschen verebbte es. Ich meinte, Wes stöhnen zu hören, aber noch bevor ich genauer hinhorchen konnte, standen plötzlich zwei junge Männer im Rahmen zum Zimmer.

Die beiden erstarrten beinahe synchron, als sie mich auf dem Sofa entdeckten. Während der eine einen lauten Pfiff ausstieß, grinste der andere so breit, dass seine leicht abstehenden Ohren nach oben wanderten.

»Nun gut«, rief er dann über seine Schulter. »Wir benötigen keine weiteren Auskünfte, das hier spricht für sich.«

Ich setzte mich auf. »Hi?«

Der grinsende Kerl schlenderte mit den Händen in den Manteltaschen auf mich zu. »Guten Abend, Teuerste, und entschuldige bitte die Störung. Wir wussten nicht, dass unser Freund heute derart … beschäftigt ist.« Er setzte sich auf die Sofalehne und musterte mich interessiert.

Ich strich mir unwohl eine Haarsträhne aus dem Gesicht, die sich aus meinem Dutt gelöst hatte. Ich glaubte, beide flüchtig aus der Uni zu kennen, so oder so war es offensichtlich, dass sie zu Wes' Freundeskreis gehörten.

Auch wenn dessen Gesichtsausdruck, mit dem er sich in diesem Moment ins Zimmer schob, nicht unbedingt dafürsprach. »Was wollt ihr hier?«

Sein anderer Freund legte ihm mit theatralischer Geste einen Arm um die Schultern und blickte reumütig zu ihm auf. »Liebster, verzeih uns. Wir konnten nicht ahnen, dass du Besuch hast. Du hättest eine Brieftaube senden sollen.«

»Es ist nicht *die* Art von Besuch«, erwiderte Wes barsch.

Der Typ neben mir lehnte sich weiter vor. »Und welche Art von Besuch ist es dann?«

»Das ist May. Sie ist meine Partnerin für das Uni-Projekt. Ich hab euch davon erzählt.«

»Hast du nicht.«

»Doch, hab ich.«

Endlich sah der Typ von mir weg, zurück zu seinem Freund, der sich gerade in den Sessel warf. »Harvey, behauptet unser König da soeben, wir hätten auch nur ein Wort aus seinem hübschen Mund vergessen?«

»Ich fürchte schon, Austin. Und das, obwohl wir doch jedes Wort in unsere Herzen ritzen, das uns mit seiner reizenden Stimme erreicht.«

Austin fasste sich an die Brust, die in einem schwarzen Hemd mit Perlmuttknöpfen steckte. »Verrat!«

Sein Freund reckte die Faust. »Ein Skandal, der seinesgleichen sucht!«

Ich verfolgte ihren Schlagabtausch, ein bisschen belustigt, ziemlich überfordert, und sah dann Hilfe suchend zu Wes. »Sind sie betrunken?«

»Nein, nur nervig.« Mit resigniertem Blick wandte er sich an die beiden. »Was soll das hier? Ich hab euch gesagt, dass ich heute raus bin.«

»Und wir haben gesagt, dass wir das nicht akzeptieren können.« Harvey schnupperte an Wes' Becher, verzog den Mund und trank den Rest dennoch in einem Zug aus.

Austin rutschte von der Lehne neben mich auf das Sofa. »Exakt. Will hat nur alle Trilliarde Jahre das gesamte Anwesen für sich. Das ist ein Erlebnis kosmischen Ausmaßes.«

Wes verschränkte unbeeindruckt die Arme. »Dann lasst euch von mir nicht abhalten und geht hin.«

Seine Freunde tauschten einen Blick, dann wandte sich Austin urplötzlich zu mir. Er stützte den Ellbogen an der Rückenlehne und sein Kinn in der Hand auf und lächelte mich verschmitzt an. Obwohl er Mitte zwanzig sein musste, wirkte er in diesem Moment keinen Tag älter als zwölf. »Gut, vergessen wir diesen Langweiler. Was ist mit dir, Teuerste? Können wir dich für ein wenig lebhaftere Gesellschaft begeistern? Ein Freund von uns richtet eine Soiree aus, es wird sicher durchweg amüsant.«

»Oh.« Unsicher sah ich über seinen Kopf hinweg zu Wes. »Ich weiß nicht …«

»Lasst sie einfach in Ruhe. Sie steht nicht auf so was.«

Wes' Wortwahl zwickte mir in die Wangen, Hitze schoss hinein. Es klang weder herausfordernd noch kritisierend, aber ich verspürte trotzdem den Drang, ihm zu beweisen, dass er sich irrte. Wes und ich waren beide mit der Überzeugung in dieses Experiment gegangen, einander zu kennen. Und nachdem mich einiges an diesem Abend langsam daran zweifeln ließ, wollte ich, dass er begriff, dass er sich damit auch nicht so sicher sein durfte. Dass ich mehr war als seine bisherige Einschätzung von mir.

»Wir fragen doch ganz höflich. Oder nicht, May?«

Ich konzentrierte mich auf Austin. »Doch. Und wenn das wirklich in Ordnung ist, komme ich gern mit. Danke für die Einladung.«

Er strahlte und drehte sich zu Wes um. »Siehst du? Keiner versteht die Frauen wie ich. Das liegt daran, dass ich mich nicht für ihre Körper interessiere und deswegen direkt in ihre Seelen blicken kann.«

Ich lachte, während ich die Decke über die Lehne legte und aufstand. »Gebt mir fünf Minuten, dann bin ich so weit.«

Als ich bei der Tür ankam, stützte Wes sich mit einem Arm

im Rahmen ab und senkte die Stimme, obwohl seine Freunde in der Küchenecke verschwunden waren. Dem Geschirrgeklapper nach waren sie auf der Suche nach etwas – vermutlich Alkohol. »Wir müssen da echt nicht hin. Diese Partys sind oft ein bisschen … übertrieben.«

»Wenn ich nicht hier wäre, würdest du dann hingehen?«

Er zögerte. »Ja, wahrscheinlich schon.«

»Dann müssen wir dahin. Das ist der Sinn dieses Experiments, oder nicht? Zeig mir deine Welt, Wes.«

Er verzog den Mund, als hörte er aus meinen Worten einen Spott heraus, den ich gar nicht beabsichtigt hatte. Ich hielt zwar nichts von dem egozentrischen Gehabe, das Wes' Freundesgruppe auf dem Campus zur Schau stellte, aber nach allem, was wir heute geklärt hatten, war ich bereit, Wes aus den Vorurteilen zu schälen, die ich im Laufe der Zeit um ihn gelegt hatte. Ich war bereit, mir das anzusehen, was darunterlag – das, was er wirklich war. Vielleicht hatte ich mich in ihm geirrt, vielleicht stimmte vieles von dem, was ich dachte. Es gab nur einen Weg, das herauszufinden.

Wes ließ den Arm sinken, sodass ich an ihm vorbeikonnte. »Okay. Aber sag später nicht, ich hätte dich nicht gewarnt.«

Ich ging kopfschüttelnd in Richtung Bad. »Sie verwenden das Wort *Soiree*, wie schlimm kann es werden?«

# 7. Kapitel

## MAY

Das Gebäude war bereits von Weitem zu sehen. Es stand auf einem Hügel, so fehlplatziert in der Freifläche drumherum, als hätte ein Kind ein Spielzeughaus auf einem Teppich aus Gras ausgesetzt. Seine Fassade bestand nahezu ausschließlich aus Glas und glänzte silbrig im Licht des Mondes.

Ich schüttelte immer wieder den Kopf, während wir über den gepflasterten Pfad vom Parkplatz aus darauf zuliefen. Es war mir schleierhaft, wie man in so einem nackten Haus leben konnte, in dem jedes Zimmer einem offenen Schaukasten glich.

»Solche Häuser sind mein persönlicher Albtraum«, murmelte Wes, als hätte er dasselbe gedacht. Das war fast das Erste, was er sagte, seit wir seine Wohnung vor rund vierzig Minuten verlassen hatten und in den Wagen gestiegen waren, mit dem uns ein bei Harveys Familie angestellter Fahrer hergebracht hatte.

Ich warf Wes einen Blick zu. »Ich dachte, solche Häuser wären etwas, womit du aufgewachsen bist.«

Die LED-Leuchten, die alleeartig links und rechts vom Weg in den Boden eingelassen waren, warfen tiefe Schatten auf sein Gesicht, als er es mir zudrehte. »Das eine schließt das andere nicht aus.«

Ich setzte an nachzufragen, aber in dem Moment machte der Weg einen leichten Knick und man konnte vom Hügel neben dem Haus hinabsehen. Ruckartig hielt ich inne. Trotz des dämmrigen Lichts erkannte ich zumindest einige der Umrisse, die ringsherum standen, auf Anhieb. Es waren Tiere. Tiere verschiedenster Arten und Größen, aus diversen Materialien geformt. Mein Blick verfing sich an einem riesigen Adler, der seine Flügel aus glänzender Alufolie ausgebreitet hatte. »Was ist das hier?«, brachte ich hervor.

Wes seufzte und ging langsam an mir vorbei. »Wills Mutter ist Künstlerin. Sie ist bekannt für ihre Tier-Installationen. Auf dem Gelände stehen wahrscheinlich um die hundert davon herum. Alles Unikate, die sie nur ab und zu an Ausstellungen verleiht.« Er betrachtete mein Profil. »Es ist protzig, schon klar.«

Ich musste lächeln. »Ist es. Aber es ist auch umwerfend.«

Ein paar Meter vor uns waren Harvey und Austin abseits des Weges stehen geblieben und tätschelten einem Wolf den Kopf, der aus riesigen Blumen aus Vinyl-Papier geformt war. Austin lachte, während sein Freund die Hände als Trichter an den Mund legte und den Mond anheulte.

Alles an dieser Szene war so surreal, dass ich nicht wusste, ob ich lachen oder den Kopf schütteln sollte. Als ich weitergehen wollte, hielt mich Wes am Arm zurück. Fast im selben Moment zog er die Hand wieder fort, als hätte er sich an mir verbrannt.

»Hör mal«, sagte er gedämpft. »Wir müssen wirklich nicht hier sein. Wenn du dich unwohl fühlst …«

»Fühlst du dich unwohl, weil ich hier bin?«, unterbrach ich ihn ruhig.

Er runzelte die Stirn. »Nein.«

»Dann hör auf, dir Sorgen zu machen. Es ist mir egal, was deine Freunde über mich denken könnten.«

Wes blickte dorthin, wo Harvey gerade versuchte, auf den Rücken des Wolfes zu klettern, aber immer wieder abrutschte. »Ich mach mir eher Sorgen darüber, was du über sie denken wirst.«

»Du liebst diese Menschen doch, oder?«

Er verdrehte die Augen. »Ja, aber …«

»Das sollte niemals ein Aber-Satz sein.«

Wes zögerte, dann holte er tief Luft. »Okay, schon gut. Ich liebe sie. Punkt.« Er machte eine vielsagende Pause. »Das bedeutet nicht, dass ich nicht wüsste, dass sie manchmal ein bisschen … viel sind.«

»Viel zu sein ist doch eigentlich ziemlich erstrebenswert.« Ich stockte und sah unsicher zu ihm auf. »Nur … ist *er* auch hier?«

Ich hatte den Gedanken schon vorher gehabt, mich jedoch nicht getraut, ihn auszusprechen. Aus dem einfachen Grund, dass ich noch immer nicht wusste, wie ich es akzeptieren sollte, dass mich der Verlauf dieses Projekts in Lucas Fox' Nähe führen könnte.

Wes schüttelte den Kopf. »Ich glaube nicht. Er hat heute ein Familienessen in Bristol.«

Erleichtert atmete ich aus und rang mir ein Lächeln ab. »Okay. Gut. Dann ist das hier für mich in Ordnung.«

Wes wirkte noch immer unschlüssig, aber er folgte mir, als ich weiterging. Austin und Harvey waren schon dabei, den Hügel hinabzurennen, halb schreiend, halb lachend. Das Grundstück des Hauses hatte nichts von einem Garten, eher von einer weitläufigen Parkanlage. Bis auf ein paar Bäume und Büsche sowie die ausgefallenen Tierskulpturen war die Fläche um uns herum nur begrünt. Als ich sah, worauf wir zusteuerten, blieb ich wieder stehen und legte den Kopf leicht in den Nacken.

Auf den ersten Blick wirkte es wie eine Kuppel. Eine drei Meter hohe Kuppel, die in etlichen Weiß- und Blautönen leuchtete. Das Material war dünn wie durchscheinende Haut. Darunter sah ich schwache Erhebungen, fast wie Knochen, die golden leuchteten. Erst beim zweiten Hinsehen erkannte ich, dass das Gewölbe am hinteren Ende abflachte und in einer Form auslief, die an eine Schwanzflosse erinnerte.

»Ist das ein … Wal?«, fragte ich perplex.

Wes nickte. »Wills Mutter hat ihn Moby genannt. Ich frage mich jedes Mal, was Kapitän Ahab dazu sagen würde, dass wir freiwillig dort hineinspazieren.«

»Du hast *Moby Dick* gelesen?«

»Ich werte den überraschten Unterton als Kompliment.«

»Tu das«, murmelte ich und legte den Kopf weiter in den Nacken, als wir das Maul des Tiers erreichten. Wes schob zwei blaue Samtvorhänge beiseite und nach ein paar Schritten standen wir mitten im Bauch des Wals.

Die Wände bestanden tatsächlich aus Knochen – Knochen aus Leuchtstäben, die dem Tier ein Skelett aus Licht bauten. Das darüber gespannte Material war fast transparent, trotzdem war es hier angenehm warm. Der Boden war mit Holzplatten ausgelegt, ringsherum waren Sitzmöglichkeiten platziert – aus Metall geflochtene Bänke und Sessel, deren Lehnen mit Lichterketten umwickelt waren. Aus den Boxen, die an mehreren Stellen vom Knochengerüst hingen, drang schnelle Musik. Das war mit Sicherheit die außergewöhnlichste Partylocation, die ich je gesehen hatte.

Ich blickte mich mit großen Augen um, während ich Wes durch den gewölbten Raum folgte. Es war bereits recht voll, Menschen saßen auf den Bänken oder standen an den leuchtenden Wänden und unterhielten sich. Im Raum roch es nach Alkohol und etlichen Parfumdüften, aber auch nach dem Gras, das den Wal statt eines Meers umspülte.

Wes nickte ein paar Leuten zu, doch er wich nicht von meiner Seite, bis wir eine freie Bank im hinteren Teil des Bauchs erreicht hatten. »Ich hol uns was zu trinken.«

»Für mich nur Limonade, bitte«, meinte ich und setzte mich auf die Bank.

»Alles klar.« Er verschwand in Richtung Barwagen, der in einigen Metern Entfernung aufgebaut war.

Ich spürte das kühle Metall der Sitzfläche und war froh, in meiner Tasche noch eine Strumpfhose gefunden zu haben. Mein Kleid war zwar mittlerweile trocken, aber ohne Wes' Pullover, den ich darüber trug, hätte ich sicher gefroren. Ich zerrte die Ärmel über meine Handgelenke, als die Bank plötzlich erbebte.

Eine junge Frau hatte sich mit Schwung ans andere Ende gesetzt, offensichtlich, ohne mich zu bemerken. Sie fuhr sich mehrfach durch die karamellbraunen Haare, die sich vor Feuchtigkeit leicht kräuselten. Unzufrieden schürzte sie die Lippen, als wüsste sie genau, dass sie gerade nicht so aussah, wie sie wollte. Dabei war sie wirklich bildhübsch. Groß und schlank, mit elfenfeinen Gesichtszügen. Als sie mit ihren Fingern wieder durch ihre Haare strich und unterdrückt fluchte, hielt ich es nicht mehr aus.

»Du siehst schön aus«, sagte ich so laut, dass sie mich über die Musik hinweg hören konnte.

Sie fuhr zu mir herum. »Findest du? Ich hab das Gefühl, ich bin völlig derangiert. Ich bin mit offenem Cabrio hergefahren, meine Haare sind ein Desaster.«

»Du siehst nicht derangiert aus, ehrlich nicht. Aber wenn du dich wohler mit einem Zopf fühlst, gebe ich dir mein Haargummi.« Ich deutete auf das Samtband, das ich trug.

Sie sah mich ungläubig an. »Wirklich? Würdest du?«

»Klar, hier.« Ich zog es heraus und reichte es ihr.

»Das ist ja total hübsch, so vintage!« Begeistert strahlte sie mich an und begann, ihre Haare zu einem lockeren Fischgrätenzopf zu flechten. »Danke, du Heldin. Ich passe gut darauf auf, versprochen.«

Ihre Freude nistete sich so warm in meinem Bauch ein, dass ich auch lächeln musste. »Du kannst es gern behalten, ich nähe mir ein Neues.«

»Du hast das selbst gemacht? Unglaublich!« Sie fixierte den Zopf mit dem Band und musterte mich eingehend. »Mit wem bist du hier?«

»Mit mir.« Wes setzte sich auf den Metallsessel vor mir und reichte mir ein Kristallglas, das mit einem Lavendelzweig garniert war.

»Danke«, sagte ich, aber das Wort ging in dem Stöhnen der Frau unter.

»Wieso tust du mir das an, Wes?«, jammerte sie.

Er lehnte sich mit seinem eigenen Glas im Sessel zurück. Mittlerweile hatte er seinen Mantel geöffnet, sodass der Pullover darunter zum Vorschein kam. Trotz dunkler Stoffhose wirkte er legerer gekleidet als der Rest der Anwesenden – ich ausgenommen. Ich fragte mich, ob er das bewusst getan hatte, damit ich mich nicht ausgeschlossen fühlte. Oder ob ich das nur dachte, weil ich wieder eine Sonne sehen wollte, wo nur ein Mond war. »Wovon redest du, Cami?«

»Ist das nicht offensichtlich? Sie ist total lieb und interessant und definitiv viel zu gut für dich. Du wirst es vermasseln.« Sie wandte sich an mich und schürzte erneut die Lippen. »Er vermasselt es *immer*. Normalerweise ist der Verlust für uns nicht allzu groß, ganz ehrlich, aber du bist so … *entzückend*. Ich will dich behalten!«

Ich musste lachen. »Danke, das ist lieb. Aber wir sind sowieso nicht auf diese Weise zusammen hier. Es ist rein … geschäftlich.« Ich trank einen Schluck Limonade, damit ich verbergen konnte, wie seltsam sich das letzte Wort anfühlte. Dabei war es genau das. Dieser Abend war Teil eines Deals, mehr nicht.

»Okay«, erwiderte Cami gedehnt. »Ich habe Fragen, aber ich bin vermutlich zu angetrunken, um mir die Antworten zu merken, also versuch ich es erst gar nicht. Ich rate dir nur: Verschwende nicht deine Zeit mit diesem Kerl. Er weiß gute Gesellschaft nicht halb so sehr zu schätzen, wie er sollte.«

»Danke, Camilla«, sagte Wes trocken.

»Gern geschehen, Wesley.« Sie warf ihm eine Kusshand zu und wandte sich wieder an mich. »Ich weiß, wovon ich spreche. Wir hatten mal was. Ein paar Wochen lang, dann hat er kalte Füße bekommen.« Sie zwinkerte mir zu. »Der Rest war aber sehr heiß.«

Ich blinzelte mehrmals, weil ich keine Idee hatte, was ich darauf erwidern sollte. Vielleicht, dass mich das nicht überraschte, weil ich wusste, dass Wes viele Frauen traf. Und weil sie zusammenpassten, weil sie aus demselben Holz gemacht zu sein schienen. Menschen wie Wes und Cami waren Mahagoni. Auffällig, besonders und edel. Menschen wie ich waren Birke. Beständig, verlässlich und … gewöhnlich, auf eine Weise, die ich nicht im Geringsten abwertend meinte. Das eine war nicht schlechter als das andere – es waren nur verschiedene Dinge.

»Oh«, brachte ich nach etlichen Sekunden heraus und mied es, Wes anzusehen. »Schön.«

Cami lachte und zupfte am Haarband herum. »War es echt.«

In diesem Moment setzte sich ein Typ neben sie und reichte ihr ein bauchiges Glas mit blutroter Flüssigkeit darin. »Worüber redet ihr?«

Cami grinste und drückte ihm einen Kuss auf die Wange. »Über Wes' und meine amouröse Vergangenheit.«

»Mein Lieblingsthema«, erwiderte er mit einem schiefen Lächeln und legte ihr den Arm um die Schultern.

Wes verzog das Gesicht. »Nicht nur deins.«

»Oh, kommt schon, Jungs. Wir sind alt genug, wir können darüber sprechen, dass in diesem Raum jeder mit mindestens einem Anwesenden Sex hatte.« Camis Blick zuckte zu mir. »Außer dir. Oder …?« Ihre Augen drifteten zu Wes, ich räusperte mich entschieden.

»Nein.«

»Hm, vielleicht sollte ich mich dann an dich ranmachen. Du bist einfach *entzückend*. Sagte ich das schon? Versprich mir, dass ich dich wiedersehe.«

»Deine Gesellschaft wäre auf jeden Fall ein Argument, dieses Angebot anzunehmen«, erwiderte ich diplomatisch.

Cami seufzte herzhaft. »Hörst du, wie sie das sagt? Gott, ich bin vernarrt in sie. Will, es könnte sein, dass ich dich im Laufe des Abends für sie verlasse. Ich meine, sieh sie dir an.« Sie machte eine ausufernde Handbewegung in meine Richtung, der Wein schwappte dabei gefährlich an den Glasrand.

Ihr Freund musterte mich belustig. »Wer bist du eigentlich? Ich hab das Gefühl, ich sollte wissen, wer auf meinen Partys auftaucht, aber nach dem zweiten Glas Wein verliere ich den Überblick.«

»Danke erst mal, dass ich hier sein darf. Ich bin May.« Ich reichte ihm über seine Freundin hinweg meine Hand.

Er wirkte ein wenig irritiert, ergriff sie jedoch. »Will. Freut mich und herzlich willkommen. Mit wem bist du hier?«

»Mit *Wes*«, kam Cami mir anklagend zuvor.

Will verzog bedauernd den Mund. »Tja, war schön, dich kennengelernt zu haben.«

Wes schnaubte. »Leute. Echt jetzt? Ich sitze hier.«

Will sah ihn unbeeindruckt über den Rand seines Glases hinweg an. »Was? Dafür können wir doch nichts. Immer wenn ich mir gerade einen Namen gemerkt habe, ist das Mädel schon wieder weg. Das ist so eine Verschwendung meiner Gehirnkapazität.«

»May ist nur eine Kommilitonin. Das hier ist also nicht diese Art von Treffen, alles klar? Und wenn es das wäre, wäre ich jetzt wirklich sauer.«

Cami stieß mit ihrer Fußspitze gegen sein Knie. »Ach komm, du weißt, wir lieben dich. Du bist ein loyaler, cleverer und humorvoller Mann. Zumindest, wenn du nicht den Brummbären spielst und uns allen den Spaß verdirbst. Und du bist heiß. Ist er nicht heiß, May?«

Ich verschluckte mich an der Limonade und hustete gegen meinen Handrücken. Cami und ihr Freund grinsten beide ziemlich amüsiert, Wes hob nur die Augenbrauen.

Ich räusperte mich, meine Stimme klang trotzdem kratzig. »Ja, er entspricht in vielerlei Hinsicht dem gängigen Schönheitsideal, denke ich.«

Camis Grinsen verrutschte. »Autsch. Das hat ja sogar meinen Stolz getroffen.«

Will lachte unterdrückt. »Sorry, Wes. Das hat dir jetzt wohl so gar nicht geholfen. Wir lassen euch dann mal allein, bevor wir es noch schlimmer machen.« Er stand auf und reichte seiner Freundin die Hand, um sie hochzuziehen.

Meine Wangen pochten mittlerweile vor Hitze, Wes hingegen wirkte nur genervt. »Es ist *nicht* diese Art von Treffen.«

Will nickte ernst. »Klar. Dann lass dir nachher erst recht deinen Pullover zurückgeben, Alter.« Er beugte sich zu Wes vor und schlug ihm auf die Schulter, ehe er mir zulächelte. »Man sieht sich, May.«

»Ich werde dafür sorgen!«, rief Cami mir noch zu, ehe die beiden in Richtung Barwagen verschwanden.

Wes und ich blieben zurück und schwiegen verkrampft. Bisher hatten wir uns immer nur allein getroffen. Mir war zwar bewusst gewesen, wie das hier wirken könnte, aber es tatsächlich mitzubekommen, war deutlich unangenehmer.

Schließlich holte Wes tief Luft. »Cami ist manchmal …«

»Umwerfend«, fiel ich ihm ins Wort. »Ich finde sie toll.«

»Okay, gut. Sie dich offensichtlich auch.«

»Klingt verwundert.«

»Nein. Ich dachte nur, dass du dich hier unwohl fühlen würdest. Du hast vorhin ziemlich deutlich gemacht, was du über uns denkst.« Er hob die Schultern, doch aus irgendeinem Grund kaufte ich ihm seine Gelassenheit nicht ab. Und in diesem Moment begriff ich, dass vielleicht nicht nur sein Aussehen eine Fassade war. Sondern auch diese unerträgliche Gleichgültigkeit, die er in der Uni permanent zeigte.

Alles, was ich vorhin gesagt hatte, hatte ich auch so gemeint – aber eigentlich war das unfair. Wenn ich Wes glaubte, dass er nichts mit dem Video zu tun hatte, dann hatte ich ihn grundlos angegriffen. Und – auch wenn es mir schwerfiel, das zu verarbeiten – ihn damit womöglich tatsächlich getroffen.

Ich musste daran denken, dass der Halo-Effekt einen Gegenspieler hatte: den Horn-Effekt, der besagt, dass der erste negative Eindruck, den man von einem Menschen hat, oft dazu führt, dass man ihm Teufelshörner aufsetzt. Wes' Aussehen oder sein Name lösten bei mir keinen Halo-Effekt aus. Aber ich hatte es zugelassen, dass sein Verhalten, das ich aus der Ferne mitbekam, und vor allem seine Freunde einen Horn-Effekt verursachten. Und das war nicht richtig.

»Es war falsch, euch alle über einen Kamm zu scheren. Entschuldige bitte«, sagte ich ernst.

»Schon gut.« Er sah aus, als wollte er fortfahren, da verfing sich sein Blick schräg hinter mir. Auf einen Schlag verschwand das letzte bisschen Entspannung aus seinem Gesicht. Er fluchte unterdrückt und stand auf. »Bleib hier.«

Irritiert drehte ich mich zur Seite und erstarrte, als ich sah, wer da gerade durch den Mund des Wals hereintrat. Ich umklammerte mein Glas fester und rutschte auf der Bank zurück, als könnte ich seiner Anwesenheit dadurch entkommen.

Obwohl er so weit entfernt war, konnte ich Luke ansehen, wie betrunken er war. Seine Bewegungen waren fahrig, sein Lächeln eine Spur zu breit. Er trug einen grauen Sweater, der über seinem breiten Kreuz spannte, dazu schlichte Jeans, und sah damit noch legerer aus als Wes und ich. Wenn er wirklich bei einem Familienessen gewesen war, fanden diese weniger formell statt, als ich bei einer Familie wie seiner vermutet hätte.

Vor ein paar Wochen wäre Elsie bei seinem Anblick völlig hingerissen gewesen. Jetzt war etwas in ihr wegen ihm zerrissen und ich … ich wusste nicht, wie ich damit umgehen sollte, ihn zu sehen. Hier. In meiner Freizeit. An einem Ort, an den ich freiwillig gegangen war, obwohl ein Teil von mir geahnt hatte, er könnte dort sein.

Am liebsten wäre ich aufgestanden und gegangen. Aber ich saß in einem riesigen Wal aus Leuchtstäben und blau schimmernder Haut und der einzige Weg hinaus führte geradewegs an Lucas Fox vorbei.

Er begrüßte ein paar Leute, als Wes bei ihm ankam und ihn grob an der Schulter herumriss. Sie standen weit weg, trotzdem hörte ich sie. Was auch daran lag, dass die Menschen um sie herum urplötzlich verstummten. Es stimmte, was Elsie in jener Nacht vor dem *Cinematic* gesagt hatte: Wes hatte diese Art, einen Schleier des Schweigens um sich herum zu ziehen, wenn er wollte. Und so wütend, wie er gerade aussah, musste er sich darum nicht einmal bemühen.

»Ist das dein beschissener Ernst?«, fragte er barsch.

Jemand drehte die Musik ein bisschen leiser, mein Herzschlag drehte sich lauter.

Luke hob die Hände und legte sie auf Wes' Schultern. »Es freut mich auch sehr, dich zu sehen, mein Guter. Hast ja wieder mal prächtige Laune, was?« Seine Stimme klang ein bisschen fahrig. So wie die Bewegungen, mit denen er versuchte, seinen Freund von sich zu drücken.

Dieser rührte sich nicht von der Stelle. »Wie viel hattest du schon?«

Luke stöhnte. »Komm mir nicht wieder so.«

»Du bist völlig drüber. Geh nach Hause, Luke.«

»Vergiss es. Du bist nicht mein Vater. Nicht mal mein Vater ist mein Vater, schon vergessen?« Luke lachte und stieß Wes dann erneut gegen die Brust. Diesmal ließ er ihn los, sodass Luke an ihm vorbeigehen konnte.

Ich spannte mich an und wandte den Blick ab, doch er hatte mich schon gesehen. So viele Menschen, aber Luke steuerte auf mich zu. Ich hielt die Luft an, als er sich mit Schwung auf den Sessel vor mir fallen ließ. Aus der Nähe wirkte sein Gesicht bleicher, seine blauen Augen glanzlos, seine Pupillen vergrößert. In mir pochte Besorgnis auf, aber ich unterdrückte sie. Ich war nicht sicher, ob er nur getrunken oder auch etwas genommen hatte, ich wusste nur, dass ich nicht mit ihm sprechen wollte. Bevor ich aufstehen konnte, neigte er sich vor und legte eine Hand auf der Lehne meiner Bank ab. Seine Finger streiften meinen Arm, sein Atem mein Gesicht. Wodka und kalter Rauch, mir wurde flau.

»Du bist neu.« Sein Lächeln wankte, während er mein Gesicht betrachtete. »Und du bist hübsch.«

»Und du bist eindeutig betrunken.« Ich bemühte mich um einen neutralen Tonfall, auch wenn mich allein sein Anblick wütend machte.

Luke lachte. »Oder du zu nüchtern.« Er drehte sich zur Seite, wo ein paar Typen an dem Getränkewagen standen und sich unterhielten. »John, mach unserem Gast doch mal einen richtigen Drink.«

Einer der Männer sah zu uns herüber, ich schüttelte entschieden den Kopf. »Danke, ich möchte nichts.«

»Bist ein bisschen schüchtern, was?«

»Nein. Aber es gibt Gesellschaft, die man sich nicht einmal schöntrinken kann«, erwiderte ich schärfer als beabsichtigt.

»Wieso so bissig, Hübsche?« Er grinste und lehnte sich wieder zu mir vor. In meinem Gesicht sammelte sich Hitze, ich wurde mit Sicherheit rot und ich hasste es.

»Lass sie in Ruhe, Luke«, schaltete sich Wes ein, ehe ich etwas erwidern konnte. Ich hatte nicht bemerkt, dass er die ganze Zeit über nur ein paar Schritte von uns entfernt gestanden hatte.

Luke warf ihm einen verwirrten Blick zu. »Ihr kennt euch?«

Wes kam zu uns und starrte auf seinen Freund hinab. »Ja. Sie ist mit mir hier, also benimm dich.«

Er hob die Augenbrauen und sah von Wes zu mir. »Wirklich? Entschuldige, Mann. Wusste nicht, dass du neuerdings auf so was stehst.«

Mein Gesicht wurde noch heißer. »Für den Fall, dass dir das nicht beigebracht wurde: Es ist unhöflich, über jemanden zu reden, der vor dir sitzt, Lucas Fox.«

»Du kennst meinen Namen?« Er musterte mich noch einmal, um einiges intensiver jetzt. Plötzlich lachte er auf. »Oh, fuck. Ich kenn dich auch. Du bist Elsies Freundin. May, richtig? Elsie hat bestimmt eine halbe Stunde von dir geredet. Wie hat sie dich bezeichnet? ›Ein Mix aus Superheldin, Heilige und Disney-Prinzessin.‹ Hab schon kurz gedacht, sie wäre verknallt in dich. Aber dann war sie ja doch ganz empfänglich für … na ja.« Er lachte erneut, rauer diesmal.

Hitze sammelte sich in meinen Augenwinkeln und ich begriff zum allerersten Mal, was es bedeutete, rotzusehen. Meine Sicht brannte, meine Stimme auch. »Tu das nicht.«

Luke stutzte, immerhin hörte er auf zu lachen. »Was?«

»Rede nicht über sie.«

»Genau genommen habe ich schon ganz andere Dinge über ihr gemacht. Und in ihr.« Er zwinkerte mir zu und verschränkte die Arme im Nacken. »War gar nicht schlecht. Du hättest sie mitbringen sollen.«

Wes stieß einen seltsam verzerrten Ton aus. »Luke, lass den Scheiß!«

Luke ließ den Kopf tiefer nach hinten sacken und stöhnte. »Was denn? Verstehen wir jetzt keinen Spaß mehr, nur weil sie hier ist? Wieso bringst du so eine überhaupt mit? Gab's eine Wette, von der ich nichts mitbekommen habe?«

Seine Worte trafen mich nicht. Er klang so bissig und gehetzt, dass ich mich nur fragen konnte, wovor er gerade flüchtete. Was es auch war – es lag in ihm selbst.

»Was ist bloß los mit dir? Wieso bist du so ein Mensch?«, fragte ich mit aufrichtigem Bedauern.

Luke grub die Finger in seine Schläfe, als wollte er meine Worte von dort fernhalten. »Gott, komm mir jetzt nicht auf diese pseudotiefenpsychologische Art, das geht mir bei Wes schon auf die Nerven.«

»Ich muss nicht in eine Analyse deiner Psyche einsteigen, um zu verstehen, dass du irgendeinen Schmerz damit kompensierst, indem du um dich trittst.«

»Du weißt gar nichts über mich.«

»Und daran möchte ich auch nichts ändern. Du bist kein netter Mensch.« Ich versuchte aufzustehen, aber Lukes Hand an meiner Schulter drückte mich zurück auf die Bank.

»Ich tu dir jetzt einen Gefallen und erklär dir was, okay?«

Ich biss die Zähne aufeinander, um meine Stimme ruhig zu halten. »Erst tust du mir den Gefallen und lässt mich los.«

Luke hob mit einem Augenrollen die Hände, aber er neigte sich noch weiter zu mir vor. »Die Welt ist nicht gut. Und Menschen sind nicht nett. Du bist echt naiv, wenn du denkst, du müsstest nur ein bisschen freundlich sein, um einen besseren Ort aus diesem Universum zu machen. Denn glaub mir: Niemand interessiert sich für *nett*. Und niemand hört dir zu, wenn du nicht in der Lage dazu bist, laut zu werden.«

Es war nicht das erste Mal, dass mir so etwas gesagt wurde. Nie hatte es mich weniger getroffen als aus seinem Mund. »Vielen Dank für diesen Rat.«

»Gern geschehen.« Er lehnte sich zurück und grinste breit. Meine Finger verkrampften sich um mein Glas. Ich wusste, dass ich seine nächsten Worte nicht hören wollte, noch bevor er sie aussprach. »Elsie kann das. Laut werden, meine ich.«

Ich wusste nicht wirklich, wie es passierte. In einer Sekunde spürte ich das Einschneiden einer gesprungenen Glaskante in meinem Daumen, in der nächsten starrte ich in Lukes triefendes, reichlich verdutzt wirkendes Gesicht.

Ich ließ die Hand sinken, ein paar letzte Tropfen Limonade rannen über meine zitternden Finger. Ich nahm vage wahr, dass sich die Stille um uns herum weiter ausbreitete, aber ich konnte mir keine Gedanken über die anderen machen. Alles, was ich sah, war Luke – der Typ, wegen dem Elsie, einer der buntesten Menschen, die ich kannte, seit Wochen versuchte, transparent zu sein. Und er saß hier und ihm tat nichts davon leid, ihm tat nichts davon weh.

Mein Inneres bebte – ich war wütend und frustriert und ich hatte es *so satt*, nett zu jemandem zu sein, der nicht einmal verstand, was das bedeutete.

Ich wischte die Hand an meinem Kleid ab. »Ich denke, das

war laut genug, um deine Aufmerksamkeit zu bekommen. Dann hör *du* mir jetzt gut zu: Ich lasse mir von dir nicht sagen, wie ich zu denken habe. Ich entscheide mich bewusst dafür, gutgläubig zu sein. Denn wenn ich nicht mehr an das Gute in der Welt glaube, dann hab ich keinen Grund mehr, ein Teil von ihr sein zu wollen. Und überhaupt: Die Tatsache, dass die Welt nicht immer fair ist, ist keine Ausrede dafür, dich wie ein arroganter Mistkerl aufzuführen, dem alles egal ist. Du bist dein eigener Mensch und du entscheidest. Also entscheide dich gefälligst dafür, ein bisschen besser zu sein, okay? Freundlichkeit ist nie vergebens, sie zählt. Immer.« Ich stand auf, obwohl meine Knie so sehr zitterten, dass ich leicht wankte. Meine Stimme blieb dennoch fest, als ich auf Luke hinabstarrte. »Und noch was: Es ist mir egal, was du über mich denkst. Aber wenn ich dich noch ein einziges Mal den Namen meiner besten Freundin sagen höre, dann verspreche ich dir, dass ich Dinge tun werde, für die wir mich später beide hassen werden.«

Noch während ich die letzten Worte aussprach, stand Luke ebenfalls auf und funkelte auf mich hinab. Er war mir so nah, dass ein paar Tropfen von seinem Gesicht auf Wes' Pullover tropften. Da war kein bisschen Belustigung mehr in seinem Blick, dafür etwas Düsteres. Genau das Etwas, das vermutlich für sein ganzes Verhalten verantwortlich war.

Er öffnete den Mund, doch ehe er antworten konnte, stand Wes neben ihm und zog ihn beiseite. »Es reicht jetzt!«

Luke lachte unecht auf und riss sich los. Mit einer Hand wischte er sich die Limonade aus dem Gesicht. »Ach, und das sagst du mir von einem Bastard zum anderen, oder was?« Ich zuckte zusammen, weil er ihm – und sich selbst – dieses Wort derart vor die Füße spuckte. Luke bemerkte es und grinste mich an. »Guck nicht so schockiert. Ich bin nur ehrlich.

Mehr sind wir nicht. Mehr sind wir ja eigentlich alle nicht.« Er breitete die Arme aus und lachte, wankte einen Schritt zur Seite.

Wes packte ihn mit einer Hand im Nacken und zerrte ihn zu sich. Sie waren fast gleich groß, doch obwohl Luke deutlich muskulöser war, wirkte Wes überlegen.

»Luke«, knurrte er fast, »sieh mich an und hör mir verdammt noch mal gut zu. Du ziehst dir jetzt was Trockenes an, isst etwas, trinkst mindestens einen Liter Wasser und *kommst runter*, hast du mich verstanden? Austin passt auf, dass du erst wieder Alkohol anrührst, wenn du dir im Klaren darüber bist, was du sagst und tust – und wenn ich mitbekomme, dass du vorher damit anfängst, dann *jävlar*, ich schwöre, dann haben wir ein Problem.«

Ich hatte Wes noch nie so erlebt: so finster und wütend, gleichzeitig derart beherrscht und autoritär. Ich spannte mich an, obwohl er nicht mit mir sprach.

Luke verzog dennoch trotzig den Mund und versuchte, sich von ihm loszumachen. »Sag mir nicht, was …«

Wes zerrte ihn näher zu sich. »Lucas. Das war keine Bitte.«

Einen Moment lang starrten sie einander an, dann ging ein leichter Ruck durch Lukes Körper. Er sackte etwas in sich zusammen und senkte den Blick. Mit einer seltsam erschöpften Bewegung ließ er die Stirn nach vorn sinken, sodass sie gegen die seines Freundes stieß. »Sorry, Wes«, murmelte er. Es klang gebrochen, als wäre er kurz davor zu weinen, und etwas daran pikte unangenehm in mein schnell pochendes Herz.

»Komm einfach wieder runter.« Wes schloss die Augen, ehe er seine Stirn einmal fest gegen Lukes drückte und ihn dann losließ. Er drehte sich um und nickte Austin zu, der sofort auf die beiden zutrat.

Sanft legte er Luke eine Hand auf die Schulter. »Komm

schon, Fox, leisten wir unserem König Folge und besorgen dir eine ansehnliche Ersatzgarderobe.«

Wes wartete, bis die beiden aus dem Wal verschwunden waren, dann ließ er den Kopf in den Nacken sacken. Ich hörte ihn tief ausatmen, und als er sich zu mir drehte, wirkte sein Gesichtsausdruck nicht mehr ganz so wütend. Dafür umso erschöpfter. Die Musik wurde wieder lauter gedreht, die Gespräche vermengten sich miteinander, doch die Blicke der anderen sammelten sich immer noch auf Wes.

Ich *spürte*, dass er es spürte. Seine Anspannung kletterte auf meine Schultern, als wäre es meine eigene. Kurz entschlossen machte ich einen Schritt auf ihn zu. »Lass uns ein Stück gehen, okay?«

## 8. Kapitel

## MAY

Blauer Samt auf unserer Haut, dann blaue Nacht um uns herum. Ich umklammerte meine Arme und lief schweigend neben Wes über den schmalen Kiespfad. Zwischen akkurat geschnittenen Büschen ragten immer wieder Tierkörper in den Himmel. Manche schimmerten im Mondlicht, andere wirkten wie gesichtslose Schatten. Ich berührte im Vorbeigehen die Mähne eines Löwen, die aus Plastikfedern zusammengesetzt war, als ich die Installation entdeckte. Sie stand etwas abseits des Weges neben einer Trauerweide, das Licht wanderte über ihre Umrisse und ließ sie silbern leuchten.

Es war ein Elefant. Mein Herz dehnte sich aus, und ich konnte einfach nicht daran vorbeilaufen. Er war aus Besteck zusammengesetzt: seine riesigen Ohren ein Mosaik aus Löffeln, sein Rüssel eine Aneinanderreihung von stumpfen Messern, seine Augen Suppenkellen. Ich tastete über seine Metallhaut und fand einen schmalen Eingang. Das Innere war nicht groß, die Wände funkelten kühl, ich fühlte mich darin trotzdem seltsam geborgen. Wortlos setzte ich mich auf eine Bank aus abgeschliffenen Löffeln und schob die Hände unter meine Oberschenkel. Als ich aufsah, ließ sich Wes schon neben mich sinken und lehnte den Rücken gegen den gewölbten Bauch des Tiers.

Hier drinnen war es sehr still und sehr silbern, Wes' Blick wirkte trotzdem nur grau. Ich kannte das Gefühl, das dafür sorgte. Sorge. Ich hätte sie ihm gern mit ein paar Floskeln genommen, aber wenn ich eines wusste, dann, dass das nicht funktionierte.

»Drei Dinge, die du liebst«, sagte ich stattdessen.

Er brauchte einen Moment, bis er sich auf mich fokussiert hatte. »Du willst jetzt mit den Fragen weitermachen?«

Ich zuckte mit den Schultern. »Wieso nicht? Ohne sie und das Projekt wäre ich doch nicht hier.«

»Die Frage hatten wir außerdem schon.«

Ich musste ebenfalls an die Antworten denken, die wir uns bei unserem ersten Treffen dazu gegeben hatten. Wir hatten beide nicht gelogen, allerdings existierte Wahrheit in Schichten und mir war klar, dass wir beide nur oberflächenehrlich geblieben waren.

»Ja, aber das war … davor.«

»Wovor?«

Vor heute, vor dem Fingerschwur, vor einem Moment, der sich *tiefenehrlich* angefühlt hatte. »Du weißt, was ich meine. Ich fang auch an.« Ich musste nicht lang überlegen. Ich hätte Menschen aufzählen können, aber ich dachte eher an Gefühle. Und das, woran sie hingen. »Alliterationen, Wolken, Waldeinsamkeit.«

»Waldeinsamkeit als Ortsbeschreibung oder als Emotion?«, hakte Wes nach und ich musste lächeln.

»Kein Nachfragen, kein Bewerten. Jetzt du.«

Er seufzte und schloss die Augen, als müsste er sich darauf konzentrieren, in sich hineinzublicken. »Züge, Blau, Monde.«

Interessiert musterte ich ihn. »Monde? Plural?«

Er schmunzelte, ohne seine Augen zu öffnen. »Wie war das mit *kein Nachfragen, kein Bewerten*?«

Ertappt ließ ich mich zurücksinken. Wes blieb noch ein paar Minuten so sitzen, dann hob er die Lider und rieb sich mit dem Handballen über die Schläfe. »Sie nennen dich echt ihren König?«, fragte ich vorsichtig.

Er lächelte freudlos. »Sie nennen mich auch einen Bastard. Das trifft es von beidem eher, wenn du mich fragst.«

Ich zuckte wieder zusammen – weil er das Wort so nüchtern und resigniert aussprach, als wäre es keine Beleidigung, sondern ein Fakt. »Wieso sagst du so was? Wieso sagt er es?«

»Luke meinte das in einem sehr ursprünglichen Sinne. Du weißt schon, das uneheliche Kind eines Adeligen mit einer nicht standesgemäßen Frau.« Wes zögerte, dann hob er die Schultern. Als müsste er sich daran erinnern, dass es keine Rolle spielte, was er vor mir preisgab. »Rein faktisch stimmt das. Meine Eltern waren nie verheiratet. Ich bin das Ergebnis einer Affäre, die sich erst dann nicht mehr verheimlichen ließ, als … na ja, ich auftauchte. Mein Vater hätte Livia geheiratet, um seine *Pflicht zu erfüllen.* Aber sie hat dankend abgelehnt, und sie haben sich noch vor meiner Geburt getrennt. Das hat er ihr nie verziehen, schätze ich. Die Schmach, ein uneheliches Kind in die Welt gesetzt zu haben. Einen waschechten Bastard eben.«

Ich verzog das Gesicht. »Hör auf, das zu sagen.«

Wes lächelte. So müde, so falsch. »Ist doch nur ein Witz.«

»Auch wenn man ein Wort ganz oft im Spaß wiederholt, brennt es sich irgendwann ein. Und das weißt du. Also hör auf damit. Okay?«

Er erwiderte meinen Blick skeptisch, gab aber schließlich seufzend nach. »Okay.«

Ich nickte und fixierte das Mobile aus Eierlöffeln, das sich in der Mitte des Innenraums drehte. Das, was Wes gerade gesagt hatte, war mir neu. Ich hatte nur gewusst, dass er der Sohn von Edward Hastings und Livia West war. Ich hatte weder gewusst, dass seine Eltern nie verheiratet gewesen waren, noch dass sie getrennt lebten. Ich hatte mir nie wirklich Gedanken darüber gemacht, wie seine Familie war, weil ich immer nur gesehen hatte, *wer* sie war. »Davon habe ich nie gehört.«

Wes zog die Füße auf die Bank und umfasste seine Knie locker mit den Armen. »Es war kein Skandal oder so. Kein nach außen getragener zumindest. Meine Familie ist sehr gut darin, ihr Ansehen zu wahren. Und mein Vater hat seine erste Frau nicht betrogen. Eleanor war ein Jahr vor dem Beginn der Affäre verstorben. Also ... wurde einfach so getan, als wäre ich ein richtiger Hastings.« Er machte eine ausufernde Geste, von der ich nicht ganz wusste, was sie umfassen sollte. Vielleicht das Ich, das er selbst sah – und das seiner Meinung nach nicht zu dem passte, was seine Familie in ihm sehen wollte.

»Du *bist* ein richtiger Hastings.« Ich zögerte und rang mir ein Lächeln ab. »Und das meine ich nicht beleidigend.«

Wes grinste schwach und lehnte den Kopf gegen einen übergroßen Löffel. Das darin reflektierte Licht ließ sein Haar brennen, seinen Blick irgendwie auch. »Du bereust es, mit hergekommen zu sein, oder?«

»Nein. Ich fühle mich nur ... bestätigt. Und schuldig. Ich sollte nicht da sein, wo er ist. Wo ihr seid. Wenn Elsie das wüsste ...« Ich brach ab und schüttelte den Kopf. Elsie musste es nicht wissen, damit es falsch war.

»Ich bin nicht er. Und du bist nicht sie. Das alles hat nichts mit uns zu tun.«

»Du meinst, mit dem Projekt.«

Wir sahen einander an, seltsam flatterig.

Wes wandte sich zuerst ab. »Ja.«

»Indirekt schon, oder? Unsere Freunde sagen eine Menge über uns aus.«

»Luke ist nicht immer so. Er macht eine schwierige Phase durch.«

»Wirklich?« Meine Stimme klang spöttisch, ein bisschen gehässig. Ich bemerkte es selbst, noch bevor Wes die Augenbrauen zusammenzog.

»Denkst du, nur weil man Geld hat, kann es einem nicht schlecht gehen?«

Ich atmete tief durch und fixierte meine Knie. »Nein, tut mir leid. So meinte ich das nicht.«

»In seiner Familie geht's gerade drunter und drüber.«

»Dann war das, was er über seinen Vater gesagt hat, so gemeint?«

Wes nickte. »Er hat vor ein paar Wochen erfahren, dass seine Mutter von einem anderen Mann schwanger war, als sie seinen Vater geheiratet hat. Seitdem ist er ein bisschen … durch den Wind.«

Mein Bauch zog sich zusammen, ich zupfte am Saum des Pullovers. »Verständlich.«

Skeptisch musterte Wes mich. »Hätte nicht gedacht, dass du das sagst.«

»Es ist nicht schön, wie er damit umgeht. Aber ich verstehe, dass man sich, wenn man so etwas erfährt, erst mal wieder fangen muss. Ich wünschte nur, er würde während des Fallens nicht noch andere Leute mit sich reißen.«

Nichts von dem, was ich gerade gehört hatte, machte ungeschehen, was Luke Elsie angetan hatte. Doch ich konnte mich nicht dagegen wehren, dass ich einen Hauch von Mitgefühl für ihn empfand. Und noch mehr Verständnis für Wes, dass er seinen Freund in Schutz nahm. Auch wenn er offensichtlich nicht mit allem einverstanden war, was Luke tat. »Du warst gut. Vorhin, wie du mit ihm umgegangen bist … ich glaube, das hat er gebraucht.«

Wes lachte gepresst. »Ich übe seit einer Weile. Mit Luke befreundet zu sein ist manchmal ziemlich herausfordernd.«

»Letztlich sind alle Menschen herausfordernd, wenn wir uns richtig auf sie einlassen, oder? Das ist ja eigentlich das Schöne an dem Ganzen. Dass man in Beziehungen jeder Art aneinander wachsen kann und sich selbst neu kennenlernt.«

Wes schwieg dazu, aber er sah mich auf eine Weise an, die sehr viel sagte. Ich war nur nicht sicher, ob ich die Worte dahinter verstand.

Eine Weile saßen wir still nebeneinander, während sich die Geschehnisse der letzten Minuten in mir klärten. Das nagende Gefühl in mir wurde unangenehmer, je länger ich über Luke nachdachte. »Wes? Ich fühle mich schlecht wegen des Getränks. Kannst du Luke morgen sagen, dass es mir leidtut?«

Er schob die Füße von der Bank und sah mich ungläubig an. »Wieso? Du hattest jedes Recht, das zu tun.«

»Nur weil er sich so benommen hat, hätte ich nicht auf diese Weise reagieren dürfen. Ich hasse es, dass ich das gemacht habe.«

»Ich *liebe* es, dass du das gemacht hast. Es vergeht momentan kaum ein Tag, an dem ich das nicht selbst gern tun würde.«

»Wes, bitte«, setzte ich eindringlich nach.

Er schüttelte mit einem Grinsen den Kopf. »Vergiss es, May. Wir üben jetzt, dass du dich nicht für alles entschuldigen musst, okay?«

Herausfordernd neigte ich mich zu ihm vor. »Und was darf ich dann mit dir üben?«

Das Lächeln auf Wes' Lippen wurde weicher. Er beugte sich ebenfalls etwas zu mir vor, sodass unsere Gesichter nur noch zwei Handbreit voneinander entfernt waren. »Was willst du denn mit mir üben?«

Es war kein richtiger Flirt, dazu wirkte der Ausdruck in seinem Gesicht zu belustigt und … echt. Er gab sich gerade keine Mühe, etwas Bestimmtes zu sein, er *war* einfach nur. Und genau deswegen traf mich dieser Moment, der sich zwischen uns ausdehnte, derart heftig. Denn in diesem flüchtigen Augenblick, in dem wir einander direkt und offen ansahen, wurde mir bewusst: Ich sah ihn gern an. Nicht weil er aussah, wie er aussah – sondern weil ich mich fragte, wie er wirklich *war*.

Ich begann, mich für ihn zu interessieren. Auf eine ganz harmlose und unromantische Art, die sich in diesem Fall trotzdem furchtbar anfühlte. Ich interessierte mich für diesen Menschen, den ich heute unter all den Fassadenschichten erahnt hatte. Obwohl mir mehr als bewusst war, dass wir auf keiner Ebene zusammenpassten, obwohl vieles an seinem Auftreten und seinem Leben dem widersprach, was ich mochte, obwohl die Zeit, die wir miteinander verbrachten, nie etwas für die Zukunft sein würde, immer nur für einen Moment. Trotz alledem fing ich an, mich für ihn zu interessieren, trotz alledem war plötzlich dieser Wunsch in mir, ihn zu begreifen. Nicht nur in Details, sondern als großes Ganzes.

Bei jedem anderen Menschen wäre nichts von alledem verwerflich gewesen, aber bei Wes war allein der Gedanke reiner Verrat. Ich fühlte, wie ich innerlich schrumpfte, je größer der Moment zwischen uns wurde. Hitze stieg in meinen Kopf, alle Worte zerfielen auf meiner Zunge. Sie schmeckten nach Schuld, als ich schluckte.

*Elsie*, dachte ich laut.

»Wes«, sagte ich leise. Und: »Lass uns das Foto machen und zurückgehen.«

Sein Blick lag unverwandt auf mir. Ich dachte, er würde etwas dazu sagen, doch dann nickte er nur. Ich nahm mein Handy aus der Handtasche und öffnete die Kamera. *Es ist nichts passiert*, dachte ich immer wieder, *nichts Besonderes, nichts Bedeutendes*. Meine Finger zitterten trotzdem. Wes rückte ein Stück an mich heran, sein Arm berührte meinen. Mir war *so* warm.

»Verschwinden wir einfach von hier«, meinte Wes, als ich mein Handy wieder verstaut hatte. »Ich organisiere uns einen Fahrer.«

»Du kannst auch noch allein hierbleiben. Ich will keine Umstände bereiten.«

»Ich weiß. Aber auch das ist etwas, das wir üben sollten, *Lille*.« Er lächelte schief und ging an mir vorbei in Richtung Ausgang.

Dieses Mal sagte ich nichts zu dem Spitznamen, weil ich dachte, dass er irgendwie passte. Wie es aussah, konnte man mit einem Elefantengedächtnis in einem Elefanten sitzen und sich trotzdem winzig fühlen.

Die Mulberry Mansion war beinahe vollständig dunkel, als wir das Anwesen erreichten. Nur aus den Fenstern im Erdgeschoss brach dämmriges Gold. Vielleicht war einer meiner Mitbewohnenden noch im Wohnzimmer, vielleicht hatte nur jemand das Licht im Flur angelassen, damit sich das Nachhausekommen für die anderen heller anfühlte. Wir machten solche Dinge füreinander. Kleine Gesten, die nicht viel benötigten und doch alles bedeuteten.

Ich bedankte mich bei dem Fahrer, ehe ich umständlich aus dem Wagen kletterte. Wes war schon ausgestiegen und sah an der Fassade der Villa empor. Die Ranken des Blauregens waren bereits grün geworden, in ein paar Wochen würde er blühen.

Ich holte tief Luft. Es roch nach kühlem Stein und dem Garten, der die Villa von hinten umarmte. Ein Atemzug und mein Herz wurde augenblicklich leichter. Wes hingegen verzog das Gesicht, während er das Gemäuer musterte. Ich verstand nicht, wie jemand die Mulberry Mansion zum ersten Mal sehen und es nicht spüren konnte – wie besonders dieser Ort war. Auf die schönste und schützenswerteste aller Weisen.

»Ist das hier auch ein Albtraum für dich?«, fragte ich mit halbherziger Belustigung.

Wes lehnte sich mit dem Rücken gegen das Auto. »Hm. Ich mag einfach keine großen Häuser.«

Diese Aussage aus seinem Mund war so seltsam, dass ich am liebsten nachgefragt hätte. Aber sein Blick sagte mir, dass das etwas war, über das er nicht sprechen wollte oder konnte. Also entschied ich mich für die andere Art des Ausziehens und zerrte mir stattdessen seinen Pullover über den Kopf. »Du hast mich heute sehr überrascht, Wesley Hastings.«

Er lächelte. »Du mich auch, May Little.«

Ich machte ein paar Schritte auf die Tür zu, drehte mich dann noch einmal zu ihm um. Die Nachtluft ließ mich frösteln, aber Wes' Blick wirkte ziemlich warm. Vielleicht fühlte ich mich deswegen schlecht für die nächsten Worte. »Das heute Abend, dass ich mit euch unterwegs war, das bleibt unter uns, oder?«

Seine Mundwinkel sackten hinab. »Keine Sorge. Ich habe deine Bedingungen nicht vergessen. Die anderen werden es auch für sich behalten. Und … ich werde noch mal mit ein paar Leuten reden. Ich kann das Video nicht verschwinden lassen, aber ich versuche, es ein bisschen leichter für Elsie zu machen.«

Ich nickte. »Danke.« Wir wussten beide, dass er nicht verhindern konnte, dass die Leute über sie redeten, doch nach heute war mir klar, dass er zumindest seine Freunde beeinflussen konnte.

Wes schüttelte den Kopf, als wäre ihm dieses kleine Wort unangenehmer als alles andere. Er stieß sich vom Auto ab und ging auf die Rückbank zu.

Als ich schon die Tür der Villa berührte, hielt mich seine Stimme noch einmal zurück. »May.«

Ich warf einen fragenden Blick über meine Schulter. Wes

stand neben dem Wagen und umklammerte den Pullover mit den Händen. Ich fragte mich, ob er auch daran denken musste, dass der Stoff nach uns beiden roch. Und dass sich das irgendwie symbolträchtig anfühlte, da dieser Abend auf eine seltsame Weise verbindend gewesen war. Vielleicht, weil wir wochenlang krampfhaft Abstand gehalten hatten, sodass schon der kleinste Schritt aufeinander zu greifbare Nähe auslöste.

»Ich glaube, du bist so jemand«, sagte Wes.

Irritiert runzelte ich die Stirn. »Was für ein Jemand?«

»Jemand, an dem man wachsen kann.«

Bevor ich etwas dazu sagen konnte, hatte er die Tür geöffnet und stieg ins Auto. Ich starrte auf die dunkle Scheibe, bis der Wagen langsam über den Kiesweg in Richtung Tor fortfuhr. Erst als die Rücklichter nur noch dumpf im Nachtnebel leuchteten, betrat ich die Villa – und erschrak mich so sehr, dass ich leise aufschrie.

Willow stand im Flur, den Blick geradewegs auf das Fenster neben der Tür gerichtet. Ihre blonden Locken waren wirrer als sonst, das Spitzentop klebte feucht an ihrem Körper. Da war dieser Geruch von Salz, Rauch und Bier, der verriet, womit sie den Abend verbracht hatte.

»Du warst tanzen?«

»Hm.« Willow lief mit trägen Schritten ins Foyer und ließ sich auf die unterste Treppenstufe fallen. »Das war Wesley Hastings, richtig?«

Ich wich ihrem Blick aus und schlüpfte aus meinen Schuhen. »Es ist nicht das, was du denkst.«

»*Ich denke*, dass du mit Wesley Hastings unterwegs warst. Dem Typen, mit dem du vor ein paar Wochen nicht einmal ein Wort wechseln wolltest – völlig zu Recht, wenn du mich fragst.« Willow klang nicht anklagend, eher beunruhigt. Ihre Worte lösten dennoch Schuld in mir aus.

Mit verschränkten Armen ging ich auf sie zu. Die Lampe auf dem Beistelltisch neben der Treppe war an, aus dem Wohnzimmer drang das Ticken der Wanduhr. Ansonsten wirkte das Haus schläfrig. Ich fühlte mich plötzlich auch so. Müde und erschöpft, nicht mehr in der Lage dazu, etwas zu verheimlichen, das uns alle etwas anging. »Ich versuche nur, unser Zuhause zu retten«, flüsterte ich.

»Und zu welchem Preis?«

Meine Wangen erhitzten sich. »Da ist nichts. Es ist nur für die Uni. Ich erkläre es euch morgen, ja? Euch allen zusammen.«

Willows Blick tastete über mich, als könnte sie mir etwas ansehen, das mir selbst entging. »Pass einfach auf dich auf, okay? Männer wie er sind … gefährlich. Ich weiß, wie schnell es passiert, dass man sich unter ihren Blicken verändern möchte. Und ich will nicht, dass du dich veränderst. Du bist verdammt perfekt, so wie du bist.«

Ich kannte Willow seit Monaten, aber ich hatte sie noch nie so reden gehört. Ihre Stimme klang ernst, bitter und – was so untypisch für sie war – traurig. Mein Herz brach ein bisschen. »Willow«, wisperte ich.

Sie lachte heiser. »Schon klar, ich bin betrunken. Ich meine es trotzdem ernst.«

»Da ist nichts. Ehrlich nicht.«

Sie zuckte mit den Schultern. »So oder so, sag ihm, dass ich ihn umbringe, wenn er dir wehtut.«

Ich musste lächeln. »Ich werde ihm lieber keine Morddrohung überliefern. Immerhin will ich etwas von ihm.« Noch mehr Hitze in meinem Gesicht, ich räusperte mich. »Also … für die Villa.«

Willow nickte langsam und ließ dann den Kopf gegen das Geländer sacken. Ihr Gesicht wirkte blasser als sonst, unter und irgendwie auch in ihren Augen lagen tiefe Schatten.

Mein Bauch zog sich zusammen, ich presste einen Handballen darauf. »Ist alles okay mit dir, Willow?«

Sie schloss kurz die Augen, bevor sie mir schmerzhaft unecht zugrinste. »Lass gut sein. Selbst du hast mal Feierabend. Schlaf schön.« Mit einer wankenden Bewegung war sie auf den Füßen und stieg die Treppe hinauf.

Hätte Willow körperliche Nähe gemocht, hätte ich sie jetzt festgehalten. Ich hätte sie umarmt und ihr gesagt, dass ich sie lieb hatte und dass ich da war – wenn sie bereit war, darüber zu sprechen. So blieb ich schweigend stehen und sah ihr nach, bis sie verschwunden war. Ein paar Minuten später knarrte der Flur im zweiten Stock, dann eine Tür – und obwohl ich es nicht wissen konnte, wusste ich eben doch, dass es nicht ihre war, sondern Maxtons. Weil ich wusste, dass Willow, wenn sie nachts nach Hause kam, zuerst einen Blick in sein Zimmer warf. Weil ich sie einmal dabei beobachtet hatte, als ich oben im Bad war, da in unserem das Wasser nicht ablief, und weil ich dieses flüchtige Bild – Willow im Türrahmen, mit wilden Locken, verschränkten Armen und angespannten Schultern – einfach nicht vergessen konnte.

Doch ich konnte ja sowieso nichts vergessen. Und obwohl ich immer wieder dachte *nichts Besonderes, nichts Bedeutendes*, wusste ich, dass das auch für diesen Abend galt.

# 9. Kapitel

## MAY

Die weißen Wände veränderten immer wieder ihre Form.

Ich stand mitten in dem bewegten Raum, den die feuchten Laken bildeten, in einer Blase aus dem Duft unseres Rosenwaschmittels und dem der Forsythien dahinter. Seit es draußen warm genug war, hängten wir die Wäsche an den sonnigen Tagen an dünnen Sisalleinen zwischen den Bäumen im Garten zum Trocknen auf. Ich klemmte gerade die Ecke eines Deckenbezugs – blassgrünes Karomuster, Perlmuttknöpfe, Helen – unter einen Magnolienbaumzweig und befestigte die andere dicht neben einem Kissenbezug – dunkles Grau, Leinenstoff, Maxton –, als mein Handy klingelte.

Sofort spannte ich mich an und holte es aus der Tasche meiner Latzhose, aber es war nicht Mum. Kurz zögerte ich, während Elsies Name auf dem Display aufblinkte. Ich war momentan nicht in der Verfassung, eine gute Gesprächspartnerin zu sein, aber nicht dranzugehen, war auch keine Option.

Also kletterte ich vom Holzhocker und wischte mir mit dem Handrücken sonnenwarme Haarsträhnen aus der Stirn, ehe ich den Anruf annahm. »Hey, alles okay?«

Elsie seufzte. »Klar. Wenn du aufhörst, das zu fragen, ist es sogar noch besser.«

Ich rang mir ein Lachen ab, es klang genauso kläglich, wie ich mich fühlte. Seit letztem Freitag konnte ich meiner besten

Freundin nicht nur nicht mehr in die Augen sehen, sondern ihr auch nicht mehr in die Ohren sprechen. Denn ganz egal, worüber wir redeten, ich fühlte mich wie eine Lügnerin.

Das, was an jenem Abend zwischen Wes und mir passiert war, hatte nichts verändert und irgendwie doch. Es machte die Dinge leichter und schwieriger zugleich. Leichter, weil ich seither während der Treffen in seiner Nähe viel entspannter war. Ich hörte auf, hinter jeder gestellten Frage eine mögliche Falle zu wittern, hinter jedem Blick eine Abwertung, hinter jeder versehentlichen Berührung etwas, vor dem ich zurückzucken musste. Ich trug meine Mauern ab und ich spürte, dass er das auch tat. Nicht ganz, doch so, dass wir einander ansehen konnte. Wir ließen uns ein, nicht unbedingt aufeinander, aber auf dieses Projekt, das viel mehr Raum meines Alltags einnahm, als ich vorher hatte einschätzen können.

Und das waren gleichzeitig die Gründe, warum es dadurch schwieriger wurde. Denn je mehr ich mich in Wes' Nähe entspannte, desto schuldiger fühlte ich mich gegenüber Elsie. Ich wollte ihr von dem Projekt erzählen und irgendwie auch von Wes, der vielleicht nicht nur das war, was ich jahrelang in ihm gesehen hatte. Doch ich konnte nicht. Denn nichts von dem, was ich über ihn erfahren hatte, hätte etwas daran geändert, wer sein bester Freund war.

Luke haftete an Wes wie ein zweiter Vorname, bei dem man zwar nicht gerufen wurde, der aber dennoch zu einem gehörte. Er war der Schatten an seiner Seite, wenn er über den Campus lief, und der Grund dafür, dass ich noch immer jeden Blickkontakt mied, solang wir nicht allein waren. Er war das kurze Zögern, wenn ich ihn fragte, was er seit unserem letzten Treffen gemacht hatte, und die Sekunde Luftanhalten, wenn sein Name auf Wes' Handy aufleuchtete.

Luke und Elsie waren die Leerstellen in den Wahrheiten,

die wir miteinander teilten. Genau diese waren eine permanente Erinnerung daran, warum dieses Projekt für mich lieber heute als morgen zu Ende wäre.

Und ich konnte nie aufhören, daran zu denken.

An Elsie, wenn ich mit Wes zusammen war.

An Wes, wenn ich mit Elsie zusammen war.

Oder auch nur mit ihr telefonierte.

»May? Ist bei dir denn alles okay?«

Fast war ich sicher, Elsie konnte mir anhören, wie schlecht ich mich fühlte. Vielleicht atmete man lauter, wenn Schuld die Lungenflügel zusammenpresste. Ich aktivierte den Lautsprecher, ehe ich das Handy auf dem Hocker ablegte und mich nach dem Wäschekorb bückte. »Sicher. Wieso fragst du?«

»Keine Ahnung.« Elsie zögerte, im Hintergrund klapperte Geschirr. Wir telefonierten neuerdings oft, wenn sie in der Wohnheimküche frühstückte. Sie hatte es nie gesagt, aber ich ahnte, dass sie die Blicke der anderen dann besser ausblenden konnte. »Ich hab irgendwie den Eindruck, du bist weiter weg in letzter Zeit.«

Ich runzelte die Stirn, während ich einen weiteren Kissenbezug ausschüttelte – Senfgelb, Stoffkordeln, Sienna. »Das tut mir leid, El. Ich wollte dir nicht das Gefühl geben, nicht da zu sein. Für dich, meine ich.«

Durch die Treffen mit Wes hatte ich zwar mehr zu tun in letzter Zeit, allerdings achtete ich eigentlich darauf, dass sich das nicht auf mein Privatleben auswirkte. Ich hatte meine Verabredungen mit Wes schon mehrmals unterbrochen, um mich mit Elsie zu treffen, und wenn ich wusste, dass ich spät nach Hause kommen würde, erledigte ich meine Haushaltspflichten in der Villa noch vor den Seminaren. So wie heute. Nur das Lernen musste ich oft verschieben, was zur Folge hatte, dass ich seit Wochen kaum mehr als sechs Stunden schlief. Aber ich bekam das hin. Ich *musste* das einfach hinbekommen, ohne jemanden zu enttäuschen.

Elsie schluckte, ehe sie antwortete. »Das meinte ich damit nicht. Ich wäre nur gern auch für dich da, wenn was ist.«

»Das ist lieb, aber bei mir ist alles beim Alten«, versicherte ich ihr schnell. »Ich meine … es passiert nichts Besonderes.« *Nichts Bedeutendes.* Das Wort-Echo war auch nach fast einer Woche nicht zu unterdrücken. »Ein paar Sachen in der Villa sind mal wieder kaputtgegangen. Letztens kam ich nach Hause und die halbe Küche stand unter Wasser wegen eines defekten Rohrs. Und im Keller ist wieder Schimmel. Aber noch kommen wir mit dem Geld einigermaßen hin, auch wenn wir das Essensbudget kürzen mussten und Beck deswegen permanent am Rumjammern ist.«

»Habt ihr denn mittlerweile was von der Uni gehört?«

Meine Finger begannen zu zittern, während ich versuchte, zwei verhedderte Kordeln am Kissenbezug zu entwirren. Mit dem nächsten Ruck hielt ich das gelbe Stoffknäuel in den Fingern und hätte am liebsten geweint. »Tatsächlich schon, ja. Uns wurde mitgeteilt, dass unser Antrag geprüft wird.« Irgendetwas musste ich ihr sagen, immerhin würde Elsie – wenn alles gut lief – früher oder später erfahren, dass sich bei den Problemen der Villa etwas tat.

Ich hörte ihr verdutztes Keuchen, dann kaute sie ihr Müsli schneller, um antworten zu können. »Echt? Aber das ist doch toll. Und wann?«

»Das haben sie nicht genau gesagt. Bald, denke ich.« *Hoffe ich.*

Wes hatte mir immer noch nicht gesagt, wann genau er mit seiner Mutter reden würde. Fakt war, ich hatte ihn am Freitag das erste Mal länger und aufrichtig wirkend über seine Familie sprechen hören – und das, was er gesagt hatte, ließ mich vermuten, dass sein Verhältnis zu ihr komplizierter war, als ich bisher geahnt hatte. Mir war bewusst, dass ich ihn erneut fragen musste, wann er mit Livia sprechen wollte. Auch wenn sie die Fördergelder erst am Ende des Semesters anpassen könnte, wäre es für die Villa, meine Mitbewohnenden und mich besser zu wissen, woran wir waren, damit wir uns notfalls einen anderen Plan überlegen könnten. Doch immer, wenn mir die Worte auf der Zunge lagen, war da die Erinnerung an Wes' traurig wütendes Lächeln, als er erstmals vor mir ihren Namen gesagt hatte. *Livia, nicht Mum.*

»Das freut mich für euch, May.« Elsie klang so aufrichtig, ich fühlte mich so falsch.

»Danke«, brachte ich hervor.

Sie zögerte, ich hörte das Kratzen ihres Löffels am Rand der Müslischale. »Und wie ist es … im anderen Zuhause?«

Ich legte den Kopf in den Nacken und ließ das Morgenlicht über mein Gesicht fließen. Heute früh hatte ich die ersten Sommersprossen auf meinem Nasenrücken entdeckt. *Sonnenkonfetti* hatte Angus als Kind dazu gesagt, in dieser kurzen, im Rückblick kostbaren Phase, als er die weichen Worte lieber gemocht hatte als die harten. Ich blinzelte in den Himmel und vermisste die Wolken, eigentlich vermisste ich ja nur ihn.

»Ich weiß nicht genau. Ich mache mir ein bisschen Sorgen.« Es war seltsam: Menschen sagten immer *ein bisschen*, wenn sie genau das Gegenteil meinten. Als könnte man Gefühle durch zwei winzige Wörter relativieren.

»Wieso? Was ist los?«

»Meine Mutter hat mich heute ganz früh ein paarmal angerufen, aber jetzt geht sie nicht mehr dran.«

»Meinst du, es ist was passiert?«

Ich öffnete die Augen und griff nach dem Smartphone. Dabei wusste ich genau, dass sie nicht zurückgerufen hatte. Ich hatte mein Handy außerhalb der Seminare immer auf laut gestellt und selbst in diesen legte ich es mit dem Display nach oben in meine Tasche, damit ich einen Anruf bemerkt hätte. Ich genehmigte mir nur wenige Momente ohne Erreichbarkeit. Und ich fühlte mich jedes Mal schlecht dafür, erst dann das Gefühl zu haben, frei atmen zu können.

»Nein, bestimmt nicht. Es ist nur … sie ruft mich sonst nie so früh an.« Gerade als ich das Handy beiseitelegen wollte, blinkte eine Nachricht von Mum auf.

*Hat sich schon wieder erledigt. Alles gut.*

Ich zog die Augenbrauen zusammen und tippte, bevor sie das Handy wieder wegstecken konnte.

*Sicher?*

Diesmal dauerte es nur ein paar Sekunden bis zur Antwort.

*Natürlich, Liebling. Wir kommen zurecht.*

*Dann lass uns kurz telefonieren. In fünf Minuten?*

Meine Mutter war geübt im Ausweichen, aber ich kannte ihre Stimme zu gut, als dass sie mir ins Ohr lügen könnte.

*Das ist gerade ungünstig.*

Mein Kopf pochte, hundert kleine Wespenstiche, weil meine Sorgen Stacheln hatten.

*Was ist mit ihm?*

Die drei Punkte tauchten auf, verschwanden, kamen zurück und verschwanden wieder. Dann ging sie offline.

Mein Herz sackte in meinen Bauch und schlug um sich, alles zog sich zusammen. Es war ungewöhnlich, dass sie nicht mit mir darüber sprechen wollte, was passiert war. Normalerweise bat sie mich ständig um Hilfe oder Rat. Nur wenn das Problem so groß war, dass sie wusste, dass es ein längeres, für sie anstrengendes Gespräch nach sich ziehen würde, versuchte sie, es zu vermeiden.

Ich starrte noch ein paar Sekunden lang auf mein Handy, doch mir war klar, dass sie mir erst in einigen Stunden antworten würde. Erst dann, wenn sie das, was auch immer passiert war, halbwegs unter Kontrolle gebracht hatte. Zumindest so weit, dass sie sich einreden konnte, das Problem wäre gelöst. Dabei waren Menschen keine Knoten, die man aufziehen konnte. Menschen ließen sich nicht *lösen*. Sie ließen sich nur verstehen.

»May?«, drang Elsies Stimme zu mir.

Ich gab mir einen Ruck und klickte Mums Chat weg. »Entschuldige. Sie hat gerade geschrieben.«

»Ist was mit Angus?«

Ich spürte die Tränen in meiner Nasenspitze kribbeln. Elsie war der einzige Mensch in Windsbury, dem ich mehr von meiner Familie erzählt hatte. Es war an einem der Abende gewesen, an denen mich meine Mutter aufgelöst angerufen und stundenlang ins Telefon geweint hatte, bis ich selbst das Gefühl gehabt hatte, keine Luft mehr zu bekommen. Als ich mich danach mit Elsie getroffen hatte, war irgendwie alles aus mir herausgebrochen. Ich hatte mich nie dafür geschämt, dass sie mich auf diese Weise erlebt hatte. Trotzdem wünschte ich mir in Momenten wie diesem, ich hätte es ihr nie erzählt. Es war eine Sache, selbst damit umzugehen – eine andere war es zu sehen, dass es sie auch beschäftigte. Ich wollte keine Belastung sein für die Menschen, die ich liebte.

»Nein, es war nur ein Missverständnis. Alles gut.« Die Worte klangen so falsch, wie sie sich gelesen hatten.

Ein Teil von mir wollte aufspringen und nach Kettering fahren. Ich konnte nicht mehr zählen, wie oft ich in den vergangenen Monaten im Auto gesessen und das Lenkrad umklammert hatte. Angeschnallt, mein altes Zuhause als Zieladresse im Navi, Fuß am Gaspedal. Ich war nur selten wirklich losgefahren. Selten, aber oft genug, um zu wissen, dass es die Dinge nicht besser machte, wenn ich dort auftauchte. Nicht für meine Mutter, nicht für Angus, für mich sowieso nicht.

»May«, setzte Elsie sanft an, doch ich tat so, als hätte ich es nicht gehört.

»Entschuldige, aber ich sollte jetzt lieber auflegen. Ich muss noch Versailles füttern und mich umziehen, bevor ich zur Uni gehe.«

»Okay. Dann grüß das schräge Huhn von mir. Wir reden später. Hab dich lieb.«

»Hab dich auch lieb«, sagte ich, und als sie aufgelegt hatte: »Tut mir leid, tut mir leid, tut mir leid.«

Eins dafür, dass ich eine schlechte Freundin war, eins dafür, dass ich eine schlechte Tochter war, eins dafür, dass ich eine schlechte Schwester war.

Ein paar Minuten lang blieb ich dort stehen, in diesem Raum aus beweglichen Wänden, in dem ich mich nicht mehr geschützt fühlte und den ich trotzdem nicht verlassen wollte, weil es draußen nicht besser werden würde. Weil der wichtigste Raum ja irgendwie in einem selbst lag und ich mich in Momenten wie diesem fensterlos und klein fühlte.

Hilflos drehte ich die gelösten Kordeln in der Hand und dachte darüber nach, ob ich einen Faden in derselben Farbe hatte, um sie wieder annähen zu können, bevor Sienna heimkam. Das war leichter, als mich der Tatsache zu stellen, dass es Dinge gab, die ich einfach nicht reparieren konnte.

Mit pochenden Augen hängte ich die letzten Bezüge auf, klemmte mir den Wäschekorb unter den Arm und wischte die Hände an meiner Latzhose ab. Während wir am Haus gearbeitet hatten, hatte ich sie ständig getragen, und auch heute fühlte ich mich der Villa darin verbunden. Vielleicht, weil überall auf dem schwarzen Stoff Farbspritzer zu sehen waren. Manchmal dachte ich, dass wir längst genauso viel von uns an die Mulberry Mansion abgegeben hatten wie sie an uns.

Versailles' Sommergehege befand sich nur wenige Meter hinter dem Haus. Wir hatten ihr eine eigene kleine Hütte als Stallersatz gebaut. Der Bereich davor war mit Obstnetzen und Drähten als Gehege abgesperrt und bot damit Schutz vor Wetter und wilden Tieren. Versailles liebte es, draußen zu sein, aber sie freute sich auch mit einem einvernehmlichen Glucksen, wenn wir sie wieder ins Haus holten. Entweder weil das Wetter rau war oder einfach nur, weil sie uns fehlte, wenn wir ohne sie im Wohnzimmer zusammensaßen.

»Hallo, Hübsche«, sagte ich freundlich, als ich beim Gitter ankam. Eden hatte aus Holz und Drähten eine Tür gebaut, mit der man das Gehege öffnen konnte. Versailles saß dicht dahinter im Gras, als ich es aufmachte und eine Hand hineinstreckte. Sofort kam sie auf mich zu und stieß mit ihrem Kopf gegen meine Finger.

Helen sagte immer, dass Versailles in einem früheren Leben eine Katze gewesen sein musste. In diesen Momenten war ich tatsächlich versucht, dasselbe zu denken. Dabei glaubte ich nicht an Reinkarnation, Religion oder einen Gott. Allerdings glaubte ich an das Universum. Daran, dass einige Dinge passierten, weil sie passieren *mussten*, dass wir in Situationen gerieten, die uns etwas beibringen sollten, und dass uns das Schicksal mit Wesen zusammenbrachte, die dafür bestimmt waren, in unserem Leben aufzutauchen. Versailles war genau das. Wir hatten es alle gefühlt, als Eden und Avery mit der Henne aufgetaucht waren: Sie *musste* hier sein, bei uns. Weil es ein bisschen schräg war, ein Huhn als Haustier zu haben, weil Versailles noch dazu ein besonderes und eigensinniges Exemplar war und weil sie damit so gut zur Mulberry Mansion und zu uns passte.

Lächelnd griff ich nach dem Futter, das ich vorhin von der Veranda geholt hatte. Als ich in die Hocke ging und die Tür weiter öffnete, löste sich ein Draht vom unteren Balken. Ich versuchte, ihn wieder am Holz zu befestigen, aber sofort schnitt das scharfe Material in meine Haut.

Hastig zog ich die Hand zurück und begutachtete den Schnitt, aus dem Blut drang. Ich rappelte mich auf und kramte in meiner Hosentasche nach einem Papiertuch. Stattdessen stießen meine Finger erneut an mein Handy und ich konnte nicht anders, als noch einmal den Chat mit meiner Mutter aufzurufen. Ich tippte ein paar Worte, löschte sie wieder und starrte auf den blinkenden Cursor, bis er vor meinen Augen verschwamm.

In meinem Rücken gluckste Versailles. Der Ton war mir so vertraut, dass er mir ein schwaches Lächeln entlockte. Genau so lang, bis ich mich umdrehte.

Manchmal passierte etwas Schlimmes, ohne dass man es mitbekam. Da war ein dumpfes Ziehen im Bauch, eine leichte Vorahnung, die an den Nervenenden nagte, mehr aber nicht. Und später fragte man sich, wieso man es nicht gespürt und eingegriffen hatte. Ich hatte gedacht, das wäre am schmerzhaftesten: das Wissen, dass man etwas hätte verhindern können, wenn man in genau diesem Moment da gewesen wäre. Jetzt begriff ich, dass das nicht stimmte. Denn manchmal sah man dabei zu, wenn etwas Schlimmes passierte. Und man konnte absolut nichts dagegen tun.

Ich musste das Gatter und den losen Draht, der das Türfenster durchspannte, nicht sehen, um mich daran zu erinnern, dass ich es nicht geschlossen hatte. Ich wusste sowieso, dass das hier meine Schuld war. Weil es *immer* meine Schuld war, wenn die Dinge um mich herum kaputtgingen.

Hilflos sah ich dabei zu, wie Versailles' Flügel am abstehenden Draht hängen blieb, sie erschrocken aufflatterte und versuchte, sich zu lösen.

Der Ton, den sie von sich gab, als ihr Flügel sich nach hinten drehte, nistete sich tief in mir ein. Ich begriff schon währenddessen, dass ich sein Echo ewig hören würde, ebenso wie das des Emotionsstrudels, den er in mir auslöste. Eine Mischung aus Panik, Ohnmacht und Schmerz, brennend und gleichzeitig watteweich.

Ich fiel dort hinein, mein Handy zu Boden und Versailles in sich zusammen.

# 10. Kapitel

## WESLEY

Es gab ein Zeitfenster in der Uni, das ich am liebsten mochte. Nicht die morgendliche Trägheit des Campus, wenn ich vor den Kursen da war, nicht einmal die nächtliche Stille, wenn ich allein herkam, und auch nicht das erlösende »Das war's für heute« im letzten Seminar. Das alles waren gute Zeitfenster, aber das beste war dieses: die Minuten kurz bevor die Kurse anfingen, wenn die Leute aus allen Ecken des Campus hervorkamen und auf ihre Räume und Vorlesungssäle zuströmten.

Ich stand oft mitten im offenen Hof des Psychologie-Instituts und sah ihnen dabei zu, wie sie durch die Arkadenbogen eilten. Lauschte ihren schnellen Schritten auf dem Steinboden, den Gesprächsfetzen, dem gehetzten Lachen und dem Klacken der Türen, hinter denen sie schwer atmend verschwanden. In diesen Minuten vor dem Stundenbeginn wirkten all diese Menschen so, als hätten sie ein Ziel. Einen Plan. Nicht nur davon, wo sie die nächsten anderthalb Stunden sitzen würden, sondern einfach von ihrem Leben.

Mir war klar, dass sowohl meine Dozierenden als auch meine Kommilitonen dachten, ich würde ständig zu spät kommen, weil mir die Regeln egal waren oder ich weder sie noch das Studium an sich respektierte. Doch das stimmte nicht. Ich kam zu spät, weil ich genau hier stand und diese Menschen beneidete, die entschieden ein Ziel verfolgten. Als wüssten sie wirklich ganz genau, warum sie in diese Kurse gingen und was sie damit später anfangen wollten.

In meinem Leben war mir oft gesagt worden, dass ich alles haben könnte, was ich wollte. Ich begriff nicht, warum niemand zu verstehen schien, dass das absolut keine Rolle spielte, wenn ich einfach nicht wusste, *was* ich wollte. Es war, als würde ich vor der am festlichsten gedeckten Tafel der Welt sitzen und keinen Appetit verspüren. Und natürlich konnte man sich darüber nicht beschweren, während andere Menschen Hunger litten.

Es war wirklich lächerlich, wie verloren man sich fühlen konnte, obwohl einem schon als Kind ein klarer Weg vorgezeichnet worden war. Hätte ich mich einfach an diesen gehalten, wäre ich jetzt nicht hier. Ich würde in Oxford oder Cambridge Business Management oder Wirtschaftsrecht studieren wie die letzten fünf Generationen der Hastings. Stattdessen stand ich in einem verlassenen Institutshof in einer englischen Kleinstadt als Student eines Studiengangs, für den ich mich aus reiner Frustration beworben hatte und aus dem ich dieses Semester fliegen könnte.

Bis zu dem Zeitpunkt, an dem meine Professorin vor mir gestanden und mit der Exmatrikulation gedroht hatte, hatte ich nicht mal gewusst, dass mich das stören könnte. Auch wenn ich vor meiner Familie so tat, als wäre es eine willkürliche Wahl gewesen, wusste ich genau, wieso ich mich für Psychologie entschieden hatte – es war ein armseliger Grund, aber er war da. Was ich nicht wusste, war, was ich mit einem Abschluss darin anfangen sollte. Was einer der Anlässe dafür war, dass ich mir mit dem Studium bisher Zeit gelassen hatte. Natürlich sagte ich nichts davon je laut, ich wusste selbst, wie verachtenswert das klang: Ich war dreiundzwanzig, scheißprivilegiert und hatte absolut keine Ahnung, was ich mit meinem Leben anfangen wollte. *Applaus, Applaus,* was für ein Klischee.

Nachdem auch die letzte Tür zugefallen war, löste ich mich vom Brunnenrand und ging zurück in die Arkaden. In dem Kurs, dessen Anfang ich gerade verpasste, ging es um biopsychologische Prozesse im Nerven- und Hormonsystem und ich begriff erst seit ein paar Wochen wirklich, wie diese funktionierten. Seit ich Zeit mit May verbrachte, lernte ich zwangsläufig mehr. Einfach weil sie es tat und mich immer mit diesem vorwurfsvollen Blick bedachte, wenn ich mich währenddessen mit meinem Handy beschäftigte. Nur wegen ihr hatte ich den Text für heute gelesen. Ich würde mir dennoch nicht die Mühe machen, irgendjemanden damit zu überraschen, indem ich mich beteiligte. Stattdessen würde ich mich in die letzte Reihe setzen und May beim Zuhören zusehen, bis ich mich ein bisschen ruhiger und weniger verloren fühlte.

Denn so war das mit mir und der Uni: Für viele Kommilitonen waren neunzig Minuten Seminar Zeit, in der sie ein Ziel verfolgten. Für mich war es Zeit, in der ich ausblenden konnte, dass ich keines hatte.

Gerade als ich mich durch einen offenen Bogen schob, begann mein Handy in der Jackentasche zu vibrieren. Abwesend tastete ich danach und nahm den Anruf an. »Ja?«

»Ich muss also vom Handy meiner Sekretärin anrufen, damit du drangehst? Sind wir schon so weit?«

Genervt schloss ich die Augen. Gott, was für ein Anfängerfehler. Ich wusste es eigentlich besser: Anrufe nur entgegennehmen, wenn ich die Nummer kannte. Andernfalls Mailbox-Nachricht abwarten und entscheiden, ob ich mir den Rückruf antun wollte. Was in diesem Fall selten vorkam.

Dummerweise kannte mein Bruder mich in mancher Hinsicht besser, als mir lieb war. Und das, obwohl wir seit Jahren nur das Nötigste miteinander besprachen.

»Basil, wie nett.« Ich gab mir nicht mal Mühe, meinen Spott

zu verbergen. *So weit* waren wir nämlich auch schon seit einer Weile und das wusste er ebenso wie ich. »Was verschafft mir die unangekündigte Ehre?«

»Ich wollte sichergehen, dass du an das Dinner übernächsten Samstag denkst. Wie man hört, bist du insbesondere an den Wochenenden damit beschäftigt, sämtliche verbliebenen Gehirnzellen mit Alkohol auszulöschen.«

Woher er das wusste, konnte ich mir denken. Zwar hatte sich Basil seit seinem Uni-Abschluss von allen Partys ferngehalten, aber das bedeutete nicht, dass er nicht noch gute Kontakte hatte. Und das Problem mit unserer Welt war: Sie war verdammt klein.

Ich lachte unecht auf. »Witzig, unser Vater hat mir beim letzten Mal noch vorgeworfen, ich würde sie mit stupidem Sex abtöten. Ihr solltet euch ein bisschen besser absprechen. Der Dramatik zuliebe.«

Er hatte es natürlich anders ausgedrückt. Irgendwas in die Richtung, dass ich mir mit meinem promiskuitiven Verhalten jegliche Chancen auf einen guten Abschluss und das Bewahren eines letzten Rests Familienehre verbauen würde.

Ich erinnerte mich nicht mehr an den genauen Wortlaut, das tat ich selten. Sobald mein Vater mit einem Zungenschlag in diese von Vorurteilen triefende Stimmlage aus Bedauern und milder Verachtung kippte, zog sich eine Wand aus Glas zwischen uns hoch. Ich sah und hörte ihn, gedämpft und monoton, aber alles, was er mir damit vermitteln wollte, prallte an mir ab. Ich hatte meine halbe Jugend damit verbracht, so vor ihm zu sitzen: schweigend, mit leerem Blick und einem höhnischen Lächeln auf den Lippen, das sich genauso hässlich anfühlte, wie es mich vermutlich machte.

»Ich habe weder Lust noch Zeit, mir diesen Kinderkram zu geben«, sagte Basil an meinem Ohr. In diesem Augenblick klang er ähnlich müde wie unser Vater, als er mir verkündet hatte, dass er nicht mehr weiterwüsste und mich für die letzten Schuljahre nach Irland schicken würde.

Vielleicht war der Wortlaut sogar ähnlich, ich erinnerte mich auch daran nicht mehr genau. Ich war fünfzehn gewesen, hatte gerade erfahren, dass ich nicht in die nächste Stufe versetzt wurde, und in der Nacht zuvor einen seiner Oldtimer im See hinterm Haus versenkt. Ob mit Absicht oder ohne wusste ich ebenfalls nicht mehr. Meine Jugend verschwamm in meinen Erinnerungen zu einem blassroten Film aus leeren Räumen, Partys und Wut. Manchmal vor allem Wut. Manchmal nur Wut.

»In zehn Minuten muss ich ins nächste Meeting«, fuhr Basil genervt fort. »Also, denkst du an das Essen?«

»Definiere daran denken.« Dieses *Dinner* war durchaus in meinen Gedanken, seit ich die Einladung, oder besser gesagt Aufforderung, vor ein paar Wochen per Mail erhalten hatte. Ich wusste allerdings noch nicht, inwiefern das einen Einfluss auf meine Handlungen haben würde.

Basil seufzte. »Lass die Spielchen, Wesley.«

»Angst zu verlieren, Bas?«

Ich konnte förmlich vor mir sehen, wie er die Nase über den Spitznamen rümpfte. Es war ziemlich bezeichnend: Ich hasste meinen vollen Namen, mein Bruder hasste es, wenn man seinen verkürzte. Als wäre es eine Ehre, wie Grünzeug zu heißen, nur weil unser Urgroßvater das auch getan hatte.

»Wann wirst du endlich erwachsen?«

Im Hintergrund raschelte Papier. Vermutlich saß Basil in diesem Moment mit Hemd und Jackett in seinem Glaskastenbüro im Oxforder Stiftungssitz, während ich leicht verkatert durch den Arkadenhof des Psychologie-Instituts der WU schlenderte. Fünf Jahre Altersunterschied, eine Stunde

Fahrtzeit Entfernung, ein ganzes Universum zwischen uns. Daran konnten auch Blut, DNA und eine identische Kieferpartie nichts ändern.

»Definiere erwachsen werden«, erwiderte ich gelangweilt.

Manchmal konnte ich mich selbst nicht ausstehen. Aber so war das mit Rollen, die man lang gespielt hatte: Sie ließen sich nicht einfach ablegen. Ich hatte die Hülle dieses Wesleys genauso oft übergezogen wie die von dem, den ich für die Menschen auf dem Campus spielte. Wenn ich sie mir jetzt beide herunterziehen würde, wäre es wahrscheinlich, dass mein ganzes Ich daran kleben bleiben und mit abreißen würde. Vielleicht war ich längst nur noch die Rollen, die ich spielte. Vielleicht war mehr nicht übrig. Oder je da gewesen.

»Übernächsten Samstag«, wiederholte Basil, ohne auf meine Provokation einzugehen. »Dad erwartet uns um neunzehn Uhr dreißig.«

»Und das kann *Dad* mir nicht selbst sagen?« Mein Spott kippte in Verärgerung. Ich hatte seit Wochen kein Wort mit unserem Vater gewechselt. Selbst die Mail mit der Einladung zum Familiendinner war von seinem Sekretariat gekommen.

»Das würde er sicher, wenn Gespräche mit dir nicht immer dermaßen frustrierend wären.«

Ich bewegte den Kiefer, um nicht das Nächstbeste zu sagen, was mir in den Sinn kam. Immerhin befand ich mich immer noch mitten in der Uni, und obwohl die nächste Stunde lief, war mir bewusst, dass mindestens drei Leute in meiner Nähe standen und mit einem Ohr zuhörten.

»Was ist mit Ginny, kommt sie auch?«, fragte ich stattdessen gedämpft nach.

Basil gab einen Ton von sich, der ein Schnauben hätte sein können – wenn ein Hastings so etwas tun würde. »Imogen ist derzeit für die Stiftung in Paris. Sie kuratiert eine Ausstellung im Musée d'Orsay mit ein paar unserer Leihgaben. Was du wissen würdest, wenn du die Anrufe unserer Schwester bereitwilliger entgegennehmen würdest als meine.«

Gut, damit hatte er recht. Ich fühlte mich ein wenig schlecht, als ich an Ginnys verpasste Anrufe der letzten Wochen dachte. Anders als Basils ignorierte ich ihre nicht bewusst, aber ich rief sie auch selten bis nie zurück. Nicht weil ich nicht mit ihr sprechen wollte, eher weil Gespräche mit ihr immer unsere Familie einschlossen. Ginny hatte auch nach all den Jahren die Hoffnung nicht aufgegeben, dass wir eines Tages alle gemeinsam für Weihnachtskarten posieren würden.

Ich setzte zu einer Antwort an, als ich sie bemerkte: die Person, die auf der anderen Seite des Innenhofs die Arkaden betrat und mit schnellen Schritten über den Gang lief. Ihr Körper verschwand immer wieder hinter den Bogen, aber ich wusste, dass es May war. Da war etwas an der Art, wie sie sich bewegte, das gleichzeitig eindeutig sie und irgendwie anders als sonst war.

Ich runzelte die Stirn und ging auf unseren Seminarraum zu, den sie mit Sicherheit ansteuerte. »Ich muss jetzt auflegen, Basil.«

»Kann ich Dad sagen, dass du kommst?«

Normalerweise hätte ich darauf etwas erwidert, das an der Schwelle zwischen Hohn und Desinteresse balancierte, aber in diesem Moment war es mir egal, wenn ich aus der Rolle fiel.

»Ja, tu das. Wir sehen uns nächste Woche«, erwiderte ich deswegen nur und legte auf, gerade als May in den Flurabschnitt vor mir bog.

Das Erste, was mir auffiel, war, dass sie keines ihrer üblichen Kleider anhatte. Stattdessen trug sie eine schwarze Latzhose über einem gestreiften Shirt. Keine Jacke, nur ihre Korbtasche über der Schulter. Die Schnürsenkel ihrer Lackschuhe waren offen und schleiften über den Boden.

In den letzten zwei Jahren hatte ich in den Seminaren und Vorlesungen viel Zeit damit verbracht, May anzusehen. Ich kannte ihr schwarzes Haar in verschiedenen Verfassungen: hochgebunden mit Samthaargummis, in Zöpfe geflochten und zusammengehalten von Schleifen, aus der Stirn geschoben mit pastellfarbenen Haarbändern. Ich konnte mich nicht daran erinnern, es je auf diese Art gesehen zu haben. Zerzaust und ... nackt. Mehr brauchte ich nicht, um zu wissen, dass etwas nicht stimmte. Mein Blick huschte alarmiert zu ihrem Gesicht und etwas in mir verkrampfte sich auf unangenehmste Weise. Mays Augen wirkten gerötet und verquollen, ihre Nasenspitze war blass. Sie hatte geweint.

Ohne mich anzusehen, lief sie geradewegs auf die Tür neben mir zu. Reflexartig stützte ich einen Arm am Rahmen ab, um ihr den Weg zu versperren. »Was ist passiert?«

May schüttelte den Kopf und versuchte, sich an mir vorbeizuschieben. So zaghaft, dass ich mich keinen Zentimeter rührte. Stattdessen umfasste ich den Türrahmen fester, weil ich dem Impuls widerstehen musste, die Hand nach ihr auszustrecken. »May, was ist los?«

»Lass mich durch. Wir sind zu spät.« Ihre Stimme klang rau, als hätte man Wasser auf Papier getropft und zu fest darübergerieben.

Ein Teil von mir wollte ihr Platz machen, einfach weil es das Richtige gewesen wäre zu tun, was sie sagte. Aber etwas an ihrem Auftreten hinderte mich daran. Ihr ganzer Körper zitterte und ihre Wangenmuskulatur wirkte so angespannt, dass alles Weiche aus ihrem Gesicht verschwunden war. Aus irgendeinem Grund war ich sicher, dass sie kurz davor war zu explodieren. Oder zusammenzubrechen. Beide Optionen waren nichts, was ihr in einem vollen Seminarraum passieren sollte.

»Sieh mich erst an und sag mir, was los ist.« Meine Stimme klang ruhig, obwohl ich mit jeder Sekunde nervöser wurde. Ich war es gewohnt, über meine Stimmung zu wachen, viel zu oft auch über die meiner Freunde, aber nicht über Mays. Sie war immer beherrscht, rücksichtsvoll, bedacht. Mit Ausnahme des Moments, in dem sie Luke ihren Drink ins Gesicht geschüttet hatte, hatte ich noch nie erlebt, dass sie die Kontrolle verlor. Und es machte mir eine Scheißangst, nicht zu wissen, was jetzt dafür gesorgt hatte.

Sie stieß die Luft aus, dann ein paar tonlose Worte: »Geh weg. Bitte.«

»Ich lasse dich sofort durch, sieh mich einfach kurz an und versichere mir, dass alles okay ist.«

May schloss die Augen, ehe sie das Kinn hob und meinen Blick erwiderte. Einige Sekunden starrten wir einander an, dann passierte es. Aus dem Nichts brach ein so lautes Schluchzen aus ihr heraus, dass ich zusammenzuckte.

Reflexartig ließ ich den Arm sinken und machte eine Bewegung auf sie zu, doch da hatte sie sich schon umgedreht und setzte sich in die Wölbung des nächsten Arkadenbogens.

Ich ging ihr nach und sank vor ihr in die Hocke, umfasste meine Knie, um nicht ihre zu berühren. »May, ich brauche ein paar Informationen, um dir zu helfen.«

Sie weinte so heftig, dass ihr ganzer Körper bebte, trotzdem brachte sie es fertig, den Kopf zu schütteln. »Ich brauche … keine Hilfe. Mir geht es … gut.«

Ich verzog das Gesicht. »Angesichts der Tatsache, dass dieser Satz mehr ein Schluchzen war, nimm es mir nicht übel, dass ich dir das nicht abkaufe.« Ich stockte, als ich zwei Mädchen bemerkte, die den Flur entlangkamen. Auf unserer Höhe wurden sie hörbar langsamer. »Geht weiter«, sagte ich gepresst, ohne mich auch nur umzudrehen. Als ihre Schritte am Ende des Flurs verebbten, konzentrierte ich mich wieder auf May. Allein, dass sie mich wegen dieser Unfreundlichkeit nicht zurechtwies, machte deutlich, wie sehr sie durch den Wind war. Sie weinte noch immer, immerhin hatte sie aufgehört zu schluchzen. »Jetzt sag mir, was passiert ist.«

»Es bricht«, stieß sie hervor.

»Was bricht?«

Sie presste die geballten Hände gegen ihre Augen. »Alles. Ich versuche, es zusammenzuhalten, aber ... es bricht. Alles bricht auseinander und es ist *alles* ... meine Schuld.«

»Das ist doch Schwachsinn. Du bist nicht für *alles* verantwortlich, May.«

»Doch, dafür schon.«

»Wofür denn?«

Langsam senkte sie die Fäuste, ein paar Tränen rannen ihre zitternden Finger hinab. Ich hätte so ziemlich alles dafür getan, sie in meine Hände nehmen zu können und still zu halten. Nicht nur ihre Finger, auch ihre Gedanken.

Ihre Unterlippe bebte, als ein einzelnes Wort darüber rutschte. »Versailles.«

Verdutzt hob ich die Augenbrauen. »Du weinst wegen des französischen Schlosses?«

»Nein, wegen unseres ... Huhns.«

»Klar, mein Fehler. Natürlich habt ihr ein Huhn. Eine Katze wäre zu einfach gewesen, was?«

Mein halbherziger Versuch eines Scherzes verstärkte ihr Weinen aufs Neue. Beschwichtigend hob ich die Hände und ließ sie doch wieder fallen. Ich hätte sie wirklich gern berührt, aber wie jedes Mal hielt ich mich davon ab. Ich hatte May versprochen, sie nicht anzufassen, und war nicht sicher, wie streng sie diese Ansage gemeint hatte.

»Okay, schon gut. Was ist mit dem Huhn?«

Ich musste dem Impuls widerstehen, einen Witz über das Chicken Sandwich zu machen, das ich gestern Mittag gegessen hatte. Nicht weil ich irgendetwas an dieser Situation witzig fand, nur weil Humor es leichter machte, mit Angespanntheit umzugehen. Und alles hieran spannte mich an. May dermaßen aufgelöst zu sehen war unerträglich.

Sie umfasste ihren Kopf mit beiden Händen, als würde er schmerzen. Oder die Worte darin. »Das Gatter … ich war so durcheinander wegen Elsie und dir und Mum und … ich hab es offen gelassen und da war dieser Draht und … Versailles ist … ihr Flügel ist …« Die nächsten Worte zerflossen unter einem neuen Schwall von Tränen.

»May.« Konzentriert suchte ich ihren Blick und bereute es fast, als ich ihn fand. Ihre Augen glänzten, die Farbe darin zerlief, als hätte man Wasser über ein Aquarellgemälde gekippt. Etliche Nuancen Grün verschwammen zu einem Wirbel aus Farben und Emotionen. Ich dachte an das Wasser eines Waldsees und Blätterdächer im Regen, und ich fragte mich, was es über mich aussagte, dass ich in dieser Situation Zeit hatte, darüber zu sinnieren, wie hübsch sie war. Kein Make-up, das verschmieren konnte, nicht einmal Wimperntusche, die sich auf ihre Haut klebte. Nur ihr feuchtes gerötetes Gesicht mit diesen großen dunklen Augen. Nur May.

Für ein paar Sekunden verlor ich den Faden und vergaß völlig, was gerade passierte oder was ich tun musste. Dann stieß May ein heiseres Wimmern aus und ich riss mich zusammen. »Wo ist das Huhn jetzt?«

»Ich hab sie zum Tierarzt gebracht, aber ich weiß nicht … ich hab kaum verstanden, was er gesagt hat, weil ich …«

»Welcher Tierarzt?«, unterbrach ich sie schärfer als beabsichtigt. Ich wollte ihr helfen, aber so wurde das nichts. May war offensichtlich eine Meisterin darin, sich ohne Rettungsring in ihre Sorgenfluten zu werfen. Ich benötigte festen Boden, den ich ihr unter die Füße schieben konnte, keine Floskeln, die eh sofort untergehen würden.

Sie brauchte mehrere Anläufe, bis sie den Namen an einem Stück herausgebracht hatte. Es dauerte nicht lang, bis ich die dazugehörige Nummer mit meinem Handy herausgesucht hatte. Ich ging ein paar Schritte zur Seite, gerade so weit, dass ich May noch im Blick behalten konnte, dann wählte ich.

»Wesley Hastings«, sagte ich fest, als der Anruf entgegengenommen wurde, und spürte sofort, wie mein Puls sich beruhigte.

Ich hasste diesen Namen, aber bei wichtigen Gesprächen stellte ich mich damit vor, als wäre er ein versteckter Code. Es lag nicht daran, dass jeder in diesem Land wusste, wer ich war – so außergewöhnlich war der Name Hastings nicht. Es lag schlichtweg daran, dass ich mich dadurch selbst daran erinnerte, wer ich war. Wer ich *angeblich* war. Ich war damit aufgewachsen, dass mein Name eine Rüstung war. Etwas, das die Menschen vor mir zurückweichen ließ und mich gewissermaßen unverwundbar machte. Er verlieh mir eine protzige Auswahl von Attributen: Respekt, Macht, Überlegenheit, Unnahbarkeit. Nichts davon hatte ich je verdient oder gewollt, doch von Zeit zu Zeit waren sie dennoch nützlich. Ich sagte meinen Namen und schlüpfte damit in die eigentliche Rolle, die mir bei meiner Geburt zugedacht worden war und deren Skript sich mir nie erschlossen hatte. Meine Kindermädchen hatten mir früher Floskeln um die Ohren gehauen, die sich irgendwann wie Glaubenssätze in meinen Kopf eingebrannt hatten. In schwachen Momenten spürte ich sie immer noch aufglühen, als würde jemand das Brandeisen erneut in meine Schläfen pressen.

*Einen Hastings lässt man nicht warten.*

*Einem Hastings fällt man nicht ins Wort.*

*Einem Hastings widerspricht man nicht.*

Ich konnte mich selbst nicht leiden, wenn ich zu *einem Hastings* wurde. Es ersparte mir allerdings eine Menge Zeit, den Menschen auf diese Weise zu begegnen. Kein höflicher Small Talk, nur konkrete Fragen und klare Anweisungen. Ich machte mir keine Illusion: Sie ließen mich allein deswegen nicht warten, um mich schnellstmöglich wieder loszuwerden – weil es ihnen unangenehm war, mit jemandem zu sprechen, der dermaßen fordernd auftrat. Ich war mir dessen bewusst, weil ich dasselbe seit Jahren in Gesprächen mit meinem Vater tat, wenn er mich auf diese Weise behandelte.

Es dauerte keine fünf Minuten, dann hatte ich alles, was ich wissen musste. Ich verstaute das Handy in meiner Manteltasche und ging zurück zu May. Sie hatte ihre nackten Unterarme umschlungen und wirkte derart verloren, dass sich das krampfige Gefühl in meiner Brust verschlimmerte.

»Du kannst dich beruhigen. Dem Huhn … Versailles geht es so weit gut.« Es wäre netter gewesen, sanfter zu sein, aber Sanftheit klang immer nach Mitleid und nicht nach Fakten. Und ich war mir relativ sicher, dass May jetzt am dringendsten die Gewissheit brauchte, dass ich die Wahrheit sagte. »Der Flügel ist gebrochen, sie schienen ihn und geben ihr Schmerzmittel. Ich hab veranlasst, dass sie noch einige allgemeine Tests durchführen, um auszuschließen, dass sie sich innere Verletzungen zugezogen hat. Sie kann in ein paar Stunden abgeholt werden.«

May blinzelte mehrmals, wodurch sich die letzten Tränen aus ihren Augenwinkeln lösten. Mit fahrigen Bewegungen stand sie auf und wischte sich die herausgefallenen Haarsträhnen hinter die Ohren. »O… okay?«

»Okay«, bestätigte ich und betrachtete sie skeptisch. Kurz zögerte ich, dann gab ich mir einen Ruck. »Darf ich dich anfassen?«

»Was?« Es klang fast panisch, auf jeden Fall peinlich berührt.

Gegen meinen Willen musste ich grinsen. »Kein Grund, rot zu werden, *Lille*. Ich meine das auf eine sehr platonische Ich-will-nicht-dass-du-umkippst-Weise.«

»Ich kippe nicht …« Noch während sie es sagte, ging sie zwei Schritte und stolperte prompt über ihren Schnürsenkel.

Reflexartig umfasste ich ihre Schultern und zog sie ein Stück an mich heran. »Ich werte das jetzt als ein Ja, das du jederzeit widerrufen kannst, einverstanden?«

Ihr Körper verkrampfte sich kurz unter meiner Berührung, im nächsten Moment lehnte sie sich vorsichtig gegen mich. »Okay?«, flüsterte sie.

»Okay«, wiederholte ich und nahm ihr die Tasche ab. »Dann bringe ich dich jetzt zu mir, in Ordnung?«

»Was, wieso?«

»Weil du in diesem Zustand nicht ins Seminar gehen kannst, du könntest dich sowieso nicht konzentrieren. Zu mir ist es schneller als zu dir, und dort bist du nicht in Versuchung, dich direkt wieder um irgendwas zu kümmern. Du musst runterkommen und dich ausruhen. Oder willst du, dass euer Huhn dich in dieser Verfassung sieht, wenn du es abholst?«

May wich zurück und verschränkte die Arme. »Es geht mir gut.«

Ich stieß ein frustriertes Knurren aus. »Ernsthaft, du machst mich wahnsinnig. Hör endlich auf, das zu sagen, wenn es ganz offensichtlich nicht der Wahrheit entspricht.«

Sie zuckte zusammen, obwohl meine Stimme beherrscht

und gedämpft klang. Ich war fast sicher, dass die Menschen um sie herum sie für gewöhnlich noch viel mehr in Watte packten. Ich verstand das sogar. May hatte etwas an sich, das dafür sorgte, dass man sie vor allem Lauten und Schlimmen in der Welt beschützen wollte. Aber ich wurde das Gefühl nicht los, dass man sie irgendwie auch vor sich selbst beschützen musste, und das funktionierte nicht, wenn man nie Klartext mit ihr sprach.

»Also gut«, gab sie zögerlich zu. »Es geht mir wirklich nicht so toll. Aber das Seminar heute Mittag ist wichtig. Ich kann es mir nicht leisten, das zu verpassen.«

»Ich bringe dich in meine Wohnung und komme dann wieder her. Du kannst dir später meine Notizen ansehen.«

Sie stieß ein klägliches Schnauben aus. »Du schreibst nie mit, Wes.«

Ich grinste. »Es gibt für alles ein erstes Mal. Du wärst überrascht, wie hübsch meine Handschrift ist. Ich hab nicht umsonst Kalligrafie-Finger.«

»Ich dachte, du hast Klavier-Finger.«

»Einigen wir uns darauf, dass es sehr schöne Finger sind. Beiß sie mir also bitte nicht ab, wenn ich dich jetzt damit berühre, ja?«

May schnaubte erneut, aber sie zuckte nicht zurück, als ich meinen Arm über ihre Schultern legte. Stattdessen spürte ich, wie sie sich mit jedem Schritt mehr gegen mich lehnte.

Wir verließen den Campus, ohne ein einziges Mal den Körperkontakt zu unterbrechen. Obwohl wir mitten in der Uni waren, obwohl wir ein paar Menschen begegneten, obwohl ich immer noch ich war und sie sie. Und ich hätte es nicht erklären können, aber dieses Obwohl fühlte sich anders an als alles, was bisher zwischen uns passiert war.

*Projektrelevanter*, hätte ich denken sollen.

*Echter*, dachte ich.

In meiner Wohnung roch es nach dem Rest des Currys von gestern Abend und der frisch gewaschenen Wäsche, die auf einem Ständer den Flur blockierte. Mays Blick hing kurz an meinem ungemachten Bett, doch noch bevor ich es ihr anbieten konnte, ging sie zum Sofa. Sie zog die Beine auf das Polster und umfasste ihre Knie, während ihre Augen unruhig durch den Raum huschten.

Meine machten automatisch dasselbe. Ich mochte meine Wohnung, aber ich war es nicht gewohnt, Besuch zu haben. Meine Freunde bevorzugten größere Räumlichkeiten, wenn wir uns trafen, und Frauen lud ich nicht hierher ein, sofern es sich vermeiden ließ. Es war leichter und freundlicher zu gehen, als jemanden zum Gehen zu bringen. Und egal, wie ich manchmal sein konnte: Wenn ich mit jemandem schlief, benahm ich mich anständig. Ich hatte nicht oft zugehört, wenn Livia mich während der Ferien zugetextet hatte, als wollte sie ihren ganzen Erziehungsauftrag in ein paar Wochen quetschen. Doch einiges war hängen geblieben, und dazu gehörte: Sex bedeutet Respekt. Davor, währenddessen und danach.

»Wes?«

Ich fühlte mich unangebracht ertappt, als ich mich zu May drehte. »Hm?«

»Hat der Tierarzt gesagt, wie teuer das wird? Ich muss wahrscheinlich noch zur Bank, um …«

»Lass mal.« Ich ging zu ihr und setzte mich auf die Sofalehne. »Das ist erledigt.«

»Was?«, hakte sie irritiert nach – oder misstrauisch.

Innerlich seufzte ich. Mir war klar, wie das jetzt ablaufen würde. »Die Rechnung ist bereits bezahlt.«

May streckte die Beine aus und richtete sich auf. »Du kannst doch nicht …«

»Hör mal«, unterbrach ich sie und rutschte von der Lehne

aufs Polster, um ansatzweise mit ihr auf Augenhöhe zu sein. Ich wusste so oder so, wie überheblich das Folgende klingen würde. »Meiner Familie gehört ungefähr ein Zwanzigstel Englands. Das Vermögen, über das ich theoretisch verfügen könnte, ist so groß, dass weder ich noch meine Kinder, Kindeskinder oder Kindeskindeskinder jemals arbeiten müssten. Ich kann es mir leisten, die Arztrechnung für ein tollpatschiges Huhn zu zahlen.«

Vor ein paar Wochen wäre May bei dieser Ansage sicher rot angelaufen – vor Wut oder Empörung. Jetzt entlockte sie ihr nur ein müdes Augenverdrehen. »Du bist manchmal so ein Snob.«

Belustigt zuckte ich mit den Schultern. »Ich sage dir nur, wie es ist.«

»Trotzdem. Nur weil du es dir leisten kannst, heißt das nicht, dass du es dir leisten *musst*. Das ist nicht deine Angelegenheit.«

»Ich mache es zu meiner.«

Sie fixierte mich mit ihren verquollenen Augen. »Wieso?«

Tja, *wieso*? Weil ich sie seit Jahren in denselben abgetretenen Schuhen sah? Weil ich wusste, dass sie sich nur mit mir traf, weil ihr und ihren Freunden das Geld für ihr Zuhause ausging? Weil May weinen zu sehen so ziemlich das beschissenste, aber auch … intensivste Gefühl ausgelöst hatte, das ich seit Langem empfunden hatte? Weil ich etwas für sie tun wollte und Geld die einzige Art zu helfen war, die meine Familie mich gelehrt hatte? Weil ich überfordert war und es nicht besser konnte als … so? Da war zu viel *weil* für eine simple Antwort. Also rieb ich mir mit dem Handballen über die Schläfe und wich ihrem Blick und der Frage aus. »Willst du nicht einfach Danke sagen?«

»Ich habe nicht gesagt, dass ich es annehme.«

Es war sehr bezeichnend, dass dieser freundliche und hilfsbereite Mensch nur dann unerträglich stur wurde, wenn es um das Abwiegeln von Freundlichkeit und Unterstützung für sich selbst ging. Es überraschte mich nicht im Geringsten, dass wir dieses Gespräch führten, es nervte mich trotzdem.

Ich kniff mir in die Nasenwurzel. »Ist dir eigentlich bewusst, was du da schon wieder tust?«

»Was meinst du?«

Ich ließ die Hand sinken und drehte mich so zu ihr, dass wir einander direkt ansahen. »Du kannst gleichzeitig weinen und beteuern, dass es dir gut geht. Du entschuldigst dich für Dinge, die nicht deine Schuld sind. Du blockst ab, wenn dir jemand Hilfe anbietet. Du lächelst, wenn du merkst, dass sich jemand um dich Sorgen macht. Du willst für alle da sein. Aber gleichzeitig lässt du nicht zu, dass jemand für dich da ist. Ich weiß, dass du bestimmt denkst, dass dich das zu einem angenehmen Menschen macht, aber es macht dich irgendwie auch zu einem unvollständigen Menschen. Wenn du den Leuten um dich herum nie deine Schwächen zeigst, dann zeigst du ihnen nie alles von dir. Und darum geht es doch, oder? Nicht nur in diesem Projekt. Vor allem auch in … Beziehungen.« Ich verdrehte die Augen, als ich ihren Blick bemerkte. »Jetzt sieh mich nicht so anklagend an. Irgendjemand muss dir mal sagen, dass dein Helfersyndrom extrem selbstzerstörerisch und nervig ist. Dafür ist dieses Experiment doch da, oder? Um ehrlich miteinander zu sein.«

Es war ziemlich offensichtlich, dass in diesem Moment mehrere Impulse in ihr gegeneinander kämpften. Der Teil, der für das Funkeln in ihren Augen verantwortlich war, wollte mir etwas an den Kopf werfen. Etwas, das vermutlich auf die sanfteste aller Weisen beleidigend gewesen wäre und dazu geführt hätte, dass sie sich danach schlechter gefühlt hätte als ich. Der Teil hingegen, der ihre gerunzelte Stirn auslöste, fühlte sich bereits schlecht und wollte sich bei mir entschuldigen. Wofür auch immer. Es war absurd: Ich kannte May noch nicht lang, aber ihre Persönlichkeit war dermaßen einnehmend und … stark, dass es einfach unmöglich war, sie nicht wahrzunehmen.

Schließlich wischte sie sich mit dem Handrücken über die Wange. »Du bist trotzdem manchmal ein Snob.«

Ich gab mir Mühe, das aufkeimende Lachen in mir zu unterdrücken. Der Versuch führte zu einem kurzen, heiteren und ehrlichen Ton, der mich selbst erschrak: Ich *gluckste*. Am liebsten hätte ich den Mund verzogen, doch da bemerkte ich das zarte Lächeln, das sich auf Mays Lippen schob. Und plötzlich war es irgendwie erträglich, ein bisschen peinlich zu sein.

»Hab nie was anderes behauptet.« Ich griff nach der Wolldecke, die noch von ihrem letzten Besuch über der Sofalehne hing, und legte sie ihr auf den Schoß. »Jetzt schlaf. Ich bin gegen vier zurück, fahr dich zur Praxis und dann nach Hause.«

»Du musst nicht …«

Ruckartig lehnte ich mich zu ihr vor, bis unsere Nasenspitzen dicht voreinander schwebten. »Beende diesen Satz besser nicht.«

May blinzelte, ihr Blick flatterte von meinen Augen zu meinem Mund und wieder zurück. Kurz nur, mehr Reflex als bewusste Bewegung. Mein Magen verknotete sich trotzdem leicht, während ich aufstand und mich von ihr entfernte. Erst als ich schon den Flur erreicht hatte, hielt mich ihre Stimme noch einmal auf. »Wes?«

»Hm?«, machte ich im Umdrehen.

Mays Blick lag auf mir. Erschöpft, traurig, verlegen, aber auch irgendwie … erleichtert. Als wüsste sie selbst, dass sie es sich nicht erlaubt hätte, durchzuatmen, wenn ihr niemand die Sauerstoffmaske auf den Mund drückte.

»Das wäre zwar alles nicht nö…« Sie brach bei meinem warnenden Blick ab und betrachtete die Decke auf ihrem Schoß. »Danke.«

Das Lächeln nistete sich auf meinen Lippen ein, bevor ich es schaffte, mich wegzudrehen. »Gern geschehen.«

Vor dem Haus blieb ich stehen, legte den Kopf in den Nacken, atmete ein paarmal tief durch und wartete darauf, dass die kühle Frühlingsluft mein Inneres klärte.

May studierte seit zweieinhalb Jahren mit mir an der WU. Zweieinhalb Jahre, in denen ich sie zwar gern angesehen, aber nie den Drang verspürt hatte, mehr zu tun. Mit ihr zu reden, Zeit zu verbringen oder ihr näherzukommen, auf welche Art auch immer. May war Kunst gewesen. Ein Gemälde, das ich mir aus der Ferne ansah und irgendwie schön fand, das jedoch so abstrakt wirkte, dass ich von ihm keine Anziehung spürte.

Genau deswegen war ich überzeugt davon gewesen, sie wäre die Richtige für dieses Projekt. Die beste Voraussetzung, damit wir beide herauskamen, wie wir hineingegangen waren: minimaler Einsatz und keine Folgen. Der *leichteste* Weg.

Das Problem war, dass ich langsam Zweifel daran bekam, ob das funktionieren würde. Seit letztem Freitag bei der Party bröckelte Mays Fassade aus Freundlichkeit und Ausgeglichenheit, und gerade eben war sie komplett eingestürzt. Normalerweise schreckte mich Emotionalität eher ab, aus dem einfachen Grund, dass ich mir jahrelang antrainiert hatte, auf Gefühlsausbrüche mit Distanz zu reagieren. Doch jetzt verspürte ich nicht im Ansatz den Impuls, mich von May zu distanzieren. Ganz im Gegenteil.

Das Gemälde war noch da, aber die Farben begannen, ineinander zu zerlaufen. Und das reichte aus, damit ich näher kommen und genauer hinsehen wollte. Um … zu begreifen.

Es interessierte mich, warum sie so war, wie sie war.

*Sie* interessierte mich.

So eine Scheiße.

# 11. Kapitel

## MAY

Die Lichtung war eine Milchstraße. Unendlich viele weiße Blütenköpfe ragten aus dem weichen Gras hervor. Eine Galaxie aus Milchsternen mitten im Wald; ich glaubte nicht, dass es etwas Schöneres geben konnte. Maxton hatte mir gesagt, wie sich die Blumen nannten, als ich eine Zeichnung davon in seinem Zimmer entdeckt hatte. Ich hätte gern ein Foto für ihn gemacht, aber dies war einer der seltenen Momente, in denen ich mein Handy bewusst nicht mitgenommen hatte.

Nach dem Aufstehen hatte ich in der stillen Küche gefrühstückt und einen Zettel für meine schlafenden Mitbewohnenden auf den Küchentisch gelegt, ehe ich die Villa verlassen hatte. Die Sonne war gerade aufgegangen und hatte den ganzen Wald in einen bronzefarbenen Ton gefärbt. Mittlerweile war das Licht intensiver und wärmer geworden. Ich wusste nicht, wie lang ich schon hier saß, aber der Blütenkranz in meinen Händen wurde immer dichter.

Obwohl es ein Samstag war und ich seit Stunden unterwegs, war ich niemandem begegnet. Manchmal schien es so, als würde der Wald hinter unserem Anwesen auch zur Mulberry Mansion gehören: die große wilde Schwester unseres Gartens. Die anderen kamen nur selten mit, wenn ich so weit hineinging, aber eigentlich war mir das recht. Es gab keinen besseren Ort, um allein zu sein. Vielleicht, weil man sich hier, mitten in der ungebändigten Natur, nicht richtig allein fühlte. Eher als Teil von etwas Großem, Schönem. Wenn ich mich in diesem Kokon aus Blätterrauschen, Vogelgezwitscher und Insektensummen bewegte, wurden meine Gedanken automatisch leiser. Und manchmal brauchte ich das. Gerade an Tagen wie diesen. Es war nämlich nicht nur ein Samstag. Es war *der* Samstag, den Wes gestern in seiner Textnachricht spöttisch als *Mayday* bezeichnet hatte.

Das war Teil des Projekts: ein Tag, an dem ich nur das tat, was ich am liebsten machte – und ihn daran teilhaben ließ. Eigentlich sollte das leicht sein, ich fühlte mich dennoch befangen. Wir hatten uns nicht mehr außerhalb der Uni gesehen, seit er Versailles und mich vor ein paar Tagen an der Mulberry Mansion abgesetzt hatte. Sie mit gebrochenem Flügel, mich mit angeknackstem Herzen.

Was er an diesem Tag für mich getan hatte, war nett gewesen. *Zu* nett. Nicht nur, weil Wes normalerweise vieles war, aber nicht unbedingt … nett, sondern auch, weil gut fünfhundert Pfund nichts waren, was als freundliche Geste durchging. Ich wusste, dass das Geld für ihn keine Rolle spielte, für mich tat es das allerdings schon. Am liebsten hätte ich es ihm sofort zurückgezahlt, doch das würde voraussetzen, dass ich es gehabt hätte.

Die Art, wie er mit mir umgegangen war, war sowieso nicht mit Geld aufzuwiegen. Ich war vom Weinen so erschöpft gewesen, dass ich fast vier Stunden auf seinem Sofa geschlafen hatte und erst aufgewacht war, als er aus der Uni zurückkam. Mit einer Tüte Mini-Muffins und diesem unvertrauten Ausdruck von besorgter Strenge in den Augen. Seine Notizen waren zwar nicht halb so ausführlich, wie meine es gewesen wären, aber ich hatte sehen können, wie viel Mühe er sich damit gegeben hatte. Das war irgendwie schön und gleichzeitig furchtbar. Mein schlechtes Gewissen lag seitdem zentnerschwer auf meinem Brustkorb und presste sich bei jedem Pulsschlag in mein Herz.

Ich fühlte mich schlecht, weil Versailles wegen mir eine Schiene tragen musste, weil meine Mitbewohnenden sich wegen mir um sie sorgten, weil Wes wegen mir Geld und Zeit verloren hatte. Ich hatte versucht, herauszufinden, wie ich es wiedergutmachen konnte, aber jedes Mal, wenn ich auch nur einen Satz in diese Richtung angefangen hatte, hatte Wes mich so warnend angesehen, dass ich verstummt war. Er wollte das Thema einfach vergessen. Offenbar war ihm immer noch nicht bewusst, mit wem er neuerdings Zeit verbrachte.

Als die Sonne schräg über den Baumwipfeln stand, war der Kranz fertig. Ich setzte ihn mir auf und watete vorsichtig durch die falschen Sterne unter diesem wolkenlosen Waldhimmel. Wenn es so etwas geben konnte, dann konnte ich womöglich auch einen ungezwungenen Tag mit Wesley Hastings in der Mulberry Mansion verbringen.

Ich sah die Umrisse der anderen am Esstisch, als ich die Veranda erreichte. Zwar frühstückten wir nur sonntags offiziell gemeinsam, trotzdem saßen immer ein paar von uns auch samstagmorgens beisammen, wie wir es unter der Woche meistens abends taten.

Ich hatte es ihnen nie gesagt, aber mir bedeutete das mehr als alles andere. Dieses Wissen, dass wir, wann immer es ging, an einem Tisch zusammenkamen. Dass wir füreinander kochten, uns unsere Lieblingssnacks mitbrachten und an die Allergien und Vorlieben der anderen dachten. Dass wir Rück- und Vorsicht auf- und füreinander nahmen.

Ich brauchte mein Studium nicht, um zu wissen, warum ich jedes Mal diesen Stich von Wehmut spürte, wenn ich mit ihnen zusammensaß und in ihren durcheinandergeratenen Gesprächen versank. Es lag daran, dass ich jahrelang Tische gedeckt hatte, an die sich letztlich niemand gesetzt hatte, weil ich einfach nicht aufhören konnte zu hoffen. Zu hoffen, dass wir eine Familie sein konnten, die sich Mühe gab. Aber meine Eltern gaben sich weniger Mühe als … einander auf. Und – ich dachte das nur in sehr traurigen Momenten – uns auch. Angus und mich. Doch trotz allem waren wir beide noch da gewesen, füreinander. Bis ich dasselbe getan hatte wie meine Eltern. Aufgeben statt Mühe geben. Loslassen statt zusammenhalten. Gehen statt bleiben.

Ich blinzelte die Erinnerungen weg, ehe ich die Verandatür aufschob. An meinen Schuhen haftete Erde vom Waldboden, auf meinem Kopf saß immer noch die Sternenkrone.

»Hallo, ihr.«

Sofort richteten sich mehrere Blicke auf mich. Erst da fiel mir auf, wie still es war. Stirnrunzelnd sah ich zwischen meinen Mitbewohnenden hin und her. Bis auf Maxton und Beckett waren alle hier und wirkten seltsam angespannt. »Ist alles …«, setzte ich an und brach ab, als meine Augen beim letzten Stuhl angekommen waren. Im ersten Moment wirkte er wie ein Pixelfehler vor der dunklen Tapete. Alles an ihm war so hell: die Haare, die Wimpern, sogar das Leinenhemd, das er trug. Nur sein Gesichtsausdruck passte zu den schwarzgrünen Wänden unseres Esszimmers.

Wes hatte die Arme vor der Brust verschränkt und sah mich so undeutbar an, dass ich mich leicht verkrampfte. Das erklärte zumindest die Stimmung im Raum. Zwar hatte ich den anderen mittlerweile von meinem Deal mit Wes erzählt, doch begeistert waren sie davon nicht. Oder von ihm. Ich hatte ihnen auch gesagt, dass Wes heute herkommen würde, allerdings hatte ich vorgehabt, das Ganze besser zu … begleiten. Angesichts der Tatsache, dass nicht einer meiner Freunde es schaffte, mit ihm an einem Tisch zu sitzen und zu lächeln, wäre das wohl besser gewesen.

»Wie lang bist du schon hier?« Wes und ich waren um elf Uhr verabredet gewesen. Ich war sicher gewesen, noch genügend Zeit zu haben.

»Eine halbe Ewigkeit, glaub mir«, kommentierte Willow trocken. Sie saß gegenüber von Wes und starrte ihn so grimmig an, dass ich gern die Vase mit den Brombeerzweigen aus dem Garten zwischen sie gestellt hätte.

»Tut mir leid, hab die Zeit vergessen. Wie spät ist es?«

»Wir waren vor zwanzig Minuten verabredet. Ich hätte dich angerufen, wenn du dein Handy mitgenommen hättest bei … was auch immer du da draußen überhaupt gemacht hast.« Wes sah mit gerunzelter Stirn von den Blumen in meinem Haar hin zu dem erdigen Saum meines veilchenblauen Kleides.

Schuldbewusst nahm ich den Kranz vom Kopf und legte ihn auf dem Tisch ab. »Es tut mir leid, dass du warten musstest. Ehrlich. Haben die anderen dir Kaffee angeboten?«

»Haben wir. Und wir haben Willow sogar davon abgehalten, reinzuspucken«, murmelte Sienna zynisch und fing sich dafür einen Seitenknuff von Helen ein.

»Es geht nicht darum, dass ich gewartet habe«, erwiderte Wes ungläubig. »So was kannst du einfach nicht machen.«

»Was meinst du denn? Wieso bist du wütend?«

»Wieso ich …« Wes atmete tief durch und umfasste die Tischplatte mit beiden Händen. »Du kannst doch nicht stundenlang allein im Wald verschwinden, ohne jemandem zu sagen, wohin du genau gehst, oder wenigstens dein Handy mitzunehmen. Was, wenn dir was passiert? Wenn du in einen Graben fällst oder dir den Knöchel verstauchst oder dich irgendwas angreift?«

»Angriff der Killerkaninchen«, spottete Willow und schob

sich einen Apfelschnitz zwischen die Zähne. »Dafür sind die Wälder von Windsbury bekannt.«

Wes warf ihr einen funkelnden Blick zu. Seine Kiefermuskulatur arbeitete schwer, als wäre er kurz davor, etwas wenig Freundliches zu erwidern.

»Es tut mir leid, dass du besorgt warst, okay?«, sagte ich beschwichtigend. »Ich wollte nur raus, also … so ganz. Das mache ich manchmal.«

»Haben wir ihm auch erklärt. Er ist trotzdem fast die Wände hochgegangen«, bemerkte Eden vom Ende des Tischs, ohne von seinem Buch aufzusehen. Ich ahnte, dass er nur Avery zuliebe hier sitzen geblieben war, nachdem sie mit dem Frühstück fertig gewesen waren. Zwar verbrachte er seit Neujahr deutlich mehr Zeit mit uns als zuvor, aber noch immer war er es, der am meisten zumachte. Seine Tür und irgendwie auch sich selbst. Insbesondere, wenn die Stimmung angespannt war, zog er sich gern ganz zurück.

»Ich finde, Wesley hat nicht unrecht«, meinte Avery. »Mir wäre auch wohler, wenn ich wüsste, dass du ein Handy dabeihast. Nur zur Sicherheit. Man kann nie wissen.«

Willow schnaubte. »Na klar. Am besten pflanzen wir ihr einen Ortungschip ein. Gott bewahre, dass May etwas machen darf, von dem wir nicht wissen.«

Avery grinste ihr über den Rand ihres Bechers hinweg zu. »Schön, dass du das auch so siehst. Deinen hab ich dir heute Nacht implantiert.«

Ich wollte lächeln, aber noch immer spürte ich Wes' drückende Gefühlsdecke auf mir lasten. »Also … jetzt bin ich hier. Lass uns erst mal rausgehen, ich zeig dir den Garten.«

Widerwillig stand Wes auf und folgte mir zur Verandatür. Als ich sie gerade hinter uns schließen wollte, nahmen die anderen das Gespräch wieder auf.

»Bin ich die Einzige, die das Bedürfnis hat hinterherzugehen?«, hörte ich Willow murmeln und dann gerade noch so Siennas gelachte Antwort: »Keine Sorge, May ist viel zu clever für *so was.*«

Ich verzog den Mund und bedeutete Wes, mir in den Garten zu folgen. Der April war so schnell sonnenschwer geworden, dass bereits alles anfing zu blühen. »Entschuldige, sie meinen es nicht so.«

Er seufzte und vergrub die Hände in den Hosentaschen. Er hatte seine Jacke nicht übergezogen und ich konnte sehen, dass sich auf seinen Unterarmen eine Gänsehaut ausbreitete. »Tun sie doch. Ich kann's ihnen nicht mal verübeln. Ich war nicht gerade freundlich in der letzten halben Stunde.«

»Tut mir wirklich leid, dass du dir Sorgen gemacht hast. Aber das musst du nicht.«

Wes bedachte mich mit einem resignierten Seitenblick. »So funktioniert das mit Gefühlen nicht, May.«

Ich blinzelte. Weil er das Wort so einfach benutzte, als wäre nichts dabei. *Gefühle.* Ich hätte gern gewusst, welches Gefühl er als Erstes nennen würde, wenn ich ihn nach denen für mich fragen würde. Spott, hätte ich am Anfang geraten, später Frustration. Mittlerweile waren sicher mehr dazugekommen. Genervtheit, Bedauern … und, so unangebracht und seltsam es auch war, Verantwortung?

Bei mir wäre die Antwort so viel leichter: Schuld.

»Nein.« Ich bog nach links in einen der Weidentunnel. »Tut es wahrscheinlich nicht.«

»Kannst du das nächste Mal einfach ein Handy mitnehmen?«, fragte Wes nach ein paar Minuten, während wir die Wiese mit den Kalksteinstatuen passierten.

Ich musste lächeln, weil seine Frage so klang, als wüsste er die Antwort längst. Wir machten dieses Projekt noch nicht lang, aber in manchen Belangen konnten wir einander mittlerweile überraschend gut einschätzen.

»Ich kenne mich im Wald aus, Wes. Mir passiert schon nichts. Außerdem wirkt die Natur am besten, wenn du dich auf sie einlässt. So richtig, ohne Ablenkung, ohne Häkchen, die einen mit dem Alltag verbinden, verstehst du?«

»Versteht das irgendjemand?«

»Komm, ich zeig's dir.« Ich berührte eine Steinfrau an der halb abgeschlagenen Hand, ehe ich nach rechts abbog. Hinter einem Dickicht blühender Kirschpflaumen zeichnete sich das blassblaue Gartentor ab.

»Was hast du …«

»Mein Tag, Wes«, unterbrach ich ihn und warf ihm ein Lächeln zu. »Kein Nachfragen, kein Bewerten. Okay?«

»*Mayday*«, murmelte er trocken und folgte mir dann schweigend durch das Tor hinaus und in den Wald hinein.

Hätte mich Anfang des Semesters jemand gefragt, wo ich Wesley Hastings am allerwenigstens sah, dann hätte ich unmittelbar nach einer Einzimmerwohnung einen Wald genannt. Ich hätte gedacht, dass er die Stille hassen würde, das Unaufgeregte, das Natürliche. Wes und seine Freunde waren mir immer so *falsch* vorgekommen, dass ich sie gedanklich nicht in etwas so Echtes wie die Natur hatte setzen können.

Seltsamerweise überraschte es mich nicht mehr, wie sehr ich mich geirrt hatte. Je länger wir durch den verwilderten Wald liefen, desto mehr entspannte er sich. Sein Hemd blieb mehrmals an Zweigen hängen, sodass ein paar Fäden herausgerissen wurden, sein Fuß versank bis zum Knöchel in einer Schlammpfütze, zu früh erwachte Mücken stachen ihn in den Hals, aber Wes fluchte nicht einmal. Es schien ihn nicht zu kümmern, und diesmal wollte ich ihm keinen Vorwurf daraus machen, dass ihm etwas dermaßen gleichgültig war. Für mich war das hier das beste Egal, das man empfinden konnte. *Wald-Wes*, dachte ich und biss mir auf die Lippe, weil mich diese Alliteration sonst viel zu sehr zum Lächeln gebracht hätte. Es stimmte, was ich vorhin gedacht hatte: Ich war gern allein hier. Doch während ich neben Wes zwischen den Zweigen der knospentragenden Bäume hindurchlief, erwischte ich mich bei dem Gedanken, dass es auch schön war, mit jemandem hier zu sein. Nicht obwohl dieser Jemand Wes war, sondern irgendwie … weil.

Der See schimmerte silbrig, als wir am Ufer ankamen. Auf der Wiese blühten Veilchen und weiße Anemonen, das Wasser lag als glänzende Scheibe im knöchelhohen Gras. Auf den Ästen der umliegenden Bäume zwitscherten Amseln, in den Büschen zur Waldgrenze raschelte es, der Frühlingswind brachte das Holz zum Ächzen. Das hier war auf die beste Weise laut und ich spürte sofort, wie meine Gedanken sich wieder angenehm leise drehten.

Kurz entschlossen griff ich zu der Schleife meines Kleides am Rücken und zog sie auf. Als ich bereits einen Arm aus dem Träger befreit hatte, drehte Wes sich zu mir um.

Sofort wich er einen Schritt zurück. »Was tust du da?«

»Ich ziehe mich aus.« Die Erklärung war ein wenig überflüssig, weil ich mir in diesem Moment das Kleid über den Kopf zerrte.

»Okay.« Pause, er holte hörbar Luft. Als ich die Hände mit dem Stoff sinken ließ, starrte er konzentriert auf die Seeoberfläche. »Und wieso tust du das?«

»Weil ich schwimmen gehen möchte.« Ich legte das Kleid auf die Wiese und griff zum Saum meines Unterkleids.

»Wieso lässt du das nicht wenigstens an?«

Irritiert hielt ich inne und suchte seinen Blick. Vergebens, da er sich ein Stück zur Seite gedreht hatte. »Möchtest du, dass ich es anlasse?«

»Ich … das ist verwirrend, May.« Er schüttelte den Kopf, sodass seine Augen ganz kurz zu mir huschten. Da war ein feiner Schleier Röte auf seinen Wangenknochen, wie in dem Moment, als ich in Unterwäsche vor ihm gestanden hatte.

Ich musste lächeln. »Ich hätte irgendwie nicht gedacht, dass du prüde bist.«

Er schnaubte und fuhr sich durch die Haare. »Ich bin alles andere als prüde, aber … ich hätte nicht gedacht, dass du willst, dass ich dich so sehe.«

»Wie denn? Halb nackt?«

Er schluckte, sein Kehlkopf hob und senkte sich. »Ja.«

»Das hast du doch schon.«

»Aber das war anders. Das war … ein Versehen.«

»Spielt nicht wirklich eine Rolle, oder?« Ich sah ihn abwartend an, doch da er es konzentriert vermied, mich zu fokussieren, bemerkte er es nicht. »Es ist nur ein Körper, Wes. Es kommt eigentlich nur darauf an, was wir mit ihm tun. Und ich habe nicht vor, etwas zu tun, das in irgendeiner Art sexuell ist, also … würde ich jetzt gern schwimmen gehen, ohne meine ganzen Sachen nass zu machen. Ist das für dich in Ordnung?«

Er räusperte sich. »Klar.«

Ich lächelte und zog mir das Unterkleid ebenfalls über den Kopf. Gemeinsam mit meinen Schuhen ließ ich es im Gras zurück und ging auf das Ufer zu. Dort angelangt blieb ich stehen und drehte mich zu ihm um. »Kommst du mit rein?«

»Halb nackt?«, fragte er entsetzt.

Ich musste lachen. »Ja?«

»Ich glaube … das lasse ich lieber.«

»Okay. Deine Entscheidung. Aber du musst keine Angst haben. Vor dem Wasser meine ich. Es ist ganz klar.«

»Eigentlich ist es genau das, was mir Angst macht.« Seine Stimme war so leise, dass sie fast im Plätschern unterging, als ich in den See hineinwatete.

Das Wasser löste sofort ein unangenehmes Brennen auf meinen Beinen aus. Dennoch hielt ich nicht inne, nicht einmal, als die Eiseskälte meinen Bauch erreichte und mich scharf die Luft einziehen ließ. »Dafür, dass ich nicht dein Typ bin, benimmst du dich ein bisschen seltsam«, nahm ich das Gespräch kurz darauf wieder auf und drehte mich auf dem schlickigen Boden zu ihm um. Der See wurde schnell recht tief, sodass mir nur ein paar Meter vom Ufer entfernt das Wasser schon bis zur Brust reichte. Ich spürte, wie der Stoff meines BHs eng an meinem Körper klebte, aber Wes beobachtete sowieso mit konzentriertem Blick die Amseln auf dem umgekippten Baumstamm, der in den See hineinragte.

»Das schon wieder.« Er blinzelte und sah zu mir hinüber. Ohne Umschweife direkt ins Gesicht. »Diese ganze Typ-Sache ist für mich nichts … Optisches.«

»Wie meinst du das?« Ich ließ mich ganz ins Wasser gleiten. Die Kälte schwappte meinen Oberkörper hinauf, grub ihre winzigen Fangzähne in meine gesamte Haut. Jeder Biss ein Stück Gänsehaut. Ich unterdrückte ein Keuchen, und schwamm ein paar Züge, um meine Muskeln zu lockern.

»Es liegt nicht daran, wie du aussiehst, May. Offensichtlich nicht.« Die letzten Worte waren fast zu leise, um gehört zu werden. Er scharrte mit der Schuhspitze im Uferschlamm herum. »Du bist eben einer dieser Menschen, von denen ich mich normalerweise fernhalte. Einfach weil du so bist, wie du bist.«

Ich hielt auf der Stelle inne. Der See war hier so tief, dass meine Füße den Boden nicht mehr berühren konnten. »Wie bin ich denn?«

Es interessierte mich ernsthaft. Für mich war die ganze Typ-Sache auch nichts Optisches, nicht wirklich zumindest. Es ging mir eher darum, was ein Mensch ausstrahlte und was das in mir auslöste. Im Normalfall spürte ich nach kurzer Zeit, ob und wie sehr ich jemanden gernhaben könnte. Ich hätte nur vermutet, dass Wes durchaus einen optischen Typ hätte. Nicht weil ich ihm unterstellen wollte, dass er oberflächlich war. Sondern weil sogar Lucas gesagt hatte: »*Wusste nicht, dass du neuerdings auf so was stehst.*« Und was auch immer dieses *so was* sein sollte – es musste etwas sein, das man mir ansehen konnte.

Wes schwieg lang, dann hob er die Schultern. »Du bist eben du.«

Ich schwamm im Kreis. »Und die Frauen, mit denen du dich normalerweise triffst, sind …?«

»Nicht du.«

Ich musste lachen und verschluckte mich fast am Wasser, das bei jedem Schwimmzug gegen mein Gesicht schwappte. »Dagegen kann ich nicht viel sagen.«

Ich ließ es darauf beruhen und wandte ihm wieder den Rücken zu. Der See war nicht allzu groß und endete auf der anderen Seite an einem leichten Wiesenhang. Weidenbäume ließen von dort aus ihre Äste bis dicht über meinen Kopf hängen, das Licht spaltete sich an ihren Blättern und landete konfettihaft auf der Wasseroberfläche.

Erst als ich ein Plätschern hörte, drehte ich mich wieder um. Und sah gerade noch, wie Wes mit vor Kälte verzogenem Gesicht vom Ufer aus ins Wasser watete. Er trug nur noch Boxershorts und mein Blick glitt reflexartig an seinem Oberkörper hinab. Wes' Arme waren definiert, seine Schultern breit, aber nicht einschüchternd. Als er sich umdrehte, um seine Armbanduhr zu lösen und ins Gras zu werfen, fielen mir die feinen Kerben seiner Rückenmuskulatur auf. Mir war bewusst gewesen, dass er sportlich war – immerhin ging er regelmäßig schwimmen und selbst unter seiner Kleidung waren die unaufdringlichen Muskeln seines Oberkörpers oft zu erahnen gewesen –, trotzdem traf mich dieser Anblick unerwartet. Und noch viel mehr das, was er in mir auslöste.

Ich hatte immer gesehen, wie schön Wes war. Aber bisher waren die einzigen Gefühle, die seine Fassadenschönheit in meinem Bauch verursacht hatte, Wut und Frustration gewesen. Ganz sicher kein leichtes Ziehen, das meine Atmung beschleunigte. Das war ein Ich-will-dich-ansehen-Gefühl, nah an der Grenze zu einem Ich-will-dich-*anfassen*-Gefühl.

Mit brennenden Wangen sah ich zur Seite. Mein Herz pochte so stark, dass ich Angst hatte, es könnte das Wasser zum Vibrieren bringen. Es war absurd, aber man konnte gleichzeitig Kälte und Hitze empfinden.

»Du musst wirklich nicht reinkommen«, sagte ich, doch da hatte er sich bereits ins Wasser gleiten lassen.

Sein Körper rief eine leichte Welle hervor, die bis zu mir rollte. Er fluchte, gleich dreimal, dann schien er sich halbwegs an die Temperatur gewöhnt zu haben. »Dein Tag, deine Regeln«, brachte er abgehackt hervor, während er auf mich zuschwamm. »Außerdem … erinnert mich das hier an die Sommerferien, die ich früher mit Livia bei ihren Eltern in Schweden verbracht habe.«

»Dann ist deine Mutter wirklich Schwedin?«

»Halbschwedin, ja. Ihre Eltern haben sich in Cambridge kennengelernt, als meine Großmutter ein Auslandssemester dort verbracht hat. Als Livia selbst auf die Uni gegangen ist, sind ihre Eltern nach Schweden gezogen. Sie leben auf Gotland, mitten im Nirgendwo.« Das reflektierte Licht warf von unten Flecken auf sein makelloses Gesicht und ließ ihn noch goldener wirken als sonst. Es tat ein bisschen weh, ihn anzusehen. »Hinter ihrem Haus gibt es einen See wie den hier. Livia und ich waren oft morgens schwimmen und haben danach ewig auf dem Steg gesessen, Zimtschnecken gegessen und Kakao getrunken.«

Er hielt einen Meter vor mir inne. Im Gegensatz zu mir konnte er stehen und nutzte das, um mit beiden Händen seine Haare zu befeuchten. Ich wünschte, er würde das lassen. Seine Arme bewegen, wenn ich sehen konnte, wie sich die Muskeln dabei anspannten. Tief einatmen, wenn ich beobachten konnte, wie seine Brust sich dabei hob und senkte – und die Leberfleckenspur auf seinem Hals, die bis zu seinem Schlüsselbein hinabreichte, mit dazu. Mich beobachten, wenn er bemerken musste, dass ich jetzt verstand, wieso er das hier lieber hatte lassen wollen. Alles an dieser Situation war gefährlich nah an einer Art von Intimität, die uns nicht lag. Nicht liegen *durfte*.

Ich neigte den Kopf zurück und ließ mich von der Sonne blenden. Besser von ihr als von Wes. »Das klingt toll. Ich war noch nie in Schweden, aber ich stelle mir das auf eine kühle Art gemütlich vor.«

»Ja, das trifft es ganz gut. Das Licht dort ist anders. Blauer, irgendwie. Als würde der Himmel permanent einen Farbschatten auf die Erde werfen. Aber vielleicht ist das auch nur so eine Art Erinnerungsfilter, keine Ahnung. Ich war nicht mehr da, seit ich fünfzehn war.«

»Wieso nicht?« Ich bemerkte, wie sich sein Gesichtsausdruck verschloss. Hastig lächelte ich. »Schon gut, du musst nicht darüber reden. Ich dachte nur … es ist offensichtlich, dass du es vermisst.«

Wes zuckte mit den Schultern und tauchte wieder mit dem Oberkörper unter Wasser. Die Bewegungen, mit denen er an mir vorbeizog, waren so weich und natürlich, als wäre er tatsächlich hier zu Hause. Im Wasser, in diesem See, in diesem Moment. Er hatte gar keine Angst. Vor möglichen Fischen, Insekten oder … mir. Mein Puls hingegen beschleunigte sich, als sein Arm meinen streifte.

»Manche Dinge bekommt man nicht zurück«, sagte er, als er mich umrundet hatte und wieder vor mir ankam. »Ich könnte hinfahren, mich auf den Steg setzen und auf dieses ganze Blau hinausblicken und … es wäre anders. Manche Dinge verliert man eben. Einfach weil Zeit vergeht. Und weil man selbst auch irgendwie vergeht. Vielleicht bedeutet Leben eigentlich nur ein jahrzehntelanges Sich-selbst-Verlieren.«

Ich strich mir das nasse Haar hinter die Ohren und nickte langsam. »Kann sein. Das bedeutet ja nicht, dass es nicht auch ein jahrzehntelanges Sich-selbst-Finden sein kann. Du solltest wieder hinfahren. Vielleicht würdest du feststellen, dass es tatsächlich anders ist. So wie du auch. Aber dass anders trotzdem schön sein kann.«

Wir sahen einander an, während der Wind das baumzerrupfte Licht über unsere Gesichter schwenkte. Ich spürte, wie das Wasser meine Schläfen hinabperlte und dass der Stoff meiner Unterwäsche hauteng an mir klebte, ich spürte die Kälte des Sees auf mir und immer noch einen Funken dieser unbekannten Wärme in mir. Aber ich spürte noch mehr. Ich spürte Wes. Nicht seinen Körper, sondern die Tatsache, dass er hier war. Mit mir, in diesem Augenblick, in diesem Waldsee, in dieser Blase aus Stille und Natur und innerlicher Ruhe. Ich spürte, dass er hier war, und ich spürte, dass er es … verstand.

»Dieses Anders«, meinte ich heiser und deutete um mich, »das ist doch auch schön, oder?«

Wes sah sich nicht um, er sah immer noch nur mich an. Nur meine Augen. Nur mein Ich, irgendwie. Und dann lächelte er und sagte: »Ja. Ziemlich.«

Mehr Hitze in meinen Wangen und meinem Bauch. Statt zu antworten, holte ich tief Luft und tauchte unter. Das Wasser schluckte die Geräusche des Waldes und zumindest einen Teil meiner Gedanken. Nur mein Puls rauschte in meinen Ohren.

Ich öffnete die Augen und sah nach oben. Die schimmernde Wasseroberfläche, gebrochener Sonnenschein und Wes. Eine zerfranste Silhouette aus Licht und Blau. Sehr schön, irgendwie. Vielleicht ein bisschen zu schön. Weil ich ihn lieber ansehen wollte, als Luft zu holen, und weil das merkwürdig war. Irgendwie war das alles an Wes. Merkwürdig, in seiner ehrlichsten Form. Wes war des Merkens würdig und dieser Moment eine neue für immer bleibende Erinnerung.

## 12. Kapitel

### MAY

Wir verbrachten den halben Nachmittag im Wald. Während die Sonne über den See wanderte, saßen wir auf der Wiese am Ufer und redeten. Wes hatte die Projektzettel mit den Fragen mitgenommen, und obwohl noch etwa siebzig übrig waren, schafften wir keine fünf. Unsere Gespräche drifteten ab, als wäre die Stimmung zwischen uns eine seltsame Strömung, die in den letzten Tagen aufgekommen war.

Denn Wes fragte mich, was mir bei Freundschaften am wichtigsten war, und ich sagte Vertrauen und Verständnis und dachte im selben Atemzug an den Tag, an dem ich Elsie das erste Mal gesehen hatte. Damals, als sie heulend in der Uni-Toilette gesessen hatte, weil sie erfahren hatte, dass ihr Freund fremdgegangen war – und mich gefragt hatte, ob ich wüsste, wie man Voodoo-Puppen bastelte. Da Denken in diesem Projekt laut sein sollte, erzählte ich Wes davon. Es war seltsam, aber ihr Name kam mir nicht mehr so verwundbar vor ihm vor. Und als Wes davon sprach, wie er Luke an seinem ersten Tag auf dem Internat in Irland begegnet war, als dieser gerade mit frisch rasiertem Kopf aus dem Gemeinschaftsbad gekommen war und permanent gemurmelt hatte »*Was für eine Scheißidee*«, war mein Lachen ehrlich.

An diesem Tag fühlte sich nichts davon nach Verrat an. Ich hatte Elsie nichts von Wes erzählt, Wes seinen Freunden bis zum letzten Freitag nichts von mir. Und plötzlich erschien mir das in Ordnung: weil das, was wir miteinander teilten, irgendwie außerhalb von allem stand. Wir waren kein richtiger Teil vom Leben des anderen, deswegen war es einfacher, offen über das eigene zu sprechen. Das hier war Verbundenheit auf Zeit, und es machte mir keine Angst mehr, mich ihr hinzugeben.

Als wir zurück in die Villa kamen, ging es auf den Abend zu und die anderen hatten schon mit den Vorbereitungen für das Essen begonnen. Wir planten seit Wochen, endlich unser sechsmonatiges Zusammenwohnen zu feiern, und dies war der erste Samstag seit Langem, an dem wir alle gekonnt hatten. Die Tatsache, dass Wes heute dabei war, hatte uns kurz überlegen lassen, es zu verschieben, doch jetzt war ich froh, dass wir es nicht getan hatten. Wenn ich Wes mein Leben begreifen lassen sollte, dann musste er auch Zeit mit meinen Lieblingsmenschen verbringen.

Die anderen hatten unseren Esstisch aus dem Haus getragen und unten auf die Wiese gestellt. Direkt ins knöchelhohe Gras, von dem Maxton uns verbot, es zu mähen, weil gerade die Schlüsselblumen blühten. An den Zweigen der Apfelbäume darüber befestigten Avery und Beckett bunte Papierlampions, während Helen und Willow den Tisch deckten. Maxton und Eden waren zum Getränkeeinkaufen losgefahren, und Sienna legte in der Küche Orangenscheiben für die Bowle in selbst gemachtem Holunderblütensirup ein. Als wir kamen, war sie gerade fertig und verschwand ins Obergeschoss, um ihre Musikboxen zu suchen.

Ich nahm das Gemüse für die Flammkuchen aus dem Kühlschrank und kurz darauf standen Wes und ich nebeneinander an der Spüle und schnitten Paprika und Zucchini in dünne Streifen. Der Ofen heizte bereits vor und verbreitete Wärme in der Küche, mir war von außen und innen behaglich warm.

»Und, wie langweilig findest du diesen Tag bisher?«, fragte ich, während ich die ersten Paprikastücke in eine Schüssel schob.

Wes warf mir einen spöttischen Blick zu. »Du solltest langsam wissen, dass ich in meiner Freizeit auch nicht unbedingt ein Adrenalin-Junkie bin.«

»Dann muss ich an deinem Tag nicht zum Wildwassersurfen?«

Tatsächlich hatte ich keine Ahnung, was Wes vorhaben könnte. Die meisten Tage … *Projekttage* verbrachten wir noch immer in leeren Seminarräumen der Universität oder bei ihm zu Hause. Wenn er an seinem Tag etwas Außergewöhnliches unternehmen wollte, ohne dass wir Gefahr liefen, gesehen zu werden, müssten wir die Stadt verlassen. Etwas, das ich gern vorher gewusst hätte.

Betont beiläufig blickte ich zu ihm hinüber, nur um sein wissendes Grinsen zu bemerken. »Vergiss es. Zu meinem Tag gehört auch schon die Vorbereitung und dass du die nicht kontrollieren kannst.«

Unzufrieden widmete ich mich wieder dem Gemüse vor mir. »Wie du meinst. Machen wir deinen Tag dann in einer Woche?«

Aus dem Augenwinkel nahm ich wahr, wie Wes kurz innehielt, bevor er seine geschnittenen Zucchinischeiben in die Schale gab. »Das ist eher ungünstig bei mir«, erwiderte er gelassen, zu gelassen, gelogen gelassen. »Ich bin nächsten Samstag bei einem Dinner und kann mir vorstellen, dass ich davor und danach keine wirklich angenehme Gesellschaft bin.«

»Vor mir darfst du alles sein, was du bist, schon vergessen?« Ich drehte mich um und wusch die nächsten zwei Paprika ab. »Was für ein Dinner ist das?«

»Bei meinem Vater. Mein Bruder kommt auch.«

»Du hast einen Bruder?« Meine Stimme umwickelte das Wort mit Federn, es kam ganz weich aus meinem Mund. Das Gefühl verflog, als ich an den Vorfall vor ein paar Tagen denken musste. Seitdem hatte ich mehrmals mit Mum gesprochen und sie hatte mir versichert, dass zu Hause alles in Ordnung war. Trotzdem pikten die Sorgenstacheln nach wie vor in meine Schläfen.

»Hm. Basil Benjamin Hastings. Fünf Jahre älter als ich und um einiges perfekter.«

Das letzte Wort hörte sich so bitter an, dass mein Bauch sich ein bisschen zusammenzog. Ich rieb mit der flachen Hand über den Stoff des Kleides und suchte seinen Blick. »Soll ich mitkommen?«

Er ließ das Messer sinken. »Was?«

»Ich dachte nur …«, ich stockte, dachte: *weil du so traurig klingst*, räusperte mich und sagte: »… wegen des Projekts. Wir haben den Familien-Punkt bisher ziemlich ausgeklammert. Das wäre eine gute Möglichkeit für mich, einen Teil davon kennenzulernen.«

Wes stieß ein heiseres Lachen aus und schüttelte den Kopf, sodass einige Strähnen in seine Stirn fielen. Seit wir im Wasser gewesen waren, war sein Haar zerzauster. Auf eine viel zu verwegene, viel zu vollkommene Weise. »Das willst du dir nicht antun, glaub mir.«

»Du willst offensichtlich ja auch nicht hin. Wenn du trotzdem hingehst, ist es dir auf irgendeine Art wichtig und dann sollte ich mitkommen, oder? Mir macht das nichts aus. Wir könnten davor etwas unternehmen, was dir gefällt, und abends zu deinem Vater gehen.«

Wes legte das Messer ab und drehte sich zu mir um. »Das würde die Laune des Tages ruinieren.«

»Oder die Laune des Tages sorgt dafür, dass du den Abend nicht mehr ganz so schlimm findest.«

Er wirkte mehr als skeptisch, aber schließlich rang er sich ein Nicken ab. »Okay. Also wenn du dir das echt antun willst, dann machen wir es so.«

»Prima.« Ich lächelte und deutete ablenkend auf sein Schneidebrett, bevor er es sich anders überlegen konnte. »Du bist übrigens ziemlich gut darin.« Tatsächlich waren seine Streifen um einiges akkurater geschnitten als meine.

»Und das überrascht dich.«

»Ein bisschen? Wir haben bisher eigentlich immer Essen bestellt, statt selbst zu kochen.«

»Bei dir muss ich mir ja auch keine Mühe geben, um dich zu beeindrucken. Immerhin ist es …«

»*Nicht diese Art von Treffen*, schon klar. Ich glaube aber nicht, dass du dafür bei deinen … richtigen Bekanntschaften besonders gute Kochkünste vorweisen musst.« Wärme kroch in meine Wangen, ich rieb beiläufig darüber.

Wes' Mundwinkel sackten hinab, seine Kieferpartie spannte sich an. »Klar. Weil ich attraktiv bin. Reich. Privilegiert. Gebildet. Selbstbewusst. Charmant.«

»Vergiss nicht bescheiden«, erwiderte ich, doch es entlockte ihm nicht mal ein müdes Lächeln. Aus irgendeinem Grund wirkte er gekränkt, auch wenn das das Letzte gewesen war, das ich damit hatte bezwecken wollen. »Das klingt bei dir wie eine Beleidigung. Dabei bist du doch all das, oder?«

»Keine Ahnung. Wäre nur schön, wenn das alles nicht so wichtig wäre. Wenn ich … mehr wäre.« Seine Stimme versagte, er setzte ein Räuspern hinterher und drehte mir den Rücken zu, um die Endscheiben des Gemüses in den Biomüll zu werfen.

Mir war schon öfter aufgefallen, dass Wes versuchte, seine ehrlichsten Momente zu verschleiern. Mit einem Räuspern, einem Auflachen oder einem ausweichenden Witz. Als wäre es ihm unangenehm, er selbst zu sein. Und vielleicht war genau das der Punkt.

»Das Problem ist doch eher, dass du ungern bereit bist, das zu zeigen. Weißt du noch, was du zu mir gesagt hast, als wir letztens in deiner Wohnung waren? Dass es mich zu einem unvollständigen Menschen macht, wenn ich nicht bereit bin, meine Schwächen zu zeigen? Dasselbe machst du auf andere Art auch.« Er wandte sich wieder zu mir und runzelte die Stirn, aber ich kam ihm zuvor. »Ich meine, ich versteh das. Es ist leichter, nicht alles von sich preiszugeben. Damit kannst du selbst festlegen, wie du auf andere wirken willst, weil nicht alles von dir beurteilt werden kann. Wenn dich dann jemand nicht mag, kannst du immer sagen, dass derjenige dich eh nicht richtig kannte. Aber … na ja, so wird dich eben auch nie jemand für das mögen können, was du wirklich bist.«

Wes stützte sich an der Tischplatte ab und musterte mich nachdenklich. »Du machst dir nie Gedanken darüber, was andere über dich denken, richtig? Du versteckst zwar das, von dem du glaubst, es könnte andere belasten, aber das, was du zeigst, das wirkt immer … echt.«

»Natürlich denke ich darüber nach.« Mir war durchaus bewusst, dass beispielsweise in der Uni über mich geredet wurde. Es gab dafür verschiedene Anlässe: meine Kleider, die Art, wie ich mein Haar trug, dass ich unsere Dozenten fragte, wie es ihnen ging, wenn sie traurig wirkten, dass ich nie Musik über Kopfhörer hörte, aber manchmal mit geschlossenen Augen mitten auf dem Campus stand und versuchte, dem Moment zuzuhören. Ich glaubte nicht, dass etwas an mir *anders* oder *besonders* war – was auch immer das eigentlich bedeuten sollte –, und ich legte es auch nicht darauf an, so zu wirken. Ich war einfach ich und nie sonderlich gut darin gewesen, das zu verstecken. Zu Schulzeiten hatte mich das manchmal gestört, weil Kinder grausam sein konnten, wenn ihnen etwas ins Auge fiel, das ihnen seltsam vorkam. Doch irgendwann hatte ich begriffen, dass es Menschen gab, für die es sich lohnte, man selbst zu sein. Denn Fakt war: Es würde immer Leute geben, die mich nicht mochten. Aber das Schlimmste wäre, wenn mich die Angst vor ihnen daran hindern würde, die zu finden, die mich eben doch so mochten, wie ich war.

»Es ist nur, letztendlich wird man eh nie alles sein, was andere gern in einem sehen würden. Ich meine, ich zum Beispiel, ich bin nicht lässig, spontan oder … cool. Und ich werde es nie sein. Aber solang ich einfach ich bin und dieses Ich zu jemandem mache, den ich selbst mögen würde, ist es okay, wenn das nicht alle anderen tun.« Ich schob die Kerngehäuse der Paprika zusammen, ehe ich Wes einen Blick zuwarf. »Du könntest es heute Abend üben.«

»Was üben?«

»Aufzuhören, dich selbst auf eine Fassade zu reduzieren. Anfangen, einfach *du* zu sein.«

Er grinste schief. »Welches Du?«

»Gibt es mehrere?«

»Fühlt sich manchmal so an.«

Seltsamerweise verstand ich sogar, was er damit meinte. Allein aus dem Grund, dass es mir so schwerfiel, Campus-Wesley mit diesem neuen Projekt-Wes übereinzubringen, der durch seine Fassade aus Überheblichkeit, Gelassenheit und Gleichmut hindurchschimmerte.

»Wahrscheinlich ist das echte Du eine Mischung aus allen. Und da sind doch ziemlich gute Dus dabei. Das Kakao-auf-dem-Sofa-Du. Das Gespräche-im-Elefanten-Du. Das Ich-schreib-für-dich-mit-Du. Das Im-Waldsee-schwimmen-Du. Ich fand diese Dus … sehr nett.«

Wes schüttelte den Kopf, als wüsste er nicht so recht, was er dazu sagen sollte, dass ich ihn auf diese Weise gesehen hatte. »Ich bin nicht nur das Gute an mir, May.«

Er hatte recht, natürlich. Im Grunde war es egal, wie echt sein Verhalten auf dem Campus war, über das ich mich seit mehr als zwei Jahren aufregte. Es war da, und es gehörte zu ihm. »Nein, aber du bist *auch* das. Dieses Experiment zwischen uns kann auch eins für dich selbst sein, meinst du nicht? Wir werden nie mit jemandem darüber sprechen, was währenddessen passiert. Alles, was du vor mir oder meinen Freunden hier in der Villa tust und bist, bleibt unter uns. Also, betrachte das doch als Blaupause fürs Du-Sein.«

»Blaupause?«, hakte er überfordert nach.

»Du weißt schon, die Technik des Durchpausens, die man genutzt hat, um Kopien oder Entwürfe herzustellen, bevor es Scanner gab. Man verwendet das Wort als Begriff für ein Vorbild oder eine Vorlage.« Ich ging zur Spüle, um die Kerne aus der letzten Paprika zu waschen. »Also könnte das, was du mit mir bist, deine eigene Blaupause sein. Du könntest mal schauen, was passiert, wenn du loslässt und dir keine Mühe gibst, *nicht* gemocht zu werden. Vielleicht überraschen wir dich.«

Beim Umdrehen stieß ich fast gegen Wes' Brust. Er hatte eine Bewegung auf die Spüle zu gemacht und griff in diesem Moment an mir vorbei nach einer der Zucchini.

Statt sich zurückzuziehen, stützte er die Hand an der Kante der Spüle ab. »Gleich ihr alle?«

Sein Arm berührte beinahe meine Taille, sein Atem tatsächlich mein Gesicht, mir wurde heiß. »Dann eben erst mal ich. Vielleicht überrasche ich dich.«

Er hob die freie Hand auf Höhe meines Kopfes, als wollte er mich damit berühren – und ließ sie doch wieder fallen. Meine Wange pochte trotzdem heftiger.

Er zuckte mit den Schultern, dann mit den Mundwinkeln. »Du hast mich längst überrascht. So weit waren wir doch schon, *Lille*.«

Bevor ich etwas erwidern konnte, räusperte sich jemand im Kücheneingang. Ruckartig wichen wir auseinander und blickten zu Sienna, die mit spöttischem Lächeln im Türrahmen lehnte. »Seid ihr so weit? Maxton und Helen reden gerade darüber, dass sie in ihrer Kindheit ab und zu Klee gegessen haben – ich glaube, wir sollten etwas Genießbares auftischen.«

»Die Flammkuchen müssen noch in den Ofen. Aber wir können mit der Quiche anfangen.« Betont beiläufig strich ich mir ein paar lose Strähnen über die erhitzten Wangen. Dann griff ich nach der Kuchenform und drückte sie Wes in die Hand. »Geh schon mal raus, ich mach das schnell fertig und komme dann.«

Sienna nahm die Bowle vom Tisch und deutete Wes mit einem Kinnnicken, ihr zu folgen. »Ich brauche Verbündete für die Diskussion mit Beck über die Filmauswahl später. Wie stehst du zu *Der Club der toten Dichter*, Wesley Hastings?«

Ich rechnete damit, dass Wes etwas Unfreundliches erwidern würde – allein schon, weil sie seinen vollen Namen benutzte. Stattdessen klang seine Stimme nach einem schwachen, fast vorsichtigen Lächeln, als er antwortete. »Ist es zulässig, Walt Whitman zu zitieren und ›*O Captain! My Captain!*‹ zu antworten?«

Selbst Siennas Profil konnte ich ansehen, dass sie ein bisschen beeindruckt war. »Absolut zulässig«, bestätigte sie, dann verschwanden die beiden im Esszimmer.

Ich atmete tief durch und machte mich daran, die Flammkuchen zu belegen. Als ich fünf Minuten später die Villa über die Veranda verließ, saßen die anderen schon am Tisch. Das

Bild, das sich mir bot, war so schön, dass ich kurz innehielt und versuchte, es in meinem Gedächtnis abzuspeichern.

Die weiße Decke mit silbernen Zierborten, die über der Platte lag, war zu groß und der Saum ein wenig zerlöchert. Zwischen den Porzellantellern und Kristallgläsern auf dem Tisch blühten Goldglöckchen-Zweige in braunen Milchflaschen, überall dort, wo kein Essen stand, hatten die anderen Teelichter in alten Einmachgläsern aufgestellt. Unsere Holzstühle versanken im Grasmeer, eine meiner Lichterketten hing neben den Lampions im Baum.

Die Sonne begann allmählich unterzugehen, das Abendlicht belegte die Gesichter der anderen mit einem orangestichigen warmen Farbton. Sie redeten durcheinander, lächelten, schenkten sich quer über den Tisch Bowle und Limonade ein. Dennoch spürte ich diesen letzten Rest Anspannung, der über ihren Köpfen schwebte und sich bei Wes verdichtete.

Gerade als ich an den Tisch herantrat und den Tortenständer mit der zweiten Quiche zwischen einen gedeckten Apfelkuchen und einen Korb mit frisch gebackenem Walnussbrot stellte, räusperte er sich. Und ich ahnte, noch bevor er sprach, dass er diesmal nicht die Wahrheit verschleiern, sondern sie aufdecken wollte.

»Also … den Start hab ich wahrscheinlich vermasselt. Tut mir leid, wenn ich zu forsch aufgetreten bin.«

Kurz war es ganz still, während die anderen flüchtige Blicke austauschten. Ungläubig, irritiert und vor allem unschlüssig, wie sie mit dieser Direktheit umgehen sollten.

Eden war der Erste, der sich einen Ruck gab. Er saß am anderen Ende des Tischs und lehnte sich vor, um Wes ansehen zu können. »Im Grunde hattest du recht. Wir sind es nur nicht gewohnt, uns um May zu sorgen. Sie ist die gute Seele dieses Hauses.«

Verlegen verzog ich den Mund und setzte mich zwischen Wes und Beckett. »Hör nicht hin.« Ich lächelte Helen dankbar an, als sie mir die Bowle-Karaffe von schräg gegenüber reichte.

»Doch, es stimmt«, widersprach Avery. »Wir wären aufgeschmissen, wenn wir dich nicht hätten, May. Ohne dich wäre das hier immer noch mehr Haus als Zuhause.«

Wieder stieg Hitze in meine Wangen, ich konzentrierte mich auf das Eingießen, um ihre Blicke ausblenden zu können. Sie meinten es lieb, aber das hier war definitiv zu viel Mittelpunkt für mich. »Hört auf, bitte. Können wir uns einfach darauf einigen, dass Wes keine bösen Absichten hatte?«

»Wir sind ihm doch sowieso zu Dank verpflichtet. Wegen Versailles.« Helen lächelte schüchtern zu ihm hinüber. »Das war ziemlich toll von dir, ehrlich.«

»Sie hat recht«, warf Maxton ein. »Ganz davon abgesehen, dass wir dir eh dankbar dafür sein müssen, dass du mit deiner Mutter über die Fördergelder redest.«

»*Falls*«, zischte Willow neben ihm.

»Catkin, komm schon«, murmelte Maxton und legte eine Hand auf ihrer Stuhllehne ab.

Sie rutschte nach vorn, als wäre diese Fast-Berührung bereits zu viel Nähe. »Was? Bin ich echt die Einzige, die so tut, als wäre das nicht schräg? Unser Dach über dem Kopf hängt davon ab, dass ein *Hastings* sein Wort hält und nicht nur auf seinen eigenen Vorteil aus ist. Grandiose Aussichten, wenn ihr mich fragt.«

Wes spannte sich an, die Finger auf seinem Oberschenkel ballten sich zu einer Faust. Ich musste dem Impuls widerstehen, meine Hand auf seine zu legen.

»Sei nicht unfair, Willow«, bat ich leise.

Beckett zuckte mit den Schultern. »Sie hat nicht unrecht. Woher wollt ihr wissen, dass man ihm vertrauen kann?«

»Weil er es mir versprochen hat.« Ich verstand, wieso sie so dachten, ich hatte es selbst einige Wochen lang getan. Trotzdem wünschte ich mir, sie könnten sehen, was ich sah: Wes bemühte sich, ehrlich zu sein … *echt* zu sein. Und genau deswegen würde ich auf sein Wort vertrauen.

Wes holte tief Luft und drehte sich dann zur Seite, um in Willows Richtung zu blicken. »Ich habe Livia seit einer Weile nicht gesehen. Aber ich rede mit ihr, sobald ich sie das nächste Mal treffe.«

Seine Stimme klang so entschieden und fest, dass sie keinen Raum für Zweifel ließ. Selbst Willow schnaubte nur leise und ließ sich zurück gegen die Lehne fallen. Maxton zog seine Hand fort, bevor er ihren Rücken berühren konnte.

»Gut.« Sienna stand gegenüber von mir auf und hob ihr Glas an. »Und damit haken wir das Thema jetzt ab. Meine Oma würde sagen: *A ver a un velorio y a divertirse a un fandango.* Das bedeutet, dass es für alles seine Zeit und seinen Ort gibt, und das wiederum bedeutet, dass wir jetzt was Gutes essen, Bowle und Limonade trinken und Spaß haben. Immerhin wollen wir heute endlich feiern, was wir seit ein paar Wochen aufschieben, weil ihr alle verdammt noch mal zu viel zu tun habt.«

Beckett zog die Augenbrauen zusammen. »Wer ist denn ständig bei den Theaterproben?«

»Und wer ist ständig bei Tiffany?«

Helen und ich tauschten einen resignierten Blick – es würde vermutlich kein Tag vergehen, an dem Beck und Sienna sich nicht wegen irgendetwas in den Haaren lagen. Zumindest bemerkte ich, wie Wes sich wieder entspannte, kaum dass der Fokus von ihm wegrückte.

»Ihr Name ist Audrey«, korrigierte Beckett.

Sienna tippte sich an die Schläfe. »Richtig, das verwechsle ich immer, weil sie nicht aufhört, über *Frühstück bei Tiffany* zu sprechen, nur weil sie sich den Vornamen mit der Hauptdarstellerin teilt. Als wäre es wünschenswert, etwas mit einer Protagonistin zu tun zu haben, die als reines männliches Wunschbild fungiert.«

Beckett ließ den Kopf mit einem Stöhnen in den Nacken sinken. »Genau deswegen bringe ich sie nicht mehr mit her.«

»Ich dachte, du bringst sie nicht mehr mit her, weil sie beim letzten Mal einen Heulkrampf bekommen hat, als sie eine Spinne im Bad gesehen hat«, warf Avery belustigt ein.

»Seid nicht gemein«, sagte Helen sanft, aber selbst sie musste sich sichtlich ein Lächeln verkneifen. »Immerhin hat Beckett sich diesem haarigen Ding ganz allein gestellt.«

»Meinst du damit Audrey oder die Spinne?«, hakte Willow arglos nach und wurde dafür von Beckett mit einem Stück Baguette beworfen.

»Einigen wir uns darauf, dass wir Audrey hier lieber sehen als die Spinnen«, schlug Maxton diplomatisch vor.

Eden verschränkte die Arme im Nacken und lächelte schief. »Kommt mir übereilt vor. Das sind eigentlich ziemlich nützliche Tiere.«

Beckett grinste. »Oh, ich finde Audrey auch durchaus … nützlich.«

»Noch so ein Spruch und ich sperre dich in den Keller, Beck«, warnte Willow ihn mit zusammengekniffenen Augen.

Hastig räusperte ich mich. »Ich finde Audrey nett.«

Avery sah mich belustigt an. »Das zählt nicht. Du findest *jeden* nett, May.«

»Das stimmt doch gar nicht.«

Beckett lachte, fuhr mir übers Haar und zupfte an der Schleife am Hinterkopf. »Weißt du noch, als wir im Keller das Rattennest gefunden haben und du angefangen hast, ihnen Namen zu geben?«

Ich knuffte ihn in die Seite. »Ratten können ja nichts dafür, wie sie aussehen oder was sie tun. Das ist keine bewusste Entscheidung, also wäre es einfach falsch, sie dafür zu hassen. Menschen wiederum entscheiden sich oft bewusst dafür, gemein zu sein. Und dann mag ich sie auch nicht.«

»Das kann ich bestätigen.« Wes drehte sein Glas in den Händen und musterte mich belustigt von der Seite. »Sie hat mir und meinen Freunden vorgeworfen, wir würden mit Menschen wie mit Polobällen spielen und ansonsten quasi nur mit Kreditkarten und Scotch um uns werfen.«

Willow lehnte sich an Beckett und Maxton vorbei und sah mich mit unverhohlenem Stolz an. »Ist nicht wahr. May Little, ich bin beeindruckt!«

Eine neue Welle Unwohlsein schwappte über mich, ich sah Wes anklagend an. »Ich hab mich dafür entschuldigt.«

Mein Blick war ein unmissverständliches *Bitte lass das*, doch Wes grinste nur breiter. »Und sie hat Lucas einen Drink ins Gesicht geschüttet und ihm eine ziemliche Ansage gemacht. Vor ungefähr dreißig anderen Leuten.«

»Dafür wollte ich mich auch entschuldigen, du hast mich nur nicht gelassen«, erinnerte ich ihn, konnte aber nicht verhindern, dass meine Mundwinkel zuckten.

»Weil er es verdient hatte. So wie ich auch.«

Meine Wangen pochten schon wieder, mein Bauch irgendwie auch. Ob das an der mir unangenehmen Aufmerksamkeit der anderen lag oder nur daran, dass Wes nach Wald und See und einfach sich selbst roch, wusste ich nicht. »Du bist wirklich ein schlechter Einfluss«, sagte ich rau.

Er neigte den Kopf, das letzte bisschen Sonne verflüssigte das Karamell in seinen Augen. »Gut, davon brauchst du nämlich definitiv mehr, *Lille*.«

Ein paar Sekunden sahen wir einander nur an, dann räusperte Willow sich und holte mich zurück in den Moment – und erinnerte mich damit an die Anwesenheit der anderen.

»Es wird gerade echt schwer, dich zu hassen, Hastings.«

Er blinzelte in ihre Richtung. »Danke?«

»Gern geschehen.« Sie grinste – ein Friedensangebot auf Willow-Art –, dann blickte sie in die Runde. »Und jetzt zurück zum Thema. Ich will endlich was essen und mich voller Würde einem Jubiläum gemäß betrinken.«

»Einverstanden.« Sienna hob ihr Glas in die Mitte. »Auf ziemlich staubige, anstrengende, schöne und vor allem besondere sechs Monate.«

Edens eine Hand verschränkte sich auf dem Tisch mit Averys, als er sein Glas mit der anderen anhob. Die pinke Limonade darin wirkte künstlich, das Lächeln auf seinem Mund echt. »Auf alle, die hoffentlich noch folgen.«

»Auf unsere Mitbewohner und Mitbewohnerinnen, egal, mit wie vielen Beinen sie auch ausgestattet sind.« Beckett stieß sein Glas mit vielsagendem Gesichtsausdruck gegen Siennas, sodass dabei ein bisschen Bowle auf Helens Hand schwappte.

Diese lächelte weich. »Auf die Mulberry Mansion.«

»Auf uns«, sagte ich und warf Wes einen auffordernden Blick zu, bis er seine Bowle ebenfalls anhob.

Dann war da das Klirren unserer Gläser, später das unseres Geschirrs, das Lachen und die Gespräche, die parallel und immer wieder ineinander hineinliefen, als wären wir ein Gemälde, auf dem die Farben noch leicht feucht waren. Das Zwitschern der Amseln über unseren Köpfen, das Brummen der Hummeln, die in die Glöckchen auf dem Tisch krabbelten. Wes unterhielt sich mit mir, aber auch mit den anderen, er brachte Helen zum Lachen und Beckett immerhin dazu, dass sein Blick von Minute zu Minute weniger argwöhnisch wurde.

Irgendwann glühten meine Wangen, von der Bowle, von der Sonne des Tages, irgendwie auch einfach von diesem Moment. Weil alles daran so rein und echt und *wir* war. Die Mulberry Mansion und meine Mitbewohnenden, das war mein Zuhause, ein ganzer Haufen Lieblingsmenschen, ein Gefühl von *Genau hier musst du sein* – das, was mich so glücklich machte, dass ich in solchen Augenblicken diesen Traurigkeitskern in mir vollständig ausblenden konnte. Und an diesem Abend wurde Wes, wenn auch nur für kurze Zeit, Teil von alledem.

Es fühlte sich nicht seltsam an, dass er da war.

Es fühlte sich richtig an.

Nach dem Essen besuchten Wes und ich Versailles in ihrem Gehege. Mit anzusehen, wie er ihr behutsam mit zwei Fingern über das Köpfchen strich, woraufhin sie glucksend die Augen schloss, fühlte sich an, als würde sich mein Inneres ebenso aufplustern wie Versailles' gesunder Flügel.

Als wir zurück zu den anderen kamen, hatten Maxton und Eden ein Bettlaken zwischen zwei Bäumen aufgespannt und Sienna hatte ihren Filmprojektor auf die Stufen der Veranda gestellt. Helen und Beckett kamen mit mehreren Schüsseln Mikrowellenpopcorn aus der Villa und dann lagen wir auf alten Steppdecken im Gras, während unser Garten in tiefem Blau versank und gedeckte Filmfarben über den improvisierten Bildschirm flackerten. Womöglich das kleinste Open-Air-Kino der Welt, mit Sicherheit das allerschönste.

Wes lag neben mir, zwischen uns zwei Handbreit Abstand. Die Schatten des Films krochen über sein Gesicht, immer mal wieder ein Stirnrunzeln oder ein halbes Lächeln mit dazu, als wäre es eine zweite Leinwand. Ich wusste nicht genau, welche ich mehr im Blick behielt. Ein Teil von mir rechnete damit, dass er sich unwohl fühlen würde, aber so wirkte es nicht. Er sah auf dieselbe Weise entspannt aus wie Wald-Wes, wie Wasser-Wes.

Nach der Hälfte des Films löste sich ein Zipfel des Lakens vom Ast und die Leinwand fiel in sich zusammen. Die Farben huschten verzerrt über das dahinterliegende Geäst, ein paar Vögel flüchteten verschreckt in den Himmel.

Maxton stand auf und sah sich nach Eden um. Die beiden waren mit irgendwas zwischen eins neunzig und eins fünfundneunzig die Einzigen von uns, die groß genug waren, um ohne Stuhl oder Leiter an den oberen Zweig heranzukommen.

Eden hatte allerdings nicht einmal mitbekommen, dass seine Hilfe benötigt wurde. Er lag mit Avery auf einer Decke ganz außen – momentan eher halb über ihr, weil sie damit beschäftigt waren, einander zu küssen.

Maxton verdrehte die Augen und ging ein paar Schritte in ihre Richtung. »Würdet ihr das kurz unterbrechen, damit Eden mir helfen kann, das Ding wieder anzubringen?«

Eden löste sich von Avery und stützte sich mit beiden Händen neben ihrem Kopf ab. Es wirkte, als wollte er sich aufhieven, dann hielt er inne und verzog den Mund. »Um ehrlich zu sein: Aufstehen würde ich momentan sehr ungern.«

Auch ohne seinen Unterkörper zu sehen, war ziemlich offensichtlich, worauf er anspielte. Avery stieß ein ersticktes Lachen aus und verdeckte ihre Augen mit den Händen, Helens Wangen wurden aufs Stichwort rot, die anderen tauschten belustigte Blicke. Mein Gesicht wurde ebenfalls warm, ich mied es, zu Wes hinüberzusehen. Insbesondere, weil ich sein amüsiertes Lächeln selbst aus dem Augenwinkel wahrnehmen konnte.

Willow hingegen stöhnte und warf eine Handvoll Popcorn in die Richtung der beiden. »Als wärt ihr immer noch siebzehn, ehrlich.«

Eden wehrte die Flocken mit einer Hand ab und sah resigniert zu Maxton. »Kannst du sie mal ein bisschen im Zaum halten?«

Er schüttelte den Kopf. »Als ob. Und ich werde es mit Sicherheit auch nicht versuchen.«

»Ich helfe dir.« Wes stand auf und ging auf Maxton zu.

Mich überkam ein seltsames Gefühl – ein bisschen Stolz, ein bisschen Glück. Sehr unangebracht, aber auch ziemlich schön.

Ich bemerkte Sienna erst, als sie sich neben mich auf die Decke fallen ließ. Sie hatte sich die Brille ins Haar geschoben, aber ihr Blick wirkte dennoch messerscharf. »Und?«, fragte sie gedämpft, obwohl die anderen längst wieder in ihre Gespräche versunken waren – oder, in Avery und Edens Fall, ineinander.

»Was meinst du?«

Sienna rollte sich auf den Bauch und stützte ihr Kinn in der Hand auf. Die winzigen Glöckchen an ihren Lederarmbändern klingelten, als sie den Kopf hin und her wog. »Keine Ahnung. Sag du es mir, *Lille*.«

Ich hätte gern geseufzt, doch der Ton wurde auf ein lautes Ausatmen reduziert, weil ich mich irgendwie ertappt fühlte. Mein Blick schwirrte zu Wes, der das Laken hielt, während Maxton das Seil festzurrte. »Du weißt, dass das nichts bedeutet. Wir machen nur das Beste aus der Situation.«

»Hm, hm. Und da kann man einiges … *machen*, nicht?« Sie blinzelte ebenfalls zu den Jungs hinüber. Der Stoff von Wes' Hemd war verrutscht und entblößte einen Teil seiner Leistenmuskulatur. Mir wurde schon wieder ganz warm im Bauch. »Immerhin ist er wirklich erstaunlich gut aussehend.« Ihre Stimme klang bedauernd. Ob das daran lag, dass sie selbst kein Interesse an Männern hatte, oder daran, dass sie sein Aussehen nicht in Einklang mit seinem Charakter bringen konnte, fragte ich lieber erst gar nicht.

Stattdessen betrachtete ich Wes dabei, wie er mit Maxton sprach, lächelnd, sich durch die Haare fahrend, unsicher und … nett. »Ich glaube, er ist eigentlich viel mehr als das.«

Meine Wangen glühten immer noch, mein Bauch auch. Womöglich auch mein Bauchgefühl, weil es nicht mehr dasselbe war wie am Anfang, wenn ich Wes angesehen hatte. Und weil diese Veränderung ein bisschen wehtat, da sie manche Dinge, die entscheidenden, verkomplizierte.

Sienna musterte mich auf verständnisvolle, fast mitleidige Weise. »Ach, May«, sagte sie und tätschelte mein Bein.

Ich hätte nachfragen können, was sie damit meinte, aber ich tat es nicht. Ich hatte Angst, die Antwort bereits tief in mir zu kennen, und ahnte, dass sie keine war, die ich wahrnehmen wollte. Denn egal, wie natürlich es sich anfühlte, Wes hier zu haben, das änderte nichts an den Tatsachen. Er war er und ich war ich, und unsere Leben waren parallele Linien, die nur für das Projekt so gekrümmt worden waren, dass sie sich kreuzten. Für einen erzwungenen, unbedeutenden Pflicht-Zeitraum. Es wäre für uns beide besser, wenn es sich weiterhin auch so anfühlte.

# 13. Kapitel

## MAY

Der Steig war mit einer dünnen Nebelschicht bedeckt. Es war früher Vormittag, in der Luft roch es nach den Ranunkelsträuchern, die neben dem Bahnhofsgebäude wuchsen, nach frischem Kaffee aus der Verkaufsbude mitten auf der Plattform, nach den erhitzten Gleisen des Zuges.

Bahnhöfe hatten immer diese spezielle Art von Atmosphäre, die mich an Abschied und Wiedersehen gleichermaßen denken ließ. Orte des Zwischenraums, des Vielleichts, des Nicht-hier-und-nicht-dort. Definitiv nichts, was ich mit Wes in Verbindung gebracht hätte.

Ich schüttelte wiederholt den Kopf, während ich ihm in den Zug folgte. Der Waggon war recht altmodisch, die Fenster waren mit nachtblauen Vorhängen verhangen, die Sitze mit gleichfarbigen Bezügen überspannt. Vor einem leeren Abteil blieb Wes stehen und zog die Tür auf. Zögerlich ging ich hinein und setzte mich auf eine Bank ans Fenster.

»Verrätst du mir jetzt endlich, wohin wir fahren?«, fragte ich, nachdem er sich mir gegenüber niedergelassen hatte.

Wir hatten uns vor einer halben Stunde in der Nähe des Bahnhofs getroffen und erst da hatte er mir kurz und knapp erzählt, was wir vorhatten: *»Wir fahren Zug.«*

Mehr nicht. Kein Weshalb, kein Ziel, kein … Plan.

Auch jetzt zuckte er nur mit den Schultern. »Keine Ahnung.« Er zog sich die Jacke aus und stützte den Ellbogen am Fenster ab. Obwohl der Frühling noch nicht lang da war, hatte er sich bereits in Wes niedergelassen. Seine Wangenknochen hatten Farbe bekommen, sein Haar war strähnchenweise heller geworden, sein Lächeln wirkte losgelöst.

Unruhig rutschte ich auf meinem Sitz hin und her. »Wie … keine Ahnung?«

Wortlos hielt er mir ein Ticket hin, ehe er seines knickte und in der Vordertasche seines grauen Leinenhemdes verstaute. Ich überflog die Daten und stutzte. Es gab tatsächlich keine ausgeschriebene Endstation, weil es sich um ein Flexi-Ticket handelte, das den ganzen Tag über innerhalb Englands galt.

Ich war noch nicht oft Zug gefahren, für die Strecken innerhalb des Landes nutzte ich mein Auto und Reisen außerhalb Großbritanniens hatte ich seit Jahren weder erlebt noch geplant. Allein der Gedanke, das Land zu verlassen und nicht sofort zurück sein zu können, falls Mum mich zu Hause brauchte, hatte schwerer gewogen als jeder Anflug von Reisesehnsucht. Wenn ich zuletzt Zug gefahren war, hatte es immer einen Grund gegeben, einen konkreten Ort, zu dem ich musste. Ich wäre nie auf die Idee gekommen, Zug zu fahren, um … Zug zu fahren.

»Kein Ziel?«, fragte ich ungläubig.

»Kein Ziel«, bestätigte Wes.

Ich wollte etwas dazu sagen, doch in diesem Moment wurde das Warnsignal ausgestoßen. Die Türen schlossen sich, ein Ruck ging durch den Waggon und der Zug setzte sich in Bewegung.

Draußen flog immer schneller die Landschaft an uns vorbei. Grüne und gelbe Felder, endlos weit oder in der Ferne begrenzt von dicht stehenden Wäldern, Bäume mit blühenden Astarmen, lichtschimmernde Flüsse und Seen.

Ich sah erst wieder weg, als ich hörte, wie Wes etwas vor mir auf den Tisch legte. Verständnislos betrachtete ich das Klapptelefon. »Was ist das?«

»Ein Handy. Ist für dich.«

Überfordert nahm ich es in die Hand und öffnete es. Der Bildschirm war schwarz, doch auch ohne es anzumachen, wusste ich, dass es nur die Basisfunktionen beinhalten konnte.

»Ich habe schon ein Handy.«

Wes verschränkte die Arme vor der Brust und lehnte sich im Sitz zurück, sodass sein Haar im Kopfkissen versank. »Ich weiß. Aber nicht so eins.«

»Du meinst eins, das von vor der Jahrhundertwende stammt?«

Wes grinste, ich sah trotzdem leichte Unsicherheit in seinen Augen aufflackern. Als wäre er sich selbst nicht sicher, ob er hiermit eine Grenze überschritt. »Eins ohne Internet, dafür mit ziemlich gutem Empfang. Das Einzige, was du mit dem Ding machen kannst, ist, dir die Uhrzeit anzeigen zu lassen, Nachrichten zu schicken und Anrufe zu tätigen. Es ist das perfekte …«

»Notfallhandy«, ergänzte ich leise und musste lächeln.

Wes nickte. »Ich kann verstehen, dass du es hasst, ein Smartphone mitzunehmen, wenn du draußen unterwegs bist. Aber ich dachte, das hier könnte ein Kompromiss sein. Du kannst die Nummer ja nur ein paar Menschen geben. Nur denen, die dich erreichen können sollten, wenn du mal wieder stundenlang verschwunden bist.«

»Und du gehörst dazu?« Ich schloss die Hand um das kalte Gehäuse und fragte mich, wieso mir so warm dabei wurde.

»Du musst mir die Nummer nicht geben«, erwiderte er unschuldig. *Zu* unschuldig.

»Weil du sie längst hast.«

Jetzt grinste er so breit, dass sein Nasenflügelgrübchen zum Vorschein kam. »Ich verspreche dir, ich werde sie nicht benutzen, wenn es nicht wirklich wichtig ist.« Wie um seine Worte zu unterstreichen, hielt er mir seinen kleinen Finger hin.

Ich hakte meinen ein. Nicht weil ich glaubte, dass er sein Wort sonst brach, eher weil ich ihn eigentlich gern umarmt hätte und wir solche Dinge nun mal nicht taten. Wir umarmten uns nicht, aber anscheinend sorgten wir uns genug umeinander, dass Wes nach seinem Villenbesuch letzte Woche losgegangen war, um mir ein altes Handy zu kaufen. Was auch immer wir waren, es war ein wenig sonderbar.

»Das ist ziemlich … nett«, sagte ich, als wir uns wieder voneinander gelöst hatten.

Er hob spöttisch die Augenbrauen. *»Nett?«*

»Ja, nett.«

»Nett ist die kleine Schwester von scheiße. Noch nie gehört?«

»Doch, aber das sehe ich nicht im Geringsten so. Die meisten Menschen haben verlernt, was es bedeutet, nett zu sein. Freundlich. Höflich. Ohne Grund, einfach weil die Welt ein besserer Ort wird, wenn man einander ein gutes Gefühl gibt. Also, nimm es als Kompliment, wenn ich dir sage: Ich finde das sehr nett, Wes.«

Er schüttelte nur den Kopf und betrachtete mich mit diesem belustigt nachdenklichen Gesichtsausdruck.

Ich verstaute das Handy bei dem anderen in meiner Tasche und deutete nach draußen. »Du liebst Züge also wirklich.«

Wes hob die Schultern, als wäre das keine Überraschung. Und im Grunde war es das auch nicht, weil er mir hiervon erzählt hatte. Aber als er das Wort bei der *Drei Dinge, die du liebst*-Frage genannt hatte, war ich davon ausgegangen, es wäre eine Metapher für irgendetwas. Ich wäre nie auf die Idee gekommen, dass der Mann, den ich in den letzten Jahren mit mehreren teuren Autos gesehen hatte, jemand wäre, der freiwillig Zug fuhr. »Gibt es dazu eine Geschichte?«

Er zögerte, sein Blick flatterte von mir zu den dunklen Vorhängen und schließlich wieder nach draußen. »Bevor Livia Vizekanzlerin an der WU geworden ist, hat sie nur als freie Dozentin gearbeitet«, begann er zögerlich. »So hat sie auch meinen Vater kennengelernt, als er als Ehrengast bei einer Preisverleihung für eins ihrer Forschungsprojekte geladen war. Seit ich denken kann, hat sie überall im Land Stellen an wechselnden Universitäten angenommen. Ich hab viele meiner Schulferien damit verbracht, sie dort zu besuchen. Sie hat mich bei meinem Vater abgeholt und wir sind mit dem Zug bis zu ihrem aktuellen Wohnort gefahren. Meistens haben wir Tage dafür gebraucht, weil wir immer, wenn wir ein Ortsschild interessant fanden, ausgestiegen und, wenn es uns gefallen hat, eine Nacht dortgeblieben sind.« Er stockte und wandte mir langsam das Gesicht zu. Seine Augen wirkten ernster als sonst, ein bisschen tiefer. Als wären die Erinnerungen an diese Zeiten ein Abgrund, in den er sehr lang nicht mehr geblickt hatte. »Ich weiß auch nicht, aber … zu Hause, bei meinem Vater, da ging es immer um das Ziel. Gute Noten, gute Freunde, guter Ruf, gute Zukunftsperspektiven. Bei Mu…, bei Livia, da ging es irgendwie um den Weg. Sie hat sich nie danach erkundigt, wie mein Zeugnis aussieht – sie wollte stattdessen wissen, was ich dieses Jahr besonders spannend fand. Wenn wir telefoniert haben, hat sie jedes Mal gefragt: ›Was war dein schönster Moment in der letzten Woche?‹ Solche Dinge eben. Sie war eine Verfechterin von *Der Weg ist das Ziel*, und ich glaube, dass sie mir das durch das Zugfahren beibringen wollte. Dass uns die schönsten Dinge passieren und die besten Menschen begegnen, wenn wir nicht damit rechnen, wenn wir uns trauen, einfach zu …

leben?« Er verzog den Mund und winkte ab. »Vergiss es wieder, klingt irgendwie pseudo-esoterisch.«

»Nein, tut es nicht.« Ich hätte Wes gern mehr zu seiner Mutter gefragt. Danach, warum er sie nicht *Mum* nennen konnte oder wollte, danach, wieso er so gut wie nie von ihr sprach, wenn man allein diesen Worten anhören konnte, wie sehr er sie liebte. Aber ich spürte, wie sensibel dieses Thema für ihn war, und ich wollte es nicht riskieren, ihn zu verletzen. Ganz besonders nicht heute, an *seinem* Tag. »Ich stelle es mir tröstlich vor, wenn man nicht das Gefühl hat, einen Plan haben zu müssen«, sagte ich stattdessen.

Wes blinzelte die Erinnerungstiefe fort und konzentrierte sich auf mich. »Den muss niemand wirklich haben.«

Ich lachte, etwas bitterer, als mir lieb war. »Sei nicht böse, aber das ist eine Aussage, die du nur treffen kannst, wenn du genug Geld hast. Ich konnte es mir nie leisten, es darauf ankommen zu lassen. Ich hab immer für meine Zukunft arbeiten müssen, ich hab immer einen Plan für den nächsten Schritt gebraucht. Ohne gute Noten hätte ich weder meine Uni-Zulassung noch mein Teilstipendium erhalten, und selbst damit käme ich nicht gut über die Runden, wenn wir nicht so günstig in der Villa wohnen könnten. Nicht jeder kann sich treiben lassen, Wes. Manche würden einfach untergehen.«

Er nickte langsam, doch sein Blick lag seltsam bohrend auf mir. Als hätte ich damit ein Thema angeschnitten, das er schon länger ansprechen wollte. »Du hast recht, das sehe ich ein. Aber … die Details hast du trotzdem in der Hand, oder? Was du studierst, wohin du ziehst, ob du dich eines Tages nicht doch in einen Zug setzt und einfach wegfährst. Leben ist nicht an einen Ort gebunden.«

Ich presste die Lippen aufeinander, weil ich an eine Zeit denken musste, in der ich das auch geglaubt hatte. Eine Zeit, in der ich die Bewerbung für eine Universität ausgefüllt hatte, die nicht nur jenseits des Ozeans lag, sondern auch jenseits allem, was für mich möglich war. Der Tag, an dem die Zusage kam, hatte etwas in mir gebrochen. Weil ich begriffen hatte: *Du könntest gehen.* Und dann, direkt danach: *Du kannst nicht gehen.*

»Für mich schon«, sagte ich tonlos.

Er neigte den Kopf zur Seite. »Wieso? Wegen der Villa?«

»Wegen allem. Die Mulberry Mansion, meine Freunde, meine Familie … wenn du liebst, trägst du Verantwortung.«

»Die trägst du aber auch für dich selbst.«

Ich runzelte die Stirn. »Was meinst du damit?«

Wes schwieg einen Moment, dann rutschte er an die Kante des Sitzes und legte die Unterarme auf dem Tisch zwischen uns ab. »Spulen wir mal vor: dein Leben in vier Jahren. Du hast dein Studium beendet und wahrscheinlich musstest du schon länger aus der Villa ausziehen. Deine Freunde verstreuen sich übers Land, deine Familie lebt schon eine Weile ohne dich. Was willst du?«

»Ich werde mir einen Job suchen, vielleicht in der Psychotherapie, und …«

»Davon rede ich nicht«, unterbrach er mich unsanft. »Was *willst* du?«

»Du meinst auf den Beruf bezogen?«

»Ich meine auf *dein Leben* bezogen. Ich schätze dich nicht so ein, dass du dich über einen Job definierst, dass es dir um Karriere oder Ansehen geht. Ich glaube nicht, dass du ein Ziel-Mensch bist, eher ein Weg-Mensch. Also, was willst du auf diesem Weg sehen, was willst du machen, was willst du … keine Ahnung, sein? Nicht für die anderen, nicht für irgendwen, für den du dich verantwortlich fühlst. Nur für dich. Was willst du für dich, May?«

»Ich will …« Meine Stimme brach, als ich es begriff.

Ich hatte keine Antwort.

Es war nicht so, als hätte ich mir diese Frage nie gestellt, das Problem war, dass an ihr etliche Aber klebten. *Aber denk daran, dass du nicht zu weit weg von zu Hause sein darfst, falls Angus dich braucht. Aber denk daran, dass du Mum nicht damit allein lassen kannst. Aber denk daran, dass du für deine Freunde da sein musst. Aber denk daran, was du versprochen hast.*

All diese Gedanken hatten dazu geführt, dass ich mich schlecht fühlte, auch nur an eine Antwort zu denken. Also hatte ich irgendwann aufgehört, nach einer zu suchen. Vielleicht hatte Wes recht und ich wollte schon lange nichts mehr für mich, nur für andere. Ich wollte eine gute Freundin sein, eine gute Tochter, eine gute Schwester. Ich wollte ein guter Mensch sein. Ich wusste nur nicht, was das genau bedeutete, wenn ich die anderen gedanklich wegradierte. Wenn da nur ich blieb, was wollte ich dann?

»Ich glaube, darüber muss ich nachdenken«, gab ich zu.

»Okay.« Wes lehnte sich wieder gegen den Sitz. Das Sonnenlicht fiel auf sein Gesicht, als er es zum Fenster drehte. Da war ein zartes Lächeln auf seinem gespiegelten Mund. »Dafür sind Zugfahrten da.«

Ich entschied den ersten Halt.

Nicht mit Absicht, ich sah nur beim Einfahren in einen Bahnhof ein von Wachholder überwachsenes Schild mit einem Alliterations-Ortsnamen und sagte: »Wie hübsch.« Und als ich den Blick vom Fenster löste, stand Wes am Abteilausgang und nickte mir auffordernd zu. Da es sein Tag war, zögerte ich nicht, und kurz darauf liefen wir durch einen verschlafenen Ort, den ich andernfalls wohl nie besucht hätte, weil es eigentlich keinen Grund dafür gab.

Es war trotzdem schön.

Vielleicht war es genau deswegen schön.

Weil wir keinen Grund hatten, um auszusteigen, und kein Ziel, das wir zu einer bestimmten Zeit oder für einen speziellen Anlass erreichen mussten.

Wir kamen an verschiedenen Wohngegenden vorbei; weiße Bilderbuchhäuschen mit gestutzten Rosenhecken, dahinter heruntergekommene, frei stehende Häuser mit zugemauerten Fenstern und verwilderten Vorgärten. Wir kauften uns Eis in einem winzigen Supermarkt und saßen lange auf einem in Vergessenheit geratenen Fußballplatz zwischen zwei umgefallenen Toren. Irgendwann gingen wir zurück zum Bahnhof, warteten auf einen Zug und fuhren weiter. Bis zum nächsten Ort, an dem wir nicht sein mussten, aber aus einem spontanen Impuls heraus sein wollten – und an dem wir deswegen genau richtig waren. Ein Badesee mit Kiesstrand, ein Wald mit schmalen Wegen, eine Koppel, an der ich Wes dazu brachte, zum ersten Mal in seinem Leben Pferde zu streicheln. Wieder Zugfahren, aus dem Fenster blicken, unsere von der Sonne geröteten Gesichter in der Scheibe dicht voreinander, weil ich mich vorbeugte, damit wir uns seine Kopfhörer teilen konnten. Wes' Tag, seine Musik, *Why Worry?* von Dire Straits in Endlosschleife, ich hatte den Text noch nie gehört, aber ich verstand ihn auf Anhieb. Ich wollte mir keine Sorgen machen. Nicht heute. Heute wollte ich mich ausnahmsweise treiben lassen. Ohne Angst unterzugehen, weil ich mich darauf verließ, nicht allein im Wasser zu sein.

Wieder aussteigen, eine Kleinstadt am Bristolkanal mit dicht aneinandergedrängten Häusern, die im Nachmittagslicht versanken. Pommes aus Papptütchen am Pier, dazu Cider aus bauchigen Flaschen, die im Schimmern der absinkenden Sonne im Meer gold-blau leuchteten.

Viele Orte, viele Widersprüche, aber immer … wir. Wes und ich. Wir liefen nebeneinander, die Körper mit etwas Abstand versehen, trotzdem sehr nah, wir lachten, wir schwiegen und vor allem: Wir redeten, redeten, redeten. Schon beim ersten Ausstieg begann Wes das Gespräch mit »Stell dir vor« und den ganzen Tag über blieben wir genau dabei: bei unseren Vorstellungen. In den letzten Wochen hatten wir immerzu über das gesprochen, was wir waren. Heute ging es nur darum, was wir hätten sein können oder wollen – wenn alles anders gewesen wäre. Wenn wir als jemand anderes geboren worden wären, an anderen Orten, mit anderen Familien, anderen Persönlichkeiten, anderen Lebensumständen. Wir durchdachten all die Leben, die wir hätten führen können, all die Träume, die wir hätten haben können, all die Hätte-Wäre-Wenns, die mir ausnahmsweise keine Angst machten, sondern sich gleichermaßen nach Freiheit und Zuflucht anfühlten.

Wir stellten uns vor, Wes und ich wären in derselben Straße aufgewachsen, in denselben Kindergarten gegangen, gemeinsam groß geworden. Wir sprachen über Baumhäuser, die nie jemand für uns gebaut hatte, über Klassenfahrten, die es nie gegeben hatte, über Zukunftspläne, die nie unsere gewesen waren. Wir lebten innerhalb weniger Stunden Hunderte Gedankenleben, die es nie geben würde – nirgendwo, außer in unseren Köpfen. Ich ließ mich bewusst in sie hineinfallen und löste mich von allem, was in meinem realen Leben auf mich wartete und was ich dort war. Und irgendwo zwischen einer der Geschichten, die nur mir gehörte und doch nie meine sein würde, passierte es: Mein Bauchweh hörte auf.

Wir kannten uns nicht lang, doch als wir am späten Nachmittag wieder im Zug saßen und in Richtung zu Hause fuhren, fühlte es sich an, als hätten Wes und ich bereits ein Dutzend Leben miteinander verbracht. Ich betrachtete ihn dabei, wie er permanent aus dem Fenster sah, als wäre er sich sicher, jederzeit etwas Neues in den vorbeifliegenden Landschaften entdecken zu können.

Alles in mir lächelte.

Ich dachte: *Er wäre ein guter Freund gewesen.*

Ich dachte auch: *Er könnte ein guter Freund sein.*

Und ich wusste doch, dass all diese Sätze nur im Konjunktiv funktionierten, und stemmte mich sofort gegen das dumpf pochende Gefühl, das dieser Erkenntnis anhaftete. Weil ich nicht daran denken wollte. Heute wollte ich nur daran denken, dass alles anders hätte sein können. Die leise Stimme, die mir zuraunte: *Ist es aber nicht*, erstickte ich mit weiteren fiktiven Erinnerungen.

Wahrscheinlich lag es irgendwie daran, dass ich wusste, womit ich ihm eine Freude machen konnte. Als die Schaffnerin an unserem Abteil vorbeilief, folgte ich ihr. Keine zehn Minuten später standen Wes und ich neben ihr in der Zugführerkabine.

Die Gleise zeichneten sich vor uns ab, ein Netz aus Wegen, das sich ab und zu gabelte und in verschiedene Richtungen führte. Bei diesem Anblick begriff ich, dass wir heute wirklich Zug gefahren waren. Nicht nur in einem realen Sinn, sondern auch in einem gedanklichen. Über all die möglichen Leben nachzudenken, brachte mich auch dazu, über mein eigenes zu grübeln. Vielleicht musste man manchmal diverse und teilweise abwegige Möglichkeiten im Kopf aufblühen lassen, um zu erkennen, wie viele davon man eigentlich hatte. Und vielleicht hatte Wes recht und das war etwas, das ich in den letzten Jahren zu wenig getan hatte.

»Wie hast du sie dazu gebracht, uns herzulassen?«, raunte er mir zu. Wes stand neben mir an der Tür, schräg hinter dem Fahrer, der sich mit seiner Kollegin unterhielt.

Ich hob die Schultern. »Ich hab einfach gesagt, dass du Züge liebst und dir das hier gern mal ansehen würdest. Du wärst überrascht, wie nett Menschen sind, wenn du freundlich bist. Ich weiß, dass du es gewohnt bist, dass sie tun, was du willst, weil du diesen Namen hast und dieses autoritäre Auftreten, und ihnen damit quasi keine Wahl lässt … aber es geht auch anders.«

Wes schüttelte langsam den Kopf. Sein Blick haftete an der Frontscheibe, hinter dem Blau, Gold und Grün zu einem Farbschleier zerflossen. Und auch wenn wir diesmal ein Ankunftsziel hatten, das wir kannten, war ich mir fast sicher, dass er noch immer darüber nachdachte, wie unglaublich erlebenswert der Weg war.

»Schön?«, fragte ich leise.

»Absurd.« Er zögerte und warf mir dann ein Lächeln zu. So eines, das man auffangen und sorgsam in einer Erinnerungsschatulle aufbewahren wollte, weil man wusste, dass es selten und kostbar war. »Aber auch verdammt schön.«

Ich konnte einfach nicht anders, als ebenfalls zu lächeln. Ein ganz kleines bisschen stolz. »Also absurd schön?«

Wes nickte und bewegte seine Hand auf meine zu. Sein kleiner Finger streifte meinen, eine Gänsehaut kroch über meinen Körper. »Absurd schön.«

# 14. Kapitel

## WESLEY

Im Laufe der Jahre hatte ich festgestellt, dass der Anblick des Anwesens meiner Familie eine Reihe verschiedener Emotionen auslösen konnte. Von Bewunderung über Anerkennung bis hin zu Einschüchterung war alles dabei gewesen.

Doch die Reaktion, an die ich mich am stärksten erinnerte, war die meiner Mutter. Livia hatte jedes Mal den Mund verzogen, wenn sie mich am Ende der Ferien herbegleitet und mir dabei zugesehen hatte, wie ich die Eingangstreppen hinaufgelaufen war. Ich hatte mich als Kind oft gefragt, was an diesem Anblick sie missmutig stimmte – das Haus oder die Tatsache, mich gehen zu sehen. Spätestens mit sieben, als ich sie das erste Mal direkt angefleht hatte, mich bei sich wohnen zu lassen, hatte ich die Antwort erhalten.

Meine Mutter verachtete Protz in Gebäudeform und vermutlich auch die Menschen, die darin lebten. Hätte ich noch Gespräche jenseits der Grenze des Small Talks mit ihr zugelassen, hätte ich sie gefragt, was sie mehr bereute: eine Affäre mit einem der reichsten Männer Englands angefangen oder nicht besser aufgepasst zu haben, dass sie sich kein Kind von ihm einfing. Denn mehr war ich für sie letztlich nicht gewesen: lästig und ärgerlich wie eine Herpesinfektion, die man nie wieder ganz loswurde, den Großteil des Jahres aber immerhin verdrängen konnte.

Ich sagte diese Dinge nicht laut. Livia hätte sie abgestritten und versucht, in komplizierten, schönen Worten zu erklären, was leider simpel und hässlich war: Sie hatte mich nie gewollt. Ebenso wenig, wie sie ein Leben in einem Haus wie diesem gewollt hatte.

Ich verstand das, beides. Immerhin überkam mich jedes Mal, wenn ich vor der Treppe innehielt und hinaufstarrte, ein Fluchtreflex, der mich nicht nur weit weg von diesem Ort bringen wollte, sondern irgendwie auch von mir selbst.

Langsam schüttelte ich den Kopf und wandte mich May zu, die neben mir stand. Seit wir uns am Bahnhof in das Taxi gesetzt hatten, hatten wir beide kein Wort mehr verloren. Dennoch spürte ich seitdem immer wieder ihren wachsamen Blick über mich flimmern. Auch jetzt sah sie mich an, nicht die Villa – mit Sorgenfältchen auf der Stirn und einem stillen Fokus in den Augen.

»Also, das ist es. Hunderte Jahre beständiger Protz. *Tada.*« Das letzte Wort klang genauso lustlos, wie ich mich fühlte. Der Tag war bisher so schön gewesen, so … intensiv, dass mich diese Situation noch wütender werden ließ. Warum hatte ich mich dazu bereit erklärt, May hierher mitzunehmen? Hatte ich ernsthaft gedacht, ihre Anwesenheit würde Nachhausekommen weniger beschissen werden lassen?

Mays Sorgenfältchen wurden tiefer, die Sorgenschluchten in ihren Gedanken vermutlich auch. Ihr Blick tastete die Stufen entlang, über die goldenen Beschläge der Tür hinweg, zurück zur gepflasterten Einfahrt und an ihren eigenen Beinen hinauf. Ihre Schuhe und die nackten Knöchel waren mit Schlammspritzern versehen, aus dem Saum ihres Kleides lösten sich Fäden. Überbleibsel eines Tages, der so wenig zu diesem Abend passen würde wie wir zueinander. Ich konnte ihr ansehen, dass sie sich fragte, ob sie falsch angezogen war, und hätte ihr gern gesagt, dass es normal war, sich hier so zu fühlen: unangebracht.

Doch da räusperte sie sich schon. »Gibt es eigentlich einen besonderen Anlass für das Essen?«

»Zählt die Tatsache, dass mein Vater mich schon eine Weile nicht hat spüren lassen, was für eine Enttäuschung ich bin?«

»Ich bin sicher, dass du das nicht bist.« May rang die Hände, als müsste sie sich davon abhalten, sie nach mir auszustrecken. Vielleicht wollte ich das aber auch nur denken.

»Tja, unterhalten wir uns am Ende des Abends noch mal darüber.« Ohne ihr Zeit für eine Erwiderung zu lassen, ging ich die Stufen hinauf und klingelte. Je schneller ich das hier hinter mich brachte, desto besser.

Sekunden verstrichen, dann ertönte das Klackern von Absätzen und die Tür wurde geöffnet. Eine Frau in schwarzer Kleidung tauchte im Rahmen auf und sah uns entgegen. »Guten Abend.«

Ich stutzte, weil mir das Gesicht nicht bekannt vorkam. Zwar war ich eine Weile nicht mehr hier gewesen, aber ich wusste noch genau, wer das letzte Mal peinlich berührt im Eingang des Esszimmers gestanden hatte, als mein Vater und ich uns gestritten hatten. Worüber konnte ich nicht mehr sagen. Vermutlich über die Uni, die Tatsache, dass ich Psychologie studierte und noch dazu nicht wirklich gut darin war, oder darüber, dass ich mich weigerte, mich wie eine geschmückte Kuh auf den Veranstaltungen der Stiftung herumführen zu lassen.

»Sie sind neu. Wo ist Francesca?«

Auf ihren Wangen breitete sich Röte aus, als wäre es ihr Fehler, dass ich sie nicht kannte. Dabei tauschte mein Vater seine Angestellten relativ freigiebig aus, wenn ihm irgendetwas an ihnen nicht passte. »Miss Reeves arbeitet nicht mehr hier. Ich bin Elena. Und Sie …?«

»Wesley«, half ich ihr auf die Sprünge. »Sie wissen schon, der missratene Sohn. Stand bestimmt als Information in Ihren Begrüßungsunterlagen.« Ein unechtes Grinsen verzerrte meine Lippen, als ich mich zu ihr vorlehnte. »Keine Sorge, ich werde nicht verraten, dass Sie beim Auswendiglernen was versäumt haben.«

Elena blinzelte überfordert. Was ich gut verstand. Ich wusste, wie ich gerade mit ihr sprach – von oben herab, höhnisch, gelangweilt. Es war ätzend, *ich* war so ätzend, doch ich konnte nichts dagegen tun. Dieses Haus musste sich nur vor mir auftun und ich rutschte haltlos in das Ich hinein, das ich jahrelang hier gewesen war.

Ich erinnerte mich erst daran, dass ich nicht allein war, als May sich neben mich schob und Elena mit einem Lächeln ihre Hand hinhielt. »Hi, ich bin May.«

Der Blick der Hausangestellten glitt von ihrem Gesicht zu ihrer Hand und wieder zurück. Sie würde sie nicht nehmen, natürlich nicht, aber in diesem Moment war ich trotzdem dankbar dafür, dass May es versucht hatte. Etwas an dieser freundlichen Geste beruhigte meinen Puls.

Elena wich zurück und öffnete die Tür weiter. »Kommen Sie herein. Mr Hastings ist noch in einem Gespräch. Ihr Bruder müsste jederzeit eintreffen. Wir servieren das Essen um zwanzig Uhr. Wenn Sie etwas benötigen, rufen Sie einfach.« Sie nickte uns zu, dann drehte sie auf dem Absatz um und verschwand in Richtung der Küche.

May folgte mir in die Vorhalle und sah sich mit großen Augen um. Zwar war die Villa, in der sie mit ihren Freunden lebte, recht groß, im Vergleich zum Anwesen meiner Familie glich sie jedoch einer beschaulichen Hütte. Das hier war ein Palast aus Stein, Kronleuchtern und handgeschnitzten Treppengeländern, aus verspiegelten Wänden und Fenstern, die mit Brokatstoffen verhängt waren. Alle Möbel waren uralt und aufwendig restauriert worden, die Haustechnik hingegen war hochmodern, was natürlich gut verborgen wurde. Alles Fassade, alles falsch.

Ich wusste nicht mal, wie viele Zimmer es gab, geschweige denn, wie viele Quadratmeter mein sogenanntes Zuhause umfasste. Es spielte keine Rolle: Ganz egal, wie riesig das hier war, ich fühlte mich winzig darin. Je weiter die Wände entfernt waren, desto mehr hatte ich das Gefühl, meine inneren würden mich zusammenpressen – in den größten Räumen überkam mich ein kaum zu ertragendes Engegefühl. Ich wusste nicht, wann es angefangen hatte, doch ich wurde dieses Gefühl nicht mehr los. Das war auch der Grund dafür, weshalb ich mir die Einzimmerwohnung in Windsbury gemietet hatte. Wäre es nach meinem Vater gegangen, hätte er mir irgendein protziges Appartement mit fünf Zimmern gekauft, die ich nie hätte füllen können. Wäre es nach meinem Vater gegangen, hätte sich dieses allerdings auch in Oxford befunden.

Ich schüttelte den Kopf. Diese Gedanken hingen an einer endlosen Kette. *Wäre es nach meinem Vater gegangen*, wäre nämlich so gut wie alles an und in mir anders.

Wir hatten den Eingangskorridor hinter uns gelassen und bogen in den Westflügel, als May die Stille zwischen uns brach. »Du hast gesagt, dass du große Häuser hasst. Liegt das … an diesem Haus?«

Ich lächelte halbherzig. »Mir wurde hier nichts Schlimmes angetan, falls du das meinst. Mein Vater ist nicht auf diese Art grausam.«

»Sondern?«

Ich hob die Schultern, während wir an einer Marmorstatue mit leidendem Gesicht vorbeiliefen. »Auf eine subtilere Art. Auf eine, die dir kalt unter die Haut kriecht und dir das Gefühl gibt, ein völliger Versager zu sein. Ich hab mich hier immer mehr gehasst als ihn. Dass er das hinbekommen hat, dafür muss man ihm eigentlich Respekt zollen.« Ich lachte unecht auf und bog um eine Ecke.

Der Anblick dahinter ließ May innehalten. Ich tat es ihr gleich und versuchte, das Bild, das sich uns bot, so unvoreingenommen zu betrachten wie sie. Die helle Wandfarbe war kaum zu sehen, weil beide Seiten des Flurs komplett mit Gemälden verhangen waren. Porträts und Landschaftsbilder, verschiedene Stile und Epochen, alle ähnlich überteuert, dafür, dass es nur Farbe auf Leinwand war.

May trat einen Schritt auf das Bild zu, das ihr am nächsten hing. Ein verwunschener Garten im impressionistischen Stil, der ein wenig an den der Mulberry Mansion erinnerte.

»Das ist ein kleines Museum, unglaublich«, murmelte sie.

Ich gab ein ungewollt heftiges Schnauben von mir. »Unglaublich übertrieben, wenn du mich fragst. Meine Vorfahren haben früh damit angefangen, Kunst zu sammeln. Ich glaube, es ging ihnen dabei nur darum, etwas zu besitzen, um es anderen vorzuenthalten. Immerhin hat mein Vater damit gebrochen und sich dafür eingesetzt, dass hier gelegentlich Führungen veranstaltet werden.«

»Das ist doch nett von ihm.«

»Hm. Damals fand ich es vor allem nervig, ständig in eine Gruppe Kunststudierender hineinzulaufen, die so tut, als wäre das hier eine sagenumwobene Schatzkammer.«

»Komm schon, findest du diese Galerie gar nicht schön?«

»Doch. Klar.«

»Sehr überzeugend.«

Ich seufzte. »Ich kann es nicht erklären, aber solche Häuser fühlen sich für mich einfach kalt an. Nach Einsamkeit und Leere und … Stillstand.«

»Aber so muss es doch nicht sein. Ein Ort ist immer auch das, was wir daraus machen. Ich meine … in diesem Moment bist du nicht einsam, ich bin hier. Es ist nicht leer, denn zufällig stehen wir in der Mitte einer beeindruckenden Kunstsammlung. Und was den Stillstand angeht …« Sie zögerte, dann drehte sie sich zu mir um und streckte die Hand aus. »Darf ich dich anfassen? Die Einwilligung erfolgt natürlich nur für den Moment und ist jederzeit widerrufbar.«

Meine Mundwinkel zuckten nach oben. »Was hast du vor?«

»Wir verbinden etwas, das du hasst, mit etwas, das du liebst«, sagte sie und biss sich flüchtig auf die Unterlippe.

Mehr brauchte es nicht und dieser eine Gedanke breitete sich mit kreisenden Bewegungen in mir aus. Ich fühlte ihn überall – unangenehm brennend. Mir war bewusst, dass May nicht darauf anspielte, doch ich konnte nichts dagegen tun, dass mir trotzdem sofort dieses bestimmte *Etwas* durch den Kopf und den ganzen Körper schoss. *Etwas*, das ich seit längerer Zeit nicht getan hatte, an das ich in den letzten Tagen aber immer öfter denken musste.

Ich hatte keine Ahnung, wie es dazu kommen konnte. Ich meine, ich hatte sie in Unterwäsche in meinem Badezimmer gesehen, war halb nackt mit ihr schwimmen gegangen, und es war … okay gewesen. Da war der Reflex gewesen hinzusehen, weil sie objektiv betrachtet hübsch war, aber mehr nicht. Doch irgendetwas war letzte Woche passiert. Als hätte das Waldseewasser etwas abgewaschen, eine Schutzschicht, die zwischen uns gelegen und uns genau hiervor bewahrt hatte – die *mich* hiervor bewahrt hatte. Jetzt war es da: ein permanentes unterschwelliges Pochen, das in den seltsamsten Momenten unerträglich heftig wurde. Wenn sie Balsam auf ihren Lippen verteilte, sich die Haare hinter das Ohr strich oder der Träger ihres Kleides über ihre Schulter rutschte und goldene Sommersprossen entblößte. Sie machte nichts davon bewusst provozierend, es war alles unschuldig und sanft, doch in diesen Augenblicken ertrug ich es nicht, sie anzusehen. Weil meine Atmung sich beschleunigte, mein Blut sich in unangebrachten Körperteilen sammelte und ich dagegen ankämpfen musste, mein Versprechen zu brechen.

Irgendwie fühlte es sich so an, als würde ich das schon tun. Ich hatte ihr geschworen, sie nicht anzufassen, doch in diesen Momenten hatte ich das Gefühl, ich würde allein mit meinen Gedanken dagegen verstoßen. Dabei wusste mein Kopf, dass das keine Option war, nie sein würde. Dennoch konnte ich es nicht abstellen. Und ich verstand nicht, wieso.

Natürlich, wir verbrachten viel Zeit miteinander, vielleicht war es also logisch, dass dieser Gedanke irgendwann aufkeimte. Aber war es auch logisch, dass er derart Wurzeln in mir trieb, dass ich mich davon angemacht fühlte, wenn sie in einem Kurs gedankenverloren auf ihren Bleistift biss, sich die Schleife in ihrem Haar löste und ein paar Strähnen in ihren Nacken fielen oder sie einfach nur vor mir herlief und dabei auf unbedachte Weise ihre Hüfte bewegte? Oder, noch besser: War es logisch, dass es ausreichte, ihr Lachen auf der Terrasse der Mensa, fünf Tische entfernt von mir, zu bemerken, oder sie von etwas erzählen zu hören, das sie so mochte, dass ihre Stimme nach einem Lächeln klang? Welcher normale Mensch fühlte sich von einer *lächelnden Stimme* erregt? Das war nicht logisch. Das war absurd.

Und, Gott, wirklich, ich hasste mich dafür, weil ich mir jedes Mal unsagbar schmutzig vorkam, wenn sie mir einen Blick zuwarf, der völlig arglos wirkte. Ich hätte echt alles getan, um dieses Gefühl wieder abzuschütteln. Das Problem war nur, dass die effektivste Art, diesen Drang loszuwerden, hierbei irgendwie nicht funktionierte. Denn wenn ich mir vorstellte, ein anderes Mädchen zu treffen, verebbte das Verlangen schlagartig. Ich hätte es trotzdem tun können, klar, aber ich *wollte* nicht.

Ganz offensichtlich hatte ich gerade kein Interesse daran, mit irgendwelchen Frauen zu schlafen. Dafür hatte ich heute in jeder Konjunktivversion eines Lebens, die wir uns überlegt hatten, zwanghaft darauf verzichten müssen, May und mich in *diese Richtung* zu lenken. Selbst in diesem Moment des realen Lebens konnte ich nur daran denken, sie gegen eine der Säulen zu drängen und zu küssen – und das, während sie mich aus diesen verflucht großen grünen Augen unsicher musterte. Was auch immer gerade mit mir los war, anscheinend war ich nicht hormongesteuert, sondern maygesteuert. Das machte es nur leider nicht besser, ganz im Gegenteil. Das Fazit des Ganzen war deutlich: Ich war wirklich ein verdammtes Arschloch.

Je länger sie meinen Gesichtsausdruck beobachtete, desto mehr begriff sie vermutlich, was sie soeben gesagt hatte, oder konkreter: wie man es verstehen könnte. Röte breitete sich auf ihren Wangenknochen aus. »Vorsicht, Wesley Hastings. Ich kann hören, was du denkst.«

»Oh, ich glaube nicht, dass du das kannst, May Little.« Meine Stimme klang ein bisschen zu kehlig. Bevor sie darauf reagieren konnte, umfasste ich ihre Hand mit meiner. Unsere Finger verflochten sich miteinander – nicht nur der kleine, alle. Eine unschuldige Berührung, mein Herz pochte trotzdem heftiger. »Also, was tun wir jetzt?« Eine Frage, tausend Kopfbilder, für die ich mich schuldig fühlte.

May reckte lächelnd das Kinn. »Wir fahren noch mal Zug.«

»Und das bedeutet?« Ich versuchte, ihr zu folgen, aber meine Denkfähigkeit war eingeschränkt, weil sie nicht aufhörte, mit ihrem Daumen beiläufig über meinen Handrücken zu streichen. Gott, ich war *so* am Arsch.

»Wir rennen.«

»Rennen? Hier?«

Mir war bewusst, wie ungläubig es klang. Immerhin war mir als Kind eingetrichtert worden, dass man in diesen Fluren nicht herumrannte. Eigentlich rannte ein Hastings nie. Er plante genug Zeit ein, um würdevoll von A nach B zu gelangen. Und wenn er doch mal zu spät kam, war das so gewollt. Ein Hastings machte keine Fehler. Ein Hastings …

»Ja. Oder bist du zu cool dafür?« Mays Stimme zog mich von dem Brandeisen der alten Glaubenssätze meiner Familie fort, das Pochen in meinen Schläfen wurde schwächer.

Ein Lachen rutschte mir heraus, viel zu laut und ehrlich für diesen Ort. »Es ist verdammt schwer, in deiner Nähe cool zu bleiben, *Lille*.«

»Kompliment oder Vorwurf?«

»Tatsache.« Es stimmte, was sie letztens gesagt hatte: May war nicht *cool*. Nichts an ihr war kühl, lässig oder gewollt unbeeindruckt. May zeigte es ungefiltert, wenn sie etwas oder jemanden liebte. Sie war in jeder Hinsicht der wärmste Mensch, den ich kannte. Und das war so viel wertvoller und ansteckender und … schöner als alles andere.

May fragte nicht weiter nach. Sie lächelte, drückte sacht meine Hand und dann, dann rannte sie los. Einfach so.

Ihr Griff war nicht grob, trotzdem so entschieden, dass ich nicht anders konnte, als mich von ihr mitziehen zu lassen. Zuerst verhalten, weil ich mich ihren Schritten anpassen musste und weil das hier echt ein bisschen schräg war. Doch schon nach den ersten Metern spürte ich, wie sich etwas in mir löste. Ich hörte auf zu denken und fing an zu rennen. Vorbei an Gemälden, den Statuen irgendwelcher Vorfahren, den Fensterscheiben, hinter denen die Sonne den Garten des Anwesens flammenrot färbte.

Die Farben der Ölgemälde um uns herum lösten sich, zerliefen vor mir zu einem neuen Kunstwerk, einem, das niemand vor uns je gesehen hatte. Wir rannten und lachten und atmeten schwer und die ganze Zeit über blieben unsere Hände miteinander verschränkt. Das hier war nicht nur flüchtiges Berühren, das hier war Festhalten, und ich hatte das Gefühl, dass ich genau das gebraucht hatte, um etwas anderes abzuschütteln. Ich konnte es nicht mal mehr albern finden, weil es einfach … guttat.

May hatte recht, auf gewisse Weise war das hier wie Zugfahren. Denn während wir rannten, schälte sich dieses Haus aus den Gefühlen, die ich ihm jahrelang umgebunden hatte, und wurde zu dem, was es darunter war: einem großen, beeindruckenden, harmlosen Gebilde aus Steinen, Lehm und Holz. Und wenn das möglich war, einfach indem man die richtige Hand hielt und alles andere losließ, dann war vielleicht tatsächlich alles möglich.

Der Gedanke dehnte sich seltsam bedeutungsschwer in mir aus, doch in diesem Moment bremste May abrupt ab, sodass ich in sie hineinlief. Ich umfasste ihre Schultern und zog sie reflexhaft an meine Brust, während ich dem Mann entgegensah, der uns vom Ende des Flurs mit regloser Miene beobachtete.

May atmete tief ein, ihr Blick glitt zwischen Basil und mir hin und her. Ich war sicher, dass sie sofort begriff, wer er war. Mein Bruder und ich sahen einander auf subtile, aber eindeutige Weise ähnlich. Die Kieferpartie war auf dieselbe Art kantig, die Wirbel unserer Haare gleich stark ausgeprägt. Basils waren im Gegensatz zu meinen dunkelbraun, ebenso wie seine Augen und die markanten Brauen. Seine Lippen waren schmaler als meine, sein Nasenrücken breiter. Ich wusste, dass ich im klassischen Sinn die angeblich attraktiveren Züge hatte, trotzdem war es Basil, von dem man den Blick nicht abwenden konnte.

Es lag an seiner Haltung: Alles an ihm strahlte Selbstbewusstsein und Autorität aus.

Sekundenlang starrten wir einander an, dann kam er auf uns zu. Ich spannte mich an und ließ May los, um neben sie zu treten. Als er ein paar Schritte vor uns innehielt, lächelte sie.

Basils Blick streifte sie nur für Sekundenbruchteile, ehe er sich mit gerunzelter Stirn an mich wandte. »Seit wann bringst du deine Mätressen mit zum Familienessen?«

Ich wusste nicht, was schlimmer war. Sein genervter Tonfall oder seine Worte. Er war unverhohlen unfreundlich, und obwohl das etwas war, das ich selbst auf Knopfdruck beherrschte, hatte es mich noch nie so gestört. Aus dem einfachen Grund, dass er die Worte nicht gegen mich richtete, sondern gegen May. Ich wollte etwas erwidern, aber sie kam mir zuvor.

»Es freut mich auch sehr, dich kennenzulernen, Garlic.«

Mein Bruder hob die Augenbrauen. »Basil.«

May lächelte, obwohl sich verräterische Röte in ihre Wangen schlich. »Mein Fehler.«

Ich konnte sie nur anstarren. Mir war bewusst, dass sie vermutlich schon überlegte, ob sie zu weit gegangen war, aber ich musste gerade wirklich, wirklich dem Drang widerstehen, ihren Kopf in meine Hände zu nehmen und sie zu küssen. Stattdessen zwang ich mich dazu, mich auf meinen Bruder zu fokussieren. »Basil, das ist May, eine rein platonische Freundin. Ich habe unseren Vater, oder besser gesagt seine Sekretärin, darüber informiert, dass ich sie mitbringe. Ich wäre dir also verbunden, wenn du dich an unsere Erziehung erinnern und höflich sein könntest.«

Wir fixierten einander kurz, schließlich rang Basil sich ein Lächeln in Mays Richtung ab. »Entschuldige bitte. Ich bin es nicht gewohnt, dass mein Bruder Besuch mitbringt. Im Grunde bin ich es nicht einmal gewohnt, dass er selbst herkommt.«

Er drehte sich um und verschränkte die Hände hinter dem Rücken. Das Hemd, das er trug, war knitterfrei und ordentlich in seine dunkle Hose gesteckt. Ich kam mir sofort unzureichend vor – äußerlich und innerlich.

»Dann kommt. Dad wartet schon.«

Erst als er um die Ecke gebogen war, wandte ich mich mit einem Schmunzeln an May. »Garlic? Wie … der Knoblauch?«

Sie verzog den Mund zu einem halbherzigen Grinsen. »Was soll ich sagen? Ich habe vom Besten gelernt.«

Mir war bewusst, worauf sie damit anspielte. Auf dieses bescheuerte Monatsspiel, das ich während unserer ersten Gespräche mit ihrem Namen veranstaltet hatte. Es war verständlich, dass sie sich davon aufgezogen gefühlt hatte, weil ich gewollt hatte, dass es so wirkte.

Es war leichter, die Dinge ins Lächerliche zu ziehen, als sie ernst zu nehmen. Denn in diesem Fall hätte ich vor ihr – und vor mir – zugeben müssen, dass etwas ziemlich Dämliches dahintersteckte, dass ich ihren Namen im Kopf oft gegen andere Monate ausgetauscht hatte: Ich hatte einfach immer an Sommer gedacht, wenn ich sie angesehen hatte.

Und jetzt gerade, da dachte ich nicht nur an Sommer, ich spürte ihn auch. Normalerweise hätte ich mich entschieden gegen dieses Gefühl gestemmt, doch in diesem Moment war es mir recht. Ein Essen mit meinem Vater konnte frostiger sein als der schneereichste Wintertag. Ein bisschen Sommer konnte da nicht schaden. Und so absurd es auch war: ein bisschen May vermutlich auch nicht.

# 15. Kapitel

## MAY

Als ich aufgewachsen war, hatten wir immer in der Küche gegessen. Die Wohnung, in der wir gelebt hatten, war nicht sonderlich groß gewesen und es hatte keinen Platz für einen separaten Esstisch gegeben. Ich war es gewohnt gewesen, an dem schmalen Küchentisch zu essen, an dem ich Schulbrote schmierte, Hausaufgaben kontrollierte und abends über meinem Laptop einnickte, während ich wartete, wartete, wartete.

Wes' Elternhaus hingegen war riesig, viel größer als die Mulberry Mansion. Es wunderte mich nicht, dass es nicht nur einen langen Esstisch gab, sondern ein dazugehöriges Zimmer, das dieser Bezeichnung entwachsen war. Die ganze Halle wirkte kühl und ungemütlich. Sogar die Holzstühle, auf denen wir saßen, waren zu hart zum Anlehnen. Vielleicht war das auch beabsichtigt, denn sowohl Wes' Bruder als auch sein Vater saßen kerzengerade an der Sitzkante.

Edward Hastings war ein großer, schlanker Mann Ende fünfzig, dem man das Reichsein ansehen konnte. Ich war nicht sicher, woran ich das festmachte. Womöglich an dem schlichten Anzug, dem ordentlich frisierten Haar, dessen Dunkelbraun mit feinen Silberfäden durchzogen war, oder an seinem Blick, der über einen hinwegzuschießen schien, selbst wenn man Augenkontakt hielt. Was er, zumindest mit mir, nur kurz getan hatte. Im Gegensatz zu Basil ließ er sich nicht anmerken, wenn ihn meine Anwesenheit störte, ich war mir allerdings schon bald nicht mehr sicher, ob sie ihm überhaupt auffiel: Er beachtete mich nicht im Geringsten.

Stattdessen konzentrierte er sich darauf, Wes Fragen zu stellen. Bei jeder einzelnen zuckte ich innerlich zusammen. Nicht wegen der Fragen an sich, die um sein Studium oder seine Zukunftspläne kreisten. Eher, weil bereits in der Kombination aus Formulierung und Tonfall die Enttäuschung über die Antwort mitschwang, bevor Wes sie geben konnte.

Zugegeben, er gab sich auch keine Mühe, ihn positiv zu überraschen. Er lehnte als Einziger an der Stuhllehne, als wäre sie immer noch bequemer als der Gedanke, es seinem Vater nachzutun, schob die glasierten Karotten von einer Tellerseite zur anderen und gab knappe, gelangweilte Erwiderungen. Ich verstand sogar, dass sein Vater von Minute zu Minute gereizter wurde. Mir wäre es ähnlich gegangen, wenn ich nur diesen Wes gekannt hätte. Dass ich auch einen anderen kannte, machte es noch schwieriger, hierbei kommentarlos zuzusehen. Wes hätte nur mehr er selbst sein müssen und diese Situation wäre bestimmt anders verlaufen.

So endete sie damit, dass Mr Hastings ihn mit einem Kopfschütteln bedachte. Ich wollte *bedauernd* denken, es reichte nur für *abfällig*. »Ich nehme also an, du weigerst dich noch immer, die Arbeit in der Stiftung aufzunehmen?«

Wes ließ sein Besteck auf den Teller fallen und funkelte seinen Vater quer über den Tisch an. »Wir hatten einen Deal. Du lässt mich fertig studieren, und wenn ich danach immer noch keine Ahnung habe, was ich tun will, steige ich ein.«

Mein Bauch zog sich ein bisschen zusammen. Davon hatte ich bisher noch gar nichts gehört.

Sein Vater nickte und trank einen Schluck Wein. »Richtig. Ich bin mir nur allmählich nicht mehr sicher, ob du dieses sogenannte Studium jemals abschließen wirst. Ich hatte die Hoffnung, du wärst langsam bereit, diese Zeitverschwendung für uns alle abzukürzen.«

»Nein.« Wes nahm ebenfalls einen Schluck aus seinem Glas. Ich konnte ihm ansehen, dass er es in diesem Moment bereute, bei Wasser geblieben zu sein.

»Lass ihn, Dad«, schaltete Basil sich ein. »Immerhin wird Mason uns bald unterstützen. Er wird in vielerlei Hinsicht eine größere Bereicherung sein als … das.« Er nickte knapp in Wes' Richtung.

Ich hatte längst aufgehört zu essen, hielt mein Besteck aber immer noch fest umklammert. Das hier war furchtbar. Die Tatsache, dass sich Wes' Familie nicht einmal vor mir Mühe gab, freundlich zu sein, ließ mich ahnen, wie sehr sich dieser Umgangston zwischen ihnen festgesetzt hatte.

Sein Vater brummte. »Er ist dennoch kein Hastings. Im Grunde verlieren wir durch ihn eine Namensteilhaberin.«

Wes runzelte die Stirn. »Was soll das bedeuten?«

Widerwillig wandte Basil sich ihm zu. »Mason hat unserer Schwester einen Antrag gemacht. Vor vier Wochen.«

Während ich noch daran knabberte, dass Wes eine Schwester hatte, die er nie zuvor erwähnt hatte, richtete er sich ruckartig auf. »Was? Und sie hat Ja gesagt?«

Basil verdrehte die Augen. »Natürlich. Sie sind seit fünf Jahren ein Paar. Es war längst überfällig, dass sie es offiziell machen.«

Wes stieß ein fassungsloses Lachen aus. »Ach ja, wieso? Damit ihr endlich von Masons Familie profitieren könnt?«

»Jetzt tu nicht so, als hätten wir Imogen gezwungen, mit ihm zusammen zu sein. Seine Familie und die Kooperation, die sie ermöglicht, sind nur ein Pluspunkt dieser Beziehung.«

Wes presste die Handflächen auf den Tisch und beugte sich

vor. »Selbst wenn sie diesen Langweiler liebt, warum auch immer, Ginny wollte nie heiraten. Schon gar nicht so früh. Sie hätte nicht Ja gesagt, wenn …«

»Wenn was, Wesley?«, fiel sein Vater ihm barsch ins Wort. »Wenn ihr diese Familie etwas bedeuten würde? Wenn es ihr nicht gleichgültig wäre, was unser Umfeld über sie denkt? Wenn sie nicht den Anstand besäße, Rücksicht auf ihren Namen zu nehmen? Du könntest dir einiges von deiner Schwester abschauen, wenn du endlich deinen Trotz ablegen und dich dem stellen würdest, was es bedeutet, ein Hastings zu sein.«

»Oh, und dahingehend hast du mir eine Menge beigebracht, nicht wahr, *Vater*?« Das letzte Wort klang so verbittert, dass ich reflexhaft meine Hand nach Wes' Bein ausstreckte.

Kurz vorher zog ich sie zurück und schob sie unter meinen Oberschenkel. Genau in dem Moment, in dem Mr Hastings sein Glas mit solcher Wucht auf den Tisch stellte, dass etwas überlief. Roter Wein kroch über seine Finger, rote Farbe in seine Wangen, als er sich ebenfalls vorbeugte. »Wage es nicht, mir zu unterstellen, ich wäre dir kein guter Vater gewesen! Ich habe deine ganze Jugend damit verbracht, hinter dir und deinen Eskapaden herzuräumen. Und wie dankst du es mir? Indem du ein Studium aufnimmst, das dich in keiner Weise auf deinen Platz in dieser Familie vorbereitet, und selbst dieses schleifen lässt, weil du dich aufführst wie ein fauler, dummer Bengel. Und sogar das lasse ich dir durchgehen, zahle weiterhin bereitwillig deine Rechnungen und lade dich an diesen Tisch ein, nicht wahr? Also versuche nicht, mich jetzt als Übeltäter hinzustellen: Ich habe dir alle Türen geöffnet. Es war und ist nach wie vor deine kindische Entscheidung, jede einzelne davon zuzuschlagen!«

»Er hat recht. Denkst du, wir würden nichts davon hören, wie sich deine Freunde und du benehmt? Ihr seid keine pubertierenden Teenager mehr, Wes. Ihr seid erwachsen, und ihr solltet langsam begriffen haben, dass das Leben aus weit wichtigeren Dingen als Partys und«, Basils Blick wanderte zu mir, »anderen Zeitvertreiben besteht. Das ist einfach nur peinlich.« Er sah mich bis zum letzten Wort an, erst dann konzentrierte er sich wieder auf seinen Teller.

Es lag nicht daran, dass er mich indirekt beleidigte. Es lag einzig und allein daran, wie Wes auf seinem Stuhl saß. Sein Rücken war kerzengerade, aber ich konnte ihm ansehen, dass er innerlich völlig verkrampft war. Seine Finger waren um den Bauch des Wasserglases geschlossen, so fest, dass ich Sorge hatte, es könnte zerspringen. Das Glas, Wes selbst, der Moment.

Ich legte mein Besteck beiseite und richtete mich auf. »Ich weiß, ich bin kein Teil dieser Familie und es steht mir deswegen nicht zu, über Ihre Beziehung zu urteilen. Aber ich studiere jetzt seit zweieinhalb Jahren mit Wes und kann deswegen sagen, dass er weder peinlich noch faul oder dumm ist. Er bevorzugt es nur, selbstbestimmt zu handeln. Das ist das Gegenteil von jemandem, der sein gesamtes Leben nach den Anweisungen anderer Menschen gestaltet.« Ich sah zu Basil. »Du weißt schon, so was wie … eine berufliche Laufbahn einschlagen, nur weil die Familie das will. Menschen treffen, die sich gut in einer Hochzeitsanzeige machen würden, ganz gleich, ob das, was sie zu erzählen haben, auch nur im Geringsten interessant ist. Sonntags Golf spielen, weil das schicker aussieht, als einen Sport auszuüben, bei dem die Gefahr besteht, das Hemd könnte knittern. Solche Dinge eben.«

Es war so still im Raum, dass ich meinen eigenen Herzschlag unnatürlich laut in meinen Ohren hörte. Ich war nicht sicher, ob er mich anfeuern oder zum Aufhören bewegen wollte. Dabei hatte ich längst keinen Einfluss mehr auf das, was ich sagte. Das hier war wie auf der Party, als meine Hand beschlossen hatte, die Limonade in Lukes Gesicht zu schütten. Ich *musste* das tun.

Ruhig konzentrierte ich mich aufs Tischende, an dem Mr Hastings saß. »Ich denke, dass jemand, der bestehende Regeln und Vorgehensweisen hinterfragt, deutlich mehr für eine Führungsposition jeder Art geeignet ist als jemand, der es gewohnt ist, der nächstbesten Autorität zu folgen. Um Dinge weiterzuentwickeln und voranzutreiben, muss man bereit sein, abseits der gängigen Wege zu denken. Aber das ist nur meine Meinung. Und was weiß ich schon.« Mein Kopf glühte, doch ich sah Wes' Vater so lang in die Augen, bis er sich abwandte. Ausdruckslos, kommentarlos.

Die folgenden Sekunden zogen sich unangenehm in die Länge, und ich war kurz davor, mich zu entschuldigen – entweder für meine Worte oder dafür, den Raum zu verlassen. Dann, endlich, schwang die Tür auf und eine Angestellte kam mit einem Tablett voller kristallener Servierteller herein.

Basil räusperte sich. »Es gibt Walnuss-Tarte zum Nachtisch.«

Ich rang mir ein Lächeln ab, während das Pochen in meinem Gesicht langsam wieder abnahm. »Toll.«

Als die Frau den Teller vor mir abstellte, erlaubte ich mir einen Blick in Wes' Richtung. Und obwohl er noch immer in sein Glas hineinstarrte, bemerkte ich ganz genau, dass seine Mundwinkel nach oben geklettert waren.

Wir brachten das Essen hinter uns, ohne dass das Gespräch noch einmal derart auf der Kippe stand. Im Grunde stand es nur noch still, zumindest für Wes und mich. Basil und Mr Hastings sprachen über die Arbeit der Stiftung und gingen eine Reihe von anstehenden Veranstaltungen durch, während Wes abwesend ins Kerzenlicht starrte. Und ich, ich saß nur da und konnte nicht glauben, dass das hier wirklich so lief. Wes hatte gesagt, er hätte seinen Vater und Bruder lang nicht gesehen, jetzt, nachdem die Fakten abgehakt waren, taten beide so, als wäre er nicht da. Am liebsten hätte ich noch etwas gesagt, aber ich wusste, dass mir das nicht zustand. Das hier war nicht meine Familie, nicht meine Beziehung, nicht mein Leben. Trotzdem hatte ich vor lauter Unverständnis und Kummer nach der Hälfte der Tarte solche Bauchschmerzen, dass ich nicht mehr weiteressen konnte. Ich wusste, wie weh es tat, wenn man sich so … ungesehen fühlte. Als wäre man unsichtbar, während man vor den Menschen stand, die einen doch angeblich am allermeisten lieben sollten.

Unmittelbar nachdem der Nachtisch abgeräumt worden war, verabschiedete sich Wes' Vater in sein Büro und Basil nach Hause. Sie umarmten Wes nicht, sie sahen ihn kaum an. Von mir ganz zu schweigen. Beim Verlassen der Villa kam ich mir vor, als hätte ich versagt. Ich hatte das hier besser für Wes machen wollen, stattdessen hatte ich es unangenehmer werden lassen und fühlte mich selbst auch schlecht.

Wes lehnte sich neben der Treppe gegen die Balustrade und legte den Kopf in den Nacken, atmete tief durch. Dann erst sah er mich an. »Was du da drinnen gesagt hast …«

Stöhnend hielt ich mir die Hände vor die Augen. »Ich weiß. Mein Verstand hat einfach ausgesetzt, als die beiden diese gemeinen Sachen von sich gegeben haben. Ich bin zu weit gegangen. Tut mir leid.«

»Machst du Witze?«

Ein Zögern, dann umfasste er plötzlich meine Handgelenke und zog sie von meinem Gesicht. Er neigte den Kopf in dem Moment, in dem ich meinen anhob – unsere Stirnen stießen gegeneinander. Es war keine Absicht, doch Wes wich nicht sofort zurück. Stattdessen drückte er seine Stirn gegen meine, zwei, drei Sekunden lang. Ich musste daran denken, wie Wes und Luke etwas Ähnliches nach ihrem Streit auf der Party gemacht hatten, und fragte mich, ob das hier seine Art einer Umarmung war.

»Danke, ehrlich«, sagte er leise. »Das war mit das Netteste, das jemals jemand für mich getan hat.«

Verlegen senkte ich den Blick und bereute es, als mir auffiel, wie nah sein Mund meinem war. »Das spricht eher gegen dein Umfeld. Und sowieso … sie sollten nicht so mit dir reden.«

Vielleicht spürte Wes meine Befangenheit. Er ließ mich abrupt los und wich zurück. »Das ist der Stil meiner Familie. Motivation durch Dekonstruktion.«

»Das tut mir sehr leid, Wes«, flüsterte ich.

Er winkte ab. »Das sind Luxusprobleme. Reicher Junge fühlt sich von Familie missverstanden. Ätzendes Klischee.«

Vor ein paar Wochen hätte ich ihm zugestimmt, zumindest zum Teil. Einfach weil ich geglaubt hatte, dass er sich auf dem Namen seiner Familie ausruhte. Aber nach allem, was ich mittlerweile über ihn erfahren hatte, und vor allem nach dem, was ich heute Abend gesehen hatte, wusste ich, dass das nicht stimmte. Wes war kein Klischee. Er war einfach ein Mensch. Natürlich hatte er es leichter gehabt als andere. Er hatte sich nie Sorgen um Geld oder Zukunftsperspektiven machen müssen, doch das bedeutete nicht, dass sein Leben sorglos war. In seiner Familie gab es Probleme wie in jeder, er hatte Unsicherheiten und Ängste, wie alle sie hatten.

»Luxus macht Probleme nicht weniger echt.« Ich stupste ihm gegen den Arm, weil ich ihn am liebsten umarmt hätte. Nicht Stirn-an-Stirn, sondern Alles-an-allem. »Nur weil du in vielen Belangen Glück hattest, sind deine Gefühle nicht weniger wichtig als die von anderen. Sie haben genauso das Recht darauf, beachtet zu werden. Das hättest du schon in unseren Einführungskursen lernen sollen.«

»Vielleicht bist du einfach zu klug für die Welt, May Little.«

»Vielleicht aber auch nur für dich, Wes West.«

»West?«

»Ja.« Ich lächelte. »Nach diesem Abend kann ich dich unmöglich weiter zu diesem Teil deiner Familie zählen.«

Wes hob halbherzig die Mundwinkel. Die Wuthülle, die dieses Haus so sichtbar über ihn gestülpt hatte, war verpufft. Darunter wirkte er nur noch erschöpft. »Ich gebe es ungern zu, aber ich weiß, dass ich meinen Teil dazu beitrage, wie es zwischen uns ist. Es ist … als hätten wir uns einfach daran gewöhnt, so zu sein. Ich glaub nicht, dass einer von uns das noch ändern könnte, selbst wenn wir wollten.« Er zuckte resigniert mit den Schultern. »Schade, dass Ginny gerade in Paris ist und du sie nicht kennengelernt hast. Sie war immer mein Lieblingsmensch in diesem Haus.«

»Vielleicht kann ich das ja noch. Wie lang ist sie weg?«

»Den ganzen Sommer.«

Er sah mich an, als würde er etwas erwarten. Eine … Entscheidung? Dabei stand diese längst fest. Wir beide kannten die einzig logische Antwort darauf. *Der ganze Sommer* war nichts, was Wes und ich teilen würden. Nicht einmal den halben Sommer. Einen Frühling, mehr nicht. Das ganze Ich in einem bisschen Zeit – das war der Deal.

»Dann wohl eher nicht«, sagte ich und wich beiläufig einen Schritt zur Seite, umfasste das Geländer. Der gepflegte Vorgarten des Anwesens wurde nur von den Laternen neben der Treppe bestrahlt, ein orangestichiges Tuch aus Licht, das über allem schwebte.

Es legte sich über Wes' Gesicht, als er sich ebenfalls umdrehte. »Ja, eher nicht.« Er zögerte und stieß im nächsten Augenblick laut Luft aus. »Ich kann nicht glauben, dass sie sich echt verlobt hat.« Die Art, wie er das sagte, machte deutlich, dass ihn nicht der Fakt an sich traf, sondern die Tatsache, dass er bisher nichts davon gehört hatte.

»Sie wollte es dir sicher persönlich sagen. Schreib ihr doch jetzt. Darüber würde sie sich bestimmt freuen.«

Wes verzog das Gesicht. »Ich bezweifle, dass ihr das wichtig ist.«

»Es ist *dir* wichtig. Und das kannst du ihr ruhig zeigen. Wenn du willst, dass sich zwischen euch allen etwas ändert, dann musst du auch bereit sein, derjenige zu sein, der den ersten Schritt geht – unabhängig davon, ob sie es dir nachmachen. Liebe besteht immer ohne Gegenleistung, weißt du noch?«

Einen Moment lang glaubte ich, er würde widersprechen, einfach aus Prinzip, weil er sich das in der Nähe dieses Hauses antrainiert hatte. Doch schließlich griff er in seine Jackentasche und holte sein Handy heraus. Er stand mir so nah, dass ich sehen konnte, was er tippte. Als sein Daumen über Senden schwebte, konnte ich mich nicht zurückhalten.

»Moment, das kannst du doch so nicht abschicken.«

Irritiert hielt er inne. »Wieso nicht?«

*»Hab gehört, es gibt Grund zu gratulieren«*, las ich ungläubig vor. »Wes, nichts an dieser Nachricht ist nett.«

»Ich gratuliere ihr doch.«

»Nein, du schreibst, dass es anscheinend Grund gibt, zu gratulieren. Nicht, dass du das auch tust.«

Wes seufzte und fügte hinzu: *Also: Gratuliere.*

»Wes«, sagte ich streng. Manchmal war er wirklich bockig wie ein Kind.

Ein Augenverdrehen, ein paar weitere Wörter: *Ich freue mich für dich, wenn es wirklich das ist, was du willst.*

Ich hob die Brauen und er löschte widerwillig den letzten Teil der Nachricht, bis er einen Punkt hinter das *für dich* setzte.

»Okay, Boss?«

»Fast. Setz ein Emoji dahinter, und ich bin zufrieden.«

»Zählt der Totenkopf?« Ich sah ihn nur an, er grinste schief. »Hab ich befürchtet.«

Seine Auswahl ließ mich trotzdem den Kopf schütteln. »Ein Alien? Wirklich?«

Sein Grinsen wurde belustigter, er drückte auf Senden. »Ginny wird es verstehen, glaub mir.«

Er machte Anstalten, sein Handy wieder zu verstauen, da blinkte das Display auf. Ein fein gezeichnetes Frauengesicht mit Basils Augen und Wes' Wangenknochen strahlte uns entgegen. Wes starrte unschlüssig auf das Foto seiner Schwester.

»Jetzt geh schon ran«, forderte ich ihn auf.

»Okay. Ich … entschuldige mich kurz.« Er fuhr sich mit einer Hand durch das Haar, während er mit der anderen den Anruf entgegennahm. Seine unsichere Gestik stand in ziemlichem Kontrast zu der gewohnten Gelassenheit seiner Stimme. »Hast du an einem Samstagabend in Paris echt nichts Besseres zu tun, als dein Handy anzustarren?« Imogens Antwort ließ ihn den Hörer ein wenig vom Ohr entfernen – und löste ein breites Lächeln auf seinem Mund aus. Kein Campus-Wesley-Lächeln, sondern ein echtes. »Schon gut, Schwesterchen. Auch wenn Ländergrenzen zwischen uns liegen, musst du nicht so schreien.«

Ich sah zu, wie er an der Balustrade entlangschlenderte. Seine Haltung lockerte sich mit jedem Schritt und etwas daran sorgte dafür, dass sich alles in mir zusammenzog. Nicht auf unangenehme Weise, aber auf eine, die mir trotzdem nicht behagte. Denn mit einem war ich mir nach heute sicherer als je zuvor: Es stimmte, Wesley Hastings konnte ein arroganter Snob sein. Aber Wes West war sehr viel mehr als das. Und das könnte mich in größere Schwierigkeiten bringen, als ich zu Beginn dieses Projekts je geahnt hätte.

Statt uns für den Rückweg ein Taxi zu rufen, führte Wes mich nach dem Telefonat in einen Anbau hinter dem Haupthaus. Rund ein Dutzend Autos standen dort in einer niedrigen Halle mit einer Hochsicherheits-Schließanlage. Auf Anhieb erkannte ich die drei Wagen, die ich bislang Wes' Besitz zugeordnet hatte. Offensichtlich gehörten sie alle seinem Vater und Wes lieh sich gelegentlich eines davon aus. So wie jetzt auch.

Wes erzählte nichts von seinem Gespräch mit Ginny, aber ich konnte ihm an seiner Mimik ansehen, dass es ihm gutgetan hatte. Als wir den schmalen Kiesweg, der auf das Tor der Villa zuführte, in einem der Autos verlassen hatten und wieder auf der Landstraße waren, warf er mir einen Blick zu. »Soll ich dich heimbringen oder hast du noch Zeit?«

Ich hob die Schultern. »Dein Tag läuft noch.«

Wes' Antwort war ein Lächeln und das Setzen des Blinkers. Keine fünf Minuten später hielt er am Rand einer kleinen Kreuzung mitten im Nirgendwo. Die Straßen waren von Feldern umgeben, in der ansetzenden Nacht verschmolz alles zu einer graublauen Fläche ohne Konturen. Allein das rote Ampellicht durchbrach die Dunkelheit.

Ich erwartete, dass wir das Auto stehen lassen und ein Stück gehen würden, stattdessen umrundeten wir es nur und setzten uns auf die Fronthaube. Wes ließ sich nach hinten gegen die Scheibe sinken und ich tat es ihm gleich, sodass unsere Gesichter im roten Schein badeten.

»Erzählst du mir mehr von deinem Zuhause? Ich würde es gern besser verstehen.«

Wes schnaubte. »Da gibt's nicht viel zu verstehen. Mein Vater hatte im Prinzip recht. Er hat mir von Anfang an Türen geöffnet. Er hat nur nicht erwähnt, dass er ausgesucht hat, welche – und mich dann durch jede einzelne hindurchgestoßen hat. Ich weiß, das klingt so scheißundankbar, aber ich wollte dieses Leben nicht. Wäre es nach mir gegangen, wäre ich bei Livia aufgewachsen. Normale Schule, normale Freunde, ein … normales Leben. Aber meine Eltern haben für mich entschieden, dass das, was ich wollte, nicht das Beste für mich wäre. Und mein Vater hat von da an einfach mit den Entscheidungen weitergemacht.«

Er schloss die Augen, das Licht brachte seine Wimpern zum Brennen. »Ich hab mich immer irgendwie anders gefühlt, aber dafür kann ich ihnen keinen Vorwurf machen. Mein Vater hat mich genauso behandelt wie seine Kinder mit Eleanor, und Ginny und Basil haben nie auch nur angedeutet, dass ich nicht ihr richtiger Bruder wäre, nur weil wir rein faktisch Halbgeschwister sind. Ich hab mich trotzdem wie ein Fremdkörper in meinem eigenen Leben gefühlt. Die Hälfte meiner Kindheit hab ich in meinem Zimmer verbracht, weil ich Scheiße gebaut hab und hochgeschickt wurde. Keine Ahnung, wie oft Ginny mir heimlich was Süßes gebracht und mir erklärt hat, dass man, wenn man sich fremd fühlt, einfach so tun muss, als wäre es nicht so. Als wäre man zu Besuch auf einem anderen Planeten. Beobachten, anpassen und schauspielern, mehr nicht. ›Du musst so tun, als ob. Und irgendwann ist als ob das, was du bist.‹«

Je länger Wes sprach, desto rauer klang seine Stimme. Als würden die Erinnerungen an seine Kindheit auch noch die Reste der Fassade abschmirgeln, die er diesen Abend so krampfhaft aufrechterhalten hatte.

»Deswegen der Alien?«, brachte ich hervor.

»Ja. Ich hab es eine Weile versucht, aber irgendwann wurde mir klar, dass ich gar kein *Als ob* sein wollte. Dass ich irgendwie nur ich selbst sein wollte. Und dieses Ich war nicht kompatibel mit dem, was meine Familie von mir erwartet hat. Ich nehme es Dad nicht mal wirklich übel, dass er aufgegeben und mich nach Irland aufs Internat geschickt hat. Ich wollte nicht hier sein, wieso hätten sie sich Mühe geben sollen?«

»Weil sie deine Familie sind, Wes. Und weil du ein Kind warst. Es war damals nicht deine Aufgabe, der Erwachsene in dieser Beziehung sein.«

Seine Mundwinkel zogen sich hinauf, doch er sah mich nicht an. Stattdessen hob er die Hand und deutete auf den Ampelkopf über uns. »Das hier war mein Lieblingsort. Immer wenn es zu Hause richtig mies war, wenn ich mich einfach … unverstanden gefühlt hab, bin ich mit dem Fahrrad hergefahren. Ich hab mich genau hierhin gestellt und die Ampel angestarrt.«

»Wieso …?«, setzte ich an, aber genau in diesem Moment sprang sie um. Das rote Licht verschwand und die untere Scheibe ging an. Doch dort, wo Grün sein sollte, war keines. Die Ampel leuchtete in Blau.

Mein Mund schloss sich wieder, während sich auf Wes' ein erleichtertes Lächeln breitmachte. »Ich hab das nie jemandem gesagt, aber … ich dachte immer, dass ich irgendwie wie diese Ampel bin. Weil sie einfach nicht tut, was sie soll. Bescheuert, schon klar.«

Doch ich dachte nicht *bescheuert*. Ich dachte an Wes, der Blau sagte, wenn er gefragt wurde, was er liebte, der vom blauen Licht in Schweden sprach und im blauen Licht über seine Kindheit, und daran, wie echt ihn beides wirken ließ.

»Also hast du ganze Nächte hier verbracht?«, fragte ich, als ich meiner Stimme wieder traute.

Er grinste und warf mir endlich einen flüchtigen Blick zu. »Nein, nicht ganz. Ich hatte früher Angst im Dunkeln.«

»Wegen dem, was du in die Schatten hineininterpretiert hast, oder dem, was du nicht sehen konntest?«

»Scheiße, May.« Er lachte und fuhr sich mit beiden Händen über die Augen. »Deine Fragen sind zu klug. Das macht mich so fertig.« Seine Stimme brach, ich hörte ihn schlucken. »*Du* machst mich so fertig.«

»Das ist keine Antwort.«

Er rieb sich noch mal über die Augen, dann verschränkte er die Arme im Nacken. »Ich hatte immer mehr Angst vor dem, was sein könnte, als vor dem, was war.«

»Das verstehe ich.« Ich hatte nie Angst im Dunkeln gehabt, aber ich hatte ständig Angst im Hellen. Weil es egal war, wie viel Licht es gab – es gab immer Dinge, die man nicht sehen, nicht vorhersehen konnte. »Hätte-Wäre-Wenns sind richtige Angstspeicher«, murmelte ich und dachte: *Heute, beim Zugfahren, das war das erste Mal, dass sie mir keine Angst gemacht haben.*

»Mein Vater hat das nicht verstanden. Als er mitbekommen hat, dass ich mit Licht geschlafen habe, hat er jeden Abend die Sicherung für mein Zimmer herausnehmen lassen.«

Erschüttert setzte ich mich auf. »Was? Wieso das denn?«

Wes blinzelte zu mir hoch. »Weil ein Hastings keine Angst im Dunkeln haben darf. Was sollen die Leute denken?«

»Du warst ein Kind!«

»Ich war trotzdem ein Hastings.«

»Das ist so …« Ich brach ab und schüttelte den Kopf. »Und überhaupt. Ängste machen uns nicht zu Feiglingen. Wenn du keine Angst hättest, könntest du nie mutig sein. Das wäre ein richtig trauriges Leben.«

»Das kannst du ihm ja nächstes Mal sagen«, schlug Wes belustigt vor.

Ich hätte ihn darauf hinweisen sollen, dass es kein nächstes Mal geben würde, stattdessen sank ich wieder neben ihn. »Ich hasse es, das zu denken, aber …«

»Aber was?«

Widerwillig erwiderte ich seinen Blick. »Ich fürchte, ich kann deinen Vater nicht besonders gut leiden.«

Wes stieß wieder dieses kurze, heisere Lachen aus, das mich immer an Versailles' Glucksen erinnerte. »Du kannst aber auch mich nicht leiden, vergiss das nicht.«

»Nicht immer«, widersprach ich leise. »Und das weißt du.«

Er lächelte und rollte den Kopf zurück ins Licht. Es war schon lang wieder rot, doch die Stimmung zwischen uns fühlte sich trotzdem – trotz allem – blau an.

»Mir geht es manchmal auch so«, sagte er nach einer Weile. »Mit dem Nicht-leiden-Können.«

»Meinst du deinen Vater oder dich selbst?«

Wes lachte erneut, ein vibrierender Ton, der ein Kribbeln über meinen ganzen Körper sendete. »Ernsthaft. Hör auf, so kluge Fragen zu stellen.« Wir sahen einander kurz an, dann fixierte er sich auf die Ampel über uns. »Schon verrückt. Jedes Mal, wenn ich herkomme, rechne ich damit, dass sie repariert wurde.«

»Sie ist doch gar nicht kaputt. Sie ist nur anders.«

Wes bewegte seine Hand wieder auf diese unentschlossene Weise auf meine zu. Unsere Handrücken befanden sich dicht nebeneinander, die Nicht-Berührung flimmerte an meiner Haut.

»Wes?«

»Hm?«

»Gut, dass sie die Ampel so gelassen haben.«

Das Lächeln aus meiner Stimme spiegelte sich in seiner, als er antwortete. »Ja. Finde ich auch.«

Die Ampel sprang wieder um, und ich tastete schnell nach meinem Handy in der Tasche. Das Bild von heute musste blau sein. Alles andere würde keinen Sinn ergeben.

Wir richteten uns für das Foto nicht auf. Ich lächelte mit zusammengekniffenen Augen in die Kamera, Wes' Blick ruhte auf meinem Profil. Es war ein bisschen zu dunkel, unsere Umrisse waren unscharf, aber ich liebte das Bild, schon während ich den Auslöser betätigte. Zufrieden schloss ich die Kamerafunktion und bemerkte die Zeitangabe meines Handys. 23:57 Uhr.

Auf einen Schlag sickerte alles an Wärme aus mir. Nein. *Nein, nein, nein.* Ich richtete mich ruckartig auf und rief in derselben Bewegung die Nummer auf. Noch bevor ich auf Wählen klicken konnte, ging mein Handy aus. Der Akku war leer. Ich stieß ein Keuchen aus und drückte ein paarmal auf die Außentaste, doch der Bildschirm blieb schwarz.

»Was ist los?«, fragte Wes irritiert. Er hatte sich ebenfalls aufgerichtet, als würde er damit rechnen, ich könnte umkippen.

Tatsächlich wurde mir schwindlig. Um uns herum nichts als Weite, mein Brustkorb schnürte sich dennoch zu. »Ich muss telefonieren, aber mein Akku ist leer.«

»Wen musst du jetzt noch anrufen?«

»Gus.« Das Wort fühlte sich weich und gleichzeitig zersplittert an. So wie alles in mir, wenn ich an ihn dachte.

Wes hob die Augenbrauen. »Und Gus ist …?«

»Mein Bruder. Ich rufe ihn jeden Tag an und dieser Tag ist in drei Minuten vorbei und … ich muss ihn anrufen.«

»Meinst du nicht, das kann bis morgen früh warten?«

»Nein!« Meine Stimme wurde schrill. »Ich hab es versprochen. Ich muss …«

»Okay, schon gut«, unterbrach Wes mich. »Kennst du seine Nummer auswendig?«

Beinahe hätte ich gelacht. Ich kannte seine Handynummer auswendig, seine Blutgruppe, den Code seines Fahrradschlosses, seine Spind-Kombinationen mehrerer Schuljahre.

Wes wartete mein Nicken ab, entsperrte sein Handy und reichte es mir. »Dann ruf ihn an. Soll ich gehen?«

Ich schüttelte nur den Kopf. Es war mir egal, ob Wes meinen Anruf mitbekam, wichtig war nur, dass ich ihn tätigen konnte. Mit zittrigen Fingern tippte ich Angus' Nummer ein und schloss die Augen, während es tutete. Für einen flüchtigen Moment stellte ich mir vor, er würde drangehen. Immerhin kannte er die Nummer nicht, er konnte nicht wissen, dass jemand anrief, mit dem er nicht sprechen wollte. Aber die Sekunden verstrichen, und dann war da sein Name und dieses Piepsen, das immer auf dieselbe Weise wehtat.

Ich rang mir ein Lächeln ab, damit es in meine Stimme kriechen konnte. »Gus, ich bin's. Entschuldige, dass es so spät geworden ist. Ich hab es nicht vergessen, ich bin nur unterwegs und mein Akku ist leer.« Ich zögerte und presste die Augen fester zusammen. »Ich … hab eigentlich nicht so viel zu erzählen. Nur dass es heute Morgen Hochnebel gab. Und ich daran denken musste, wie du mit sieben vermutet hast, dass das Wolken sind, die zu viel gegessen haben und deswegen so tief hinabsinken.« Meine Stimme brach, ich schluckte. »Ich muss Schluss machen, das ist nicht mein Handy. Aber ich hoffe, du hast einen schönen Abend. Pass auf dich auf. Hab dich lieb.«

Ich legte auf und zählte innerlich bis zehn, bis ich es wagte, die Augen zu öffnen. Wes' Blick wirkte nachdenklich und ein wenig besorgt. Wahrscheinlich war er ebenso verwundert, wie ich es gewesen war, als ich vorhin zum ersten Mal von Wes' Schwester gehört hatte. Seit Wochen entdeckten Wes und ich Feinheiten am Leben des anderen, als wären wir lebendige Landkarten. Die blinden Flecken, die jetzt noch übrig waren, verrieten vermutlich, welche unserer Details mit am meisten Bedeutung versehen waren. Es verlangte ein anderes Level an Vertrautheit, um über Dinge zu sprechen, die einen derart verletzlich werden ließen.

»Danke«, sagte ich leise und gab ihm sein Handy zurück.

»Kein Ding.« Er zögerte. »Ist Gus … geht es ihm gut?«

Ich zog die Strickjacke über meine Handgelenke und wich seinem Blick aus. Ich wusste selbst, wie das gerade gewirkt haben musste. Das war der Grund dafür, dass ich normalerweise darauf achtete, allein zu sein, wenn ich Angus anrief. Niemand wusste davon. Weder meine Mitbewohnenden noch Elsie oder meine Eltern. Angus war meine Achillesferse, mein Soft Spot, mein wunder Punkt. Ich redete so selten über ihn, weil mein ganzes Herz an ihm hing – und ich manchmal Angst hatte, dass ich es noch mehr verlieren würde, wenn ich meine Gedanken über ihn in Worte fasste und teilte.

»Er ist nicht tot oder krank, falls du das meinst«, zwang ich mich dennoch zu antworten. »Er ist nur mein kleiner Bruder.«

Wes nickte langsam. Ich konnte ihm ansehen, dass er abwog, wie viel er fragen durfte. »Also … rufst du ihn einfach so jeden Tag an?«

»Ja.«

»Dann steht ihr euch ziemlich nahe, oder?«

In meinen Augen brannten Tränen. Ich fokussierte das Licht der Ampel, aber sie war wieder auf Rot gesprungen und ließ mein ganzes Sichtfeld brennen. Meinen Kopf auch, alles tat weh. Hastig konzentrierte ich mich auf die Spur Leberflecken auf Wes' Hals. Sie schien sich zu bewegen, je länger ich hinsah. Ich hätte sie gern berührt, um sie still zu halten. Um mich selbst still zu halten. Weil ich seit Jahren wankte und nicht wusste, ob das je aufhören würde.

»Früher schon«, flüsterte ich. »Aber … seit ich weg von zu Hause bin, haben wir uns auseinandergelebt.«

»Man telefoniert nicht täglich mit jemandem, wenn man sich auseinandergelebt hat.«

Die Tränen kribbelten stärker, meine Unterlippe bebte. »Wir telefonieren ja auch nicht. Ich rufe jeden Tag an. Er geht nie dran. Er hört keine der Nachrichten ab, die ich ihm seit zweieinhalb Jahren auf die Mailbox spreche.«

»Zweieinhalb Jahre?«, wiederholte Wes ungläubig.

Ich hob die Schultern. »Ich habe es ihm versprochen, damals. Ich habe versprochen, dass ich jeden Tag anrufen würde. Und das Versprechen wird nicht ungültig, nur weil er wütend auf mich ist. So funktioniert das nicht.«

»Wieso ist er wütend?«

»Weil ich ein anderes Versprechen gebrochen habe.« Ich blickte ihm direkt in die Augen. »Das ist es, was passiert, wenn du ein Versprechen brichst, Wes. Du schneidest dir zwar keinen Finger ab, aber du kannst sicher sein, dass du etwas anderes für immer verlierst. Das Vertrauen, das dich mit einem Menschen verbindet. Das lässt sich nicht wiedergutmachen. Das ist eine Entscheidung, die etwas Irreparables nach sich zieht. Und ich habe sie getroffen, und jetzt lebe ich mit den Konsequenzen.«

Wes schwieg lang. Sein Kehlkopf hob und senkte sich, als er schluckte. Die Leberflecken hüpften auf und ab, mein Herz auch ein bisschen. »Was für eine Entscheidung war das?«

Ich öffnete den Mund und schloss ihn wieder. Ich wollte kein Verständnis, keinen Trost, keine Aufmunterung. Nichts davon hätte es besser gemacht. »Ich weiß, wir müssen ehrlich sein, aber ich will nicht darüber reden. Ist das okay?«

Wes sah mich nachdenklich an, dann hob er die Schultern. »Jedes Gefühl ist okay, das steht doch sogar im Projektaufbau.« Er stand auf und vergrub die Hände in den Jackentaschen. »Ich will den Abend nicht so enden lassen. Hättest du etwas gegen einen letzten Stopp einzuwenden?«

»Um was zu tun?«

»Durchzuatmen.« Er lächelte schwach. »Ich würde jetzt wirklich gern durchatmen.«

# 16. Kapitel

## MAY

»Du solltest mich schon besser kennen.« Ich verschränkte die Arme vor der Brust, um das flaue Gefühl darin kleinzuhalten.

»Genau, weil ich das tue, weiß ich, dass dir das gefallen wird.« Wes stand neben dem Eingang und tippte etwas auf das Ziffernfeld der Schlüsselanlage ein. Als er fertig war, summte es und die Tür klickte.

Mich beruhigte das wenig. Das Sportlerinstitut war so wie alle Institute der WU mit modernen Sicherheitsvorkehrungen ausgestattet – bestimmt gab es weitere Alarmanlagen.

Wes öffnete eine Seite der Doppeltür und drehte sich zu mir um. »Wenn du Waldeinsamkeit liebst, wird dich Schwimmbadeinsamkeit begeistern. Außerdem ist nichts hieran illegal. Ich habe die Zugangsdaten von Livia bekommen.«

»Damit du hier nachts einbrechen kannst?« Es war nach eins und der Campus der Universität verlassen. Das Auto von Wes' Vater war das einzige auf dem Parkplatz.

»Es ist kein Einbruch, wenn man den Code hat. Und ich kann dich beruhigen, sie hat ihn mir explizit hierfür gegeben. Sie weiß, wie gern ich schwimme und dass mir Menschen manchmal auf die Nerven gehen. Also … erschien ihr das hier ein geeigneter Weg, ihr schlechtes Gewissen zu lindern. Der Wachdienst weiß Bescheid und kennt mich mittlerweile. Ist eine Art einvernehmliche Grauzone.«

Sein letzter Satz ließ mich einen Schritt zurückweichen. »Ich bin nicht du, Wes. Ich kann es mir nicht leisten, bei so etwas erwischt zu werden, das würde …«

»May«, unterbrach er mich geduldig, aber entschieden, »du wirst keinen Ärger bekommen. Nichts hieran ist verboten.« *Wieso fühlt es sich dann so an?*, wollte ich fragen, aber da fügte Wes hinzu: »Ich verspreche es«, und ich schluckte die Worte herunter und meine Zweifel gleich mit.

Zum einen, weil ich ihm glaubte, zum anderen, weil ich schlichtweg noch nicht wollte, dass unser Treffen endete.

Das Gebäude war leer und dunkel, der Backstein strahlte Kälte aus. Wes besorgte uns Badesachen aus dem Ersatzbestand des Schwimmteams, dann trennten wir uns bei den Umkleiden. Als ich zehn Minuten später die Tür zur Halle öffnete, war Wes schon im Wasser. Er hatte die Deckenlichter nicht angemacht, nur die am Beckenrand. Sie zersetzten das Blau mit Gold, noch ein falscher Himmel, so wie die Milchsternstraße im Wald. Kurz blieb ich am Eingang stehen und sah zu, wie sich Wes mit routinierten Zügen durch das Wasser bewegte. Sein Gesicht tauchte immer wieder unter die Oberfläche, dennoch erkannte ich den Ausdruck darauf. Da war nichts mehr übrig von der Wut in seinem Elternhaus oder der erschöpften Traurigkeit unter dem Ampellicht. Fünf Minuten im Wasser und Wes wirkte … friedlich.

Ich band mir die Haare zu einem Dutt, während ich auf die Leiter zulief. Das Wasser war unbeheizt, allerdings wärmer als das im See, in dem wir vor einer Woche gewesen waren. Der schwarze Stoff meines Badeanzugs sog sich innerhalb von Sekunden voll und brachte mich zum Keuchen.

Wes bemerkte mich und hielt mit seinen Bewegungen inne. Er befand sich im hinteren Beckenbereich, dicht vor der Fensterfront. Das lichte Blau wurde in der Scheibe reflektiert; die

Dunkelheit des Campus verschwamm dahinter zu einer Collage aus verschiedenen Grautönen. Die Welt wirkte in dieser Halle reduziert, auf die schönste Weise still. Die Nachtfarben draußen, die an uns abperlten, das unterschwellige Leuchten, das unsere Körper mit Dunst belegte. Das Plätschern des Wassers um mich herum, meine eigenen, etwas zu lauten Atemzüge. Sonst nichts. Wes hatte recht gehabt. Schwimmbadeinsamkeit gefiel mir.

»Kommst du oft her?«, fragte ich und schwamm auf ihn zu.

»So oft es geht.«

»Weil es dich an die Sommer in Schweden erinnert?«

Wes lächelte, so entspannt, dass er viel jünger wirkte. »Auch. Aber vor allem, weil ich gern im Wasser bin. Man fühlt sich leichter darin. Und man kann unter Wasser schreien, ohne dass die Leute einen anstarren.«

»Du siehst gar nicht aus, als würdest du schreien wollen. Eigentlich wirkst du viel zufriedener im Wasser. Glücklicher. Als würdest du hierhergehören.«

Ich stoppte zwei Meter vor ihm. Das Becken war an diesem Rand flacher, meine Zehenspitzen konnten den Boden berühren.

»So wie du im Wald«, sagte Wes schlicht.

Ich lächelte, weil es stimmte und ich den Gedanken mochte, dass uns diese Dinge aneinander auffielen. Mir war nicht ganz klar, wann wir das hier erreicht hatten. Dieses Gefühl, dass man sich nicht verstecken konnte – aber auch gar nicht musste. Vor Wes dachte ich nicht mehr darüber nach, was ich tat, sagte oder war. Auf seine eigene Weise hatte uns das Projekt auch ins Wasser gestoßen, und während ich mich die ersten Wochen permanent gefühlt hatte, als würde ich untergehen, glaubte ich jetzt, problemlos und schwerelos zu schwimmen.

Der Gedanke verschluckte mich ein bisschen, bis ich Wes' intensiven Blick bemerkte. Mein Lächeln verrutschte, ich wischte mir eine Haarsträhne hinters Ohr. »Stimmt was nicht?«

Wes schüttelte den Kopf, dann seufzte er und vergrub das Gesicht in den Händen. Als er mich wieder ansah, wirkte sein Lächeln gleichermaßen belustigt wie frustriert. So gar nicht passend zu den folgenden Worten: »Du bist schön.«

Mein Hals wurde trocken, und ich musste den Impuls unterdrücken, unterzutauchen. Ein bisschen aus Verlegenheit, ein bisschen aus Unwohlsein. »Sag so was nicht«, murmelte ich. Worte wie diese waren nett gemeint, aber leer. Wenn man eine Fassade komplimentierte, dann war das genau wie sie: oberflächlich, nichtssagend, unbedeutend.

Wes hob die Schultern. »Wir sollen doch ehrlich sein, oder nicht? Tja, die Wahrheit ist: Ich hab immer gesehen, dass du hübsch bist. Aber mittlerweile kann ich dich nicht mehr angucken, ohne zu denken, wie unfassbar schön du bist. Und versteh das nicht falsch, aber das ist … ein bisschen anstrengend auf Dauer.«

*Schön ist kein Adjektiv für Menschen, sondern eines für Gebäude*, wollte ich erwidern, doch ich brachte es nicht über mich. Weil ich Wes in diesem Moment ansah und verstand, was er versuchte auszudrücken. Ich dachte wirklich, dass er schön war. Nicht nur fassadenschön. Innenschön. Einfach schön.

»Ich finde dich auch schön«, gestand ich leise – ihm und vor allem mir selbst.

Er hob die Mundwinkel zu einem spöttischen Lächeln. »Weil vieles an mir dem *gängigen Schönheitsideal* entspricht?«

»Nein, weil vieles *in* dir das eben nicht tut.« Es stimmte: Wes war so *unperfekt*. Sein Inneres war nicht makellos wie sein Gesicht, es war wie seine Hände: die gepflegten Finger, die von der feinen weißen Narbe an seinem Handrücken getrennt wurden. »Wenn wir gerade schon ehrlich sind, verrate mir was«, fügte ich kurz entschlossen hinzu. »Du hast gesagt, du hältst dich von Menschen wie mir in der Regel fern. Aber … du hast dich nicht von mir ferngehalten. Du hast dich quasi akademisch an mich gebunden. Wieso?«

»Mein Vater nennt mich selbstzerstörerisch, wahrscheinlich deswegen.«

»Ich tu dir nicht weh. Ich mach so was nicht.«

Wes nickte langsam. Er ließ die Finger über der Oberfläche entlangschweben. Knapp vor meiner Schulter hielt er inne – dicht über dem Wasser, dicht vor mir.

Meine Zehenspitzen berührten den Beckenboden, aber ich hatte trotzdem das Gefühl zu taumeln, als er mir ins Gesicht blickte. Der Ausdruck in seinem wirkte tief und ehrlich, tiefenehrlich. »Genau das ist das Problem. Ich weiß, dass du es nicht bewusst tun würdest, aber ich glaube, dass ich dich lassen würde, weißt du? Wenn … keine Ahnung, wenn wir es richtig machen könnten. Wenn wir uns anders kennengelernt hätten. Ohne das Drama um uns herum. Ohne Elsie, ohne Luke, ohne meinen Namen, ohne dieses Projekt. Ich glaube, du wärst jemand, von dem ich mich bereitwillig verletzen lassen würde. Und das, obwohl ich so was eigentlich seit einer Weile vermeide. Vielleicht war sich ein Teil von mir darüber die ganze Zeit bewusst. Vielleicht wollte ich sehen, was passiert, wenn ich es darauf ankommen lasse. Oder einfach prüfen, ob ich so was überhaupt noch … empfinden kann.« Er lachte und legte den Kopf kurz in den Nacken. »Ich weiß nicht, ich versteh mich oft selbst nicht. So oder so: Selbstzerstörerisch trifft es ganz gut.« Wes brach ab und ließ die Hand ins Wasser sinken. Er hatte mich nicht berührt, aber irgendwie doch.

»Ist das ein Kompliment oder ein Vorwurf?«, hakte ich mit einem zaghaften Lächeln nach.

»Es ist vermutlich einfach das, was es ist. Wahr. Und … na ja, irgendwie scheiße.«

Ohne Bewegung begann ich zu frieren, aber ich rührte mich trotzdem nicht. »Sag das nicht.«

»Schöne Scheiße? Dann ist es wenigstens eine Alliteration.«

»Wes«, befahl ich streng.

Er schmunzelte. »May.«

»Das hier.« Ich zeichnete einen Kreis zwischen uns in das Wasser. »Das fühlt sich nicht *so* an, oder?«

»Wie, scheiße?«

Frustriert funkelte ich zu ihm auf. »Hör auf, das zu sagen.«

»Wieso?«

»Weil das hier ein weicher Moment ist und du harte Worte benutzt und das nicht zusammenpasst.«

Sein Lächeln wurde breiter. Es stand im Gegensatz zu dem sanft traurigen Tonfall, mit dem er antwortete. »Tun wir doch auch nicht. Und trotzdem sind wir hier.«

Ich wollte widersprechen, aber ich konnte nicht. Weil es stimmte. Das hier, das zwischen uns, das fühlte sich echt an, doch es war nicht real. Wann immer wir zusammen waren, befanden wir uns in einer Blase. Und wir wussten beide, dass sie zerplatzen würde, wir wussten sogar, wann.

Ich schüttelte den Kopf, sodass die losen Strähnen zurück in mein Gesicht fielen. Wes hob die Hand und ließ sie doch wieder sinken. Eine weitere Nicht-Berührung, diesmal traute ich mich nachzufragen. »Warum tust du das immer?«

Ein Zögern, ein tiefer Atemzug. Luft holen, Mut holen vielleicht. »Ich berühre dich ständig in meinem Kopf.« Er verzog den Mund, aber da war die Wärme schon in meinen Wangen. »Ich meine das nicht so, wie es gerade klingt«, fügte er hinzu. »Nur … manchmal hängen dir Haarsträhnen ins Gesicht. Oder Kuchenkrümel an den Mundwinkeln. Oder eine von Versailles'

Federn oder Blätter an deiner Jacke. Oder du sagst was Kluges oder Schönes oder siehst auf diese stille Weise traurig aus. Und dann will ich … keine Ahnung, dich einfach berühren. Um die Sachen wegzuwischen. Oder dir irgendwie zu zeigen, dass ich da bin. Und dann fällt mir ein, dass ich nicht mal *das* tun kann.«

»Wieso kannst du nicht?« Mein Herz schlug so laut, dass ich meine eigene Stimme kaum noch hörte.

Wes lächelte schief. »Weil ich es dir versprochen hab. Ich fasse dich nicht an, bis du mich darum bittest. Schon vergessen?«

Hatte ich wirklich. Nicht richtig, aber ein wenig. Weil ich es vergessen *wollte*. Weil ich jedes Mal, wenn er die Hand hob, innerlich die Luft anhielt und darauf wartete, dass er mich berührte. Weil ich jedes Mal zugleich enttäuscht und erleichtert war, wenn er es nicht tat. Und Wes hatte recht: Das war ein bisschen anstrengend auf Dauer.

»Nein, natürlich nicht«, brachte ich hervor.

Wes rieb sich über die nackte Schulter, auf seinem Arm war eine Gänsehaut zu sehen. Seine Stimme klang auch danach. Belegt und bebend. »Ich bin oft kein sonderlich … netter oder guter Mensch. Das weiß ich. Aber hierbei … bei dir, da versuche ich, es zu sein. Echt. Nur … du machst es mir wirklich schwer.«

»Weil ich ständig Kuchen im Gesicht habe?«, fragte ich mit halbherzigem Spott. Ich wollte ihm einen Ausweg aus dieser Situation anbieten. Dieser Situation, die sich in eine Richtung bewegte, die sich nach einer Einbahnstraße anfühlte. Ich war sicher, es gäbe bald kein Zurück mehr, wenn wir nicht abbögen.

Aber Wes kümmerte das offenbar nicht, er lächelte nicht einmal. Er sagte nur: »Weil du bist, wie du bist.«

Mittlerweile waren wir nur noch zwanzig Zentimeter voneinander entfernt. Wir schwammen beide nicht und gleichzeitig so sehr. Das Wasserlicht warf Goldmünzen auf Wes' Gesicht, die sich sanft bewegten und immer wieder den Karamellton seiner Augen betonten – und den verwirrten, verwirrenden Ausdruck darin. Vielleicht war Nachtschwimmen auch Nacktschwimmen, nur anders.

Mein Blick rutschte wie von selbst tiefer, blieb auf seinem Mund liegen. Wes öffnete leicht die Lippen, und das war der Moment, in dem ich es schaffte, mich abzuwenden.

Ich rieb mir mit dem Handrücken über die Stirn und betrachtete die glitzernde Oberfläche zwischen uns. »Ich sollte lieber …«

Wes wich zurück. So abrupt, dass Wasser gegen mein Kinn schwappte. »Ja. Solltest du.«

Er begann wieder zu schwimmen, während ich mich an der Leiter hochzog. Die frische Luft strich über den nassen Badeanzug und überzog meinen Körper mit einem Frösteln. Trotzdem wurde ich dieses warme Gefühl in meinem Bauch nicht los. Es wuchs mit jedem Schritt an, und als ich bei der Tür angekommen war, hatte es jedes bisschen kalten Zweifel einfach überschwemmt.

Ich blieb stehen und drehte mich langsam um. Wes befand sich mittlerweile neben der Leiter am Beckenrand. Er hatte die Arme darauf verschränkt und das Kinn auf ihnen abgelegt. Sein Haar war nach hinten gestrichen, über sein ganzes Gesicht perlte Wasser. Ich fixierte mich auf einen Tropfen auf seinem Nasenrücken. »Als es mir schlecht ging wegen Versailles, da hast du mich gefragt, ob du mich anfassen darfst, und … ich habe Okay gesagt.«

»Ich habe auch gesagt, dass du es jederzeit widerrufen kannst.«

»Ja, ich weiß. Nur … das habe ich nie getan.«

Wir sahen einander an. Wes hob das Kinn, öffnete den

Mund und schloss ihn wieder. Mein Herz kletterte meinen Hals hinauf, alles wummerte. Sobald das Pochen in meine Wangen kroch, drehte ich mich um und verließ die Halle.

Mein Denken war verschwommen, als ich in dem großen Duschraum ankam. Ich drückte den Knopf fürs Wasser und löste das Band aus meinem Haar, legte es auf den schmalen Vorsprung, der fürs Shampoo vorgesehen war. Kaum dass ich eine Hand unter das Wasser gehalten hatte, hörte ich die Schritte hinter mir. Ich erschrak mich nicht, weil ein Teil von mir das hier kommen gesehen hatte – kommen sehen *wollte*.

Wes stand zwei Schritte weit im Raum, sein ganzer Körper war von Wassertropfen bedeckt, die Badeshorts klebten eng an seiner Haut. Seine Brust hob und senkte sich schwer, vielleicht war er schnell gelaufen, vielleicht nur nervös.

Ich war es und gleichzeitig überhaupt nicht. Weil das hier auf gewisse Weise einfach passieren musste. Es war das Einzige, was nach den vergangenen Stunden Sinn ergab.

Wir beobachteten einander schweigend, das Wasser hinter mir ging aus, das dämmrige Licht über unseren Köpfen flackerte. Wes' Stimme nicht, sie klang fest und entschieden. »Sag mir, wenn ich gehen soll.«

Doch ich sagte nichts. Unser Zwischen-uns war seit Stunden so blau, mein Kopf ein Meer und all die Worte darin waren hoffnungslos ertrunken. Ich sah Wes an und alles, was ich denken konnte, war Ja.

Er kam auf mich zu, langsam, bedacht, jeder Schritt ein Abwarten, ob ich zurückwich. »Es reicht nicht, wenn du es nur nicht widerrufst«, sagte er heiser, als er vor mir innehielt. So nah, dass ich die Kühle seiner Haut auf meiner spüren konnte. Mir wurde trotzdem heiß. »Ich brauche mehr als ein Okay, May.« Er stützte die Hand neben meinem Kopf ab, die andere hing zur Faust geballt an seiner Seite hinab. Wände mit Ausgang, eine letzte Möglichkeit, mich dagegen zu entscheiden.

Die Sache war nur, das hier war keine Entscheidung. Es war das Akzeptieren, dass diese längst getroffen worden war. Irgendwo ganz tief in meinem Gedankengewebe, in meinem Herzgewebe, in meinem Ich-Gewebe. Ich wusste nicht, wann es passiert war, nur dass es jetzt zu spät war, um es weiter zu leugnen. Also lehnte ich den Hinterkopf gegen die Kacheln und sah ihm in die Augen. »Dann … bitte ich dich«, flüsterte ich kratzig. »Fass mich an, Wes.«

Sein Name war kaum über meine Lippen, als sich sein Mund darauflegte. Kein Zögern mehr, kein Abwägen, kein Innehalten. Wes küsste mich auf eine Weise, die das Atmen schwierig machte und das Denken fast unmöglich. Nicht gelassen, wie er sonst war, sondern mit einer Dringlichkeit, die verriet, dass er hieran schon länger gedacht hatte. Und das hatte ich auch. Nicht in Bildern oder Worten, weil ich immer in Gefühlen dachte. Und das hier, das hatte ich seit Längerem *gefühlt*.

Der erste Kuss dauerte nur ein paar Sekunden, dann wich Wes ein Stück zurück. Halb geöffnete Augen und Lippen, gerötete Wangen. »May.«

Ich verstand, was das war, ein: *Ist das okay, bist du dir sicher, hast du es dir anders überlegt?* Stumm schüttelte ich den Kopf, wippte auf die Zehenspitzen und legte die Hände um seinen Nacken, zog ihn wieder an mich. Diesmal küsste ich *ihn*, nicht ganz so heftig, aber nicht weniger entschieden. Ich hatte schon eine Weile niemanden geküsst, doch ich schaffte es nicht, mir deswegen Gedanken zu machen. Das hier war so einfach, so richtig.

Ich ließ die Hände über seine mit Tropfen bedeckten Schultern wandern, über seine angespannten Oberarme und wieder zurück zu seinem Nacken. Grub die Finger in sein Haar, sog seine Unterlippe zwischen meine Zähne und biss sacht hinein, weil ich spüren wollte, spüren musste, dass das hier echt war. Und das war es. So echt und schön, echt schön, *echt, echt, echt.*

Wes keuchte und schob die Hände an meine Taille, umfasste meine Oberschenkel. Im nächsten Moment hatte er mich angehoben. Reflexartig verhakte ich die Beine hinter ihm und die Hände in seinem Nacken und seufzte auf, als er sich dichter gegen mich drängte. Die Ablage unter meinem Hintern, Fliesen in meinem Rücken, Wes' Körper an meinem. Heiß und kalt, alles bestand aus Gänsehaut.

»Genau hieran hab ich vorhin gedacht«, murmelte er, und ich musste lachen, bis er mich erneut küsste und begann, sein Becken mit leichtem Druck an meinem zu reiben.

Und … wirklich, ich war kein Mensch, der fluchte, aber oh Gott. *Oh Gott, oh Gott, oh Gott.* Ich spürte alles. Alles von ihm. Und irgendwie auch von mir. Das hier, das war nicht vorsichtig, nicht zahm, nicht sanft. Das hier war etwas, das sich mit jeder Nicht-Berührung zwischen uns angestaut hatte, etwas, das sich jetzt sekundenschnell wellenartig über uns ergoss, etwas, das so mächtig und dabei so … gut war, dass es kaum auszuhalten war.

Wes' Hände, die mich sicher festhielten, seine Härte, die sich deutlich gegen meine Mitte presste, sein Mund, der über meine Wange wanderte, meinen Hals hinab. Lippen an meinem Schlüsselbein, Zähne an meiner Schulter, mein Herzschlag in meinem Bauch und dann noch tiefer.

Ich pochte und ich brannte, ich brannte so sehr. Wir waren beide schwimmbadnass, aber ich stand in Flammen, und es war mir gleichgültig, wie absurd das war. Alles war mir gleichgültig, alles, bis auf das hier. Es konnte mir nicht gleichgültig sein, weil nichts dem *gleichen* konnte. Es war anders, und zwar auf die beste aller Weisen.

Die Zeit löste sich auf, es gab keine Sekunden mehr, nur Mund an Mund, keine Minuten mehr, nur Körper an Körper, kein Gestern oder Heute oder Morgen mehr, nur ein Jetzt. Und ich mochte das. Zeit bedeutete vergehen und ich wollte nicht, dass das hier verging.

Gerade als ich diesen Gedanken zuließ, hielt Wes inne. Er umfasste meine Taille, stellte mich behutsam zurück auf die Füße. Mit einer fließenden Bewegung lehnte er mich gegen die Wand und seine Stirn an meine. »Okay. Wir sollten aufhören.«

»Wieso?«

Er lächelte schief. »Weil ich sonst gleich gar nicht mehr aufhören kann.«

Ich verstand wieder, was er meinte. Das hier war ein Point of no Return, hiernach gab es definitiv kein Zurück zum Ausgangspunkt mehr. Doch vielleicht gab es das sowieso nicht mehr. Weil wir einander berührt hatten, auf mehrere Arten, die ich nie vergessen könnte. Und jetzt gerade wollte ich das auch nicht. Ich wollte nicht an Davor oder Danach denken. Ich wollte gar nicht denken.

»Ich will nicht aufhören«, erwiderte ich und tastete über meinen pochenden Lippenbogen. »Aber … was willst du, Wes?« Keine ganze Alliteration, er hörte sie trotzdem.

Er schluckte, sein Blick auf meinem Mund, ein Lächeln auf seinem. »Mehr May.«

Ich wusste nicht, ob er ein Komma zwischen den Wörtern dachte, er sprach nicht einmal ein Leerzeichen, doch das spielte auch keine Rolle. Die Aussage blieb dieselbe.

Mehr. *Mehr, mehr, mehr.*

Wir küssten uns wieder, ein bisschen bedachter, gleichzeitig atemloser. Anlauf nehmen, ganz kurz vor dem Sprung. Seine Finger glitten von meinem Hals tiefer, zogen den Träger des Badeanzugs ein Stück herunter. Er strich mit den Lippen über meine Schulter, und ich schloss die Augen, weil ich alles andere ausblenden wollte. Ich wollte es wirklich *so sehr*. Aber da war dieser leise Zweifel in meinem Kopf, der mich daran erinnerte, wo wir uns befanden.

»Nur … wir sollten woanders hingehen. Wir können das nicht hier machen«, murmelte ich.

Mit beiden Händen umfasste er mein Gesicht, seine Daumen strichen über meine Wangenknochen. »Ich glaube, ich konnte noch nie etwas mehr als das.«

»Das hier ist Unigelände, Wes.«

Er lachte leise. »Na und? Ich bezweifle, dass sie in den Duschräumen Überwachungskameras haben.«

Ich erstarrte, zwei, drei Sekunden nur. Länger brauchte der Moment nicht, um zu zerbrechen. Ebenso ruckartig, wie ich Wes von mir wegstieß und zur Seite wich.

Mein Rücken prallte gegen den Duschknopf, das Wasser ging an. Es prasselte heiß auf mich hinab, aber ich begann trotzdem sofort zu frieren.

Die Erkenntnis war reines Gedankeneis: Ich hatte Wesley Hastings geküsst. Auf eine Weise, die nichts mit flüchtiger Unachtsamkeit zu tun hatte. Ich hatte mich in vollem Bewusstsein darauf eingelassen, und das, obwohl ich Elsie versprochen hatte, mich von diesen Leuten fernzuhalten. Diesen Leuten, die dafür verantwortlich waren, dass das Leben meiner besten Freundin gerade so schmerzhaft war. Das Uni-Projekt für die Villa durchzuziehen war eine Sache, das hier eine ganz andere.

In den letzten Wochen war es gefährlich leicht geworden zu denken, dass Wes keiner von *ihnen* war, aber das stimmte nicht. Der Wes, den ich in unserer Blase traf, war nicht der ganze Wes. Wenn er auf dem Campus herumlief, gehörte er zu ihnen. Und wenn er Frauen in der Dusche der Universitäts-Schwimmhalle küsste, dann machte er Witze über Dinge, die nicht witzig waren. Weil es ihn nicht kümmerte, was Elsie durchstehen musste. Weil ihn nie etwas kümmerte. Weil er, auch wenn es ihm selbst nicht immer gefiel, ein Hastings war.

Innerhalb von Sekunden brach all das über mir zusammen, und währenddessen stand Wes nur da und sah mich an. Erst verwundert, dann unsicher, dann … begreifend. Er schloss die Augen. »Scheiße. May, das war nicht so …«

Weiter ließ ich ihn nicht kommen. Wortlos ging ich an ihm vorbei und lief zur Umkleide, knallte die Tür hinter mir zu und schloss sie ab. Mein Kopf dröhnte, während ich meine Sachen über den nassen Badeanzug zerrte. Ich schlüpfte mit nackten Füßen in die Schuhe, hängte meine Tasche um und verließ die Umkleide wieder.

Wes tauchte erst hinter mir auf, als ich den Ausgang schon erreicht hatte. Er rief meinen Namen, aber ich ignorierte ihn und trat nach draußen. In diesem Moment war mir egal, ob ich versehentlich den Alarm auslösen könnte. Ich musste einfach hier weg. Ich ertrug weder ihn noch mich und schon gar nicht *uns*.

»Jetzt warte«, bat Wes und hielt mich am Arm zurück, drehte mich zu sich um, als wäre nichts mehr dabei, mich zu berühren. Er hatte ebenfalls seine Sachen übergezogen, auf seinem Hemd zeichneten sich Wasserflecken ab. »Lass uns darüber reden. So war das nicht gemeint, ich hab nicht nachgedacht.«

Ich riss mich los und wich zurück. »Das tust du selten.«

Der Campus war bis auf die spärlichen Laternen dunkel, dennoch nahm ich wahr, wie ein Funken Wut in Wes' Gesicht aufglomm. »Versuch jetzt nicht, mir die Schuld daran zu geben, was *du* willst. Das da drinnen ging genauso von dir aus wie von mir.«

»Ich weiß. Auch ich mache Fehler. Und das hier war einer.« Meine Stimme brach weg, ich umklammerte meine Arme.

Trotz der Strickjacke spürte ich eine Gänsehaut. So wie vorhin, aber anders.

»Wegen des Orts oder wegen mir?«, fragte Wes tonlos.

Ich öffnete den Mund, schloss ihn wieder. Schluckte und hätte am liebsten geweint. *Wegen des Orts, wegen Luke, wegen Elsie, wegen dir, wegen mir.* »Wegen allem.«

Wir schwiegen. Meine Lippen pochten, sanfte Fausthiebe, mit jedem fühlte ich mich verwundeter.

Schließlich nickte Wes knapp. »Gut. Dann lass mich dich jetzt einfach nach Hause fahren.«

Ich wich einen weiteren Schritt zurück. »Nicht nötig. Ich nehme eins der Leihräder.«

Wes stieß ein Schnauben aus. »Es ist mitten in der Nacht, du bist nass und dünn angezogen. Ich werde dich nicht allein durch den Wald fahren lassen.«

»Ich komme klar.«

Er trat auf mich zu, seine Mimik wurde weicher. Erschöpft und bittend. »May, ich …«

»Gute Nacht, Wesley Hastings.« Ich hielt seinen Namen wie ein Schutzschild zwischen uns. Erinnerte ihn – und mich – an all das, was daran hing und zwischen uns stand. Was da immer stehen würde, egal, wie nah wir einander kamen. Haut an Haut und doch eine Welt zwischen uns.

Wes kniff die Lippen zusammen, aber er rührte sich nicht. Sekundenlang starrten wir einander in die Augen, schließlich senkte er die Lider. Ich wünschte, es würde sich mehr nach Gewinnen anfühlen.

Wortlos hob er die Hand und hielt mir seine Jacke hin. Sein Kiefer war angespannt, sein Blick ging an mir vorbei. Ich griff langsam nach dem Stoff. Es war alles gesagt, und trotzdem fühlte es sich an, als wäre rein *gar nichts* gesagt. Nichts Wahres zumindest. Als hätte ich gelogen, indem ich aussprach, was ich dachte. Weil Denken in diesem Fall irgendwie nicht Fühlen war und weil Wes Fühlen zu etwas unfassbar Kompliziertem gemacht hatte.

Ohne mich noch einmal anzusehen, drehte er sich weg und ging zu seinem Wagen. Ich blieb stehen, bis er den Motor startete, dann wandte ich mich ab und lief zu den Fahrradständern. Als die Autolichter den Campus verließen, fühlte sich wirklich alles dunkel an.

Es war nach drei, als ich zu Hause ankam. In meinem Zimmer schälte ich mich aus den nassen Sachen und legte sie auf dem Stuhl ab, schlüpfte in ein Nachthemd und dicke Socken und setzte mich auf mein Bett. Mit zittrigen Fingern machte ich eine Duftkerze auf dem Nachttisch an, aber selbst der Geruch des Lavendels konnte nicht den verdrängen, den ich an mir wahrnehmen konnte. Chlor und Nacht und Männerparfum. Ich roch blau, ich roch nach Wes, ich hätte mich so gern aus meiner Haut herausgeschält. Stattdessen brachte ich es nicht einmal über mich zu duschen, sondern starrte wie paralysiert in die Flamme.

Ich wusste nicht, wie lang ich schon dort saß, als es an der Tür klopfte. Im nächsten Moment öffnete sie sich und Avery tauchte im Rahmen auf. Sie hatte eine Leggins und einen der weiten Pullover an, die sie in den ersten Wochen in der Villa ständig getragen hatte. Mittlerweile sah ich sie nur noch an ihren stilleren Tagen darin.

»Da bist du ja«, murmelte sie erleichtert. »Wieso schreibt mir Wesley Hastings bei Instagram und fragt mich, ob du zu Hause angekommen bist?«

Mein Bauch zog sich zusammen, Wut, Schuld und Kummer in einem. »Weil er ein Problem mit Privatsphäre hat?«

Avery hob unbeeindruckt die Augenbrauen. »May.«

Ich zerrte die Wolldecke, die ich als Bettüberwurf nutzte, höher. »Mein Handy ist aus, deswegen kann er mir nicht schreiben. Wir waren unterwegs, er wollte mich heimfahren, ich hab abgelehnt. Wahrscheinlich will er nur sichergehen, dass ich in keinem Graben liege und ihn morgen wegen unterlassener Hilfeleistung anzeige. Nennt man das so?«

Avery ging nicht auf meine Frage ein. Stattdessen kam sie weiter ins Zimmer. »Je schneller du sprichst, desto hörbarer wird die klaffende Leerstelle in der Erzählung.«

»Es gibt keine Leerstelle.« Das, was zwischen Wes und mir passiert war, war nur ein leichtes Stottern, ein falsch ausgesprochenes Wort oder ein fettes Ausrufezeichen mitten im Satz, das nicht dort hingehörte. Ein Fehler. Mehr nicht.

Avery sah mich wenig überzeugt an. Sie trommelte mit den Fingerspitzen auf ihren verschränkten Armen, wie immer, wenn sie konzentriert nachdachte. Schließlich ließ sie die Hände wieder sinken. »Okay. Aber wenn du doch darüber reden magst, bin ich da.«

»Es gibt kein Darüber. Trotzdem danke.«

Sie musterte mich forschend. »Hättest du gern noch ein bisschen Gesellschaft?«, fragte sie dann und musste im selben Moment ein Gähnen unterdrücken.

Ein warmes Gefühl der Zuneigung dehnte sich in mir aus. »Du bist doch total müde, Avery.«

»Ein bisschen. Ich hab bis jetzt nach Praktikumsplätzen für nächstes Semester gesucht.«

»Hast du dich mittlerweile entschieden, in welche Richtung du gehen möchtest?« Mit diesem Semester hatte Avery ihren Schwerpunkt von Strafrecht auf Zivilrecht verschoben. Ich hatte mich gefreut, davon zu hören, vor allem, weil ich sehen konnte, wie viel besser es ihr dadurch ging.

»Nicht wirklich. Eventuell versuche ich es in der Rechtsberatung. Beim Jugendamt oder in einem Frauenhaus zum Beispiel. Ich glaube, damit könnte man Menschen richtig helfen. Ich bin nur nicht sicher … ob ich das kann.«

»Du weißt, dass ich überzeugt davon bin, dass du alles kannst, was du dir vornimmst. Aber ein Praktikum wäre doch eine geeignete Möglichkeit, in Ruhe auszuprobieren, was dir guttut.«

»Schon, nur …« Avery brach ab und bedachte mich mit einem resignierten Blick. »Wie schaffst du es eigentlich immer, dass sich ein Gespräch sofort von dir wegdreht?«

»Entschuldige.« Ich lächelte zerknirscht und flocht einen Zopf mit den Deckenfransen. »Mir ist nur grad nicht so nach Reden. Der Tag war … lang, ich bin ziemlich erschöpft.«

Avery betrachtete den Badeanzug, der über dem Stuhl hing und beständig auf die Dielen tropfte, dann Wes' Jacke, die auf der Sitzfläche lag. Sie runzelte die Stirn, aber fragte nicht nach. »Wie wäre es mit einer Folge *Downton Abbey*?«, schlug sie stattdessen vor. »Ich bin zwar müde, aber früher bin ich auch ständig in deinem Bett eingenickt.«

»Aber das war, bevor *Edens* Bett eine Option war, oder?«

Ich sagte es belustigt, doch Avery verzog schuldbewusst den Mund. »Ich weiß, ich war ein bisschen abgelenkt die letzten Wochen. Tut mir leid, es ist nur … wieder mit Eden zusammen zu sein ist ziemlich intensiv. Und schön. Es ist wirklich *so schön.*« Sie lächelte, dann färbte sich der Ausdruck in ihren Augen etwas trüber. »Und gleichzeitig … gibt es bei ihm ein paar Dinge, bei denen ich ihn … unterstützen möchte, und …«

»Avery«, unterbrach ich sie sanft. »Du hast nichts falsch gemacht. Ehrlich, es ist einfach schön zu sehen, dass ihr einander habt.«

»Du hast uns aber auch, May. Uns alle«, erwiderte sie leise. »Das weißt du, oder?«

In meinem Hals bildete sich ein solcher Kloß, dass ich mehrmals schlucken musste. »Klar, aber mir geht's gut. Mach dir bitte keine Sorgen. Und jetzt geh ins Bett, okay? Ich schlaf auch gleich.«

Avery sah aus, als wollte sie widersprechen, doch schließlich wich sie zurück. »Okay, dann sehen wir uns beim Frühstück.«

Als sie schon wieder bei der Tür war, gab ich mir einen Ruck. »Kannst du ihm antworten, dass es mir gut geht? Aber ... ohne ihm zu verraten, dass ich das gesagt habe?«

Ich fixierte meine Finger, die den nächsten Zopf flochten, um Avery nicht in die Augen sehen zu müssen. Ich wollte mich nicht den Fragen darin stellen, die ich sowieso schon in meinem Kopf flüstern hörte.

Vage nahm ich wahr, wie Avery nickte. »Klar, mach ich. Schlaf schön.«

Erst als ihre Tür nebenan ins Schloss fiel, traute ich mich, loszulassen. Ich zog mir die Decke bis zum Kinn und weinte lautlos, bis ich in einen dämmrigen Schlaf rutschte. Einen, der kein bisschen blau war. Sondern pechschwarz.

# 17. Kapitel

## MAY

Behutsam pustete ich den Bleistaub vom Papier und betrachtete die Zeichnung. Die Mine des Stifts war so stumpf, dass der Ring eine ungleichmäßige Form angenommen hatte, aber die Ähnlichkeit zu dem, der in meinem Schoß lag, war dennoch deutlich. Ich schrieb *Vermisst?* über die Zeichnung und meine Handynummer darunter. Anschließend öffnete ich mein Portemonnaie, holte das Washi Tape heraus und verstaute dafür den Silberring darin. Er hatte mitten auf dem Asphalt gelegen, keine zwei Meter von der Haustür entfernt, vor der ich seit einer halben Stunde hin- und herlief.

Ich befestigte den Zettel am nächsten Laternenpfahl und ließ den Blick wieder zur Tür wandern. Mittlerweile war ich einige Male hier gewesen, aber ich hatte noch nie bewusst registriert, dass sie blau war. Nicht blassblau wie die der Mulberry Mansion, sondern von einem dunklen Petrol. Vielleicht lag es an diesem Detail, dass ich es nicht schaffte zu klingeln. Vielleicht lag es auch einfach daran: Es war Samstagnachmittag und damit rund vierzehn Tage her, dass ich Wesley Hastings geküsst hatte.

Er hatte mich am Sonntag danach mehrmals angerufen, doch mein schlechtes Gewissen war so schlimm gewesen, dass ich es nicht über mich gebracht hatte, dranzugehen. Ich wusste nicht, wie wir über etwas reden sollten, das derart falsch gewesen war, dass es mir unaussprechlich erschien. Erst spätabends hatte ich mich dazu überwunden eine Nachricht zu schreiben:

*Lass uns noch einen Reset machen.*

Er hatte sie sofort gelesen, aber erst eine Stunde später ein einziges Wort zurückgeschickt: *Okay.*

Ein Teil von mir hatte gedacht, er würde es trotzdem ansprechen, wenn wir uns wiedersahen, doch das hatte er bis heute nicht. Wir taten einfach so, als wäre nichts passiert. Damit hätte es abgehakt sein sollen, aber … das war es nicht. Nicht für mich. Weil der Reset zwar einschränken konnte, worüber wir sprachen und was wir in den Bericht schrieben, meine Gedanken erreichte er jedoch nicht.

Ich wusste, dass ich nie vergessen konnte, aber in diesem Fall konnte ich auch nicht aufhören, mich aktiv daran zu erinnern. Was wir in der Schwimmhalle getan hatten, war mir bereits am nächsten Morgen wie ein Fiebertraum vorgekommen. Trüb und gleichzeitig intensiv, selbst in den Erinnerungen, die ich einfach nicht loswurde. Jedes Mal, wenn ich die Augen schloss, waren da wieder diese Sequenzen. Fetzen von Bildern, Gedanken, Gefühlen.

Da war Wes – immer wieder Wes.

Ich versuchte seit zwei Wochen, mir rationale Ausreden dafür einfallen zu lassen. Was zwischen uns passiert war, war die logische Konsequenz eines Tages gewesen, der sich … ja, intim angefühlt hatte. Die Grenze zwischen psychischer und physischer Nähe konnte schmal sein, und ganz gleich, was Wes und ich für unterschiedliche Menschen waren, wir waren dennoch das: Menschen. Und solche bestanden nicht nur aus Gedanken und Vernunft, sondern auch aus Gefühlen, Hormonen und … Sehnsüchten. Anziehung war nichts Verwerfliches und ein Moment der Schwäche bedeutete nicht, dass ich schwach war oder dass sich dieser wiederholen würde. Das musste ich glauben, andernfalls hätte ich nicht gewusst, wie ich es wagen könnte, mich weiterhin in seiner Nähe aufzuhalten. Aber der Fehler, den wir gemacht hatten, bedeutete nicht, dass unser Deal nicht mehr galt. Im Grunde bedeutete er einfach ... nichts.

Obwohl ich das wusste, hatte ich es bisher nicht über mich gebracht, Wes außerhalb der Uni zu treffen. Doch selbst wenn wir in einem der Institutsräume saßen und uns über Belanglosigkeiten unterhielten, fühlte es sich anders an als vorher.

Die Leichtigkeit, in die wir in den Wochen vor diesem Samstag gerutscht waren, war verschwunden. Zurückgeblieben war die Art von Stille, die unangenehm laut schrie. Wir sahen uns an, wenn wir dachten, der andere merkte es nicht, und wichen aus, wenn unsere Blicke sich trafen. Wir zuckten vor jeder noch so unbeabsichtigten Berührung zurück. Wir redeten, aber wir *sagten* nichts. Unsere Ehrlichkeit war nur noch oberflächenwahr, und obwohl ich wusste, dass es besser so war, fühlte es sich falsch an. Ich wollte oft ein Gespräch anfangen, irgendeines, das uns diesen angenehmen Zustand von vorher zurückgab, doch ich musste jedes Mal daran denken, wohin uns dieser gebracht hatte, und dann waren all die Worte weg. Dann waren da wieder nur Hände auf meiner Haut und Lippen auf meinem Mund und dieses Pochen in meinem ganzen Körper.

Ich verstand einfach nicht, was mit mir los war. Ich war kein sonderlich körperlicher Mensch, eigentlich waren meine Gedanken meine Impulsgeber. Ich verstand immer, warum ich tat, was ich tat, oder wollte, was ich wollte. Also wieso konnte ich mir nicht erklären, weshalb ich nicht aufhören konnte, an Wes zu denken? Auf *diese Art*? Er war immer attraktiv gewesen, aber sein Körper hatte bisher nie diese Anziehung auf mich ausgeübt. Jetzt bekam ich allein Gänsehaut, wenn ich dabei zusah, wie seine Hände über die Buchseiten der Unilektüre strichen. Seit vierzehn Tagen verstand *ich mich* nicht mehr. Und es gab kaum ein Gefühl, das ich furchtbarer fand als dieses.

Noch bevor ich es verdrängen und auf die Haustür zugehen konnte, öffnete sie sich. Wes trat in den Rahmen und bedachte mich mit einem skeptischen Blick. Er war so viel besser darin, normal zu wirken, als ich. »Wusstest du nicht mehr, wo du klingeln musst?«

»Wieso …«, ich brach ab und sah an der Fassade hinauf, zu dem Fenster, das zu Wes' Wohnung gehörte. »Du hast mich die ganze Zeit gesehen?«

»Hm.« Wes kam die Stufen zum Gehweg hinunter. Interessiert musterte er meinen Aushang am Laternenpfahl, ein Lächeln zupfte an seinen Mundwinkeln. »Ich hab solche Zettel schon in der Uni gesehen. Sind die alle von dir?«

»Schätze schon.« Ich war mir relativ sicher, dass ich die einzige Person an der WU war, die derartige Plakate für ihre Fundsachen anfertigte. Manchmal dachte ich, dass ich die einzige Person war, die das überhaupt machte. Allein die Vorstellung machte mich so traurig, dass ich sie kaum ertrug.

»Hat sich schon mal jemand darauf gemeldet?«

Wes fuhr mit den Fingern über einen Washi-Tape-Streifen, der sich gelöst hatte. Behutsam und doch mit deutlichem Druck. Meine Unterlippe pochte, Hitze schoss in meine Wangen, ich sah hastig weg.

»Nein.«

Er drehte sich zu mir um. »Aber du hörst nicht auf, es zu versuchen.«

»Nein.«

Wes neigte den Kopf leicht zur Seite, als wäre er versucht nachzufragen, was es damit auf sich hatte. Doch dann hob er nur die Schultern und entfernte sich von der Laterne. Vermutlich, weil er ahnte, dass das ein tiefenehrlicher Gesprächsfaden wäre, und wir beide zu viel Angst davor hatten, was sich lösen würde, wenn wir daran zogen.

»Also«, sagte er stattdessen, »Camis Party heute Abend? Willst du echt hin?«

»Klar.« Ich rang mir ein Lächeln ab. Es half ja nichts. Das Projekt lief noch über einen Monat, ich konnte ihn schlecht bis zum Ende ausschließlich in der Uni treffen.

Bevor einer von uns noch etwas sagen konnte, fing mein Handy an zu klingeln. Hastig zog ich es aus meiner Umhängetasche und erstarrte, als ich Mums Namen las. »Entschuldige mich«, murmelte ich und ging zwei Schritte zur Seite, ehe ich den Anruf entgegennahm.

»Hallo, Liebling. Wie geht es dir?«, drang die Stimme meiner Mutter in mein Ohr – so laut und schrill, dass ich mich sofort anspannte.

»Was ist passiert?«, fragte ich besorgt.

Sie stieß ein aufgesetztes Lachen aus. »Kann ich meine Tochter nicht anrufen, ohne dass etwas passiert ist?«

*Könntest du, tust du aber nicht*, dachte ich, aber die Worte schafften es nicht über meine Lippen. Das passierte mir meistens, wenn ich mit Mum telefonierte. Mein Denken kapselte sich komplett von meinem Sprechen ab, weil ich wusste, dass ich sie andernfalls verletzen würde. Und das wollte ich nicht. Ich wünschte mir oft, sie wäre anders, ja, aber ich wollte ihr auch nicht das Gefühl geben, sie nicht so zu lieben, wie sie war. Also ertrug ich es, dass sich meine Gedanken in unseren Gesprächen unangenehm drückend und dunkel in mir ausbreiteten. Ich fühlte mich jedes Mal furchtbar danach, doch das war mir lieber, als wenn *sie* sich so fühlte. Ich musste der Mensch sein, der ich sein wollte, ganz gleich, was für einer sie war.

»Ist es denn so?« Für den Hauch eines Moments hatte ich die Hoffnung, dass sie diesmal tatsächlich anrief, um zu hören, wie es mir ging. Nicht weil Dad etwas getan hatte, das Mum wütend machte, nicht weil sie sich einsam fühlte, nicht weil etwas mit Angus passiert war.

Die Art, wie Mum sich nach mir erkundigte, hatte immer etwas Floskelhaftes und Unaufmerksames und irgendwann hatten sich meine Antworten dem angepasst. Ich hatte akzeptiert, dass ich sie nicht dazu zwingen konnte, sich für mich zu interessieren oder mich auf die Weise zu lieben, die ich mir wünschte. Nur manchmal dachte ich daran, wie wenig sie über mein Leben in Windsbury wusste, und dann wurde ich auf eine Art traurig, durch die ich mich egozentrisch fühlte.

Auch jetzt waren da nur fünf Sekunden Stille, in denen die Hoffnung zerbrach, noch bevor sie antwortete. »Es ist nichts Schlimmes. Ich wollte nur wissen, ob du in letzter Zeit etwas von deinem Bruder gehört hast.«

»Du weißt genau, dass Gus nicht mit mir spricht.«

»Richtig, richtig.« Sie seufzte. »Dabei wart ihr früher unzertrennlich. Er hat dich so vergöttert, viel mehr als euren Vater oder mich. Manchmal war ich fast eifersüchtig.«

*Ich war ja auch mehr für ihn da als ihr.* »Bitte sag mir einfach, was los ist.«

»Nichts.« Im Hintergrund klirrte etwas, dann setzte ein Plätschern ein. Ich wusste instinktiv, dass sie sich ein Glas Wein eingoss, um die nächsten Worte aussprechen zu können. »Es ist nur … Angus ist seit vier Tagen nicht nach Hause gekommen.«

Meine Tasche rutschte über meine Schulter und fiel zu Boden. Ich nahm vage wahr, dass sich ihr Inhalt auf dem Asphalt ausleerte, aber ich regte mich nicht. Meine ganze Konzentration brauchte ich für ein winziges Wort: »Was?«

»Ich dachte, er würde mal wieder eine Weile bei einem Freund schlafen, weil wir ein bisschen Zoff wegen seiner letzten Klassenarbeiten hatten. Aber er geht nicht an sein Handy, und jetzt hat die Schule angerufen und gesagt, dass er schon die ganze Woche nicht da war und …«

»Was hattet ihr denn zuletzt abgesprochen? Bei welchem Freund wollte er schlafen?« Sie schwieg und ich spürte einen unangenehmen Druck in meiner Brust aufkeimen. »Du hast gar nichts mit ihm besprochen, oder? Er ist seit Tagen einfach weg und du … machst nichts?«

»Was soll ich denn machen?«

»Seine Freunde fragen, mit den Lehrern reden, zur Polizei gehen? Einfach alles, Mum. Wenn dein Sohn verschwindet, dann tust du alles, um ihn zu finden.« Meine Stimme klang eher verzweifelt als wütend, es reichte nicht einmal für ein Ausrufezeichen am Satzende.

»Wie stellst du dir das vor? Ich kann doch nicht durch die halbe Stadt laufen und zugeben, dass mein minderjähriger Sohn zu Hause ein und aus geht, wie er will, und … was sollen die Leute denken? Sie reden doch eh schon über uns, seit dein Vater mit diesem … Mädchen verkehrt.«

Ich presste eine Hand gegen meine Stirn. Alles dahinter pochte, doch ich zwang mich, ruhig zu bleiben. »Grace ist siebenundzwanzig, sie ist kein Kind mehr.«

Mum stieß ein unechtes Lachen aus. Erneutes Klirren, ein großer Schluck. »Verzeih mir, dass ich keinen Respekt für das Flittchen empfinden kann, das meine Ehe zerstört hat.«

»Benutz dieses Wort nicht, okay? Und sie hat deine Ehe nicht zerstört.« *Das warst du selbst. Du und Dad.* »Außerdem ist das jetzt auch nicht wichtig. Wichtig ist nur, dass wir Gus finden.«

»Du hast recht.« Innerhalb von Sekunden kippte ihre Stimme. Fort von der schrillen Aufregung, hinein in etwas Kindliches, das ich noch schlechter ertrug. »Ich bin ein furchtbarer Mensch. Ich habe versagt. Als Ehefrau und als Mutter und … in allem.«

Mein Bauch zog sich zusammen. Ich wusste, dass ihr Verhalten nicht fair war, aber auch, dass sie es nicht mit Absicht machte. »Das ist nicht wahr«, versicherte ich ihr sanfter. »Es tut mir leid, ich wollte dir kein schlechtes Gewissen machen, nur … hör bitte auf zu weinen.«

Ihr Schluchzen war schlimmer als alles andere. Ich sank in die Hocke, weil meine Knie sich so weich anfühlten, dass ich ihnen nicht mehr traute, schloss die Augen und presste eine Hand auf den Boden, um das Fallgefühl auszubremsen. Ein Sorgenabgrund für Angus, der sonst wo war, einer für Mum, die allein zu Hause saß und trank, um das zu verdrängen, was sie eigentlich zum Handeln hätte bringen müssen.

»Ich weiß nicht, was ich machen soll«, stieß sie hervor.

*Du wirst gar nichts tun. So wie immer.* »Du musst gar nichts tun. Ich komme nach Hause. Es gibt ein paar Leute, bei denen ich nachfragen kann.«

Sie holte tief Luft. »Das wäre wirklich eine große Hilfe, Liebling. Würdest du das tun?«

Mir wurde schwindlig, ich drückte die Hand fester auf den Asphalt und rang mir ein Lächeln ab. »Natürlich. Ich fahre gleich los.«

»Wir sind immer noch das beste Team, oder?«

*Ein Team funktioniert nicht, wenn nur einer von beiden etwas dafür tut.* »Ich melde mich, sobald ich mehr weiß. Mach dir nicht so viele Sorgen.«

Nach dem Auflegen verharrte ich kurz mit dem Handy am Ohr, dann ließ ich es sinken und schlug die Augen auf. Nur um direkt in Wes' Gesicht zu blicken. Er hockte dicht vor mir und hielt meine eingeräumte Tasche in einer Hand.

»Was ist passiert?«, fragte er ohne Umschweife.

»Ich muss nach Kettering.« Jetzt, wo ich nicht mehr stärker als Mum klingen musste, klang ich … nach gar nichts mehr. Ich fühlte mich fast taub, gleichzeitig waren meine Gedanken so von Sorgen erfüllt, dass sie zentnerschwer waren. »Mein Bruder ist … mal wieder abgetaucht, und Mum bekommt das allein nicht hin.« Ich griff nach meiner Tasche, aber Wes ließ sie nicht los.

»Und du?«

Verständnislos sah ich ihn an. »Was, *ich*?«

»Bekommst *du* das allein hin?«

Aus irgendeinem Grund trieben mir diese Worte Tränen in die Augen. Ich drängte sie zurück und reckte das Kinn. »Was habe ich für eine Wahl? Mein Vater ist seit Wochen mit seiner Freundin in der Toskana und meldet sich sowieso nur dann bei mir, wenn er weiß, dass ich schlafe und nicht sofort reagieren werde. Und meine Mutter ist nicht dazu in der Lage, sich darum zu kümmern. Also bleibe nur ich.«

Wes schüttelte den Kopf und richtete sich auf. »Das stimmt nicht. Ich bleibe auch.«

Verwirrt starrte ich von seinem entschlossenen Gesicht auf die Hand, die er mir hinhielt. *Bleiben* meinte in diesem Fall vermutlich *mitkommen*, doch ich wusste nicht, wieso er das anbot. Ich wusste nur, dass ich es nicht annehmen konnte. »Geh einfach wieder hoch und später zur Party. Ich schaffe das allein.« *Das tue ich immer.*

Er verzog keine Miene. »Ich *bleibe*.«

Meinte *bleiben* noch *mitkommen* oder etwas anderes, etwas Vielschichtigeres, etwas … *Bleibenderes*? Die Bedeutungen verschwammen, meine Sicht auch.

»Das ist nicht deine Angelegenheit«, flüsterte ich.

»Das entscheide ich selbst, schon vergessen?«

Meine Unterlippe bebte. Ich wollte nicht, dass er seine Zeit oder seine Gedanken in etwas investierte, das nicht sein Problem war. Aber in diesem Moment hatte ich keine Kraft dazu, seine Hand wegzuschlagen. Also umfasste ich Wes' Finger und ließ mich hochziehen. Und es war seltsam und wahrscheinlich sogar falsch, aber unter der Berührung hörte ich endlich auf zu fallen.

Wir nahmen den Wagen seines Vaters, den Wes seit dem Familienessen nicht zurückgebracht hatte. Die Fahrt über schwiegen wir. Wes fuhr und ich war dankbar dafür, weil meine Knie sich noch weich anfühlten. Die Abendsonne warf Goldstreifen auf Wes' Gesicht, sein Blick war dennoch dunkel, wann immer er zu mir huschte. Ich erwiderte ihn nie, ich saß nur da und starrte aus dem Fenster, hinter dem sich die Landschaft zunehmend in der einsetzenden Abenddämmerung versteckte. Wes hatte sein Handy mit den Lautsprechern verbunden und eine seiner Playlists aufgerufen. Ich wusste, dass er ungern Radio hörte, weil er moderne Musik nicht mochte, und deswegen wunderte es mich nicht, dass wir während der zweistündigen Fahrt kein einziges Lied hörten, das später als in den Achtzigern erschienen war. Ich wusste auch, dass er in seiner Jacke eine Packung M&M's hatte, weil ihm selbst bewusst war, wie verheerend es war, nichts Süßes in Greifweite zu haben, wenn er hungrig wurde. So wie ich wusste, dass er lieber die Augen verengte, wenn wir der untergehenden Sonne entgegenfuhren, als die Brille aus dem Fach zu nehmen, weil er Dunkelheit zwar nicht mehr fürchtete, allerdings noch immer nicht mochte. Etwas an diesem Bruchteilwissen beruhigte mich. In den vergangenen Wochen hatte ich all diese Details gesammelt, die ich jetzt wie Perlen auf eine Gedankenkette zog, um mich von meinen Sorgen fernzuhalten.

Erst als wir das Ortsschild passierten, räusperte Wes sich. »Wohin soll ich fahren?«

Ich überlegte kurz, dann nannte ich ihm eine Adresse, die er ins Navi eingab.

»Was ist da?«

Etwas, mit dem ich meinen kleinen Bruder nicht in Verbindung bringen wollte. »Früher haben sich die Leute da oft getroffen. Also … die, mit denen Gus neuerdings rumhängt. Um zu trinken und zu rauchen und … keine Ahnung, was noch. Eine alte Schulfreundin von mir hat mir vor einiger Zeit erzählt, dass er jetzt mit denen befreundet ist. Wenn sie da sind, ist er es womöglich auch.«

Wes nickte und setzte den Blinker. In der Ferne zeichnete sich die Silhouette meiner Heimatstadt ab. Verschieden große Häuser, ein Kirchturm, Grünflächen der Parks, rapsgelbe Felder, die das Asphaltmeer eingrenzten.

»Was muss ich über Gus wissen?«

»Eigentlich heißt er Augustus.«

Wes sah ungläubig zu mir hinüber. »Ernsthaft? May und … Augustus?«

Ich musste lachen – holprig und kläglich, aber der Ton entkrampfte meine Lunge ein wenig. »Nein. Er heißt Angus.«

Wes hob die Augenbrauen, ich sah trotzdem, dass seine Mundwinkel zuckten. Beeindruckt, vielleicht auch nur erleichtert, dass ich noch lachen konnte. »Du hattest mich.«

»Weiß ich.« Mein Lächeln versiegte, ich sah wieder aus dem Fenster. »Er ist siebzehn und macht nächstes Jahr seinen Abschluss. Zumindest war das der Plan, keine Ahnung, ob er jetzt beschlossen hat, die Schule hinzuwerfen. Ich … kenne ihn eigentlich nicht mehr.«

»Wir finden ihn, May. Das kommt alles wieder in Ordnung«, erwiderte Wes entschieden.

Ich wollte nicht widersprechen, aber auch nicht lügen, also schwieg ich.

Es gab nicht vieles, was mir so wenig behagte, wie nachts über einen Friedhof zu laufen – direkt auf den Ort zu, von dem in der Ferne Gelächter und basslastige Musik ausging. Aber mir blieb keine andere Wahl, weil ich mir mit jedem Schritt sicherer wurde, dass die Leute, die sich in der alten Kapelle aufhielten, die waren, mit denen Gus angeblich neuerdings Zeit verbrachte.

Wes blieb die ganze Zeit dicht neben mir, doch er schwieg. Ich straffte die Schultern, als wir die Kapelle erreichten. Vor einigen Jahren hatten sie eine neue am anderen Ende des Friedhofs gebaut, seitdem stand diese hier leer und war unfreiwillig zum Treffpunkt von einheimischen Jugendlichen geworden. Der Friedhofswächter war ein Mann Ende siebzig, der kein Interesse daran hatte, sich mit einem Haufen Halbstarker anzulegen, weswegen sie im Grunde tun konnten, was sie wollten. Ich wusste das nur aus Erzählungen, früher vom Schulhof, später von Bekannten, die ich gezielt danach gefragt hatte, als ich vermutete, dass Angus an diesem Ort Zeit verbrachte.

Ein letzter tiefer Atemzug, dann trat ich durch die offene Tür. Leere Sitzreihen, flackerndes Handylicht, kleine Boxen auf dem Altar, zehn, fünfzehn Leute im Raum verstreut, alle etwa zwischen achtzehn und zwanzig. Ein paar der Gesichter kamen mir vage bekannt vor, aber keines war das, nach dem ich suchte.

Kaum dass ich drei Schritte hineingegangen war, löste sich ein Typ von der Wand und einem Mädchen und trat mir in den Weg. Anfang zwanzig, kurz rasiertes Haar, zu große Pupillen. »Willst du was kaufen?«

Mein Herz flatterte wegen der vier kleinen Wörter, die ich

nirgends hören wollte, wo ich meinen kleinen Bruder vermutete. Trotzdem bemühte ich mich um eine ruhige Stimme. »Nein. Ich suche nur jemanden.«

»Und wen?«

»Angus«, sagte ich in dem Moment, in dem ich ihn entdeckte. Er saß in einer der Sitzreihen an der äußeren Wand, nicht mit Blick zum Altar, sondern mit Blick zu … mir. Übergroßer grüner Sweater, schwarze Jeans, abgetretene Sneaker. In seiner Hand hielt er ein Bier, seine Fingerknöchel stachen hervor, weil er es so fest umklammerte.

Der Typ neben mir grinste. »Hast du uns etwa eine Freundin verschwiegen, Kleiner?«

Angus sah zur Seite. »Sie ist niemand.«

Seine Stimme tat fast mehr weh als sein Schweigen. Nicht wegen der Worte, sondern weil ich es so vermisste, dass er welche mit mir wechselte. Er hätte mich anschreien können, es wäre besser gewesen, als ihn über mich, aber nicht mit mir sprechen zu hören. Ich machte einen Schritt auf ihn zu.

»Ich bin deine Schwester. Ob du mit mir redest oder nicht, ändert nichts daran.«

»Deine Schwester?« Der Typ kam mir nach, stellte sich vor mich, ein bisschen zu dicht. »Wie nett. Leistest du uns Gesellschaft?«

In solchen Momenten wäre ich gern größer gewesen. Größer und wütender und lauter, um die Kraft zu finden, ihn einfach zu ignorieren und an ihm vorbei auf Angus zuzugehen. So blieb ich schweigend stehen und starrte zu ihm auf, mit heftig klopfendem Herzen und einem unguten Gefühl im Bauch.

So lang, bis ich das Räuspern in meinem Rücken hörte und mich an Wes erinnerte, der mir näher war, als ich geahnt hatte. Etwas daran gab mir die Kraft, mich zusammenzureißen und mich wortlos an ihm vorbeizuschieben.

»Gus«, sagte ich fest. »Lass uns kurz reden.«

Angus starrte an mir vorbei. Nicht einmal jetzt brachte er es über sich, etwas zu sagen. *Irgendetwas.*

»Willst du lieber, dass ich Mum anrufe, damit sie herkommt?« Es war ein leerer Bluff und das wussten wir beide. Mum wäre nicht hier aufgetaucht, selbst wenn ich sie angefleht hätte, es zu tun. Sie hätte ins Telefon geweint, sie hätte sich die Schuld an allem gegeben, sie hätte versucht, sich zu rechtfertigen, aber mehr auch nicht.

Der Typ neben mir gab ein Schnauben von sich. »Jetzt sei nicht unhöflich, *Gus*«, sagte er spöttisch. »Rede mit deiner Schwester, bevor sie sich dazu verpflichtet fühlt, den ganzen Abend hierzubleiben.«

Offensichtlich wog diese verdeckte Warnung mehr als meine. Angus bewegte den Unterkiefer, aber er stand auf und kam auf mich zu. Wortlos lief er aus der Kapelle, Wes und ich folgten ihm. Draußen hielt er neben ein paar Grabsteinen inne und drehte sich zu mir um. Das ganze Gesicht eine Herausforderung, ein stumm schreiendes: *Was jetzt?*

Und ich … ich hatte keine Antwort. Ich wusste einfach nicht, wie ich mich verhalten sollte. Wie ich meine Gefühle in Einklang mit denen bringen sollte, die ich in seinen grünbrauen Augen erkennen konnte. Wenn ich ihn betrachtete, dann sah ich immer noch das Kind, das mich mit schlaftrunkener Stimme fragte: *»Bleibst du hier, bis Mum zurück ist?«* Ich wusste, dass er kein Kind mehr war, aber er war doch immer noch mein kleiner Bruder. Ich wollte nicht akzeptieren, dass er mit seinen Kleidern auch aus den Erinnerungen herausgewachsen war, die wir gemeinsam gesammelt hatten. Ich *konnte* es nicht akzeptieren.

»Mum sagt, du warst seit Tagen nicht zu Hause. Oder in der Schule.« Ich machte eine Pause, um ihm Zeit zu geben, zu antworten, aber er starrte schweigend an mir vorbei. »So geht das nicht. Du kannst nicht einfach abhauen. Du bist siebzehn, du musst zur Schule, du kannst nicht jeden Tag mit diesen Leuten rumhängen und …«

»Diese Leute sind meine Freunde.«

Ich zuckte zusammen. Das waren sie also. Die ersten Worte, die er seit zweieinhalb Jahren direkt an mich richtete. »Wenn sie das wären, würden sie dir sagen, dass das, was du da tust, unvernünftig ist.« Ich ging vorsichtig auf ihn zu. »Gus, bitte. Ich mache mir Sorgen um dich.«

»Ach, auf einmal? Du bist doch abgehauen, weil du hier wegwolltest. Wir sind nicht mehr dein Problem. *Ich* bin nicht mehr dein Problem.«

Schuld wog *so* schwer, ich bekam kaum noch Luft. »Aber du wirst immer mein kleiner Bruder sein. Ich liebe dich. So sehr.« Meine Stimme brach und mein Herz auch ein bisschen, weil die Worte mir alles bedeuteten und Gus einfach die Augen verdrehte, als wären sie unwichtig.

»Und ich hasse dich. *So sehr.* Das Leben ist manchmal echt beschissen, was? Also verpiss dich, May.«

»Hey, rede nicht so mit ihr!«

Ich zuckte leicht zusammen, weil ich in den letzten Minuten völlig ausgeblendet hatte, dass Wes auch hier war.

Gus vielleicht auch – er runzelte die Stirn und drehte sich in seine Richtung. »Und das willst du mir jetzt befehlen, nur weil du sie neuerdings vögelst?«

Mir stiegen Tränen in die Augen. Ich wollte nicht, dass Angus so etwas sagte oder auch nur dachte. Ich wollte nicht, dass er mit Leuten rumhing, die Drogen verkauften und sonst was taten, ich wollte nicht, dass er sich seine Zukunft verbaute, weil ich unsere Vergangenheit weggeworfen hatte, ich wollte nicht, dass er mich mit harten Blicken ansah und in noch härteren Worten an mich dachte. Ich wollte das nicht, nichts hiervon.

»Geh nach Hause, Gus. Bitte«, wisperte ich. Meine Stimme war viel zu weich und leise, ich wusste es selbst.

Angus verdrehte erneut die Augen, aber bevor er dazu kam zu antworten, ging Wes dazwischen. Ruhiger als vorhin, trotzdem entschieden. »Tu, was sie sagt, oder wir rufen die Polizei.«

Gus fuhr zu ihm herum. »Was?«

»Du bist minderjährig und von zu Hause abgehauen, außerdem bist du alkoholisiert und hast gekifft. Ich kann dir aus Erfahrung sagen, dass die das nicht unbedingt locker sehen. Ich vermute einfach mal, dass du schon auffällig geworden bist. Hausfriedensbruch, Vandalismus, Diebstähle, so was?« Gus' Kiefer spannte sich sichtlich an, Wes nickte wissend. »Dachte ich mir. Tja, mit ein bisschen Pech verliert die Polizei langsam, aber sicher die Geduld mit dir, informiert das Jugendamt und deine Mutter bekommt erhebliche Probleme.«

»*Tja*, das ist mir aber scheißegal.« Gus machte einen Schritt auf ihn zu. Er war einen Kopf kleiner als Wes, aber sein Blick strahlte aus, dass er kein Problem damit hätte, sich mit ihm anzulegen.

Wes lächelte unbeeindruckt. »Ach echt? Dann bist du scharf darauf, dass die ständig bei euch auftauchen und kontrollieren, ob du deine Hausaufgaben gemacht hast? Oder willst du gleich in eine Einrichtung für betreutes Wohnen, wo sie dir diesen Scheiß ganz bestimmt nicht durchgehen lassen? Frag dich einfach mal kurz, was deine Rebellion dir wert ist. Denn ich glaube, du bist clever genug, um zu wissen, dass die Schule und daheim übernachten das deutlich kleinere Übel ist, als wenn du in einem Jahr hier festsitzt, weil du dir in deinem Trotz die Möglichkeiten auf eine Zukunft deiner Wahl verbaut hast.«

»Vielleicht ist das ja die Zukunft meiner Wahl, du Arschloch.«

»Klar, vielleicht. Aber dann bist du dümmer, als ich dachte.« Wes machte ebenfalls einen Schritt auf ihn zu und sah ihm fest in die Augen. »Geh nach Hause. Rede mit deiner Mutter. Reiß dich zusammen und besuch am Montag wieder die Schule. Zieh dieses eine Jahr noch durch und entscheide dich dann selbst dafür, wie es weitergehen soll. Aber mach dir dein Leben nicht kaputt, bevor es überhaupt angefangen hat. Damit bestrafst du nicht die Menschen um dich herum, damit bestrafst du am Ende nur dich selbst. Glaub mir – ich weiß, wovon ich rede.«

Die Situation erinnerte mich an jenen Abend im blauen Wal, als Wes und Luke sich gestritten hatten. Jedoch war Wes jetzt ruhiger und beherrschter, dabei unsagbar autoritär. Und vor allem wirkte er vernünftig und … verständnisvoll. Er beschönigte nichts, er befahl nichts – er zählte lediglich Fakten auf.

Ich konnte Gus ansehen, dass er es auch wahrnahm: Es erschien schlichtweg unlogisch, nicht zu tun, was er sagte. Gus bewegte den Kiefer ein paarmal, aber er antwortete nicht. Stattdessen trat er einen Schritt nach hinten und ging. Nicht zurück in die Kapelle, sondern durch die Gräber hindurch in Richtung Seitenausgang des Friedhofs.

Wes blickte ihm stirnrunzelnd nach, aber ich lächelte schwach. »Der kürzeste Weg nach Hause.« Ohne groß darüber nachzudenken, griff ich nach Wes' Hand und verschränkte unsere Finger miteinander. »Lass uns gehen.«

Es fing an zu nieseln, als wir das Auto erreichten. Grau in Tropfenform übersäte die Windschutzscheibe, doch Wes startete weder den Motor noch den Scheibenwischer. Er saß schweigend neben mir, während ich mein Handy aus der Tasche zog und Mum eine kurze Nachricht schickte.

*Hab ihn gefunden, er sollte auf dem Weg nach Hause sein. Schreib mir bitte, wenn er da ist.*

Ich ließ das Smartphone sinken und sah auf, um Wes zu bitten, noch kurz zu warten. Nur so lang, bis ich wusste, dass ich mir wenigstens für heute Nacht keine Sorgen mehr um Gus machen musste. Oder zumindest nicht mehr als sowieso. Doch Wes machte eh keine Anstalten, loszufahren. Er sah mich nur an. Er wartete ebenfalls auf etwas. Und als ich den Blick wieder nach vorn wandte und wie von selbst anfing zu sprechen, begriff ich auch, worauf.

»Es ist so albern, weil ich weiß, dass sie es sowieso nie getan hätte, aber ich kann nicht aufhören zu denken, dass es meine Schuld ist, dass Mum nicht wusste, wo sie ihn suchen sollte. Dieser Ort steht nicht auf der Liste, ich habe sie nicht aktualisiert, als ich erfahren habe, dass er jetzt mit diesen Leuten befreundet ist.«

»Welche Liste?«, fragte Wes nach. Leise, als hätte er Sorge, seine Stimme könnte meine verstummen lassen.

»Bevor ich weggezogen bin, habe ich Mum ein paar Sachen über Angus aufgeschrieben. Seine Freunde, die Orte, an die er sich zurückzieht, seine Lieblingsgerichte, was es bedeutet, wenn er nach der Schule in sein Zimmer verschwindet und AC/DC aufdreht, solche Sachen.« Ich schluckte und rieb mir über die Augen. Sie pochten trocken. »Lach ruhig, ich weiß, wie verrückt das klingt.«

Seine Hand zuckte am Lenkrad, er umklammerte es fester. Eine unterdrückte Berührung, ich spürte sie dennoch und schloss die Augen. »Ich finde nichts daran verrückt oder witzig, May. Ich finde es nur … falsch. Das wäre alles nicht deine Aufgabe gewesen. Du warst *das Kind*. Das hast du zu mir gesagt, richtig?«

»Ja, vielleicht. Aber darauf zu beharren und trotzig um mich zu treten war für mich keine Option.« Ich stockte und blinzelte schuldbewusst zu ihm hinüber. »Damit meine ich nicht, dass du …«

Er schüttelte den Kopf. »Erzähl einfach weiter, okay?«

Ich hätte sowieso nicht aufhören können. »Wenn ich nicht bereit gewesen wäre, mehr als ein Kind zu sein, dann hätte Gus niemanden gehabt. Ich erinnere mich an keine Zeit, in der es in der Ehe unserer Eltern wirklich gut lief. Sie haben sich immer gestritten, über alles und nichts, und sind sich dann tagelang aus dem Weg gegangen, indem sie beide permanent unterwegs waren. Ich war zwölf, als ich angefangen habe, Angus von der Schule abzuholen, ihm bei den Hausaufgaben zu helfen und für uns zu kochen, weil vor abends nie jemand da war.«

Wenn ich an meine Kindheit dachte, dann dachte ich tatsächlich zuerst immer an den Küchentisch. An den Dreh- und Angelpunkt meines Lebens, an dem ich fast jeden Abend einschlief, bis meine Mutter heimkam, über mein Haar streichelte und mit einem Seufzen fragte: *»Hattest du auch so einen langen Tag, Liebling?«*

Und das hatte ich wirklich. Ich hatte den längsten Tag der Welt an diesem Tisch. Er war so lang, dass er immer noch andauerte. In einer verwinkelten Ecke meines Bewusstseins saß ich immer noch dort. Fenster im Blick, Tür im Ohr, Angus im Nachbarzimmer. Unfähig, aufzustehen und zu gehen, weil ich da sein musste. Weil *irgendjemand* ja da sein musste.

»Als meine Eltern sich scheiden ließen, dachte ich, dass es jetzt besser werden würde. Dass es ihren Fokus verschieben würde. Auf Angus«, erzählte ich brüchig weiter.

»Du meinst, auf euch beide«, korrigierte Wes mit zusammengepressten Zähnen.

»Ich hab dabei nie an mich gedacht. Ich war gerade volljährig geworden, aber Angus war dreizehn. Er brauchte jemanden, der sich um ihn kümmert. Nur haben sie das nicht hinbekommen. Sie waren zu sehr damit beschäftigt, einander zu hassen, um sich daran zu erinnern, dass sie ihn lieben sollten. Also … hab ich mein Stipendium an der Yale University verfallen lassen.«

Wes holte überrascht Luft. »Du hattest ein Stipendium für Yale? Die Eliteuniversität in den USA?«

Jetzt waren da doch Tränen, die sich aus meinen Augen lösten. Ich nickte, während sie über meine Wangen liefen. »Ich hatte mich beworben, ohne daran zu glauben, dass sie mich annehmen könnten. Als dann die Aufnahmebestätigung kam, hab ich mich selbst gehasst. Ich hatte nach einem Weg von zu Hause weg gesucht, ohne an Angus zu denken.«

»Nichts daran ist schlimm.« Wes' Stimme klang heiser, als wäre er selbst den Tränen nah. Der Gedanke war so unerträglich, dass ich mir meine grob aus dem Gesicht wischte.

»Doch. Weil ich für Gus verantwortlich war. Und das war mir auch klar, und deshalb bin ich nicht gegangen. Ich hab zwei Jahre lang hier in einem Deko-Laden gejobbt, nebenher ein paar Onlinekurse belegt und mich damit abgefunden, dass das die beste Option war. Nur … zu Hause wurde es immer schlimmer. Dad war ausgezogen und kam mit seiner zwanzig Jahre jüngeren Assistentin zusammen, und als Mum herausfand, dass er bereits mit ihr geschlafen hatte, als sie noch verheiratet gewesen waren … Nach außen hin hat sie alles dafür getan, den Schein einer einvernehmlichen Trennung zu wahren, aber vor Angus und mir hat sie nur noch schlecht über ihn geredet. Wenn sie überhaupt zu Hause war. Sie hat sich in ihre Arbeit gestürzt und noch dazu Ehrenämter bei der Tafel und der Kirche aufgenommen. Sie hat gesagt, sie wolle anderen helfen, aber ich hab immer gedacht, dass sie eigentlich nur Ablenkung gesucht hat.«

Ich lachte brüchig auf. »Es ist schrecklich, das zu sagen, ich weiß. Und wie hätte ich ihr auch einen Vorwurf daraus machen können? Wie hätte ich Angus und mich über andere Menschen stellen sollen, die Hilfe benötigten, indem ich von ihr verlangte, sich lieber um uns zu kümmern? Es ging nicht. Also hab ich nichts gesagt. Nicht mal dann, wenn sie ständig mit irgendwelchen Männern oder Freundinnen ausgegangen ist. Es war irgendwie so, als hätte sie sich nicht nur von Dad getrennt, sondern auch von uns. Ich meine, sie war nicht gemein zu uns, sie war einfach … weit weg. Also hab ich mich weiter um den Haushalt gekümmert und um Angus und irgendwann … hatte ich das Gefühl zu ersticken.«

Ich drehte den Kopf zum Fenster und schloss die Augen, weil ich mein eigenes Spiegelbild nicht ertrug. Ich verachtete mich zu sehr für das, was jetzt kam.

»Ich erinnere mich nicht mal mehr genau daran, wie ich die Bewerbungsunterlagen für die WU ausgefüllt habe. Dafür weiß ich noch, wie ich mich gefühlt habe, als die Zusage kam. Als würde ich zum ersten Mal seit Jahren Luft bekommen.« Ich schluckte. »Zu der Zeit war es zu Hause ein bisschen besser geworden, Mum war wieder mehr da, sie hat es zumindest versucht. Und Angus war mittlerweile fünfzehn, er war gut in der Schule, er hatte nette Freunde. Ich hatte die Hoffnung, es wäre vielleicht okay, an mich zu denken.«

»Natürlich war das okay. Es ist absolut okay, atmen zu wollen. Es ist sogar verdammt wichtig.« Wes' Hand schwebte spürbar über meiner Schulter, aber er zog sie wieder zurück, statt mich zu berühren.

Ich wünschte, er hätte es getan. Kurz nur, so wie vorhin vor seinem Wohnhaus – damit ich wenigstens für einen Augenblick mit Fallen aufhören konnte. »Angus war so wütend auf mich, aber ich dachte erst, er müsste sich nur daran gewöhnen.

Ich hab versprochen, so oft es geht vorbeizusehen und jeden Tag anzurufen, und das hab ich auch getan, aber das war nicht genug. Er ist nach und nach abgedriftet. Hat angefangen, die Schule zu schwänzen, Sachen zu klauen, sich mit diesen Typen anzufreunden, die älter sind als er und ständig trinken und kiffen. Ich hab versucht, mit ihm zu reden, aber er hat mich ignoriert. Selbst wenn ich zu Besuch war, hat er so getan, als wäre ich nicht da, oder ist einfach ganz abgetaucht. Wir haben seit zweieinhalb Jahren nicht miteinander gesprochen, bis heute. Und du hast gehört, dass er mich immer noch hasst.« Meine Stimme fiel jetzt auch, sie fiel und überschlug sich dabei, bis sie nur noch ein Knäuel aus Worten war, die ich selbst kaum verstand.

»Er hasst dich nicht, May.«

»Doch. Und zu Recht. Ich hatte ihm versprochen, dass ich ihn nie allein lassen würde. Dass wir es besser machen würden als Mum und Dad. Dass ich da sein würde. Aber ich war egoistisch und gemein und …«

»Lass das«, unterbrach Wes mich entschieden, fast grob. Sein Blick war ebenso. Er schnitt einen klaffenden Spalt in diese dicke Schicht aus Sorge, Selbstverachtung und Kummer, die sich mit jedem Wort enger um mich gewickelt hatte.

Ich atmete laut aus und fokussierte mich angestrengt auf seine Augen.

»Jetzt hör mir gut zu«, forderte er ruhiger, jedoch nicht weniger bestimmend. »Es ist überhaupt nicht verkehrt, an sich selbst zu denken oder ein eigenes Leben führen zu wollen. Du bist die Letzte, die sich vorwerfen darf, egoistisch oder gemein zu sein. Ich meine, *gemein* – ernsthaft? Du bist der *netteste* Mensch, den ich kenne, und erst durch dich weiß ich, dass das so ziemlich das größte Kompliment von allen ist. Du bist dermaßen rücksichtsvoll und verständnisvoll, dass es mich manchmal wahnsinnig macht. Also hör endlich auf, dich für Dinge fertigzumachen, für die dich keine Schuld trifft. Du bist nicht für die Handlungen deiner Eltern verantwortlich und auch nicht für die deines Bruders. Du bist nur für dich selbst verantwortlich, *Lille*. Dafür, was für eine Art Mensch du bist. Und dabei hast du nicht versagt. Kein bisschen. Haben wir uns verstanden?«

Mein Blick verschwamm, meine Gefühle auch. All das Schmerzhafte war noch da, aber es wurde ein bisschen transparenter. Erträglicher. Darunter mischte sich, flüssig und dünn wie stark verwässerte, zartblaue Wasserfarbe, Ruhe und … Zuversicht. Nicht darauf, dass alles gut war, eher darauf, dass es besser werden könnte.

Nicht mehr fallen, sondern schwebend sinken.

»Okay«, flüsterte ich und wischte mir ein letztes Mal über die Augen. In diesem Moment vibrierte das Smartphone in meiner Hand. Hastig überflog ich Mums Nachricht.

*Er ist gerade reingekommen. Danke, Liebling, auf dich ist wirklich immer Verlass.*

Ich schickte einen nichtssagenden Smiley zurück, ehe ich das Handy verstaute. »Gus ist zu Hause. Dann lass uns jetzt zu Camis Party fahren.«

»Wir müssen da echt nicht hin.«

»Doch, ich möchte gern. Ich will noch nicht nach Hause. Die anderen würden sich Sorgen machen.« Ich umklammerte meine Arme. Draußen schwankten die Birken im Wind, ein paar Blätter klebten durch den Regen an der Frontscheibe.

Wes zögerte, sein Blick hing an meinem Profil. Ich wagte es nicht, mich zu ihm umzudrehen. Mein Inneres war brüchig, ich hatte Angst, er könnte es sehen und mich umarmen, um es zusammenhalten zu wollen. Ich sehnte mich danach, ich fürchtete mich davor. Weil Wes' Nähe in diesem Moment alles war, was ich wollte, und alles, was ich nicht wollen sollte. Ich liebte Alliterationen, aber Paradoxa machten mir Angst.

»Wieso darf sich niemand um dich Sorgen machen, May?«, fragte er leise.

*Weil ich es leichter machen will für die Menschen, die ich liebe. Weil ich vielleicht nicht dafür gemacht bin, verstanden zu werden, nur dafür zu verstehen. Weil ich lieber ihnen helfe, als sie versuchen zu lassen, mir zu helfen – weil ich weiß, dass das eh nicht funktionieren würde. Weil ich nun mal ich bin.*

Ich rang mir ein Lächeln ab und drehte mich zu ihm. Ein Nasenrücken-Blick, da das der Teil seines Gesichts war, den ich ertrug. Bei seiner Stirn musste ich an Umarmungen denken, bei seinen Augen daran, dass er so viel von mir gesehen hatte, wahrscheinlich mehr als jeder andere Mensch, bei seinem Mund an … viel zu viel zu viel. »Außerdem kann ein bisschen Ablenkung nicht schaden.«

»Bist du sicher?«

Mit einem Nicken schnallte ich mich an. »Ich kann ja gehen, wenn es mir zu viel wird.«

»Wenn es dir zu viel wird, sagst du Bescheid und ich bringe dich heim.« Er startete den Motor. Scheibenwischer und Musik gingen gleichzeitig an: *I Am a Rock* von Simon & Garfunkel.

Ich musste ein Seufzen unterdrücken, ein Lächeln aber auch. »Führen wir diese Diskussion jetzt jedes Mal?«

Wes setzte das Auto zurück. »Sag du es mir.«

Doch ich sagte es nicht. Ich sagte gar nichts mehr. Ich saß schweigend in diesem Wagen, allein mit Wes, während der verblassende April den letzten Regen hinunterwarf, den er noch übrig hatte. So heftig, dass der Wind zischend an den Scheiben entlangschoss.

Da lief diese eine Textzeile über das Wände-Bauen, als der Friedhof im Rückspiegel mit der Nacht verschmolz. Ich sah

Wes an, wie er konzentriert geradeaus blickte, und dachte an Wände. Daran, dass er so feste um sein wahres Ich errichtet hatte, aber auch daran, dass er mir heute ebenfalls welche gebaut hatte. Nicht die Art, die einen erdrückt. Die Art, die einen beschützt. Vor der Welt. Vielleicht aber auch, oder vor allem, vor sich selbst.

# 18. Kapitel

## WESLEY

Einer von Camis wichtigsten Grundsätzen lautete: Eine Geburtstagsparty musste so besonders sein, dass die Erinnerung an diesen einen Abend das ganze Jahr über bis zur nächsten Feier anhielt.

Es hatte mich daher nicht gewundert, als ich von ihrer diesjährigen Location erfahren hatte. Eine verlassene Burgruine, ausgestattet mit ausgefallener Dekoration und besucht von etlichen Menschen in den Zwanzigern – das war genug, um einen bleibenden Eindruck zu hinterlassen.

Die Ruine befand sich in abgeschiedener Lage zwischen Windsbury und Oxford, ringsherum gab es nur einen See und grüne Landschaft. In den offenen Fensterrahmen standen Blumenbouquets und fehlende Teile des Deckengewölbes waren mit indigoblauen Tüchern verhangen, in denen Glitzerfäden wie Sterne funkelten, sobald das Licht der aufgestellten Scheinwerfer auf sie traf. Es gab Getränke- und Snackwagen, einen DJ und ungefähr zweihundert Leute, von denen ich die meisten flüchtig kannte und über die ich zum Großteil trotzdem nichts hätte sagen können.

Unter anderen Bedingungen hätte ich mich auf die Party eingelassen und versucht, den Kopf abzuschalten. Ich hätte mich betrunken und meinen Freunden dabei zugehört, wie sie über Nichtigkeiten diskutierten, ich hätte mal wieder mit einer der Frauen geredet, mit denen ich gelegentlich von Partys wie dieser verschwand.

Aber nicht heute. Nicht während sich May ein paar Meter von mir entfernt befand und durch und durch verloren wirkte.

Kurz nach unserer Ankunft hatte Cami sie erst zur Bar und dann zu ihren Freundinnen zur improvisierten Tanzfläche auf der grasüberwucherten Freifläche inmitten der Ruine geschleift. Doch statt wie die anderen ausgelassen zu tanzen, stand May seit dreißig Minuten mit geschlossenen Augen auf der Stelle und wiegte leicht den Kopf hin und her. Ihr Haar hing ihr lockig über die Schultern, nur die Seitenpartien hatte sie geflochten und am Hinterkopf in einem Knoten zusammengebunden. Ihr Kleid war knielang, mintgrün und mit Rüschensaum am Ausschnitt verziert, ihr Gesichtsausdruck erschöpft und … sorgenvoll. Sie war so schön und traurig, es tat fast körperlich weh, sie anzusehen.

Trotzdem stand ich an der Bar, drehte mein Glas mit Limonade zwischen den Fingern und wagte es nicht, sie aus den Augen zu lassen. Es war offensichtlich: Sie gehörte nicht auf diese Party. Nicht nach allem, was heute passiert war, vielleicht überhaupt nicht. Wenn ich an May dachte, dachte ich an Ruhe, an Tiefe, an Waldgrün, an Wasserblau. Nicht an grelles Stroboskoplicht und glitzernde Kleider, Musik und Stimmenlärm.

Mittlerweile bereute ich es, nicht darauf bestanden zu haben, etwas anderes zu unternehmen. Nicht nur, weil ich nicht glaubte, dass sie wirklich in Feierstimmung war, sondern auch, weil mir nicht entging, wie die anderen Anwesenden sie registrierten. May war hübsch, sie war mehr oder minder allein und sie war jemand, den man in diesen Kreisen nicht kannte. All das machte sie interessanter, als mir lieb war.

Mir war klar, dass es mich nichts anging, mit wem sie was machen wollte – und ich hätte es auch stillschweigend akzeptiert, wenn ich gedacht hätte, dass sie momentan in der Lage dazu war, überhaupt etwas aktiv zu *wollen*. Doch das tat ich nicht. Ich hatte gesehen, wie sehr sie die Konfrontation mit ihrem Bruder mitgenommen hatte. Und ich hatte auch gesehen, wie sie innerhalb einer halben Stunde zwei Gin Tonic runtergekippt hatte, obwohl sie sonst sehr bedacht trank. Heute hatte sie nicht getrunken, um zu trinken, sondern um betrunken zu sein, und das passte nicht zu ihr. Allein die Art, wie sie auf die sanfteste aller Weisen vor sich hin tanzte, machte deutlich, dass sie längst nicht mehr nüchtern war.

Es wäre schön gewesen, wenn es mich mehr überrascht hätte, dass das manche Männer eher anzog als abschreckte. Stirnrunzelnd sah ich dabei zu, wie Keenan Hall vor May stehen blieb und sie an der Schulter berührte. Sie schlug die Augen auf, er beugte sich zu ihr hinunter und sagte etwas in ihr Ohr. May lächelte – eher höflich als belustigt. In diesem Moment wünschte ich mir wieder, sie würde sich mehr Unfreundlichkeit zugestehen. Ich war sicher, sie hätte ihn stehen gelassen. Zumindest wollte ich das glauben.

Allein wie er sie ansah, sorgte dafür, dass sich etwas in meiner Kehle verkeilte – jeder Atemzug fühlte sich schmerzhaft an. Immer wieder rutschte Keenans Blick von ihrem Gesicht über ihren Körper, und mit jedem Wort, das er sagte, neigte er sich weiter zu ihr vor. Diese ganze Art der Annäherung hatte nichts von Bewunderung, nur von Berechnung: Er testete in Ruhe aus, wie weit er gehen konnte.

*Dieser miese …* ich schluckte das letzte Wort mit Zuckerlimonade herunter und stellte das Glas etwas zu heftig auf dem Tresen der kleinen Bar ab. Genau da schlug mir jemand von hinten auf die Schulter.

Ertappt fuhr ich herum und sah in das Gesicht meines besten Freundes. Automatisch scannte ich den Ausdruck darin, aber Luke wirkte in jeder Hinsicht nüchtern. Seit jenem Abend bei Will riss er sich tatsächlich zusammen. Das hätte mich erleichtern sollen, doch in diesem Moment war ich zu angespannt dafür.

Luke grinste und tätschelte mir die Wange. Eine Geste, die ich ihm nur durchgehen ließ, weil wir beide nicht gut im Umarmen waren. »Egal, wie voll es ist – man findet dich immer. Deine Laune hängt wie eine dunkle Wolke über dir. Ist dir das eigentlich bewusst?«

»Witzig«, antwortete ich trocken, während er sich neben mich an den Tresen lehnte und einen Scotch bestellte.

Keine Minute später hielt er ein halb volles Glas in der Hand und wandte sich wieder an mich. »Nur die Wahrheit. Was ist diesmal der Grund?«

»Hall.« Ich beobachtete, wie besagter *Grund* eine Haarsträhne aus Mays Gesicht strich. »Liegt es an mir oder ist er noch unerträglicher geworden, seit er mit diesen Spinnern rumhängt?«

»Und mit *Spinnern* meinst du die Elite der Universität?«

Ich schnaubte. Die *Silent Storms Society*, wie sich diese Typen nannten, hatten für mich nichts von einer Elite. Sie waren ein Haufen Studenten, die sich hinter Traditionen und albernen Ritualen versteckten, um sich besonders zu fühlen. Jedes Jahr machten sie einen riesigen Aufriss um die Nominierung der neuen Mitglieder ihrer Studentenverbindung: Wer Teil von ihnen werden wollte, musste eine Reihe von Herausforderungen bestehen, die sich Jahr für Jahr in Absurdität und Risiko übertrumpften. Es hatten sich schon etliche Anwärter dabei irgendwelche Körperteile gebrochen oder waren von der Uni geflogen. Und selbst von denen, die es unbeschadet hindurchschafften, wurde nur ein Bruchteil aufgenommen. Angeblich war eine Mitgliedschaft eine Garantie auf eine beruflich und sozial erstrebenswerte Zukunft, da man auf ein weitverzweigtes Netzwerk aus Alumni-Kontakten zugreifen konnte. Trotzdem war mir schleierhaft, wie man sich dafür derart erniedrigen konnte.

Einige meiner Freunde waren aufgrund ihrer Namen im Laufe der Zeit zu den Aufnahmeritualen eingeladen worden, doch Keenan war der Erste, der vergangenes Semester teilgenommen hatte. Durch seine Familie war er ebenso wenig auf Kontakte angewiesen wie der Rest von uns, aber darum ging es ihm auch nicht. Für Keenan war es schlichtweg reizvoll, etwas anzugehören, das anderen vorenthalten blieb. Er ging darin auf, Geheimnisse zu haben und selbst Teil von einem zu sein. Ich konnte nicht zählen, wie oft er angefangen hatte, eine Anekdote widerzugeben, dann mitten im Satz abbrach und mit bedauerndem Lächeln sagte: *»Entschuldigt, das ist nur etwas für den inneren Kreis.«* Kurz gesagt: Er war ein Idiot.

Genervt griff ich wieder nach der Limonade und nahm noch einen Schluck, auch wenn mir ein Bier lieber gewesen wäre. Ich konnte es mir nicht erlauben, unaufmerksam zu werden. »Seit wann klingst du so ehrfurchtsvoll, wenn du von dieser Sekte redest?«, nahm ich das Gespräch wieder auf, um mich abzulenken. »Sag mir nicht, dass du doch noch mit dem Gedanken spielst, beizutreten.«

Luke stellte sein Glas auf den Tresen und bedeutete dem Barkeeper, nachzuschenken. »Nein, keine Sorge. Ich steh nicht so drauf, wenn man mir vorschreibt, wie ich meine Freizeit verbringen darf. Außerdem hab ich dafür ja schon dich.«

Ich gab mir keine Mühe, das zu kommentieren. Aus dem Augenwinkel nahm ich wahr, wie Keenan eine Hand an Mays Taille legte und sie zur Seite in Richtung einer Steinmauer schob, als eine Gruppe Frauen an ihnen vorbeilief. Die Berührung war zu lang, um beiläufig zu sein, und als er eine Bewegung auf sie zumachte, ohne seine Hand wegzunehmen, verkrampfte sich alles in meiner Brust. Ich umfasste mein Glas fester. Es nach Keenan zu werfen, erschien mir in diesem Moment reizvoller, als es auszutrinken.

»Was ist das jetzt eigentlich mit ihr?«

Widerwillig konzentrierte ich mich auf Luke. »May ist eine Kommilitonin und meine Projektpartnerin für …«

»Nicht die offizielle Version, Wes.« Er beobachtete mich genau, während er an seinem Ohrring drehte. »Ich will die Version hören, die erklärt, warum du sie nicht aus den Augen lässt und aussiehst, als würdest du einen unserer Freunde gleich in den See werfen.«

»Ich würde Keenan nicht unbedingt als *Freund* bezeichnen.« Ich nahm noch einen Schluck. Trotz des Zuckers bekam ich den bitteren Geschmack nicht aus meinem Mund. Oder meinen Gedanken. »Außerdem würde mir Cami es sicher übel nehmen, wenn ich die Party derart störe.«

Luke kniff die Augen zusammen. »Schläfst du mit ihr?«

Mein Herzschlag beschleunigte sich. Es war absurd, doch allein diese Worte reichten aus, um die Bilder zurückzuholen. May im Wasser, umhüllt von goldenem Blau, wir beide im Duschraum, umhüllt von sehr brennendem Verlangen. Ich hatte mir davor in schwachen Momenten vorgestellt, wie es wäre, sie zu berühren, aber ich war nicht darauf vorbereitet gewesen, wie es sich wirklich anfühlte. Ihre Haut an meiner, ihr Mund auf meinem, ihr Körper so dicht an meinem – alles daran war so intensiv gewesen, dass es fast wehgetan hatte. Ich musste nur daran denken und spürte, wie mein Blut sich gefährlich weit unten ansammelte. Keine Ahnung, wann es mir das letzte Mal so vorgekommen war, als wäre ich meinen Hormonen völlig ausgeliefert. Dabei stimmte das nicht. Ich fühlte May nicht nur *so*. Ich fühlte sie … ja, Punkt. Ich fühlte sie.

Bemüht gleichgültig erwiderte ich Lukes forschen Blick. »Mit Cami? Schon eine Weile nicht mehr.«

Er pfiff durch die Zähne. »Dein Ausweichen spricht für sich.«

Ich verdrehte die Augen, rieb mir mit dem Handballen über die Stirn, drehte das Glas in der anderen Hand – viele kleine Gesten, um nicht zu zeigen, wie ertappt ich mir vorkam. »Habe ich nicht, tue ich nicht, werde ich nicht.«

Immerhin war das die Wahrheit. In allen Zeitformen, das hatte May mehr als deutlich gemacht, indem sie entschieden hatte, dass wir das, was passiert war, totschwiegen. Ihre Reaktion hatte mich nicht überrascht, meine hingegen schon: Es störte mich. Ich war nur nicht sicher, wieso. Alles, was ich gerade mit Sicherheit wusste, war, dass es mir nicht gefiel, sie mit Keenan zu sehen.

»Würdest du gern mit ihr schlafen?«, hakte Luke nach, als hätte er meine Gedanken gehört.

»Ich würde gern aufhören, mit dir zu sprechen.«

Luke stützte sich mit den Ellbogen am Tresen ab, ohne mich aus dem Blick zu lassen. Auf schräge Weise erleichterte mich dieser Moment zwischen uns. In den letzten Monaten war Luke so auf sich fixiert gewesen, dass ein Gespräch, das nicht um ihn kreiste, kaum möglich gewesen war. Dass seine Gedanken jetzt nur auf mich abzielten, war anstrengend, aber es war auch … gut. Das bedeutete, dass er zu sich selbst zurückfand. Zu dem stursten, nervigsten, besten Freund, den ich hatte und – was ich nie laut sagen würde – seit einiger Zeit ziemlich vermisste.

»Du bist anders, seit du dich mit ihr triffst.«

Ich runzelte die Stirn. »Inwiefern?«

»Keine Ahnung. Irgendwie ruhiger.«

»Du bringst mich momentan auch nicht jeden Tag zum Lachen, Luke.«

Er seufzte gedehnt und stieß mir in die Seite. »Das war kein Vorwurf, Mann. Ich hab einfach das Gefühl, du bist wieder ein bisschen mehr bei dir selbst.« Sein Blick huschte abermals an mir vorbei zur Säule. »Dabei hätte ich echt nicht gedacht, dass sie dein Typ ist. Sie wirkt überhaupt nicht wie Fiora.«

»Sie ist auch überhaupt nicht wie Fiora.« Es war ja niemand wie May, irgendwie. Ich hatte noch nie einen Menschen wie sie getroffen, und mittlerweile war ich sicher, dass es auch keinen gab, der ihr richtig ähnelte. Ich wollte sie nicht auf einen Sockel stellen, sie war auf keinen Fall perfekt – andernfalls hätte ich nicht ständig das Bedürfnis gehabt, sie zu schütteln –, aber sie war so sehr sie, dass es mir völlig absurd erschien, sie mit anderen zu vergleichen. Klar, jeder Mensch war einzigartig, doch normalerweise konnte ich sie trotzdem in bestimmte Gruppen einteilen. Nur bei May bekam ich das einfach nicht hin. Vielleicht hatte ich deshalb auch immer gedacht, sie wäre nicht mein Typ: Sie war kein bestimmter Typ Mensch. Sie war nur May.

Luke lachte. »Gut. Fio war nämlich echt nervig mit ihrer komischen Boyband-Obsession. Sie hatte *Backstreet Boys*-Bettwäsche. Das war das ultimative Warnzeichen.«

Ich grinste widerwillig. »Du mochtest sie.«

»Klar, sie war cool. Aber euer ständiges Drama ging mir auf die Nerven. Genauso wie deine Übellaunigkeit in den letzten Monaten. Seit ein paar Wochen wirkst du insgesamt gelassener. Mit Ausnahmen, natürlich.« Er nickte mir vielsagend zu.

Wahrscheinlich hatte er recht. Seit meine Mutter an der Universität eingestellt worden war, hatte ich das Gefühl, jeder Quadratmeter des Campus wäre zugekleistert mit Erinnerungen an sie. Sie musste nicht mal vor Ort sein, sie war trotzdem überall. Und mit ihr diese extrem widersprüchlichen und anstrengenden Gefühle, die ich bereits jahrelang mit mir herumschleppte und nicht einordnen konnte. Erst allmählich glaubte ich zu begreifen, dass das nicht nur Wut war, sondern etwas Vielschichtiges.

Und wahrscheinlich war das der Kern von dem, was Luke meinte: Es lag wirklich an May. In ihrer Nähe verstand ich mehr. Nicht nur die Menschen und die Welt um mich herum, sondern vor allem mich selbst. Wenn man seine Gefühle nachvollziehen konnte, war es leichter, mit ihnen umzugehen. Vielleicht war das irgendwie der Schlüssel zu allem und es ging nicht um Kontrolle, wie mein Vater immer behauptet hatte, sondern immer nur um Verständnis – auch für sich selbst.

»Du hast es ihr aber nicht gesagt, oder?«, unterbrach Luke meine Gedanken. Er klang etwas gedämpfter und ernster als zuvor, sofort versteiften sich meine Schultern.

»Wovon sprichst du?«, fragte ich gepresst, auf die Art, die klarmachte, dass er nicht antworten sollte.

»Das weißt du«, erwiderte er trotzdem und lehnte sich seitlich gegen den Tresen, um mich besser ansehen zu können. »Ich dachte, in eurem Projekt geht's um Ehrlichkeit.«

Ich schüttelte den Kopf. Er hatte recht und dann auch wieder nicht. Denn es ging längst um mehr. Es ging um May. Es spielte keine Rolle, was das zwischen uns war, weil es so oder so genug war, um *dieses Thema* unaussprechbar werden zu lassen. »Das mit May ist rein platonisch«, sagte ich entschieden, anstatt darauf einzugehen. Weil wenigstens das stimmte, stimmen musste, da es die bessere und einfachere Lösung war. Für uns beide und die Menschen um uns herum.

Luke seufzte. »Schon klar. Sonst würdest du vermutlich auch nicht hier stehen, während Keen dein Mädchen küsst.«

Ruckartig fuhr ich herum und starrte zu der Säule, an der May lehnte. Keenan stand immer noch vor ihr – zu dicht für mein Empfinden, aber zwischen ihren Gesichtern war zumindest ein deutlicher Abstand.

Genervt sah ich wieder zu Luke, der breit grinste. »Rein platonisch, ich seh schon.«

Ich sparte mir eine Antwort und löste mich von der Bar. Es war mir egal, was Luke dachte. Es war mir egal, was jeder in diesem Raum dachte, sagte, tat. Es war mir nur nicht egal, dass Keenan seine Hand über Mays Wangc wandern ließ, während sie Mühe dabei hatte, überhaupt aufrecht zu stehen. Sie war offensichtlich betrunken und es kümmerte ihn nicht, und das war einfach so beschissen, dass ich ihn wirklich gern in den See geschmissen hätte. Das hatte nichts mit Eifersucht zu tun, nur damit, dass es verdammt noch mal nicht richtig war.

Ich atmete tief durch, bevor ich Keenan auf die Schulter klopfte. Ein bisschen gröber als nötig, nicht halb so fest, wie ich wollte. Er runzelte die Stirn, als er sich zu mir umdrehte. »Kann ich dich kurz sprechen, Keen?«, fragte ich, während ich Mays Gesicht betrachtete. Ihre Augen waren glasig, ihre Wangen gerötet, eine Handvoll Haarsträhnen hatte sich aus ihrem Knoten gelöst. Sie hob die Mundwinkel unter meinem Blick zu einem zarten Lächeln und sah damit auf eine unerträglich traurige Weise freundlich aus. Das war einer dieser Widersprüche, die nur bei May Sinn ergaben.

Keenan seufzte, aber er entschuldigte sich bei May und folgte mir. Neben einer kopfhohen Backsteinwand blieben wir stehen. »Was willst du, Hastings?«

Ich beschloss, mir das Vorgeplänkel zu sparen. Keenan und ich hingen schon zu lang mit denselben Leuten rum, um einander nicht einschätzen zu können. »Dass du dir eine andere für heute Abend suchst. May ist nicht die Richtige für so was.«

Er hob die dunklen Augenbrauen und sah zu ihr. »Wieso nicht? Sie ist irgendwie scharf. Hab wirklich große Lust, diese dämliche Schleife an ihrem Kleid aufzumachen. Sie wirkt so unschuldig, ich würde einen Hunderter darauf setzen, dass sie insgeheim richtig versaut ist.«

Ich bemerkte erst, dass ich meine Hand zur Faust geballt hatte, als ein leichter Schmerz in meinen Daumen schoss. Seit ich ihn mir als Kind in Schweden beim Holzhacken mit meinem Großvater beinahe abgeschlagen hatte, reagierte er übersensibel auf Druck. Und auf respektlose Idioten.

»Hör auf, so zu reden«, sagte ich beherrscht.

Keenan fuhr sich mit der Hand über das Kinn, ohne mich zu beachten. »Schon gut, ich will eh nicht reden. Ich hab was Besseres vor.«

Er wollte an mir vorbeigehen, ich hielt ihn am Oberarm fest. »Lass sie einfach in Ruhe. Sie ist betrunken.« *Und traurig. Und zu gut für dich.*

Keenan schüttelte meine Hand ab und machte gleichzeitig einen Schritt auf mich zu. »Seit wann bist du so ein Moralapostel? Du und dein kleiner Zirkel leistet euch doch auf der Uni gern mal den einen oder anderen Skandal, oder nicht? Ich hatte immerhin nicht vor, ein Video von dem zu drehen, was ich gleich vorhabe.«

»Fick dich«, stieß ich hervor.

Keenan schnippte mir gegen die Schulter. »Oder fickst du sie? Affären mit Frauen aus dem Fußvolk sind bei euch ja Familientradition, nicht wahr?«

Es passierte irgendwie alles gleichzeitig.

Mein Herz, das so heftig schlug, dass ich keinen klaren Gedanken mehr fassen konnte. Keenan, der mir ins Gesicht grinste. Die Musik, die zu einem basslastigen, aggressiven Lied wechselte. Meine Hände, die Keenan gegen die Mauer stießen. Und dann meine Faust, die gegen den Stein prallte, knapp neben sein Gesicht – nur nicht hinein, weil da noch ein winziger Hauch Selbstbeherrschung übrig war.

»Dann schlag doch zu, Hastings«, zischte Keenan mir zu. »Ganz egal, wie das endet, Daddy wird es richten, nicht?«

Bevor ich etwas erwidern konnte, riss mich jemand an der Schulter zurück. »Kommt runter!« Luke schob sich zwischen uns und bedachte mich mit einem warnenden Blick. »Muss ich euch an unsere oberste Regel erinnern? Kein Stress wegen Frauen, Männern oder sonstiger Gefühlsscheiße. Klar?«

Ich lachte unecht und entzog mich Lukes Griff. »Er ist keiner von uns. Schon lang nicht mehr.«

»Unser König hat gesprochen, was? Du kannst mich mal, Hastings. Du bist nichts Besseres als wir.« Keenan sah mich verächtlich an, dann ließ er uns stehen.

Erst als er weg war, spürte ich die Aufmerksamkeit der Umstehenden auf mir. Das hier war nicht der Campus, die Art, wie die Leute mich ansahen, hatte nichts von einem Kolibri. Auch nichts von einem Adler, weil eben niemand war wie May. Das hier war ein Haufen Geier.

»Was?«, fragte ich ungehalten, an niemand Bestimmten gerichtet.

Luke packte mich am Nacken, als ich an ihm vorbeigehen wollte. Eine Geste, die wir seit Jahren miteinander teilten – in letzter Zeit aber eigentlich nur andersherum. »Das frage ich dich. Dir ist es doch sonst egal, was die Leute reden. Was sollte das?«

Ich löste mich wortlos von ihm und drehte mich weg. Eine Antwort hätte ich sowieso nicht. Keine Ahnung, wofür ich Keenan gerade gern geschlagen hätte. Dafür, dass er Dinge über meine Familie gesagt hatte, die hinter meinem Rücken ohnehin jeder dachte? Dafür, dass er offensichtlich keine Ahnung von Anstand hatte, wenn er es vertretbar fand, sich an betrunkene Menschen ranzumachen? Oder doch nur dafür, dass ich das Bild von seiner Hand an Mays Wange nicht loswerden konnte – und es nicht vereinbar war mit den Erinnerungen an meine Hände auf ihrem Körper?

Ich wusste nur, dass es mir eben nicht egal war, wenn es mit May zu tun hatte. Und mit *es* meinte ich … *alles*.

Frustriert fuhr ich mir durchs Haar, blickte zur Mauer und erstarrte. Als ich den gesamten Raum mit den Augen abgesucht hatte, war die Wut völlig verraucht, was blieb, war kühl brennende Sorge.

May war weg.

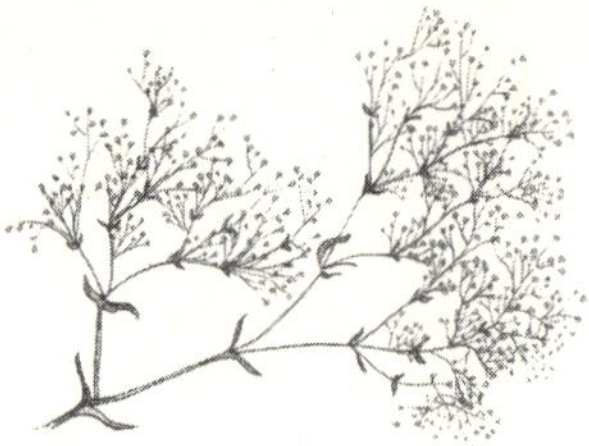

## 19. Kapitel

### MAY

Die Musik lief als sanftes Vibrieren über das Wasser auf die kleine Insel zu. Es war nur ein einzelner Burgturm, der mitten im See saß, umgeben von einem schmalen Kreis Land. Der Steg, der dorthin führte, war morsch, das drei Meter hohe Gemäuer mit Moos überwachsen. Früher war das sicher eine Wehrinsel gewesen, heute erschien sie mir wie der vollkommene Rückzugsort.

Oben angekommen umklammerte ich einen Steinzacken der runden Mauer. Die Umrisse der Ruine auf dem Festland wirkten schwarz in der Nacht, doch der Himmel über ihr leuchtete von den Scheinwerfern goldrot. Die Musik, die über den See wehte, klang weicher aus der Entfernung, mein Inneres fühlte sich auch so an. Es war meine Idee gewesen, herzukommen, mittlerweile war ich nicht mehr sicher, wie gut sie gewesen war. Es fiel mir schwer, meine Aufmerksamkeit auf andere Gespräche zu richten, wenn in meinem Kopf seit Stunden das mit Angus widerhallte.

Jahrelang hatte ich mir vorgestellt, wie es wäre, wenn ich ihn dazu bringen könnte, wieder mit mir zu reden. Ich hatte gehofft, dass sich mit den Worten mehr lösen würde – ein Teil dieses Gefühlsbergs aus Wut und Verachtung, den er wegen mir angehäuft hatte. Als würde er sich innerhalb von Minuten abtragen und das freilegen, was darunter irgendwo noch begraben sein musste. Aber dieser Abend hatte mir gezeigt, dass ich mich geirrt hatte.

Erschöpft umklammerte ich den Stein fester. Ich hatte gedacht, zu trinken könnte die Gedankenspirale unterbrechen, stattdessen hatte es sie beschleunigt. Mein Körper war es nicht gewohnt, mit viel Alkohol umzugehen. Normalerweise hielt ich mich zurück, einfach weil ich nüchtern genug bleiben wollte, um auf die Menschen um mich herum achten zu können. Keine Ahnung, wann ich das letzte Mal so gedankenverloren getrunken hatte. Mein Kopf pochte bereits jetzt mit der Ankündigung des Katers, der sicher morgen auf mich warten würde. Immerhin klärte die kühle Nachtluft mein Bewusstsein etwas.

Ich wusste nicht, wie lang ich dort stand, bis die Gestalt am Ufer auftauchte. Ein Lächeln schob sich auf mein Gesicht. Obwohl ich ihn nicht richtig sehen konnte, erkannte ich ihn. Ich war nicht sicher, woran. Vielleicht, weil er sich mit beiden Händen durchs Haar fuhr oder weil sein Gang diese widersprüchliche gelassene Entschiedenheit ausstrahlte, als er auf den Steg trat. Vielleicht auch nur, weil ich mit ihm eben längst in diese Detailvertrautheit gerutscht war. Sein Geruch, seine Stimme, sein Lachen, seine Gestik, seine Mimik, sein Schweigen – ich hatte ihn in den letzten Wochen wirklich so sehr gesehen.

Kurz darauf hörte ich Schritte auf der Steintreppe hinter mir, und dann stand Wes auch schon auf der Plattform. Er atmete laut aus, während er mich musterte. »Scheiße, May. Ich suche dich seit zwanzig Minuten überall. Weißt du, was ich mir für Sorgen gemacht habe?«

Ich verzog den Mund und lehnte mich gegen die Mauer in meinem Rücken. »Entschuldige, das ist noch neu für mich. Aber es ist schön hier, oder?« Ich lächelte und beugte mich nach hinten, um den Himmel besser im Blick zu haben.

Wes stieß einen Ton aus, der gleichermaßen frustriert und erleichtert klang. Der sandige Boden knirschte unter seinen Füßen, als er auf mich zukam. »Du machst mich wahnsinnig. Komm weg von der Mauer.«

»Gleich. Ich suche nur nach Wolken.«

Er stöhnte leise. »Klar tust du das.«

Ich legte den Kopf weiter in den Nacken. Die Farbe über uns war tiefblau und diesig, die Sterne farblose Spritzer darauf. Je länger ich hinsah, desto mehr verschwammen sie zu einer unentdeckten Milchstraße.

»Hast du schon mal Leuchtende Nachtwolken gesehen?«, fragte ich und gab mir Mühe, meine Stimme klarer klingen zu lassen, als meine Gedanken sich anfühlten. »Das sind meine Lieblingswolken. Angus und ich haben früher im Sommer ständig nach ihnen Ausschau gehalten. Sie hängen viel höher als normale Wolken und durch die niedrigen Temperaturen bilden sich kleine Eiskristalle an den Staubpartikeln. Wenn gestreutes Restsonnenlicht darauf trifft, werden diese angeleuchtet, und es sieht aus, als wäre der Nachthimmel von silbrigweißen Bändern überzogen. Sie sehen gar nicht so spektakulär aus, aber sie sind mit das Schönste, was ich kenne, weißt du? Irgendwie erinnern sie mich daran, dass man in jeder Situation etwas Besonderes finden kann, wenn man auf die Details achtet.«

»Was hast du immer mit Wolken?«, fragte Wes belustigt. Seine Wachsamkeit konnte ich trotzdem deutlich spüren.

»Das war so eine Sache zwischen Angus und mir. Wenn unsere Eltern im Haus gestritten haben, bin ich oft mit ihm raus. Wir haben Wolken beobachtet, während sie sich drinnen angeschrien haben. Im Laufe der Zeit hab ich mir einiges an Wissen über sie angelesen, um ihn zu unterhalten«, erklärte ich, ohne darüber nachzudenken. Weil das wiederum so eine

Sache zwischen Wes und mir war. Ehrlich sein, auch wenn es ein bisschen wehtat.

Ich hörte Wes' Atem aussetzen, dann spürte ich seine Wärme an meiner Seite. »Ich wollte dich nicht daran erinnern.«

»Nicht schlimm, ich denke sowieso immer daran. Und nach heute weißt du eh mehr darüber als jeder andere.« Ich richtete mich auf und verlor prompt das Gleichgewicht.

Wes umfasste meine Hüfte und zog mich ein Stück von der Mauer weg, nur um mich sofort danach ruckartig loszulassen. »Entschuldige bitte.«

Ich rieb mir über die Stelle, an der er mich angefasst hatte. Trotz mehrerer Schichten Stoff pochte sie und es wunderte mich nicht einmal. Ganz am Anfang hatte ich mich davor gefürchtet, mich an ihm zu verbrennen, jetzt hatte ich das Gefühl, dass genau das passiert war. Auf eine andere Weise, als ich gedacht hatte, auf eine, die ich sicher nie geahnt hätte. Ich fragte mich, ob Wes das auch spürte: In der Schwimmhalle hatten wir uns aneinander verbrannt. Meine Haut war von unsichtbaren Narben überzogen, und wenn er mich nun berührte, flammten sie wieder auf. Das hätte schmerzhaft sein müssen, aber das war es nicht. Es war seltsamerweise schön gewesen zu brennen. Durch ihn, mit ihm.

»Du musst dich nicht dafür entschuldigen, mich zu berühren. Darüber sind wir hinaus, oder?«

Er hob die Augenbrauen und lehnte sich vor mir mit dem Rücken gegen die Mauer. »Kann mich nicht daran erinnern. Muss am neusten Reset liegen.«

Mittlerweile kannte ich ihn gut genug, um den spöttischen Unterton deuten zu können – auch wenn ich ihn nicht verstand. »Bist du böse deswegen?«

Wes seufzte leise. »Was für ein Scheißkerl wäre ich, wenn ich deswegen böse wäre?«

Ich blickte zu Boden und zeichnete mit der Fußspitze eine Linie in die sandige Fläche zwischen uns. Um mich selbst daran zu erinnern, dass sie da war. »Ich dachte, das wäre auch in deinem Interesse. Wir wissen doch beide, was für eine Art … Beziehung uns verbindet. Wir hätten nie auch nur miteinander gesprochen und schon gar nicht so, wie wir es tun, wenn es dieses Projekt nicht geben würde.«

»Spielt die Ursache eine Rolle?«

»Die Konsequenz spielt eine Rolle. In sechs Wochen endet das Projekt und … wir. Das war von Anfang an der Deal, und wir hatten gute Gründe dafür, die immer noch gelten. Je unkomplizierter wir es halten, desto besser. Oder?«

Wes betrachtete mich eine Weile ruhig. Ich wünschte, er würde einen ausweichenden Witz machen oder das Thema wechseln oder einfach aufhören, mich anzustarren. Denn je länger er mich so sicher ansah, desto unsicherer wurde ich. Nicht mit mir selbst, sondern mit dem, was ich sagte.

Ich hatte gedacht, ich würde uns beiden einen Gefallen tun, wenn ich diese Entscheidung aussprach – die einzig vernünftige und richtige. Doch Wes wirkte nicht erleichtert, eher … unzufrieden, und das war verwirrend und fühlte sich ganz und gar nicht richtig an.

»Ja«, erwiderte er nach einem unerträglich langen Moment. »Alles, was du sagst, stimmt. Trotzdem ist es für mich nicht *unkompliziert*.«

»Was bedeutet das? Was willst du?«

Wes schüttelte den Kopf. »Es spielt doch gar keine Rolle, was *ich* will. Du hast deutlich gemacht, was *du* willst. Und damit ist die Sache abgehakt.« Er löste den Blick von mir und konzentrierte sich auf seine rechte Hand, die er mehrmals zu einer Faust ballte und wieder streckte.

»Tat der Schlag sehr weh?«

»Du hast das da drinnen gesehen?« Wes zuckte zusammen, als ich seine Hand in meine nahm. Die Knöchel waren auffällig warm, aber unverletzt.

»Ich glaube, alle haben es gesehen. Du bist ein Mittelpunktmensch.« Meine Kuppen rutschten von seinen Fingern hin zu der hellen Narbe. Die Art, wie sie aus seiner unversehrten Haut hervorstach, ließ mich wieder an Leuchtende Nachtwolken denken.

Wes atmete flacher, aber er entzog mir seine Hand nicht. Stattdessen spürte ich, wie sie sich unter meinem Griff entspannte. »Ich hätte gedacht, du wärst jemand, der dazwischengeht, wenn du so was mitbekommst.«

»Du hast mir heute gesagt, dass ich nicht für die Handlungen anderer verantwortlich bin. Ich dachte, das übe ich mal.« Ich strich ein letztes Mal sanft über seine Knöchel, ehe ich seine Hand losließ. »Außerdem wusste ich, dass du ihm nichts tun würdest.«

Auch wenn ich selten wütend war, wusste ich, dass es verschiedene Arten von Wut gab. Und ich verstand Wes genug, um einschätzen zu können, dass seine Wut nichts von Aggression hatte, die sich gegen andere richtete. Sie war schlichtweg etwas, das er seit Jahren als Gefühlsnebel in sich herumtrug. Diese Art von Wut schadete niemandem richtig, nur ihm selbst.

Wes lachte heiser. »Echt? Da wusstest du mehr als ich.«

»Du bist ein besserer Mensch, als du denkst, Wes.«

»Oder du denkst, ich wäre ein besserer Mensch, als ich bin, *Lille*.«

Kopfschüttelnd musterte ich ihn. Auf diesem Turm gab es fast kein Licht, aber ich nahm Wes trotzdem auf jede erdenkliche Weise wahr, und ich wusste, ich wusste einfach, dass er sich irrte. Dass ich ihn so sah, wie er war – und damit auch das, was er selbst nicht erkennen konnte.

Hinter seinem Kopf hing der blasse Mond, schmal und sichelförmig und schief wie ein halbherziges Lächeln. Ich musste daran denken, dass Wes Monde liebte, und mir gefiel nicht, dass ich das immer noch nicht verstand. Weil ich, auch wenn wir uns seit zwei Wochen verbal aus dem Weg gingen, nicht aufhören konnte, ihn sehen zu wollen, ihn verstehen zu wollen, ihn … zu *wollen*? Der Gedanke trieb Hitze in mein Gesicht, ich fokussierte mich auf sein Shirt. »Dir sollte trotzdem bewusst sein, dass ich niemanden brauche, der meine Ehre verteidigt«, setzte ich zögerlich hinterher.

»Dabei guckst du doch so gern diese Historienfilme.« Er lächelte – schief und blass, ein Mondsichellächeln. Dann seufzte er und legte kurz den Kopf in den Nacken. »Hätte ich nichts gesagt, hätte er dich früher oder später geküsst. Und … du bist zu gut für so was.«

»Fürs Küssen?«

»Fürs wahllose Rummachen auf einer Party wie dieser mit einem Typen wie Keenan.«

»Keenan ist dein Freund.« Das glaubte ich zumindest von ihm gehört zu haben. Ich erinnerte mich nicht an viel von dem Gespräch in der Ruine. Während Keenan auf mich eingeredet hatte, waren meine Gedanken im Sorgentreibsand um Angus versunken. Erst seit ich hier draußen stand und mit Wes sprach, hatte ich das Gefühl, sie waren wieder hinausgeklettert. Es war seltsam, aber mit Wes zusammen zu sein ließ mich mehr *bei mir* sein. Und ich wusste nicht, ob das gut war oder mich egoistisch machte, doch ich wusste, dass ich dankbar dafür war. Nach allem, was heute passiert war, wollte ich mir keine Sorgen mehr machen, nicht einmal mehr Gedanken. Ich wollte nur fühlen. Mich und … ihn. Dieses seltsame, auf Zeit geliehene Uns, das wir hatten.

»Mit einem Typen wie Keenan oder mir. Besser?«

Ich schüttelte den Kopf. »Und wenn ich nicht zu gut dafür sein will? Wenn ich heute einfach nur … sein will?«

Sein Blick trübte sich. Er bewegte den Kiefer ein paarmal hin und her, doch schließlich hob er die Schultern. Gelogen gelassen, schon wieder. »Wenn du das wirklich tun willst, dann geh wieder rein.«

Ich schloss die Augen und stellte mir vor, es zu tun. Den Turm verlassen, den Steg überqueren, in die Ruine zu Keenan zurückkehren, alle Gedanken und Zweifel und Sorgen loslassen und mich einem Gefühl hingeben. Es war verlockend, doch das Problem war, dass ich bereits ein Gefühl hatte – eines, das diesem anderen, das ich bei Keenan suchen könnte, im Weg stand. Ein leichtes Ziehen im Bauch, das nichts mit Kummer oder Wut zu tun hatte. Nur mit Sehnsucht. Und genau dieses Gefühl blockierte bei dem allerersten Gedankenschritt.

Den Turm verlassen.

*Wes verlassen.*

»Ich will ihn nicht küssen. Ich will dich küssen.« Noch immer hatte ich die Augen geschlossen, aber ich hörte Wes tief einatmen. Hastig kam ich ihm zuvor. »Mir ist bewusst, wie sehr das allem widerspricht, was ich vorhin gesagt habe, und ich denke auch nach wie vor, dass es besser ist, wenn wir das nie wieder tun. Aber … wenn du mich fragst, was ich will, dann ist es das. Ich *will* dich küssen.« Ich wollte es wirklich. Ich sollte es nicht wollen, ich wollte es nicht einmal wollen. Doch ich wollte es, seit wir uns vor der Schwimmhalle getrennt hatten. Genau das war der Grund, weswegen ich mich seitdem so schuldig fühlte – nicht weil es passiert war, sondern weil ich alles dafür geben würde, dass es wieder passierte.

Als ich vorsichtig blinzelte, hatte Wes sich nicht vom Fleck gerührt. Seine Finger schlossen sich fest um den Mauervorsprung in seinem Rücken. Er öffnete mehrmals den Mund

und schloss ihn wieder, schließlich sah er knapp an mir vorbei. »Lass uns jetzt nicht darüber reden.«

»Was, wenn ich dich bitte, mich zu küssen?«

»Du bist betrunken. Du weißt nicht, was du da sagst.«

»Ich will es trotzdem, ich will es seit Tagen.« Der Alkohol machte meinen Kopf leicht, aber der Schwindel war verebbt. Ich wusste, was ich hier tat, und ich wusste, was ich wollte – ganz gleich, wie sehr ich versucht hatte, mich dagegen zu wehren.

»Ich werde das nicht tun. Nicht so.«

»Dann muss ich doch zurück zu deinem Freund gehen.«

Wes rieb sich mit dem Handballen über die Stirn. »May.«

Ich verstand, was das war. Ein: *Tu das nicht, bring uns nicht in diese Situation, hör auf.* Und er hatte recht, natürlich. Das hier war kindisch und unfair, aber … Wes hatte mir gesagt, dass ich mir stärker darüber bewusst werden sollte, was *ich* wollte. Und genau aus diesem Grund konnte ich diesmal nicht klein beigeben.

»Er riecht gut. Nach Waschmittel und Whisky. Das mag ich.«

Wes hob den Blick und bohrte ihn in meinen. Seine Stimme schärfte sich ein wenig. »May.«

Ich rang mir ein Lächeln ab. »Er hat schöne Hände. Ich glaube, dass er einen auf diese bestimmte, feste Weise anfassen kann, wenn er will. Du kannst das auch. Ich muss immer daran denken: an deine Hände auf meiner Haut, an die Fliesen in meinem Rücken, an deinen Mund …«

*»May.«* Nur noch ein tonloses Knurren, eine Warnung in drei Buchstaben.

»Ich kann nicht aufhören, mir vorzustellen …«

Ehe ich den Satz beenden konnte, stand Wes vor mir. Er umfasste meinen Kopf und zog mich zu sich heran. Und dann küsste er mich, jedoch ganz anders, als ich erwartet hatte. Auf den linken Mundwinkel, mehr Wange als Lippen, mehr Sanftheit als Entschiedenheit, mehr Frage als Aussage.

Wes küsste meinen Mundwinkel, und mein Puls beschleunigte sich auf eine schwindelerregende Weise, mehr als ein Drink es je auslösen könnte. Wes küsste meinen Mundwinkel, und ich spürte es in *jedem* Winkel meines Körpers, meiner Gedanken, meines Ichs. Wes küsste meinen Mundwinkel, und ich wollte niemand anderen mehr küssen. Nicht heute Abend. Und in diesen flatternden, alkoholvernebelten Sekunden dachte ich: *Eigentlich gar nicht mehr.*

»Lass mich dich nach Hause fahren«, murmelte er dicht vor meinem Gesicht, ehe er einen weiteren sanften Kuss auf den anderen Mundwinkel drückte. »Bitte, lass mich dich jetzt einfach nach Hause fahren.«

»Also willst du mich nicht«, flüsterte ich mit einem dumpf brennenden Gefühl im Magen. Kein Wutbauchweh, nicht einmal Kummerbauchweh, reines Sehnsuchtsbauchweh.

Er schob die Hand in meinen Nacken und lehnte seine Stirn an meine. Eine Wes-Umarmung, eine, die sich stärker nach Geborgenheit und Wärme anfühlte als jede andere zuvor. »Nicht so, May. Lass mich dich heimfahren, und schlaf dich aus. Wenn du das hier morgen früh noch willst, dann …« Er stockte und schluckte, ich spürte seinen beschleunigten Herzschlag an meiner Haut, weil wir so dicht aneinanderstanden. »Und wenn nicht, dann vergessen wir es einfach, okay? Darin sind wir doch inzwischen ganz gut.«

Ich seufzte und ließ den Kopf gegen seine Brust sinken, atmete ihn tief ein. Die leichte Kränkung wandelte sich in Erschöpfung, die meine Muskeln und Empfindungen schwer und taub machte. »Sag nie wieder, dass du kein guter Mensch wärst«, wisperte ich.

»Glaub mir, ich bin *so* kurz davor, etwas verdammt Schlechtes zu tun.« Er lachte und streichelte sanft über meinen Nacken bis zum Kragensaum meines Kleides.

Winzige Stromschläge auf meiner Haut, ich schloss die Augen. »Dann lass uns jetzt gehen, Wes West.«

Er ließ meinen Nacken los, nur um nach meiner Hand zu greifen. Seine Lippen berührten noch einmal meine Schläfe, sie fühlten sich nach einem Lächeln an. Nicht mehr blass, aber noch leicht schief – ein wenig gequält vielleicht.

So wie seine Stimme klang. »Brav, *Lille*.«

# 20. Kapitel

## MAY

Forschende gehen davon aus, dass man verschiedene Arten von Reue unterschiedlich gut verarbeiten kann: Die über Entscheidungen, die man aus dem Bauch heraus getroffen hat, ist am leichtesten loszulassen. Die, die man nach rational durchdachten Handlungen empfindet, ist schwerer zu überwinden. Und das, was man am schlechtesten verarbeiten kann, ist das Reuegefühl, das einen überkommt, wenn man spürt, eine Chance verpasst zu haben.

Hätte man mich in den letzten Jahren gefragt, ob ich daran glaubte, dass man am meisten bereute, was man nicht getan hatte, hätte ich es abgestritten. Denn ich war gegangen. Ich hatte Angus verlassen und ich bereute es so sehr, dass ich an manchen Tagen nichts anderes empfinden konnte als das.

Insgeheim hatte ich erwartet oder sogar gehofft, dass ich am nächsten Morgen ein ähnliches Gefühl über meinen Moment mit Wes auf der Wehrinsel hätte. Doch als ich aufwachte, war da keine Reue. Da war eh sehr wenig. Der Alkohol war weg, der Sorgentreibsand ein Streifen trockener Sand, auf dem ich stehen konnte, meine Gedanken sortiert. Aber was noch da war … war das Wollen. Das Wes-Wollen.

Ich hatte es wahrgenommen und verstanden, als mein Blick auf die Datumsanzeige meines Handys gefallen war: erster Mai. Der dreiundzwanzigste Mai meines Lebens begann, und es war der erste, in dem ich im Monatsnamen kurz nur meinen eigenen Namen las.

Mai, May, Mai, May.

Und natürlich war das völlig unlogisch, doch in diesem Moment kam es mir wie ein Zeichen vor, als würde diese Namensvetternschaft tatsächlich etwas bedeuten. Ich wollte keinen ganzen Monat, der nur mir gehörte. Aber in diesem Augenblick, mit dem sachten Klopfen in meinem Kopf vom Kater und dem heftigen Herzpochen in der Brust, da erlaubte ich mir zu denken, dass ich einen Bruchteil Zeit wollte. Ich wollte einen Gedanken, der sagte: *Das, was du willst, zählt.* Und ich wollte, dass es in Ordnung war, dass der Gedanke ein Gefühl war und das Gefühl mich zum Handeln brachte.

Ich würde es immer bereuen, Wes hinter Elsies Rücken zu treffen, ihr nichts von dem Deal, dem Kuss und alledem erzählt zu haben. Doch ich bereute Wes nicht.

Ich bereute es nicht, ihn geküsst zu haben.

Ich bereute es nicht, ihn wieder küssen zu wollen.

Ich bereute nur die Vorstellung, es nie wieder zu tun.

Das in der Schwimmhalle und das gestern Abend, das waren Bauchentscheidungen gewesen. Das, was ich jetzt vorhatte, war mehr als das. Es war keine durchdachte Entscheidung, bei Weitem nicht. Vielleicht hätte ich es zu einer machen sollen. Vielleicht hätte ich länger darüber nachdenken, mit einer meiner Freundinnen in der Villa sprechen, zuallererst Elsie die Wahrheit sagen sollen – wahrscheinlich hätte ich zumindest Letzteres unbedingt tun müssen. Aber wenn ich nur danach ging, was ich wollte, dann war es ganz logisch, nicht länger zu warten. Keine Bauchentscheidung, keine Kopfentscheidung, einfach nur das Gefühl, dass das hier eine Chance war, die ich nicht verpassen konnte, wollte, durfte.

Meine Finger bebten, als ich nach dem Klingelknopf tastete. Die Haustür hatte offen gestanden, im ganzen Flur roch es nach Frühsommerregen. Er hatte eingesetzt, als ich Windsbury erreicht hatte. Der graue Wassernebel hatte mein Haar und mein Kleid durchnässt, doch alles in mir kribbelte warm.

Ich wischte mir mit dem Handrücken über das feuchte Gesicht, als die Wohnungstür geöffnet wurde. Wes trug Jogginghose und einen Pullover, falsch herum, als hätte er ihn gerade erst übergezogen. Seine Augen weiteten sich, bevor er sie verengte, um mich zu mustern. »Was ist passiert?«

»Ich bin hergelaufen«, erklärte ich und rieb mir über die nackten Unterarme. Als ich die Villa um kurz nach neun verlassen hatte, hatte die Sonne geschienen. Also hatte ich auf eine Jacke verzichtet, auch wenn es morgens noch recht frisch war.

Wes hob beunruhigt die Augenbrauen, aber er machte keine Anstalten, mich hineinzubitten. Als würde ein Teil von ihm damit rechnen, dass wir sofort wieder aufbrechen mussten. »Den ganzen Weg? Ist alles in Ordnung?«

»Nein. Ja.« Ich holte tief Luft. »Lässt du mich rein?«

Er nickte und öffnete die Tür weiter, sodass ich mich an ihm vorbeischieben konnte. Die Kaffeemaschine in der Küche gluckerte, eine seiner Playlists lief im Hintergrund, *Yesterday* von The Beatles, der Regen prasselte von draußen gegen die Scheiben. Wie immer in seiner Wohnung überkam mich das Gefühl von Gemütlichkeit, trotzdem war ich diesmal ein bisschen befangen. Das lag vor allem an Wes, der mit verschränkten Armen zwischen Tür und Sofa stehen blieb. Er wirkte unsicher, und ich fragte mich automatisch, wieso ich es nicht war. Wieso ich mir hiermit sicher war, obwohl ich gar nicht wissen konnte, wie er reagierte. Vielleicht, weil ich es mir angewöhnt hatte, ihm gegenüber ehrlich zu sein. Ganz gleich, was seine Wahrheit war, er verdiente es, meine zu hören. Und ich … ich verdiente das auch. Ehrlich zu sein, zu mir selbst.

»Wieso bist du hier, May?«

In seinen Worten schwang der gestrige Abend mit. Wir wussten beide, dass wir es diesmal nicht totschweigen würden. Dafür war der Moment auf der Wehrinsel zu … schutzlos gewesen. Der Nicht-Kuss hatte auf seltsame Art mehr bedeutet als der Kuss vor ein paar Wochen. Die Tatsache, dass ich Wes gestanden hatte, wie sehr ich ihn wollte, und die, dass er dennoch abgelehnt hatte, mich unter diesen Umständen zu küssen, das waren zwei Seiten derselben Münze. Und sie verdeutlichte eines: Das hier, das zwischen uns, das war wichtig. Für uns beide.

»Heute ist der erste Mai.«

Seine Mundwinkel zuckten hinauf. »Du bist hergelaufen, um mir das zu sagen?«

»Nein. Es hat mir nur etwas klargemacht.«

Er ließ den Blick über mein Kleid wandern, flüchtig, fast schuldbewusst. Als könnte er nicht hinsehen, ohne mehr zu sehen. Konnte ich auch nicht. Ich sah seinen Mund an, und ich dachte ans Geküsst-Werden. Ich sah seine Finger an, und ich dachte ans Berührt-Werden. Ich sah seine Augen an, und ich dachte ans Gesehen-Werden. Und selbst in Gedanken hatte sich Passivität nie aktiver, nie lebendiger, nie mehr nach bewusstem *Wollen* angefühlt.

Wes rieb sich mit dem Handballen über die Schläfe. »Offensichtlich hat es dir nicht klargemacht, dass du anfangen musst, dir dickere Sachen anzuziehen. Du hast ganz blaue Finger.«

Reflexartig presste ich meine tauben Kuppen in die Handinnenflächen. »Ich dachte, du magst Blau.«

»Ich mag es am liebsten, wenn es dir gut geht. Soll ich dir was Trockenes zum Anziehen geben?«

Seine Unsicherheit verdichtete den Raum zwischen uns, meine Konzentration verschwamm. »Ich will mich nicht anziehen. Ich will mich ausziehen«, rutschte es mir heraus.

Wes hob überrumpelt die Augenbrauen, ich spürte Hitze in meine Wangen schießen.

»Damit meine ich, ich will ehrlich sein«, schob ich hinterher und machte einen Schritt auf ihn zu. »Wegen gestern … Es tut mir leid, wie ich mich verhalten habe.«

Er musterte mich schweigend. Irgendein Ausdruck huschte über sein Gesicht – Enttäuschung, Resignation, Traurigkeit? Ehe ich ihn greifen konnte, senkte Wes den Blick. »Du sollst dich nicht ständig entschuldigen, schon vergessen? Und erst recht nicht für so was.«

»Doch«, widersprach ich entschieden. »Ganz besonders für *so was*. Es tut mir leid, dass ich dich dazu … zwingen wollte, mich zu küssen. Du wolltest nicht, und ich hätte das respektieren sollen.«

Wes lächelte schief. »Glaub mir. Du hättest mich nicht dazu zwingen müssen. Ich musste mich nur dazu zwingen, es zu lassen.«

»Ich …« Meine Stimme brach, weil ich zu viel auf einmal sagen wollte. Und eigentlich fingen all meine Gedankensätze nicht mit *Ich* an, sondern mit *Wir*. Doch immer, wenn ich versuchte, sie in richtige Worte zu fassen, platzten die Buchstaben. *Zu viel Gefühl darin*, dachte ich.

»Schon gut«, hakte Wes tonlos ein. »Wir machen einfach noch einen Reset, okay?«

Er ging zum Fenster und öffnete es, sodass sich sein Profil im Scheibenglas spiegelte. Die Schattenspuren des Regens zersetzten seine Züge, ich konnte den Ausdruck darin nicht lesen. Wes verharrte mit dem Rücken zu mir und sah hinaus, während die Welt zu uns hineinkletterte. Die efeuumrankte Häuserfassade auf der anderen Seite, der graue Straßenfluss unter uns, die frische Luft. Quietschende Reifen auf nassem Asphalt, das Plätschern des Wassers, das aus den Regenrinnen hinabfiel, Klaviermusik aus einem offenen Fenster aus dem Nachbarhaus, eine lachende Frauenstimme, ein weinendes Kleinkind.

Diese sehr laute Welt und dieses sehr leise Wir, mir war selbst jetzt bewusst, wie wenig das zusammenpasste.

Und ich wusste, er dachte auch daran. Sein Schweigen sagte eindeutig: *Du kannst einfach gehen.*

Ich hätte verschwinden können. Nicht nur aus dieser Wohnung, sondern auch aus diesem Zwischenraum unseres Uns, diesem lebendigen Vielleicht. Ich hätte können. Doch ich … wollte einfach nicht. Und genau deswegen ging ich auf ihn zu, hob das Kinn und sagte: »Ich will keinen Reset.«

Wes erstarrte, dann drehte er sich zu mir um. »Was?«

»Ich will nicht vergessen, was passiert ist. Willst du das?«

Wir standen nur noch einen Schritt voneinander entfernt. Mein Kleid tropfte, die Luft, die von draußen hineinströmte, war kalt, meine Arme waren mit Gänsehaut überzogen, doch Wes' Nähe löste Wärme in mir aus. Sein Blick auch, irgendwie. Er legte einen Röteschleier über meine Wangen und einen Blauschleier über mein Ich. Alles war ganz ruhig und schön und intensiv.

»Du weißt, was ich will, denke ich.« Seine Stimme klang auch nach Regen – ein bisschen flattrig, ein bisschen kühl, ein bisschen fallend. Hoffnung und Zweifel in Buchstaben gegossen. »Die Frage ist, weißt du wirklich, was *du* willst?«

Wortlos griff ich nach seiner Hand. Klavier-Finger, Kalligrafie-Finger, sehr schöne Finger. Mein Daumen strich über die Narbe an seiner Hand, mein Puls beruhigte sich. Ich schlüpfte mit meiner Hand in seine und küsste ihn auf die Fingerknöchel, knapp neben die helle Linie. »Ja«, wisperte ich. »Weiß ich.«

Meine Hand glitt aus seiner, aber wir wichen beide nicht zurück. Ich schloss die Augen, als er seine Finger an meine Wange legte. Sein Daumen strich über meine Schläfe, jeder Gedanke dahinter sagte *Ja*.

»Bist du dir wirklich sicher, May?«, fragte er leise. »Denn wenn wir das hier machen, dann will ich es richtig. Kein Zweifeln, kein Bereuen, kein Vergessen.«

»Okay.« Ich tastete nach seiner Taille, grub die Finger in den Stoff seines Pullovers. Einer schlüpfte unter den Saum, Wes legte die freie Hand auf meine.

»May, bitte.«

Ich blinzelte und erwiderte seinen suchenden Blick. »Ich will es, Wes. Es macht mir nur ein bisschen Angst, wie sehr ich es will.«

Der Ausdruck in seinen Augen veränderte sich, wurde weicher. Er hob die zweite Hand an meine Wange und umfasste mein Gesicht dann mit beiden. Ich hatte das Gefühl, die Gedanken in meinem Kopf wurden leichter, als würden sie ihr Gewicht auf ihm abstützen.

»Du musst keine Angst haben. Nicht vor dem, was du willst. Und ganz sicher nicht hiervor. Vor uns.«

»Versprich mir nur, dass es echt ist. Versprich mir, dass es kein …« Weiter kam ich nicht. Wes neigte sich zu mir herunter und küsste mich, küsste die Worte weg, von meinen Lippen, aus meinem Kopf, aus meinem Herzen.

»Versprochen«, murmelte er an meinem Mund. »Ich glaub, es hat sich nie irgendwas echter angefühlt.«

Wieder küssen, er mich, ich ihn, wir uns. Wir rührten uns nicht vom Fleck, Sprühregen benetzte uns von der Seite, rotgelbes Sonnenlicht hängte sich dazwischen. Es stach mir in die geschlossenen Lider, ein bisschen auch in die Brust. Das hier war viel schöner und bewusster als in der Schwimmhalle. Kein Stolpern, sondern bewusstes Fallenlassen.

Wes zog mich näher an sich, eine Hand an meinem Hinterkopf, eine an meinem Rücken, genau unterhalb der Schleife des nassen Kleides.

Zögern, ein paar Zentimeter Abstand, Blick suchen.

Mein Herz wummerte so heftig, dass ich es bis in meinen Magen spürte, doch nicht einmal das tat weh. Ich hatte überhaupt kein Bauchweh mehr. Ich tastete nach seiner Hand auf meinem Rücken und führte sie zu der Stoffschlaufe.

»Zieh mich aus«, wisperte ich.

Wes zog erst den Vorhang vor dem Fenster zu, dann das Kleid über meinen Kopf. Nasser Stoff auf dem Parkett, Wes' Hände wieder an meinem Gesicht, an meinem Rücken, an meiner Seite, überall, überall, überall.

Sein Pullover unter meinen Fingern, dann seine nackten Schultern, Arme, Brust, sehr viel Haut, sehr viel Kribbeln, sehr viel Ich-kann-nicht-mehr-denken, Ich-kann-nicht-mehr-atmen, Ich-kann-nicht-mehr-warten. Drei Schritte bis zum Bett, Wes setzte sich auf die Kante und zog mich vor sich. Seine Finger strichen über meine Hüften, die Wölbung meiner Taille, hoch zum Verschluss des BHs.

Er sah mich fragend an, ich antwortete, indem ich die Träger über meine Schultern schob. Der Stoff raschelte, als er zu Boden fiel. Wes blinzelte, sein Blick war Samt auf meiner Haut. Ich setzte mich rittlings auf ihn, schob ihm die blonden Wellen aus der Stirn, traute mich zum ersten Mal, die Leberflecken auf seinem Hals zu zählen, die bis zu seinem Schlüsselbein hinabliefen. Sieben, Glückszahl, Glücksgefühl.

Ich lächelte, als ich mich zu ihm vorbeugte und ihn küsste. Mein Haar bildete eine Wand, die uns in einen Raum sperrte, den wir schon vor einiger Zeit betreten hatten. Wir hatten beide auf der Schwelle verharrt – unsicher, ob wir ihn wieder verlassen sollten, aber jetzt, jetzt zogen wir gleichzeitig die Tür hinter uns zu.

Wes' Hände wanderten meine Wirbelsäule hinab, blieben auf dem Stoff meines Slips liegen. Nicht unsicher, eher andächtig. Als wollte er nichts überstürzen, das hier in Ruhe auskosten. Und ich verstand das und gleichzeitig nicht, denn für mich waren diese Berührungen unerträglich zart, unerträglich langsam.

Ich intensivierte den Kuss, rieb mein Becken an seinem, so wie er es in der Schwimmhalle getan hatte, und diesmal war er es, der keuchte. Er hörte nicht auf, mich zu küssen, aber ich fühlte ihn darunter denken – oder fühlen. Die Bewegung seiner Lippen wurde härter, drängender, sie sagte: *Oh Gott* und *Verdammt* und *Scheiße, Scheiße, Scheiße*. Und dieses Mal hatte ich nichts gegen das Fluchen. Nicht, wenn es ihn dazu brachte, mich endlich mit sich aufs Bett zu ziehen.

Er rollte mich auf den Rücken und beugte sich über mich. Eine Hand stützte er neben meinem Kopf auf, mit der anderen strich er mir das Haar aus dem erhitzten Gesicht. Meine Lippen wummerten, mein Unterleib auch, aber Wes sah mich sekundenlang nur an. Und dann, dann schloss er die Augen und vergrub sein Gesicht an meiner Halsbeuge, genau dort, wo er sicher spüren konnte, wie sehr mein Puls raste.

»Ich hab nie jemanden so gewollt wie dich.«

Seine Stimme war belegt von irgendeinem Gefühl, das zu viele Schichten hatte, als dass ich es erkennen konnte.

Ich wusste nicht, was es war, doch ich war sicher, ich fühlte es auch. Genauso wie ich sicher war, dass er mit *so* nicht die Intensität meinte, sondern die Art und Weise des Wollens. Und ich verstand schon wieder, was er meinte, ohne es erklären zu können.

Ich fand keine Worte, also übernahmen meine Hände aufs Neue das Antworten. Behutsam zeichnete ich die zarten Muskeln seines Oberkörpers nach, bis ich an seine Leiste stieß. Als ich die Schlaufe seiner Jogginghose aufzog, hielt Wes meine Hand auf. Er verflocht sie mit seiner und drückte sie nicht grob, aber entschieden in die graublaue Decke.

»Noch nicht«, murmelte er, ehe er seinen Mund an meinen Hals senkte. Drei unschuldige Küsse, dann seine Lippen, die an der empfindlichen Haut saugten, seine Zähne, die leicht hineinbissen, ein Flächenbrand in meinem Schoß.

Mein Atem stockte, als er seinen Mund tiefer wandern ließ. Über meine Brüste, hin zu meinem Bauch, vier Küsse auf vier Leberflecken unter dem Nabel, ich wusste, er zählte sie auch. Er schob die Daumen unter das letzte bisschen Stoff, das ich noch trug, und als ich das Becken anhob, zog er meinen Slip herunter. Dann war da auch schon sein Atem an meinen Innenschenkeln, seine Lippen, die sanft über meine Haut wanderten, nicht einmal dort, wo ich ihn am meisten wollte, trotzdem nah genug, damit ich spüren konnte, wie sich meine Mitte zusammenzog.

Ich war kurz davor, mich in die Berührung hineinfallen zu lassen, aber der letzte Zipfel Denken ließ mich Wes' Kopf vorsichtig wegdrücken. »Warte. So will ich das nicht.«

Sofort wich er zurück und richtete sich auf. Seine Wangen waren gerötet, seine Pupillen geweitet, doch sein Blick war fokussiert. Verwirrt und sichtlich besorgt. »Entschuldige, ich dachte …«

»Nein, das meine ich nicht«, unterbrach ich ihn hastig. »Nicht, dass ich nicht will, aber …«

Er hob die Augenbrauen, ein winziges Lächeln schob sich auf seine Lippen. »Aber? Willst du mir vorher deinen letzten Gesundheitscheck zeigen?«

»Nicht unbedingt.« Ich zögerte. »Also, löblich, dass du das erwähnst, das wird meiner Meinung nach viel zu wenig thematisiert und …«

Wes räusperte sich. »May?« Seine Finger streiften meine nackte Taille, als er sich neben mir abstützte und über mich beugte. »Wieso darf ich dich nicht berühren?« Wie unschuldig er das ausdrücken konnte, obwohl sich allein bei der Art, wie er mich dabei ansah, alles in mir zusammenzog. »War das eben nicht schön für dich?«

Ich lachte atemlos auf. »Doch. Es war schön, ich meine, das alles wäre bestimmt *wirklich* schön, nur nicht … fair.«

Wes runzelte die Stirn. »Wie meinst du das?«

»Ich will, dass es für dich auch schön ist. Die ganze Zeit über, meine ich.«

Er stutzte und kam höher, platzierte die Hände neben meinem Kopf. »Was denkst du, wie sich das für mich anfühlt?«

Ich blinzelte mehrmals, während Hitze in meine Wangen schoss. »Wie eine Pflichtaufgabe, die du erfüllen willst, weil du glaubst, dass es von dir erwartet wird?«

Er stieß ein ungläubiges Lachen aus. Ich erschauderte, als er seinen Mund an meine Schulter presste. »Gott, *Lille*. Du machst mich wahnsinnig«, murmelte er und biss mir sacht in die Halsbeuge. Alles daran, an ihm, ließ meinen Unterleib brennen.

Ich wand mich schwach unter ihm. »Ist das gut oder schlecht?«, brachte ich hervor und keuchte, als er seine Hand zwischen meine Beine schob.

»Die Frage ist, ob das hier gut ist.« Er strich federleicht mit den Fingerkuppen über meine Innenschenkel, ehe er unvermittelt den Daumen über den Punkt schob, in dem dieses fast unerträgliche Pochen seinen Ursprung hatte.

Es war schwer, noch irgendetwas zu sagen, dementsprechend holprig kamen die nächsten Worte über meine Lippen. »Du … musst nicht …«

»May«, unterbrach mich Wes, ohne mit der sanften Reibung aufzuhören. »Gefällt dir das?«

Meine Sicht verschwamm, ich kniff mühsam konzentriert die Augen zusammen. »Ja, aber …«

»Willst du, dass ich weitermache?« Er küsste mich auf den Mundwinkel, um der Antwort nicht den Platz zu versperren – doch ich bekam sowieso nichts heraus. Weil er in diesem Moment den Druck auf genau die richtige Weise erhöhte und ich wirklich, wirklich nicht mehr wusste, wie man Worte bildete. Drei, vier Sekunden nur, dann hielt er inne. »Wenn du mir nicht antwortest, höre ich auf.«

»Nicht aufhören«, brachte ich hervor – hektisch und unvertraut flehend.

»Gut. Mehr muss ich nicht wissen.« Er lächelte und küsste noch einmal meinen Mund, den Hals, das Schlüsselbein, meine Brüste, die Brustwarzen, mehr Saugen als Küssen, mein Atem setzte sekundenlang aus, dann ein Pfad meinen Bauch hinab.

Über den Leberflecken hielt er inne und blinzelte zu mir auf. So viele helle Wimpern, doch sein Blick war dunkel, als wäre er ebenso erregt wie ich. »Ich versuche jetzt, dir ein bisschen gesunden Egoismus nahezubringen.«

Bevor ich antworten konnte, wanderten seine Lippen tiefer. Und im nächsten Moment dachte ich nicht mehr nur in Gefühlen, ich war schlichtweg aus ihnen gemacht.

Mich hatte noch nie jemand derart liebkost, ich war trotzdem sicher, dass, selbst wenn es jemanden vor Wes gegeben hätte, er es nie auf diese Weise getan hätte. Vielleicht lag es daran, dass Wes mich kannte, wie er es tat, aber er konnte mich selbst bei dieser neuen Erfahrung einschätzen, als hätten wir sie schon oft geteilt. Nicht weil er sich einbildete zu wissen, was ich wollte, sondern weil er auf das horchte, was mein Körper ihm verriet. Wes variierte den Druck seiner Zunge und passte sich dem an, was meine Atmung ihm verriet. Er konnte unterscheiden, ob ich mich unter ihm wand, weil ich wollte, dass er die Stelle änderte, oder nur, weil er genau die richtige traf. Und als er spürte, dass ich kurz davor war zu zergehen, nahm er zwei Finger hinzu und ließ sie in mich gleiten. Vorsichtig, aber mit Druck, aufmerksam, aber fordernd. Es war zu gut, es war zu viel, es war genau richtig. Ich krallte die Hände in die Decke und bäumte mich auf, Wes hielt meinen Oberschenkel fest und erhöhte das Tempo. Weiter und weiter und weiter, bis die Empfindungen sich so sehr zuspitzten, dass sie mich einfach überschwemmten. Ich löste mich auf, gleichzeitig war ich nur noch ich. Ich, ich, ich.

Ich konnte nicht sagen, was ich tat, als ich kam, ob ich schrie oder stöhnte oder meine Hand ins Kissen oder sein Haar grub. Ich konnte *gar nichts* mehr sagen, denken oder bewusst steuern.

Erst als die Welle abebbte und in meinen Fuß- und Fingerspitzen versickerte, schaffte ich es, etwas herauszubringen, sehr zittrig und sehr leise: »Oh Gott.« Und dann gleich noch einmal: »Oh Gott«, weil ich plötzlich verstand, wieso Menschen fluchten. Weil Gefühle manchmal so riesengroß waren, dass man drohte an ihnen zu platzen, wenn man sie nicht irgendwie in Worte schnürte und aussprach.

Als ich die Augen wieder öffnete, war Wes zu mir hochgekommen. Sanft umfasste er meinen Rücken mit einem Arm und zog die Decke unter uns hervor, um sie über mir auszubreiten, ehe er sich neben mich legte. Er rollte sich auf die Seite und betrachtete mein Gesicht, das vor Hitze glühte. Ein sachtes Lächeln schob sich in seine Mundwinkel. Nicht selbstzufrieden, nur glücklich.

Ich atmete mehrmals durch, bis ich ein ansatzweise passendes Wort fand. »Danke?«

Er grinste. »Sehr gern geschehen. Hat das wirklich noch nie jemand bei dir gemacht?«

Ich rollte mich ebenfalls auf die Seite, um ihn besser ansehen zu können. »Nein. Die Männer, mit denen ich bisher geschlafen habe, fanden es eher erleichternd, wenn ich gesagt habe, dass ich das nicht brauche. Und für mich war es dann irgendwie auch weniger Druck. Es ist nicht so leicht zu kommen, wenn man das Gefühl hat, dass jemand nur eine Aufgabe abhaken will und darauf hofft, dass es schnell erledigt ist. Und wenn ich das allein mache, geht es in der Regel eh schneller. Das war keine Herausforderung.« Letzteres schob ich hinterher, als mir das Funkeln in seinen Augen auffiel.

»Ich komme bei Gelegenheit darauf zurück.« Er zeichnete mit den Fingerspitzen Muster auf meine Schultern. Kleine Kreise oder Monde. »Wenn sie das echt gedacht haben, waren diese Typen ziemliche Idioten. Ist ja nicht so, als hätte ich gerade nichts davon gehabt.«

»Hast du?«

Sein Blick glitt von meinen erhitzten Wangen zu meinem Mund, der immer noch leicht bebte. »Natürlich. Ich habe wahrscheinlich noch nie etwas Heißeres erlebt, als dich kommen zu sehen.«

Mein Gesicht glühte so heftig, dass ich es gegen Wes' Schulter presste. Er lachte und grub eine Hand in mein Haar, zog es vorsichtig nach hinten, sodass ich den Kopf anhob. Er lächelte, doch in seiner Stimme schwang tiefer Ernst mit. »Tut mir leid, wenn dir das unangenehm ist, aber mir ist wichtig, dass du das verstehst: Es ist gut für mich, wenn es gut für dich ist. Okay?«

»Okay.« Ich schluckte schwer. Allein die bestimmende Art, mit der er mich ansah, führte dazu, dass sich mein Unterleib schon wieder zusammenzog. *Oh Gott*, wirklich, *oh Gott.* »Dann … darf ich entscheiden, wie es weitergeht?«

»Natürlich.«

»Dann schlaf jetzt endlich mit mir, Wes.«

Mehr musste ich nicht sagen.

Wir küssten uns, unsere Zähne stießen immer wieder gegeneinander, weil wir gleichzeitig versuchten, seine Hose auszuziehen. Irgendwann löste er sich mit einem Fluchen von mir, stieg aus dem Bett, zerrte sich Jogginghose und Boxershorts herunter und griff zum Nachttisch. Plastikrascheln, Stoffrauschen, Decke und Kondompackung auf dem Boden, dann Wes über mir.

Küssen, Herzflattern, Haut an Haut. Ich spürte ihn zwischen meinen Beinen, so hart, und ich hätte beinahe gewimmert, weil es ein bisschen wehtat, dieses Fast-aber-nicht-ganz.

»Ist das gut so oder willst du es lieber anders?«

Vielleicht meinte er die Stellung, vielleicht auch irgendetwas anderes, ich fragte nicht nach. Allein, wie er das sagte, dieses kleine *Es*, sorgte dafür, dass mein Blut schneller rauschte. Ich fühlte es überall.

»Ich mag es so«, erwiderte ich, weil ich wusste, dass er auf meine Antwort warten würde. Wes war jemand, der rau sein konnte, impulsiv und direkt, aber hierbei wirkte er fokussiert und bedacht wie nie zuvor. Er wollte das richtig machen.

Und ich wollte das auch. Es machen. Richtig. Mit ihm.

»Nur … ich hab das eine Weile nicht mehr getan«, flüsterte ich, während er sich das Kondom überstreifte.

Eine Weile meinte ein Jahr, eine Weile meinte auch, dass ich bisher bei jedem ersten Mal mit jemandem das Gefühl gehabt hatte, es wirklich zum ersten Mal zu tun. Sex war immer anders, wenn man ihn mit einer neuen Person hatte, und Intimität war nicht sofort intim, gerade dann nicht, wenn man jemanden nicht gut kannte. Womöglich fühlte es sich mit Wes deswegen anders an. Noch nie war ich auf so eine angenehme, kribbelnde Weise nervös und gleichzeitig entspannt gewesen. Keine Unsicherheit, nur ein bisschen Unruhe, weil die Grenze zwischen Aufregung und Erregung sehr dünn war.

Wes lächelte nicht, weder belustigt noch erstaunt noch sonst was. Er fragte auch nicht nach. Er nickte nur, küsste mich auf den Mundwinkel, dann direkt auf den Mund, zupfte mit den Zähnen an meiner Unterlippe. »Wenn es wehtut oder du aufhören willst, sagst du es, okay? Versprochen?«

»Versprochen.«

Ich lächelte, allerdings nur kurz, weil sein Daumen wieder auf meiner Mitte lag und darüberrieb. Fest und bestimmt. Ich keuchte, bog mich seiner Berührung entgegen, umklammerte seine Schultern, um ihn näher zu mir zu ziehen. Aber Wes gab nicht nach, er küsste mich nur immer wieder, manchmal auf den Mund, manchmal auf den Hals, manchmal mehr Zähne als Lippen, immer sehr viel Gänsehaut für uns beide. Er nahm sich Zeit, als wollte er sichergehen, dass ich wirklich bereit war. Seine Hüften bewegten sich leicht vor und zurück, seine Erektion stieß immer wieder gegen mich, verstärkte das Pochen, verstärkte alles. Das hier war so quälend, dass ich irgendwann wirklich wimmerte.

»Sag mir, wie du …« Wes verschluckte den Rest des Satzes, weil ich meine Hand in diesem Moment nach unten wandern ließ und ihn umfasste, auf mich zuführte. Weil ich nicht mehr warten wollte, nicht mehr reden wollte, nichts mehr wollte außer *wollen*.

Mein Herz schlug so heftig, dass ich es in jeder Zelle spürte, als Wes in mich drang. Er war vorsichtig, es tat dennoch ein bisschen weh. Wir hielten inne, Stirn an Stirn. Ich wartete, bis das Ziehen erträglich war, dann fing ich an, mein Becken zu bewegen.

Wes keuchte und schloss kurz die Augen, ehe er sich meinem Tempo anpasste und in mich stieß. Immer noch kontrolliert, fast vorsichtig, immer noch viele Mundwinkel-Küsse, als wollte er sichergehen, er würde es hören, wenn ich etwas sagte, immer noch viel einander in die Augen schauen, um das stumme Ja zu sehen.

Es war so logisch, dass das hier passierte. Ich meine, ich wusste, Sex hatte nicht viel mit Logik zu tun, ebenso wenig wie Gefühle, doch in diesem Moment konnte ich nur denken: *Das hier musste passieren.*

Ich war mir sicher, dass ich Wes getroffen hatte, damit wir an diesem Punkt landeten. Damit meinte ich nicht in seinem Bett, vielleicht auch, aber nicht nur. Damit meinte ich einfach in diesem Gefühl, in dem ich gerade schwamm, ohne zu ertrinken. Gedankenfreiheit, Sorgenschwerelosigkeit und vor allem … wollen.

Ich schwamm im Wollen, im Gewollt-Werden.

Und ich liebte es.

»Mehr?« Das Wort, das über meine Lippen stolperte, war halb Frage, halb Bitte, aber Wes reagierte so instinktiv, als wäre es ein Befehl.

Seine Kontrolle flackerte, seine Stöße wurden entschiedener. Ich spürte alles so intensiv. Nicht nur ihn, auch mich. Keine Ahnung, wie das ging, aber Wes spüren hieß mich spüren, hieß uns spüren. Meine Finger rutschten an seiner Haut ab und hinterließen Kratzer. Es konnte mir nicht mal leidtun: Das hier war eh zu bedeutend, um keine Spuren zu hinterlassen.

Der Moment zerfiel zwischen unseren Körpern, zu viel Hitze, zu viel Kribbeln und Druck. Irgendwann schob Wes eine Hand zwischen uns und rieb wieder über meine Mitte. Ich konnte spüren, wie er versuchte, ebenso sehr auf mich zu achten wie auf sich. Und das war gut, doch das war nicht das, was ich gerade wollte.

Ich zog seine Hand von mir fort, verschränkte unsere Finger miteinander in der Decke neben meinem Kopf und sagte noch einmal, heiser und flehend: »Mehr.«

Ich meinte nicht unbedingt das Tempo oder die Heftigkeit, ich meinte irgendwie alles. Ich wollte mehr Wes. Ich wollte alles von ihm sehen, alles von ihm verstehen – auch hierbei.

Wes vergrub sein Gesicht in meinem Haar und sagte ein paar Dinge, undeutlich, mehr Knurren als Wörter. Ich erkannte vereinzelt Fetzen auf Schwedisch, sein typisches Fluchen und den Namen, den er mir gegeben hatte, der sich plötzlich auch wie ein Fluch anhörte. Und es gefiel mir. Jedes winzige Detail gefiel mir.

Zu spüren, wie sich die Anspannung in ihm aufbaute, wie seine Bewegungen immer fahriger, härter, echter wurden. Zu hören, wie sein Atem zu einem Keuchen wurde, zu einem Stöhnen, zu einem Fluchen ohne Worte. Zu sehen, wie er aufhörte zu denken und einfach fühlte – mich fühlte, uns fühlte. Es war so richtig und gut. Es war wirklich *richtig gut*.

Ich kam kein zweites Mal, aber das war in Ordnung. Weil ich ihn so ansehen konnte, als er kam, und weil ich begriff, was er gemeint hatte. Ich hatte nie, nie, nie etwas Anziehenderes, ja, *Heißeres* erlebt als das: Seine leicht gerunzelte Stirn, die flatternden Lider, die bebenden Lippen, das heisere Stöhnen, das in mich hineinkroch, weil er mich küsste, lang und tief, als sich sein ganzer Körper anspannte. Ich spürte alles von ihm über mir, an mir, in mir, und als er sich neben mich fallen ließ und in seine Arme zog, fühlte ich mich fast genauso zittrig wie nach meinem eigenen Orgasmus.

»Tut mir leid, dass ich …«

Diesmal schnitt ich ihm das Wort ab. »Dafür darfst ausnahmsweise du dich nicht entschuldigen, ja? Ich bin wirklich absolut … zufrieden.«

Er grinste erschöpft. »Zufrieden oder befriedigt?«

»Beides.« *Und friedlich*, dachte ich. *Das auch.*

Wes' Hand wanderte meinen Rücken auf und ab, als wollte

er mich wärmen, dabei war mir von innen heraus heiß. Normalerweise hätte ich mir trotzdem etwas übergezogen, aber vor Wes fühlte sich Nacktsein völlig natürlich an. Vermutlich, weil mir dieses Gefühl mittlerweile auf seltsam vielschichtige Weise vertraut war. Die Erkenntnis brachte mich zum Lachen.

»Was?«, fragte Wes.

Ich hob den Kopf an, sah ihm in die Augen. »Nichts, es ist nur ... Wir haben uns nackt gesehen, bevor wir uns ausgezogen haben, oder?«

Ein Lächeln breitete sich auf seinem Mund aus. Es wirkte ein bisschen verwundert. So wie ich mich fühlte. »Absurd, irgendwie.«

»Aber auch schön, oder?«

»Absurd schön, wieder mal.«

Ich nickte, lächelte, küsste sein Kinn. »Absurd schön.«

Ein paar Minuten lagen wir so da, bis ich widerwillig aufstand, um auf die Toilette zu gehen. Als ich zurückkam, war Wes an die Wand gerutscht und hatte die Decke über sich gelegt. Er hob sie etwas an, als ich das Zimmer betrat, und ließ seinen Blick schamlos über meinen Körper wandern. Hitze stieg in meine Wangen, doch als ich mich auf dem Weg zum Bett nach seinem Shirt bückte, gab er einen Ton von sich, der nach einem Schnauben und Knurren gleichermaßen klang. »Egal, ob du gerade vorhast, aufzuräumen oder dich anzuziehen: Untersteh dich.«

Ich verdrehte ertappt die Augen, aber ließ unsere Kleidung liegen und rutschte neben ihn, so dicht, dass mein Rücken gegen seine Brust stieß. Wes deckte mich zu, ehe er seinen Arm um meine Taille legte und mich noch näher zog.

»Wusstest du, dass jeder Mensch einzigartige Duftnoten hat?«, murmelte er nach einer Weile an meinem Hinterkopf. Seine Atmung hatte sich beruhigt, sein Herz schlug langsam und kräftig an meinem Rücken. »Forschende gehen davon aus, dass sie das wichtigste Kriterium dafür sind, ob wir uns in jemanden verlieben können.«

Ich lächelte und verschränkte meine Finger mit seinen, die über der Decke auf meinem Bauch lagen. »Man könnte fast meinen, du passt neuerdings in der Uni auf.«

»Ich hatte eine strenge Lernpartnerin in letzter Zeit.« Er küsste mich auf das nackte Schulterblatt und vergrub die Nase in meinem Haar. »Du bist wie dein Geruch.«

Es war früh am Tag, doch seine Trägheit ließ mich ebenfalls schläfrig werden. Ich unterdrückte ein Gähnen und rückte noch ein Stück an ihn heran. »Und wie ist der?«

»Sanft. Intensiv. Irgendwie golden. May.« Seine Lippen waren wieder an meiner Haut, sie verzogen sich spürbar zu einem Lächeln. »Du riechst wie May.«

Ich wusste nicht, ob er den Monat meinte oder einfach nur mein Ich, aber ich fragte auch nicht nach. Stattdessen lächelte ich und schloss die Augen.

Ich bereute nichts. Da war kein Funken schlechten Gewissens, kein Hauch von Selbsthass oder dem Wunsch, etwas hieran, an uns, rückgängig zu machen. Eine Stimme in meinem Hinterkopf flüsterte, dass das nicht lang so bleiben würde, aber Wes' gleichmäßiger Atem an meinem Nacken drehte sie so leise, dass ich sie ausblenden konnte.

Für einen Tag wollte ich mir erlauben, in diesem absurden, absurd schönen blauen Moment zu baden. Die Realität würde mich früh genug darin ertränken.

# 21. Kapitel

## MAY

Im Frühling wirkte das Licht wärmer und heller als zu jeder anderen Jahreszeit. Vielleicht lag das daran, dass man es so lang vermisst hatte und sich deswegen umso bewusster darüber war, wie unfassbar kostbar es war. Ich lächelte und reckte das Kinn höher, um der Sonne näher zu sein, die zwischen den Zweigen des Magnolienbaums hindurchlinste.

Elsie lag neben mir, den Hinterkopf auf ihren Rucksack gestützt, und blinzelte zu mir auf. »Woran denkst du?«

»Daran, dass es Menschen guttun würde, wenn sie eine Frühlingsbrille tragen könnten. Du weißt schon. Damit man nicht so vieles für selbstverständlich nimmt und ein bisschen dankbarer ist. Das würde die Welt schöner machen, oder?« Ich zögerte nicht mit meiner Antwort, Elsie und ich hatten schon vor Jahren den Punkt überschritten, an dem man abwog, was man über sich preisgeben wollte.

Sie brummte bestätigend, ehe sie die Hände unter den Nacken schob und die Augen schloss. Ich nutzte den Moment, um ihr Gesicht genauer zu betrachten. Das Sonnenlicht betupfte es mit warmweißer Farbe. Da waren keine Rötungen auf den Lidern, keine Schatten unter den Augen, kein grimmiger Zug um den Mund.

Ich nahm die Veränderungen an ihr täglich haarfein wahr: Ihre Schultern sanken hinab, ihre Gesichtsmuskeln entkrampften sich, ihr Lächeln wurde stärker, ihr Lachen lauter, ihre Kleider enger und auffälliger. Ein bisschen mehr Elsie, Tag für Tag.

Ich wusste, woran das lag. Die Leute redeten weniger über sie, über Luke, über das Video. Ich war nicht sicher, ob der einzige Grund dafür die Tatsache war, dass mittlerweile fast elf Wochen vergangen waren und das Thema uninteressant, von irgendeinem anderen zum Skandal aufgeblasenen Ereignis überschattet worden war, oder ob es auch eine Rolle spielte, dass Wes' Freunde sich komplett zurückhielten. Ich hatte keine Ahnung, was Wes zu ihnen gesagt hatte, aber ich war dankbar dafür. Das Interesse dieser Gruppe war wie Scheinwerferlicht, und seit Elsie sich nicht mehr unmittelbar darin befand, ebbte auch das der anderen auf dem Campus ab. Sie hatte wieder mehr Zeit, auf sich selbst zu achten und nicht auf die Menschen um sie herum.

Trotzdem war sie noch nicht wieder vollständig die Alte, vielleicht würde sie das auch nie ganz sein. Die Dinge, die uns passierten, prägten uns und manche Spuren drückten sich so heftig in uns, dass sie Dellen in unserem Charakter hinterließen. Wahrscheinlich würde Elsie aus diesem ganzen Erleben einen Hauch grundsätzliches Misstrauen mitnehmen, ein wenig mehr Zögern und Abwägen, wem sie wobei vertraute. Doch ich hoffte und glaubte, dass diese Delle nicht tief gehen würde. Ein oberflächlicher Kratzer, kein tiefgehender Schaden.

Mittlerweile gingen wir ab und zu wieder in die Mensa, aber am liebsten verbrachten wir unsere Mittagspausen immer noch abseits der vollen Plätze der Uni. Der Magnolienbaum, unter dem wir seit einer halben Stunde saßen, war schon ein Stammplatz geworden, und ich liebte ihn. Ein Stückchen Natur mitten im Uni-Kosmos aus rotem Stein.

»Plunder?«, fragte ich und raschelte mit der Tüte, die ich vorhin beim Bäcker besorgt hatte.

Sofort richtete Elsie sich auf und streckte begeistert die Hände aus. »Gott, ja – her damit!«

Ich musste lachen und sah ihr dabei zu, wie sie die Tüte nach ihren Lieblingen mit Himbeerfüllung durchforstete.

Mein Herz wurde gleichzeitig leicht vor Zuneigung und schwer von meinem Gewissen, das sich darauf niederließ. Denn wenn ich ganz ehrlich war, stimmte das, was ich vorhin gedacht hatte, nicht mehr. Seit Beginn des Semesters musste ich meine Worte vor Elsie doch abwägen, eigentlich sogar abwiegen, weil manche davon einfach zu gewichtig geworden waren. Zentnerschwer, zertrümmerungsfähig.

Seit anderthalb Wochen fühlte ich mich endgültig so, als würde ich ein Doppelleben führen. Vorher hatte ich meine Verabredungen mit Wes zwar vor Elsie und den Leuten in der Uni verheimlichen müssen, aber immerhin hatte ich vor meinen Mitbewohnenden nicht leugnen müssen, was ich wirklich tat, wenn ich nicht zu Hause war. Jetzt fühlte sich jedes »Ich sehe später noch Wes« wie eine riesige Lüge an.

Denn ich sah Wes nicht nur, ich berührte Wes, ich küsste Wes, ich schlief bei Wes, neben Wes, mit Wes. Und ich konnte das niemandem erzählen. Nicht nur, weil ich wusste, dass meine Freunde ihm nach wie vor skeptisch gegenüberstanden, obwohl sie versuchten, es vor mir zu verbergen. Sondern auch, weil ich wusste, dass jedes offen ausgesprochene Wort über Wes gleichzeitig etwas in mir offenlegen würde: das Schuldgefühl, das ich seit Tagen mühsam unter diesem warmen Kribbeln vergrub und trotzdem nie ganz loswurde.

Ich bemerkte erst, dass ich Elsie anstarrte, als sie die Stirn runzelte. »Hör auf, mich zu beobachten«, befahl sie mit vollem Mund, »ich falle schon nicht auseinander.«

Hastig senkte ich den Blick. »Entschuldige. Aber du siehst gut aus.«

»Fühl mich auch gut.«

»Ja?«

Sie nickte und leckte sich die Finger ab. »Du hattest recht. Der Frühling macht was mit einem. Was ist mit dir? Du wirkst irgendwie auch glücklicher in letzter Zeit. Hat deine Mutter noch mal wegen Angus angerufen, seit du da warst?«

Normalerweise wäre das ein Thema, das meine Laune drücken würde, jetzt war ich froh, dass sie es anschnitt. Zum ersten Mal seit langer Zeit fühlte sich die Antwort gut an. »Ja, Mum und ich haben ein paarmal telefoniert. Gus geht wieder zur Schule. Er redet zwar immer noch kaum mit ihr, aber er kommt abends heim und sagt Bescheid, wenn er weggeht und so. Er gibt sich Mühe, glaub ich.«

Elsie strahlte. »Das ist doch super. Was auch immer du zu ihm gesagt hast, scheint etwas bewirkt zu haben.«

Ich lächelte nur schwach. Mir war bewusst, dass nicht ich Angus zum Umdenken bewegt hatte, sondern Wes. Gus hatte sich von ihm verstanden gefühlt und nicht bevormundet. Und offensichtlich war das mehr, als ich ihm geben oder er von mir annehmen konnte.

Elsie griff in die Tüte und holte sich ein weiteres Teigstück heraus. »Wie wäre es, wenn wir das feiern? Ich wollte Freitag mal wieder tanzen gehen mit ein paar Leuten aus meinem Tutorium. Kommst du mit?«

Schlagartig verschwand das bisschen Erleichterung. Ich zwang mich zu einem entschuldigenden Lächeln, obwohl ich am liebsten geweint hätte. Lügen konnte man nicht üben, es wurde mit jedem Mal schwerer. »Tut mir leid, ich bin abends schon verabredet. Projekttreffen.«

»Wieder dieses Riesenprojekt?« Sie rümpfte die Nase und biss in den Plunder. »Echt schräg, wie viel Zeit das in Anspruch nimmt. Das ist ja fast eine Abschlussarbeit.«

Ich hob die Schultern und faltete die Tüte zu, um Elsie nicht ansehen zu müssen. Vor Kurzem noch hatte ich gedacht, dass es eine halbe Lüge weniger wäre, wenn ich ihr erzählte, dass ich mit jemandem an einem größeren Uni-Projekt arbeitete. Jetzt fühlte es sich dadurch nur noch schlimmer an, weil ihre Nachfragen mich wieder und wieder dazu brachten, Lügendetails zu ergänzen. Es brachte nichts, mich zu fragen, ob es zu Beginn womöglich doch eine Möglichkeit gegeben hätte, Elsie von meinem Deal mit Wes zu erzählen. Nach all der Zeit, die ich sie angelogen hatte und in der sich die Dinge zwischen Wes und mir *so* entwickelt hatten, war diese längst verflogen.

»Sind ja nur noch ein paar Wochen bis zum Semesterende.« Mit aller Kraft versuchte ich, nicht die nächsten zwei kleinen Wörter zu denken, die sich jedes Mal anschlichen, wenn ich an diesen Gedankenpunkt stieß. *Und dann?*

Stattdessen hörte ich Elsie bei ihren neusten Wohnheimgeschichten zu, bis es Zeit wurde zu gehen: Elsie in den nächsten Kurs, ich in die Bibliothek, um ein paar Bücher zurückzugeben. Wir packten unsere Sachen zusammen und standen auf. Mit einer Hand hielt ich die Tüte fest, mit der anderen klopfte ich mir Gras vom Kleid, während ich über die Mauer stieg, die diese Wiese vom Weg zwischen den Instituten abtrennte.

Im nächsten Moment prallte ich gegen jemanden. Jemanden, der mich reflexartig an den Schultern festhielt und so vertraut roch, dass sich Wärme in mir ausbreitete. Jemanden, den ich am liebsten sehen wollte und trotzdem nicht sehen *durfte*. Nicht hier, nicht so, nicht vor Elsie.

Perplex starrte ich in Wes' Gesicht. Mein Herz dehnte sich aus, mein Gewissen drückte es zusammen. Ich wich einen Schritt nach hinten, genau dann, als er mich losließ und ebenfalls zurücktrat.

Er bückte sich nach der Tüte, die mir heruntergefallen war, und hielt sie mir hin. »Entschuldige.«

Seine Finger streiften flüchtig meine, als ich danach griff. Normalerweise lösten seine Berührungen Röte in meinem Gesicht aus, jetzt spürte ich, wie alles an Farbe heraussickerte. Mein Gewissen dröhnte so heftig, dass es meinen Herzschlag übertönte.

Wes ging einen Schritt an uns vorbei, hielt inne und drehte sich wieder zu uns um. Besser gesagt: zu Elsie, die wortlos neben mir stand. Die Schultern wieder steifer, die Gesichtsmuskeln verkrampfter, das Lächeln verblasst.

»Und … bei dir wollte ich mich sowieso schon längst entschuldigen. Für das, was Lucas … das, was wir getan haben.«

Elsie wich wortlos vor ihm zurück, auf mich zu.

»Ihr?«, rutschte es mir heraus.

Wes blinzelte kurz zu mir hinüber, der Blick glatt und kühl wie meergeschliffene Steine. Keine Kanten, kein Ausdruck, kein Zeichen eines Erkennens oder … Gefühls. Er war so gut hierin. Im Vorgeben, im Schauspielern, im Falschsein. Mein Bauch zog sich unangenehm zusammen. »Nichts zu tun ist manchmal genauso schlimm wie aktiv zu handeln«, erwiderte er und fokussierte sich wieder auf Elsie. »Es tut mir leid. Es tut mir aufrichtig leid, dass du es schwer hattest … *hast*, und das nur wegen ein paar Idioten.«

Er wartete einige Sekunden, aber als Elsie ihn nach wie vor ausdruckslos anstarrte, nickte er und wandte sich ab. Ohne mich noch einmal anzusehen, stieg er über die Mauer, warf sich seine Sporttasche über die Schulter und lief in Richtung Schwimmhalle.

»Das war doch ganz nett, oder?«, fragte ich vorsichtig, nachdem er außer Hörweite war.

Elsie fuhr sich mit beiden Handflächen übers Gesicht, als

würde sie unsichtbaren Schmutz wegreiben wollen. »Oh, bitte.« In ihren Augen glomm etwas auf. Keine Nachdenklichkeit, Überraschung oder noch so leichte Genugtuung. Nur Wut. »Das ist doch die reinste Verarsche. Denkt er ernsthaft, ich wäre so blöd und wüsste nicht, was er damit zu tun hatte?«

Ich runzelte die Stirn. »Was meinst du?«

Elsie sah mich auf diese Weise an, durch die ich mich immer jünger fühlte, als ich war. Liebevoll genervt. Ein sanftes, gut gemeintes Schütteln in Blickform. »Überleg doch mal. Wessen Idee war das mit der Party? Woher hatten sie die Schlüsseldaten fürs Institut? Und wer kann Zugriff auf den Uni-Server gehabt haben, um das Video runterzuholen?«

Ich brauchte einen Moment, um zu begreifen, worauf sie hinauswollte – obwohl es mehr als deutlich war. So war das mit Dingen, die man einfach nicht wahrhaben, nicht einmal *möglich*haben wollte. »Du denkst … Wes hat es runtergeladen?«

»Wes?«

Ich hätte mir am liebsten auf die Zunge gebissen. »Wesley Hastings. Du denkst, er war das?«

Sie verzog den Mund zu einem grimmigen Lächeln. »Natürlich. Wer, wenn nicht Livia Wests Sohn, hätte dazu die Möglichkeit gehabt? Er kann sich seine Entschuldigung sonst wohin schieben. Du hattest immer recht mit ihm: Typen wie er sind das Letzte.«

Ich brachte keinen Ton heraus, schaffte nicht einmal ein Nicken. Stattdessen reichte ich Elsie das letzte Plunderstück, sah dabei zu, wie der Geschmack des Zuckergusses Schwere aus ihrem Gesicht zog, und spürte gleichzeitig, wie unendlich viel davon in mich sickerte.

Die Flügeltür zum Gebäude der Schwimmhalle stand offen. Der Duft der violett blühenden Fliederbüsche davor vermengte sich mit dem Geruch von Chlor, Stein und Gummi.

Ich sah ihn schon von Weitem, als ich in den Flur einbog. Wes lehnte an der Backsteinwand, nur in Badeshorts, geöffneter Sweatjacke und Schuhen. Vermutlich war er beim Umziehen gewesen, als er meine Nachricht erhalten hatte.

Ich hätte hiermit warten können, wir waren später sowieso verabredet, aber ich wusste, ich könnte mich nicht mehr auf die Uni konzentrieren, wenn ich das nicht vorher klärte.

Als er mich entdeckte, grinste er schief und stieß sich von der Wand ab. Bevor er bei mir war, öffnete ich die Abstellkammer und verschwand darin. Ich hörte ihn seufzen, trotzdem folgte er mir und zog die Tür hinter sich ins Schloss. Die Glühbirne über uns flackerte, der Raum war immer noch genauso staubig und klein wie beim ersten Mal. Dennoch fühlte er sich jetzt anders an. Weil es keinen Raum mehr gab, der mit Wes zu eng war. Haut an Haut war der einzige Abstand geworden, der erträglich war. Der Reflex, ihm sofort wieder so nah zu kommen, war derart heftig, dass er sogar den Grund überdeckte, aus dem ich ihn eigentlich treffen wollte.

»Hallo, Corleone«, meinte Wes belustigt.

»Sind wir wieder beim *Paten* angelangt?« Bereitwillig ließ ich mich von ihm zurückdrängen, bis ich an ein niedriges Stehregal stieß, auf dem ein paar Putzeimer standen.

»Wäre dir Boris Becker lieber?«

Ich runzelte die Stirn. »Wer?«

»Egal. Komm her.«

Das letzte Wort war so entschieden und rau, dass es die Härchen an meinen Armen aufstellte. Bevor ich reagieren konnte, umfasste er meinen Kopf und zog mich zu sich heran. Und dann küsste er mich. Er küsste mich, wie nur Wes küsste. So tief und bestimmt und sicher. So *Ich hab dich, lass dich fallen, es ist okay, weil ich auch falle.* Es war vermutlich naiv, aber wenn er mich küsste, glaubte ich wirklich, gemeinsam aufschlagen wäre weniger schmerzhaft. Also ließ ich mich fallen, jedes Mal.

Ich schob die Hände unter seine offene Jacke, tastete über seinen nackten Bauch, fand es seltsam, dass ich das durfte. Vor allem jedoch, dass es ihm *immer wieder* dieses unterdrückte Stöhnen entlockte und dass dieser Ton in meinem Mund *immer wieder* zu einem Pochen wurde, das zielgerichtet zwischen meine Beine schoss.

Wie seltsam, wie selten, *wie absurd schön.*

Wes wischte achtlos zwei der Eimer vom Regal, ich lachte an seinen Lippen, er hörte nicht auf, mich zu küssen. Mit beiden Händen umfasste er meine Taille und setzte mich auf das Holz, so wie damals im Duschraum auf die Ablage, so wie vorletzte Nacht auf seine Waschmaschine. *»Ich bekomme sonst Nackenstarre«*, hatte er erklärt, bevor er mir den Slip ausgezogen und vor mir auf die Knie gegangen war. *»Und so ergibt das auch mehr Sinn«*, hatte er mit den Lippen an meinem Innenschenkel hinzugefügt, mit dieser Stimme, die so tief, so rau, so erregt klang, dass ich sicher war, ich könnte kommen, wenn er einfach nur weitersprach. *»Du bist nämlich eigentlich viel größer als ich. Du bist riesengroß,* Lille.«

Später hatte ich an diese Worte gedacht und dann an Elefanten, an Angus, an alles, was nicht gut war, aber nicht in diesem Moment. In diesem Moment war es unmöglich gewesen, an irgendetwas zu denken, das *nicht gut* war. So wie jetzt.

Meine Hand strich über den Bund seiner Badehose und tiefer. Er war hart, doch sein Mund an meinem wurde unter der Berührung weicher, bis er leicht zurückwich. Wes lehnte die Stirn an meine, seine Wangen waren gerötet, seine Lider flatterten. Wie hatte ich jemals nicht sehen können, wie schön, wie innen-und-außen-alles-eben-schön er war?

»Du hattest recht.« Seine Hände strichen meine Taille auf und ab, alles brannte. »Abstellkammern sind absolut unterschätzte Räume.«

Seine Finger machten sich an der Knopfleiste meines Kleides zu schaffen, obwohl er es nur hätte hochschieben müssen, um mir den Slip auszuziehen. So war das mit Wes: Er behauptete zwar oft, er wüsste nicht, was er wollte, aber *wenn* er etwas wollte, dann einhundertprozentig. Egal, wie eilig wir es hatten, wie unklar ich nur noch denken konnte, weil ich wollte, wollte, wollte – er zog mich immer ganz aus, bevor wir miteinander schliefen. Wahrscheinlich waren die Sekunden, wenn ich ganz nackt vor ihm oder unter ihm oder auf ihm war und er mich einfach nur ansah, die intimsten. Seine leicht geöffneten Lippen und dieser Blick, der stechend klar und verschwommen zugleich wirkte. Als wäre er angetrunken, halb berauscht, nicht von Alkohol, nur von Nähe. Nur von … mir. Ich fühlte mich wirklich riesengroß, wenn er mich so ansah.

Ich hätte es getan. Ich hätte mich von Wesley Hastings in dieser Abstellkammer ausziehen lassen, ich hätte Sex mit ihm gehabt, hier und jetzt. Obwohl wir uns mitten in der Uni befanden, die Tür nicht abgeschlossen hatten, draußen gelegentlich Schritte aufkamen und Wes vieles war, nur nicht leise. Nicht hierbei.

Die Erkenntnis löste Hitze in meinem Schoß aus, dann Kälte in meinem Kopf. Denn in diesem Moment begriff ich wie schon damals in der Schwimmhalle, dass ich vermutlich, in einer anderen Situation, mit Wes dasselbe getan hätte, was Elsie mit Luke getan hatte.

Mit dem Gedanken an sie war auch das zurück, was sie vorhin gesagt hatte. Ich wollte nicht glauben, dass Wes irgendetwas mit dem Video zu tun hatte. Diese Vorstellung auch nur kurz in meinen Kopf zu lassen, war absurd. Nur absurd, nicht schön. Hässlich, abgrundtief hässlich, jedoch zu stark, um sie ignorieren zu können.

Wes schien zu spüren, dass ich abgedriftet war. Er wich zurück, ließ die Hände locker an meiner Taille liegen. »Was ist los?«

Mein Denken war noch benommen, meine Lippen fühlten sich geschwollen an. Ich kniff sie fest zusammen, während ich nach den richtigen Worten suchte. Aber es gab keine richtigen Worte für etwas so Falsches.

»Elsie … sie hat da was angedeutet.«

»Und was?« Seine Brust hob und senkte sich stark, seine Augen tasteten unruhig über mein Gesicht. Er versuchte sichtlich, den Themenwechsel einzuordnen.

»Dass du es gewesen sein könntest. Der, der angefangen hat, das Video rumzuschicken.« Meine Stimme brach. Der Moment auch. Ich spürte, wie sich seine splittrigen Kanten in meine nackte Haut bohrten, noch bevor sich die Worte in Wes' Augen in ein Verstehen umwandelten.

Er ließ mich los, erst eine Hand, dann die andere, dann den Blick. Zwei Schritte zurück, meine Knie rutschten ohne seinen Körper dazwischen haltlos aufeinander zu. Wes machte auch zu, nur anders. Ein winziges, unechtes Lächeln glitt auf seine Lippen. »Verstehe. Und du glaubst das, ja?«

*Sag Nein*, dachte ich, doch ich brachte es nicht über mich. »War die Party deine Idee?«, fragte ich stattdessen.

»Es war keine richtige Party. Nur ein paar Leute, die an einem etwas spezielleren Ort was getrunken haben.«

»Wes.«

Zögern, dabei kannten wir beide die Antwort. Wes hatte nie ein Geheimnis daraus gemacht, dass Regeln ihm nicht wichtig waren, dass er keine Angst vor Konsequenzen hatte, weil es in seinem Leben nie welche gegeben hatte, die man nicht hätte klären können. Er sagte, er hasste das, aber er hatte sich trotzdem angewöhnt, es auszunutzen.

»Ja, war sie«, gab er mit einem Schulterzucken zu.

Mir wurde kälter. Ich glitt vom Brett auf die Füße und begann, die Knöpfe meines Kleides zu schließen. »Dann hast du die Schlüsseldaten zu den Instituten? So wie zu der Schwimmhalle?«

»Meine Mutter hat mir die anderen Daten nicht ganz so bewusst gegeben, aber ja.«

»Und … hast du Zugriff auf den Server, auf dem die Videos der Überwachungskameras gespeichert werden?« Ich schloss den letzten Knopf und wagte es, zu ihm hinaufzusehen.

Er hatte die Hände zu Fäusten geballt, sein Blick war völlig ausdruckslos. »Was soll das, May?«

Meine Sicht verschwamm, aber ich zwang mich, nicht klein beizugeben. Ich hatte mir diese Fragen bisher nicht gestellt, doch jetzt, wo sie da waren, war es unmöglich, sie nicht auszusprechen. »Wie hat Luke sich das Video beschafft?«

»Der Uni-Server ist kein Hochsicherheitstrakt. Mit etwas Geld findest du schnell jemanden, der da reinkommt.« Wes schüttelte den Kopf und seine Hände aus, zog den Reißverschluss seiner Sweatjacke zu.

Ich wusste, wie er sich vorkam: zu nackt, um in diesem Splittermoment zu stehen. Als hätte eine Stoffschicht etwas daran geändert. Ich sah ihn an, suchte in seiner Mimik und Körpersprache nach einem Anzeichen, ob das, was er sagte, stimmte. Ich wollte es glauben, und im Grunde tat ich das auch. Er hatte es mir versprochen und mir nie Anlass gegeben, an seinem Wort zu zweifeln.

Das hier, das mit uns, das fühlte sich durch und durch echt

an. Und richtig. Wieso konnte ich also diesen Hauch von Unsicherheit nicht abschütteln?

»Treffen wir uns deswegen in Abstellkammern? Weil du denkst, dass ich es witzig fand, dieses verdammte Video in Umlauf zu bringen?« Seine Stimme klang wieder rau, jetzt auf eine andere Weise. Eine, die dafür sorgte, dass mir noch unwohler wurde. Ich fühlte mich schlecht, wenn ich Elsies Worte ohne nachzudenken als *niemals* abtat, ich fühlte mich schlecht, wenn ich ihnen den Raum gab, sich in ein *Vielleicht, vielleicht auch nicht* auszudehnen.

»Du weißt, dass ich dich *nirgendwo* treffen würde, wenn ich das denken würde. Es ist nur …«

»Es ist nur, dass du mir trotzdem nicht vertraust. Dass du nicht mit mir gesehen werden willst. Dass du dich hierfür, *für mich*, schämst«, führte er nüchtern aus.

»Das ist nicht wahr. Du weißt, dass das kompliziert ist.«

»Ist es nicht. Ich weiß, was ich will.«

»Nicht, bitte«, flüsterte ich. *Sag es nicht. Gib dem hier keinen Namen, der alles nur komplizierter, nur unmöglicher werden lässt.*

Wes runzelte die Stirn, ich war sicher, dass er auch das hörte, was ich nur gedacht hatte. »Es geht mir nicht um irgendein Wort, May. Es geht mir nur darum, dass … ich kein Geheimnis sein will. Ich will nicht, dass *wir* ein Geheimnis sind. Ich will dich auf dem Campus ansehen, mit dir reden, dich küssen dürfen. Ich will *das*.«

»Ich kann dir das aber nicht einfach so geben. Und ich weiß, dass du es gewohnt bist zu bekommen, was du willst, aber dafür bin ich die Falsche.«

»Wie meinst du das?«

Ich atmete laut aus und bückte mich nach den Eimern, die Wes auf den Boden geschmissen hatte. »Das weißt du. Du küsst doch ständig irgendwelche Frauen in der Öffentlichkeit.«

Er schnaubte. »Wo hast du das denn her?«

»Ich hab dich schon oft auf dem Campus mit jemandem gesehen. Das ist nichts Besonderes für dich.« Erst als ich die Worte sagte, spürte ich, wie scharfkantig sie waren. Noch mehr Momentsplitter, sie pikten unangenehm in meine Brust. Es stimmte, ich wollte kein Wort, keine Vereinbarungen, keine Versprechungen – nicht hierbei. All das wäre unpassend gewesen, dafür, dass ich eigentlich nur verdrängen wollte, was wir taten. Trotzdem wollte ich nicht daran denken, dass er das, was wir hatten, auch mit anderen hatte, gehabt hatte, haben würde.

Als ich mich wieder zu ihm umdrehte, hatte er die Lippen zu einem bitteren Lächeln verzogen. »Vielleicht lässt du das lieber mich entscheiden.«

Ich fragte nicht: *Also ist es etwas Besonderes?* Ich musste ihn für die Antwort nur ansehen. Das hier war nicht Campus-Wesley, das hier war Wes West, mein Wes. Und damit meinte ich nicht, dass er mir gehörte, damit meinte ich nur, dass … ich ihn so sah, wie er war. Wie er bei mir war, wie er wirklich war. Ich wusste, dass das hier etwas bedeutete, weil er es mir gesagt hatte. Ohne Worte, mit Nicht-Berührungen und einem Nicht-Kuss ebenso wie mit richtigen. Ich wusste es, weil ich ihm die Kränkung, die Frustration ansehen konnte. Weil ich ihn sah. Und ihm glaubte.

»Für mich ist das hier auch etwas Besonderes«, flüsterte ich und ging auf ihn zu. »Du weißt, dass es das ist. Und … dann ist es doch egal, was die anderen wissen, oder? Weil das etwas zwischen uns ist.«

»Und wie lang? Bis zum Projektende ist es noch ein Monat. Und dann?«

Da waren sie, die zwei kleinen Wörter, die ich nicht denken wollte, weil es auf sie keine Antwort gab, nur ein endlos hallendes Echo. *Und dann, und dann, und dann?*

»Ich weiß es nicht.«

»Wirst du irgendwann mit Elsie reden?«

Wenige Minuten und die Situation hatte sich komplett gedreht. Anklagebank gegen Verteidigungsstuhl, ich fühlte mich *so* schuldig, dass meine Knie weich wurden und ich fast in die Hocke gegangen wäre. »Ich … ich will es ihr sagen, wirklich. Aber sie ist so wütend. Auf Luke, auf dich, auf euch alle. Sie muss wissen, dass ich für sie da bin.«

»Und um für sie da zu sein, versteckst du wieder einen Teil von deinem eigenen Leben? So funktioniert Freundschaft nicht, May. Wenn du immer zurücksteckst, bist du nur ein Support-Roboter. Kein Mensch.« Die unverhohlene Wut in seiner Stimme ließ mich zurückweichen.

»Sei nicht so gemein.«

Seine Miene blieb hart. »Es ist wahr. Und das weißt du.«

Wir schwiegen. Draußen knallte eine Tür zu, Chlorduft drängte sich durch das Holz zu uns, gedämpfte Stimmen, Badelatschenquietschen auf Stein. Es war laut, mein Herz ganz leise. Ich wusste, dass er recht hatte. Ich musste mit Elsie reden. Aber wie? Wie hätte ich das erklären sollen? Fast neun Wochen waren kein Ausrutschen. Das war bewusstes Hintergehen, ein ganzes Gerüst aus Lügen und Verheimlichungen. Sonst war ich gut darin, andere zu trösten, Auswege zu suchen, zu helfen. Aber ich konnte mir hierbei nicht helfen. Ganz gleich, in welche Richtung ich dachte: Diese Sache zwischen Wes und mir war eine Sackgasse.

Die Sekunden verstrichen, ich umklammerte meine nackten Unterarme. Schließlich stieß Wes einen Ton aus. Ein Fluchen-stöhnen-seufzen-Gemisch. Verärgert, genervt, resigniert, bedauernd, entschuldigend. Er kam auf mich zu und umfasste meine Schultern, dann meinen Hals, meine Wangen. Eine Stirn-Umarmung, kurz und fest. »Entschuldige. Ich wollte dir damit nicht wehtun. Oder dich unter Druck setzen. Es ist nur …«

»Du bist verletzt«, beendete ich seinen Satz leise. »Ich … verletze dich.«

Er wich nach hinten und lächelte leicht. »Ich hab dir gesagt, dass du das könntest, wenn ich dich lasse, weißt du noch? Und offensichtlich lasse ich dich.«

Es klang nicht mehr anklagend, aber das Brennen in meinem Bauch wurde schlimmer. Wes litt nicht einfach, er litt *meinetwegen*. Das war furchtbar, und ich konnte es trotzdem nicht ändern. Nicht ohne jemand anderen zu verletzen, der mir etwas bedeutete.

»Tut mir so leid, Wes. Es hat nichts mit dir zu tun.«

»Nur damit, wer ich bin.« Die Art, wie er danach ins Schweigen verfiel, setzte die schlimmsten zwei Wörter hinzu: *Wie immer.*

Ich griff nach seiner Hand, strich über die Narbe, hoffte, dass er begriff, dass das ein genauso unausgesprochenes Nein war. »Mehr kann ich dir gerade nicht geben. Nicht, bis ich weiß, wie ich es Elsie sagen kann, ohne sie zu verlieren. Aber … wenn dir das nicht genug ist, verstehe ich das. Dann lassen wir das mit den Abstellkammern und kehren zurück in die Seminarräume.«

»Ist das metaphorisch gemeint?«

»Ja, schon. Wir könnten es einfach wieder lassen.« Meine Stimme knickte weg. Nichts hieran war *einfach*.

Jeder andere wäre darauf vielleicht eingegangen, hätte diese Ausfahrt genommen, wenn nicht aus reinem Wollen heraus, dann aus Selbstschutz. Aber nicht Wes. Wes sah mich ohne zu blinzeln an und sagte: »Können wir nicht. Kann *ich* nicht. Und du?«

Ich lehnte den Kopf gegen seine Brust und schloss die Augen. »Nein. Kann ich nicht. Und …«

»Und was?«

»*Will* ich nicht.«

Wes sagte nichts mehr. Er legte die Arme um meinen Rücken und das Kinn auf meinen Kopf und hielt mich fest. Wir fielen trotzdem noch, beide, zusammen. Ich wusste das. Ich wusste auch, dass etwas kaputtgehen würde, wenn wir aufschlugen. Ich war noch nicht sicher, was es war, aber es würde splittern wie dieser Moment. Aus dem einfachen Grund, dass das mit Wes und mir nie *ganz* sein konnte. Es war alles und trotzdem nicht komplett. Das konnte es nicht sein, nicht, wenn der Rest meines Lebens heil bleiben sollte.

Aber so war das, richtig? Manchmal sah man dabei zu, wie etwas Schlimmes passierte. Und man konnte absolut nichts dagegen tun. Oder man wollte nicht, weil der Weg dorthin, dieses endlose freie Fallen, zu schön war.

# 22. Kapitel

## MAY

Wir starrten wortlos auf das Blech, auf dem die dampfenden Muffins auskühlten.

Schließlich verschränkte Wes die Arme. »Sag es ruhig.«

»Was denn?«

»Ich bin der mieseste Bäcker, den du je erlebt hast.«

»Das stimmt nicht. Du hast nur einen Hang zur Improvisation, der beim Backen zu … durchwachsenen Ergebnissen führen kann.«

Wes sah mich unbeeindruckt an. »May, diese Dinger sind *so* hässlich geworden.«

»Sie sind nicht hässlich, nur ungewöhnlich. Und anders ist nicht gleich schlecht, das hatten wir doch schon.«

»Okay, komm schon. Nicht mal du kannst ignorieren, *wie* hässlich sie geworden sind.« Er nahm einen der Muffins und hielt ihn mir fast anklagend hin. Dabei war es seine Idee gewesen, an einem Freitagabend etwas zu backen, um eins meiner Lieblingshobbys kennenzulernen. Ob er das für das Projekt oder für mich machen wollte, wusste ich nicht. Dass das nicht unbedingt etwas werden würde, das wir oft wiederholen würden, schon eher.

Aus irgendeinem Grund, der vermutlich darin lag, dass Wes sich geweigert hatte, die Waage zum Abmessen der Zutaten zu benutzen, war der Teig nicht aufgegangen. Stattdessen war er in den Förmchen zur Seite gelaufen, sodass er jetzt wie ein Kragen über das Papier hing. Die Ränder waren angekokelt, die Mitte hingegen wirkte verdächtig flüssig.

Ich biss mir angestrengt auf die Unterlippe, um nicht zu lachen. »Niemand braucht fassadenschöne Muffins. Sie müssen nur gut schmecken.«

»Sag mir nicht, dass du daran noch glaubst.« Er ließ das Gebäck zurück aufs Blech fallen und klopfte die Hände aneinander ab.

»Ich bin gutgläubig, schon vergessen?«

Wes schnaubte belustigt und griff nach seinem Handy auf der Spüle, das aufblinkte. Innerhalb von Sekunden verflüchtigte sich das Grinsen aus seinem Gesicht. Er starrte ein paar Sekunden lang reglos auf den Bildschirm, dann legte er einen gleichgültigen Ausdruck über seine Züge. »Livia schreibt, dass sie ab Mitte Juni in Cambridge fertig ist und fürs Erste wieder dauerhaft nach Windsbury kommt.«

»Oh.« Unsicher sah ich ihm dabei zu, wie er zum Fenster ging und es öffnete. Draußen fing es an zu dunkeln, sein Gesicht wurde in der Scheibe reflektiert, ein angespannter, blasser Lichtschatten. Wes und ich trafen uns seit etlichen Wochen, und ich konnte die Gespräche, in denen der Name Livia gefallen war, an einer Hand abzählen. Für die Gespräche, in denen er das Wort *Mum* gesagt hatte, brauchte ich nicht einmal einen Finger.

»Und triffst du dich mit ihr?«, fragte ich vorsichtig.

Wes drehte sich zu mir. »Klar. Ich hab dir versprochen, mit ihr zu reden.«

»Und … abgesehen davon? Willst du sie gar nicht sehen?«

Sein Kiefer verspannte sich sichtlich. »Wozu?«

»Sie ist deine Mutter. Nicht, dass man Familie grundsätzlich lieben muss, aber … sie hat dir nichts angetan, oder?«

Ich bereute den Satz, noch bevor er ganz heraus war. Wegen der Wortwahl, vor allem aber, weil ich sah, wie wütend er Wes auf Anhieb werden ließ. Und Wut brachte ihn immer dazu, zuzumachen. Auch diesmal lachte er unecht auf. »Wenn es für dich *nichts* ist, dass sie mich zu meinem Vater abgeschoben hat, dann nicht, nein.«

Ich hätte es gut sein lassen sollen, doch ich konnte einfach nicht. Nicht, wenn es trotz all der Ehrlichkeit zwischen uns noch dieses eine Thema gab, bei dem er mich kompromisslos ausschloss. »Ich sage nicht, dass das nichts ist, aber kannst du ihre Entscheidungen denn überhaupt nicht nachvollziehen?«

Sein Lachen zerbröckelte und nahm ein bisschen Fassade mit. Unter der Wut waren so viele andere Gefühle übereinandergeschichtet, dass ich sie kaum auseinanderziehen konnte. Kränkung, verletzter Stolz, Traurigkeit, Enttäuschung und, auch wenn Wes sich darüber vermutlich selbst nicht bewusst war, Liebe.

»Doch, klar. Sie hatte keine Lust darauf, ihr Leben einem Kind anzupassen. Also hat sie das Kind ihrem Leben angepasst und es dort dazwischengeschoben, wo es ohne großen Aufwand ging.«

»Meinst du nicht, dass das ein bisschen hart ist? Sie wollte dir vermutlich das bestmögliche Leben ermöglichen.«

Mit einem grimmigen Lächeln ging er zur Spüle. »Tja, dazu hätte sie mir ja einfach mal zuhören können, was *ich* wollte. Sie hat mich verlassen, weil es so leichter war. Nicht besser. Zumindest nicht für mich. Daran ändert sie jetzt auch nichts mehr, wenn sie ständig Kontakt sucht und sogar an der Uni anfängt, an der ich studiere, um ›mehr in meiner Nähe zu sein‹.« Er griff nach der Rührschüssel und platzierte sie unter dem Wasserhahn, ehe er ihn voll aufdrehte. Vermutlich, um mir zu zeigen, dass das Gespräch beendet war.

Ich stellte mich trotzdem neben ihn. »Hast du mal mit ihr darüber geredet? In den letzten Jahren, meine ich. Vielleicht kann sie es dir mittlerweile besser erklären. Oder du kannst es besser verstehen.«

Wes drehte den Hahn zu. »Ich will es aber gar nicht verstehen, May«, sagte er ruhiger. »Ich *muss* nicht alles verstehen. Ich weiß, das ist dein Ding, alles verstehen, alles nachfühlen, alles besser machen. Aber ich bin so nicht und muss auch nicht so sein. Man muss nämlich nicht immer alles verstehen und einfach hinnehmen. Nicht, wenn man selbst darunter leidet. Ich meine … ganz ehrlich? Ich finde, Liebe darf auch mal auf Gegenleistung beruhen. Ich darf erwarten, dass ich auf bestimmte Weise behandelt werde – und das darfst du im Übrigen auch. So oder so: Ich schulde Livia nichts.«

»Ihr nicht. Aber dir. Manchmal hilft Verstehen auch dabei, Dinge oder … Gefühle loszulassen.«

Wes schwieg. Seine Wangenmuskulatur zuckte, heftiger jetzt, als wäre er kurz davor, Dinge zu sagen, von denen er selbst wusste, dass er sie später bereuen würde. Denn so war Wes: Er wurde nach außen laut, wenn es *in ihm* laut wurde und er sich selbst nicht zuhören wollte.

»Schon gut«, kam ich ihm zuvor. »Das ist deine Entscheidung.« Ich wandte mich ab und griff nach dem Kakao, um die Muffins zu bestreuen.

»Sie wird mir sowieso nur dieselben Fragen wie mein Vater stellen, netter verpackt, aber im Grunde gleich«, meinte er nach einer Weile leise. *»Was hast du mit deiner Zukunft vor? Was willst du später machen? Hast du eigentlich einen Plan von irgendwas?«*

»Und hast du einen Plan?«

Er schnaubte, ich lächelte.

»Was denn? Es ist nichts verkehrt an dieser Frage. Es ist nur verkehrt zu erwarten, dass du eine Antwort hast. Und das tue ich nicht. Mich interessiert nur, ob du überhaupt manchmal darüber nachdenkst. Ich meine, du hast dich dazu entschieden, Psychologie zu studieren. Nicht weil deine Eltern das wollten, sondern weil *du* das wolltest. Das bedeutet was, oder nicht?«

»Weniger, als du vermutlich denkst. Wie gesagt: Ich verstehe mich oft selbst nicht.« Ich hob herausfordernd die Augenbrauen, bis er mit einem Seufzen weiter ausholte. »Früher hatte ich immer das Gefühl, dass in meiner Familie nie wirklich geredet wurde. Es wurde schon miteinander gesprochen, aber es ging immer um oberflächliche Dinge. Die Außenwirkung, die nächste Gala, die Stiftung, die Schule … es ging nie so richtig um *uns*. Und«, er stockte und rieb sich über die Schläfe, »Gott, das wird jetzt so pathetisch klingen, aber im Frühling vorm Abschluss waren Luke und ich oft am See hinter dem Internat, haben Schule geschwänzt und gekifft und so ein Scheiß, der mir heute eigentlich nur noch peinlich ist. Und da waren diese Tiere auf der Seeoberfläche. Wasserläufer, diese kleinen Insekten, die über Flüssigkeit laufen, als wäre es fester Boden.« Er schüttelte den Kopf. »Und ich dachte, und bitte bedenke, dass ich ein bisschen high war, ich dachte, dass meine Familie genau so funktioniert. Dass sie immer über die Oberfläche läuft, ohne sich in die Tiefe sinken zu lassen. Und das hat mich angekotzt, ich war echt wütend auf diese winzigen Tiere. Weil sie mir klargemacht haben, dass ich in einer Familie voller Wasserläufer lebte und eigentlich nur … tauchen wollte.« Er verdrehte die Augen, als wäre es ihm peinlich. Dabei war nichts daran lustig oder lächerlich, es war nur traurig und … nachvollziehbar. Nach*fühl*bar.

»Dann hast du früher deswegen so viele Wellen gemacht? Um deine Familie mit dir unter Wasser zu ziehen?«

»Mein Vater würde das wohl nicht so poetisch ausdrücken, aber … wahrscheinlich schon, ja. Es funktionierte nur nicht.

Meine Wellen wurden mit Geld und einem One-Way-Flugticket nach Irland geglättet.« Er lächelte matt. »Und dann dachte ich irgendwie … vielleicht kann ich trotzdem tauchen. Vielleicht kann ich trotzdem lernen, mehr zu verstehen, mehr zu sehen, mehr zu sein? Keine Ahnung, wahrscheinlich war das eigentlich nur wieder egoistisch. Ich hab gehofft, Psychologie zu studieren macht mich vielleicht ein bisschen … besser.«

»Du bist besser, Wes«, flüsterte ich.

Sein Lächeln wurde blasser, fast … schuldbewusst. »Nicht immer.«

»Niemand ist *immer* besser, das ist gar nicht möglich oder nötig. Aber egal, weswegen du damit begonnen hast, ich glaube, du könntest mit diesem Studium noch mehr anfangen, als nur einen eigenen Nutzen daraus zu ziehen.«

»Und was? Falls es dir nicht aufgefallen ist, ich bin nicht sonderlich geduldig. Ich wäre ein mieser Therapeut.«

»Du musst ja auch keiner werden. Aber wie du mit Luke umgegangen bist bei Wills Party und wie du mit Gus geredet hast – das war beeindruckend. Du verstehst Menschen, die wütend sind und vermutlich selbst nicht mal begreifen, wieso. Du verstehst sie so richtig, weil du selbst lange Zeit wütend warst, es immer noch manchmal bist. Und Verständnis ist das Wichtigste, wenn du jemandem helfen willst. Ich glaube, du wärst zum Beispiel gut im Bereich der Sozialen Arbeit aufgehoben. Du könntest mit Jugendlichen arbeiten, die eine schwierige Zeit durchmachen.«

Wes lachte wieder, weicher als vorhin. Nicht böse, nur ungläubig. »Ich als Sohn einer millionenschweren Familie soll Kindern aus schwierigen Verhältnissen erzählen, dass sie ein bisschen entspannter durchs Leben gehen sollten? Komm schon, wer würde mich ernst nehmen?«

»Das ist wie mit dem Wichtignehmen. Wenn du etwas ernst

nimmst, musst du es zeigen. Dann werden dich andere auch ernst nehmen.«

Wes schwieg einen Moment und verschränkte die Arme vor der Brust, betrachtete seine Fußspitzen. Als er weitersprach, klang seine Stimme so leise, dass ich sie kaum verstand. »Manchmal hab ich Angst, dass mir nichts wichtig genug ist, um mein Leben damit zu verbringen. Und dann denk ich, dass ich vielleicht einfach tun sollte, was mein Vater von mir will. Ein bisschen Stiftungsarbeit, ein paar Gala-Auftritte, einfach diesen Scheißnamen repräsentieren und dafür entspannt leben – das wäre schon okay, oder?«

Seine Resignation war schlimmer als seine Wut oder unterschwellige Verzweiflung. Entschieden schüttelte ich den Kopf. »Das willst du doch gar nicht. Ich meine, klar wäre es okay. Aber du verdienst mehr als ein Okay in deinem eigenen Leben, Wes. Auch wenn es leichter wäre, sich mit weniger zufriedenzugeben.«

Er lächelte schief. »Lieber echt als leicht, richtig?«

»Richtig.« Ich kippte das Kakaopulver über einer Schüssel ins Sieb. »Du musst ja jetzt noch nichts entscheiden. Nach dem Abschluss bleibt Zeit zum Ausprobieren. Praktika, Ehrenämter, Nebenjobs … Du hast jede Möglichkeit, dich auszuleben, es ist nichts verkehrt daran, sie wahrzunehmen.«

Wes runzelte die Stirn, aber er widersprach nicht – etwas, das ich als positives Zeichen deutete. Es ging mir nur darum, dass er nicht vergessen sollte, dass er bei all den Lebensmöglichkeiten, die er sonst so gern im Blick behielt, keine ausschließen durfte, nur weil er ein Hastings war. Andere Menschen verknüpften mit diesem Namen die Optionen, die er bot. Wes nur die, die er ihm angeblich nahm. Dabei stimmte das nicht. Wes war mehr als seine Familie, mehr als ein Name, mehr als das, was andere in ihm sahen. Er musste sich nur daran erinnern, dass es in erster Linie immer darum ging, wie man sich selbst sah.

»Und du glaubst, diese Möglichkeiten hast du nicht?«, fragte er mich nach einer Weile nachdenklich.

»Nicht so wie du. Aber das ist okay. Ich finde es nicht schlimm, einen grundsätzlichen Plan zu haben, das kann nämlich manchmal ganz praktisch sein.« Vielsagend hob ich einen Muffin vom Blech und winkte ihm damit zu. »Zum Beispiel beim Backen.«

Wes grinste und setzte zu einer Antwort an, als sein Handy erneut aufleuchtete. »Oh«, sagte er nach dem Lesen der Nachricht in einem Tonfall, den ich von ihm noch nie gehört hatte: pure Begeisterung. »Luke schreibt, dass heute Blutmond ist.«

Irritiert runzelte ich die Stirn. Ich hatte den Begriff schon gehört, konnte ihn allerdings nicht einordnen – und ganz sicher nicht mit Wes' Reaktion übereinbringen. »Ist das ein Code?«

»Nein. Nur so ein Ding zwischen uns.« Er lächelte und blickte auf sein Handy. »Er fragt, ob wir ihn uns ansehen. Mit ein paar Leuten. Im Astronomie-Turm.«

»Dem Astronomie-Turm der Uni? Der ist doch am Wochenende geschlossen.« Wes lächelte schief und mein Bauchgefühl verklumpte sich. »Richtig. Das spielt für euch ja keine Rolle.«

»Würdest du mitkommen?«

»Zu einer illegalen Uni-Party? Muss ich das wirklich beantworten?« Ich versuchte, mir nicht anmerken zu lassen, dass ich sofort an eine ähnliche Einladung denken musste, mit der ein Abend angefangen hatte, der Elsie immer noch verfolgte.

Vielleicht ging es Wes genauso. Seine Stimme wurde sanfter, sein Blick auch. »Es wäre keine Party. Und es wäre auch nur halb illegal.«

»Du hast selbst gesagt, deine Mutter hat dir die Schlüsseldaten der anderen Institute nicht freiwillig gegeben. Was wohl bedeutet, dass du sie heimlich rausgesucht hast. Was, wenn euch der Wachdienst erwischt?«

Wes zuckte gelassen mit den Schultern. »Der Turm liegt ja nicht im Stadtkern, da geht nur jemand beim Abschließen eine Runde und das war's. Selbst die Überwachungskamera am Zaun ist eine Attrappe.«

Dieses kleine Wort ließ mich zusammenzucken, ich wandte mich ab. »Klingt, als wärst du öfter da.«

»Oft genug, um dir versprechen zu können, dass uns niemand erwischt.« Er machte einen Schritt auf mich zu. »Bitte, komm mit. Es … wäre mir wichtig.«

Ich wusste, dass es ihn Überwindung kostete, das auszusprechen, dass er es nur tat, weil ich zu ihm gesagt hatte, dass man solche Dinge zeigen musste. Wir lernten seit Wochen voneinander – aber wir waren trotzdem noch *wir*. Und das Wir, das wir neuerdings waren, machte mich glücklich und ängstlich zugleich. Ein Teil von mir war sich sicher, es würde außerhalb unserer Zweisamkeit nicht bestehen. Wenn wir die Blase, in der wir uns befanden, in diese scharfkantige Welt setzten – wie lang würde es dauern, bis sie zerplatzte?

»Deine Freunde werden da sein.«

Wes lehnte sich neben mich mit dem Rücken gegen die Spüle und sah mir dabei zu, wie ich das Sieb sacht über den Förmchen bewegte. »Eben. Ich würde gern mal wieder etwas mit ihnen unternehmen. Mit dir zusammen.«

Ich wusste, worauf Wes damit anspielte. Seit er und ich … was auch immer waren, waren wir weder zusammen in der Mulberry Mansion gewesen, noch hatten wir uns mit seinen Leuten getroffen. Es waren immer nur wir beide gewesen. Ich log meine Mitbewohnenden an, wenn ich sagte, ich würde bei

Elsie schlafen, ich log Elsie an, wenn ich behauptete, ich hätte in der Villa zu viel zu tun, um vorbeizukommen. Ich konnte mich selbst nicht mehr leiden und fragte mich, wie Wes das überhaupt schaffte.

Seit unserem Gespräch in der Abstellkammer Mitte der Woche hatte er dazu nichts mehr gesagt, doch ich wusste, dass es an ihm kratzte. Nicht an so etwas Oberflächlichem wie Stolz oder Ego, sondern an etwas tiefer Liegendem. *Ich kratze ihm eine Herzschicht ab*, dachte ich und hätte gern geweint, weil es mir so leidtat, dass ich immer noch nicht wusste, was ich dagegen tun sollte.

»Sie werden nichts verraten, May. Haben sie bisher doch auch nicht getan«, fügte er hinzu, als ich das Sieb beiseitegestellt hatte und mir die Hände wusch. »Und wenn du nicht willst, dass sie uns auf diese Weise zusammen sehen, dann tun wir einfach so, als wäre alles beim Alten.«

»Hast du es ihnen nicht erzählt?«

Als ich mich zu ihm umdrehte, schüttelte er den Kopf. »Ich dachte nicht, dass dir das recht wäre. Ich meine, sie denken sich eh ihren Teil, aber ich lass sie reden. Das macht mir nichts.«

Er klang gleichgültig, aber ich wusste, dass es eben doch etwas mit ihm machte. Dass er dieses Geheimnis gern in eine offene Tatsache verwandelt hätte – nicht, um sich damit darzustellen, nur weil er sich nicht verstecken wollte. Er machte das allein mir zuliebe.

Ein paar zähe Sekunden rang ich mit mir, dabei wusste ich, dass ich meine Entscheidung längst getroffen hatte. Ich wollte Wes irgendetwas zurückgeben, und wenn das das einzig Mögliche war, dann war ein Abend, an dem ich mein Verantwortungsgefühl unterdrückte, erträglich.

»Okay. Lass uns hingehen.«

Wes lächelte – tausend Watt hell, völlig ungestellt und offen. »Sicher?«

»Sehr sicher, Wes West«, bestätigte ich, gerade noch so, bevor er bei mir war und meinen Mund mit seinem verschloss.

Wir trafen die anderen direkt dort. Der Astronomie-Turm befand sich abseits der Altstadt in einem Waldstück, fünfundzwanzig Meter hoch und schwarz, fast vollständig unsichtbar in der nächtlichen Dunkelheit.

Eine kleine Gruppe stand beim Tor, das den Vorplatz einzäunte. Luke entdeckte uns zuerst und kam auf uns zu.

»Blutmond, Mann.« Er umfasste Wes' Kopf mit beiden Händen und strahlte ihn auf dieselbe kindlich begeisterte Art an, die vorhin in Wes' Stimme gelegen hatte. Beinahe hätte ich gelächelt, einfach weil Luke in diesem Moment viel … netter aussah als sonst. Dann ließ er Wes los, sah zu mir und das Gefühl von Sympathie verebbte schlagartig. Dabei schob er sich sogar ein freundliches Lächeln auf den Mund, das seine Wangengrübchen betonte. Es blieb trotzdem der Mund, mit dem er Elsie geküsst hatte, nur um sie kurz darauf auf schlimmste Weise bloßzustellen.

Bevor einer von uns etwas sagen konnte, schlang sich ein Arm um meine Schultern. Verständnislos hob ich den Kopf und sah in Austins gut gelauntes Gesicht. »Teuerste, es freut mich sehr, dich lebendig wiederzusehen.«

»Bestanden daran Zweifel?«

Er schmunzelte. »Nun, ein Teil von uns hatte Sorge, unser König hätte dich mittlerweile in sein Kellerverlies gesperrt, um dich nicht teilen zu müssen.«

Sanfte Hitze stieg in meine Wangen, aber Wes ließ sich nichts anmerken. Er bedachte seinen Freund nur mit einem genervten Blick. »Eigentlich wollte ich ihr genau so was ersparen.«

Austin trommelte mit seinen Fingern auf meiner Schulter. »Hm. Keen erzählt jedenfalls, du hättest dich auf Camis Party mit ihm duellieren wollen – und zwar wegen dieses entzückenden Mädchens.«

Wes verdrehte die Augen. »Keen ist ein Arschloch.«

»Tja, das sagen sie über uns alle, nicht?« Austin beugte sich verschwörerisch zu mir. »Ich will deine Illusion nicht zerstören, aber unser guter Wes kann zeitweilig ein ziemlicher Schlawiner sein.«

Ich musste lachen. »Glaub mir, ich mache mir keine Illusionen.«

»Natürlich nicht. Dafür bist du zu klug. Ein Grund mehr, warum ich nicht verstehe, wieso du dir das antust.« Er schenkte Wes ein schelmisches Grinsen, der schüttelte nur den Kopf.

»Danke für deinen Einsatz. Und jetzt hör auf, sie zu nerven.«

»Sicher, sicher.« Austin zwinkerte mir zu, dann ließ er mich los. Im Vorbeigehen drückte er Wes einen Kuss auf die Wange, den dieser mit resigniertem Blick hinnahm.

Der Turm bestand im Grunde nur aus einer Wendeltreppe, die in einen runden Raum mündete. Das Dach war mit Glaskacheln versehen, die sich einziehen ließen, sodass da nur noch Himmel war. Himmel und Sterne und dieser Mond, den ich jeden Abend sah und trotzdem noch nie *so* gesehen hatte. Noch nie so voll, noch nie so rot, noch nie so nah.

Das Gebäude war moderner, als ich gedacht hatte, aber das riesige Teleskop in der Raummitte verlieh ihm etwas Urtümliches. Wes und Luke stellten es ein, als hätten sie das bereits hundertmal getan, und stritten dennoch über den Winkel, auf eine Weise, die nach unterdrücktem Lachen klang.

Später stand Wes neben mir, während ich durch das Teleskop sah. Er erklärte mir ein paar Sachen, auf die ich mich kaum konzentrieren konnte, weil sein Atem immer wieder meine Schläfe streifte und seine Haut dicht an meiner lag. Der Moment brannte, der Mond auch. Er war wirklich riesengroß, ein komplett einnehmendes Leuchten und so seltsam rot, dass ich mehrmals blinzeln musste. Es hätte wie ein Einschussloch im Himmel wirken können, ich dachte eher an ein Herz. Vielleicht, weil meines heftig pochte, als Wes und ich uns kurz darauf auf den Boden unter der freien Kuppel setzten und er mich auf diese Art anlächelte, die sagte: *Dieses Anders ist auch schön, oder?*

Wir aßen die Muffins, die wir gebacken hatten und die besser schmeckten, als wir befürchtet hatten. Dazu tranken wir ein Limonaden-Alkohol-Gemisch aus Kristallgläsern, die Austin mitgebracht hatte. Es war etwas übertrieben, aber trotzdem irgendwie gut, weil dieser Moment auch so war. Zu besonders, zu schön.

Das hier war ein bisschen wie das Jubiläums-Abendessen in der Villa vor ein paar Wochen. Nur anders, nur in einem Astronomie-Turm, der aus dunklem Stein, goldenen Messgeräten und einem roten Mond-Dach bestand. Nur mit Wes' Freunden, die ich heute Abend erstmals völlig vorurteilslos betrachtete. Und ich mochte sie. Die Erkenntnis war einfach da, und sie machte mir keine Angst.

»Wie funktioniert das mit dem Mond genau?«, fragte ich Wes, als wir später nebeneinanderlagen.

»Die Erde steht heute genau zwischen Sonne und Mond. Durch den Kernschatten der Erde kommen nur noch die langen Sonnenstrahlen bei ihm an, und die sind rot. Also im Prinzip fehlt ihm einfach das blaue Licht der kurzen Strahlen.«

»Ziemlich schön. Ist es deswegen so ein Ding für euch oder gibt's dafür noch einen anderen Grund?«

Wes seufzte, als hätte er befürchtet, ich würde danach fragen. »Als ich Luke das erste Mal von meiner Familie erzählt hab, da hatten wir dieses ganze Astronomie-Zeug gerade im Physik-Unterricht durchgenommen. Also hab ich den Blutmond als Metapher benutzt. Du weißt schon. Ich stehe im Schatten meiner Familie, und deswegen kann ich irgendwie nur das … Rohste, Wütendste, Hässlichste an mir zeigen.« Er verzog den Mund, halb belustigt, halb beschämt. »Ich war ein bisschen betrunken. Aber es stimmte trotzdem. Ich hab irgendwie ständig rotgesehen, mich rot gefühlt, wenn ich mit ihnen zusammen war.« Er stockte, sein kleiner Finger rührte sich neben meinem, Haut plus Haut gleich Gänsehaut. »Ist manchmal immer noch so, aber ich hab das Gefühl, es wird besser.«

»Also hast du dein blaues Licht wiedergefunden?«

Wes lächelte und drehte den Kopf, machte eine impulshafte Bewegung auf mich zu. Nur ein paar Millimeter, dann hielt er inne und zog sich wieder zurück.

Fast-Kuss, Fast-Berührung, Fast-richtig.

Ich betrachtete unsere Finger, die dicht nebeneinanderlagen. »Du hast gesagt, du liebst Monde. Hat das was hiermit zu tun?«

»Nicht nur. Ich meine, der Mond an sich ist schon extrem faszinierend. Ich mag es, dass er selten alles von sich zeigt, aber trotzdem immer ganz ist. Als müsste er das niemandem beweisen, weißt du?« Er lächelte sanft, fast traurig. »Aber … was ich am schönsten finde, ist, dass es eigentlich total viele Monde gibt.«

»Wirklich?«

Wes deutete nach oben. »Der Mond, von dem wir immer reden, ist der der Erde. Die anderen Planeten haben eigene Monde, teilweise echt viele. Als ich das erste Mal davon gehört hab, hat es irgendwie klick gemacht. Du musst nicht um das kreisen, was alle wollen, egal, was sie dir erzählen. Du musst nicht tun, was alle anderen tun. Wenn du weißt, was du willst, kannst du eigentlich alles tun. Und wenn dein Planet am Ende kleiner ist als der von anderen, dann ist das okay. Solang es deiner ist.« Wes brach ab und rieb sich mit dem Handballen über die Stirn. Da war ein bisschen Röte auf seinen Wangen, die nicht vom Mond kam. »*Jävlar*, ich bringe Austin um. Dieses Zeug ist viel zu stark. Ich höre mich bescheuert an, vergiss …«

Weiter kam er nicht. Ich richtete mich auf, beugte mich über ihn und küsste ihn. Aus dem einfachen Grund, dass ich es schlagartig deutlich spürte: Ich wollte nicht vergessen, sondern mich erinnern. Hieran, für immer.

Das war einer dieser Augenblicke, die es nur selten gab, blutmondselten. Einer, von dem man die Schichten aus widersprüchlichen Gefühlen oder sorgenummantelten Gedanken einfach abziehen konnte und plötzlich bis an den Kern von allem stieß. »*Es hat irgendwie klick gemacht*«, hatte Wes gesagt, und jetzt machte es klick in mir.

*Kuss,*
*klick,*
*Kuss,*
*klick,*
*Kuss.*

Ich hatte dem Mond unrecht getan: Er war genauso schön wie die Sonne. Und eine Mondfinsternis war nichts Schlimmes, sondern letztlich das Besondere an ihm. Weil er in diesem kurzen Zeitraum ganz bei sich war, nur das zeigte, was ihn selbst ausmachte. Ich dachte an Monde und ich dachte an Wes und ich wollte mich nicht mehr verstecken – keinen noch so winzigen Teil von mir. Ich wollte ein ganzes Ich sein, eines, an dem nicht alles hell, das dafür aber rundum echt war. Also küsste ich ihn. Vor seinen Freunden, unter einem Mond, der randvoll, riesengroß und rot war, und ich fühlte mich blau, so blau.

Wes zögerte keine Sekunde. Er umfasste meinen Rücken und zog mich an sich, sodass ich halb auf ihm landete. Mein

Knie zwischen seinen Beinen, sein Mund unter meinem, seine Hände in meinem Haar. Der Kuss war ein bisschen heftig, ein bisschen viel auf einmal, aber Wes war kein Halbe-Sachen-Mensch. Wes war ein Vollmond, immer gewesen, egal, wie sichelhaft er manchmal auftrat.

Wäre ich weniger momentbetrunken gewesen, wäre mir das wahrscheinlich peinlich gewesen, doch jetzt vergaß ich die Anwesenheit der anderen fast. Wes' Freunde interessierten sich sowieso nicht wirklich für uns. Jemand pfiff durch die Zähne, andere lachten, dann war es wieder vorbei.

Es war ihnen nicht wichtig, nur uns. Als hätten wir unseren ganz eigenen Planeten gefunden. Kleiner als andere, unbedeutend für das große Ganze. Und Wes hatte recht: Das war absolut okay.

Es war nach zwei, als wir den Turm verließen. »Schläfst du bei mir?«, fragte Wes mich, als wir mit Luke unten angekommen waren und auf die anderen warteten. Bevor ich antworten konnte, küsste er mich wieder. Wir wussten beide, dass diese Art von Kuss ein Nein sowieso unmöglich machte.

Der Mond war längst wieder aus dem Schatten der Erde getreten und weißgelb, aber mein Herz war mondrot, mondgroß, mondvoll, als er seine Hand mit meiner verschränkte und wir losliefen. Genau so lang, bis ich den Schemen im Torbogen bemerkte.

Silbriges Kleid mit Tüllrock, eine Wolke blondes Feenhaar im Nachtwind, stechend klarer Blick.

Ich blieb stehen.

Der Moment drehte sich leise, null Dezibel, genau auf der Hörschwelle, mein Puls dafür lauter. Lauter, lauter, lauter, bis er alles einnahm. Meine Hand rutschte aus Wes', mein Blutmondherz in meinen Bauch. Es hinterließ ein paar lose Fäden in meinem Brustkorb, ich spürte, wie sie sich um meine Lunge schnürten. Atmen tat weh. Alles tat weh. Und das, noch bevor Elsie sich vom Bogen abstieß und auf uns zukam.

Im Licht der Torbeleuchtung erkannte ich, dass sie ausgehfertig geschminkt war, aber auch, dass ihre Augen nicht wegen des Lidschattens funkelten. Sondern wegen des Ausdrucks darin. »Ich kann das echt nicht fassen.«

Ihre Stimme ließ mich zusammenzucken, und damit drehte sich die Welt wieder lauter. Das Knirschen der Erde unter ihren Schuhen, mein hektischer Atem, das Pochen in meinen Ohren. Wes und Luke waren ebenfalls stehen geblieben, irgendwo zwischen Elsie und mir. Luke sah Elsie an, Wes mich. Die anderen waren mittlerweile an der Tür des Turms angekommen, ich hörte das verebbende Lachen in meinem Rücken.

»Wie … was machst du hier?« Die Worte klangen flattrig und hoch, ich erkannte mich selbst kaum. Wahrscheinlich, weil das hier eine Situation war, die ich nicht mit mir in Verbindung bringen konnte. Vor mir stand meine beste Freundin und sah mich an, als hätte ich sie verraten. Und … sie hatte recht.

Ich hatte mich wochenlang gefragt, wie ich ihr davon erzählen konnte, ohne sie zu verletzen, und in diesem Moment erkannte ich, was ich unterbewusst längst geahnt hatte: Es gab keinen Weg. Ich hatte Elsie hintergangen und so etwas konnte man nicht schönreden, nicht einmal schönfühlen, auch wenn ich für kurze Zeit geglaubt hatte, das wäre möglich. Das wäre mit Wes möglich, das mit Wes wäre möglich.

Und trotzdem dachte ich: *Nicht so, nicht so, nicht so.* Denn bei allen Arten, auf die das hier hätte passieren können, war das die schlimmste. Ich hatte mich nicht gestellt, ich war ertappt worden.

Elsie stieß ein Lachen aus und kam weiter auf mich zu, ohne die anderen anzusehen. »Ernsthaft? Sollte ich *dich* das nicht eher fragen?« Sie hob das Handy in ihrer Hand. »Du hättest deinen neuen Freunden sagen sollen, dass sie dich nicht in ihren Insta-Storys posten dürfen, wenn du nicht wolltest, dass man dich mit ihnen sieht.«

Ich machte einen Schritt auf sie zu, halb taumelnd. Meine Stimme wankte hinterher. »Sie sind nicht … das ist nicht, was du denkst.«

»Ach, nein? Dann hab ich nicht gerade gesehen, wie du ihm deine Zunge in den Hals gesteckt hast?«

Wes spannte sich sichtlich an, doch er schwieg. Sein Blick wanderte über mein Gesicht, als wollte er mir etwas mitteilen. Ich ertrug es nicht, ihn anzusehen.

»Da ist nichts«, brachte ich hervor, weil ich doch irgendetwas sagen musste. *Irgendetwas.* »Es ist nur … für die Uni. Und für die Villa.«

Elsie blieb zwei Meter vor mir stehen. »Du schläfst also für die Uni und die Villa mit Wesley Hastings?«

»Nein. Nein, ich … wirklich, da ist nichts, nicht so, nicht …« Die Worte purzelten aus meinem Mund, ich hasste mich für sie, bevor ich sie selbst verstand.

»Lass es«, sagte Elsie barsch und wich einen Schritt von mir zurück. »Mach dich nicht lächerlich, das ist für uns alle nur peinlich.«

Tränen verschleierten meine Sicht. »El, bitte.« *Bitte was?*, dachte ich selbst. *Bitte lass es mich erklären, bitte hör mir zu, bitte verzeih mir, bitte sieh mich nicht so an, bitte dreh die Zeit zurück, damit ich das hier anders machen kann, damit ich besser sein kann. Bitte, bitte, bitte.*

»Dir sind doch Loyalität und Ehrlichkeit immer so scheißwichtig, oder nicht? Dann hoffe ich, du bist jetzt stolz auf dich.« Elsies Stimme brach, sie wich weiter nach hinten. »Das ist alles so verdammt heuchlerisch, May.«

»Es tut mir leid, ich …« Der Satz zerfiel, weil er bedeutungslos war. Ich weinte jetzt richtig, tonlos, aber mit nassen Wangen und Schulterbeben. Zu viel, aber nicht genug. Natürlich war es nicht genug.

»Vergiss es. Lass mich einfach in Ruhe.« Ihr Blick schoss zu Luke, zu Wes, wieder zu mir, ihr Lächeln verbittert und unsagbar verletzt. »Schönen Abend noch. Aber lasst eure Klamotten lieber an, bis ihr wieder zu Hause seid. Man weiß nie, wo sich hier eine Kamera versteckt. Und mit der falschen Gesellschaft kann das schnell ganz schön ätzend werden, glaubt mir.«

Niemand sagte etwas, als sie ging.

Ich wollte ihr nachlaufen, aber meine Füße waren mit dem Erdboden verwurzelt. Meine Gedanken auch, sie waren schmutzig und dunkel und knorrig. Ich kam nicht durch dieses Dickicht, ich konnte einfach nicht sehen, was ich tun sollte. Was ich tun konnte, um das hier weniger schrecklich werden zu lassen. Ich wollte in die Hocke sinken, ich wollte wegrennen, ich wollte schreien und weinen und *irgendetwas* tun, aber ich stand nur da und atmete schwer und sah Elsies Silhouette nach, die sich als silbriger Schimmer auf der Straße in Richtung Stadtkern verlor.

*Verloren, verloren, verloren.*

Wes war der Erste, der seine Stimme wiederfand. Er stand immer noch ein paar Schritte von mir entfernt und sah mich an. Ich brauchte einen Moment, um seinen Gesichtsausdruck zu deuten. Da war eine feine Schicht glänzendes Mitgefühl, aber sie wurde von etwas Dunklerem überdeckt. Wut.

»Kein Zweifeln, kein Bereuen, kein Vergessen, richtig? Scheint so, als wäre das eine Lüge gewesen.«

»Wes.« Ich sprach kein Ausrufezeichen, kein Punktpunktpunkt, weil da nicht noch mehr war. Ich war leer, gleichzeitig voll, alles bebte und tat weh. Nicht nur mein Bauch, nicht nur mein Kopf. *Ich* tat weh. Ihm, mir, Elsie und allen, allen, allen. Ich machte alles falsch, obwohl oder *weil* ich es so sehr richtig machen wollte.

»Schon gut. Du hast deinen Punkt klar ausgedrückt.« Er lächelte bitter und schob die Hände in die Hosentaschen. Ich sah trotzdem, dass sie ein bisschen zitterten, seine Stimme auch. Wir waren nicht allein, doch Wes schlüpfte in keine seiner Hüllen. Sein Gesicht blieb offen, roh, nackt. »Ich will das hier, May. Ich will dich. Ich will uns. Aber ich werde mir von dir nicht länger das Gefühl geben lassen, dass ich nicht genug bin. Nicht auch noch von dir.«

Ich ließ ihn gehen, so wie ich Elsie gehen gelassen hatte. Sie hatten beide recht, und es gab nichts, was ich tun konnte. Ein paar Sekunden lang stand ich noch da, dann hörte ich die anderen in meinem Rücken miteinander reden. Bevor mich jemand ansprechen konnte, drehte ich mich zur Seite und ging los. Nicht in die Richtung, in die Wes und Elsie verschwunden waren, sondern zu dem schmalen Waldweg, der nach ein paar Metern zwischen den Tannen verlief. Ich war schon waldeinsam, bevor ich ihn erreichte.

Später wusste ich nicht mehr, wie lang ich auf dem umgefallenen Baumstamm gesessen hatte, als die Schritte auf dem Weg aufkamen. Lang genug, damit das nachtfeuchte Moos den Stoff meines Kleides durchweichen konnte. Mein ganzer Kopf dröhnte vom Weinen, meine Nasenlöcher waren zu, meine Augen verquollen, meine Gedanken auch. So stark, dass sie gegen die Innenwände meiner Schläfen drückten.

Ich hörte schon aus einiger Entfernung, wer es war. Seine Schritte waren schwer und unbedacht, immer wieder brachen Zweige unter seinen Füßen, und im Gebüsch raschelte es, weil Kleintiere flohen. Luke war zu laut für den Wald, er passte nicht hierher. Trotzdem schob er im nächsten Moment die Zweige einer Tanne auseinander, schwenkte seine Handytaschenlampe herum und entdeckte mich.

Er stieß ein erleichtertes Stöhnen aus. »Klasse, noch tiefer drin konntest du dich nicht verstecken, was?«

»Geh weg.« Ich schniefte und drehte mich zur Seite.

Mit einem Ächzen ließ er sich neben mich auf den Stamm fallen. »Bedaure, aber das ist keine Option. Wes würde mich umbringen, wenn ich dich hier sitzen lasse. Und ich selbst finde mich dann auch nicht mehr ganz so charmant.«

»Du bist kein Stück charmant, Fox.«

»Du dafür umso mehr, Little. Vor allem mit dem ganzen Schnodder im Gesicht.« Er reichte mir eine Packung Taschentücher aus seiner Jackentasche. »Also«, fuhr er fort, nachdem ich mir die Nase geputzt hatte und wieder halbwegs Luft bekam, »entweder du kommst jetzt mit und lässt dich von meinem Fahrer heimbringen, oder wir bleiben zusammen hier sitzen. Die ganze Nacht. Ich kenne die Songtexte sämtlicher ABBA-Lieder auswendig und ich werde nicht zögern, sie dir vorzusingen. Damit hab ich Wes im Internat aufgemuntert, wenn er Heimweh hatte und zu stolz war, es zuzugeben.«

Ich wusste, er wollte mich ablenken. Es funktionierte leider. »Hat das geholfen?«

Luke zuckte mit den Schultern und drehte an dem schmalen Silberring in seinem Ohrläppchen. Das Handylicht war noch an und warf einen weißen Kreis vor uns auf den Waldboden. »Er war danach immer eher genervt als traurig, also hab ich das als Erfolg verbucht. Du kannst ihn ja mal fragen, wie sehr ihm meine Interpretation von *Super Trouper* fehlt.«

»Er wird doch eh nicht mehr mit mir reden.« Ich schob die Hände unter meine Oberschenkel, weil sie so zitterten.

Luke seufzte. »Natürlich wird er das. Er sieht dich an, als wärst du ein gelber Hyperriese.«

»Wie … was?«

»Hyperriesen sind Sterne mit extrem großer Leuchtkraft und Masse, die gelben sind die seltensten. Teilweise sind die eine Million Mal heller als die Sonne. Noch nie gehört?« Ich war immer noch verwirrt, Luke winkte ab. »Er steht jedenfalls auf dich. Und wenn Wes jemanden mag, dann richtig. Er ist ein Ganz-oder-gar-nicht-Mensch. Deswegen würde er alles für seine Freunde tun, egal, wie sehr wir ihm manchmal auf die Nerven gehen. Und deswegen würde er dir alles verzeihen, egal, wie sehr du ihn gekränkt hast. Du musst nur endlich deinen Scheiß klären.«

»Und das kommt ausgerechnet von dir?« Ein Teil von mir wollte hinterherschieben: *Immerhin ist das alles deine Schuld.* Es wäre schön, wenn es so leicht gewesen wäre.

Seine Mundwinkel sackten hinab, doch er wich meinem Blick nicht aus. »Ich hab nicht gesagt, dass ich gut darin bin. Denk über mich, was du willst, wahrscheinlich ist es sogar gerechtfertigt. Aber Wes ist mein bester Freund, meine beste Familie. Und in so einer passt man aufeinander auf, deswegen sage ich dir jetzt ganz direkt: Er verdient mehr als *das*.«

Der Kloß in meinem Hals wurde so groß, dass ich mehrmals schlucken musste. »Ja, stimmt.«

»Gut.« Er nickte zufrieden, als wäre die Sache damit geklärt. »Also, wie sieht es aus: *Dancing Queen? Take A Chance On Me?*«

»*Mamma Mia*«, murmelte ich genervt.

Luke lachte, so herzlich und laut, dass meine Lippen sich reflexartig zu einem zarten Lächeln anhoben. Hastig glättete ich sie und funkelte ihn an. »Nur um das klarzustellen: Wir sind keine Freunde.«

Er verdrehte die Augen, erhob sich und hielt mir eine Hand hin. »Wie wäre es dann mit einer Wir-gehen-nicht-nachts-im-Wald-drauf-Allianz?«

Ich nahm seine Hand nicht, aber ich stand auf und folgte ihm. Schwarzblaue Bäume um uns herum, weißgelbes Licht über uns. Ich fühlte trotzdem irgendwas, das sich so dachte wie: *Der Mond und ich bluten zusammen aus.*

# 23. Kapitel

## MAY

Das Wohnheim, in dem Elsie lebte, befand sich am Rand von Windsburys Stadtkern. Hinter dem dreistöckigen Backsteinhaus ragte in der Ferne der Astronomie-Turm vor dem dichten Tannenwald auf. Je näher ich beiden Gebäuden kam, desto unruhiger wurde ich und umfasste die Tüte mit Scones vor meiner Brust fester. Sie waren noch warm und die Schokoladenstückchen hinterließen dunkle Abdrücke auf dem Papier. Ich fragte mich selbst, was ich hiermit bezwecken wollte. Als könnte Elsies Lieblingsgebäck etwas daran ändern, was ich getan hatte.

Ich hatte kaum geschlafen, nachdem Lukes Fahrer mich vor der Mulberry Mansion abgesetzt hatte. Beim Zähneputzen hatte ich wieder angefangen zu weinen und danach eine kleine Ewigkeit schluchzend in der leeren Badewanne gesessen und die Hände auf den Mund gepresst, um die anderen nicht zu wecken. Dabei hätte ich lieber ein Badewannengespräch mit Avery geführt, als darin allein in meinen Gedanken zu versinken wie in eiskaltem Wasser. Ich wusste nur immer noch nicht, wie ich mit jemandem über all das sprechen sollte. Aber ich wusste, wer die erste Person sein musste, für die ich es herausfand.

Im Wohnheim roch es nach frischem Kaffee, Scheuermittel und feuchter Wäsche. Die Glastür zu Elsies Etage schloss nicht mehr richtig, auf ihrem Flur vermengte sich Wasserrauschen aus dem Gemeinschaftsbad mit Geschirrgeklapper aus der Küche und unterdrückten Geräuschen aus den Zimmern.

Ich hatte mich in Wohnheimen nie wohlgefühlt, wahrscheinlich, weil sie mich an zu Hause erinnerten. Das war kein Zusammenleben, es war ein Nebeneinanderher-Leben. Elsie mochte genau das: das Gefühl, dass immer jemand da war, ohne dass sie verpflichtet war, Zeit mit den anderen zu verbringen.

Ihre Zimmertür lag am Ende des Flurs, direkt vor dem großen Fenster, hinter dem eine Kastanie zu blühen begann. Ich atmete tief durch, dann klopfte ich.

Es war noch früh und Elsie nahm sich prinzipiell am Wochenende nichts vor mittags vor, um ausschlafen zu können. Ich ahnte trotzdem, dass sie schon wach war, Wut ließ einen vermutlich ebenso wenig schlafen wie Schuld. Ich ahnte auch, dass sie wusste, wer vor der Tür stand. Dennoch kamen ein paar Sekunden später Schritte auf und sie öffnete.

Elsie trug noch ihren Schlafanzug, aber ihr Blick war wach und ernst. Wortlos schob sie die Tür auf und ging wieder ins Zimmer. Ich folgte ihr stumm und ließ mich gegenüber von ihr auf das Viereck Laminatboden sinken, das in dem winzigen Zimmer nicht vom Bett, Schreibtisch, Schrank oder von einer ihrer Pflanzen besetzt war. Elsie gab ihnen Namen und spielte ihnen Chopin vor, sie feierte sogar Geburtstage, indem sie ihnen Extra-Dünger gab, wenn eine ein neues Blatt bildete. Wenn eine Pflanze gelbe Stellen oder Schädlinge zeigte, kam sie mit einem Haufen Fotos in die Villa und ließ sich von Maxton beraten, mit diesem tiefen Ernst in den Augen, den sie sonst selten hatte, weil sie ein so lebensfroher Mensch war. Es war ein ganz anderer Ernst als der, den ich jetzt in ihren Iriden erkennen konnte.

Vorsichtig hielt ich ihr die Tüte hin. »Hier, ich hab Scones mitgebracht. Deine Lieblingssorte.«

Sie verzog keine Miene. »Ich hab gerade echt keinen Appetit, May.«

»Kann ich verstehen.« Ich schloss die Augen und sammelte alles an Mut zusammen, was ich hatte. Dann erwiderte ich ihren stechenden Blick. »Ich will mich entschuldigen. Ich will mich so sehr entschuldigen, aber ich weiß nicht, wie. Ich weiß nicht, ob es Worte gibt, die dieses Gefühl in mir ausdrücken können. Ich hasse mich. Ich war eine Heuchlerin, eine Lügnerin, eine Egoistin, eine …«

»Stopp«, unterbrach sie mich hart. »Ich will nicht, dass du so was über dich sagst.«

»Aber es ist wahr.«

Elsie schüttelte den Kopf, ein stummes *Ist es nicht*, für das ihr die Kraft fehlte. Was ich verstand. Allein, dass sie es aushielt, vor mir zu sitzen, war mehr, als ich erwartet hatte. »Erzähl mir einfach, wie das zustande kam«, forderte sie mich auf. »Von Anfang an.«

Also erzählte ich es ihr. Ich sprach von der Villa, von der Idee der anderen, Wes um Hilfe zu bitten, von seiner Bedingung, dass ich ihm bei einem Nein für sein Uni-Projekt half. Von der Distanz, dem Misstrauen, dem Versprechen, der Ehrlichkeit, der Nähe. Von dem Verstehen. Davon, dass dieses Nein, mit dem ich mir so sicher gewesen war, zu einem porösen Vielleicht geworden war, je mehr Zeit ich mit ihm verbracht hatte. Von dem ersten Kuss, dem zweiten Kuss, allen Küssen. Von der Schuld, dem Ich-weiß-nicht-weiter, dem Es-tut-mirleid in Endlosschleife.

Elsie ließ mich ausreden. Sie hakte nicht einmal ein, wenn ich mir wünschte, dass sie es täte. Es war eine Sache, all das getan und erlebt zu haben, eine andere, es zusammenzufassen. Es gab Dinge, die man nicht mehr leugnen konnte, wenn man sie erst auf der Zunge gekostet hatte.

Ich wusste, was Elsie sagen würde. Ich wusste es, weil ich es mit dem Abbrechen meiner Stimme selbst begriffen hatte. Mit einer Intensität, die so stark war, dass ich mich fragte, wie ich es bisher geschafft hatte, nicht permanent über diesen Gefühlsgedanken zu stolpern.

Elsie sah mich schweigend an, zehn, zwanzig Sekunden lang. Und dann meinte sie: »Du bist verliebt in ihn.«

»Es tut mir so leid, El«, flüsterte ich. »Ich kann verstehen, wenn du mir nicht vergeben kannst, dass ich ausgerechnet mit ihm etwas angefangen hab.«

Sie holte tief Luft. »Was denkst du, wieso ich wütend bin?«

»Na, weil … ich dir immer wieder gesagt habe, dass diese Leute nicht gut sind. Nach dem, was seine Freunde dir angetan haben, müsste ich sie hassen, sie alle.« Ich schluckte schwer. »Wir haben vereinbart, dass wir uns von ihnen fernhalten, und ich habe mein Versprechen gebrochen.«

Als ich es wagte, den Blick zu heben, war ihr Gesicht weicher geworden. »Ich bin nicht sauer, weil du was mit Wesley Hastings hast. Ich meine, das, was Luke getan hat, kann ich nicht vergessen oder verzeihen. Aber wenn Wesley sagt, dass er damit nichts zu tun hatte, und du ihm das glaubst, dann kann ich das auch.« Die Worte kamen widerwillig über ihre Lippen, doch ich merkte ihr an, dass sie sie so meinen wollte. »Nur … du hast mich angelogen. Monatelang. Und das ist nicht okay. Du bist einer meiner Lieblingsmenschen. Ich erwarte nicht von dir, dass du perfekt bist oder immer alles richtig machst. Ich will einfach für dich da sein, bei den Dingen, die wehtun, und bei denen, die guttun. Ich will, dass du mir erzählst, was bei dir los ist. Vor allem, wenn es so etwas Wichtiges ist. Und wenn du dich verliebst, dann will ich, dass du mich anrufst, hörst du? Und zwar sofort.«

Ich lächelte vorsichtig. »Genau in dem Moment?«

Elsie nickte todernst. »Natürlich. Du bemerkst es, stößt den glücklichen Trottel weg und rufst mich an.«

»Ich wusste nicht … ich dachte, wenn ich dir das erzähle, irgendwas davon, dann wärst du verletzt und sauer und ich …«

»May«, fiel sie mir leise ins Wort. »Ich kann wütend auf dich sein und dich trotzdem lieben. Du bist meine beste Freundin, auch wenn du ausnahmsweise mal diejenige bist, die Mist baut. Das ändert rein gar nichts. Okay?«

Ich wusste wirklich nicht, wie das hier real sein konnte. Ich hatte mit allem gerechnet: damit, dass sie mich anschreien und rauswerfen, dass sie kein Wort sagen und mich ignorieren würde. Mit allem, aber nicht damit, dass sie mir verzieh. Einfach so. Ich musste die Tränen wegblinzeln, meine Stimme war hauchdünn. »Okay?«

Elsie zog die hellen Augenbrauen zusammen. »Mit Ausrufezeichen, bitte.«

Ich lachte, schniefte, atmete zittrig aus. »Okay!«

Mit einem zufriedenen Nicken lehnte sie sich an ihr Bettgestell und umklammerte ihre Knie. »Gut. Und wie geht es jetzt weiter? Seid ihr … zusammen?«

Mein Lächeln verebbte. Bilder von gestern Abend breiteten sich in meinem Kopf aus. Sie waren alle rot. Rot vom Mond, rot vom Verliebtsein und es Begreifen, ohne es zu begreifen, rot von Wes' Wut. Ich hatte nicht versucht, ihm zu schreiben. Zum einen, weil ich vorher mit Elsie reden wollte, zum anderen, weil ich schon wieder nicht wusste, wie ich eine Entschuldigung für etwas finden sollte, das eigentlich nicht entschuldbar war.

»Ich … ich glaube, momentan sind wir gar nichts. Er war so wütend gestern Nacht.«

»Kann ich verstehen, immerhin hast du ihn quasi verleugnet.«

»Ja, ich weiß. Ich hab es vermasselt.«

Elsie zuckte mit den Schultern. »Dann biegst du es jetzt wieder gerade. Du musst ihm einfach sagen, was du willst.«

»Und was will ich?«

Sie lächelte spöttisch. »Komm schon. Das weißt du.«

Ja, natürlich. Das Problem war, dass ich nicht wusste, was dieses Wollen nach sich ziehen würde. Wenn Wes und ich uns offiziell trafen, würde ich in einen Fokus rücken, in dem ich mich unmöglich wohlfühlen konnte. Mit ihm zusammen zu sein war schön, mit ihm zusammen zu sein unter den Blicken anderer Menschen war … angsteinflößend. Ich war kein Mittelpunkt-Mensch, und Wes war ein wandelnder Mittelpunkt. Ich dachte an ihn als einen Mond, aber für die anderen an der Uni war er ein kleiner Planet.

»Das ist verrückt«, brachte ich hervor. »Ich meine, das ist Wesley Hastings. Du hast es selbst gesagt: Er ist quasi eine Legende an der WU. Er ist steinreich und bekannt, und ich weiß irgendwie nicht, wie ich daneben …«

Elsie schnalzte mit der Zunge. »Hey, jetzt fangen wir nicht mit Minderwertigkeitskomplexen an, klar? Schon gar nicht wegen eines Kerls, der sich glücklich schätzen kann, dass du auch nur einen Bruchteil deiner Zeit mit ihm verbringen willst.« Sie schob die Beine in einen Schneidersitz und nahm meine Hände in ihre. »Hör mir gut zu, May Little. Du bist der beste und rundum schönste Mensch auf diesem Planeten. Wenn du mit Wes zusammen sein willst, dann teilst du ihm das mit. Ganz simpel. Er wäre ein gigantischer Trottel, wenn er dazu nicht Ja sagt.«

Ich hätte schon wieder fast geweint. Einfach weil sie mich mit dieser unerschütterlichen Liebe im Blick ansah, nach allem, was ich getan hatte. »Du bist so groß, El.«

»Und du bist die Größte.« Sie neigte sich vor und umarmte mich. Entschieden, fast grob. Genau richtig, weil das hier ein Daran-Erinnern war, warum ich mich für immer an ihr festhalten wollte. »Von jetzt an nur noch Ehrlichkeit, ja?«

Ich nickte, atmete Tränen weg, lächelte und drückte Elsie dabei fest an mich. »Hab dich so lieb.«

»Ich dich auch.« Sie küsste mich auf den Kopf, ihre Stimme wurde leiser. »Ich will, dass du glücklich bist. Verbrenn dir nur nicht die Finger, okay?«

Ich hätte ihr sagen können, dass ich mich längst verbrannt hatte und dass mir das nichts ausmachte, stattdessen meinte ich nur: »Wes ist nicht so.«

Elsie löste sich von mir und strich mir die Haare hinter die Ohren. Ihre Augen sagten: *Das denken wir alle am Anfang.* Aber sie lächelte und antwortete: »Ich freu mich für dich, ehrlich. Und jetzt essen wir endlich diese viel zu gut riechenden Scones und reden darüber, wie du einem Hastings anständig den Hof machst.«

# 24. Kapitel

## WESLEY

Ich hasste es hier. Ich hasste den hämmernden Beat, der die Backsteinwände beben ließ, ich hasste den Geruch nach Zigarettenrauch, Alkohol und verbrauchter Luft. Ich hasste die Menschen, die losgelöst tanzten oder mitten im Weg rummachten, ich hasste ihre grinsenden, leeren Gesichter. Ich hasste es, wenn mir betrunkene Leute, die ich noch nie gesehen hatte, auf die Schulter tippten und sagten: »Dich kenn ich«, und ich immer nur dachte: *Tust du nicht.* Ich hasste es, dass ich auch dachte: *Vielleicht tut das nur* ein *Mensch.* Und: *Vielleicht bin dieser Mensch nicht ich.* Ich hasste alles.

Das *Cinematic* war völlig überfüllt, wie jeden Samstagabend. Ich war seit Wochen nicht mehr hier gewesen, aber als die anderen vorhin gefragt hatten, ob ich mitkommen wollte, hatte ich es für eine gute Idee gehalten. Nicht weil mir nach Feiern zumute war, sondern weil ich es nicht mehr aushielt, in meiner Wohnung zu sitzen und mein Handy anzustarren – gleichermaßen darauf hoffend, dass May schrieb oder dass ich es über mich brachte, mich bei ihr zu melden.

Denn so gern ich es auch geleugnet hätte: Das, was ich am meisten an diesem Abend hasste, war, dass May nicht da war. Hier oder irgendwo anders, halt einfach bei mir. Und ich hasste es, dass ich das hasste, weil ich am liebsten wütend auf sie gewesen wäre. Lieber wütend als traurig. Lieber wütend als verletzt. Lieber wütend als bereuend. Wahrscheinlich hätte ich sogar ein Recht darauf gehabt, nach dem, was sie gestern vor Elsie über mich gesagt hatte. Doch egal, wie sehr ich es versuchte, ich schaffte es nicht, wütend auf May zu sein.

Vielleicht hatte ich zu viel Zeit mit ihr verbracht und sie färbte ab, aber … ich verstand sie. Ich verstand, warum sie so reagiert hatte, wie sie es getan hatte. May hatte es sich angewöhnt, unfassbar umsichtig zu sein, damit sie niemanden verletzte. Das mit mir, mit uns, das war etwas gewesen, was sie nicht für andere, sondern für sich selbst getan hatte. Jetzt zu erleben, was das für Konsequenzen haben konnte, hatte sie vermutlich völlig überfordert.

Wäre ich ein besserer Mensch, hätte ich das in dieser Situation schon erkennen können. Ich hätte meine Gekränktheit heruntergeschluckt und sie in den Arm genommen. Ich hätte ihr gesagt, dass es manchmal unvermeidlich war, andere Menschen zu verletzen, wenn man etwas für sich selbst tat – und dass das auch okay war. Ich hätte ihr gesagt, dass das alles wieder werden würde, dass wir das hinbekommen würden, bla, bla, bla. Den ganzen Floskelkram, der im Grunde nicht half, den man aber aussprach, um einander zu zeigen, dass man da war. Handhalten in Wortform. Wäre ich besser gewesen, hätte ich einfach ihre Hand gehalten.

Stattdessen hatte ich nur darauf achten können, wie etwas in mir angebrochen war. Ein feiner Riss, der es unmöglich gemacht hatte, mich so zu verhalten, wie ich es eigentlich gewollt hatte. Angeknackster Stolz, angeknackstes Herz, was auch immer.

Ich atmete erleichtert durch, als ich den letzten Raum im Kellergewölbe des Clubs betrat und sah, dass er fast leer war. Zwei Mädchen saßen in der letzten Reihe altmodischer Kinosessel und unterhielten sich. Sie blickten nicht mal auf, als ich an ihnen vorbeilief und mich ganz vorn auf ein rotes Polster fallen ließ.

So nah vor der Leinwand brauchte ich einen Moment, bis ich die Bilder einordnen konnte. Beinahe hätte ich gelacht. Natürlich spielten sie *Stolz und Vorurteil.* Den Film, bei dem ich letzte Woche sicher eingeschlafen wäre, hätte May nicht neben mir gesessen und gebannt auf den Bildschirm gestarrt. Mit großen Augen und diesem sichtbaren Verständnis im Blick. Mays Mitgefühl machte nicht mal vor fiktiven Charakteren halt. Es war absolut schräg, es war absolut schön. In den letzten Wochen hatte ich ihretwegen einen Haufen Filme geguckt, in denen absolut *gar nichts* passierte, aber es störte mich nicht. Ich sah einfach May währenddessen an. Und jetzt saß ich allein in einem winzigen Club-Kino und starrte auf die Leinwand, während über mir die Decke unter dem Beat der Musik bebte, und ich sah wieder nur May. Ich sah *immer* nur May. Ich wünschte so sehr, dass ich das hassen könnte. Das würde alles leichter machen.

Als der Sessel neben mir heruntergeklappt wurde, drehte ich mich genervt zur Seite und setzte zu einer unfreundlichen Ansage an. Der Satz verebbte auf meiner Zunge, kaum dass ich in Mays Gesicht blickte.

Ihre Augen waren ungeschminkt, aber selbst im dämmrigen Licht waren sie größer und schöner als alle, die ich heute Abend gesehen hatte. Ihr Kleid war veilchenblau, Kragen und Träger mit Lochmuster, ihr Haar offen, ihr Blick auch. Entschuldigung, Reue, Traurigkeit, Unsicherheit, Angst.

Ich musste an die Schokolade denken, die wir gestern im Wasserbad geschmolzen hatten, und daran, wie sie verklumpt war, als ein bisschen Wasser hineingeraten war. Mein Atem fühlte sich plötzlich auch so an.

»Luke hat mir verraten, dass ihr hier seid. Er hat mir seine Nummer gegeben, als er mich gestern zu Hause abgesetzt hat.

Irgendwie hab ich geahnt, dass du hier bist. Weniger Menschen, die dir auf die Nerven gehen können.« Sie lächelte und zupfte an dem Samtband, das einen kleinen geflochtenen Zopf in ihrem Haar fixierte. »Fühlt sich fast an wie Schicksal, oder?«, fügte sie mit Blick auf die Leinwand hinzu.

Mein Herz verklumpte jetzt auch. Ich wollte etwas sagen, irgendwas, aber ich konnte nicht. Denn in diesem Moment konnte ich nur daran denken, dass sie aussah, als wollte sie etwas klären. Was auch immer seit gestern Abend passiert war: Sie hatte eine Entscheidung getroffen. Und plötzlich war ich mir sicher, dass diese nichts beinhaltete, was ich hören wollte.

May zögerte, doch als ich nicht antwortete, holte sie tief Luft. »Ich hab heute mit Elsie gesprochen. Ich hab ihr alles erzählt.«

Ich war sicher, sie würde sagen: *Und sie will, dass ich aufhöre, dich zu treffen, also war's das jetzt.*

Sie sagte: »Und sie hat so viel besser reagiert, als ich gedacht habe. Als ich verdient habe, wahrscheinlich. Sie war sauer, dass ich sie angelogen habe, aber sie hat es irgendwie auch verstanden. Für sie ist das okay. Alles. Das mit uns. Aber …«

Das letzte Wort brach, ich spannte mich weiter an.

»Aber ich weiß, dass das nicht das Einzige ist, was ich vermasselt habe. Ich hab nicht nur ihr wehgetan, sondern auch dir. Es tut mir leid, Wes. Es tut mir leid, dass ich dir das zugemutet habe. Dass ich ein Geheimnis aus dir gemacht habe, weil ich nicht mutig genug war, um mit Elsie zu sprechen und zu dem zu stehen, was ich will. Dass ich dir das Gefühl gegeben habe, du wärst nicht genug, um mein … Freund zu sein.«

»Dein Freund?« Das Erste, was ich sagte, und es klang heiser und ausdruckslos. Dabei fühlte ich nicht nichts. Eher alles.

Sofort stieg Röte in Mays Wangen, ein dunkler Schleier, der mein Klumpenherz ein klein wenig weicher machte. »Oh. Ich meine … entschuldige, ich weiß, dass du gesagt hast, du willst das Wort nicht, ich …«

»Das habe ich nicht gesagt.« Meine Stimme lächelte jetzt, mein Mund vielleicht auch, ich konnte nicht darüber nachdenken. »Ich habe gesagt, dass es mir nicht vorrangig darum geht. Nicht, dass ich es nicht will.«

May blinzelte. »Also … willst du es? Weil ich es will. Ich will es wirklich. Das Wort. Und dich. Vor allem dich. Notfalls auch ohne Wort. Nur … na ja, ich …«

Ihre Worte kamen schnell und holprig, ein bisschen stammelnd, und mein Herz wurde mit jedem einzelnen Buchstaben weicher und weicher und weicher. Allein dieser Gedanke wäre peinlich gewesen, wenn mir vor May noch irgendetwas peinlich gewesen wäre. Doch das war es nicht, also löste ich nur endlich die Hand von der Lehne und griff nach ihrer. Ich spürte, dass meine Wangen auch heiß wurden. Nicht von der stickigen Luft, nicht von der Wärme der Leinwand, nur von May. Es war doch ein bisschen peinlich, es war aber vor allem einfach schön. Absurd schön, wie alles mit ihr.

»Ich hätte sehr gern dieses Wort mit dir, May«, sagte ich und meinte es so. Keine Ahnung, wann ich das letzte Mal etwas derart ernst gemeint hatte. Gewollt hatte.

Sie atmete laut aus. »Dann … verzeihst du mir?«

»Es gibt nichts zu verzeihen.« Ich schüttelte den Kopf, für sie und für mich, um den Funken schlechten Gewissens in meiner Brust sofort wieder zu verscheuchen. Ich wollte jetzt nicht daran denken, ich wollte an gar nichts denken.

May lächelte und stand auf, kam zu mir. Wir küssten uns noch bevor sie sich gesetzt hatte, sie fiel halb auf meinen Schoß, rutschte unbeholfen über mich. Wir waren nicht allein im Raum und von außen betrachtet sah das hier vermutlich nach dem klassischen betrunkenen Club-Fast-Sex aus, aber es war egal. Es war egal, weil May mich in der Öffentlichkeit küsste und das mehr bedeutete, als ich hätte ausdrücken können. Es war mir scheißegal, was irgendjemand hierüber denken könnte. Es war genug, ich war genug, wir waren genug.

Mays Mund wanderte von meinem zu meiner Wange, zu meiner Stirn, verharrte dort, sekundenlang. Mays Mund. Wenn ich vorhätte, auch auf so was wie Alliterationen zu stehen, dann für diese.

*Cinematic*, dachte ich und atmete sie tief ein, vergrub mein Gesicht in ihrem weichen Haar. Zum ersten Mal verstand ich den Namen des Clubs. Alles an dieser Situation war cineastisch, weil alles an ihr so war. May war filmreif. Sie anzusehen war, wie einen alten Film zu betrachten. Sepiatöne, leicht verpixelt, atmosphärisch, bedeutungsschwer. So intensiv, dass es fast wehtat.

»Ich muss kurz was erledigen«, murmelte sie und machte Anstalten, sich von mir zu lösen.

Ich hielt sie fest und rutschte mit dem Mund an ihre Halsbeuge. »Nein, geh nicht.« Meine Stimme war heiser und ich liebte es viel zu sehr, dass allein das ausreichte, damit sich die Härchen auf ihren Armen aufstellten.

»Wes«, setzte sie an und brach sofort wieder ab, als ich mit der Hand eine ihrer Brüste umfasste. Ich rieb mit dem Daumen über die Stelle im Stoff, unter der ich ihre Brustwarze spüren konnte, sie wurde hart, ich noch härter.

May keuchte und küsste mich, kurz nur, viel zu kurz. Dann sah sie mich mit diesem strengen Blick an. »Ich muss kurz nach draußen und Elsie anrufen. Ich hab ihr versprochen, ihr ein Update zu geben.«

Seufzend ließ ich sie los und zog ihr Kleid zurecht. »Okay. Schon gut.«

»Kommst du mit raus?«

»Ich glaube, es ist besser, wenn ich noch kurz hier sitzen bleibe.« Schief grinsend schob ich sie an der Hüfte nach hinten. Ihre Brüste an meinem Oberkörper machten die Sache nicht unbedingt angenehmer.

May runzelte die Stirn und sah von meinem Gesicht zu meinem Schritt, in dem alles dermaßen übertrieben pochte, als wäre ich gerade in die Pubertät gekommen. Noch mehr Röte schoss in ihre Wangen, meine Hose wurde so eng, dass es wehtat. Gott, das war schlimm. Richtig schlimm.

Sie küsste mich erneut, zurückhaltend, fast verlegen, bevor sie ging. Ich drehte mich um und sah ihr nach: ein blauer Farbklecks in einem grauen Raum. Dann ließ ich den Kopf zurücksacken und schloss die Augen. Ein Hauch ihres Dufts hing noch in der Luft: Sonnenwärme, Moos, Orangenhandcreme, getrockneter Lavendel, Rosenwaschmittel. May, May, May.

Es roch so sehr nach dem, was sie war, dass ich nicht runterkommen konnte. Weil ich sie *so sehr* wollte. May war unschuldig auf die selbstbewussteste Weise, stark auf die sanfteste und rundum … echt. Alles an ihr war warm und anziehend und *scheiße, jävlar, fuckfuckfuck*, jeder Fluch in jeder Sprache – ich bekam einfach nicht genug von ihr.

Als Luke sich zehn Minuten später neben mich fallen ließ, hatte ich mich lang genug gezwungen, den Film anzusehen, um mich ausgenüchtert zu fühlen. Er betrachtete mich trotzdem unangenehm wissend, während er sich eine Zigarette zwischen die Lippen steckte und nach seinem Feuerzeug suchte.

Ich nahm es ihm aus der Hand, bevor er sie anzünden konnte. »Hör endlich auf mit dem Scheiß.«

»Mein Gott, du bist schlimmer als jede Gouvernante.«

»Ich will dich einfach nicht in zehn Jahren im Krankenhaus besuchen müssen, weil du dumm genug warst, dir die Lunge kaputt zu machen.«

Luke grinste, aber er ließ die Zigarette in die Vordertasche seines Jeanshemdes wandern. »Du würdest mich aber trotzdem besuchen, oder nicht?«

Ich schnaubte. »Klar. Jemand muss dir ja sagen, dass du selbst schuld bist.« Wir sahen uns kurz an, zuckende Mundwinkel, dann einvernehmliches Schweigen.

Ich musste nur neben ihm sitzen und spürte, dass es ihm besser ging als noch vor ein paar Wochen. Die Sache mit seiner Familie war nicht geklärt, Luke redete momentan mit seiner Mutter genauso wenig wie ich seit Jahren mit meiner – doch das hier war einer dieser Momente, in denen man begriff, dass nicht alles scheiße war. Manches war sogar ziemlich gut.

»Ich hab May auf dem Weg hierher getroffen«, sagte er, als hätte er meinen Gedanken gehört und gewusst, an wen ich dabei dachte.

»Hat sie dir wieder etwas ins Gesicht gekippt?«

»Nope. Sie hat mir sogar zugenickt.«

»Nicht, dass du es verdient hättest.« Meine Stimme klang trocken, ich wusste, er konnte das Danke darin dennoch heraushören. Er hatte mir nachts geschrieben, dass er May nach Hause gebracht hatte, und das war der einzige Grund, aus dem ich es überhaupt geschafft hatte, ein wenig zu schlafen.

»Vermutlich nicht, nein.« Er fuhr sich über das kurze Haar. Luke war nicht gut darin, sich zu entschuldigen, aber ich wusste, dass es etwas bei ihm bewirkt hatte, Elsie gestern wiederzusehen. »Also habt ihr es geklärt?«

»Ja.« Zwei Buchstaben nur, doch sie stemmten sich so heftig gegen meine Mundwinkel, dass ich einfach lächeln musste. So richtig breit, mit Ziehen in den Wangen und Flattergefühl in der Brust. Mit allem, weil ich May genau auf die Art sah und spürte und wollte – *mit allem.*

Luke betrachtete mich und verzog das Gesicht. »Scheiße, Mann. Du bist ja komplett drüber.«

»Musst du mir nicht sagen.« Ich fuhr mir über den Mund, aber einen letzten Rest Lächeln bekam ich einfach nicht weggewischt, als wäre es in mich hineingesickert. Vielleicht war das so, wenn einem jemand richtig unter die Haut ging.

Luke grinste und klopfte mir auf die Schulter. »Ich freu mich für dich.« Er stockte und warf mir einen längeren, ernsteren Blick zu. Mein Magen verknotete sich, noch bevor er die Worte aussprach. »Nur … na ja, was, wenn sie …?«

»Wird sie nicht«, unterbrach ich ihn gepresst. Das Lächeln verblasste restlos, meine Finger umklammerten die Lehne des Sessels. »Darf sie einfach nicht, okay? Sie würde das nicht …« *Verstehen*, wollte ich sagen, doch das Wort blieb mir im Hals stecken. May verstand immer alles – das hatte ich ihr gestern noch halb vorgeworfen. Aber das … das nicht. Unmöglich.

Lukes Blick wurde weicher, Mitgefühl und Zweifel und noch ein Tut-mir-leid, das er nicht aussprechen würde. Wir hatten vereinbart, dass wir nicht mehr darüber redeten. Nie wieder. Als könnte ich die Erinnerung vergraben, wenn wir genug Schweigen darüberschütteten. »Schon gut. Wir halten zusammen, nicht? So wie wir es immer tun.«

»Ganz genau.« Ich presste den Kiefer zusammen und hielt mich zwanghaft davon ab, die Erinnerung ganz auszubuddeln. Auf der Leinwand setzte der Abspann des Films ein und aus irgendeinem absurden Grund heraus machte mich das traurig.

Ich ertrug es nicht, an ein Ende zu denken.

Nicht, wenn sich alles mit May gerade wie ein Anfang anfühlte.

# 25. Kapitel

## MAY

*Bitte sag mir, dass du was Süßes dabeihast. Die Schlange in der Cafeteria ist ewig lang, Maxtons Mittagessen sind Karottenschnitze (wenn er noch einmal das Wort Carotin sagt, stecke ich ihm einen davon ins Ohr) und Avery denkt, schwarzer Kaffee ist eine stabile Nahrungsgrundlage. ICH STERBE VOR HUNGER.*

Mit jedem Wort von Willows Nachricht musste ich breiter lächeln. Ich blieb kurz stehen, um ein Foto von der Box zu machen, in der ich die übrig gebliebenen Matsch-Muffins von Freitag mitgebracht hatte. Ich schickte es Willow und schrieb einen Einzeiler dazu.

*Bevor du fragst: Sie punkten mit innerer Schönheit.*

Die Antwort brauchte keine zehn Sekunden: *HELDIN!!!*

Ich schüttelte belustigt den Kopf und verstaute Handy und Box in der Tasche, ehe ich nach rechts zur Mensa abbog. Die frühlingshafte Wärme führte dazu, dass die Tische auf der Terrasse sowie die Wiese dahinter immer voll waren. Trotzdem erkannte ich schon aus der Ferne Willows Lockenkopf an einem der äußeren Plätze. Ich wollte gerade auf sie zusteuern, da sah ich ihn.

Wes lief auf einem schmalen Pflasterpfad etwa zwanzig Meter von mir entfernt. Dunkle Stoffhose, blaues Shirt, feuchtes Haar, Sporttasche über der Schulter – er war wieder schwimmen gewesen. Seine Miene war glatt und er starrte auf gleichgültige, leicht herablassende Weise geradeaus. Vor ein paar Monaten hätte ich bei diesem Anblick gedacht, er würde sich zu erhaben dafür fühlen, um wie alle anderen über diesen Campus zu laufen, und wollte das unbedingt ausdrücken. Jetzt sah ich niemanden, der sich zur Schau stellte. Ich sah jemanden, der einen Teil von sich versteckte, um sich selbst zu schützen.

Mein Herz war weingummiweich, als er mich entdeckte und die Maske auf seinem Gesicht innerhalb von Sekunden einriss. Er lächelte und verlangsamte seinen Gang, als wollte er das Ankommen hinauszögern. Oder … mir Zeit geben zu reagieren.

Mein erster Impuls war, den Blick zu senken und wortlos an ihm vorbeizulaufen. Ich hatte ihn mir monatelang antrainiert für die Momente, in denen Wes und ich uns auf dem Campus begegneten. Ich brauchte kurz, um zu begreifen, dass ich das seit etwa sechsunddreißig Stunden nicht mehr tun musste. Dass ich theoretisch auf ihn zugehen und ihn küssen könnte. Einfach so, vor allen anderen. Der Gedanke war schön und unheimlich zugleich, *unheimlich schön*, würde Wes vielleicht sagen, *schön unheimlich*, dachte ich.

Ich schaffte es nicht, also blieb ich nur stehen.

Wes kam weiter auf mich zu, langsam, mir die Möglichkeit gebend, es mir anders zu überlegen und zu flüchten. Was ich nicht tat. Ich sah ihm nur schwer atmend entgegen.

»Hey«, sagte er und hielt zwei Schritte vor mir inne.

Ich lächelte, meine Mundwinkel bebten. »Hey.«

Mehr brauchte es nicht: zwei Menschen, zwei Wörter, und ein Dutzend fremder Augenpaare konzentrierte sich auf uns. Ich spürte ihn. Diesen Fokus, der sich auf uns legte. Blicke, die an mir auf- und abwanderten, Satzfetzen, die an meinen Ohren vorbeiwehten, glücklicherweise zu schwach, um hängen zu bleiben, verebbendes Lachen, Irritation oder Belustigung oder … was auch immer. Die Menschen hatten immer am meisten zu sagen über Dinge, die sie nicht im Geringsten verstanden.

Ich wünschte, es wäre meinem Körper so egal wie meinem Kopf. Meine Haut begann zu brennen, mein Herz raste, meine Wangen glühten, mein Magen verkrampfte sich. Mir war klar, dass Wes das alles kaum noch wahrnahm, weil er es gewohnt war, dass die Leute so auf ihn reagierten. Und letztlich war es keine große Sache. Ich wusste das. Es fühlte sich trotzdem groß an. Groß, bedeutend, alles verändernd. Das hier war der letzte Schritt über eine neue Kante. Noch mal fallen, noch mal fliegen, noch mal … aufschlagen?

»Ich kann einfach weitergehen«, flüsterte Wes.

Ich schüttelte den Kopf und machte einen Schritt auf ihn zu. Konzentrierte mich auf seine Augen. Karamell, mehr Licht als Dunkelheit, mehr Gold als Braun. »Hey«, wiederholte ich, ein bisschen fester.

Wes schmunzelte, dann beugte er sich zu mir vor, bis sein Gesicht eine Handbreit vor meinem schwebte. Erneut hielt er inne. Ich roch schwarzen Kaffee und Schokolade, dazu ein Hauch Chlor von seinem feuchten Haar.

Ich sah Wes an, ich nahm ihn auf jede erdenkliche Weise wahr, und mein Puls wurde langsamer. Mein Herz beruhigte sich, meine Gedanken wurden weicher, mein Bauchziehen ließ nach. Diese Situation war der ultimative Mittelpunkt, aber Wes baute mir Wände. Einfach, indem er da war.

»Ist das wirklich okay?«

»Kein Zweifeln«, flüsterte ich.

Er lächelte. »Kein Bereuen.«

Wes' Finger streiften meine, ich griff danach und verflocht unsere miteinander. Seine Narbe unter meinem Daumen, ich atmete tief durch. »Kein …« *Vergessen*, wollte ich sagen, doch ich vergaß es, als Wes den letzten Abstand überbrückte und mich küsste. Ich vergaß einfach alles.

Der Kuss war sanft, aber nicht vorsichtig. Es fühlte sich sehr sicher an, das zwischen uns. Als wir uns voneinander lösten, erwartete ich irgendwie, dass etwas passieren würde. Doch es geschah nichts. Niemand kam zu uns, niemand zeigte auf uns, niemand lachte. Die Welt drehte sich weiter, nur ein bisschen schneller und ruckartiger, weil sich Dinge im freien Fall immer intensiver anfühlten.

»Okay?«, fragte Wes.

Ich nickte. »Schön.«

Wir küssten uns noch einmal, kürzer, weicher. Seine Lippen verharrten zwei Sekunden auf meinem linken Mundwinkel, bevor er sich von mir löste und mit einem »Bis später dann« und einem ziemlich echten Lächeln in Richtung Institut verschwand.

Meine Mundwinkel pochten. Vielleicht konnte ich deswegen nicht aufhören zu lächeln. Selbst dann nicht, als ich vor dem Tisch der anderen ankam und sofort realisierte, dass sie alles gesehen hatten.

Maxton hob den Blick von seinem Block, auf dem er irgendeinen Grundriss zeichnete, und lächelte mir zu. Avery hingegen starrte mich mit großen Augen an, als ich mich neben sie setzte und die Box mit den Muffins in die Tischmitte stellte. »Ähm … du musst uns da was erklären, findest du nicht?«

Willow ihr gegenüber schnaubte und verschränkte die Arme. »Echt? Das da gerade sprach nicht für sich?«

Ich straffte die Schultern und fühlte mein Gewissen dumpf aufstechen. Nach meiner Aussprache mit Wes im *Cinematic* hatte ich bei ihm geschlafen, und als ich gestern Abend heimgekommen war, waren die anderen so im Haus verstreut gewesen, dass ich keinen günstigen Zeitpunkt gefunden hatte, ihnen von Wes zu berichten. Vermutlich wäre es trotzdem besser gewesen, von Zimmer zu Zimmer zu gehen, statt es darauf ankommen zu lassen, dass sie auf diese Weise davon erfuhren.

»Tut mir leid. Ich wollte es euch schon früher erzählen, aber ich hab mich nicht getraut, darüber zu reden. Wegen Elsie und überhaupt und … ich hab eh keine Ahnung, wie das genau passiert ist. Er war er und ich war ich und jetzt sind wir irgendwie ein … Wir? Elsie weiß Bescheid und für sie ist es okay, und ich weiß, wie verrückt das ist, und auch, dass ihr Wes gegenüber skeptisch seid, aber ich bin sicher, dass ihr ihn mögen werdet, wenn ihr ihn besser kennt. Er ist … nett. Sogar mehr als nett. Er ist toll. Ehrlich.«

Ich brach ab und sah unsicher von einem zum anderen. Avery lächelte zwar, wirkte jedoch überfordert, Willow zog nachdenklich die Stirn kraus. Nur Maxton schien weder verwundert noch unsicher damit, was er davon halten sollte. Er senkte seinen Bleistift und fragte schlicht: »Bist du glücklich?«

»Ja.« Ich nickte und lächelte, und wirklich, ich fühlte nur *Ja, ja, ja.*

Er hob die Schultern. »Gut. Mehr müssen wir nicht wissen, finde ich. Wenn du ihn magst, mögen wir ihn auch.« Damit beugte er sich wieder über das Papier und zeichnete eine Linie nach, so ruhig und gerade, als würde er den Strich an einem unsichtbaren Lineal nachziehen.

Willow beugte sich zu mir vor und verengte die dunklen Augen. »Hastings sollte allerdings klar sein, dass wir ihn umbringen, wenn er dir wehtut. Wir haben einen echt großen Garten. Seine Eltern können noch so viele Privatdetektive beauftragen: Niemand wird ihn je finden. Sag ihm das.«

Ich grinste schwach und wickelte einen Muffin aus dem Papier. »Wie ich schon mal meinte, überliefere ich ihm lieber keine Morddrohung.«

»Richtig. Weil du ja was von ihm *willst*. Was könnte das nur sein?« Willow wackelte vielsagend mit den Augenbrauen und nahm sich ebenfalls einen Muffin.

Avery lachte und selbst Maxton grinste reichlich breit auf seine Skizze hinab. Meine Wangen wurden warm, aber ich sagte nichts dagegen. Ich fing gerade an, mich ans Wollen zu gewöhnen. Und es sogar ziemlich zu mögen.

Ich liebte diese Menschen, alle sieben, aber während wir am Nachmittag gemeinsam im Wohnzimmer saßen, fühlte ich mich zum ersten Mal ein bisschen befangen in ihrer Gesellschaft.

Als ich von der Uni heimgekommen war, hatten bis auf Willow alle im Wohnzimmer gesessen und ich hatte das genutzt, um auf umständliche Weise zu erzählen, dass Wes und ich nicht länger platonische Projektpartner waren, sondern … mehr. Mein Herumgedruckse hatte Sienna, Maxton und Eden belustigt, Avery und Helen mitfühlend die Gesichter verziehen lassen und Beckett das tiefste Stirnrunzeln in die Züge gezeichnet, das ich je dort gesehen hatte.

Danach wäre ich am liebsten aus dem Zimmer geflüchtet, stattdessen zwang ich mich, bei ihnen sitzen zu bleiben und einen Uni-Text nachzubereiten. Je früher ich so tat, als wäre nichts daran seltsam, dass ich Wesley Hastings als meinen Freund bezeichnete, desto eher fühlte es sich so an. Zumindest hoffte ich das.

Es war nach sechs, als Sienna gut gelaunt wieder im Rahmen der Verandatür auftauchte, nachdem sie Versailles gefüttert hatte. »Seht mal, wen ich draußen gefunden habe«, verkündete sie und trat beiseite, sodass Wes ihr in den Raum folgen konnte.

»Hallo«, meinte er befangen und rieb sich über die Schläfe, während er in die Runde blickte.

Sienna tätschelte ihm die Schulter, ehe sie auf uns zukam und sich auf einen freien Sessel fallen ließ.

Ich stand auf und ging zu Wes, auch wenn es mir unter den Blicken der anderen unmöglich war, ihn richtig zu begrüßen. »Die Klingel ist noch kaputt, entschuldige. Wir hatten bislang kein Geld übrig, um sie reparieren zu lassen. Aber die Tür steht immer offen, komm beim nächsten Mal einfach rein.«

»Das ist eigentlich ziemlich besorgniserregend«, erwiderte er mit hochgezogenen Augenbrauen.

Beckett schnaubte. »Tja, dann bedank dich bei deiner Mum. Die ist nämlich schuld daran, dass wir momentan jeden Cent umdrehen müssen.«

»Beck«, murmelte Helen, aber der schüttelte den Kopf und richtete sich im Sofa auf. »Und nur um das klarzustellen: Wir glauben nicht, dass du gut genug für May bist.«

Ich sah ihn entsetzt an. Mir hätte bewusst sein müssen, dass Beckett von all meinen Mitbewohnenden derjenige war, den die Sache mit Wes am wenigsten begeistern würde. Er behauptete oft, er würde sich neuerdings so fühlen, als hätte er fünf kleine Schwestern. Ich wusste, dass er das nur lieb meinte, aber in diesem Moment hätte ich ihm gern den Mund zugehalten.

Bevor ich etwas erwidern konnte, kam Eden mir mit einem schwachen Grinsen zuvor. »Aber um fair zu sein: Wir kennen auch niemanden, der es wäre.«

Meine Wangen wurden heiß. »Jungs, bitte«, fing ich an, aber Wes unterbrach mich, indem er ganz gelassen sagte: »Keine Einwände meinerseits.«

Ich wäre am liebsten im Boden versunken. Das hier war schlimmer als der Mittelpunkt-Moment in der Uni vorhin. Im Fokus fremder Menschen zu sein war aushaltbar, aber in dem meiner Lieblingsmenschen zu stehen war so unangenehm, dass ich unruhig von einem Bein aufs andere trat.

»Esst ihr nachher mit uns?«, kam Avery mir zu Hilfe, bevor die Situation noch schlimmer werden konnte.

Mein Blick huschte zu Wes, der sofort nickte. »Klar, von mir aus gern.« Wäre da nicht sein leicht wankendes Lächeln gewesen, hätte ich ihm sogar geglaubt, dass ihn die Aussicht nicht im Geringsten nervös machte.

Stirnrunzelnd versuchte ich, mich an den Arbeitsplan zu erinnern, der am Kühlschrank hing. »Ich bin eh dran mit Kochen, oder? Tut mir leid, das hab ich irgendwie vergessen.«

»Schon gut. Das übernehmen wir. Beckett gibt bestimmt gern ein bisschen vor unserem Besuch an, indem er was Leckeres zaubert, nicht?« Avery stieß Beck in die Seite und entlockte ihm damit ein wenig begeistertes Brummen. Seine Blickrichtung ließ mich ahnen, dass das nichts mit dem Kochen zu tun hatte, sondern nur mit dem Besuch.

»Das ist wirklich nicht …«

»May«, fiel mir Helen sanft ins Wort, und das war so ungewöhnlich, dass ich sofort verstummte. »Wir freuen uns, wenn wir auch mal was für dich machen können.«

Keine Ahnung, wieso, aber dieser Satz trieb mir fast die Tränen in die Augen. Ich senkte den Blick und zupfte an meinem Zopfende. »Das ist lieb. Danke. Aber … dann ruft uns, wenn wir beim Tischdecken helfen können, ja?«

»Bestimmt nicht«, meinte Eden, ohne von seinem Buch aufzusehen.

Ich runzelte die Stirn, da schob Wes eine Hand an meinen unteren Rücken und strich sanft über den Stoff des Kleides. »Ich glaube, sie wollen, dass du das einfach mal annimmst.«

»Kluges Kerlchen.« Sienna grinste Wes zu, ehe sie wieder in ihrem Theaterskript versank.

Avery sah mich auffordernd an und machte eine fortscheuchende Handbewegung. Ihre Haut war mit Textmarkerfarbe übersät, ein paar Flecken hatte sie auch auf den Wangen. »Jetzt geht schon.«

Maxton warf uns ein verschmitztes Lächeln zu. »Und viel Spaß.«

»Aber nicht zu viel«, widersprach Beckett. Der Satz klang so zweideutig, dass ich am liebsten mein Gesicht in den Händen vergraben hätte. Dann hätte ich auch nicht mehr gehört, wie er, kaum dass Wes und ich das Wohnzimmer verlassen hatten, hinzufügte: »Würdet ihr jetzt nicht gern hinterherrufen: *Die Tür bleibt einen Spalt offen!*?«

Erst als die anderen außer Hörweite waren, wagte ich es, mich zu Wes umzudrehen. Im Gegensatz zu mir wirkte er nicht beschämt, nur belustigt. »Entschuldige«, murmelte ich, während wir die Treppe in den ersten Stock hochgingen, »ich weiß wirklich nicht, wieso sie sich so benehmen.«

Wes hob die Schultern. »Sie lieben dich, also machen sie sich Sorgen um dich und passen auf dich auf. Gehört sich das nicht so in einer Familie?«

Ich runzelte die Stirn und rief mir all die Gedanken in Erinnerung, die ich rund um Angus hatte. Die in der Hülle anders waren, aber im Kern vermutlich ähnlicher, als mir bisher klar gewesen war. Ich hatte sie nur noch nie andersherum wahrgenommen. Meine Eltern hatten sich eigentlich nie Sorgen um mich gemacht. Wenn, dann um Angus, vielleicht noch um die Meinung der Nachbarn oder sich selbst, aber nie um mich.

Ich war acht gewesen, als meine Mutter das erste Mal voller Stolz gesagt hatte: *»Um dich muss man sich keine Sorgen machen, du bist ein gutes Mädchen.«* Dieser Satz hatte sich so in mir eingebrannt, dass die Bedeutung noch immer in mir wummerte, wenn ich daran dachte, was es hieß, *gut* zu sein. Ein guter Mensch war einer, der keine Probleme, Sorgen oder Gedankentürme verursachte. Also hatte ich versucht, genau das zu sein: die, die alles im Griff hatte, die sich kümmerte, die schon klarkam. Dies war der erste Moment, in dem ich mich fragte, ob das so sein sollte.

»Kann sein«, sagte ich leise, mehr zu mir selbst, und öffnete meine Zimmertür.

Im Raum roch es nach dem Flieder, den Maxton letztens nach dem Beschneiden der Büsche mit reingebracht und an uns verteilt hatte. Ich zündete meine Kerzen auf der Kommode an, ehe ich mich vor Wes auf den Teppich vor dem Bett setzte.

Er hatte seinen Block aus der Tasche geholt und glättete die Papiere der Projektbeschreibung auf dem Schoß. »Ein paar Fragen sind noch offen. *Sammelst du etwas oder, wenn nicht, was würdest du gern sammeln?*«, las er die nächste Frage vor und sah sich konzentriert um. »Gott, das wird ja eine ganze Liste. Kerzen, diese komischen bunten Kleberollen, verwelkte Blumen, Haarbänder …«

Ich knuffte ihn warnend ins Bein. »Mach dich nicht über mich lustig. Das sind alles nur Dinge, die ich mag. Nichts davon sammle ich bewusst.«

Wes grinste. »Okay, du Deko-Messi. Was sonst?«

Ich zögerte, dann stand ich auf und ging zu meinem Schreibtisch. Ich musste zwei Vasen mit Trockenblumen beiseitestellen, um an die Holzschachtel zu kommen, die darunter stand. Wes räusperte sich vielsagend, ich streckte ihm die Zunge raus, bevor ich mich wieder vor ihn setzte.

Ich legte die Schachtel zwischen uns und öffnete sie. Jedes Mal überkam mich dabei ein Gefühl von sanfter Traurigkeit, gleichzeitig liebte ich den Anblick. Mittlerweile befanden sich fast fünfzig Gegenstände darin. Kettenanhänger, Haarklammern, Schlüssel, einzelne Ohrringe, Anstecknadeln, Broschen.

Wes nahm behutsam den Ring heraus, den ich vor Kurzem vor seinem Haus gefunden hatte. »Das ist deine Fundkiste, oder?«

Ich nickte und strich über einen Ansteckpin in Form einer Möwe. »Oder Schatzkiste, je nachdem, wie du es sehen willst. Hier drin bewahre ich alles auf, was ich finde. Die Sachen, für die ich die Zettel aufhänge, auf die sich nie jemand meldet. Ich könnte sie natürlich irgendwann wegwerfen, aber ich bringe das einfach nicht übers Herz. Ich meine, diese Gegenstände haben jemandem etwas bedeutet, oder?«

Ich griff nach einem Medaillon, in dem das Bild eines lachenden Babys und einer jungen Frau eingeklebt worden war, und hielt es Wes hin.

»Ganz gleich, wie unscheinbar manche aussehen, man hat sie alle mit Absicht ausgewählt. Man dachte, dass der Ring gut zu einem passt oder dass die Haarspange diese eine nervige Strähne auf die perfekte Weise zurücksteckt oder dass der Anhänger, den man geschenkt bekommen hat, etwas symbolisiert. Man hat diese Dinge mit Bedeutung aufgeladen, indem man sie bei sich getragen und … geliebt hat.« Meine Stimme brach, ich schloss das Medaillon vorsichtig wieder. »Ich kann nicht verstehen, dass man nicht danach sucht, wenn man sie verliert. Also rede ich mir ein, dass es keine Absicht war. Dass jemand auf der Durchreise war oder zu spät bemerkt hat, dass er es verloren hat, und nicht mehr rekonstruieren konnte, wo. Ich rede mir ein, dass diese Dinge nicht bewusst vergessen wurden. Das würde ich einfach nicht ertragen.« Ich brach ab und sah ihn fragend an. »Ich hab das noch nie jemandem erzählt. Klingt das albern?«

Wes' Blick lag schwer und warm auf meinem Gesicht. *Bedeutungsdecke*, dachte ich. Und dann, plötzlich, lächelte er auf eine so faszinierte, liebevolle Weise, dass ich einen Kloß in meinem Hals spürte. »Nein. Es klingt einfach sehr nach dir.

Du bist jemand, der die kleinen Dinge wahrnimmt. Der das Schöne da bemerkt, wo andere es übersehen. Das ist nicht albern, nur ziemlich besonders.«

Ich musste an ein Zitat von George Orwell denken, das ich vor ein paar Monaten an Edens Zimmerwand entdeckt hatte, als seine Tür erstmals offen gestanden hatte, obwohl er nicht da gewesen war. *Perhaps one did not want to be loved so much as to be understood.* Wahrscheinlich hatte ich mich noch nie so verstanden gefühlt wie in diesem Moment.

»Und du?«, brachte ich hervor. »Sammelst du etwas?«

Wes nickte und klappte die Schachtel wieder zu, als hätte er Sorge, einer der Gegenstände könnte versehentlich abhandenkommen. »Ist aber nicht so außergewöhnlich wie das hier, fürchte ich. Ich sammle Zugtickets. Die, mit denen ich selbst gefahren bin, und die, die ich irgendwo finde. Auf Bahnsteigen oder im Papiermüll der Vorhallen oder so. Ich weiß, dass sie nichts mehr wert sind, aber irgendwie sind sie eine gute Erinnerung an das, was ich mit dem Zugfahren verbinde. An die unendlichen Möglichkeiten, die man im Leben hat.« Er hob die Schultern, eins seiner typischen *Vergiss es, das klingt albern, ich bin betrunken*, nur dass er nicht betrunken war, das nicht albern klang und ich es nicht vergessen wollte.

»Das ist auch ziemlich besonders.«

Wes lächelte, ich rutschte neben ihn. Unsere Schultern berührten sich, unsere Knie auch, hin und wieder unsere Blicke.

»Mir gefällt dein Zimmer«, sagte er nach einer Weile. »Wieso waren wir bisher kaum hier?«

»Ich schätze, ich dachte nicht, dass du dich in der Villa wohlfühlst. Du hasst große Häuser doch.«

»Ich glaube nicht, dass ich was hassen könnte, wenn du Teil davon bist.« Da kroch ein bisschen Röte in seine Wangen, kaum dass die Worte heraus waren.

Ich musste lächeln und hievte mich auf. »Trotzdem. Vielleicht kann ich das ein bisschen angenehmer für dich machen. Gib mir fünf Minuten.«

Als ich kurz darauf mit einem Stapel frisch gewaschener Laken zurück ins Zimmer kam, runzelte Wes die Stirn. »Was wird das?«

»Ich baue dir Wände«, verkündete ich feierlich.

Eine gute Viertelstunde später stand das Lakenzelt in der Mitte des Zimmers. Die Konstruktion bestand aus Bettpfosten, Stuhllehne und Kommode, aus Haargummis und Washitape. Es war wenig stabil, aber so groß, damit wir uns in der Mitte nebeneinanderlegen konnten.

Die Laken bewegten sich leicht im Wind, der durch das offene Fenster hereinwehte. Es war schön in diesem Raum, der keiner war. Nur Wände, nur Wes und ich. Der Geruch nach unserem Rosenwaschmittel, dem Flieder auf dem Nachttisch, dem Vanillearoma meiner Duftkerzen und dem blühenden Grün des Gartens. Und natürlich der von Wes, ein bisschen herb, ein bisschen frisch, ein bisschen sehr viel von allem und vor allem so sehr genug.

Wir sahen einander an und ich spürte es. Ich spürte es ganz deutlich. Wir sahen uns in diesem Moment genau so, wie wir waren. Und wir mochten es. Alles, was wir sahen, alles, was da war. Und wir begriffen vermutlich genau jetzt, was das bedeutete. Was es schon seit einiger Zeit bedeutete.

Wes schloss die Augen. »Wann hast du es bemerkt?«

Ich verstand, ohne dass er es erklärte. »Beim Zugfahren. Du hast aus dem Fenster gesehen. Die ganze Zeit.«

Und Wes verstand auch, ohne dass ich es erklärte. Dass er jemand war, der nicht aufgehört hatte, auf die Welt zu achten. Und dass mir das alles bedeutete. Dass ich mehr nicht hatte wissen müssen, um zu begreifen, dass ich mich in ihn verlieben könnte. So richtig. Nicht nur mit dem Körper, nicht nur aus einem Gefühl heraus, sondern mit dem ganzen Bewusstsein.

Ich fragte nicht *Und du?*, aber Wes stupste mit der Nasenspitze gegen meine Wange. »Ich glaube, ich wusste es, bevor ich verstanden habe, dass ich es wusste. Als ich gesehen habe, wie du mitten auf dem Campus standest und Wolken beobachtet hast, ohne dir Gedanken um die Leute um dich herum zu machen. Du warst einfach nur du und … alles war irgendwie besser.«

Ich lächelte, weil es schön war, so gesehen zu werden.

Es war alles sehr schön mit ihm, mit uns.

Irgendwann rollte Wes mich auf den Rücken. Wir sahen einander schweigend an, während er das Kleid über meine Taille schob. Das war das erste Mal, dass wir uns nicht ganz auszogen, um miteinander zu schlafen. Als wäre uns an diesem Abend endgültig bewusst geworden, wie nackt wir längst waren. Wir sprachen nicht, wir lachten nicht, wir küssten uns nicht. Wir sahen einander nur unaufhörlich an und berührten uns auf aufmerksamste, andächtigste Weise. Ich zeichnete Gänsehaut auf seine Arme, er zerrieb Sommersprossen auf meinem Wangenknochen. So fühlte es sich an. Als würde er dafür sorgen, dass Reste der Sonne in mich hineinkrochen.

Noch währenddessen wusste ich, dass das hier etwas bedeutete. Etwas, das wir vermutlich beide nicht in Worte fassen könnten. Etwas, das uns für immer miteinander verbinden würde, auch wenn es kein Für Immer gab. Das hier war kein Sex, es war ineinander versinken und nie wieder ganz auftauchen. Es war langsam, es war sanft, es war intensiv. Ich hatte nie etwas Intimeres erlebt als das.

# 26. Kapitel

## MAY

Wes und ich hatten einen Mai, der nicht endete.

Er wurde von Tag zu Tag länger und wärmer und schöner, ging nahtlos in einen Juni über, der aus endlosblauen Himmeln bestand. Wir waren die meiste Zeit draußen, lagen im Gras in der Sonne, schwammen im See hinter der Villa. An den Wochenenden fuhren wir viel Zug, besuchten kleine Städte und verlassene Orte, liefen über Rapsfelder und durch Wälder voller Hasenglöckchen. Es fühlte sich so richtig an: Wir teilten eine Zeit miteinander, in der selbst die Wälder blau waren, in der alles, alles, alles blau war.

Wir verbrachten ganze Tage mit meinen Freunden im Garten der Villa, der von Woche zu Woche bunter wurde. Schwer duftende Rosen neben blühenden Azaleen, weiß wuchernde Pfeifensträucher und ein Teppich aus allerlei Wildblumen. Dichtes, knöchelhohes Gras, zartgelbe Zitronenfalter inmitten des Meers aus Gänseblümchen, aus denen ich unsagbar viele Kränze flocht und die dennoch nicht weniger wurden. Bienen und Hummeln, die träge über die Blüten schwebten, ein Summen, das ich bis tief in mir spürte.

An meinem Geburtstag veranstalteten wir ein Picknick, zu dem auch Elsie kam, und obwohl sie nicht viel mit Wes sprach, fühlte es sich normaler an, als ich gewagt hatte zu hoffen. Wir besuchten ein paar Partys von Wes' Freunden, Cami sprang fünf Minuten lang auf und ab, als Wes mich seine Freundin nannte, und zwang ihn dreimal dazu, es zu wiederholen. Mein Herz war so voll, dass es mir nicht einmal unangenehm war.

Es gab viele laue Abende, die wir mit den anderen draußen verbrachten, bis die Sonne hinter den Bäumen des Waldes versunken war und nur noch orangegelbe Schlieren über dem Abendblau zu sehen waren, als hätte man eine Orange ausgepresst. *Fruchtfleischfäden*, dachte ich und lächelte. Ich dachte viel in Alliterationen in diesen Wochen, ich lächelte auch viel in diesen Wochen. Ich war sehr bei mir. Bei uns.

Wir aßen Orangeneis, das wir aus Saft gefroren hatten, Erdbeeren, die wir mit Maxton aus den Kästen nahe der Veranda geerntet hatten, tranken dazu Sekt mit Holundersirup. Ein bisschen zu süß, genau richtig. Wir nahmen Versailles gemeinsam mit Helen die Schiene ab und sahen dabei zu, wie sie die ersten Male wieder ihren Flügel streckte, wir hörten Beckett und Sienna beim nie ernst gemeinten Streiten zu, wir beobachteten Willow abends allein auf dem Balkon des großen Badezimmers beim Tanzen in einer Wolke aus blonden Locken und dünnen Musikfäden, die im Garten nicht zu entwirren waren, wir kamen aus dem Wald zurück und entdeckten Eden und Avery vor der Schaukel sitzend und leise miteinander redend.

Wir redeten auch, wir lachten, wir schwiegen auf diese weiche, angenehme Weise. Wir küssten uns, viel. Wir lagen nachts im Gras und beobachteten den Mond, wir schliefen miteinander unter den Zweigen der Apfelbäume, die ihre letzten Blüten abwarfen. *Sommerschnee*, dachte ich. Sehr surreal, sehr schön.

Das normale Leben lief parallel weiter, ab und zu mussten wir hineintauchen. Die letzten Semesterwochen waren arbeitsintensiv und anstrengend. Wes und ich hatten die meisten Kurse gemeinsam und lernten weiterhin zusammen. Nach jeder Prüfung fragte ich Wes, wie es gelaufen war, und er hob gelassen die Schultern, dabei wusste ich, dass er sich diesmal wirklich Mühe gegeben hatte. Dass er es diesmal richtig machen wollte.

Er wusste zwar noch nicht genau, was er mit seinem Abschluss machen wollte, aber ich glaubte, dass ihn unser Gespräch in seiner Küche in der Blutmondnacht mittlerweile denken ließ, dass er etwas damit machen *wollte*. Und das war genug für den Anfang.

Ich rief Angus immer noch jeden Tag an, er ging nie dran. Ich weinte öfter deswegen, als ich Wes oder irgendjemand anderem verriet. An manchen Abenden telefonierte ich stundenlang mit Mum, hörte mir an, was sie beschäftigte, versuchte, ihre Sorgen kleiner zu reden, während meine wuchsen und wuchsen. Wes ignorierte die Anrufe seiner Geschwister und die seiner Mutter, schrieb ihr nur ab und zu, weil er wusste, dass er sie treffen musste – weil er es mir versprochen hatte. »Für die Villa«, sagte er. *Für dich selbst auch*, dachte ich, sprach es jedoch nicht aus.

Der Mond nahm ab und wieder zu, gleichmäßig, verlässlich, tröstlich.

Es war nicht alles auf einmal gut, aber wenn ich Wes ansah, dann war das wie Blau einatmen. Und alles war besser.

Wir hatten einen Mai, der nicht endete.

Bis er dann eben doch endete.

Ich wurde vom Frühsommerregen wach. Er prasselte beständig an die Fensterscheibe von Wes' kleiner Wohnung, nur knapp einen Meter entfernt von meinem Kopf. Träge blinzelte ich ins Vormittagslicht. Wir hatten die Vorhänge abends nicht richtig zugezogen, durch einen Spalt zwischen dem Stoff kroch gelbstichiges Regengrau. Die Sonne zwängte sich zwischen den Wolken hindurch und fiel auf die Matratze, genau auf den Arm, den Wes um mich geschlungen hatte.

Ein paar Minuten lang regte ich mich nicht, sondern lag nur da: sein Bett ein Meer aus Sonnenstaub, unsere Haut golden gepudert, mein Herz weich und voll. Dann versuchte ich vorsichtig, mich aus Wes' Umarmung zu befreien, ohne ihn zu wecken. Vergebens.

Er brummte unzufrieden und zog mich enger an sich. »Hiergeblieben. Es ist mitten in der Nacht.«

»Es ist fast elf«, korrigierte ich mit Blick auf sein leuchtendes Handydisplay auf dem Nachttisch. »Du machst mich zu einem faulen Menschen.«

»Ich mache dich zu einem glücklichen Menschen.«

Ich schnaubte, obwohl es stimmte. »Du wirst wieder zum Snob.«

Er biss mich sacht in die Schulter, ehe er eine Handvoll Küsse auf meinem Nacken verteilte. Sofort breitete sich ein träges Kribbeln auf meiner Haut aus, kroch von meinem Oberkörper unmittelbar zwischen meine Beine und brachte mich dazu, ein bisschen weiter zurückzurutschen. Genau so weit, dass ich in meinem Rücken den Stoff seiner Boxershorts spürte – und den Hinweis darauf, *wie* wach er schon war.

»Mein Morgen mit May«, murmelte er in meinen Nacken.

Ich musste lächeln und drehte mich in seiner Umarmung auf den Rücken, um ihn ansehen zu können. »Seit wann magst du denn Alliterationen?«

»Warum magst du sie eigentlich so?«, fragte er zurück und rieb sich Schlafsand aus den Augenwinkeln. Nach dem Aufwachen sah Wes immer jünger und friedlicher aus als sonst. Seine Blicke waren offener, seine Mimik hatte keine Wände. Ich hätte ihn stundenlang beobachten können.

»Früher, wenn meine Eltern sich so laut gestritten haben, dass ich nicht einschlafen konnte, hab ich angefangen, in Alliterationen zu denken. *Hohles Herz, goldene Gräser, sonnige Sommer* … manchmal lag ich stundenlang im Bett und hab sie aneinandergereiht. Es hat geholfen, ich konnte alles andere kurz ausblenden«, erklärte ich, ohne groß darüber nachzudenken. »Das Wolkenspiel war für Angus, aber … das mit den Alliterationen, das hab ich nur für mich gemacht. Die Welt klingt darin schöner, als sie ist. Eine Illusion in Buchstabenhülsen.«

Wes' Blick war wacher geworden. Ernster auch. Behutsam strich er mir die zerzausten Haare aus dem Gesicht.

»Verstehe.«

Ich rang mir ein Lächeln ab. Ich wollte den Tag nicht mit so etwas starten. Nicht, wenn wir endlich Ferien hatten. Wir mussten bis zum nächsten Semester zwar jeder noch zwei Hausarbeiten schreiben, aber davon abgesehen hatten wir endlich wieder mehr Freizeit. Und die wollte ich mit so vielen schönen Momenten wie möglich füllen. »Außerdem macht es Spaß«, schob ich deshalb hinterher. »Versuch's mal.«

»Okay, gut.« Er zögerte, dann sah er mir in die Augen und senkte sein Gesicht über meines. So dicht, dass sein Mund beinahe meinen berührte. »Mach's mir, May.«

Hitze stieg in meine Wangen, weil ich seinem Blick ansehen konnte, wie ernst er das im Grunde meinte. »Du bist unmöglich.«

Er grinste schief. »Ich weiß nur, was ich will.«

»Und ich weiß, dass wir jetzt aufstehen. Du gehst zuerst duschen, ich bereite Pancakes vor und nach dem Frühstück machen wir endlich diesen Projektbericht fertig.«

Wes stöhnte und zog die Decke über seinen Kopf. »Nein«, hörte ich ihn gedämpft brummen, bevor er anfing, meinen Hals zu küssen, und tiefer rutschte.

»Doch.« Ich nahm ihm die Decke weg, schob ihn von mir und bemühte mich um einen strengen Blick, obwohl ein Lachen in meinem Bauch kitzelte. Und etwas sehr viel Ernsteres, Heißeres, das mich dazu bringen wollte, einfach nachzugeben. »Der offizielle Zeitraum für das Experiment ist zwar vorbei, aber wir haben noch kein Fazit und müssen es in knapp zwei Wochen abgeben«, erinnerte ich uns trotzdem beide.

Wes legte sich auf den Rücken und einen Arm über sein Gesicht. »Du bist grausam.«

»Du wolltest eine gute Note für dieses Projekt, schon vergessen? Sonst hättest du nicht mich dafür ausgesucht.«

»Gott sei Dank sind mir meine akademischen Leistungen so wichtig.«

Ich lächelte. »Stimmt. Also, los jetzt.«

Wes seufzte, aber er hievte sich aus dem Bett, nicht ohne mir vorher noch einen Kuss auf den Mundwinkel zu drücken.

Als er mit frischen Sachen aus seinem Schrank in Richtung Badezimmer lief, richtete ich mich auf. Decke über der Brust, Herz auf der Zunge. »Wes West?«

Er drehte sich um und fuhr sich durch die vom Schlaf wirren Haare. »Hm?«

»Du bist meine Lieblingsalliteration.«

Sein Lächeln war alles.

Während das Wasser im Bad lief, mischte ich einen Pancake-Teig zusammen und versteckte danach vorsorglich die Schokolade hinter einer Packung Reis, damit Wes bei seiner Rückkehr nicht beschloss, das Frühstück unnötig zu versüßen. Sobald die ersten Pfannkuchen in der Pfanne waren, schloss ich mein Handy an Wes' Laptop auf dem Couchtisch an. Die letzten Tage hatte ich immer wieder daran gesessen, die Fotos auszuwählen, die wir als Anlage dem Projektbericht anfügen wollten.

Es war faszinierend, sich drei Monate rückblickend im Zeitraffer anzusehen. Wir waren natürlich nicht sichtlich älter geworden, aber echter. Unsere Gesichter hatten sich von Woche zu Woche mehr entspannt, unsere Augen waren offener geworden, unser Lächeln ehrlicher, unsere Blicke … mehr. Ich fragte mich, ob unsere Dozentin allein anhand der Bilder erkennen würde, wie das Projekt ausgegangen war.

Wes und ich hatten bisher nicht darüber gesprochen, welche Antwort wir im Fazit auf die Versuchsfrage geben wollten. Wir hatten uns sowieso davor gedrückt, etwas darüber hineinzuschreiben, wie sich die Dinge zwischen uns entwickelt hatten. Es war einfach zu seltsam, das, was wir hatten, so banal herunterzubrechen, dass es in eine Experimentdokumentation passte.

*Kann man jeden Menschen lieben?*

Die Frage war komplex, aber wenn man sie auf unser Projekterleben umformulierte, lautete sie eher: *Kannst du einen Menschen lieben, bei dem du dachtest, es wäre unmöglich?*

Und dann war die Frage plötzlich so simpel. Ich wusste, welche Antwort ich geben würde, ich wusste nur nicht, ob einer von uns beiden sich nachher trauen würde, die Frage auszusprechen. Etwas zu spüren war eine Sache, etwas zuzugeben, eine andere. Dabei hatte ich keine Angst davor, es Wes zu sagen. Ich hatte nur Angst, dass zu viele Worte etwas an dem Gefühl ändern könnten. Als würde es ihm ein paar Bedeutungsschichten abreiben, wenn wir versuchten, es in Buchstaben zu pressen.

Entschieden drängte ich den Gedanken beiseite, zog den Bildordner auf den Desktop und ging wieder zum Herd. Ich nahm die ersten Pancakes heraus und gab neuen Teig in die Pfanne, als mich ein lautes *Pling* zurückrief. *Nicht genügend Speicherplatz vorhanden.*

Belustigt kniete ich mich vor den Tisch. Wes hatte ausreichend Geld, um sich jeden Tag ein neues Handy kaufen zu können, aber er machte sich erstaunlich wenig aus technischen Geräten. Sein Laptop war so alt, dass er ständig abstürzte, wenn wir einen Film streamten. Eins der Wes-Details, die ich mehr liebte, als ich erklären könnte.

Ich schloss die Anzeige und suchte nach dem Papierkorb. Helen hatte mir letztens erklärt, dass gelöschte Dateien weiterhin Speicherplatz wegnahmen, wenn man sie nicht von der Festplatte entfernte. Es dauerte kurz, dann wurden die gelöschten Objekte der letzten sechs Monate aufgelistet. Mein Blick flog darüber und … ich wusste es.

Ich wusste es in dem Moment, in dem ich die Datei entdeckte. Dritte von oben, größte von allen. Ein kleines Playzeichen auf einem verschwommenen Schwarz-Weiß-Bild.

Ich wusste es, aber ich verstand es nicht.

Mein Finger bebte, als ich die Datei auswählte und sie sich auf dem Bildschirm öffnete. Er bebte stärker, als ich den Cursor auf den Pfeil setzte und ihn anklickte.

Ich brauchte diesen letzten Beweis, um das Begreifen zuzulassen. Diesen letzten Beweis in Form eines grauen hochaufgelösten Bildes. Ein Bild, das die Vorhalle eines Gebäudes zeigte. Ein schwarzes Brett unter einer Wanduhr. Ein paar Statuen, die einen Treppenaufgang bewachten. Steinboden in Schachmuster. Lichtkegel darauf, ausgelöst von den Straßenlaternen vor der Eingangstür.

Mein Gehirn setzte von allein die Farben ins Bild: Der Teppich auf den Treppen war rot. Die Griffe der Schwingtüren, die von beiden Seiten hineinragten, waren golden. Der Globus, der in der Mitte der Halle stand, bestand aus vergilbten Blautönen.

Ich wusste all das, weil ich das Gebäude kannte. Weil ich öfter davor gewartet hatte, wenn ich Beckett aus einem seiner

Marketing-Seminare abgeholt hatte. Weil ich kurz vor Anfang des Semesters mit Elsie daran vorbeigelaufen war, als sie mich unbedingt dazu überreden wollte, sie auf eine Privatparty zu begleiten, zu der sie in der Bibliothek eingeladen worden war. *»Von Lucas Fox, May. Lucas fucking Fox.«* Weil ich nach dem Wochenende mit ihr durch die Vorhalle gegangen war und mit flauem Bauchgefühl zugehört hatte, als sie mit zutiefst glücklichem Grinsen davon erzählt hatte, welche Wendung dieser Abend genau dort genommen hatte. Weil ich sie ein paar Tage später in einer Kabine der Toilette im Nachbarinstitut im Arm gehalten hatte, kurz nachdem ihr jemand das erste Mal ein Video zeigte, auf dem genau diese *Wendung* festgehalten worden war.

Ich wollte es nicht wissen, aber ich wusste es. Ich wusste, welches Video das war, und auch, was das bedeutete.

Sekundenlang starrte ich auf das reglose Bild des Foyers des Wirtschaftswissenschaftsgebäudes der WU, dann stoppte ich das Video. Auch wenn mir klar war, dass es noch Stunden dauern würde, bis Elsie und Luke dort auftauchen würden.

Ich ließ den Laptop los und rutschte auf dem Teppich nach hinten. Meine nackten Knie brannten von der Reibung, alles in mir von dem Verstehen, das sich in mir ausbreitete.

Mein Herz schlug schneller, brutaler, drückte mir Farbe ins Gesicht. Meine Wangen glühten, mein Bauch auch, von einem solchen Schmerz, dass ich mich ein bisschen nach vorn krümmte und beide Hände auf das Shirt presste. Das Shirt, das nach Wes roch, weil es seines war. Weil ich in seiner Wohnung saß, an seinem Laptop. *Weil ich seine Freundin war.*

»Wieso riecht es hier so verbrannt?«

Seine Stimme biss mir in den Nacken, aber ich schaffte es nicht, mich umzudrehen. Ich hörte ihn zum Herd gehen, die Pfanne schabte über die Platte, dann wurde ein Fenster geöffnet. Die Regenluft riss die Duftwolke des verbrannten Teigs auseinander, ich konnte trotzdem nicht richtig atmen.

*Verbrannt*, dachte ich. *Verbrannt, verbrannt, verbrannt.*

»May? Alles okay?« Aus dem Augenwinkel nahm ich wahr, wie Wes hinter der Sofalehne stehen blieb und besorgt auf mich hinabsah.

Langsam hob ich den Blick. Er trug Jogginghose und ein weißes Shirt, das seine Leberflecken am Hals und Schlüsselbein frei ließ. Sein Haar war feucht und trotzdem goldstichig, auf seinem Nasenrücken war leichter Sonnenbrand zu sehen, weil wir gestern Mittag im Garten der Villa eingeschlafen waren.

Er sah so vertraut aus.

Er war mir so fremd.

Ich starrte wieder den Laptop an. Dieses Bild, das sich einfach nicht veränderte. Dieses Bild, das *alles* veränderte.

Mit aller Kraft hob ich die Hände und drehte ihn wortlos zu Wes um. Er begriff sofort. Feine Röte stieg in seine Wangen, doch er zuckte nicht zusammen. Er hob auch nicht verwundert die Augenbrauen, kratzte sich überfordert im Nacken oder sagte so was wie: *Das hab ich noch nie gesehen, was ist das?*

Ich wollte, dass er das tat. Ich wollte es so sehr. Aber es ging nicht darum, was ich wollte. Ich realisierte schlagartig, dass es nie darum gegangen war. Dass ich alles, wirklich alles, was in diesem Moment passierte, hätte vermeiden können, hätte ich nicht so viel darauf gegeben, was ich wollte.

»May«, sagte er schließlich nur. Leise, heiser, schuldig. Unglaublich schuldig.

Etwas daran half mir, die Kontrolle zurückzugewinnen. Ich rappelte mich auf und ballte die Hände zu Fäusten, funkelte ihn an. »Sollte ich dieses Zimmer jetzt auseinandernehmen, um nach einer Kamera zu suchen?«

Sein Kiefer spannte sich an. »Lass das. Mach nichts aus mir, was ich nicht bin.«

Ich fuhr herum, lief zur Schlafecke, wünschte mir zum ersten Mal, diese Wohnung wäre größer, damit ich Türen zwischen uns schließen könnte. Wünschte mir, ich könnte mir Wände bauen, so wie Wes mir in den letzten Wochen immer wieder welche gebaut hatte. Ich wollte mich vor ihm verschließen. »Klar. Weil du ja so anders bist als deine Freunde. Und weil ihr ja sowieso alle extrem missverstanden seid. Ihr seid nur eine Gruppe herzensguter Typen, die es witzig finden, ein Sexvideo über den ganzen Campus zu schicken.«

Meine Stimme zitterte, meine Sicht verschwamm. Ich zerrte mir Wes' Shirt über den Kopf, pfefferte es in eine Ecke und zog mir mein Kleid vom Vortag über den Kopf. Es war mir egal, dass es falsch herum war, es war mir egal, dass ich nicht wusste, wo mein BH war, es war mir egal, dass Wes mich halb nackt sah, obwohl ich alles dafür gegeben hätte, meinen Körper und mein Inneres mit tausend Schichten vor ihm zu verstecken.

»Hör mir zu: Das ist nicht so, wie du jetzt denkst.«

Es war mir nur nicht egal, dass er mir nachkam und immer noch ruhig und beherrscht klang. Als hätte er alles unter Kontrolle, als wäre nichts an dieser Situation schlimm, als hätte ein Teil von ihm damit gerechnet, dass wir sie früher oder später erleben würden.

Ich zwang mich, mich zu ihm zu drehen, und fokussierte seine Augen. Das Braun wirkte dunkler als sonst. Vielleicht warf Schuld Schatten. »Dieses Video wurde von deinem Laptop vom Server heruntergeladen, richtig?«

Er schluckte, aber er zögerte nicht. »Ja.«

»Hattest du ihn jemandem geliehen?«

»Nein.«

Das Wort sackte so tief in meinen Magen, dass ich mich am liebsten gesetzt hätte. Stattdessen griff ich nach all meinen Sachen, die ich herumliegen sah, und stopfte sie in meine Tasche. »Dann, Wes, ist es *genau so*, wie ich denke.«

»May«, setzte er an, aber ich fuhr dazwischen.

»Ich kann nicht fassen, dass ich dir auch nur ein Wort geglaubt habe.« Grob riss ich mein Ladekabel aus der Steckdose neben dem Nachttisch, so heftig, dass ein Wasserglas umfiel und sich auf dem Parkett ergoss. Der Boden würde vielleicht aufweichen, aber es war mir egal. Es war mir egal, es war mir egal, es war mir egal.

»Ich habe dich nicht angelogen.« Er machte einen Schritt zur Seite, als ich an ihm vorbei zum Schrank ging und zwei meiner Kleider von den Bügeln zerrte.

In den letzten Wochen war ich so oft hier gewesen, dass überall in der Wohnung noch Sachen von mir waren. Und ich wusste, dass ich, selbst wenn ich sie alle mitgenommen hätte, einen Teil von mir hierlassen würde. Am liebsten hätte ich mich auf dem Boden zusammengekauert und geweint, aber ich zwang mich dazu, die Fassung zu bewahren.

»Ach nein? Du hast gesagt, Luke hätte jemanden bezahlt, um in den Server zu kommen. Du hast mir *versprochen*, du hättest nichts damit zu tun.«

»Ich hab nur gesagt, dass er das hätte tun *können*. Und das andere hab ich nie wirklich gesagt, so direkt hast du das nämlich nie gefragt.«

Ich starrte ihm ins Gesicht, aber seine Züge verschwammen vor meinen Augen zu einem Schleier aus Lügen und Verrat und Schmerz. Sehr viel Schmerz. Ich hätte ihn gern angeschrien, ihn gegen die Brust gestoßen, ihn verflucht. Aber ich war nur ich, und ich war kurz davor zu weinen und zu fragen: *Wie kannst du mir das antun?*

»Geh weg«, flüsterte ich tonlos. »Geh einfach weg.«

Ich wollte an ihm vorbei, diesmal hielt er mich fest. Nicht grob, eher bittend. »May«, versuchte er es sanfter. »Alles, was ich gesagt habe, war wahr. Über dich, über uns. Nichts davon war gelogen. Und dieses Video hat nichts damit zu tun. Es hat nichts mit uns zu tun.«

*Es hat alles mit uns zu tun*, dachte ich. Aber ich riss mich nur los und brachte hervor: »Es gibt kein Uns.«

Er fasste mich nicht noch einmal an, aber er stellte sich mir in den Weg und suchte meinen Blick. »Bitte, lass es mich wenigstens erklären.«

»Damit du mich weiter anlügen kannst? Vergiss es.« Ich drängte mich an ihm vorbei in Richtung Tür.

Er folgte mir nicht, seine Stimme schon. Sie wurde lauter jetzt, wütend, vielleicht auch nur verzweifelt. »Du willst mir ja nicht mal die Chance geben, dir die Wahrheit zu sagen! Und weißt du auch, warum?«

Ich fuhr im Rahmen zu ihm herum. »Weil du sie nicht verdient hast!«

Er lachte trocken auf. »Nein. Weil du Angst davor hast, ich *könnte* sie verdient haben. Weil du Angst davor hast, einsehen zu müssen, dass manche Dinge komplizierter sind, als du wahrhaben willst. Wenn du nur eine Sekunde darüber nachdenken würdest, würde dir klar werden, dass du dich da gerade in etwas verrennst, das nicht stimmen kann. Du hast mich gesehen, okay? Du hast mich besser gesehen als jeder Mensch vor dir. Du hast mich besser gesehen, als ich mich sehe. Du kennst mich, May. Du bist *verliebt* in mich, also hör mir doch wenigstens kurz zu!«

*Verliebt.* Dieses kleine Wort brach etwas in mir. Vor weniger als dreißig Minuten hätte ich nicht gezögert, ihm zuzustimmen. Ich hatte gedacht, ich hätte mich in ihn verliebt. In Wes

West, in diesen schönen Mann, der in meinen Gedanken nur aus blauem Licht bestand und dafür sorgte, dass ich anfing, mich selbst besser wahrzunehmen.

Aber das war nicht derjenige, der mir jetzt mit angespannten Schultern und diesem wütenden, flehenden Blick gegenüberstand. Das hier war der Mann, der Mitschuld daran trug, dass meine beste Freundin monatelang gelitten hatte. Der Mann, der mir ein Versprechen gegeben und es gebrochen hatte, als würde es nichts bedeuten. Der Mann, der sich meiner Gefühle so sicher gewesen war, dass er gedacht hatte, ich würde ihm einfach alles verzeihen.

Ich hatte gedacht, ich hätte ihn gesehen.

Ich hatte gedacht, ich hätte ihn verstanden.

Aber das hier war unverständlich.

Es war unverzeihlich.

»Ich bin nicht verliebt in dich, Wesley Hastings.« Meine Stimme klang ruhiger und nüchterner, als ich mir zugetraut hätte. »Du bist ein arroganter, egozentrischer, verwöhnter Junge, der auf Kosten anderer seinen Spaß hat. Kein Experiment dieser Welt könnte mich dazu bringen, mich in jemanden wie dich zu verlieben.«

Diesmal zuckte er zusammen. Schwach nur, aber ausreichend, um einen Stich schlechten Gewissens in mir auszulösen. Ich vergrub ihn unter dem Wutschmerz und reckte das Kinn.

Wes blinzelte, dann straffte er die Schultern und seinen Gesichtsausdruck. Klar und kühl, hundert hohe Wände, kein einziger Riss im Fundament. »Okay. Wenn du das wirklich denkst, dann geh.« Er nickte hart in meine Richtung. »Mach schon, hau ab.«

Mein Herz schlug so laut, dass ich meine eigene Antwort kaum verstehen konnte. »Schon dabei.«

Ich nahm meine Lackschuhe in die Hand und zog die Tür hinter mir ins Schloss. So schnell ich konnte, rannte ich die Stufen herunter, verließ das Haus und trat in den Sprühregen. Erst da hielt ich inne, um mir die Schuhe über die Füße zu zerren und sofort weiterzurennen. Der Asphalt war ein rosafarbener Teppich aus nassen Kastanienblüten, ich rutschte mehrmals aus, schlug mir das Knie auf, spürte es kaum. Ich stand auf und lief weiter, bis meine Lunge genauso wehtat wie mein Bauch, mein Herz, mein Ich.

Es regnete den ganzen Weg nach Hause, aber ich konnte nicht mit dem Bus fahren. Ich wäre diejenige gewesen, die in der letzten Reihe saß und weinte, und ich wollte nicht, dass jemand abends wegen mir nicht schlafen konnte.

Also rannte, stolperte, wankte ich anderthalb Stunden durch den Regen und wünschte mir so sehr, er könnte die letzten Monate von meiner Haut waschen. Ich wünschte, er könnte Wes von meiner Haut waschen. Doch das ging nicht, weil er längst unter sie gekrochen war.

Vierte Hautschicht, neue Herzschicht, kein Entkommen.

*Verbrannt*, dachte ich wieder und wieder. Ich hatte mich an Wes verbrannt, wochenlang, und es hatte mir gefallen. Und das hatte ich jetzt davon: Das hier war das Ausbrennen, kurz bevor die Flamme erlosch.

Das hier war das Ende.

# 27. Kapitel

## MAY

Die Villa ächzte im Regen, als ich sie erreichte. Die Fensterscheiben leuchteten mattgelb, der Blauregen wucherte über dem Eingang und verströmte süß schweren Duft.

Mit zusammengekniffenen Lippen öffnete ich die Tür, trat mir die schlammbeschmutzten Schuhe von den Füßen und ließ sie neben meiner Tasche an der Garderobe stehen.

Ich hörte die anderen im Wohnbereich. Willows Lachen, Maxtons ruhigen Basston, das Rascheln von Papier, unbeholfene Klaviermusik, bei der sich mein Herz zusammenzog, weil ich daran denken musste, dass Wes vor ein paar Wochen angefangen hatte, Helen Klavier-Nachhilfe zu geben, und sie seitdem ständig übte.

Allein der Gedanke, dass die anderen mich so sehen könnten, trieb weitere Tränen in meine Augen und mich dazu, bemüht leise die Treppe hinaufzulaufen.

In meinem Zimmer bewegten sich die Kräutersträuße an der Leine vor meinem Fenster, weil die Scheibe immer noch undicht war. Ich verharrte mitten im Raum mit tropfendem Kleid, klitschnassen Haaren und schwerem Atem.

Ich konnte einfach nicht aufhören zu weinen.

Ich konnte einfach nicht aufhören zu rennen.

Ich fuhr Zug in meinem Kopf und all die vorbeiziehenden Bilder waren von Wes. Von Wes und mir. Von einem Uns, das keines war, nie eins gewesen war, sondern immer nur ein Mosaik aus Konjunktiv-Illusionen.

*Wenn er mich nicht belogen hätte.*

*Wenn er mich nicht verraten hätte.*

*Wenn er sein Versprechen nicht gebrochen hätte.*

Ich fühlte mich so gedemütigt und hintergangen, ich fühlte mich so naiv und schuldig. Ich hatte Wes an mich herangelassen, hatte für ihn riskiert, meine beste Freundin zu verlieren, hatte ihm alles über mich erzählt, hatte ihm alles geglaubt, was er mir über sich erzählt hatte. Ich hatte ihm vertraut. Und jetzt war er einfach überall. Jetzt würde er *für immer* überall sein. Weil ich ihn in mein Leben gelassen hatte, in mein Zuhause, in mich. Ich hatte ihn in meinen Körper gelassen und in meinen Kopf und in jeden Winkel meines Herzens. Ich wollte ihn aus alledem rauswerfen, aber ich vergaß nichts. Nie. Ich würde ihn *nie wieder* loswerden.

Ich öffnete den Mund, statt eines Schreis kam nur ein Schluchzen heraus. Ich presste die Hände auf meinen Mund, ging in die Hocke, umklammerte meinen Kopf. Hörte nicht auf, in den Erinnerungstunnel zu fallen. Sprang wieder auf, lief zum Bett und zerrte die Bezüge ab, warf sie auf den Boden. Zog mein Kleid aus und schmiss es hinterher. Stand schwer atmend und fast nackt da und starrte auf all den Stoff. Ein Nest aus Pastelltönen, in das ich nie wieder kriechen konnte. Meine Haut konnte ich nicht abstreifen. Mein Inneres noch weniger. Überall war Wes, überall tat es weh. Er musste mich dafür nicht berühren, weil Nicht-Berührungen von Anfang an unser Ding gewesen waren. Jetzt waren sie zurück, ganz anders und doch genauso grausam.

Mein Atem kam immer noch nur stoßweise, ganz gleich, wie sehr ich versuchte, mich zu beruhigen. Meine Gedanken kreisten viel zu heftig, kein Anfang, kein Ende, nur ein alles verschlingender Strudel aus *Was-hat-er-getan*, *Was-hab-ich-getan*, *Was-soll-ich-jetzt-tun*.

Und dann, ganz plötzlich, begriff ich es: Ich würde das nicht allein schaffen. Ich brauchte Hilfe. Ich *wollte* Hilfe.

Mit tränenverschleierter Sicht tappte ich zum Schrank und zog mir einen Pullover und eine meiner Kuschelhosen über, dazu dicke Wollsocken, dann verließ ich mein Zimmer.

Die anderen waren im Wohnzimmer, alle zusammen. Helen war am Klavier und klimperte vor sich hin. Maxton saß auf dem Sessel, der mir am nächsten war, und zeichnete. Eden auf dem daneben las, wie immer, Avery auf dem Sofa betrachtete ihn abwesend dabei, auch wie immer. Willow neben ihr lag auf dem Rücken und ließ den Kopf vom Sofa baumeln, während sie auf ihrem Handy scrollte. Beck und Sienna saßen einander auf dem Teppich gegenüber und spielten Karten.

Ich kam herein und sie alle sahen auf. Nicht weil ich etwas sagte, sondern weil ich immer noch so heftig weinte, dass es sogar Helens Klavierspiel übertönte. Mit ganzer Kraft drängte ich das Schluchzen zurück, um ein paar Worte hervorzuwürgen. »Könntet ihr kurz für mich da sein?«

Fünf Sekunden erschrockene Stille. Und dann passierte alles auf einmal. Avery sagte mit glasigen Augen: »Natürlich, May«, in dem Moment, in dem Helen vom Hocker aufstand und besorgt fragte: »Was ist passiert?« Beckett warf seine Karten auf den Boden und knurrte: »Ich bringe ihn um«, Willow setzte sich aufrecht hin und zischte: »Ich helfe dir dabei.« Eden legte das Buch beiseite und verschwand in Richtung Esszimmer, murmelte: »Ich hole Tee«, Sienna rief ihm mit zusammengezogenen Augenbrauen nach: »Und Rum!«

Nur Maxton sagte gar nichts. Er stand einfach auf und war mit zwei Schritten bei mir. Und dann umarmte er mich. Er war so groß, ruhig und entschieden, dass ich nicht anders konnte, als mich völlig in seine Arme fallen zu lassen. Er sagte kein Wort, er hielt mich nur fest und strich über mein Haar, während ich das Gesicht an seine Brust presste und hemmungslos schluchzte.

Die nächsten Minuten verschwammen zu einer diffusen Momentkette aus streichelnden Händen und sanftem Flüstern, ein beständiges, beruhigendes Wortband aus »Wir haben dich« und »Wir sind da« und »Wir bekommen das wieder hin«.

Ich stand weinend zwischen ihnen, mitten im Fokus, wissend, dass sie sich gerade um mich sorgten. Aber dieses Mal kam ich damit klar, weil ich spürte, dass es ihnen nicht unangenehm war. Sie waren gern für mich da, weil sie mich gernhatten. Ich kannte dieses Gefühl, und in diesem Augenblick schaffte ich es zu sehen, dass es okay war, auch mal auf der anderen Seite zu stehen.

Vor allem, weil ich wusste, dass ich das hier gebraucht hatte. Denn irgendwo zwischen all den Worten und Umarmungen hörte ich endlich damit auf zu rennen, zu fallen, zu verbrennen.

Ich wusste nicht, wessen Idee es war, aber irgendwann zogen wir nach draußen auf die Veranda. Avery, Sienna und Helen sammelten die Decken aus unseren Zimmern zusammen, Willow holte die fürs Picknick aus dem Salon, und daraus bauten wir uns ein Bettenlager. Der Regen benetzte noch immer die äußeren Bretter der Veranda, doch die Überdachung schützte uns.

Ich hatte aufgehört zu weinen, irgendwo zwischen den wechselnden Umarmungen und der zweite Tasse Fencheltee. Elsie war vorbeigekommen mit einem riesigen Becher Eis und einem Blick, der *Es tut mir so leid* flüsterte und nicht *Ich hab es dir gesagt*. Ich bewunderte sie dafür, weil ich nur daran dachte. Dass sie mich gewarnt hatte, dass ich mich selbst gewarnt hatte. Dass ein Teil von mir das hier hatte kommen sehen und dass der andere, der naivere Teil ihm einfach die Augen zugehalten hatte.

Ich zog die Decke höher und presste die Stirn gegen Elsies Schulter, die neben mir lag. Ohne den Kopf zu heben, ließ ich den Blick über die Veranda wandern. Eden und Maxton saßen nebeneinander auf der obersten Stufe der Veranda und unterhielten sich leise. Der Regen machte ihre Beine nass, aber es schien sie nicht zu stören. Helen war zu meinen Füßen eingenickt, eingerollt wie eine Katze. Sienna und Beck waren in der Küche verschwunden, um Kakao zu kochen. Willow lehnte in einem Deckenkokon an der Hauswand und starrte ungewohnt still in den Garten, der hinter dem Regen verschwamm, als befänden wir uns in einem alten Schwarz-Weiß-Film.

Avery saß mit dem Rücken an einem Verandapfosten. Eine Pfingstrose hatte ihren Kopf auf ihrem abgelegt, sie ihren Blick auf meinem Gesicht. »Bist du dir sicher, dass du nicht noch mal mit ihm sprechen willst?«, fragte sie, nachdem wir eine ganze Weile geschwiegen hatten.

Ich hatte ihnen alles erzählt, die ganze hässliche Wahrheit. Keiner von ihnen hatte wirklich überrascht gewirkt, und irgendwie hatte mich das noch mehr getroffen. Wieso überraschte es *mich* dann so? Wieso hatte ich für unmöglich gehalten, womit offenbar jeder andere längst gerechnet hatte?

»Wozu?«, zwang ich mich zu antworten. Meine Stimme klang aufgeraut und schwer. Ich war unfassbar müde, auf diese Art, die mich die ganze Nacht wach halten würde.

»Vielleicht steckt mehr dahinter, als du denkst.«

»Er hat zugegeben, dass er das Video heruntergeladen hat. Das ist alles, was ich wissen muss.«

Sie runzelte die Stirn. »Und was hättest du an seiner Stelle gemacht?«

»Ernsthaft, Sterling?« Willows Blick fokussierte sich brennend auf ihr. »Nimmst du diesen Mistkerl jetzt in Schutz? Ausgerechnet du? Dir ist Moral doch sonst so wichtig.«

Avery ging nicht auf ihren Tonfall ein. Wir kannten Willow gut genug, um zu wissen, dass ihre Direktheit nie böse gemeint war. »Genau deswegen sage ich es ja. Ich meine, ich finde es absolut scheiße, was er gemacht hat. Aber wenn ich in letzter Zeit etwas gelernt habe, dann, dass Menschen Fehler machen. Alle Menschen, auch die, die wir lieben.« Ihre Augen huschten zu Eden, der Ausdruck darin wurde weicher. Dann zupfte sie nachdenklich am losen Saum ihrer Strickjacke. »Mein Vater hat immer gesagt: *Schlechte Tage machen keine schlechten Menschen.* Und ich arbeite selbst noch daran, das nicht zu vergessen, doch es stimmt. Wenn Wes dieses Video für Luke besorgt hat, dann war das daneben. Aber … du könntest zumindest versuchen zu verstehen, wieso er das getan hat. Vielleicht kannst du ihm dann verzeihen.«

Willow schnaubte, aber ich kam ihr zuvor. »Mir ist klar, dass du recht hast. Und mir ist auch klar, warum Wes das in erster Linie getan hat. Er wollte Luke helfen und … keine Ahnung, wahrscheinlich hat er sich über den Rest keine großen Gedanken gemacht. Vielleicht fand er es witzig, es Luke zu schicken, vielleicht konnte er nicht absehen, wie es sich dann verbreitet. Fakt ist, er hätte es verhindern können, wenn er es einfach gelöscht hätte. Stattdessen hat er das Video an Luke weitergeleitet, weil ihm die Konsequenzen egal waren. Und er hat mir das bewusst verschwiegen. Er hat sein Versprechen gebrochen, obwohl er wusste, wie wichtig mir das ist. Das kann ich nicht verzeihen.«

Avery öffnete mehrmals den Mund, als wollte sie etwas nachsetzen, doch schließlich hob sie die Schultern. »Okay. Das ist deine Entscheidung.«

»Du weißt, dass du dich nicht meinetwegen von ihm fernhalten musst. Aber … vielleicht ist es besser so«, flüsterte Elsie und drückte meine Hand. »Vielleicht passt ihr im Grunde nicht zusammen und er hätte dir irgendwann noch viel mehr wehgetan.«

»Beziehungen sind eh scheiße. Die machen einen auf die eine oder andere Weise früher oder später kaputt«, stimmte Willow ihr zu und ging zur Tür, um sie für Sienna und Beckett zu öffnen, die mit je mehreren Blümchenbechern in den Händen im Esszimmer aufgetaucht waren.

Das Schlimme war: Ich wollte immer noch widersprechen. Ich wollte immer noch denken: *Wes ist nicht so.* Ich hörte ihn immer noch sagen: *»Ich hätte sehr gern dieses Wort mit dir, May.«* Ich fühlte mich immer noch fühlen: *Ich will alles mit dir.*

Doch nichts davon konnte ich den anderen sagen, denn nichts davon spielte eine Rolle. Also schluckte ich alle Worte mit Kakao herunter und versuchte, nicht daran zu denken, wie ich das erste Mal welchen in Wes' Wohnung getrunken hatte. An dem Abend, an dem er gesagt hatte: *»Wir versuchen es jetzt mit Vertrauen, richtig?«*

Ich wünschte, ich hätte es ein bisschen weniger versucht.

# 28. Kapitel

## MAY

Ich hatte schon oft gehört, dass Menschen sagten, wenn man litt, hielte die Zeit an. Doch das stimmte nicht. Zeit hielt nie an, nicht für die guten Momente, aber auch nicht für die schlechten. Sie lief einfach immer weiter, und manchmal, in den schlimmen Phasen, ließ sie einen zurück.

In den Wochen, nachdem ich das Video gefunden hatte, kam ich nicht hinterher. Nicht der Zeit, nicht meinem Leben, nicht mir selbst. Ich stand jeden Morgen auf, duschte und zog mich an, lernte, ging spazieren, aß, redete wenig, lachte weniger, weinte viel, ging wieder zu Bett. Ich gab mir wirklich Mühe, doch die Wahrheit war: Zwei Wochen vergingen, aber ich hing fest. Ich hing fest in diesem Moment, in dem ich auf dem Boden in Wes' Wohnung kniete, den Laptop zu ihm herumdrehte und ihm ins Gesicht starrte. In diesem Moment, in dem ich Wes ansehen konnte, wie er aufschlug. Erneut. Diesmal endgültig. So wie ich es seitdem in Endlosschleife tat, wieder und wieder und wieder. Und es gab absolut nichts, was ich dagegen tun konnte, außer damit zu leben und mich daran zu klammern, dass es besser werden würde. Ich wusste das. Ich fühlte es nur nicht.

Zwei Wochen und es tat immer noch genauso weh, als wäre ich gerade erst aus seiner Wohnung gestürzt. Ich musste an den Artikel über das Schmerzgedächtnis denken, den ich vor ein paar Tagen gelesen hatte. Es heißt, dass lang anhaltende

Schmerzreize das Nervensystem verändern und letztlich dafür sorgen können, dass Schmerzen als Erinnerungen erhalten bleiben und spontan, ohne konkreten Auslöser, so abrufbar sind, als würden sie gerade erst entstehen. Eigentlich ergab das nur Sinn: Wenn jemand ein gutes Schmerzgedächtnis hatte, dann ich.

Es war ein Freitag Anfang Juli, als ich die Mail erhielt. Ich saß mit Avery am Esszimmertisch, einem Papiernest aus Uni-Büchern und Unterlagen. Avery lernte für eine Klausur, ich arbeitete an meiner Hausarbeit. Der Absender der Mail, die auf meinem Uni-Account eingegangen war, ließ mich stutzen. Es war selten ein gutes Zeichen, wenn einem Dozierende mitten in den Semesterferien schrieben. Trotzdem musste ich den Inhalt mehrmals überfliegen, bis ich ihn verstand.

»Er hat ihn nicht abgegeben«, murmelte ich fassungslos.

Avery blickte von ihrem Ordner auf. »Wer hat was nicht abgegeben?«

»Wes.« Auch noch nach zwei Wochen, in denen ich versucht hatte, nur hart über ihn zu denken, klang meine Stimme viel zu weich, als ich seinen Namen sagte. »Er hat den Projektbericht nicht abgegeben. Unsere Dozentin schreibt gerade, dass wir die Abgabe gestern versäumt hätten und sie uns eine Nachfrist bis heute um vierzehn Uhr einräumt, bevor sie es als nicht bestanden wertet. Ich meine, ich hab meine Punkte in dem Seminar schon und ob sie meine Note noch verbessert oder nicht, ist mir egal, aber Wes … er würde exmatrikuliert werden.« Ich starrte auf seine Mail-Adresse, die neben meiner stand. »Er weiß das, deswegen war ihm diese Note so wichtig. Das kann doch unmöglich sein Ernst sein.«

Avery hob die Augenbrauen, als wäre das nichts, was sie überraschte. »Vielleicht war ihm etwas anderes wichtiger. Du könntest ihn anrufen und fragen.«

Entschieden schüttelte ich den Kopf. Ich hatte Wes noch am Abend unserer Trennung auf meinem Handy blockiert, mit gutem Grund. Wenn ich diese Linie jetzt überschritt, wäre die Verlockung, ihn im nächsten Erinnerungsmoment unüberlegt anzurufen, viel zu hoch.

»Was willst du dann tun?«

»Keine Ahnung.« Ich ließ mich im Stuhl zurücksinken und blickte nach draußen, wo die Vormittagssonne unseren Garten in ein goldbestaubtes, bunt gewebtes Tuch verwandelte.

Es stimmte: Ich wusste nicht, was ich tun wollte. Aber obwohl ich mich innerlich dagegen sträubte, wusste ich, was ich nicht tun wollte.

Ohne ein weiteres Wort schloss ich das aktuelle Dokument auf meinem Laptop und suchte nach einem anderen.

Ich hätte es nicht machen müssen, nichts davon.

Ich hätte nicht eine Stunde lang notdürftig lose Enden in einem unvollständigen Bericht miteinander verknüpfen müssen, der für mich keinen Nutzen hatte. Ich hätte nicht mit dem Auto zur Uni fahren und dort nicht zum Drucker rennen müssen, um den lieblos zusammengehefteten Papierberg schließlich um 13:55 Uhr im Sekretariat des Lehrstuhls abgeben und meiner Professorin einen Zweizeiler inklusive Anhang mailen zu können.

Ich hätte auch nicht meinen Wagen am Campus stehen lassen und zu Fuß in die Innenstadt laufen müssen, bis ich vor einer petrolblauen Tür stand. Ich hätte nicht darauf warten müssen, bis jemand zufällig aus dem Haus kam und ich hineinschlüpfen konnte, ich hätte nicht mit schwer pochendem Herzen die Treppen hinauflaufen müssen.

Ich hätte nichts davon tun müssen, und ich wusste nicht, warum ich es trotzdem tat. Ich wusste nur, dass ich schließlich vor Wes' Wohnungstür stand und klingelte – obwohl ich mir vor zwei Wochen vorgenommen hatte, nie wieder herzukommen. Aus irgendeinem Grund hatte ich das Gefühl, das hier zu brauchen, um mich endlich aus den Erinnerungen an meinen letzten Besuch in dieser Wohnung zu lösen. Um einen geraden Schlussstrich zu ziehen unter etwas, das in einem hässlichen Fadenknäul geendet hatte, das mir seitdem schwer im Magen lag. Um endlich, endlich hier wegzukommen.

Es dauerte ein paar Sekunden, bis ich Schritte hinter der Tür hörte. Reflexartig wich ich einen halben Meter zurück, als sie aufschwang.

Und dann stand er da, einfach so, mitten im Rahmen.

Goldblondes Haar, goldbraune Augen, sehr dunkler Blick.

Wes sah kaputt aus, müde. Ich wusste nicht, ob es mich hätte freuen sollen, dass es ihm offensichtlich nicht besser ging als mir, aber das tat es nicht. Es tat nur noch mehr weh. Die schattenblauen Ringe unter seinen Augen waren die Spitze von einem Schmerzeisberg, die sich grob in meine Brust bohrte.

Wir starrten einander an, schweigend, brennend intensiv, als wären zwei Jahre vergangen und nicht zwei Wochen. Seine Augen wirkten glanzlos und tatsächlich dunkler als sonst. Herz im Blick, auf unschönste Weise gebrochen.

Unten im Haus fiel eine Tür zu, Schritte kamen auf. Das Geräusch half mir, mich zusammenzureißen. »Ich wollte dir Bescheid geben, dass ich gerade an der Uni war und unseren Projektbericht abgegeben hab. Keine Ahnung, ob du es nur vergessen hast oder …«

»Ich hab es nicht vergessen.« Selbst seine Stimme klang abgeschlagen. »Ich wollte ihn nicht abgeben. Nicht, nach … Das Projekt ist mir scheißegal.«

»Dein Abschluss hängt daran.«

Er stieß ein ungläubiges Lachen aus. »Das ist mir auch egal.«

»Ich habe verstanden, dass dir vieles egal ist, aber ich will nichts damit zu tun haben, dass du dir Chancen verbaust.«

Seine Gesichtszüge wurden weicher, er machte eine Bewegung auf mich zu. »May.«

Ich wich einen halben Schritt zurück und starrte auf seinen Kehlkopf. »Es wäre außerdem albern, wenn wir die ganze Arbeit zunichtemachen. Dann wären die letzten Monate völlig sinnlos gewesen.«

»Das ist nicht wahr.«

»Dixon hat mir vor zehn Minuten geantwortet, dass sie die Abgabe noch akzeptiert. Rechne aber lieber nicht mit einer allzu guten Note: Das Fazit ist ein bisschen schwach ausgefallen, weil ich es in zehn Minuten schreiben musste.«

Wes zögerte, holte tief Luft. Sein suchender Blick griff ins Leere. »Welches Fazit hast du getroffen?«

Ich dachte an die Überschrift des Projekts, die allererste Frage, die mir in den Kopf schoss, wenn ich an Wes dachte: *Kann man jeden Menschen lieben?*

Auch ohne aufzusehen, wusste ich, dass seine Augen etwas anderes fragten: *Kannst du mich lieben, auch wenn ich es verbockt habe?*

»Man kann verstehen. Aber wenn man ganz genau hinsieht, dann heißt verstehen nicht verlieben. Und verlieben heißt nicht lieben. Ich hab es ein bisschen ausführlicher aufgearbeitet, aber … ein klares Jein.« Ich lächelte matt.

»Es ist kein Jein für mich.« Seine Stimme war so leise, dass sie in dem Aufschließen einer Wohnungstür eine Etage tiefer unterging.

Ich tat so, als hätte ich ihn nicht gehört. »Jedenfalls sind wir jetzt quitt. Wenn du noch planst, mit deiner Mutter zu reden, meine ich. Ich kann dich natürlich nicht dazu zwingen, ehrlich gesagt rechne ich nicht mal damit, dass du es machst. Keine Ahnung, ob du es je vorhattest.«

»Ich bin verliebt in dich, May.«

Weiche Worte konnten auch verletzen, wie seltsam. Mein Bauch tat weh, Wut *und* Kummer: weil es gemein war, dass er das sagte, und weil ich hörte, wie er litt.

Mein Blick fiel auf die Leberflecken an seinem Hals. Man sah nur vier, ich zählte sieben. »Wie auch immer. Ich hab meinen Teil erfüllt.«

»Ich liebe dich, May.«

Meine Sicht verschwamm, Tunnelblick, Tunnelfallen. »Und das war's jetzt. Damit ist die Sache für mich abgehakt. Wenn wir uns nächstes Semester wiedersehen, dann tun wir einfach so, als hätte es dieses Projekt nie gegeben, okay? So wie wir es von Anfang an vereinbart hatten.«

»May.« Er machte einen Schritt auf mich zu. »Ich *liebe* dich. Ich bin *verliebt* in dich. Ich *verstehe* dich. Auch das, was du hier gerade tust, aber … bitte. Es hat funktioniert, okay? Dieses Scheißexperiment hat funktioniert. Weil ich dich gesehen hab, so sehr. Und weil ich dich jetzt einfach lieben *muss*. Keine Ahnung, ob man jeden Menschen lieben kann, aber ich bin sicher, dass man dich nicht *nicht* lieben kann. Ich liebe dich. Ich liebe dich. Ich liebe dich.« Er sagte die letzten Sätze schnell und holprig, als hätte er es gar nicht wiederholen wollen. Als würde seine Zunge stolpern, als wären das die einzigen Worte, die in seinem Mund noch übrig waren.

Ich atmete zittrig aus. Zwang mich dazu, den Blick zu heben und ihn anzusehen. »Darum geht es doch gar nicht.«

»Worum geht es dann?«

»Vielleicht kann man sich ja wirklich unter bestimmten Grundbedingungen in jeden Menschen verlieben. Vielleicht … vielleicht konnten wir uns ineinander verlieben. Aber das ist nur ein Gefühl. Und Gefühle vergehen. Sieh dir unsere Eltern an.« Ich brach ab, rieb mir über die brennenden Augen. Ich wollte diese Karte nicht ziehen, wir wussten beide, dass ich so nicht war. Ich hatte Liebe scheitern sehen, ja, aber ich war keiner der Menschen, die deswegen dachten, dass sie nichts brachte. Liebe war schön, sie war intensiv, sie war erlebenswert. Aber sie konnte nicht alles wieder geradebiegen. »Was ich sagen will, ist: Gefühle sind nicht das, worauf du eine Beziehung aufbauen kannst, egal welcher Art. Worauf es ankommt, ist Vertrauen. Und ich … vertraue dir nicht mehr.«

»May.« Da waren Tränen in seinen Augen und er versuchte nicht mal, sie wegzublinzeln. Sein Gesicht war wieder völlig nackt, wandlos, wie kurz nach dem Aufstehen, wie kurz vor dem Sex, wie in den Momenten im blauen Licht. »Ich liebe dich.«

Ich hatte einen ganzen Buchstabenklumpen im Mund. Weiche Worte, harte Worte, vor allem leere Worte. »Das ändert nichts«, flüsterte ich uns beiden zu.

»Das ändert *alles*.« Sein Kiefer spannte sich an. Hätte ich ihn nicht gekannt, hätte ich gedacht, er wäre kurz davor zu schreien. So ahnte ich, er war kurz davor, richtig zu weinen.

»Wenn du das denkst, dann hast du mich kein bisschen verstanden, Wes. Ich hab es dir erklärt. Dass du etwas kaputt machst, wenn du ein Versprechen brichst. Und … in diesem Fall war es eben das hier.«

Wes schluckte, ohne etwas zu erwidern. Vielleicht würgte er die Wortschleife herunter, die immer noch auf seiner Zunge lag. *Ichliebedichichliebedichichliebedichichliebedich.*

Vielleicht verknotete sie sich beim Runterschlucken an seinen Stimmbändern, vielleicht sagte er deswegen kein Wort mehr, während ich mich umdrehte und die Treppe runterging.

Ich wusste, dass er oben stehen blieb, bis ich das Haus verlassen hatte. Ich war diejenige, die diese letzte Tür hinter sich zuzog.

Ein lautes Beben in einem leeren Raum.

Der letzte Ton.

Und dann … Stille.

Ich ging wieder zu Fuß nach Hause. Die Sonne hing julihell am Himmel, ein großer, runder Lichtball. Ich konnte nicht aufhören, an den Mond zu denken, wenn ich sie ansah, also starrte ich die ganze Zeit auf meine Schuhe.

Als ich die Felder dicht vor der Villa erreicht hatte, blieb ich stehen. Der Raps war verblüht, die braunen Schoten hingen schwer an den Gräsern und würden bald geerntet werden. Ich strich mit den Fingerkuppen über ihre Köpfe, während ich mit der anderen Hand nach meiner Tasche griff.

In den letzten Tagen hatte ich für den Anruf an Gus immer einen Moment abgepasst, an dem ich mich am sichersten gefühlt hatte, nicht jederzeit in Tränen auszubrechen. Ich wusste, dass ich deswegen damit eigentlich noch hätte warten sollen, aber in diesem Augenblick vermisste ich meinen kleinen Bruder so sehr, dass es mir egal war, wenn meine Stimme wankte.

Ich legte den Kopf in den Nacken und starrte in das wolkenlose Sommerblau, solang es klingelte. Zweiundzwanzig Sekunden Tuten, eine Sekunde Stille, ein Name. *Angus Little.*

Durchatmen, abgerungenes Lächeln.

»Hey, Gus. Ich bin's, heute ein bisschen früher als sonst. Mir geht's gut, ich …« Ich stockte, weil mir in diesem Moment bewusst wurde, dass ich es mir so angewöhnt hatte, das zu sagen. Ich hatte Angus immer von meinem Leben erzählt, ohne ihm alles zu erzählen. Ich hatte nie gelogen, aber immer etwas zurückgehalten: das, von dem ich dachte, es könnte ihn potenziell belasten. Ich hatte gedacht, ich würde ihm einen Gefallen damit tun, indem ich ihn weiterhin anrief und ihm das Gefühl gab, dass es mir gut ging – auch wenn ich im Grunde wusste, wie wenig er sich dafür interessierte. In diesem Augenblick begriff ich etwas, das ich fast drei Jahre krampfhaft verdrängt hatte: Diese Anrufe machte ich nicht für Angus, ich machte sie für mich. Er wollte sie nicht, er wollte *mich* nicht in seinem Leben. Und es wurde Zeit, dass ich das akzeptierte. Dass ich endlich akzeptierte, dass mein Handeln genauso Konsequenzen hatte wie das von Wes.

Ich schloss die Augen. »Eigentlich geht's mir nicht gut. Gar nicht gut. Mir tut alles weh. Ich … verstehe es jetzt. Wie du dich gefühlt hast, als ich gegangen bin, obwohl ich versprochen habe zu bleiben. Ich hab es immer verstanden, aber jetzt kann ich es spüren. Ich spüre, wieso du mir das nicht vergeben kannst. Und es tut mir leid, es tut mir so leid. Ich werde mir das nie vergeben und ich hoffe nicht länger darauf, dass du das tust. Ich liebe dich. So sehr.« Ich lachte und ein Schluchzen entwich mir, aber auch das spielte keine Rolle mehr. »Und das ändert nichts. Weder daran, dass ich dich verlassen hab, noch daran, dass ich das Vertrauen, das wir füreinander hatten, zerbrochen hab.« Meine Stimme verebbte, aber ich zwang mich dazu, weiterzusprechen. »Ich weiß, dass ich dich in Ruhe lassen muss. Dass ich aufhören muss zu versuchen, Kontakt zu halten, wenn du das nicht willst. Ich werde dich immer lieben, ich werde dich immer vermissen, ich werde immer da sein, wenn du mich brauchst. Ich werde dich nie loslassen, aber … ich fange jetzt an zu akzeptieren, dass du mich losgelassen hast. Hab dich lieb, Gus. Ich wünsche dir für immer Taghimmel voller Federwolken und Abendhimmel voller Nachtwolken. Bis dann.«

Ich stand noch lang am Feldrand und starrte in den Himmel. Erst als sich ein paar zartrosafarbene Schleierwolken über das Blau zogen, ging ich nach Hause.

Bei meinem ersten Liebeskummer, damals mit Henry, hatte ich niemandem groß davon erzählt. Meine Freundinnen in der Schule hatten zwar gewusst, dass ich in ihn verliebt gewesen war, aber sie hatten es von Anfang an als Schwärmerei abgetan. Meine Eltern waren zu sehr mit sich selbst beschäftigt gewesen und Angus zu jung, um sich über so etwas wie Verliebtsein Gedanken zu machen. Als ich Jahre später gelesen hatte, dass der beste Weg, um Liebeskummer zu überstehen, der war, sich an andere Formen von Liebe im eigenen Leben zu erinnern, hatte ich mich immer gefragt, ob das stimmte. Jetzt wusste ich es: ja, definitiv ja.

Es war unmöglich, sich in der Mulberry Mansion nicht geliebt zu fühlen. Meine Mitbewohnenden ließen mir Freiraum, aber sie waren trotzdem immer da: frische Wiesenblumen auf meinem Nachttisch von Maxton, meine Spieluhr, die seit Ewigkeiten kaputt war und von Helen repariert wurde, eine Tüte Zitronenbonbons auf meinem Kopfkissen von Sienna, eine geteilte Playlist auf meinem Spotify-Account mit dem Titel *just me, myself & may* von Willow, ein Historienroman von Eden aus dem Antiquariat, eine Woche voll von meinen Lieblingsgerichten dank Becketts Übernahme des gesamten Kochdiensts, ein Bilderrahmen mit einem Schnappschuss von meinem Geburtstagspicknick von Avery, auf dem alle Bewohnenden der Mulberry Mansion zusammen zu sehen waren – so glücklich lachend, dass ich sogar übersehen konnte, wer nicht darauf war, weil er das Foto für uns gemacht hatte. Die Gesten waren klein, aber sie bedeuteten wieder alles.

Es verging auch kein Abend, an dem nicht mindestens einer

von ihnen an meiner Tür klopfte und fragte, ob ich Gesellschaft wollte. Manchmal sagte ich Ja, manchmal Nein, aber das warme Gefühl in meinem Bauch war immer dasselbe.

Deswegen wunderte es mich auch nicht, als es um neun gegen die angelehnte Tür klopfte. Avery schob ihren Kopf herein und lächelte mir zu. »May? Hier ist Besuch für dich.«

Ich spannte mich an und rutschte auf die Kante der Matratze. »Ich will ihn nicht sehen.«

»Es ist nicht Wes.« Sie öffnete die Tür ein Stück und mein Herz riss ein. So tief und spürbar, dass ich leise keuchte.

Mein Blick glitt an ihm auf und ab, mehrmals. Jeans und weißer Hoodie, Rucksack über der Schulter. Strubbeliges schwarzes Haar, schilfgrüne Augen, dichte Wimpernkränze, die seinen unsicheren Blick betonten.

Angus kam zögerlich in den Raum und nickte Avery zu. »Danke.«

Sie lächelte und sah noch einmal kurz zu mir, ehe sie das Zimmer verließ und die Tür hinter sich zuzog. Ich regte mich nicht. Ich war mir sicher, dass nur ein etwas zu lautes Einatmen, eine falsche Bewegung oder ein zu intensives Gefühl das hier zerstören würde.

Gus vergrub die Hände in den Hosentaschen und sah sich um. »Witzig. Dein Zimmer sieht fast aus wie das zu Hause.«

Ich umklammerte die Matratzenkante mit beiden Händen. »Was … ist was mit Mum?«

»Nee, der geht's gut. Na ja, wie immer halt. Sie ist heute bei der *Ladies' Night*. Du weißt noch, wie aufgesetzt gut gelaunt sie das immer sagt, oder?« Er zog die Nase kraus, sodass sich die Sommersprossen darauf bewegten.

»Wieso bist du dann hier? Ist was passiert? Brauchst du Hilfe?«

Gus schüttelte den Kopf und machte einen Schritt auf mich

zu, blieb wieder stehen. Seine Unsicherheit war so spürbar, dass ich mich immer mehr anspannte. »Ich bin nicht wegen mir hier, sondern wegen dir. Ich hab deine Nachricht gehört.«

Mein Mund öffnete sich von allein. »Oh.«

Ich hatte vor etwa vier Stunden auf seine Mailbox gesprochen. Von Kettering fuhr man knapp zwei Stunden her, mit dem Bus ein wenig länger. Das bedeutete, er musste die Nachricht mehr oder minder sofort abgehört haben. Das ergab keinen Sinn. Wieso sollte er ausgerechnet heute …

»Ich höre sie mir immer alle an«, unterbrach Angus den Gedanken, als hätte er ihn gehört. »Seit fast drei Jahren, du hast keinen Tag verpasst. Du hast mir sogar draufgesprochen, wenn du zu Hause zu Besuch warst.«

»Hat ja auch nichts daran geändert, dass ich dich quasi nie gesehen habe«, flüsterte ich und grub die Finger noch fester in die Matratze, um sie ruhig zu halten. Um nicht aufzustehen und ihn zu umarmen und damit zu vertreiben. »Ich … dachte nicht, dass du sie dir anhörst.«

»Ich wollte ja auch nicht, dass du es weißt. Aber …« Er verstummte und sah an mir vorbei zum Fenster.

Es war einfach unmöglich, ihn nicht anzustarren. Beim letzten Mal, beim Friedhof, hatten die Nachtfarben und die Sorge um ihn alles ein bisschen überschwemmt. Aber jetzt, hier, im goldgelben Schein meiner Lichterketten, umgeben von Dingen, die ich liebte, in einem Haus, das ich liebte, sah ich nur noch diesen Jungen, den ich so liebte.

Er war älter geworden, erwachsener. Breitere Schultern, markanterer Kiefer, tiefere Stimme. Und trotzdem war das noch Gus. Mit der fingernagelgroßen Narbe am Kinn, weil er als Achtjähriger mit dem Fahrrad lieber gegen einen Baum geknallt war, als über eine Ameisenstraße zu fahren. Mit den Sommersprossen an den Ohrmuscheln, die er so hasste, dass er allein deswegen sein Haar länger trug. Mit dem leichten Lispeln, gegen das wir jahrelang gemeinsam Sprachübungen gemacht hatten und das heute nur noch auftrat, wenn er extrem nervös war.

Mein großer kleiner Bruder.

Er räusperte sich, als ich nichts sagte. »Du klangst traurig. Und na ja, ich hab mir Sorgen gemacht.«

»Tut mir leid, das wollte ich nicht.«

Er schüttelte wieder den Kopf, grub die Finger in sein wirres Haar, erinnerte sich an die Sommersprossen und strich es wieder über seine Ohren. So viel Gus in so wenigen Sekunden. »Du hast in all der Zeit nie darüber geredet, wenn es dir schlecht ging, ist dir das eigentlich klar? Ich meine, ich konnte es dir schon irgendwie anhören, wenn dich was bedrückt hat, aber … du hast es bis jetzt nie gesagt. Also … dachte ich, dass es heute wirklich wichtig ist. Dass du mich brauchst.«

»Ich hab dich immer gebraucht«, wisperte ich. »Aber ich verstehe trotzdem, wenn du das hier nicht kannst. Was ich getan hab …«

»Ändert nichts dran, wer wir sind«, unterbrach er mich leise, aber entschieden. »Ich bin dein Bruder. Ich passe auf dich auf.«

Ich musste lächeln. »Du bist mein *kleiner* Bruder.«

Er verdrehte die Augen und setzte sich neben mich. »Ich bin mittlerweile deutlich größer als du. Und das spielt eh keine Rolle. Wir haben uns versprochen, immer füreinander da zu sein, wenn es hart auf hart kommt, oder?«

Ich nickte und versuchte, die Tränen zu unterdrücken.

»Ich wusste, dass du immer da warst. Und jetzt … also … bin ich hier. Und ich hab dir was mitgebracht.« Er beugte sich zu seinem Rucksack und zerrte den Reißverschluss auf. Kurz darauf hielt er mir eine alte Keksdose hin.

Perplex griff ich danach und legte sie auf meinen Schoß. Das Blech war ein bisschen verbeult, ich brauchte einen Moment, um den Verschluss aufzubekommen. Als ich es schaffte, hätte ich fast angefangen zu weinen.

In der Dose lagen auf einer Serviette mit blassblauem Blümchenmuster etliche Holzelefanten. Vorsichtig nahm ich einen heraus: fast handtellergroß, eckige Ohren und zu kurzer Rüssel, riesige Augen. So, so perfekt.

»Die sind wunderschön und … das sind so viele«, murmelte ich fasziniert und nahm einen anderen heraus. Nur noch daumengroß und detaillierter ausgearbeitet, als wären die Handgriffe bereits routinierter gewesen.

»Genau vierunddreißig Stück. Einen für jeden Monat, den ich deine Anrufe ignoriert habe. Hab sie selbst geschnitzt und mir bei jedem mehrmals in den Finger geschnitten.« Er grinste schief und blickte auf seine Hände, die er im Schoß ineinander verschränkt hatte. Da war ein Pflaster um seinen kleinen Finger. »Bisschen Buße tun und so.«

»Gus.« Meine Stimme brach und etwas anderes heilte, einfach so, weil ich mit den Fingerspitzen über Dutzende Elefanten strich. Ich fühlte mich nicht riesengroß, nicht heute, doch ich fühlte mich nicht mehr ganz so winzig. »Es tut mir so leid.«

Er nickte langsam. »Mir auch. Ich war so wütend auf dich, aber eigentlich war ich irgendwann nur noch wütend auf mich. Dass ich das Gefühl hatte, ohne dich nicht klarzukommen. Ich schätze, ich hab dir die Schuld an allem gegeben, weil das leichter war, als mich um meinen eigenen Kram zu kümmern. Keine Ahnung, kann sein, dass dein Typ damit irgendwie recht hatte. Jedenfalls weiß ich, dass es nicht deine Schuld war. Schon eine ganze Weile. Nur … irgendwie kann man sich ziemlich daran gewöhnen, wütend zu sein. Ich wusste nicht mehr so richtig, wie ich damit aufhören soll.«

Bei der Erwähnung von Wes zuckte ich schwach zusammen, drängte das Gefühl aber sofort weg. Ich konnte nicht alles gleichzeitig verarbeiten und in diesem Moment brauchte ich all meine Kraft hierfür. »Ich hab mein Versprechen gebrochen.«

Ich verstand nicht, wie er hier sitzen und mit mir reden konnte. Ausgerechnet jetzt, als ich anfing, mit dem eigenen Gefühl zu begreifen, was ich ihm angetan hatte. Ich rechnete fest damit, dass er jederzeit aufspringen und gehen würde. Dass ihm klar wurde, dass er mir das einfach nicht verzeihen konnte, ganz gleich, ob ein Teil von ihm das wollte. Ich hätte es verstanden. Besser als alles andere.

Doch Gus ging nicht. Er zog nur einen Mundwinkel hoch. »Du hast mir versprochen, immer zu bleiben.«

»Und ich bin gegangen.«

»Nicht richtig.« Der zweite Mundwinkel folgte, er lächelte schwach. »Und sowieso. Ein Versprechen zu biegen, heißt nicht unbedingt, es zu brechen. Wir haben in Philosophie letztens über Moral gesprochen. Ich will nicht lügen, das Einzige, was ich von dem Geschwafel begriffen hab, ist, dass das Leben zu kompliziert ist, um so was wie allgemeingültige Aussagen überhaupt treffen zu können. Weil sich die Umstände ändern und man sich selbst ja irgendwie auch und das wahrscheinlich sogar gut ist, oder?« Er hob die Schultern und den Blick. »Ich meine, es war *echt gut*, dass du gegangen bist. Ich hätte mir nie verziehen, wenn du irgendwann alt und runzlig gewesen wärst und immer noch in diesem Deko-Laden hässliche Muschellampen verkauft hättest.«

Ich musste lachen, dann weinen. Einfach so. Kein aufsteigendes Augenkribbeln mehr, nur fließende Tränen und tiefes Schluchzen. Weil Gus hier war, weil Wes nicht hier war, weil Gus mir verzeihen konnte, weil ich Wes nicht verzeihen konnte – und mir selbst auch noch nicht ganz.

Gus sagte leise »Oh«, ehe er einen Arm um mich legte.

Ohne zu zögern, ließ ich den Kopf gegen seine Schulter sinken und umklammerte seinen Oberkörper, der viel breiter geworden war, seit ich ihn das letzte Mal umarmt hatte.

Alles an diesem Festhalten war ein bisschen unbeholfen. Meine Haare waren unter seinem Arm eingeklemmt und ziepten, sein Streicheln war ungleichmäßig und unsicher, mein Gesicht hinterließ nasse Flecken auf seinem Hoodie.

Es war trotzdem die beste Umarmung der Welt.

# 29. Kapitel

## WESLEY

Wenn nicht einmal das Schwimmen half, dann half nichts mehr.

Das Wasser in der Halle war blau, der Himmel über dem Campus war blau, das dünne Hemd, das ich trug, war blau – und trotzdem war absolut gar nichts blau.

Ich hatte gehofft, ein paar Runden durch das Becken würden meine Laune heben, aber ich fühlte keine Verbesserung. Seit vier Wochen fühlte ich eh sehr wenig. So lang war es her, dass May das Video gefunden und damit all die Schuldgedanken ausgegraben hatte, die ich monatelang sorgfältig in mir verbuddelt hatte. Vor zwei Wochen hatte ich sie das letzte Mal gesehen, als sie vor meiner Tür gestanden hatte, um sich zu verabschieden. Sie hatte es nicht gesagt, aber ich hatte es ihr angesehen. Dass dieses letzte Gespräch wirklich das letzte sein sollte. Und ich wusste, dass ich das akzeptieren musste, jedoch nicht, wie ich das schaffen konnte.

Meine Freunde gaben sich Mühe, mich abzulenken, tauchten ständig bei mir auf oder brachten mich dazu, etwas zu unternehmen. Ich ging nur mit, damit sie aufhörten zu nerven und sich Sorgen zu machen. Dabei wusste ich, dass es nichts gab, was half. Egal, wie laut es um mich herum war, es blieb still. Egal, mit wem ich sprach, ich hörte nicht richtig zu. Egal, wie viel ich trank, ich fühlte mich nüchtern. Ich war nicht mal wütend, genervt oder frustriert, ich war einfach gar nichts. May war weg und irgendwie war alles weg.

Sie war der einzige Mensch, mit dem ich reden wollte, den ich sehen wollte. Die Tatsache, dass ich momentan auf dem Weg zu der Frau war, die ich am *allerwenigsten* sehen wollte, machte es nicht leichter.

Die WU war so gut wie verlassen, seit die Semesterferien ihren Höhepunkt erreicht hatten. Es war Mitte Juli, die letzten Prüfungen hatten vergangene Woche stattgefunden und bis auf die Bibliotheken waren alle Institute unbesetzt und geschlossen. Außer dem Gebäude, in dem die Vizekanzlerin ihr Büro hatte, natürlich. Semesterferien bedeuteten für Livia mehr Arbeit. Lehrstühle mussten besetzt, Modulpläne abgenommen, Unterschriften gesetzt und Sitzungen abgehalten werden. Soweit ich wusste, war sie seit fast einem Monat wieder dauerhaft in Windsbury, aber ich hatte erst jetzt die Kraft gefunden, auf ihre Nachfragen wegen eines Treffens zu antworten. Dabei wusste ich, dass ich das hier hinter mich bringen musste. Es war im Grunde das Einzige, was ich noch tun musste – tun wollte.

Mein Herzschlag wurde trotzdem schneller, je näher ich dem Gebäude kam, dessen Fassade unter Efeu verschwand. Es lag hinter einem Torbogen aus ebenfalls grün umrankten Steinen, das Gatter darin war wie immer offen.

Ich stutzte, als ich erkannte, wer unter dem Bogen stand, und hielt inne, als ich den Typen bemerkte, auf den er einredete. Er lehnte am Stein, die Blätter der Kletterpflanze verbargen seine Schultern und sein Profil, bis er den Kopf leicht in meine Richtung drehte.

Ich runzelte die Stirn. Keenan Hall mitten in den Semesterferien auf dem Campus zu treffen, war irritierend genug, aber ihn ausgerechnet mit Maxton sprechen zu sehen, ergab keinen Sinn. Ich konnte mir kein Szenario vorstellen, in dem die beiden etwas miteinander zu tun hatten. May hatte immer gesagt, Maxton wäre der bedachteste, am meisten in sich ruhende Mensch, den sie kannte. Damit wäre er so ziemlich das Gegenteil von Keen.

Ich blieb stehen, bis die beiden sich verabschiedet hatten. Keenan klopfte ihm auf die Schulter und verschwand dann durch den Torbogen, glücklicherweise nicht in meine Richtung. Maxton hingegen stieß sich vom Stein ab, drehte sich zu mir und erstarrte. Ganz offensichtlich hatten wir beide nicht damit gerechnet, jemanden hier zu treffen.

»Du kennst Keenan?«, fragte ich ohne Umschweife, als ich bei ihm angekommen war.

Er sah über seine Schulter, als könnte Hall sich dort verstecken. »Ist kompliziert.«

»Er ist ein Arschloch.«

Maxton wandte sich mir zu. »Nimm es mir nicht übel, aber das sagen auch ziemlich viele Leute über dich. Mit ein paar davon wohne ich zusammen.«

*Richtig.* Ich schluckte. »May …«

»May würde so was nie sagen. Nicht mal dann, wenn jemand es verdient hat.«

Nein, würde sie nicht. Weil sie viel zu nett war. Zu nett, zu gut, zu verständnisvoll. Zu … May. Das Vermissen verklumpte sich so heftig in meiner Brust, dass es gegen mein Herz drückte – es tat weh. Mein Herz tat weh. So richtig physisch. Ich fragte mich, ob deswegen immer von einem gebrochenen Herzen gesprochen wurde: weil es zerquetscht wurde, wenn einem klar wurde, dass man denjenigen verloren hatte, mit dem man irgendwie alles gefunden hatte.

»Wie geht's ihr?«

»Wie geht's dir denn?«

»Scheiße.«

Er hob die Schultern. »Schätze, das ist deine Antwort.«

Keine Ahnung, was ich gehofft hatte zu hören. Wenn bei ihr alles gut wäre, würde sich das wahrscheinlich mies anfühlen, wenn es ihr so ging wie mir, ging es mir noch schlechter.

Ich fühlte mich hilflos und hasste es. Ich hasste es zu wissen, dass ich Schuld daran hatte, dass May litt, und ich hasste es, dass mir keine Chance gegeben wurde, es besser zu machen. Es wenigstens zu *versuchen*. Ich hatte es gewollt, in dem Moment, als sie das Video gefunden hatte, und dann wieder, als sie vor meiner Tür gestanden hatte. Beide Male hatte ich es nicht hinbekommen, weil die Worte unter eine Gefühlsdecke gerutscht waren. Beim ersten Mal eine aus Wut, beim zweiten Mal eine aus Verzweiflung. Wenn ich noch einmal die Möglichkeit gehabt hätte, mit ihr zu reden, hätte ich es vielleicht geschafft, aber ich wusste einfach nicht, wie.

»Sie hat mich blockiert, ich kann ihr nicht mal mehr schreiben«, sagte ich heiser und starrte an Maxton vorbei auf die Fenster, in denen der blaue Himmel reflektiert wurde. »Und ich vermute, wenn ich bei euch vorbeikommen würde, würdet ihr mich nicht zu ihr lassen.«

»Richtig vermutet. Ist nicht unsere Entscheidung, ob sie mit dir redet. Und auch nicht deine.« Jedes Wort kam ruhig und entschieden – Maxton genoss das hier nicht, aber er hatte auch kein Interesse daran, mir zu helfen. Ich verstand das, weil er Mays Freund war, gleichzeitig hätte ich ihn gern angeschrien. Oder angebettelt.

»Ich weiß, aber … ich pack das einfach nicht.« Ich kniff mir in die Nasenwurzel, sah ihn wieder an. »Keine Ahnung, ich dachte, dass du das verstehst. Immerhin hab ich wochenlang mitbekommen, wie du sie ansiehst.«

Maxton runzelte die Stirn. »May?«

Ich hob die Augenbrauen und konnte nicht verhindern, dass sich eine Spur Spott in mein Gesicht schlich. »Nein«, erwiderte ich gedehnt. »Nicht May.«

An der Art, wie sich sein Blick trübte, konnte ich erkennen, dass er genau wusste, wovon ich sprach. *Von wem.* Doch er wich nur einen Schritt zurück. »Wie gesagt, ist nicht unsere Entscheidung. Wenn May mit dir reden will, wird sie es dich wissen lassen. Und wenn nicht, dann solltest du das einfach akzeptieren. Du wirst darüber hinwegkommen. So was vergeht.«

Ich lachte auf, weil ich genau dasselbe vor wenigen Monaten gesagt hätte. Und weil ich jetzt wusste, wie falsch das war – zumindest dann, wenn es um den richtigen Menschen ging. »Na, wenn du das sagst. Melde dich in einem halben Jahr noch mal und erzähl mir, wie es damit so läuft, okay?«

Maxton schüttelte den Kopf, aber er antwortete nicht mehr. Er drehte sich einfach um und lief in die Richtung, in die auch Keenan gegangen war. Ich starrte ihm nach, bis er aus meinem Sichtfeld verschwunden war, dann straffte ich die Schultern und ging auf das Gebäude zu.

Livia hatte gesagt, dass ich klingeln sollte, wenn ich davorstand, doch während ich wartete, dass mir vom Pförtner aufgemacht wurde, musste ich daran denken, dass ich die Tür auch so hätte öffnen können. Mein Gewissen pochte dumpf auf, als ich an das Foto auf meinem Handy dachte, das die Übersicht der Zugangscodes zu sämtlichen Instituten und digitalen Plattformen der WU zeigte. Livia hatte sie offen liegen gelassen, nachdem sie mir die für die Schwimmhalle gegeben hatte und anschließend ans Telefon gehen musste. Sie hatte sich nur für etwa dreißig Sekunden zum Fenster gedreht, aber manchmal brauchte es nicht mehr Zeit, um etwas zu tun, das alles zerstören würde.

Wenn ich in diesem Moment nichts getan hätte, wenn ich einfach sitzen geblieben wäre und gewartet hätte, dann wäre alles anders gekommen. Meine Freunde und ich hätten nicht illegalerweise in der Uni trinken können, Luke hätte Elsie nicht eingeladen, die beiden hätten keinen Sex im Institutsfoyer gehabt, ich hätte keine Möglichkeit gehabt, auf den Server zuzugreifen und … ich schüttelte die Gedankenkette ab. Das brachte alles nichts. May hatte recht gehabt: Hätte-Wäre-Wenns über die Zukunft konnten Angstspeicher sein, aber Hätte-Wäre-Wenns über die Vergangenheit verwahrten meistens nur Reue.

Ich konnte nicht mehr ändern, was ich getan hatte. Aber ich konnte beeinflussen, was ich in Zukunft tat. Ich musste daran denken, was May zu Luke gesagt hatte, kurz nachdem sie ihm den Drink ins Gesicht geschüttet hatte: *»Also entscheide dich gefälligst dafür, ein bisschen besser zu sein, okay?«*

»Okay«, sagte ich leise und griff nach meinem Handy. Nur zwei Klicks und das Foto mit den Zugangsdaten war gelöscht. Ich wusste, dass es richtig war. Ich wünschte nur, der Versuch, besser zu sein, hätte dafür gesorgt, dass ich mich auch ein wenig besser fühlte.

Das Büro meiner Mutter befand sich in der zweiten Etage. Als ich Anfang des Semesters das erste Mal hier gewesen war, hatte ich ironischerweise sofort an das Arbeitszimmer meines Vaters denken müssen. Holzmöbel, ein riesiger Schreibtisch, eine Wand aus Büchern dahinter. Silbriges Fensterlicht auf Parkettboden, Gemälde an den Wänden, eine Sitzgruppe mit Stühlen. Einladend, aber unpersönlich.

Livia saß hinter ihrem Schreibtisch über einen Ordner gebeugt. Das blonde Haar zu einem Dutt gebunden, Sommersprossen auf den Wangen und dem schmalen Nasenrücken, goldene Ohrringe und Armreifen, die bei jedem Seitenumblättern klimperten. Über der Lehne ihres Stuhls hing ein Blazer, aber sie trug ein schlichtes blaues Shirt und Jeans. Meine Mutter war nicht nur die jüngste Vizekanzlerin, die die WU je gesehen hatte, sie war auch mit Sicherheit die, die sich am wenigsten Mühe gab, professionell auszusehen. Livia hatte noch nie Hüllen überstreifen müssen, um erfolgreich zu sein. Früher hatte ich sie dafür bewundert, heute ertrug ich es kaum, sie anzusehen.

Ich klopfte am offenen Türrahmen, ehe ich ins Zimmer trat. Livia hob den Kopf und lächelte das Lächeln, das mir seit Anfang des Semesters von all diesen Flyern entgegengeblickt hatte. »Wes. Wie schön.«

Sie machte Anstalten aufzustehen, ließ es aber, als sie sah, wie ich die Arme verschränkte. Ich war geübt darin, ihre Umarmungen abzublocken, bevor sie auch nur daran denken konnte. Ich hätte nicht sagen können, wann wir uns das letzte Mal mit mehr begrüßt hatten als mit einem Nicken. Auch jetzt brachte ich mehr einfach nicht über mich.

»Ich muss kurz was mit dir besprechen, geht das?«, fragte ich, bevor sie etwas sagen konnte, das mich dazu bringen würde, in meine Hülle zu schlüpfen und das hier zu vermasseln.

»Natürlich«, sie deutete auf den Stuhl auf der anderen Seite des Tisches, »aber wir hätten uns auch woanders treffen können, das weißt du, oder?«

Ich setzte mich und umfasste die Lehnen mit beiden Händen. »Ja, aber ich wollte eh mit dir über etwas reden, das die Uni betrifft. Das Wohnprojekt, das letztes Semester ins Leben gerufen wurde. Die Mulberry Mansion.«

Sie hob erstaunt die Brauen und legte ihre Arme auf dem Tisch ab. »Okay?«

»Okay.« Ich schloss kurz die Augen.

In mir war dieser unangenehm starke Reflex, das Ganze herunterzuspielen. Das hier auf die Art zu machen, auf die ich in den letzten Jahren fast alles gemacht hatte. Ich wollte mich im Stuhl zurücklehnen, die Arme verschränken und so was sagen wie: *Es wäre ganz cool, wenn du da mal weniger knauserig wärst – ist ja nur Geld.*

Ein bisschen gelangweilt, ein bisschen herablassend, ein bisschen spöttisch – weil ich mir eben angewöhnt hatte, genau so vor meiner Mutter zu sein. Aber hierbei ging es nicht nur um mich. Es ging um diese Villa, das erste große Haus, in dem ich mich nicht im Geringsten unwohl gefühlt hatte, es ging um May und ihre Freunde. Es ging sogar irgendwie um dieses schräge Huhn, wegen dem ich plötzlich keine Chicken Sandwiches mehr essen konnte. Und ja, irgendwo unter all diesen Schichten ging es dann doch wieder um mich.

*»Es ist dir wichtig. Und das kannst du ihr ruhig zeigen«*, hörte ich Mays Stimme in meinem Kopf. Also nickte ich und öffnete die Augen wieder, sah direkt in Livias Gesicht. Und dann fing ich an zu sprechen: ruhig, sachlich, eindringlich. Als wäre es wichtig – weil es wichtig war.

Ich erzählte von einem Haus, das es geschafft hatte, sich nach einem Zuhause anzufühlen, obwohl ich nicht dort lebte. Von der Geschichte, die man mit jedem Schritt über die alten Dielen spüren konnte und die durch die neuen Bewohnenden nicht nur bewahrt, sondern weitergesponnen wurde. Von diesen acht Menschen, die bereits nach einem Jahr zu einer Familie geworden waren.

Ich sprach davon, dass Livia selbst mir beigebracht hatte, dass der Weg immer wichtiger war als das Ziel, und dass ich glaubte, dass es genau deswegen in den Jahren des Studiums vorrangig nicht darum ging zu erkennen, was man im Leben tun wollte – sondern darum, welcher Mensch man dabei sein wollte. Und dass ich überzeugt war, dass dieses Wohnprojekt Studierenden dabei half, genau das herauszufinden, weil sie der

Alltag in einem Haus, das sie herausforderte und gleichzeitig schützte, wachsen ließ.

»Du hast mir immer gesagt, dass Geld nur dann wichtig ist, wenn es für etwas Wichtiges eingesetzt wird. Und das hier ist wichtig«, schloss ich mit Nachdruck. »Dieses Projekt ist besonders und einzigartig und so …« Meine Stimme brach, weil ich von der Villa erzählte und an May dachte, und daran, dass ich mir die nächsten Worte viel früher selbst hätte sagen sollen: »Mach das nicht kaputt. Bitte.«

Meine Mutter hatte sich im Stuhl zurückgelehnt und betrachtete nachdenklich mein Gesicht, das vom Reden warm geworden war. »Du hast das ja richtig vorbereitet.«

Ich hob die Schultern. »Es bedeutet mir was.«

Livia wog den Kopf, sah kurz aus dem Fenster, zu den Aktenordnern in meinem Rücken, dann wieder zu mir. Sie lächelte. »Okay.«

»Was, okay?«

Sie richtete sich auf und öffnete eine Schreibtischschublade, griff nach einem Notizblock. »Okay, ich spreche mit dem Komitee«, erklärte sie, während sie sich etwas notierte. »Die Umverteilung der Gelder war etwas, das ich zur Amtseinführung recht zügig machen musste, eventuell habe ich mich nicht gut genug informiert. Außerdem gefällt mir der Kern von diesem Projekt. Um eine Zukunft zu schaffen, muss man bereit sein zu investieren. Manchmal auch in Vergangenes.«

Ich blinzelte mehrfach. Ganz egal, wie viel Mühe ich mir gegeben hatte, ich hatte mit mehr Widerstand gerechnet. »Also … erhöht ihr die Gelder wieder? Einfach so?«

»Nicht einfach so. Du hast deinen Standpunkt verständlich und gut aufbereitet klargemacht, und ich gebe dir recht. Ich muss natürlich ein paar Dinge klären und mit den anderen Vorsitzenden sprechen, aber ich denke, das sollte im Rahmen des Möglichen sein. Es sind einige Gelder aus der Streichung einer Universitätspartnerschaft übrig, die sowieso noch umverteilt werden müssen.« Mit einem Lächeln hob sie den Blick und legte den Stift beiseite. »Ich tue das in erster Linie also nicht, weil du mein Sohn bist. Ich tue das, weil du mich überzeugt hast.«

Ich hätte sie daran erinnern können, dass wir dieses Gespräch nur hatten, *weil* ich ihr Sohn war – dass sie den anderen nicht einmal die Möglichkeit gegeben hatte, sie zu überzeugen. Stattdessen nickte ich und stand auf. »Okay. Dann … danke.«

»Musst du schon los? Ich dachte, wir könnten noch essen gehen«, hielt mich ihre Stimme zurück, als ich schon halb zur Tür war.

Ich atmete tief durch, bevor ich mich wieder zu ihr umdrehte. »Ich kann das nicht.«

Sie war ebenfalls aufgestanden und neben dem Schreibtisch stehen geblieben. »Was kannst du nicht?«

»So tun, als wäre zwischen uns alles okay. Als hätten wir eine normale Mutter-Sohn-Beziehung. Nicht, wenn ich mir meine ganze Kindheit über gewünscht habe, du würdest mich mehr lieben.«

»Wes …«

»Nein.« Ich fuhr mir durchs Haar. »Mir ist klar, dass du jetzt so was sagen willst wie: *Ich hab dich immer geliebt.* Und ich kann dir das nicht absprechen, aber es ist eigentlich auch egal. Du hast mich trotzdem verlassen. Du hast mich zu Dad abgeschoben, weil ich nicht in dein Leben gepasst hab.«

»Es ging nie um mein Leben, Wes«, erwiderte sie matt. Erschöpft, als hätten wir dieses Gespräch schon oft geführt, dabei war es das erste Mal, dass ich mich traute, so ehrlich zu sein. »Es ging immer nur um *dein* Leben. Darum, dass ich dir die besten Chancen ermöglichen wollte. Ich wollte, dass du ein richtiges Zuhause hast, dass du alle Möglichkeiten bekommst, die die Familie deines Vaters – *deine* Familie – dir bieten konnte.«

»Ich wollte lieber die, die du mir hättest geben können. Ich wollte lieber Tiefkühlpizza statt Fünf-Gänge-Banketts. Aber es ging nicht darum, was ich wollte, oder?«

»Du warst ein Kind, *mein* Kind. Vielleicht verstehst du das irgendwann, wenn du selbst mal Kinder haben solltest: Manchmal muss man sich entscheiden. Und dann will, dann *muss* man das tun, was man für das Beste hält. Auch wenn sie dich dafür hassen, auch wenn du dich selbst dafür hasst. Auch wenn du irgendwann rückblickend erkennst, dass manches daran falsch war. Manchmal passieren einem Fehler, während man versucht, es richtig zu machen. Eltern sind nicht perfekt. Sie sind nur Menschen.«

Livia ging zwei Schritte auf mich zu, bis wir einander gegenüberstanden. Drei Armlängen Abstand zwischen uns, hundert bröckelnde Wände in mir.

»War denn wirklich alles schlecht? Kannst du gar nicht sehen, was für eine besondere Kindheit du hattest? Du warst auf den besten Schulen, in diversen Sportvereinen, du hast viele Reisen gemacht, du hattest zwei Geschwister, die immer gut zu dir waren. Und Eltern, die sich Mühe gegeben haben. Auch wenn wir nicht perfekt waren, Wes. Auch wenn wir es immer noch nicht sind. Wir lieben dich alle so sehr.«

Ich wollte Dinge sagen wie: *Sich Mühe geben ist aber nicht genug. Du verlässt niemanden, den du liebst. Du versuchst auch nicht, jemandem ein Leben aufzuzwingen, den du liebst. Meine Kindheit war nur einsam, nur scheiße. Ich kann euch alle nicht leiden. Ich kann es nicht leiden, ein Hastings zu sein.*

Doch ich konnte nicht. Weil es nicht stimmte. Ja, ich hatte mich nie ganz in diesem unfassbar privilegierten Leben zurechtgefunden. Ja, ich war mit den Erziehungsmethoden meines Vaters nicht einverstanden, manche davon nahm ich ihm wirklich übel. Ja, ich konnte nicht vergessen, wie viele Nächte ich als Kind durchgeheult hatte, weil ich meine Mutter vermisst hatte. Ja, ich hätte die ganze Welt zusammenschreien können, als mein Vater mich nach Irland geschickt hatte. Ja, ich hasste es, dass mein Vater immer noch versuchte, mich durch eine Hastings-Schablone zu pressen. Aber auch: Ja, es gab trotzdem gute Seiten – die hatte es immer schon gegeben.

Das Versteckspiel mit meinen Geschwistern im verwinkelten Haus, stundenlang, weil es einfach zu viele Räume gab. Der Weihnachtsmorgen, an dem ich ins Wohnzimmer kam und jedes Mal sicher war, noch nie einen schöneren Tannenbaum gesehen zu haben. Die Sonntage, die mein Vater freihatte und mit uns Kindern Cricket im hauseignen Park spielte. Mein erstes Kindermädchen, das mir jeden Abend mit verstellter Stimme Abenteuergeschichten vorlas. Mein Geburtstag, an dem Ginny und Basil Jahr für Jahr morgens mit einem selbst gebackenen, meist ziemlich verbrannten Kuchen in mein Zimmer kamen und furchtbar schief *Happy Birthday* sangen. Die Reisen mit meiner Mutter, Zug fahren ohne Ziel, dafür mit so viel Weg. Die Jahre mit Luke auf dem Internat, in denen ich lernte, was Freundschaft bedeutete und dass das erstaunlicherweise etwas war, in dem ich ganz gut war – und auch sein wollte. Das Studium an der WU, das mir mein Vater finanzierte, auch wenn es ihm im Grunde nicht passte, und das mir besser gefiel, als ich mir lange Zeit eingestanden hatte. Die Freunde, die ich hier gefunden hatte, diese Gruppe manchmal völlig übertrieben lebender, aber trotzdem guter Menschen.

Man konnte Erinnerungen auf zwei Arten verzerren: indem man nur noch das Gute sah und das Schlechte ausblendete oder indem man genau das Gegenteil machte. Ich dachte an die Strahlen der Sonne, die man in rote und blaue unterteilen konnte, und daran, dass manchmal nur noch eine Sorte bis zum Mond durchkam. Ich hatte meine Kindheit immer nur so gesehen: immer nur rot. Ich hatte das ganze blaue Licht einfach absorbiert, als wäre es nie da gewesen. Doch ich hatte keine Lust mehr, damit weiterzumachen. Ich wollte keine Blutmonderinnerungen mehr haben.

Es wäre leichter gewesen, auf der Wut zu beharren. Ich hätte Livia meine Vorwürfe trotzdem an den Kopf knallen können, obwohl ich insgeheim eingesehen hatte, dass es unfair war. Aber als ich das Schimmern in ihren flussblauen Augen bemerkte, lockerte sich dieser Knoten in meiner Brust.

Mit einem Mal *wollte* ich diese Dinge nicht mehr sagen. Ich wollte Livia nicht länger für etwas bestrafen, das nicht mehr zu ändern war. Sie hatte damals eine Entscheidung getroffen, und obwohl ich mir immer noch wünschte, sie hätte eine andere gewählt, verstand ich sie auch.

Vielleicht hätte ich sie genauso dafür verachtet, wenn sie mich zu sich genommen hätte. Wenn ich meine Abende allein in einer Zweizimmerwohnung verbracht hätte, weil sie bei Vorträgen war. Wenn ich alle paar Jahre hätte umziehen müssen, um sie zu einer neuen Stelle zu begleiten – und immer wieder aufs Neue mein Umfeld hätte hinter mir lassen müssen. Wenn ich meine Geschwister nie gesehen hätte und mein Vater mir fremd gewesen wäre.

Vielleicht war da immer ein Grund, um jemandem die Schuld zu geben, wenn man wirklich wollte.

Vielleicht war da auch immer ein Grund, um jemandem zu vergeben, wenn man wirklich wollte.

Ich nickte langsam, viel zu spät, um auf ihre Frage zu antworten. Aber wahrscheinlich galt für manche Dinge eben doch: besser spät als nie. »Ich weiß. Ich liebe euch auch. Ich liebe dich. Sonst … wäre ich wohl nicht seit Jahren so scheißwütend auf dich.«

Sie lächelte zaghaft. »Ich weiß.«

Ich räusperte mich und sah auf meine Schuhspitzen. »Ich bin jetzt weniger wütend. Zwar nicht total nicht wütend, aber … weniger wütend.«

»Das ist schön.« Ihre Stimme kippte leicht. Sie wollte sich freuen, aber sie traute sich nicht. Und irgendwie war das das, wofür ich mich in diesem Moment am meisten schämte.

»Es tut mir leid.« Ich zögerte, holte tief Luft und dann sagte ich es, einfach so: »Mum.« Das Wort kam mit einem Zögern und stand dann riesengroß und unbeholfen zwischen uns. Keine Ahnung, wann ich sie das letzte Mal so genannt hatte. Wahrscheinlich mit elf oder zwölf. Bevor die Wut und der Stolz und der Trotz größer wurden als alles andere.

»Es tut mir leid, Mum«, wiederholte ich ein bisschen entschiedener.

»Wes.« Nur das, nur mein Name, und im nächsten Augenblick stand sie vor mir und umarmte mich.

Ich spannte mich kurz an, dann unterdrückte ich diesen Reflex und holte einen anderen hervor. Einen, den ich die letzten Jahre mühsam ignoriert hatte. Wortlos schlang ich die Arme um sie, legte die Wange auf ihrem Kopf ab und schloss die Augen.

Sie war kleiner, als ich sie in Erinnerung gehabt hatte, aber sie roch immer noch nach Freesien, nach grünem Tee und Druckerschwärze. Und irgendwie nach mehr. Nach Pizza essen auf dem Küchenboden, nach stundenlang aus dem Fenster sehen, nach Kakao im Morgenlicht trinken, nach schwimmen in einem schwedischen See, nach *»Was war dein schönster Moment in der letzten Woche?«*, nach M&M's sortieren auf einer

Serviette auf einem klapprigen Zugabteiltisch, die gelben für sie, die grünen für mich, die blauen immer gerecht aufgeteilt.

»Wie wäre es nächste Woche mit essen gehen?«, fragte ich, als wir uns voneinander gelöst hatten und ein wenig unsicher gegenüberstanden.

Ich wollte ihr nicht erklären, dass ich noch ein bisschen Zeit brauchte, damit ich mir auch hiermit richtig Mühe geben konnte, doch Livia fragte nicht nach. Sie lächelte und strich mir mit dem Daumen über die Wange. »Nächste Woche ist gut. Ruf mich einfach an. Ich bin hier.«

Ich ging nicht sofort nach Hause. Stattdessen schlenderte ich über den Campus, betrachtete die verlassenen Pfade zwischen den Instituten und die zugewucherten Backsteinwände. In der Sommerpause versuchte die Natur jedes Mal, sich den Campus zurückzuerobern, und ich konnte nur daran denken, dass ich May davon erzählen wollte.

Ich hätte ihr gern Fotos geschickt mit so lächerlichen Nachrichten wie: *Guck mal, auf den Tischen der Mensa-Terrasse sonnen sich jetzt Pfauenaugen.* Oder: *Guck mal, die Fenster unserer Bibliothek sind von Sommerflieder zugewachsen.* Oder, als ich mitten im Arkadenhof des Psychologie-Instituts stand, genau an der Stelle, an der ich May das erste Mal gesehen hatte, genau an der Stelle, an der ich ihr zweieinhalb Jahre später diesen Fingerschwur gegeben hatte, der alles verändert hatte – erst zum Guten, dann zum Schlechten: *Guck mal, am Himmel hängen Cirrocumuli. Ich weiß, dass sie so heißen, weil ich die verschiedenen Wolkenarten gegoogelt hab. Weil ich immer noch versuche, dir nah zu sein, auch wenn du weg bist. Weil ich verliebt in dich bin, so scheißverliebt, May.*

Aber natürlich tat ich es nicht, ich konnte ja nicht mal. Also schrieb ich ihr auch nicht: *Hör mal, ich hab mit Livia geredet. Sie setzt sich für die Villa ein, jetzt sind wir wahrscheinlich wirklich quitt, was?* Genauso wenig: *Hör mal, ich hab Livia gesehen und Mum gesagt, gedacht, gefühlt. Danke. Du weißt, wofür.*

Ich schrieb nichts von alledem, ich saß nur auf dem Rand des Brunnens, bis der Nachmittag in einen kühleren Abend hineinkroch. Und ohne es wirklich zu planen, hielt ich plötzlich doch mein Handy in der Hand und rief eine Nummer auf. Es dauerte keine fünf Sekunden, bis der Anruf entgegengenommen wurde.

»Was ist passiert? Steckst du in Schwierigkeiten?« Basil klang dermaßen alarmbereit, als würde er damit rechnen, mich aus dem Gefängnis abholen zu müssen. Ich konnte es ihm nicht verübeln, immerhin waren seit meinem letzten Anruf bei ihm ... Ich konnte nicht mal sagen, wie lang das her war.

»Nein. Ich wollte nur ...«, ich zögerte und glitt mit der Hand durch das abgestandene Brunnenwasser. »Erinnerst du dich daran, wie Thomas Lively und seine Freunde mich früher auf dem Schulhof fertiggemacht haben, wegen Mum und allem?«

Basil schwieg kurz. Ich hörte das Ächzen seines Bürostuhls, als er sich zurücklehnte. Und das leichte Grinsen auf seinem Mund, als er antwortete. »Klar. Ich hab diesen kleinen Mistkerl dafür zwei Schulstunden lang in einen Müllcontainer gesteckt. Dad war außer sich vor Wut, als Thomas' Eltern angerufen haben.«

»Das war vermutlich das Schmutzigste, das du je getan hast, was?«

Sein Grinsen wurde hörbar breiter. »Gut möglich.«

Ich lachte, weil ich mich noch gut daran erinnerte, wie Basil mit trotzigem Blick in Dads Arbeitszimmer gestanden hatte, während dieser mit vor Wut zitternder Stimme vor ihm auf- und abgelaufen war. Ich war neun gewesen, Basil vierzehn und bei Weitem nicht so brav und gefügig wie später. Je mehr ich rebelliert hatte, desto mehr hatte er sich angepasst. Erst jetzt begriff ich, dass er Dad wahrscheinlich einfach nicht noch mehr Sorgen hatte bereiten wollen. Er hatte gewollt, dass er sich wenigstens auf einen seiner Söhne verlassen konnte.

Der Gedanke erstickte mein Lachen, ich räusperte mich. »Jedenfalls … ich hab mich dafür nie bedankt, oder?«

Basil zögerte. Ich konnte beinahe vor mir sehen, wie er die Augenbrauen zusammenzog. Verwirrt, ein wenig misstrauisch. »Nein. Daran würde ich mich erinnern.«

»Okay, also … danke. Das war ziemlich nett von dir.«

»Nett?«

»Ja. Nett.« Ich lächelte schwach und wischte mir die nasse Hand an der Hose ab. »Das ist ein Kompliment.«

»Du bist mein Bruder«, sagte er schlicht.

»Ich weiß. Und du meiner.« *Auch wenn ich mich in den letzten Jahren so verhalten habe, als würde ich mich nicht daran erinnern*, fügte ich gedanklich hinzu. Für manche Entschuldigungen musste ich noch ein bisschen weiterwachsen.

»Du solltest deine Studienwahl überdenken. Dein Verständnis für biologische Zusammenhänge ist bahnbrechend«, erwiderte er trocken.

Ich grinste. »Du kannst mich mal, Basil.«

Einen Moment lang schwiegen wir, dann holte mein Bruder tief Luft. »Wes?«

»Hm?«

»Ruf mich jetzt nicht alle fünf Minuten an, weil dir einfällt, was ich in den vergangenen dreiundzwanzig Jahren alles Nettes für dich getan habe, okay? Ich habe genug zu tun.«

Ich biss mir auf die Lippe, weil ich fast wieder gelacht hätte. Ich kannte diese Art von Spott, ich hatte mir dieselbe antrainiert, um Situationen, die sich bedeutend anfühlten, kleinzuhalten. Bereitwillig ging ich darauf ein. »Keine Sorge, ich heb mir was fürs nächste Treffen auf. Hast du vor, noch mal nach Paris zu fliegen, um Ginny zu besuchen? Sie hat mich schon ungefähr hundertmal eingeladen, ich will nicht länger unhöflich sein. Eine Hastings lässt man nicht warten.«

»Tut man wirklich nicht. Ich wollte Ende August hinfliegen, ich kann dir einen Platz mitbuchen.« Er zögerte, seine Stimme färbte sich belustigt. »Vielleicht kommt May auch mit? Mir scheint, sie hat einen sehr guten Einfluss auf dich.«

Der Rest Lachen kroch aus meiner Stimme und meiner Brust. Da war wieder nur dieses dumpfe Pochen vom zerquetschten Herzen. »Ich fürchte, das geht nicht. Aber ich komm gern mit, danke.«

»Hm«, machte Basil verstehend. »Hast du es vermasselt?«

»Vermassle ich es nicht immer?« Ein trauriges Lächeln schlüpfte auf meinen Mund. Ich war froh, dass mein Bruder es nicht sehen konnte. Hören wahrscheinlich schon.

»Ach«, sagte er leise, fast sanft, »nicht immer.«

Ich dachte: *Tja, diesmal schon.* Aber ich antwortete nur: »Mach's gut, Bas.«

»Du auch, Wesley.«

Die Abenddämmerung zog sich träge über den Campus, als ich ihn verließ. Ich wusste, dass die sogenannte blaue Stunde durch ein bestimmtes Zusammenspiel aus Lichtstreuung und dem Einwirken des Ozons zustande kam. Es gab eine simple wissenschaftliche Erklärung dafür, aber ich dachte jeden Abend aufs Neue: *Was für ein verdammtes Wunder.*

Nur heute dachte ich einzig und allein daran, dass ich gern eine weitere, eine letzte Nachricht geschickt hätte.

*Hör mal, May. Mit dir waren alle Stunden blaue Stunden.*

# 30. Kapitel

## MAY

*Hab heute Cumulus-Wolken. Was meinst du, sieht das eher nach einem Hasen oder einer Ente aus?*

Ich las die Nachricht von Gus dreimal. Das machte ich immer noch jedes Mal, auch wenn es schon sechs Wochen her war, dass er hier gewesen war. Seitdem schrieben wir fast jeden Tag, selten länger, eigentlich nie über etwas Wichtiges, aber es war trotzdem mein Lieblingsteil des Tages. Anschließend betrachtete ich noch einmal genauer das Bild der bauschigen Wolke, das er mir geschickt hatte.

*Eindeutig ein Elefant*, antwortete ich, legte das Handy mit einem Lächeln auf die Stufe neben mir und hob den Blick.

Ganz blass konnte ich hinter den Zweigen der Maulbeerbäume den Mond erkennen, obwohl es erst Nachmittag war. Ich saß schon seit Stunden auf der Treppe vor der Eingangstür der Villa. Der Stein in meinem Rücken kühlte meine erhitzte Haut. Es war Mitte August, die Semesterferien dauerten nur noch ein paar Wochen an, der Sommer würde mit ihnen verblassen.

In den letzten Wochen hatte ich all meine Ferienpflichten abgearbeitet. Die beiden Hausarbeiten hatte ich eingereicht, mein Antrag für das Teilstipendium für nächstes Semester war genehmigt worden, ich hatte Zusagen für alle Kurse erhalten, in die ich gewollt hatte. Und dann, vor gut einer Woche, hatten wir einen Brief erhalten, auf den wir seit einem halben Jahr gehofft hatten.

Das Sekretariat der Vizekanzlerin informierte uns darüber, dass die Reduzierung der Fördergelder für unser Wohnprojekt zum kommenden Semester rückgängig gemacht werden würde. Da wir in diesem keine Folgereparaturen hatten vornehmen können, würde die Uni-Leitung auch im kommenden davon absehen, weitere Zimmer zu vergeben. Es würde ein drittes Semester geben, in dem die Mulberry Mansion nur uns acht gehörte. Die Entscheidung wurde nicht näher erklärt, aber wir hatten es alle gedacht: *Wes.*

Niemand hatte es ausgesprochen, stattdessen hatten wir mit Saft aus unseren garteneigenen Himbeeren darauf angestoßen, dass unser Zusammenleben bis auf Weiteres beim Alten bleiben würde. Danach war ich unter einem Vorwand in mein Zimmer gelaufen, hatte die Tür geschlossen und geweint. Zum ersten Mal seit Wochen bewusst so, dass die anderen es nicht mitbekamen. Ich wollte nicht, dass sie dachten, ich würde mich nicht freuen. Denn das tat ich. Nur … selbst die Freude fühlte sich wehmütig an, wenn ich daran dachte, wem wir sie verdankten und mit wem ich sie nicht teilen konnte.

Ich war niemand, der dafür war, das eigene Glück von einem anderen Menschen abhängig zu machen. Ich brauchte Wes nicht, aber ich wollte ihn immer noch. Und das war so absurd und schlimm – *so absurd schlimm* –, dass ich nicht wusste, wie ich damit umgehen sollte.

Mein Leben lief weiter, doch es fühlte sich nach wie vor nach Stillstand an. Seit Wochen trat ich auf der Stelle, vielleicht *fühlte* ich auch nur auf der Stelle. Ich hatte immer gedacht, ich könnte nicht vergessen, aber in letzter Zeit erwischte ich mich immer wieder dabei, wie ich mich fragte, wie es sich angefühlt hatte, Wes nicht zu kennen. Wie es sich angefühlt hatte, ihn nicht zu vermissen.

Ein Teil von mir wollte ihn anrufen. Jeden Tag. Mir war selbst nicht klar, wie ich das nach allem, was passiert war, hätte rechtfertigen können, aber Wollen beruhte eben nicht auf Logik. Ich wollte nur kurz seine Stimme hören, nur kurz wissen, wie es ihm ging, nur kurz die Augen schließen und mir erlauben, mich richtig an ihn zu erinnern. Nicht nur an das Ende, sondern auch an das Davor, das sich wie der Anfang von etwas so Bedeutendem angefühlt hatte.

Doch jedes Mal, wenn ich seine Nummer aufrief, musste ich daran denken, was Wes am ersten Abend in seiner Wohnung erzählt hatte. Dass Beziehungen austauschbar wären und dass es leicht wäre, über jemanden hinwegzukommen, wenn man die Trennung einfach akzeptierte. *»Ein oder zwei Monate«* – das waren seine Worte gewesen. Und jetzt saß ich hier, ziemlich genau acht Wochen nach unserem Bruch, und war sicher, dass, obwohl ich diejenige gewesen war, die es beendet hatte, Wes derjenige war, der bereits damit abgeschlossen hatte.

Ich bemühte mich um ein Lächeln, als ein Wagen die Einfahrt herunterkam und kurz darauf Eden auf mich zulief. Ein paar der anderen waren in den Ferien weggefahren, um ihre Familien zu besuchen oder zu verreisen. Ich selbst war letzte Woche in Kettering gewesen und zum ersten Mal hatte es sich wirklich wie nach Hause kommen angefühlt. Das hatte vor allem daran gelegen, dass Gus sich über meinen Besuch gefreut und wieder Zeit mit mir hatte verbringen wollen.

Avery war seit zwei Wochen in Redcar, aber obwohl Eden in derselben Stadt gelebt hatte, hatte er sie nicht begleitet. Ich fragte nicht nach, wieso, auch wenn ich oft darüber nachdachte, wenn ich am Gartenschuppen vorbeilief und ihn hinter der Scheibe mit stillem Gesicht auf seine Bücherwände starren sah.

»Wieso sitzt du hier draußen?«, fragte er mich jetzt.

Ich war zu erschöpft, um mir eine unverfängliche Antwort auszudenken. »Manchmal sind im Haus und im Garten zu viele Erinnerungen. Es ist albern, weil er gar nicht lang Teil hiervon war, aber … ich sehe ihn trotzdem überall.«

»Das ist nicht albern, ich versteh das.« Er hielt inne, sah über seine Schulter, dann wieder in mein Gesicht. Sein Blick wurde ein bisschen offener und mit einem Mal erkannte ich die tiefe Erschöpfung darin. »Darf ich dir kurz was erzählen? Es ist nicht schön, also … wenn du grad nicht in der Stimmung für belastende Themen bist, sag es mir ganz ehrlich.«

Hastig schüttelte ich den Kopf und rutschte zur Seite, um ihm Platz zu machen. »Nein, erzähl es mir gern.«

Eden setzte sich neben mich, beugte sich leicht vor und legte die Ellbogen auf den Knien ab. »Ich war gerade bei der Therapie.«

Überrascht richtete ich mich auf. Ich hatte keine Ahnung gehabt, was er mir sagen wollte, aber damit hatte ich nicht gerechnet. Nicht weil es ungewöhnlich war, dass man oder *Mann* zur Therapie ging, sondern weil ich nicht darauf vorbereitet gewesen war, dass Eden mir so etwas Persönliches erzählen würde. Auch wenn er seit Neujahr deutlich zugänglicher wirkte und mehr Zeit mit uns verbrachte, spürte ich immer diese Zurückhaltung, die von ihm ausging.

»Okay«, sagte ich deshalb nur und sah ihn abwartend an.

»Ich geh da seit ein paar Monaten hin, weil … weil ich früher zu Hause durch meinen Vater häusliche Gewalt erlebt hab.« Er brach ab und tastete mit der Hand nach seinem Nacken. »Tut mir leid, dass das so gestelzt klingt. Ist irgendwie leichter für mich, so darüber zu reden.«

Seine Worte sackten in meinen Bauch, ich presste eine Hand darauf, um sie nicht nach ihm auszustrecken. Das erklärte so viel, wahrscheinlich mehr, als ich auf die Schnelle begreifen konnte. »Das muss dir nicht leidtun«, sagte ich, achtete darauf, dass meine Stimme mitfühlend klang, nicht mitleidig. Weil es da einen Unterschied gab und weil mir klar war, dass Eden jemand war, der ihn genau heraushörte. »Mir tut es leid, dass du das erlebt hast.«

Er nickte und starrte konzentriert geradeaus. »Meine Mutter ist noch mit meinem Vater zusammen. Ich hab ewig daran gearbeitet, sie dazu zu bringen zu gehen, aber sie will nicht. Nach dem Schulabschluss hab ich zwei Jahre lang versucht, sie einfach beide aus meinem Leben auszuschließen, aber das hat auch nichts besser gemacht. Mum und ich haben seit einer Weile wieder ein bisschen Kontakt.«

»Tut dir das gut?«

Er zuckte mit den Schultern. »Besser, als gar nichts von ihr zu hören und mich jeden Tag zu fragen, ob sie noch lebt. Das kleinere Übel.«

»Verstehe.« Ich hätte ihn so gern umarmt, traute mich aber nicht. »Gibt es etwas, das ich für dich tun kann?«

»Nein.« Er lächelte mir zu, ein bisschen angespannt, doch sehr ehrlich. »Ich erzähl dir das, weil ... mein Therapeut immer davon redet, dass man sich seine Geschichte aneignen muss. Dass man sie aktiv erzählen muss, nicht passiv wiedergeben. Und ich hab das Gefühl, wenn ich darüber spreche, dann bekomme ich ein wenig Kontrolle zurück. So wie es mir Kontrolle gegeben hat, von zu Hause abzuhauen. Ich hab mich lang schuldig dafür gefühlt, Mum allein gelassen zu haben, aber ich fange an zu begreifen, dass es in Ordnung war, auf mich selbst zu achten. Dass ich nicht für meine Mutter verantwortlich bin.«

»Ich finde, das klingt sehr richtig. Du kannst stolz auf dich sein. Dass du die Kraft hattest zu gehen und dir Hilfe zu suchen.« Ich berührte seine Hand mit meiner, kurz nur, weil ich bei Eden nicht wusste, ob ihm das bereits zu viel Nähe war. Er lächelte mir noch einmal schwach zu, bevor er sich wieder nach vorn wandte.

Eine Weile saßen wir schweigend da, während die Maulbeerbäume im weichen Nachmittagslicht immer größer und buschiger zu werden schienen.

Ich konnte die Male, die ich so viel Zeit allein mit Eden verbracht hatte, an einer Hand abzählen, doch es fühlte sich trotzdem vertraut an. So vertraut, dass ich irgendwann von ganz allein zu reden begann. »Ich hab auch oft das Gefühl, für meine Mutter verantwortlich zu sein. Sie macht nichts Vergleichbares durch wie deine, überhaupt nicht, aber sie kommt mir so hilflos vor. Als wäre sie das Kind in unserer Beziehung und ich die Mutter, die versucht, ihr durchs Leben zu helfen. Manchmal hab ich Angst, daran zu zerbrechen. An dieser Aufgabe, auch noch ihre Sorgen und Probleme zu lösen, wenn ich doch eigentlich genug mit meinen eigenen zu tun hab.«

Eden hörte mir aufmerksam zu und nickte dann. »Das solltest du mit ihr besprechen. Ich weiß, das ist leichter gesagt als getan, aber ich hab mittlerweile gelernt, dass Gefühle und vor allem Ängste tragbarer werden, wenn man ihnen Gewicht nimmt, indem man offen mit ihnen umgeht. Und es ist absolut in Ordnung, für seine eigenen Grenzen einzustehen, auch wenn man das Gefühl hat, andere dadurch auszuschließen. Man kann eine Tür für sie einbauen, damit sie klopfen können, aber man sollte Wände hochziehen.«

Perplex starrte ich ihn an. Ich hatte immer gewusst, dass in Edens Kopf sehr viel mehr vorging, als er mit uns teilte, aber das war trotzdem ein bisschen überfordernd. »Ist das eine Metapher von deinem Therapeuten oder bist du einfach noch viel klüger, als mir bisher klar war?«

Eden lachte. Es klang rau, als würde seine Stimmfarbe über Schleifpapier rutschen und dabei abblättern. »Ich lese nur viel. Und denke viel.«

»Gut, dass du das tust.« Ich lächelte zaghaft. »Und … danke. Für alles, aber vor allem dafür, dass du mir von dir erzählt hast. Das bedeutet mir viel.« Ich zögerte. »Wissen die anderen …?«

»Avery weiß es.« Ein zartes Lächeln zupfte an seinen Lippen, obwohl seine Augen immer noch traurig wirkten. »Und vor ein paar Wochen hab ich es Maxton erzählt. Den anderen sag ich es auch noch. Nur …«

»In deinem Tempo.«

»Genau.«

Wir blieben noch eine Zeit lang dort sitzen, bis Eden aufstand und ins Haus ging. Seine Hand berührte meine Schulter, flüchtig, aber sehr spürbar. Vielleicht, weil ich mich ihm nach diesem Gespräch viel näher fühlte als zuvor.

Ich sah ihn und die anderen längst als Familie an, doch jetzt verstand ich, dass das nicht bedeutete, dass wir alles übereinander wussten. Womöglich konnte man in keiner Familie davon ausgehen, dass man den anderen bis in den Kern hinein kannte. Weil auch miteinander verwandte Menschen unterschiedlich waren, weil manche viel von sich teilten und andere wenig und weil nicht alle auf dieselbe Weise tickten. Ich hatte in meiner ersten Familie seit langer Zeit das Gefühl, nur zu verstehen und nicht verstanden zu werden. In diesem Moment begriff ich, was Eden mir gerade gezeigt hatte: Um verstanden werden zu können, musste man selbst erst einmal bereit sein, sich zu öffnen.

Kurz entschlossen griff ich nach meinem Handy und rief die Nummer auf. Zweiundzwanzig Sekunden Tuten, eine Sekunde Stille, ein Name. *Eliza Little.*

Ein Teil von mir zögerte, weil ich wusste, dass es meine Mutter verletzen könnte, wenn ich das hier ansprach. Doch dann musste ich daran denken, was Wes zu mir gesagt hatte: dass man nicht alles verstehen und hinnehmen musste. Nicht, wenn man selbst darunter litt. Vielleicht hatte er recht gehabt und es war in Ordnung, etwas zu erwarten, wenn man jemanden liebte – ich würde es noch immer nicht Gegenleistung nennen, aber einfach … ein bisschen Mühe. Ich verdiente es, gesehen zu werden. Ich verdiente es, verstanden zu werden. Und ich verdiente es, auf mich selbst achten zu dürfen, so wie ich es auf andere tat. Ich konnte nicht alle Sorgen von Menschen aufnehmen, die nicht bereit waren, auch meine zu teilen. Weil ich dann irgendwann zu sorgenvoll wäre und ich nicht daran zerbrechen wollte – an ihnen, an mir, an dieser ganzen Welt. Ich brauchte mehr Wände. Und ich konnte mich nicht darauf verlassen, dass da immer jemand war, der sie für mich baute.

Also kein abgerungenes Lächeln diesmal, nur dreimal Luftholen vor dem ersten Satz. »Hey, Mum. Ich weiß, dass du gerade bei der Tafel bist, und es ist auch nichts Schlimmes passiert oder so. Ich wollte dir nur etwas erklären. Wenn ich ehrlich bin, ist es mir ganz recht, dass du gerade nicht drangehen kannst, weil ich das Gefühl habe, es fällt mir leichter, dir das so zu erzählen. Ich liebe dich, Mum. Ich liebe dich so, wie du bist, und ich will dir mit dem, was ich gleich sage, nicht das Gefühl geben, dass du etwas falsch gemacht oder in irgendeiner Form versagt hast. Ich bin gern für dich da. Wir sind eine Familie, und ich will, dass du mir weiterhin Bescheid gibst, wenn du Hilfe brauchst. Nur … manchmal hab ich das Gefühl, dass du kein Interesse an mir oder meinem Leben hast. Und mir ist klar, dass ich dich dazu nicht zwingen kann, und du selbst sollst dich auch nicht dazu zwingen, aber ich hoffe, dass du es eigentlich hast. Dass du nur nicht so richtig weißt, wie du das äußern sollst, weil dir gar nicht bewusst ist, was ich mir wünsche. Deswegen sage ich es dir jetzt: Ich wünsche mir, dass du mir mehr zuhörst. Dass es bei unseren Telefonaten nicht nur um dich geht – also auch natürlich, aber eben nicht nur. Dass du mich fragst, was bei mir so los ist, dass du dich daran erinnerst, wenn ich Prüfungen schreibe, dass du dir die Namen meiner Freunde merkst und was ich dir über sie erzähle. Dass du nicht jedes Mal überrascht bist, wenn ich zu Besuch bin und dich beim Abendessen daran erinnere, dass ich seit vier Jahren vegetarisch lebe. Dass es dir auffällt, wenn ich Liebeskummer habe, ehrlich, ich wünsche mir das so. Ich wünsche mir auch, dass wir mehr unternehmen, wenn ich bei euch bin. Dass wir zusammen neue Erinnerungen sammeln und nicht nur über die reden, die du mit Dad verbindest und mittlerweile entweder hasst oder vermisst. Ich will überhaupt weniger über Dad reden, Mum. Er ist weg, aber Angus und ich sind noch da. Und ich wünsche mir so sehr, dass du dich darüber einfach freuen kannst.«

Mein Atem kam stoßweise, mein Kopf pochte sacht. Aber mein Bauch tat nicht weh. Da war nicht einmal der Ansatz eines schlechten Gewissens. *Kein Zweifeln, kein Bereuen, kein Vergessen.*

»Es ist okay, wenn du erst mal nicht weißt, wie du darauf reagieren sollst. Ich erwarte auch nicht, dass sich irgendetwas von heute auf morgen ändert. Ich fände es nur schön, wenn wir zusammen daran arbeiten würden. An uns. Am besten reden wir noch mal in Ruhe persönlich darüber. Hab dich lieb.«

Ich legte auf und atmete erleichtert durch – wirklich, wirklich *leichter* als zuvor. Gerade als ich mein Handy beiseitelegen wollte, bemerkte ich die rote Eins in meinem Nachrichtenfenster. Jemand hatte mich genau dann angerufen, als ich meiner Mutter auf die Mailbox gesprochen hatte.

Es war seltsam, dass ich immer noch jedes Mal damit rechnete, darauf hoffte, dass es Wes war, wenn mein Handy eine neue Nachricht oder einen Anruf von einer unbekannten

Nummer anzeigte. Mit heftig pochendem Puls rief ich die Mailbox auf und presste das Smartphone ans Ohr.

»Hey, ich hoffe, das klingt jetzt nicht komplett komisch. Mein Name ist Louisa und ich bin auf der WU. Vor ein paar Monaten hab ich irgendwo auf dem Campus mein Medaillon verloren. Also … ich glaub, dass es dort war. Ich hab alle Orte abgesucht, die mir eingefallen sind, aber es nicht gefunden. Und … ich denke irgendwie noch jeden Tag an das Medaillon. Es war nicht teuer oder so, nur … meine Mutter hat es mir zum Schulabschluss geschenkt, das Foto darin ist das allererste, das es von uns beiden gibt. Es ist nur ein Foto, nur ein Anhänger, aber für mich ist es mehr. Jedenfalls meinte eine Freundin von mir, dass sie manchmal diese Zettel in der Uni oder in der Stadt sieht, deine Zettel. Dass du Sachen findest und sie aufbewahrst. Und ich dachte, eventuell hast du ja auch mein Medaillon gefunden. Gott, ich hoffe, diese Zettel sind kein schräger Scherz und diese Nummer stimmt überhaupt, aber … Ich will es wenigstens versucht haben, weißt du? Wie auch immer, wäre cool, wenn du dich meldest. Kein Plan, vielleicht gibt's ja so was wie Schicksal und du hast es.«

Es piepte. Wie in Trance senkte ich die Hand und rief die Nachricht erneut auf, hörte sie mir noch mal an. Und noch mal. Beim dritten Mal weinte ich und hätte nicht sagen können, wieso. Ob ich mich einfach nur freute, so richtig, aus dem Bauch heraus, weil ich dachte: *endlich, endlich, endlich.* Oder ob ich traurig war, auch so richtig, aus dem Bauch heraus, weil mein erster Impuls war, Wes zu schreiben und ihm davon zu erzählen.

Als ich die Schritte neben dem Haus hörte, wischte ich mir hastig über die Augen und sah auf. Und … erstarrte.

Luke stieß ein erleichtertes Seufzen aus, als er mich entdeckte. »Gott sei Dank. Hab mir schon ausgemalt, dass ich jetzt an jede Tür in diesem Hexenhäuschen klopfen muss, bis ich dich finde.«

Fassungslos sah ich ihn an, während er sich neben mich setzte. Einfach so, als wäre es das Normalste der Welt, dass er hier auftauchte. Dabei hatte ich ihn seit Wochen nicht gesehen, ebenso wenig wie einen von Wes' anderen Freunden.

»Warst du … in unserem Garten?«, fragte ich perplex, als mir seine blütenbestäubten Wangen auffielen.

Er rieb sich mit der Schulter darüber. »Jap. Laut Google Maps der kürzeste Weg, um aus dem Wald hierherzukommen. Ich bin über die Mauer geklettert und hab mir fast das Genick gebrochen, nur um danach das Tor zehn Meter links neben mir zu entdecken. Es war toll.«

»Ich … was? Du warst im Wald?«

Er nickte ungeduldig, als wäre das offensichtlich. Als ergäbe auch nur ein Bruchteil von alledem Sinn. »Und davor war ich bei Elsie. Ich hab mich bei ihr entschuldigt, das war wohl längst überfällig.«

Meine Miene verschloss sich, ich rückte ein Stück von ihm ab. »Das macht nichts ungeschehen.«

»Nein, tut es nicht. Hat sie auch gesagt. Aber es tut mir echt leid.« Sein Gesicht wurde ein bisschen weicher. Er wirkte weder verbittert noch aufgesetzt gut gelaunt wie sonst oft, nur … aufrichtig bedauernd. »Ich würde es gern schönreden, indem ich sage, dass ich nicht wollte, dass das so ein Riesending wird, oder dass ich nicht dachte, dass das für sie so schlimm wird, aber Tatsache ist, dass es mir egal war. Ich hab einfach nicht an sie gedacht. An ihre Gefühle, ihr Leben oder … irgendwas. Ich hab einfach nicht nachgedacht.« Er wandte mir den Blick zu. »Ich kann's nicht mehr ändern, das ist mir klar. Nur, keine Ahnung, du meintest mal zu mir, Freundlichkeit zählt immer. Also dachte ich, es wäre gut, mit dem anzufangen, was ich schon verbockt hab, und mich dann langsam vorzuarbeiten, damit ich irgendwann nachdenke, bevor ich Scheiße baue.«

Ich öffnete den Mund und schloss ihn direkt wieder. Meine Meinung dazu spielte letztlich keine Rolle. »Warum bist du jetzt hier? Du hast das Elsie angetan, nicht mir. Ich hab weder die Möglichkeit noch das Interesse, dir stellvertretend für sie Verständnis einzuräumen.«

Er verdrehte die Augen und vertrieb damit die ungewohnte Weichheit aus seinen Zügen. »Ich bin nicht meinetwegen hier. Sondern wegen Wes.«

Sofort spannte ich mich an. »Ich will nicht über ihn reden.« *Lüge.* »Es ist sowieso alles gesagt.« *Wahrheit.*

»Bitte.« Er schnaubte spöttisch. »Es ist gar nichts gesagt. Erzähl mir nicht, dass du ihn einfach abgehakt und vergessen hast.«

Ich hätte ihm gern widersprochen, aber ich war immer noch eine schlechte Lügnerin. »Darum geht es nicht. Was er getan hat …«

»Du hast keine Ahnung, was er getan hat, okay?«, unterbrach er mich barsch. »Also sei jetzt kurz still und hör mir zu.« Er atmete tief durch und streckte mir die Hand entgegen. »Das Steinzeit-Handy, das er dir geschenkt hat. Hast du das noch?«

Verwirrt griff ich nach der Tasche zu meinen Füßen und suchte es heraus.

Luke drehte es in der Hand und stutzte. »Wieso ist es aus?«

»Ich spare Akku. Besser für die Umwelt.«

Er legte den Kopf in den Nacken und stöhnte. »Klar. Gott, Wes ist so ein Idiot.« Ohne es weiter zu erklären, schaltete er das Handy an und wartete, bis das Display leuchtete.

Ich hatte es bestimmt seit vier Wochen nicht mehr angehabt. Zwar nahm ich es immer noch jedes Mal mit, wenn ich allein spazieren ging, aber ich schaltete es meistens nicht ein, weil sowieso niemand versuchte, mich darauf zu kontaktieren. Umso verwirrter war ich, als ein Piepston eine neue Nachricht ankündigte. Luke öffnete sie und hielt mir das Handy hin. Verständnislos überflog ich die Zahlen-Buchstaben-Kombination. »Was ist das?«

»Koordinaten.«

»Und … wohin führen die?«

»In den Wald hinter eurem Haus, in die Nähe vom See. Ich weiß das, weil ich gerade zwei Stunden gebraucht habe, um mich dadrin zurechtzufinden. Es wäre zwar symbolhafter gewesen, wenn du selbst hingelaufen wärst, aber ich wusste nicht, wie ich dich dazu bringen soll, mit mir in den Wald zu gehen, ohne wie ein Serienmörder zu klingen.«

Ein paar Sekunden lang versuchte ich, ihm zu folgen. Dann gab ich mit einem Kopfschütteln auf. »Ich verstehe gar nichts.«

»Wes hat dir einen Brief geschrieben. Und weil es natürlich zu einfach gewesen wäre, ihn dir zu schicken, hat er ihn versteckt.« Er machte eine Pause, um die Worte wirken zu lassen, aber in meinem Kopf pochten ausschließlich Fragezeichen und in meiner Brust ein Herz, das sich plötzlich ziemlich weich anfühlte. »Ich weiß das, weil ich vor einigen Tagen bei ihm gepennt hab, als er ziemlich betrunken war. Er hat nur von dir gesprochen – wieder mal. Anscheinend hat er vor Kurzem eines deiner Haarbänder in seiner Wohnung gefunden. Und als er es wegwerfen wollte, konnte er es nicht. Er hat irgendwas davon gefaselt, dass er es mit Bedeutung aufgeladen hat, nicht weil *er* es bei sich getragen hat, sondern *du*. Und dass er jetzt versteht, warum du nie begreifen konntest, dass Menschen nicht nach solchen Dingen suchen, wenn sie sie verloren haben. Weil er nicht aufhören will, nach dir zu suchen, auch wenn er dich verloren hat.« Luke schüttelte sich leicht. »Es war auf viele Arten mitleiderregend, ernsthaft. Jedenfalls meinte Wes, dass er deswegen einen Briefkasten aufgestellt und dir den Standort geschickt hat. An *euer* Handy. Als er eingeschlafen ist, hab ich die Nachricht rausgesucht. Ich wollte nur sichergehen, dass du diesen Scheißbrief überhaupt gefunden hast. Was du, was für eine Überraschung, nicht getan hast.«

Er schwenkte vielsagend das Handy durch die Luft, bevor er es mir zuwarf. Reflexartig fing ich es auf und starrte auf die Nachricht. Ich wäre nie auf die Idee gekommen, dass Wes mir auf diesem Handy schreiben könnte. Immerhin hatte er mir versprochen, die Nummer nicht zu nutzen. Nicht, wenn … es nicht *wirklich wichtig* war. Ich schluckte schwer.

»Ich wusste doch nicht …«

»Schon klar. Dieser Plan war absolut bescheuert. Aktionen mit Symbolgehalt sind meistens einfach nur unpraktisch. Deswegen sind Liebesfilme auch so unrealistisch. Weil die Protagonistin im echten Leben nie auf die Idee kommen würde, nach einem blauen Briefkasten im Wald zu suchen.«

Mein Herz war wirklich weich. So weich, dass es sich unter einem kleinen Wort verformte. »Er ist *blau*?« Meine Stimme brach, ich schluckte. »Und … was steht in dem Brief?«

»Keine Ahnung. Ich will mir echt keine weiteren kitschigen Gefühlsausbrüche von meinem besten Freund antun. Das kannst du nachher selbst machen.« Luke griff nach seiner Jacke, die er neben sich gelegt hatte. Kurz darauf hielt er mir einen ausgebeulten Briefumschlag hin. Als ich danach greifen wollte, zog er ihn zurück. »Erst muss ich aber noch was klarstellen.« Er wartete, bis ich ihm widerwillig in die Augen sah. »Nach dem Abschluss am Internat, da bin ich für Wes hierhergezogen. Eigentlich wollte ich in Dublin studieren, am Trinity. Aber keine Ahnung, die Vorstellung, ihn nicht mehr jeden Tag sehen zu können, war irgendwie zu scheiße. Natürlich hab ich ihm das nie so gesagt. Wes und ich tun die Dinge füreinander einfach, wir reden da nicht groß drüber.«

Verständnislos runzelte ich die Stirn. »Warum erzählst du mir das?«

»Damit du begreifst, was für eine Art Freundschaft Wes und ich haben. Wir sind nicht immer einer Meinung, aber wir halten zusammen. Wenn es drauf ankommt, würden wir alles füreinander tun. Deswegen bin ich nach dem Abschluss hergezogen, deswegen halte ich jedes Mal dagegen, wenn er in Momenten der Schwäche anfängt zu glauben, was sein Vater ihm eintrichtern will. Und deswegen hat er mir in den letzten Monaten den Rücken freigehalten, während ich wegen des Mists zu Hause durchgedreht bin. Einzig und allein deswegen hat er das Video vom Server gelöscht, nachdem ich ihm gestanden hab, dass ich fürchte, dass eine Kamera uns aufgezeichnet hat, und Angst hatte, dass die Uni es sieht und mich rauswirft.«

Ich lächelte bitter. »Und deshalb hat er es dir geschickt, damit du damit angeben kannst? Damit eure Freunde es sich ansehen können?«

»Wes hat es mir nicht *deshalb* geschickt, er hat es mir geschickt, weil er manchmal übertrieben anständig ist. Er wollte es sich nicht ansehen, May. Es kam ihm falsch vor – wegen Elsie. Er meinte, er würde sich weigern, ihre Privatsphäre zu verletzen, indem er sich ein versehentlich aufgenommenes Sexvideo mit ihr anguckt. *Das. Ist. Wes.* Er benimmt sich oft viel mehr so, wie seine Familie es gern hätte, als ihm selbst bewusst ist. Er hat das Video aus dem Foyer heruntergeladen, es mir geschickt und mich gefragt, ob es das ist, worauf Elsie und ich zu sehen sind. Als ich das bejaht habe, hat er es vom Server genommen und mir befohlen, es vom Handy zu löschen. Nur dass ich das nicht getan habe. Weil ich nicht so anständig bin wie er, weil ich nicht so … gut bin wie er.« Er hob die Hände, wieder mit diesem Anflug von Reue in den Augen. »Und glaub mir, egal, was du mir deswegen für Vorwürfe machen willst: Wes hat das bereits getan. Ich hab ihn noch nie so wütend erlebt. Und dabei haben wir echt schon eine Menge Scheiße durch.«

Mein weiches Herz schrumpfte zusammen, bis es sich erbsenklein anfühlte. Der Kloß in meinem Hals war viel größer. Das konnte nicht wahr sein. Das war unmöglich, das war un*logisch*. »Aber … so hat er das nicht gesagt.«

»Hast du ihn denn ausreden lassen, als du das Video bei ihm gefunden hast?«

Ich schwieg, während sich dieser Moment erneut in meinen Gedanken ausdehnte. Wes, der mich wieder und wieder bat, ihm zuzuhören, bis ich ihm das an den Kopf warf, von dem ich wusste, dass es ihn am allermeisten traf.

Luke nickte bestätigt. »Du hattest deine Meinung schon gefällt, als du das Video gesehen hast. Und klar hätte Wes es dir hinterherschreien können oder, keine Ahnung, dich zwingen können, ihm zuzuhören, aber so ist er halt nicht. Er reagiert scheißsensibel, wenn er das Gefühl hat, dass Leute sich eine Meinung über ihn bilden, ohne ihn zu kennen. Und du kennst ihn sogar, so richtig, und hast es trotzdem getan. Schätze, er war in dem Moment einfach zu stolz, um darauf zu bestehen, dass du ihm eine Chance gibst, es zu erklären.«

»Er hat mich trotzdem angelogen.« Ich wollte hinterherschieben *Er hat ein Versprechen gebrochen*, aber meine Stimme versagte. Wes hatte mir versprochen … ja, was?

Er hatte mir versprochen, sich das Video nie angesehen zu haben. *Wahrheit.* Er hatte mir versprochen, es nicht von Luke geschickt bekommen und es nicht an ihre gemeinsamen Freunde weitergeleitet zu haben. *Wahrheit.* Er hatte mir versprochen, Luke deswegen eine Ansage gemacht zu haben. *Wahrheit.*

Er hatte natürlich gewusst, was ich eigentlich hatte wissen wollen: Ob er etwas mit der Verbreitung zu tun gehabt hatte. Aber selbst, wenn er das konkret verneint hätte – wäre das eine richtige Lüge gewesen? Hätte er es nicht heruntergeladen, hätte Luke es nicht herumschicken können. Aber ich verstand jetzt, wieso er es getan hatte. Ich hatte es auch vorher rein faktisch verstanden, aber jetzt konnte ich es nachfühlen, weil dieser Grund so sehr Wes war. Er hatte es nicht an Luke geschickt, weil es ihm egal war, ob es jemand sah – sondern weil es ihm *so wenig egal* war, dass er es sich nicht einmal selbst ansehen wollte.

*Das ändert nichts*, dachte ich wieder und wieder. *Das ändert nichts, das ändert nichts, das ändert nichts.* Aber dann sah ich erneut Wes vor mir in seiner Wohnungstür mit dem nackten Blick und den Tränen in den Augen und hörte ihn sagen: »*Das ändert* alles.«

»Er hat dir etwas verschwiegen, ja. So wie du Elsie etwas verschwiegen hast. Weil du sie liebst und weil er dich liebt. Ich sehe mir das jetzt seit Wochen an und das ist nicht nur dieses Hormon-Verliebtsein-Gedöns, das ist viel nervtötender. Viel echter. Und du liebst ihn auch. Sonst wäre ich nicht hier, weil ich es nicht mehr ertrage, dass ihr euer eigenes *Stolz und Vorurteil*-Remake abzieht.«

Dieser Satz aus seinem Mund schaffte es, mich aus der Starre zu lösen. »Du kennst *Stolz und Vorurteil*?«

Luke rieb sich noch mal über die gelb gepuderte Wange. »Wie gesagt: Wes und ich halten zusammen. Auch wenn ich dafür in den letzten Monaten seine wirklich miese Filmauswahl ertragen musste. Was denkst du, wie er sonst auf die dämliche Idee gekommen ist, diesen Briefkasten zu besorgen und es dann quasi dem Zufall zu überlassen, ob du ihn findest?«

»Er hat sich an *Little Women* erinnert.« Der allererste Film, den wir an unserem allerersten *echten* Abend angesehen hatten – und den Wes nicht verstanden hatte, weil er für ihn an zu vielen Stellen keinen Sinn ergab. »*Zu viel Subtext, zu wenig Klartext*«, hatte er gemurmelt.

Wes war jemand, der Probleme direkt ansprach und klärte – zumindest mit den Menschen, die er an sich heranließ. Aber ich hatte ihm keine Möglichkeit dazu gegeben. Ich hatte ihn nicht ausreden lassen, ihn zurückgestoßen, seine Nummer blockiert, meinen Mitbewohnenden gesagt, dass sie ihn unter keinen Umständen zu mir lassen sollten. Ich hatte Wände hochgezogen und keine Tür eingebaut.

»Er hat sich an *dich* erinnert, May«, korrigierte Luke trocken. »Er erinnert sich seit Wochen in Endlosschleife an dich. Und ich liebe diesen Kerl, aber wenn er nicht bald damit aufhört, bringe ich ihn höchstwahrscheinlich um.« Er stand auf und hielt mir den Brief hin. »Also, lies das hier, aber lass dir nicht zu viel Zeit.«

Meine Hand bebte, als ich danach griff. »Wieso?«

»Weil Wes mir im Halbschlaf erzählt hat, was dem Brief noch beiliegt. Und weil ich mir sicher bin, dass du das nicht verpassen willst. Wenn du dich traust, darauf zu hören, was du willst, meine ich.«

Ohne eine Antwort abzuwarten, lief er los. Jacke über der Schulter, Hände in den Hosentaschen. Der kleine Silberring im Ohr ein Lichtfänger, der immer wieder aufblitzte, wenn die Sonne darauf fiel. Ich starrte ihm nach, bis er unser Tor erreicht hatte und dahinter verschwand.

Ein paar Minuten lang betrachtete ich den Brief in meinem Schoß, ehe ich es schaffte, ihn vorsichtig aufzureißen. Er war handgeschrieben, vier Seiten lang. Kein gutes Pergament, keine Ornamentverzierungen oder sonstige Aufwertung. Ganz schlichtes, liniertes Collegeblock-Papier und dahinter – in der

Mitte geknickt – ein Zugticket, ausgestellt auf den heutigen Abend.

Kein Wesley-Hastings-Brief, ein Wes-West-Brief.

*Liebste Lille,*

*ich wollte diesen Brief mit einer Alliteration anfangen und die Alternative wäre »Meine May« gewesen, und ich wollte nicht mehr lügen. Ich wollte nie lügen. Nicht vor dir. War ja auch Teil des Deals. Aber Deals sind für Menschen ohne Gefühle, und zu denen gehöre ich nicht. Ich fühle eine Menge, auch wenn ich mir oft wünschte, es wäre nicht so.*

*Ich weiß selbst, dass ich manchmal ein bisschen paradox bin: Mir sind Dinge entweder unangenehm gleichgültig oder sie bedeuten mir viel zu viel. Und das mit dir, das hat mir viel bedeutet, das hat mir alles bedeutet. Deshalb wollte ich nicht, dass du die Wahrheit über das Video erfährst. Weil ich wusste, wie du reagieren würdest, dass du gehen würdest. Was ich wiederum nicht wollte, weil ich – Überraschung, als ob du das nicht längst wüsstest – ziemlich verliebt in dich bin, May. Und das ist keine Alliteration, aber es ist wahr und das zählt für dich immer noch mehr, oder?*

*Ich könnte sagen, dass es nicht meine Schuld war. Dass ich Luke dieses Scheißvideo mit den Worten »Ist es das? Dann lösch es und behalt beim nächsten Mal deine Hose an, bis du das Gelände verlassen hast, du Vollidiot.« geschickt habe. Dass ich nichts davon wusste, dass er es stattdessen an unsere Freunde weiterleiten würde, weil er angeblich nicht absehen konnte, dass es sich dann verbreiten würde. Dass ich danach tagelang nicht mit ihm geredet hab, weil ich einfach nur wütend und enttäuscht und angewidert war.*

*All das wäre wahr, aber es würde nichts daran ändern, dass ich dazu beigetragen habe, was Elsie passiert ist. Vielleicht hat ein Teil von mir sogar befürchtet, er würde so was machen. Weil Luke oft irgendwelchen Scheiß macht. Fakt ist: Ich habe das Risiko hingenommen. Weil ich ihm helfen wollte. Weil er echt ein Vollidiot sein kann – aber eben auch mein bester Freund ist.*

*Ich fange gerade an, richtig zu begreifen, dass man Menschen nicht nach ihren Fehlern selektieren und aussortieren kann. Oder vielleicht kann man das doch, aber dann führt man am Ende ein ziemlich wütendes und einsames Leben. Wir sind nämlich alle nicht perfekt. Du auch nicht. Auch wenn sich deine Fehler nicht wie Fehler anfühlen, nicht für mich. Ich bin zum Beispiel so gut wie sicher, dass du auf diesen Brief nicht reagieren wirst, egal, wie gut er ist. (Und das ist er schon, oder? Gib's zu.) Ich nehme es dir nicht übel. Weil ich weiß, dass du so eben bist – du hast deine Prinzipien. Und weil ich sogar diese Eigenschaft, die mich manchmal wirklich wahnsinnig macht, an dir mag. Schätze. Liebe. Vergöttere. Such dir was aus. Such dir aus, was meine letzten Worte an dich sein sollen. Ich würde sie dir alle geben. Weil du der schönste und nervtötend liebste und klügste und strengste und wundervollste Mensch bist, den ich kenne. Du bist der allergrößte Mensch, den ich mir vorstellen kann, May Little. Du siehst: Du bist auch ein bisschen paradox, und ich denke trotzdem nur in Superlativen an dich. Und ich werde damit nicht aufhören, auch wenn du nie wieder ein Wort mit mir sprichst.*

*Ein guter Mann würde den Brief an dieser Stelle beenden. Er würde dich gehen lassen, ohne noch einen letzten verzweifelten Versuch zu unternehmen, dich zurückzubekommen. Aber vielleicht bin ich kein guter Mann, Mensch, was auch immer. Vielleicht versuche ich, besser zu werden, aber hab halt noch ein bisschen was zu tun.*

*Weißt du noch, als du gesagt hast, dieses Experiment könnte eine Art Blaupause fürs Ich-Sein sein? Ich glaube, das galt letztlich nicht fürs Experiment. Eher für dich. Du warst meine Blaupause. Und damit meine ich nicht nur ein Testlauf fürs Ich-Sein, weil ich durch dich herausgefunden habe, wie ich sein möchte, wie ich, irgendwo vergraben unter allem, was andere mein Leben lang in mir gesehen haben, vielleicht schon immer gewesen bin. Ich meine das auch in einem wörtlichen Sinn. Du fühlst dich nach Blau an. Nach blauem Licht, May. Nach einer Auszeit von allem. Nach Luftanhalten, nach Ruhe, nach Ankommen auf die beste Art.*

*Ich will das nicht einfach so aufgeben. Und ich weiß, dass du wahrscheinlich Nein sagen wirst, weil du vor mir standest, als ich dir gestanden habe, dass ich dich liebe, und Nein gesagt hast. Und weil ich mehr eigentlich nicht habe. Nur mich. Aber, keine Ahnung, ich kann nicht aufhören zu hoffen, dass du dir aus irgendeinem Grund vorstellen könntest, mir trotzdem zu verzeihen.*

*Ich hab mir in den letzten Wochen haufenweise deiner Lieblingsfilme angeguckt und entweder hab ich den entscheidenden Teil jedes Mal verschlafen (ehrlich, dieser ganze verregnete Subtext erschlägt einen doch), oder es gibt tatsächlich keine Anleitung für das perfekte symbolhafte Wiedersehen. Ich könnte mich natürlich auf irgendeine Wiese stellen und hoffen, dass du vorbeikommst, aber sind wir ehrlich: Ich bin zu ungeduldig für so was.*

*Stattdessen schenke ich dir mit diesem Brief ein Zugticket. Diesmal mit klarem Start- und Endpunkt. Damit will ich sagen: Es stimmt, es gibt wirklich eine Menge Möglichkeiten da draußen, um ein Leben zu leben. Und ich bin immer noch davon überzeugt, dass es auch eine Menge Möglichkeiten für uns beide gibt, um uns erneut zu verlieben. Vielleicht kann man nicht jeden Menschen lieben, aber sicher mehr als einen. Ich weiß das, May. Ich weiß auch, dass ich mal gesagt habe, dass man höchstens zwei Monate braucht, um über jemanden hinwegzukommen. Dass man Liebeskummer leicht überwinden kann, wenn man ihn akzeptiert und einfach einen Neuanfang macht. Womöglich stimmt das, keine Ahnung, aber jetzt sind es fast zwei Monate ohne dich, ohne uns, und ich weiß ganz sicher: Ich will das nicht. Ich will nicht über dich hinwegkommen, ich will keinen Neuanfang. Ich will mich nicht neu verlieben, ich will nur in dich verliebt sein. Ich will lieber echt als leicht und ich will es mit dir. Du bist die Möglichkeit, die ich wähle. (Es täte deinen Filmen gut, wenn Leute ihre Metaphern meinem Beispiel folgend erklären würden, ganz im Ernst.)*

*Wenn du das auch willst (wenn du es überhaupt kannst, aber vor allem, wenn du es wirklich, wirklich willst), dann komm. Wenn nicht, dann lasse ich dich danach in Ruhe. Versprochen. Gott, ich würde dir so gern noch hundert andere Versprechen geben, aber mir ist bewusst, dass man keins zusammenkleben kann, indem man neue drum herumwickelt. Und ich weiß auch, wenn ich dir jetzt versprechen würde, dass ich nie wieder irgendetwas falsch machen werde, dann wäre das sowieso gelogen. Also versuche ich es erst gar nicht.*

*Ich liebe dich. Ich will es besser machen, ich will besser sein. Ich will es wirklich versuchen, wenn du mich lässt. Und wenn nicht: Leb wohl, Lille.*

*Wesley Hastings aka Wes West (aka Theodore Laurence, wenn man dem »Welcher Charakter aus einem Historiendrama bist du?«-Persönlichkeitstest glauben kann. Deswegen auch das mit dem Briefkasten, entschuldige bitte das Pathos, ich bin eben wirklich verzweifelt.)*

Ich las den Brief keine drei Mal. Ein Mal reichte, und ich wusste, ich würde ihn nicht wieder vergessen. Keine Zeile, kein Wort, niemals. Und diesmal machte mir das keine Angst, ich war dankbar dafür. Denn diese unscheinbaren fünf Seiten in Wes' ordentlicher Handschrift, das war wahrscheinlich das Schönste und Wahrste, was ich je gelesen hatte.

Er hatte recht: Unser Experiment hatte verdeutlicht, dass sich Liebe zwischen den seltsamsten Kombinationen aus Menschen entwickeln konnte. Wenn wir uns einfach nicht mehr wiedersahen oder zumindest nicht mehr miteinander redeten, dann würden wir darüber hinwegkommen. Es würde noch eine Weile wehtun, vermutlich nie ganz aufhören, doch es würde besser werden. Wir würden uns weiterentwickeln, neue Menschen kennenlernen, uns irgendwann, früher oder später, wieder verlieben. Vielleicht in jemanden, der rein objektiv besser zu uns passte, mit dem es nicht so eine komplizierte Vorgeschichte gab, mit dem es leichter wäre.

Aber das wären nie er und ich. Das wären nie wir.

Und deswegen wollte ich es nicht.

Ich musste an Louisa denken, das Mädchen, das mir die Nachricht wegen eines Medaillons hinterlassen hatte, das ich vor über einem halben Jahr in Windsbury gefunden hatte. Es hatte quer auf dem Loch eines Gullideckels gelegen. Wäre der Winkel nur ein bisschen anders gewesen, wäre es durchgerutscht und für immer verschwunden.

Aber es war nicht hineingefallen. Es war nicht verschwunden. Ich hatte es vorsichtig aufgehoben, einen Zettel an der nächsten Laterne hinterlassen und es mit heimgenommen. Ich hatte es monatelang in meiner Schatzfundkiste verwahrt und genau auf diesen Moment gewartet: dass ich dafür sorgen konnte, dass es zu seiner Besitzerin zurückfand, die nie aufgehört hatte, an es zu denken.

Weil solche Dinge etwas bedeuteten. Weil *alles* etwas bedeutete, wenn man es liebte. So wie mit Wes Dinge etwas bedeuteten, die vorher bedeutungslos gewesen waren: blaues Licht, Monde, Zugfahrten ohne Ziel, Stirn-Umarmungen, Mundwinkel-Küsse, Fingerschwüre.

Ich wollte nicht, dass irgendetwas davon wieder an Bedeutung verlor.

Ich wollte *ihn* nicht verlieren.

Ich wollte *uns* nicht verlieren.

Ich wollte *mich* nicht verlieren, indem ich ignorierte, was ich wollte. Was ich wirklich, wirklich wollte.

# 31. Kapitel

## MAY

Die Zeiger der Bahnhofsuhr zeigten 20:30 Uhr an, als ich mein Fahrrad an der Laterne abschloss und in Richtung Eingangshalle lief. Es hatte mich nicht gewundert, dass Wes diese Zeit gewählt hatte. Die Sonne war eben untergegangen und die Welt versank gemächlich in diesem speziellen Abendfarbton. Blaues Licht überall.

Ich blieb auf den Stufen vor der Doppeltür stehen und legte den Kopf in den Nacken. Es war so bezeichnend, so bedeutend: Am Himmel hingen, zum ersten Mal seit Wochen, überdeutlich Leuchtende Nachtwolken. Und irgendwo dazwischen dieser halbe weiße Mond, den ich trotzdem als Ganzes sah.

Wären wir in einem meiner Lieblingsfilme, würde ich genau dann ankommen, wenn der Zug abfuhr. Ich würde Wes' verschwommenes Profil hinter einem der Fenster entdecken und die Hand heben, aber er würde mich nicht sehen. Mir würde nichts anderes übrig bleiben, als reglos auf dem Bahnsteig zu stehen, während der Zug in einer Wolke aus Dampf und Abendnebel verschwand und mit ihm die Chance auf ein glückliches Ende.

Aber wir waren in keinem Film und das hier fühlte sich nicht nach einem Ende an, eher nach einem Anfang. Außerdem war ich immer noch May Little: Ich kam so gut wie nie unpünktlich.

Dafür kam ich auf dem falschen Gleis an. Das richtige lag gegenüber: ein grauer Streifen aus Stein mit bunten Tupfern aus Menschen mit Rucksäcken und Koffern. Mittendrin ohne Tasche, in schlichter Kleidung, mit leicht zurückgelegtem Kopf und geschlossenen Augen: Wes.

Ich ging nicht zur Unterführung, sondern blieb auf dem Bahnsteig stehen und betrachtete ihn eine Weile. Vielleicht war so etwas irgendwie auch unser Ding: Straßen, Gleise, Wege. Weil wir jahrelang in denselben Kursen gesessen hatten, ohne auch nur ein Wort miteinander zu sprechen, als würden wir uns auf verschiedenen Seiten einer Straße befinden, die nicht überquerbar war. Weil uns das Projekt eine Brücke gebaut hatte, damit wir einen Teil der Strecke nebeneinander herlaufen konnten, und wir uns trotzdem sicher gewesen waren, dass wir letztlich verschiedene Abzweigungen nehmen würden. Weil ich jetzt an blaue Ampeln dachte, wenn ich ihn ansah. Weil ich keinen Weg mehr nehmen wollte, der von ihm wegführte. Weil ich ankommen wollte.

Während ich langsam über den Bahnsteig lief, holte ich das Handy heraus, das er mir geschenkt hatte. Ich rief seine Nachricht auf und klickte auf Antworten.

*Wir haben das Experiment eigentlich nie ganz abgeschlossen.*

Es dauerte nur zwanzig Sekunden, bis Wes den Kopf senkte und nach seiner Hosentasche griff. Er überflog die Nachricht, bestimmt mehrmals, dann begann er zu tippen.

*Was meinst du?*

Lächelnd blieb ich auf seiner Höhe stehen und antwortete.

*Die vier Minuten Blickkontakt fehlen noch.*

Wes runzelte die Stirn und ließ das Handy sinken. Er drehte sich einmal im Kreis, ließ die Augen über den Bahnsteig wandern, bis er zu meiner Seite herübersah – und mich sofort bemerkte.

Ein seltsamer Ausdruck huschte über sein Gesicht, den ich nicht ganz deuten konnte. Eine Mischung aus Überraschung, Verwirrung, Unsicherheit und Erleichterung. Und etwas ganz Warmes, das sich um mich legte und meinen Puls beruhigte.

Wir regten uns nicht. Keine stummen Lippenbewegungen, kein unbeholfenes Winken, kein Masken-Aufsetzen, kein Lächeln. Nur verhakte Blicke. So wie damals, als Wes mir im Arkadenhof diesen Fingerschwur gegeben hatte. So wie ganz oft danach, beim Miteinander-Reden, beim Miteinander-Schweigen, beim Miteinander-Schlafen, beim Miteinander-Sein.

Wir hörten nicht auf, uns anzusehen. Nicht einmal, als die blecherne Bahnhofsansage ertönte und den nächsten Zug ankündigte. Nicht einmal, als auf Wes' Seite die Leute näher auf den Bahnsteig zutraten und ihr Gepäck anhoben, sich von ihren Begleitungen verabschiedeten. Keiner von uns sah weg, bis der blau-rot gestreifte Zug einfuhr und unseren Blickkontakt beendete.

Ich wusste, dass das unser Zug war, und ich wusste auch, dass Wes nicht einsteigen würde. Ich wusste, dass er stattdessen zur Unterführung auf seiner Seite ging, die Treppe herunterlief, unter dem Gleisbett entlang, und auf meiner Seite wieder hinauf. Ich wusste, dass er gleich mit einem schiefen, aber sehr ehrlichen Lächeln aus dem Tunnelschlund auftauchen, mich ansehen und »Hey« sagen würde. Manche Dinge wusste man einfach.

Trotzdem machte mein Herz einen Satz, als er schließlich am oberen Treppenabsatz erschien und auf mich zukam. Mit diesem gleichzeitig gelassenen und doch entschlossenen Gang, den ich nur von ihm kannte. Zwei Schritte vor mir blieb er stehen. Auf dem Bahnsteig waren noch andere Menschen, aber in diesem Augenblick hätte ich schwören können, dass wir beide nur einander wahrnahmen.

»Hey«, sagte er, und ich musste lächeln.

Ja, *wirklich*: Manche Dinge wusste man einfach.

»Ich glaube, das waren keine vier Minuten.«

Er hob die Schultern. »Ich brauche keine vier Sekunden.«

*Ich auch nicht*, dachte ich, aber ich schwieg und musterte ihn. Sein Haar war kürzer und blonder als beim letzten Mal, goldfadendurchzogen. Sein Gesicht war gebräunter, seine Augen wirkten heller. Vielleicht wegen des Kontrasts, vielleicht nur wegen dieses Moments.

»Du bist gekommen.«

Ich nickte und zupfte an dem Band, das den kleinen Zopf in meinem Haar zusammenhielt. »Bedank dich später bei Luke dafür. Ohne ihn hätte ich nicht mal gewusst, dass du auf mich wartest.«

Wes grinste schief. »Ich dachte, das wäre die ganze Zeit klar gewesen.«

War es nicht. Menschen verloren jeden Tag Dinge und vergaßen sie kurz darauf wieder, einfach so, als hätten sie nichts bedeutet oder als wäre diese Bedeutung problemlos ersetzbar. Für die meisten waren Gegenstände austauschbar geworden, ebenso wie Menschen, Beziehungen und Gefühle. Sie gaben sich keine Mühe mehr, um etwas zu behalten, etwas zu halten. In meiner Schatzfundkiste lagen rund fünfzig Gegenstände, für die sich nie wieder jemand interessiert hatte. Louisa und ihr Medaillon waren die Ausnahme. Und das hier, das mit Wes und mir, das war auch die Ausnahme.

»Ich hab deinen Brief gelesen«, begann ich zögerlich. »Und … ich verstehe, was passiert ist. Was du getan hast, warum du es getan hast. Das bedeutet nicht, dass ich es gutheiße oder einfach vergessen kann. Ich bin immer noch verletzt. Selbst wenn du kein Versprechen gebrochen hast, hast du mir etwas verschwiegen. Und ich war so ehrlich zu dir, Wes. Ich war so *nackt* vor dir. Ich hab mich auf die schlimmste Weise bloßgestellt gefühlt, als ich das Video gefunden hab. Ich dachte irgendwie, wenn du damit gelogen hast, dann könntest du mit allem gelogen haben.«

Er schluckte, doch er sah mir immer noch direkt in die Augen. Kein Verstecken mehr, kein letztes bisschen Wand. »Ich weiß. Das ist nicht wahr, nicht mal im Ansatz, weil ich mit dieser einen Ausnahme wirklich immer ehrlich zu dir war, aber ich verstehe es. Es tut mir leid. Ich hätte es dir sagen sollen, aber am Anfang wollte ich einfach nicht, dass du mich weiterhin so ansiehst. Ich wollte, dass du mich siehst, ohne die Meinung über meine Freunde im Hinterkopf zu haben, dass du … nur mich siehst. Und ich dachte auch nicht, dass es so wichtig wäre, ob ich was verschweige, weil ich nicht gewusst hab, wie wichtig das mit dir werden würde. Und als es das dann war … konnte ich es dir nicht mehr sagen. Ich war feige.«

Ich machte einen Schritt auf ihn zu, einen kleinen nur, aber Wes' Kiefermuskulatur entspannte sich trotzdem leicht. »War ich auch. Feige, meine ich. Es tut mir leid, dass ich dir nicht zuhören wollte. Dass ich vorschnell geurteilt und mein Bauchgefühl ignoriert hab.«

»Dein Bauchgefühl?«

Noch ein kleiner Schritt auf ihn zu und ein genauso kleines Lächeln auf meinem Mund, weil das eine meiner Lieblingswahrheiten war: »Ich hab ständig Bauchweh. Weil da immer etwas ist, um das man sich sorgen kann. Aber bei dir … *mit* dir hört es einfach auf. Das ist das beste Bauchgefühl, das ich kenne.«

»Also … verzeihst du mir?«, fragte er leise.

Ich nickte, ohne zu zögern, weil ich wieder nur dachte: *Ja, ja, ja.*

Es stimmte: Ich war noch ein bisschen verletzt, ein bisschen verunsichert, ein bisschen wütend und traurig darüber, wie alles gelaufen war. Aber vielleicht war das auch in Ordnung. Vielleicht musste ich nichts davon vergessen, sondern nur dazu in der Lage sein, es Stück für Stück in eine Erinnerung umzuwandeln. Eine, die aus Gedanken bestand und nicht aus Gefühlen.

*»Ich kann wütend auf dich sein und dich trotzdem lieben.«* Das hatte Elsie vor ein paar Monaten zu mir gesagt und ich begriff erst jetzt, dass es stimmte. Vielleicht durfte ein »Ich liebe dich« ja doch manchmal ein kleines »Aber« haben. Ich musste nicht alles verstehen, nicht alles gutheißen, nicht alles kommentarlos akzeptieren, aber das bedeutete nicht, dass ich deswegen gleich alles infrage stellen oder von mir stoßen musste. Wes und ich waren beide Ganz-oder-gar-nicht-Menschen, nur in verschiedenen Ausprägungen. Und wir mussten beide lernen, dass das Leben so einfach nicht funktionierte. Nicht alles war immer ein klares Entweder-oder. Man musste nicht alles hinnehmen, doch man musste auch nicht alles als unverzeihlich ansehen. Man musste Wände hochziehen, um sich selbst zu schützen, aber man sollte eine Tür einbauen, um niemanden ganz auszuschließen – oder sich selbst ein.

Angus hatte recht gehabt: Ein Versprechen zu biegen, weil man Fehler machte, bedeutete nicht zwangsläufig, es zu brechen. Und wenn ich in den letzten Monaten eins begriffen hatte, dann, dass Vertrauen nicht immer gleich zersplitterte, nur weil man es unsanfter behandelte, als es richtig gewesen wäre. Ab und zu bekam es nur ein paar Dellen, und diese Macken ließen sich mit Mühe und Zeit und Liebe, vor allem mit Liebe, wieder ausbügeln. Man durfte wütend sein, man *musste* manchmal wütend sein, doch man sollte auch verzeihen können. Anderen und auch sich selbst. Vielleicht durfte man im Herzen ein bisschen paradox sein. Und ich hasste Paradoxa, aber manche Gefühle waren es wert, sie auszuhalten. Manche Menschen waren es wert.

Wes war es mir wert. Ich selbst war es mir wert.

Vorsichtig griff ich nach seiner Hand und legte zwei Fingerkuppen auf die kleine Narbe. Nicht Puls-Fühlen, nur Wes-Fühlen. »Und du? Verzeihst du mir?«

Er neigte sich zu mir herunter, lehnte seine Stirn gegen meine und strich mir mit dem Daumen über die Wange. Hinunter bis zu meinem Mundwinkel, der sofort sacht zu pochen begann. »Liebend gern, *Lille*.«

Ich musste lachen, und ich liebte es, ich liebte es so sehr, dass er davon eine Gänsehaut auf den Armen bekam. »Das ist eine geschummelte Alliteration.«

Er seufzte gespielt tief. »Ich lerne halt noch.«

»Tu ich auch.« Ich stellte mich auf die Zehenspitzen, um meine Stirn fester gegen seine drücken zu können. »Sonst hätte ich wahrscheinlich nicht dafür gesorgt, dass wir unseren Zug verpassen.«

Sein sanftes Grinsen konnte ich nicht sehen, nur hören. »Nicht schlimm. Ich bin genau da, wo ich sein will.«

»Und ich dachte, du willst nicht ankommen müssen.«

»Will ich eigentlich auch nicht. Aber … bei dir fühlt sich das nicht nach Stillstand an. Eher nach Weiterkommen. Keine Ahnung. Es macht mir irgendwie keine Angst mehr.« Er schob die Hand in meinen Nacken – nur fünf Finger und ich fühlte mich so gehalten, so geschützt, so gesehen.

Verstanden. Ich fühlte mich wirklich verstanden.

»Die hab ich auch nicht mehr.« Ich lächelte und dann löste ich meine Stirn von seiner, legte die Arme um seine Schultern und meinen Mund auf seinen.

Ich küsste ihn.

Wesley Hastings,

Wes West,

einfach Wes, Wes, Wes.

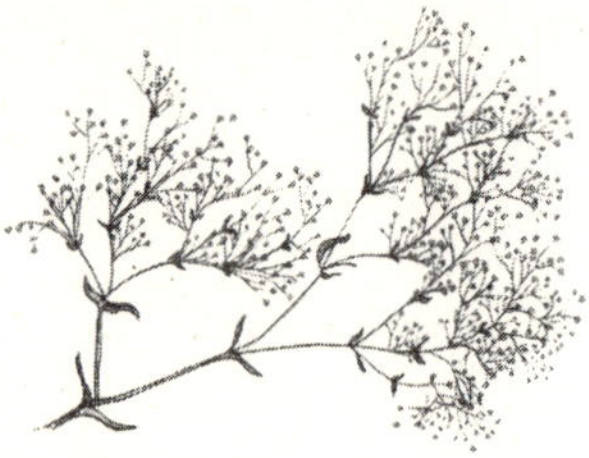

# Epilog

## MAY

*Vier Wochen später*

»Hallo du.«

Liebevoll strich ich über die blätternde Farbe des Holzes. Der Blauregen über meinem Kopf war während meiner Abwesenheit verblüht, in der Luft lag der nahende Herbst. Es war fast Mitte September, aber in mir fühlte sich alles sehr nach Sommer an.

Hinter mir ertönte ein Räuspern. »Du redest mit einer Tür, May.«

Ich drehte mich zu Wes um und sah ihn streng an. »Es ist nicht einfach eine Tür. Es ist die Tür von meinem Zuhause. Und ich war lang nicht hier.«

»Zwei Wochen«, erinnerte er mich belustigt. »Wir waren genau zwei Wochen weg.«

»Fühlt sich länger an.«

Er stellte meine Reisetasche neben mir auf der Stufe ab, um mich an sich zu ziehen. »Und dabei dachte ich, die Zeit verfliegt, wenn man sich wohlfühlt.«

»Hm.« Ich verschränkte die Hände in seinem Nacken, während seine an der Schleife in meinem Rücken innegehalten hatten. Allein diese Berührung auf dem Stoff löste in mir den heftigen Impuls aus, ihn darum zu bitten, sie aufzuziehen. *Macht der Gewohnheit*, dachte ich und spürte, wie Hitze in meinen Kopf und Bauch schoss. »Kommt mir wie eine kleine Ewigkeit vor, die wir in Pariser Hotelbetten verbracht haben.«

Sein Lächeln wurde ein bisschen tiefer – erinnerungstief. »Ist das eine Beschwerde?«

»Absolut nicht. Auch wenn wir mit etwas weniger *davon* ein bisschen mehr hätten sehen können. Ginny hat mir eine ganze Liste von Sachen geschickt, die wir uns beim nächsten Mal unbedingt angucken sollen.«

Wes seufzte, aber den liebevollen Ausdruck in seinen Augen konnte er nicht ganz unterdrücken. »Meine Schwester ist manchmal ein wenig übereifrig.«

»Ich fand sie nett. Und euch alle drei zusammen fand ich auch nett.« Es stimmte: Wes, Basil und Ginny waren zwar grundverschieden, doch zusammen ergaben sie trotzdem ein buntes und passendes Bild. Vor allem jetzt, wo Wes sich weniger Mühe gab, ein schwarzer – oder eher roter – Fleck in der Nähe seiner Familie zu sein.

»Ich glaube, ich kann für uns alle sprechen, wenn ich sage, dass wir es ebenfalls sehr nett fanden, dass du da warst.« Er schmunzelte und nickte zum Eingang der Mulberry Mansion. »Können wir jetzt reingehen oder soll ich dich kurz mit der Tür allein lassen?«

Der Geruch nach Zuhause empfing mich, als ich über die Schwelle trat und mich umsah. Im Eingangsbereich stand das bekannte Sammelsurium aus Schuhen und Rucksäcken, neben der Garderobe kamen ein paar Reisetaschen dazu. Sienna war die vergangenen Wochen in Mexiko gewesen, Helen hatte einen Teil der Ferien an der Küste bei ihren Großeltern verbracht, Beckett war mit Audrey in seiner Heimatstadt London gewesen. Ich glaubte zwar, dass mittlerweile alle wieder da waren, aber sicher war ich nicht.

Ich stellte meine Tasche zu den anderen und drehte mich nach Wes um. Wie immer prüfte ich seinen Gesichtsausdruck, wenn er die Villa betrat, aber er wirkte schon lang nicht mehr befangen, ganz gleich, wie groß dieses Haus war. Ich glaubte, das lag vor allem daran, dass die Mulberry Mansion eben so viel mehr als nur eine Villa war, Wes hingegen behauptete, es läge an meiner Anwesenheit. Vielleicht war es auch eine Mischung aus beidem. Denn das hier waren Wes und ich. Wir bauten einander Wände. Das hatten wir in den letzten vier Wochen immer wieder bewiesen.

Er erinnerte mich daran, dass ich kein schlechtes Gewissen haben musste, wenn ich etwas Gutes für mich selbst tat. Mum und ich hatten uns nach meinem Anruf letzten Monat lang unterhalten und ich hatte das Gefühl, dass wir uns seitdem Mühe gaben. Sie lernte, nicht all ihre Sorgen auf mich abzuwälzen und auch mal zuzuhören, ich lernte, ihr zu sagen, wenn mir etwas zu viel war. Ich *versuchte*, es zu lernen. Man legte keine Verhaltensmuster innerhalb von Wochen ab, so funktionierte das nicht. Tag für Tag, Telefonat für Telefonat, Gespräch für Gespräch. Ich baute mir meine Grenzen in meinem eigenen Tempo, aber mit jedem Stein, den ich setzte, verschwand einer von meiner Brust.

Im Gegenzug erinnerte ich Wes daran, dass ein Name keine Pflicht war. Er hatte mich am Tag vor unserer Abreise nach Paris auf eine Gala seiner Familie mitgenommen, und in den stillen Momenten zwischen Sekt und Gartenfeuerwerk hatte ich in seinen Augen diese Resignation gesehen, die ausdrückte: *Es könnte so leicht sein, wenn ich einfach nachgebe.* Also hatte ich nach seiner Hand gegriffen, zwei Finger auf die Narbe gelegt und geflüstert: »*Lieber echt als leicht, ja?*« Er hatte nur matt gelächelt, und das war in Ordnung. Schwer war nicht immer schön, stark sein machte gelegentlich müde.

Aber dann gab es eben auch die anderen Momente. Die, für die es sich lohnte, dass es manchmal anstrengend war. Die, in denen wir uns ansahen und die Welt ganz leise wurde, sodass man sich selbst so gut hören konnte. Sorgenstille, Kopfklarheit, Gedankengelassenheit. Die, in denen alles absurd schön war, auf diese Art, die ich nie wieder mit jemand anderem fühlen würde. Weil das hier unser Anders war. Das beste von allen.

»Lass uns erst hochgehen und dann gucken, ob die anderen …« Wes unterbrach sich selbst mit einem resignierten Seufzen, als ich in Richtung Wohnbereich lief, aus dem ich leise Musik hören konnte.

Ganz gleich, wie schön es gewesen war, nach so langer Zeit mal wieder zu verreisen und das auch noch mit Wes – ich hatte meine Mitbewohnenden jeden Tag vermisst.

Kaum dass ich über die Schwelle des Esszimmers getreten war, hielt ich inne. Mit großen Augen blickte ich zu dem gedeckten Tisch. Teller, Teetassen, Servietten mit der englischen Flagge, mehrere Vasen mit Wiesensträußen, ein Korb mit Scones, eine Schüssel mit Clotted Cream und einige Gläser der Marmelade, die wir vor wenigen Monaten selbst gekocht hatten.

Die anderen waren, bis auf Maxton, irgendwo im Raum verteilt – Helen, Sienna und Beckett saßen am Tisch, Avery und Eden standen im Rahmen zum Wohnzimmer, Willow balancierte auf einem Stuhl und befestigte das zweite Ende einer Girlande mit bunten Wimpeln an einem von Maxtons Pflanzenhaken.

Sie bemerkte mich zuerst und grinste auf mich hinab. »*Salut*, ihr zwei.« Ihr Blick schoss zu Wes, der mit den Händen in den Hosentaschen neben mir innegehalten hatte. »Pünktlichkeit ist nicht so dein Ding, was?«

»Tut mir leid, ich hatte Mays Kuschelzeit mit der Tür nicht eingeplant«, rechtfertigte er sich trocken.

Verständnislos betrachtete ich erneut den gedeckten Tisch. *Neun* Teller. Mein Herz fühlte sich so groß an, dass das Pochen ein bisschen wehtat. »Habt ihr auf uns gewartet?«

»Gewartet?« Beckett hob die Augenbrauen. »Wir haben das hier eigentlich nur für dich gemacht.« Sein Blick wanderte zu Wes und er fügte – nur ein wenig widerwillig – hinzu: »Für euch.«

Helen nickte und deutete auf den Esstisch. »Damit du nach der Pariser Charmeoffensive nicht vergisst, dass dieses Land auch seine Vorzüge hat.«

»Scones und Tee mit allem Drum und Dran, wie es sich für einen englischen Nachmittag gehört«, führte Willow aus und sprang vom Stuhl. »Eigentlich wollten wir es draußen machen, aber es soll gleich regnen. Da sich auch das für einen englischen Nachmittag gehört, kann man darüber nicht mal meckern.«

Meine Augen kribbelten, mein Lächeln war mehr als breit. »Das ist so schön. Danke, ehrlich. Ich freu mich so, dass wir endlich alle wieder zu Hause sind.«

»Und das sogar pünktlich. Ziemlich genau vor einem Jahr ist Avery eingezogen.« Eden lächelte in ihre Richtung, sie hob ihre Kamera an.

»Das wiederum verlangt nach einem Wiederholungsbild. Ich hab extra so ein Ding zum Selbstauslösen bestellt, damit wir nicht wieder auf einen Lieferanten warten müssen.«

»Ich kann das Bild machen«, schlug Wes vor.

Avery schüttelte den Kopf und legte die Kamera auf dem Tisch ab. »Geht nicht, du musst mit drauf.«

Wes runzelte die Stirn, aber Sienna kam ihm mit einer Antwort zuvor. »Sie hat recht, alles andere wäre komisch. Immerhin ist uns allen klar, dass wir dich in Zukunft wieder so oft sehen werden, dass wir vergessen, dass du nicht hier wohnst. Und da wir es dir zu verdanken haben, dass unser Leben hier wieder um einiges entspannter werden wird, sind wir bereit, dich als Ehrenmitbewohner zu betrachten.«

Ihre Worte lösten feine Röte auf Wes' Wangen aus. »Trotzdem kann ich …«

Willow stöhnte genervt. »Herrgott, diskutier nicht mit uns, Hastings. Jetzt setzt euch. Ich rufe Maxton noch mal an und frage, wo er bleibt. Keine Ahnung, in welchem Beet der sich schon wieder vergraben hat.«

Ich musste mir Mühe geben, nicht zu lachen. Die anderen hatten meine Aussprache mit Wes zwar erst kritisch beäugt, aber je öfter er hier gewesen war, desto mehr merkte ich, wie sie sich in seiner Nähe wieder entspannten und in den Umgang hineinrutschten, den sie im Frühling mit ihm gefunden hatten. Sie mochten ihn und er mochte sie – sonst hätte er sicher nicht dabei geholfen, das hier zu organisieren, und er hätte jetzt bestimmt nicht aufgehört zu widersprechen.

»Ich bring nur kurz meine Sachen hoch und zieh mir etwas an, das nicht nach Flugzeug riecht«, sagte ich.

Willow blinzelte zu Wes hinüber. »Und lass mich raten: Du hilfst ihr beim Ausziehen.«

Er verdrehte die Augen. »Gib uns einfach fünf Minuten.«

Sie grinste so breit, dass meine Wangen schon heiß waren, bevor sie antwortete. »Details wären nicht nötig gewesen.«

Ich hörte das Lachen der anderen noch, als wir schon wieder im Foyer waren. Am Treppenabsatz spürte ich mein Handy in der Handtasche vibrieren und griff sofort danach. Ich brachte es noch immer nur selten über mich, es auf lautlos zu stellen, und noch immer überkam mich ein leichter Anflug von Panik, wenn ich den Namen meiner Mutter auf dem Display entdeckte. Auch wenn ich vor dem Abflug mit ihr und nach der Landung mit Angus geschrieben hatte und wusste, dass im anderen Zuhause alles in Ordnung war.

*Wie war der Flug, Liebling?*

Fünf Worte und ich hätte fast angefangen zu weinen. Ich drückte die Tränen mit einem Lächeln weg und tippte eine kurze Antwort, damit sie sich keine Sorgen machte. Weil ich mittlerweile wusste und fühlte, dass sie das eben doch tat, auch um mich. Und weil das okay war – nicht nur okay, eigentlich sogar irgendwie schön.

*Hat alles gut geklappt, bin wieder zu Hause. Ich ruf dich morgen an und erzähl dir mehr.*

Gerade als ich das Handy wegsteckte und zu Wes sah, der am Treppenabsatz auf mich wartete, öffnete sich die Haustür. Ich drehte mich lächelnd um und … hielt irritiert inne.

Maxton warf die Tür hinter sich zu und zerrte sich im selben Moment das Shirt über den Kopf. Das Shirt, das einmal grau gewesen war, jetzt aber von einer schwarzen Flüssigkeit durchtränkt war. Die Farbe klebte auch in seinem Haar und dem Gesicht, das gerade unter dem Stoff zum Vorschein kam.

Er ließ die Hände mit dem Shirt sinken, rieb sich über die schmutzige Stirn und entdeckte uns. Innerhalb von Sekunden huschte ein genervter Ausdruck über seine Züge – etwas, das ich bei Maxton noch nie gesehen hatte. Dann rang er sich ein Lächeln ab und kam auf uns zu, während er mit einem sauberen Stoffzipfel Farbe von seinem Nasenrücken wischte. »Hey. Willkommen zurück.«

Überfordert musterte ich ihn, während mein Gehirn versuchte, den Geruch, der von ihm ausging, einzuordnen. »Ist alles okay mit dir? Ist das … Tinte?«

Maxton nickte knapp, aber er sah weder mir noch Wes ins Gesicht. »Ja. Und ja. Ich geh kurz duschen, dann bin ich bei euch.«

»Bist du …«, setzte ich an, doch da war er schon bei der Treppe angekommen und stieg die Stufen hoch. Verwirrt schüttelte ich den Kopf und sah ihm nach, bis seine Schritte oben verebbten. »Was war das denn?«

Wes schnaubte und starrte mit finsterem Blick die Treppe hinauf. »Glaub mir, *Lille*. Das willst du nicht wissen.«

Besorgt musterte ich ihn. »Also weißt du es?«

Er wog unschlüssig den Kopf und verflocht seine Hand mit meiner. »Ich weiß vor allem, dass du nicht nach zwei Minuten zu Hause anfangen solltest, dir wieder Sorgen zu machen. Lass uns erst mal richtig ankommen, okay?«

»Ankommen klingt gut.« Ich lächelte und ließ mich bereitwillig zur Treppe ziehen.

Ich glaubte immer noch, dass manche Menschen in unser Leben kamen, damit wir etwas lernten. Dass manche Beziehungen von vornherein dazu bestimmt waren, nur temporär zu halten. Aber ich glaubte auch, dass manche Menschen in unser Leben kamen, um eine lange, bedeutende Weile zu bleiben.

Und so war das mit Wes und mir, ich wusste es einfach.

Er blieb, ich blieb, wir blieben.

Was nicht bedeutete, dass sich nicht alles verändern würde. In ein paar Tagen begann das letzte Semester des Grundstudiums – für uns beide. Wes hatte den Kurs bei Dixon bestanden, wir hatten unsere Note für das Projekt vor zwei Wochen erhalten: siebzig Prozent. *»Fühlt sich eher an wie hundert«*, hatte Wes gesagt und mich geküsst. Ich hatte gelächelt, weil er recht hatte. Wenn alles nach Plan lief, würden wir unsere Abschlussarbeiten nächstes Frühjahr abgeben. Wenn ich daran dachte, war da sofort wieder eins meiner hartnäckigsten Wortechos: *Und dann, und dann, und dann?*

Die Antwort war simpel: Ich wusste es nicht. Ich hatte immer gedacht, ich hätte einen Plan, und ich war auch nach wie vor nicht davon abgekommen, ihn als solchen zu betrachten. Aber seit ich mit Wes zusammen war, nahm ich dieses weite

Meer von Möglichkeiten vor meinen Füßen wahr, und da war dieser leichte Reflex in mir, hineinzugehen. Oder zumindest einen Zeh hineinzustecken.

Ich wusste nicht, wie ich in ein paar Monaten darüber denken würde. Ebenso wenig, wie ich wusste, was Wes nach seinem Abschluss vorhatte. Wir redeten manchmal darüber, aber er war sich immer noch nicht sicher, was er wollte – oder was er glaubte, wollen zu können.

Aber wahrscheinlich war es okay, wenn man sich in der Welt ein bisschen verloren fühlte, solang man lernte, in sich selbst anzukommen. Und was das betraf, spürte ich, dass es Wes ging wie mir: Wir waren nicht länger verloren in uns selbst, weil einander zu finden manchmal, mit der richtigen Person, bedeutete, sich selbst zu finden.

Vielleicht war deshalb irgendwie alles okay, wenn ich Wes ansah. Ich sah ihn an und begriff, dass es nicht darum ging, alles richtig zu machen oder vorherzusehen. Ich begriff, dass man in erster Linie für sich selbst leben musste und dass es ein bisschen Zeit brauchte, bis man herausfand, was das bedeutete.

Es musste nicht immer alles einfach sein. Lieber echt als leicht. Lieber ab und zu Angst als nie Mut haben. Lieber manchmal verzeihen als nie vertrauen. Lieber irgendwann aufschlagen als nie fliegen, fallen, leben. Lieber wollen und gelegentlich enttäuscht werden, als immer nur müssen und nie glücklich sein.

Und ganz gleich, was noch passieren würde, das, was ich gerade hatte, wollte ich mit allem, was ich war.

Ich sah Wes an und ich wollte.

Ich wollte, wollte, wollte. Ihn, mich, uns.

Da war kein Zweifeln.

Kein Bereuen.

Kein Vergessen.

# Danksagung

Das Schreiben an diesem Buch war meine persönliche blaue Stunde, und ich bin so vielen Menschen dankbar dafür, dass sie mir das ermöglicht haben.

Ich danke meiner Agentur erzähl:perspektive, ohne die all das nie passiert wäre: Klaus und Micha, ich wäre nirgends lieber als bei euch.

Ebenso großen Dank an das gesamte Team LYX, ganz besonders an Stephanie Bubley: Ich bin so glücklich, mit euch zusammenarbeiten zu dürfen. Danke, dass ihr meinen Geschichten und mir ein so schönes Verlagszuhause voll von Unterstützung und Wertschätzung gegeben habt.

Sarah Braun: Danke, dass du immer verstehst, was mir wichtig ist, und mir dabei hilfst, es bestmöglich rüberzubringen. Und bei diesem Buch ganz besonders für jedes »Hach, Wes« und jeden Raps-Kommentar. Steffi Röder: Danke, dass ich wissen darf, dass meine Texte bei dir in den sorgsamsten Händen liegen. Dank euch beiden hat sich meine Lektorats-Angst zu halbwegs gesundem Respekt entwickelt, ich glaube, das hätte niemand sonst geschafft.

Jule und Marie: Danke, dass ihr auch dieses Buch gelesen und mir mit euren Rückmeldungen ein bisschen Sorge genommen habt. Euer Dabeisein hat diese Reise von Anfang an schöner und bunter gemacht.

Meinen Lieblingsmenschen, die unbegreifliches Verständnis dafür haben, wenn ich in meinen Geschichten versinke:

Danke, dass ihr es immer mit mir aushaltet, ich wäre verloren ohne euch. Kevin: Die Möwen landen tatsächlich nie, das ist wirklich, wirklich absurd schön. Silja: Ich hoffe, du weißt, dass du meine May bist, wenn ich zu sehr Wes werde. Almedina: Danke, dass wir so viele Erinnerungen gesammelt haben, dass sie als Inspiration für hundert Bücher reichen würden. Marie: Unser $M^2$ ist der Ursprung des WG-Gefühls dieser Reihe. Theresa: Du bist einer der nettesten Menschen, die ich kenne – und wie gesagt, das ist das größte Kompliment überhaupt.

Meiner Familie: Danke, dass ihr meine Bücher lest und mich trotzdem nicht zwingt, mit euch über sie zu sprechen, das bedeutet mir sehr viel.

All den talentierten und inspirierenden Kolleginnen, die ich kennenlernen durfte: Danke, dass ihr mir das Gefühl gebt, nicht allein mit meinen Gedanken und Zweifeln zu sein. Fam: Danke, dass du mein Sorgenzwilling bist. Lena: E-Team-Vorsitzende und Analysebeauftragte, ich bin so froh, dass wir uns gefunden haben. Rebekka: Danke für die digitalen Liebesbriefe, die zu einem Immer-Dasein wurden. Sarah: Danke für jede unserer Podcast-Memos, ich liebe sie alle. Tess: Dir beim Brotessen und Schreibtischschlafen zuzusehen, ist eine meiner liebsten Schreibroutinen. Durch euch alle hat das Wort Lieblingsautorin eine ganz neue Bedeutung bekommen.

Und natürlich allen, die das hier lesen: Ich danke euch so sehr für jedes bisschen Zeit, Mühe und Liebe, das ihr mir seit dem Release von Band 1 dieser Reihe geschenkt habt. Für eure Kommentare, eure Rezensionen, eure Nachrichten, euer Weiterempfehlen. Diese Bücher bedeuten mir alles, und sie mit euch teilen zu dürfen, ist so besonders und wertvoll. Ich hoffe, diese Geschichte war für euch auch eine kleine Blaupause, und ich hoffe, wir lesen bald wieder voneinander.

**Triggerwarnung:**

Dieses Buch enthält Elemente, die triggern können.

Diese sind:
*Slutshaming, Victim blaming,*
*emotionaler Missbrauch, Parentifizierung*